ULRIKE SCHWEIKERT

Das Vermächtnis von Granada

AF178315

Ulrike Schweikert

Das Vermächtnis von Granada

Roman

blanvalet

Verlagsgruppe Random House FSC® N001967

1. Auflage
Taschenbuchausgabe April 2016 bei Blanvalet, einem Unternehmen
der Verlagsgruppe Random House GmbH,
Neumarkter Str. 28, 81673 München.
Copyright © der Originalausgabe 2014 by Blanvalet Verlag,
in der Verlagsgruppe Random House GmbH, München.
Umschlaggestaltung: www.buerosued.de
Umschlagmotiv: Getty Images/Moment/Iztok Alf Kurnik
JB · Herstellung: wag
Satz: Uhl + Massopust, Aalen
Druck und Einband: GGP Media GmbH, Pößneck
Printed in Germany
ISBN: 978-3-7341-0196-0

www.blanvalet.de

Für meine Mutter Brigitte Schweikert
und für meinen geliebten Mann Peter Speemann

Kgr.
Frankreich

Kgr.
Navarra

Krone von
Aragón

Gállego

Saragossa

Ebro

á de Henares

Uclés

Baza

rat
nada

Sierra Nevada

Krone von
Kastilien
anno domini 1480

100 km

Prolog

Isaura schritt langsam dahin. Es war dunkel um sie herum, sodass sie nur schemenhafte Konturen wahrnehmen konnte. Ihre Bewegungen waren schwerfällig, als würde sie durch Wasser waten, und doch war sie sich sicher, den Klang ihrer Schritte auf einem Holzfußboden zu hören.

Isaura ging auf das Ende des langen Raumes zu, wo durch eine geöffnete Tür ein Lichtschein auf den Boden fiel. Sie konnte das Muster der Einlegearbeiten erkennen, doch als sie näher kam und das kunstvolle Parkett bewundern wollte, wirbelte Nebel um ihre Füße auf.

Ärgerlich runzelte Isaura die Stirn. Das alles war so unwirklich. Sicher träumte sie und würde gleich erwachen. Sie trat durch die Tür in die Helligkeit und musste geblendet für einen Moment die Augen schließen. Als sie sie wieder öffnete, war der Nebel von ihren Füßen aufgestiegen und umwirbelte sie in kühlen weißen Schwaden. Vorsichtig streckte Isaura ihre Arme aus und tastete sich weiter voran. Nach ein paar Schritten hatte sie das Gefühl, der Nebel würde sich lichten. Eine dunkle Gestalt schälte sich aus dem Weiß. Die Konturen verdichteten sich. Eine Frau kam langsam auf sie zu. War da eine Tür? Sie ahnte einen golden schimmernden Rahmen. Als ein Windhauch den Nebel erfasste und verwehte, bemerkte sie ihren Irrtum. Nein, das war keine Tür. Das war ein großer

Spiegel, auf den sie zutrat. Und die Frau, die langsam näher kam und sie ernst anblickte, war sie selbst. Oder zumindest hätte sie es sein müssen, wenn das vor ihr ein Spiegel war. Isaura trat näher und hob grüßend die Hand. Die Frau im Spiegel tat es ihr gleich.

Natürlich.

Noch zwei Schritte, und Isaura erblickte ihre eigenen Gesichtszüge, kein Zweifel, doch wann war sie so gealtert? Ja, sie hatte in letzter Zeit viel durchgemacht, aber diese Falten gehörten nicht zu ihr, und diese Augen hatten viel zu viel Leid gesehen! Isaura wollte gar nicht wissen, was diese tiefe Traurigkeit verursacht hatte. Sie wollte dieses gealterte Ich überhaupt nicht sehen, und dennoch gelang es ihr nicht, den Blick abzuwenden. Er saugte sich geradezu an den tiefen Linien der Entbehrung fest, wanderte über die Wangen und Augen hinauf über die fast noch glatte Stirn bis zu dem streng zurückgekämmten Haar, das unter einer altmodischen Haube verschwand. Dennoch war so viel vom Ansatz zu sehen, um sie erkennen zu lassen, dass es weiß war. Unwillkürlich fasste sich Isaura in ihr Haar, das dunkelbraun in dichten Wellen hätte herabfallen müssen.

Ihre Hand zuckte zurück, als sie den steifen Stoff der Haube berührte und die straff zurückgekämmten Strähnen, die darunter verschwanden.

Das war unmöglich! Mit Erschrecken sah Isaura an sich herab. Nun fühlte sie, wie unbequem die steife Kleidung war, die sie trug. Der Rock reichte ihr bis über die Füße. Das Leibchen lag eng an den Schultern und den Armen an und lief dann in der Taille in einer langen Spitze aus. Rock und Leibchen waren schwarz wie auch die Haube auf ihrem Kopf. Nur ihr Gesicht und das Haar leuchteten ihr geisterhaft entgegen. Isaura öffnete den Mund, doch es kam kein Wort heraus.

Was für ein Glück, dass dies nur ein Traum sein konnte. Ein Albtraum, aus dem sie schon bald erwachen würde. Sie musste nur die Augen schließen und sich ganz fest darauf konzentrieren.

Isaura kniff die Augen zu. Noch immer war dieser seltsame Geruch in ihrer Nase. Ein wenig nach altem Holz und Stein, nein, nach kalten, feuchten Ziegeln. Außerdem roch es nach gebratenem Fleisch und Zwiebeln und noch stärker nach irgendwelchen Kräutern, die erhitzt worden waren, um den Geruch von Alter und Siechtum zu überdecken. Den Geruch des nahenden Todes. Isaura erschrak. Nein, das konnte sie nicht wissen! Sie riss die Augen wieder auf. Der Spiegel war noch immer da und mit ihm das Bild der fremden Frau. Das war nicht sie! Nein, nein, nein!

Ein mitleidiger Blick traf sie, während das Bild – wie sie selbst – heftig den Kopf schüttelte. Dann hörte sie die Stimme.

»Teresa? Wo bist du? Komm zu mir!«

Ein Schauder fuhr durch ihren Körper. Diese Stimme! Sie war, wie das Bild im Spiegel, vertraut und doch fremd. Eine Stimme, die ihr Leben begleitet hatte.

Welches Leben?

Ein Leben voller Kraft und Tatendrang. Nun aber klang sie müde und erschöpft, so traurig und resigniert, dass es Isaura das Herz zerschnitt. Ohne nachzudenken, trat sie einen Schritt vor. Sie hätte sich am Glas des Spiegels den Kopf stoßen müssen, stattdessen spürte sie nur eine eiskalte Welle durch ihren Körper schwappen. Sie war noch immer in dem Raum mit dem kunstvollen Parkettboden, doch der Nebel war verschwunden, die Gerüche und Geräusche um sie waren dagegen jetzt viel intensiver.

»Teresa«, erklang noch einmal die brüchige Stimme.

Isaura raffte ihre Röcke und eilte in die Richtung, aus der die Stimme erklang. »Hier bin ich, Liebste«, sagte sie und ließ sich vor einem Himmelbett auf die Knie sinken, während sie die magere, faltige Hand mit ihren Händen umfasste.

Die Frau im Bett stemmte sich ein wenig hoch und ließ den Blick durch den dämmrigen Raum wandern. Die schweren Vorhänge vor den Fenstern ließen nur wenig Licht herein, und es brannte nur eine einzige Kerze auf der Kommode neben dem Bett. Noch einmal kehrte der majestätische Ausdruck in ihre Miene zurück, und ihre Stimme klang fest, als die Frau alle Anwesenden des Zimmers verwies.

»Meine Zeit ist noch nicht gekommen. Geht und lasst mich mit Teresa allein. Ja, auch Ihr, Eminenz. Ich werde Euch rechtzeitig rufen lassen, ehe es mit mir zu Ende geht.«

Zögernd lösten sich die Männer und Frauen von ihren Plätzen und huschten hinaus. Nur der Mann im Gewand eines Kardinals blieb am Bett stehen und musterte die Sterbende mit ernster Miene.

»Überlegt Euch gut, was Ihr mit Euren letzten Stunden auf dieser Erde anfangt, ehe Ihr vor Gott tretet! Noch habt Ihr Zeit, Euer Leben betend in Reue im Schoß der Kirche zu beschließen, statt in Gesellschaft dieser…«, er zögerte und sagte dann abfällig: »… dieser Frau zu beenden«, doch Isaura war sich sicher, dass ihm eigentlich ein anderes Wort auf der Zunge gelegen hatte. »Es ist Eure Entscheidung, Majestät. Seid Euch der möglichen Folgen bewusst.«

Ein kriegerischer Ausdruck trat in den Blick der Sterbenden, und noch einmal konnte man die Kraft und die Entschlossenheit erahnen, die sie so viele Jahre vorangetrieben hatten. »Ja, wie Ihr sagt, es ist meine Entscheidung, und nun schließt die Tür von außen. Ich werde Euch rufen lassen, wenn ich bereit bin zu gehen.«

Der hagere Kirchenmann bedachte die Königin mit einem letzten strengen Blick, ehe er das Zimmer verließ.

Die beiden Frauen schwiegen, bis sich seine Schritte entfernt hatten.

»Jetzt muss ich dich nicht mehr fragen, ob dies mein Ende ist«, sagte die Königin seltsam leidenschaftslos. »Ich kann den Tod spüren.«

Gerne hätte Isaura ihr widersprochen, doch wie hätte sie in dieser Situation lügen können? Das schien die Sterbende auch nicht zu erwarten. Sie drückte Isauras Hand.

»Nun gilt es also, Abschied zu nehmen.«

»Majestät«, hauchte Isaura und spürte, dass ihr Tränen in die Augen stiegen.

Die Königin richtete sich noch ein wenig auf und zog sie in ihre Arme. »Nicht Majestät... Freundin und Begleiterin meines Lebens, Teresa.«

Eine Welle von Wärme überwältigte Isaura, als sie die Umarmung erwiderte. »Ach Isabel, nicht ich sollte heute an deinem Bett wachen. Dies wäre Jimenas Platz.« Tränen rannen ihr über die Wangen herab.

Die Königin nickte. »Ja, Jimena und all die anderen, die der Herr mir zu früh genommen hat. Dir und mir. So viele, die ich geliebt habe und die er mir dann grausam aus den Armen riss. Meine Geschwister, meine Kinder, mein geliebter Enkel. All die Hoffnungen dahin. Warum? Vielleicht werde ich ihn fragen, wenn ich ihm von Angesicht zu Angesicht gegenüberstehe. Ja, ich möchte wissen, ob Gott einen Plan hatte, als er mir mit meinen Lieben meine Hoffnung und meine Zuversicht raubte. Mir erscheint es sinnlos.«

Isaura nickte. Sie konnte nicht sprechen, so sehr stürmten die fremden Erinnerungen auf sie ein. Das Leid wollte ihr das Herz brechen. Und ihr fiel nichts ein, womit sie der Königin hätte Trost spenden können. Beider Gedanken wanderten von den Toten zu denen, die überlebt hatten. Sie schwiegen und sahen einander ernst an. Isaura wusste nicht, was sie sagen sollte, und so war es Isabel, die weitersprach.

»Juana wird mein Reich erben«, sagte sie fast trotzig. »Sie und ihr Gatte Felipe werden Kastilien regieren, und wenn Fernando zu mir in Gottes Reich heimkehrt, wird ihr Sohn Carlos König von Aragón.«

Isaura schlug die Augen nieder.

»Was? Sage mir, was du siehst«, drängte die Sterbende.

Isaura scheute sich, ihr eine Antwort zu geben. Nein, so wie sich Isabel die Katholische das dachte, würde die Zukunft nicht verlaufen, doch vermutlich ahnte die Königin es selbst. Sie seufzte schwer.

»Du hast mein Testament gelesen«, sagte sie leise. »Habe ich recht mit meiner Sorge? Trägt sie das Erbe meiner Mutter in sich?«

Isaura sah in Isabels Augen. »Das kann ich nicht mit Sicherheit sagen. Juana ist impulsiv, und ihre Gefühle wechseln schnell. Sie ist nicht so stark wie du, doch ich bin mir nicht sicher, ob ihr Geist dazu verdammt ist, in Finsternis zu versinken.«

»Was ist es dann, das dir solchen Kummer bereitet?«, drängte Isabel und runzelte die Stirn. »Ich spüre es. Du bist beunruhigt. Wird auch Juana bald sterben wie ihre Geschwister Juan und Isabel?«

Isaura schüttelte den Kopf. »Nein, mach dir keine Sorgen. Juana ist eine gute Gesundheit beschert, und sie wird noch weiteren Kindern das Leben schenken.«

»Was ist es dann?«, bohrte die Königin. »Sag es mir! Sie wird eine schlechte Regentin sein, nicht wahr?«

»Die Last wird nicht allein auf ihren Schultern ruhen«,

wich Isaura aus. »Erst wird ihr Vater und dann ihr Sohn Carlos das Schicksal des Landes lenken.«

Isabel schnalzte verärgert mit der Zunge. »Und ihr Gatte Felipe? Was haben wir von ihm zu befürchten? Ich muss zugeben, so recht traue ich den Habsburgern nicht.«

Wieder unterdrückte Isaura einen Seufzer. »Seinetwegen musst du dir keine Sorgen machen.«

Sie fürchtete die nächste Frage, doch Isabel entschied sich anders. »Ich werde nicht weiter in dich dringen. Die Zeit, in der ich etwas bewirken konnte, ist abgelaufen. Ich fühle mich müde und schwach wie nie in meinem Leben. Es ist zu spät, noch etwas zu ändern. Das Rad des Schicksals lässt sich von einer Sterbenden nicht aufhalten.« Sie lachte bitter. »So bleibt mir nur noch eines: dir, meiner lieben Freundin, für deine Kraft und deinen Rat zu danken und dich um einen letzten großen Gefallen zu bitten.«

Isaura wusste, was das war, noch ehe Isabel es aussprach, und ihr war auch bewusst, welch schwere Last Isabel ihr damit aufbürdete – Jahre der Trauer, Verzweiflung und der Finsternis –, doch sie reckte das Kinn und nickte. »Sei ohne Sorge. Ich werde an Juanas Seite bleiben, ganz gleich, was das Schicksal für sie bereithält.«

Isabel drückte ihr noch einmal die Hände. »Ich danke dir. Es ist mir eine große Erleichterung, sie in deiner Obhut zu wissen. Du wirst ihr eine kluge Ratgeberin sein und, wenn sich die Trauer ihrer Seele bemächtigt, sie trösten und ins Leben zurückholen. Scheue dich nicht, streng zu ihr zu sein und sie an ihre Pflichten zu erinnern. Schon morgen wird sie Königin von Kastilien!«

Auf dem Papier, dachte Isaura, *nur auf dem Papier wird sie viele Jahre lang Königin sein*, doch sie sprach es nicht aus. Sie war froh, dass sich Isabels Züge ein wenig entspannten.

»Und nun lass den Kardinal wieder eintreten, dass er mir ein letztes Mal meine Beichte abnehmen und mich wie ein verzogenes Kind rügen kann.«

Isaura nickte, erhob sich und ging zur Tür, um den Kardinal und Primas von Kastilien, Francisco Jiménez de Cisneros, hereinzubitten.

»Ja, er soll kommen«, sagte Isabel und faltete die Hände über ihrer Bettdecke, »damit ich bereit bin, wenn Fernando eintrifft, um sich von mir zu verabschieden.«

Sie liebt ihn noch immer von Herzen, dachte Isaura verwundert. *Nach allem, was die beiden durchgemacht haben. Nach allem, was er ihr angetan hat.*

»Teresa, sag mir, er wird doch kommen, nicht wahr? Ich werde ihn in diesem Leben noch einmal sehen?«

»Aber natürlich, Isabel, sei unverzagt«, stieß Isaura aus und floh aus dem Zimmer mit dem Wissen, dass das Letzte, was sie ihrer Freundin und Königin gesagt hatte, eine Lüge war.

Kapitel 1

Tordesillas, Mai 2012

Mit einem tiefen Seufzer schlug Isaura die Augen auf. Sie fühlte sich alles andere als erholt, obgleich die Sonne bereits ins Zimmer schien und sie mehr als acht Stunden geschlafen haben musste. Sie ließ den Blick durch die spärlich möblierte Kammer schweifen, wie um sich selbst davon zu überzeugen, dass sie sich hier in ihrem Bett in Großtante Carmens Häuschen – in ihrem eigenen Häuschen – vor den Toren des Städtchens Tordesillas im zentralen Hochland von Kastilien befand.

Was für ein intensiver Traum – wenn es denn nur ein Traum gewesen war. Isaura war sich da inzwischen nicht mehr sicher. Aber was sollte es sonst gewesen sein? Fremde Erinnerungen? Die der Hofdame Teresa de Lucena, in deren Haut sie scheinbar geschlüpft war? Etwas tief in ihrem Innern wusste es besser, aber Isaura tat sich noch schwer, dieses ungeheuerliche Wissen zuzulassen.

Sie hatte darüber gelesen. In dem alten Buch, der *La Caminata de la edad* – der Reisenden durch die Jahrhunderte.

Isaura vermied es, über die Bedeutung des Pseudonyms weiter nachzudenken. Ihre Hand strich über das leere Laken neben ihr. Er war fort. Natürlich. Sicher war er längst wieder im Krankenhaus bei der Arbeit oder war noch in der Nacht nach Valladolid in seine eigene Wohnung zurückgekehrt. Isaura drehte den Kopf und sog seinen Geruch ein, der noch immer in ihrem Kopfkissen hing, und andere Erinnerungen stiegen in ihrem Geist auf. Nicht von Geschehnissen, die hunderte Jahre zurücklagen. Diese Erinnerungen waren noch ganz frisch. Kaum ein paar Stunden alt. Es war ihr, als könne sie seine Hände wieder auf ihrer Haut spüren und seinen warmen Atem in ihrem Gesicht. Seine Lippen, die ihren Körper mit Küssen bedeckten und ihr dann liebevolle Worte ins Ohr raunten. Seine durchtrainierten Arme, die sie umschlossen und an sich zogen. Seine kraftvollen Bewegungen schließlich, als er in sie eindrang, sich in ihr bewegte und sie vollständig auszufüllen schien. Und dann die wundervolle Erschöpfung, als sie in seinen Armen einschlief.

Isaura schloss die Augen, um sich noch ein wenig den angenehmen Träumereien hinzugeben. Da zog ihr ein anderer Duft in die Nase.

Frischer Kaffee?

Isaura setzte sich mit einem Ruck auf. Sie vernahm leise Schritte auf der Treppe. Die Tür öffnete sich, und Marco trat ein. Es war ihr, als würde die Sonne unvermittelt noch strahlender scheinen. Er war groß, seine Haut von einem schimmernden Bronzeton. Sein schwarzes Haar trug er kurz geschnitten, die kantigen Wangen bedeckte der Hauch eines dunklen Bartes. Mit seiner sportlichen Figur sah er in der legeren Hose und dem knappen T-Shirt verdammt gut aus. Und wie er sie ansah!

»*Buenos días, cariña*«, sagte er zärtlich. »Wie geht es dir?« Er lächelte verlegen. »Du hast wieder geträumt. Ich wollte dich nicht stören, also habe ich mich nach unten auf das Sofa verzogen.«

Die Wahrheit lautete wohl eher, dass sie seinen Schlaf gestört hatte, doch im Gegensatz zu ihrem Mann Justus –

Exmann!, verbesserte sie sich – war Marco so charmant, es anders auszudrücken.

Isaura ließ sich in ihr Kissen zurücksinken. »Ich wünsche dir auch einen guten Morgen«, gab sie zurück. »Wieso bist du noch hier? Musst du nicht arbeiten?«

Er schüttelte den Kopf. »Spätschicht. Es reicht, wenn ich gegen Mittag losfahre. Möchtest du frühstücken? Es ist alles fertig. Und wenn wir uns beeilen, lässt uns dein Kater auch noch was übrig.«

Isaura warf die Decke von sich. »Golondrino ist in der Küche? Dann müssen wir uns wirklich sputen! Wenn es ums Fressen geht, vergisst er jede Erziehung, die er vielleicht irgendwann einmal genossen hat – wobei ich das eigentlich bezweifle.«

Isaura hastete barfuß die Treppe hinunter, während sich Marco nach ihren Hausschuhen bückte, ihren Bademantel vom Stuhl nahm und ihr dann in die Küche folgte, wo sich der Kater noch immer brav mit seiner Schale Milch beschäftigte. Isaura beugte sich hinab und kraulte ihm die Ohren. »Sehr brav, alter Junge. Und wie war die Jagd heute Nacht?«

Golondrino maunzte und wandte sich dann wieder seiner Milch zu.

»Und was heißt das jetzt?«, erkundigte sich Marco, der zwei Becher mit Kaffee füllte.

Isaura zuckte mit den Schultern. »Keine Ahnung, aber auf alle Fälle will er nicht auf sein Katzenfutter verzichten, so viel steht fest.«

»Das hat er dir gesagt?« Marco hob belustigt die Brauen.

»Das sagt mir die Erfahrung mit diesem stets hungrigen Exemplar eines Streuners«, gab Isaura trocken zurück, während sie zu Marco auf die Eckbank rutschte. Sie griff nach der Milch und füllte ihren Becher bis zum Rand, dann nahm sie mit einem genießerischen Seufzer den ersten Schluck.

»So kann man den Kaffee trinken!«

Marco beobachtete sie mit belustigter Miene. »Mädchen-kaffee«, murmelte er, wofür ihn Isaura in die Seite knuffte.

»Das ist natürlich nichts für einen spanischen Macho«, erwiderte sie.

»Genau«, gab er zu, nahm sich die Flasche mit dem Oli-venöl und beträufelte das frisch geröstete Weißbrot vom Vor-tag.

Isaura nahm sich lieber Butter und Marmelade.

»Wie kann man nur so etwas zum Frühstück essen!«

»Dito«, gab Marco zurück und biss herzhaft in sein Brot.

Brüderlich teilten sie sich Rührei und Serranoschinken und tranken ein wenig Orangensaft.

»Himmlisch«, seufzte Isaura und lehnte sich an seine Schulter. Der Kater sprang neben ihr auf die Bank und drängte sich dann unfein zwischen sie. Marco strich ihr mit der einen Hand über die Wange, mit der anderen kraulte er den Kater.

»Unverschämter Bursche«, kommentierte er.

»Und eifersüchtig«, ergänzte Isaura. Sie gab dem Kater einen Schubs, dass er mit einem Protestschrei auf den Boden sprang.

»Du kannst noch den ganzen Tag mit mir schmusen«, rügte sie ihn. »Jetzt ist Marco dran.«

»Ich könnte es auch den ganzen Tag bei dir aushalten«, sagte er und küsste sie zärtlich auf den Mund. Isaura erwiderte den Kuss.

»Dann bleib hier, und melde dich krank.«

Er rückte ein wenig von ihr ab und nahm sich noch ein Stück Brot. »Das geht leider nicht.«

Isaura nickte. »War nicht ernst gemeint. Es ist nur ...« Sie seufzte.

»Setz dich einfach draußen auf deine Bank, und genieße die milde Frühlingsluft, die Kastilien nur wenige Tage im Jahr zu bieten hat, ehe der Sommer uns mit seiner gnadenlosen Hitze niederdrückt.«

»Ich kann hier nicht Tag für Tag einfach nur herumsitzen.«

»Gibt es auf dem Hof nicht genug zu tun?«, wunderte sich Marco.

»Schon, aber ich bin Journalistin. Ich habe einen Job, um den ich mich kümmern muss, und eine Wohnung in München und ...«

»Ein anderes Leben«, ergänzte Marco. »Heißt das, du willst Spanien verlassen?«

Isaura hob hilflos die Hände. »Ich will nicht fort. Ich muss! Wenn ich mich nicht bald in der Redaktion melde, dann bin ich meinen Job los. Wie dir sicher nicht entgangen ist, taugt der Hof hier eher zum Geld Reinstecken, als um welches zu verdienen.«

Marco nickte. Auch in der gemütlichen Küche war nicht zu übersehen, dass alles in die Jahre gekommen war, und mit ein wenig Gemüse aus dem Garten und ein paar Hühnern konnte man sich selbst in Kastilien nicht über Wasser halten.

»Und deine Geschichte über Spanien? Solltest du nicht eine mehrteilige Reportage über die Historie Kastiliens schreiben?«, hakte Marco nach.

»Ja, das sollte ich, und ich habe noch nichts dafür getan«, gab Isaura bedrückt zu. »Es war einfach alles viel zu viel in letzter Zeit. Erst die Sache mit dieser Frau und dann der Unfall, bei dem Justus so schwer verletzt worden ist.« *Und an dem ich schuld bin*, fügte sie in Gedanken hinzu. »Sein Anwalt hat mir geschrieben, dass er den Auftrag hat, die Scheidung voranzutreiben.« Sie seufzte.

»Ist dir das nicht recht?«, fragte Marco sanft und strich ihr zärtlich eine Strähne aus der Stirn.

Isaura hob die Schultern. »Recht? Das ist nicht das passende Wort. Als ich ihn geheiratet habe, habe ich das ›Ja, für immer‹ ernst gemeint und auch das mit der Treue – er dagegen offensichtlich nicht.« Sie verzog das Gesicht. »Und nun müssen wir eben getrennte Wege gehen. Er soll mit dieser Sandy glücklich werden, und ich – ich muss meinen Weg erst noch finden.«

Es gab noch immer diesen stechenden Schmerz, wenn sie den Namen Sandy aussprach, doch Marcos verständnisvoller Blick tat ihr gut. Sie legte ihre Hand auf seine. »Es ist vorbei«, sagte sie fest. »Ich schaue nach vorn. Zum Glück wird er dank deiner Hilfe wieder gesund, sodass ich loslassen kann.«

Marco protestierte halbherzig. »Ich bin nicht der einzige Arzt im Krankenhaus, der ihn behandelt hat.«

Isaura machte eine ungeduldige Handbewegung. »Hauptsache, er erholt sich, und ich muss mir nicht mein Leben lang vorwerfen, dass ich mit diesem Unfall einem Kind seinen Vater geraubt habe. Jedenfalls werde ich Justus wegen der Scheidung keine Steine in den Weg legen«, beendete Isaura das Thema. Mit einem Ruck stand sie auf und begann mit fahrigen Bewegungen, den Tisch abzuräumen.

Auch von dem Kind zu sprechen, schmerzte sie tief, doch sie hoffte, es würde mit der Zeit nachlassen. Mit ihr hatte Justus keine Kinder gewollt. Vielleicht wäre sonst alles anders gekommen. Vielleicht hätte er sie dann nicht mit dieser Sandy betrogen und ein Kind mit ihr gezeugt.

Das Saftglas, das sie eben in die Spüle gestellt hatte, zersprang in tausend Scherben. Isaura stieß einen Schrei aus. Dann traten ihr Tränen in die Augen und liefen ihr über die Wangen. Marco erhob sich und schlang die Arme um sie.

»Das ist alles ein bisschen viel für dich.« Tröstend streichelte er ihren Rücken. »Lass dir Zeit. Vielleicht ist es besser, wenn ich heute Abend nicht komme? Es könnte eh spät werden.«

Isaura wischte sich die Tränen ab und lehnte sich gegen ihn. »Ich weiß nicht. Du musst auch mal wieder genügend Schlaf bekommen und in einem bequemen Bett die Nacht verbringen. Deine Patienten haben einen ausgeschlafenen Arzt verdient.«

Marco nickte. »Gut, dann sehen wir uns morgen, wenn du möchtest. Ich könnte mir als Bestechungsangebot ein Abendessen vorstellen, kastilische Küche, an deinem Herd zubereitet.«

Isaura streckte sich und küsste ihn zärtlich auf den Mund. »Du musst mich nicht bestechen, aber das klingt wirklich verlockend. Ich nehme das Angebot an.«

Er lächelte sie an. »Abgemacht. Und du versprichst mir, bis dahin keine überstürzten Entscheidungen zu treffen. Du kannst den armen Golondrino doch nicht einfach einsam und alleine in Kastilien zurücklassen – und mich auch nicht«, fügte er leise hinzu.

Er lächelte zwar, als wäre es nur ein Scherz, doch Isaura spürte, wie ernst es ihm damit war. Er hatte sich in sie verliebt, und seine Gefühle vertieften sich mit jedem Tag, den sie zusammen verbrachten.

Und was war mit ihr?

Isaura schmiegte sich mit einem Seufzer an seine Brust. Sie hatte sich ebenfalls Hals über Kopf in ihn verliebt. Es waren so ganz neue Gefühle, die plötzlich durch ihre Traurigkeit und ihren Zorn brachen und ihr Herz zum Rasen brachten. Heiße Wellen des Verlangens jagten durch ihren Körper, wenn sie ihn nur ansah. Liebten sie sich, war es wie ein Rausch, ein Taumel, ein wilder Traum, aus dem sie atemlos und glücklich erwachte.

Es war so ganz anders als mit Justus. Auch ihn hatte sie geliebt, viele Jahre lang, und sie hatte gern an seiner Seite gelebt, aber es war alles ein wenig ruhiger gewesen – zärtlich und liebevoll, ja, aber nicht so heiß wie mit ihrem kastilischen Geliebten.

Isaura begleitete Marco zu seinem Wagen, der draußen im Hof stand. Sie umarmten einander noch einmal, dann stieg er ein, und der Wagen holperte zum Tor. Sie sah ihm nach, bis sich die Staubwolke auf dem ausgefahrenen Feldweg gelegt hatte. Golondrino strich maunzend um ihre Beine. Isaura bückte sich und streichelte den Kater.

»Ihr zwei seid schrecklich!«, sagte sie. »Ihr setzt mich unter Druck. Wie soll ich mich da frei entscheiden? Ich gehöre nicht hierher!«

Der Kater protestierte, oder verlangte er nur nach seinem Futter?

»Na, dann komm. Ich habe dir was Leckeres gekauft.«

Das ließ sich Golondrino nicht zweimal sagen. Er sprang vor ihr her in die Küche zurück und setzte sich dann mit forderndem Blick vor seinen leeren Teller, den Isaura mit saftigen Fleischstücken füllte. Dankbar schnurrend, begann er zu fressen.

Isaura räumte derweil die Scherben aus dem Spülstein und warf sie in den Mülleimer. Einer der Splitter ritzte ihren Finger. Dicke rote Tropfen quollen aus dem Schnitt und fielen in die Spüle. Sie unterdrückte einen Fluch, drehte das kalte Wasser auf und hielt den Finger unter den Strahl.

Wieder drückten Tränen hinter ihren Lidern. Sie konnte nicht länger den Kopf in den Sand stecken. Sie musste sich dem Leben stellen und eine Entscheidung treffen. Ihr Herz hatte sich längst für Kastilien entschieden, doch ihre Vernunft wurde nicht müde, ihr vorzubeten, was für ein Wahnsinn das war.

Sie hatte einen guten Job in München. Wie sollte sie hier in Kastilien Geld verdienen? Von irgendetwas musste sie leben – und sie würde Geld brauchen, wenn sie den Hof erhalten wollte. Die geerbten Schmuckstücke von Großtante Carmen zu verkaufen, kam nicht infrage! Sie waren seit Generationen im Besitz der Familie. Niemals würde Isaura sie hergeben. Also brauchte sie einen Job. Was um alles in der Welt sollte sie hier auf dem Land mitten in Kastilien arbeiten? Spaniens Wirtschaft blühte nicht gerade.

Ihr Platz war in München. Dort hatte sie ihre Arbeit und ihre Wohnung, die sie mit einigen ausgesuchten Antiquitäten zwischen dem sonst modernen Mobiliar über die Jahre zu einem Schmuckstück gemacht hatte.

Und die zur Hälfte Justus gehörte. Sie würden sie verkaufen müssen, um den Erlös aufzuteilen.

Gut! Dann wäre ihre Existenz hier in Kastilien ja vorerst gesichert, zumal sie und Golondrino ein bescheidenes Leben führten. Dennoch würde das Geld nicht für alle Zeiten reichen, und außerdem waren ihre Wurzeln in München. Dort war sie geboren und aufgewachsen. Dort hatte sie ihr Leben verbracht. Dort gehörte sie hin!

Wirklich?

Es fühlte sich nicht so an.

Doch gehörte sie nach Kastilien? Nur weil ihre Großtante, die sie nie kennengelernt hatte, Isaura ihr Anwesen hinterlassen hatte?

Nicht nur deshalb, flüsterte eine Stimme. *Du gehörst hierher, weil hier deine Wurzeln sind. Hier haben die Frauen, von denen du abstammst, gelebt und das Schicksal des Landes beeinflusst. Hier erfüllt sich deine Bestimmung. Du musst dein Erbe endlich annehmen, nicht nur das Haus und die Ländereien. Du musst aufhören, die Wahrheit, die du längst kennst, zu verdrängen.*

Isaura war es, als könnte sie eine Hand auf ihrer Schulter spüren. Eine magere, faltige Hand. Sie wagte nicht, sich umzusehen, obwohl sie wusste, dass sie, bis auf den Kater, alleine in der Küche war. Alleine in der Küche sein musste. Carmen war tot! Tot und begraben. Sie konnte nicht hinter ihr stehen und ihr tröstend die Hand auf die Schulter legen. Und sie konnte ihr auch keine Worte ins Ohr flüstern!

Oder doch?

Isaura drehte den Wasserhahn zu und floh in den Garten, obgleich sie wusste, dass sie der Stimme so nicht entkommen konnte.

Wollte sie ihr denn entkommen?

Isaura war sich darüber genauso wenig im Klaren wie über die Frage, wie es mit ihr weitergehen sollte. Sie verschob all die schweren Entscheidungen und holte sich einen Eimer und eine kleine Hacke. Sie kniete sich hin, vergrub ihre Finger in der feuchten Erde und zupfte sorgfältig jedes Unkraut heraus, das sich zwischen den Frühlingsblumen breitzumachen versuchte. Zwischen den Blumen, die Carmen hier gepflanzt hatte.

Kapitel 2

Die Burg der Königin erhob sich auf dem gleich einem Schiffs-
bug aufragenden Felsen, zu dessen Füßen der Río Clamores
in den Río Eresma floss. Die untergehende Sonne tauchte die
Mauern des Alcázar in warmes Licht. Beatriz sagte stets, der
Alcázar von Segovia sei die schönste aller Burgen, die Königin Isabel ihr Eigen nannte. Auch Jimena konnte sich dem
Zauber der in der untergehenden Sonne rot schimmernden
Mauern nicht entziehen, hinter denen sie sich so geborgen
fühlte. Nur eine Atempause nach Krieg und Tod und vor dem
nächsten Sturm, der sich schon hinter dem Horizont aufzu-
türmen schien. Doch daran wollte Jimena im Moment nicht
denken. Als das letzte Glühen auf der Spitze des *Torre del
homenaje,* des massigen alten Bergfrieds, erlosch, wandte sie
sich ab, verließ den Hof und betrat die Treppe, die zur großen Burgküche hinunterführte.

»Oh, ja, das tut gut«, hörte sie eine männliche Stimme sagen. Eine weibliche Stimme kicherte leise und murmelte ein
paar Worte, die sie nicht verstand.

»Mehr davon«, stieß der Mann mit einem tiefen Seufzer
aus. »Du bist meine Rettung!«

Jimena blieb auf der Treppe stehen und lauschte. Diese
Stimme kannte sie, ja, ganz sicher, doch hätte sie den Mann
weit weg im Süden gewähnt, in Madrid.

Wieder kicherte das Mädchen.

Jimena zögerte. Sie hatte zwar nichts dagegen, den *Hidalgo* wiederzusehen, doch sie war ganz und gar nicht erpicht darauf, ihn in einer peinlichen Lage zu überraschen. Ärger stieg in ihr auf. Es ging hier im Palast zwar nicht mehr so schlimm zu wie zu den Zeiten, als Isabels älterer Halbbruder Enrique auf dem Thron gesessen hatte, doch offensichtlich war das moralisch einwandfreie Verhalten der jungen Königin ihren Höflingen und Damen keineswegs ein Vorbild, dem es nachzueifern galt.

Der *Hidalgo* stöhnte. Jimena raffte ihre Röcke, um sich schleunigst davonzumachen, als er einen Schmerzensschrei ausstieß. Das klang gar nicht nach einem lustvollen Stelldichein! Oder hatte die Küchenmagd beschlossen, sich gegen seine Zudringlichkeit zur Wehr zu setzen?

Doch da erklang die Stimme des Mädchens, und darin schwang Besorgnis. »Haltet still, Don Angelo!«

Also setzte Jimena doch ihren Weg die Treppe hinab fort. Das Bild, das sich nun in ihrem Geist formte, war nicht von Begierde und Lust beherrscht.

»Aua!«, stieß der junge Adelige noch einmal aus, als Jimena die Küche betrat und ihren Blick auf die zwei Gestalten richtete.

Don Angelo saß mit nacktem Oberkörper auf einem Tisch, die Beine, die in einer Hose und schmutzigen Reitstiefeln steckten, auf einem Hocker. In der Rechten hielt er ein zusammengeknülltes Tuch, aus dem Wasser auf seine Hose troff, und presste es sich auf Schläfe und Auge. Den linken Arm spreizte er seltsam vom Körper ab und streckte ihn der jungen Küchenmagd entgegen, die ein weißes Pulver großzügig über Arm und Tisch verteilte. Don Angelo stöhnte und verzog unter Schmerzen das Gesicht.

»Guter Freund!«, rief Jimena und trat rasch näher. »Was ist mit Euch geschehen? Habt Ihr Euch wieder einmal zu weit vorgewagt? Ich habe Euch gewarnt, dass Ihr für Eure Frechheiten irgendwann büßen müsst!«

»Doña Jimena«, stieß Don Angelo hervor und verdrehte das eine Auge, das sie sehen konnte. »Ihr kommt wie so oft im verkehrten Augenblick.«

Das Mädchen knickste vor ihr und senkte abwartend den Blick.

»Was ist an diesem Augenblick verkehrt, außer dass Ihr im Moment nicht gerade eine Augenweide seid – wenn Ihr mir diese Bemerkung gestattet.«

Er stöhnte noch einmal. »Genau darum geht es. Bitte entfernt Euch, und streicht diesen Anblick aus Eurem Gedächtnis.«

Jimena machte keine Anstalten, seiner Aufforderung Folge zu leisten. Stattdessen trat sie noch einen Schritt näher und beugte sich vor, um die Wunden des *Hidalgo* genauer zu betrachten. Sie griff nach seinen blutverkrusteten Fingern und zog den Arm, der ihm sichtlich Schmerzen bereitete, zu sich heran. Eine hässliche Brandwunde zog sich vom Handgelenk bis zum Ellenbogen. Weißes Pulver, an einigen Stellen vom Wundsaft bereits gelb verklebt, bedeckte die geschwärzte Haut.

Don Angelo schnitt eine Grimasse und presste die Zähne so fest aufeinander, dass seine Kiefermuskeln scharf hervortraten.

»Was ist das?«, herrschte Jimena die Magd an.

»Mehl, Doña«, sagte sie leise.

»Hast du ihm das auf die Wunde gestreut?«

Die Küchenmagd nickte, den Blick noch immer gesenkt.

»Wie kannst du nur!«, ereiferte sich Jimena. »Mehl auf

eine nässende Brandwunde, wie kommst du auf solch einen Gedanken?«

»Zankt das arme Kind nicht so aus«, verteidigte Don Angelo das Mädchen. »Sie sagte mir, dass sie nicht viel von Wunden verstehe, aber ich befahl ihr, mir zu helfen.«

»Statt gleich zu mir zu kommen«, schimpfte Jimena.

Der Don versuchte sich an einem Lächeln, das ein wenig kläglich ausfiel. »Ihr könnt über die Maßen einschüchternd sein.«

»Blödsinn! Ihr seid genauso dumm wie dieses Mädchen.« Sie wandte sich der Magd zu, die sich noch immer nicht vom Fleck gerührt hatte. »Mach, dass du zu deinen Gemüsetöpfen kommst, und sag der Köchin, dass heute Abend zehn Gäste mehr zu erwarten sind.«

Das Küchenmädchen nickte, warf Don Angelo noch einen schnellen Blick zu und hastete dann davon.

Jimena wandte sich wieder der Brandwunde zu. »Das sieht sehr hässlich aus. Was klebt dort unter dem Ellenbogen? Ist das Pech?«

»Könnte schon sein. Der Kontakt mit der Fackel war, sagen wir, unangenehm intensiv.«

»Und wie konnte Euch so etwas passieren? Wart Ihr etwa betrunken?«

»Nein! Ich schwöre es. Doña Jimena, schaut mich nicht mit diesem verächtlichen Blick an, das gibt mir den Todesstoß.«

»Ihr seid ein Kindskopf«, gab sie zurück und zog das rosa verfärbte, nasse Tuch von seinem Gesicht, sodass sie nun auch die zweite Wunde sehen konnte. Die Wange war von einem Schlag mit einem rauen Gegenstand gequetscht und aufgeschürft. Darüber klaffte am Haaransatz eine Platzwunde, aus der noch immer Blut rann. Jimena zog die Brauen hoch.

»Also, sagt mir endlich, was geschehen ist. Mit wem habt Ihr Euch geprügelt?«

»Die Kerle haben sich nicht vorgestellt«, sagte er mit einem abfälligen Schnauben. »Sie haben uns nicht einmal beachtet. Sie waren zu sehr damit beschäftigt, zwei Kaufleute und deren Knechte zu berauben, als Don Javier und ich mit unseren beiden Knappen des Weges kamen. Vielleicht war uns von dem langen, ereignislosen Ritt ein wenig langweilig, dass wir beschlossen, uns in Dinge einzumischen, die uns eigentlich nichts angingen. Vielleicht hat mich auch geärgert, wie dieses Gesindel auf offener Straße Knechte totschlug, die versuchten, ihre Dienstherren zu verteidigen.«

»Dann seid Ihr also den Kaufleuten zu Hilfe geeilt und dabei verletzt worden?«

Don Angelo nickte. »Ja, und zur Verteidigung meiner Ehre muss ich sagen, dass wir zu viert gegen zehn Straßenräuber kämpften, die sicher nicht zum ersten Mal ein Gemetzel veranstalteten. Sie wussten sich wohl zu wehren!«

»Das sehe ich«, gab Jimena zurück. »Wie ging der Kampf aus?«

»Don Javier hat nur ein paar Kratzer davongetragen, sein Knappe allerdings wird nicht mehr erwachen. Der meine kommt wieder auf die Beine. Die beiden Kaufleute und drei ihrer Knechte haben ebenfalls überlebt. Fünf wurden erschlagen.«

»Und die Straßenräuber?«

»Denen haben wir es recht ordentlich gegeben. Sechs von ihnen werden sich nicht mehr an fremdem Eigentum vergreifen. Die Übrigen sind uns leider entwischt.« Er hob die Schultern. »Wir begleiteten die Kaufleute noch bis zu den Toren der Stadt und übergaben sie der Obhut der barmherzigen Brüder.«

»Das habt Ihr gut gemacht, Don Angelo, ich muss Euch loben.«

»Doña Jimena, Eure Worte sind Balsam für meine Wunden und mildern den Schmerz.«

»Das alleine wird aber nicht genügen«, erwiderte sie und drückte den nassen Stoff wieder gegen die blutende Wunde. »Der Riss sollte genäht werden. Wollt Ihr den Bader aufsuchen, oder soll ich es tun. Ich vermute, dann wird die Narbe weniger hässlich ausfallen.«

»Narben sind nicht hässlich, sie zeugen von Heldenmut«, widersprach Don Angelo.

»Gut, ich überlasse Euch dem Bader. Von Heldenmut zeugt sicher auch, die Schmerzen zu erdulden. Der Mann ist ein wenig grob.«

Don Angelo blinzelte. »Ach, wenn ich es mir recht überlege, dann ist dem Heldenmut für heute bereits Genüge getan. Ich würde vielleicht doch Eure zarten Hände bevorzugen.«

Jimena lachte. »Dann kommt mit mir in mein Gemach, wo ich die Tinkturen und alles andere aufbewahre, das wir brauchen.«

»In Euer Gemach? Seid Ihr sicher, dass das klug ist?«

Jimena machte eine wegwerfende Handbewegung. »Fürchtet Ihr um meinen Ruf? Ich denke, von einem verletzten Mann in meinem Gemach wird er keinen Schaden nehmen. Ihr seid in diesem Zustand nicht einmal in der Lage, unzüchtige Gedanken zu hegen!«

»Seid Ihr da so sicher?«, raunte er mit tiefer Stimme.

Jimena blitzte ihn an und legte ihre Hand auf die Brandwunde, dass er vor Schmerz aufschrie.

»Ja, ganz sicher!« Sie griff nach seiner Hand und zog ihn hoch.

»Ihr seid eine Teufelin«, murrte er, »eine Hexe. Ihr werdet mich noch ins Verderben stürzen.«

Jimena ignorierte seine Worte und rief nach der Magd, um sie anzuweisen, einen Topf kochendes Wasser in ihr Gemach zu bringen. Dann hakte sie ihn an seinem unversehrten Arm unter und führte ihn die Treppe hinauf.

»Fühlt Ihr Euch jetzt besser?«, erkundigte sich Jimena.

Don Angelo lächelte sie an. Sein Blick wirkte ein wenig schläfrig, was an der schmerzlindernden Kräutermischung lag, die sie ihm eingeflößt hatte und die offensichtlich ihre Wirkung tat.

»Alles ist gut«, behauptete er.

Sie erwiderte sein Lächeln. »Das sicher nicht, aber besser als zuvor ganz sicher.«

Unter seinem Protest hatte sie seine Brandwunden mit heißem Wasser ausgewaschen, um Straßendreck und Mehl zu entfernen, und sich dann darangemacht, die Pechstücke von dem verbrannten Fleisch zu lösen, was sein Schimpfen noch verstärkte. Auch das Behandeln der Wunden mit einer gebrannten Kräuterlösung rief nicht gerade Begeisterung hervor.

»Und Ihr habt behauptet, Ihr wärt zartfühlender als der Bader«, beschwerte er sich, erntete aber nur ein breites Lächeln.

»Das bin ich, glaubt mir!«, sagte sie und machte sich daran, die Platzwunde in seinem Gesicht zu nähen. Er ließ es stoisch über sich ergehen, vermutlich weil die schmerzstillenden Kräuter bereits ihre Wirkung taten.

Die Tür öffnete sich, doch Jimena ließ sich nicht ablenken. Auch nicht, als ein Ausruf des Erstaunens erklang. Zwei Frauen traten ein. Die erste war hübsch, mit üppig weiblichen Formen und einem runden Gesicht, das unter dem feinen Schleier von dunklen Flechten umrahmt wurde. Die zweite war deutlich schlanker, mit einem blassen, schmalen Gesicht und kastanienfarbenen Locken.

»Was geht denn hier vor sich?«, rief die erste. »Jimena! Was machst du? Ist das Don Angelo? In unserem Gemach? Du bist doch immer diejenige, die uns zu Anstand und Sitte mahnt!«

»Ja und, Beatriz? Ich versorge seine Verletzungen, wie du sicher sehen kannst«, gab Jimena beinahe verächtlich zurück. »Ist daran etwas Verwerfliches?«

Nun trat Beatriz neugierig näher. Die andere Frau, Teresa, folgte ihr. Sie blieb wie immer stumm, doch ihre Miene zeigte keine Überraschung. Sie blickte eher ein wenig mitleidig drein.

»Das sieht ja schrecklich aus. Was habt Ihr nur angestellt, Don Angelo?«, fragte Beatriz.

»Ich habe gar nichts angestellt!«, protestierte er. »Wie kommt es nur, dass ich einen so schlechten Ruf genieße?«

»Darüber solltet Ihr bei Gelegenheit nachdenken«, spottete Jimena. Dann berichtete sie den beiden Frauen, was der *Hidalgo* ihr erzählt hatte. Auch Beatriz lobte seinen Mut, was ihm sichtlich gefiel. Selbst Teresa lächelte den jungen Adeligen an.

Jimena betupfte seinen verletzten Arm mit einer nach Kräutern riechenden Tinktur und verband ihn anschließend. Die genähte Platzwunde hatte aufgehört zu bluten. Sein Gesicht war gesäubert, sodass die dunkle Schwellung und die Schürfwunden nun noch deutlicher hervortraten.

Jimena hob die Schultern. »Schöner werdet Ihr heute nicht mehr.«

Don Angelo verlangte nach einem Spiegel. Jimena reichte ihm ihren kleinen silbernen Handspiegel, den Isabel ihr geschenkt hatte. Er zog beim Anblick seines zerschundenen Gesichts eine Grimasse. »Da werde ich vor der Königin heute keinen Staat machen.«

»Ich kann Euch für heute Abend entschuldigen, wenn Ihr Euch lieber zurückziehen wollt, um Euch auszuruhen«, bot Beatriz an.

Don Angelo lehnte dankend ab. »Ich muss der Königin berichten. Ich war nicht zu meinem Vergnügen in Madrid.« Wieder zog er eine Grimasse. »Nein, als Vergnügen kann ich die Begegnung ganz und gar nicht bezeichnen.«

Jimena sah ihn neugierig an. »Darf man erfahren, mit wem Ihr Euch getroffen habt?«

Don Angelo schnaubte abfällig. »Mit unserem lieben Freund Pacheco, dem Marquis de Villena, der seinem Vater in nichts nachsteht.«

Mehr wollte Don Angelo nicht erzählen, doch Jimena war sich sicher, später von Isabel alles zu erfahren. Sie tauschte mit ihrer jüngeren Cousine Teresa einen Blick. Teresa war zwar von Geburt an stumm, doch ab und zu ließ sie Jimena an ihren Gedanken teilhaben.

Don Angelo bedankte sich und verließ das Gemach der Damen, um sich für das Nachtmahl umzukleiden. Jimena sah ihm mit abwesendem Blick nach.

Villena!

Der Name schmeckte bitter in ihrer Erinnerung. Wie viele Steine hatte der Vater des jungen Marquis Isabel in den Weg gelegt. Gewiss musste man ihn einen von Isabels erbittertsten Feinden nennen. Die Schlacht bei Toro hatte die Entscheidung gebracht – ein wenig mit Jimenas Unterstützung – und Isabel Kastilien gesichert. Doch noch herrschte kein Frieden im Reich. Viele *Hidalgos* und vor allem die Städte mit ihren Bürgern standen auf der Seite der Königin, doch noch immer gab es genug *Grande* in Andalusien und der Extremadura, die nicht bereit waren, sich ihrer Königin zu unterwerfen. Und dann saß da eben immer noch der junge Marquis de Villena im Alcázar in Madrid. Jimena begann zu ahnen, welche Nachricht Don Angelo seiner Königin von jenseits der Cordillera brachte.

Und richtig. Als sie später zusammen an der großen Tafel saßen, erkundigte sich Isabel: »Nun, Don Angelo, was habt Ihr mir aus Madrid zu berichten?«

Erst zierte sich der *Hidalgo* ein wenig, doch dann platzte er damit heraus, dass Juan Pacheco gar nicht daran dachte, den Alcázar von Madrid seiner Königin zu übergeben. Jimena sah den Zorn in Isabels Miene. Ihre sonst so blassen Wangen waren gerötet und verliehen ihren Zügen unter dem blassblonden Haar mehr Ausdruck. Die hellblauen Augen blitzten.

»Er wagt es, sich meinen Forderungen zu widersetzen? Ich werde mir nehmen, was mir zusteht! Und wenn er nicht achtgibt, dann nehme ich ihm noch Belmonte und all seine anderen Burgen. Dann ist er die längste Zeit der Marquis de Villena gewesen!«

»Das will wohlüberlegt sein«, warnte Jimena, die zu Don Angelos Linken saß. »Kastilien hat gerade eine große Schlacht geschlagen. Tausende Männer sind gefallen, viele müssen sich noch erholen. Es ist entscheidend für die Zukunft des Reichs, bedacht vorzugehen und sich nicht vom Überschwang der Gefühle leiten zu lassen.«

Jimena wusste, dass sie sich weit vorwagte, doch es war ihr, als dränge ihre Cousine, die neben ihr saß, sie dazu, sich einzumischen. Jimena war zwar nicht nur Isabels Hofdame. Sie war ihre Freundin, dennoch stand es niemandem zu, die Königin in der Öffentlichkeit zu kritisieren und ihre Entscheidungen infrage zu stellen.

Und tatsächlich richtete Isabels Blick sich auf Jimena. Ihre Augen verengten sich. »Du schlägst dich auf die Seite des Marquis? Soll ich ihm das etwa durchgehen lassen?«

Jimena schüttelte den Kopf. »Nein, ich bin weder auf seiner Seite, noch denke ich, dass die Königin sich von irgendjemand ihren Alcázar wegnehmen lassen sollte. Dennoch muss die Reaktion angemessen sein und nicht diejenigen unter Euren Anhängern, die sich Euch gerade zaghaft annähern, wieder verschrecken und in Villenas Arme treiben. Ein großer Rachefeldzug gegen einen *Grande* könnte Ängste schüren, die dem noch schwankenden Reich nicht guttun.«

Isabel zog eine Grimasse, doch ihre Stimme war beherrscht. »Du bist wie immer ein Quell der Weisheit. Glaube mir, ich hatte nicht vor, wie die Rachegöttin über die Berge zu fliegen und ihn samt seiner verdorbenen Brut in einem einzigen Feuersturm zu verzehren.«

Um Jimenas Mundwinkel zuckte es. Sie spürte, wie Teresa ihr zustimmend die Hand drückte. »Das hatte ich auch nicht angenommen, obgleich die Vorstellung durchaus etwas Verlockendes hat. Aber nein, nicht umsonst wird die Weisheit der Königin gerühmt.«

Nun schmunzelte auch Isabel. »Jimena, ich sollte mich vor dir in Acht nehmen. Du verstehst es, Menschen zu deinen Marionetten zu machen, ohne dass sie sich dessen bewusst wären.«

Jimena protestierte, doch Don Angelo fiel ihr ins Wort. »Da habt Ihr recht, Majestät. Sie ist geradezu unheimlich, mit ihren mächtigen Kräften, vor denen man sich hüten sollte. Vielleicht liege ich Eurer Dame deshalb zu Füßen, seit ich sie das erste Mal erblickte?«

Isabel sah ihn prüfend an, als wüsste sie seine Worte nicht recht zu deuten. Jimena dagegen trat ihm unter dem Tisch kräftig gegen das Bein, dass er das Gesicht verzog. Rasch wechselte er das Thema, lobte die Fertigkeiten der Köchin und lud sich noch einmal den Teller mit allerlei Köstlichkeiten voll. Allerdings schien ihm das Kauen Schmerzen zu bereiten, was Isabel nicht entging.

»Seid Ihr Euch ganz sicher, dass es nicht die Männer des Marquis waren, die Euch so zugerichtet haben?«, erkundigte sich die Königin. »Ich würde ihm durchaus zutrauen, meinen Abgesandten seine Schläger hinterherzuschicken.«

»Zuzutrauen wäre es ihm«, pflichtete der *Hidalgo* ihr bei, »aber nein, dies waren gewöhnliche Straßenräuber, die es noch dazu auf die Kaufleute Eurer Stadt abgesehen hatten, nicht auf uns. Wir bekamen unseren Teil der Prügel nur deshalb ab, weil wir uns eingemischt haben.«

»Und die Kaufleute vor dem sicheren Tod bewahrt!«, ergänzte Jimena. »Sie haben die Waren für Segovia gerettet und die wenigen überlebenden Räuber in die Flucht geschlagen.«

Isabel nickte ihm huldvoll zu. »Don Angelo, Eure Königin und ihre Stadt haben Euch zu danken. Ihr habt wahren Heldenmut bewiesen und Euch ritterlich für die Schwachen eingesetzt, die Eurer Hilfe bedurften.«

»Wo das sonst gar nicht meine Art ist«, murmelte er, doch so leise, dass Isabel es nicht hörte.

»Es ist eine Schande«, ereiferte sich Beatriz, als sie nach dem Nachtmahl das Thema noch einmal aufgriff. Sie saß mit Isabel, Jimena und Teresa auf einem bequemen Diwan im großen Saal. Wie so oft beschäftigten sich die Damen mit ihren Handarbeiten oder tranken noch ein Glas Wein und plauderten ein wenig.

»Keiner kann sich mehr ohne den Schutz von Bewaffneten auf die Straße wagen. Draußen vor den Toren der Stadt gilt das Recht des Stärkeren, der an sich reißt, wonach ihn gelüstet, und der für Raub und Mord keine Strafe zu fürchten hat.«

Jimena nickte. »Viele der Banden arbeiten gar mit Wissen oder Duldung der Adeligen, gegen einen Anteil ihrer Beute, versteht sich. Der Handel liegt fast völlig darnieder. Kaufleute müssen schon tollkühn oder sehr gut bewaffnet sein, wenn sie sich mit ihren Waren über Land wagen.«

Isabel kaute auf ihrer Lippe. »Das Problem ist mir durchaus bekannt, doch wie kann man dagegen angehen? Wie ihr schon selbst sagt, steckt so mancher von Adel mit den Strauchdieben unter einer Decke. An sie zu appellieren, wäre, den Bock zum Gärtner zu machen.«

»Dem Adel traut das Volk schon lange nicht mehr«, mischte sich Andrés de Cabrera ein, der, einen Weinkelch in der Hand, mit einer Verbeugung zu den Damen trat. »Die einfachen Menschen haben längst resigniert. Wenn es Recht und Gerechtigkeit in Kastilien gibt, dann nur für Männer der Kirche oder von Adel. Das Leben des kleinen Mannes interessiert keinen. Und dennoch unterstützen sie Euch und setzen große Hoffnung in ihre Königin.«

Isabel runzelte die Stirn. »Sie sollen in ihrer Hoffnung nicht enttäuscht werden. Es muss einen Weg geben, Recht und Ordnung für alle durchzusetzen und die Straßen sicher zu machen, auf dass der Handel und damit das Land wieder erblüht.«

Sie strahlte und sah in die Runde. Alle nickten, doch Jimena ahnte, dass die Umsetzung dieses Plans nicht einfach werden würde. »Es gibt ein paar Ortschaften, die sich gegen diese Seuche selbst zu helfen versuchen.«

Isabel sah Jimena aufmerksam an. »Was meinst du?«

»Sie haben Bruderschaften gegründet und stellen aus ihrer Mitte Männer frei, die für Sicherheit sorgen sollen.«

»Du meinst die *Hermandad*.« Isabel legte die Stirn in Falten. »Das ist keine schlechte Idee. So könnte man die Aufgabe in die Hände jener legen, die den größten Nutzen davon haben.« Mit lebhafter Miene wandte sie sich nach einem Bediensteten um. »Sucht nach Kardinal Mendoza und Fray Hernando, und bittet sie, sogleich zu mir zu kommen. Ich habe Wichtiges mit ihnen zu besprechen.«

Der Diener verbeugte sich und eilte davon.

»Hat das nicht Zeit bis morgen?«, fragte Beatriz kopfschüttelnd.

»Nein! Jeder Überfallene und Beraubte ist einer zu viel.«

Isabel sprang auf und ging ruhelos auf und ab, bis die beiden Kirchenmänner eintraten.

Kardinal Mendoza begrüßte sie mit einem Lächeln, während Hernando de Talavera stumm den Kopf neigte und dann mit verschränkten Armen abseits stehen blieb.

»Was gibt es zu später Stunde so Wichtiges, das keinen Aufschub duldet?«, erkundigte sich der Kardinal.

»Das Leben und die Sicherheit meines Volkes«, erwiderte Isabel. »Es kann nicht angehen, dass in meinem Land ungestraft geraubt und gemordet wird und man auf den Landstraßen seines Lebens nicht mehr sicher ist!«

»Und dieses Problem wollt Ihr heute Nacht lösen?«, wollte der Kardinal wissen, der noch immer lächelte.

»Ja!«

»Nun denn, wenn es der Wille der Königin ist«, sagte Hernando de Talavera schlicht. Er folgte ihr in einen kleineren, nicht minder prächtigen Raum und nahm an dem Tisch in der Mitte Platz. Auch der Kardinal folgte ihrer Aufforderung. Ihnen war bewusst, dass dies eine lange Nacht werden würde, doch das schien beide nicht zu stören.

Isabel ließ Wein und Süßigkeiten bringen, dann entließ sie

ihre Damen für diese Nacht. Während die stets etwas träge Beatriz erleichtert war, an der Besprechung nicht teilnehmen zu müssen, war Jimena enttäuscht. Sie spürte Teresa hinter sich, die ebenfalls auf die geschlossene Tür starrte.

Wir werden uns bis morgen gedulden müssen, erklang eine Stimme in Jimenas Geist, die sie nicht häufig zu hören bekam. Sie wandte sich zu ihrer Cousine um und seufzte.

»Ja, leider bleibt uns nichts anderes übrig. Komm, lass uns zu Bett gehen. Es ist schon spät.«

Teresa hakte sich bei Jimena unter. Gemeinsam machten sie sich auf den Weg zu den Gemächern der Damen.

Kapitel 3

Jimena stand am Fenster und ließ den Blick über die einfachen Häuser schweifen. Madrid war eine unbedeutende Stadt, geprägt vom ländlichen Leben und seinen Menschen. Nicht zu vergleichen mit Toledo, Segovia oder Ávila. Hier waren die Könige meist nur zu Gast, um sich jenseits des Río Manzanares am Wildreichtum ihres ausgedehnten Jagdreviers zu erfreuen.

»Ich hoffe, wir bleiben nicht lange«, sagte Beatriz, die es lieber luxuriös und behaglich hatte.

Jimena wandte sich zu ihr um. »Ich kenne Isabels Pläne nicht, doch zumindest weiß ich, dass sie für diesen und jeden folgenden Freitag eine Audienz angekündigt hat.«

Beatriz runzelte die Stirn. »Was für eine Audienz?«

»Eine Sprechstunde für das Volk. Jeder kann bei der Königin vorsprechen. Sie wird sich die Sorgen und Nöte der Menschen anhören und dafür sorgen, dass ihnen Gerechtigkeit widerfährt.«

»Na, da wird sie viel zu tun haben!«, stieß Beatriz mit einem sarkastischen Lachen hervor. »Ich weiß ja, dass Isabel viel kann, aber sie ist nicht Gott und nicht allmächtig!« Teresa warf ihr einen vorwurfsvollen Blick zu, dass Beatriz abwehrend die Hände hob. »Ich habe ja nicht gesagt, dass ich ihre Bemühungen schlecht finde. Nur fürchte ich, es werden von nun an jeden Freitag tausende den Palast belagern, und es wird immer nur einer von zweien zufrieden nach Hause gehen. Wenn überhaupt!«

Jimena teilte Beatriz' Bedenken, doch ihr war bewusst, dass Isabel sich von ihrem einmal gefassten Entschluss nicht abbringen lassen würde. Außerdem hatte sie in den wenigen Wochen, seit ihr die Idee gekommen war, die *Hermandad* überall in Kastilien ins Leben zu rufen, bereits viel erreicht. Die Wege wurden sicherer, die Menschen begannen aufzuatmen.

Jeder Ort, der mehr als dreißig Haushalte aufwies, musste alle sechs Monate einen Ritter und einen Bürger unter sich auswählen, die dann auf Kosten des Orts eine Brigade aufstellten, welche im Umkreis von fünf Meilen die Sicherheit zu gewähren hatte. Jeder Delinquent wurde bis zu dieser Grenze verfolgt. Dann musste die Brigade des Nachbarorts den Fall übernehmen. Konnten die Männer der Brigade eines Täters habhaft werden, wurde dieser auf der Stelle abgeurteilt, und die Strafe wurde vollstreckt, die durchaus drastisch genannt werden konnte. Für einen Diebstahl im Wert von fünfhundert Maravedis oder mehr wurde dem Täter der Fuß abgeschlagen. Für schwerere Verbrechen gab es die Todesstrafe, die an Ort und Stelle vollstreckt wurde.

Jimena blieb allerdings nicht verborgen, dass die Königin sich hier eine eigene Truppe heranzog, welche unabhängig war von den Kontingenten, die die *Grande* ihr im Kriegsfalle zur Verfügung stellen mussten.

Jimena sprach Kardinal Mendoza darauf an, als sie ihn am nächsten Tag in den Gärten antraf.

»Das habt Ihr klug bemerkt«, lobte er ihren Scharfsinn.

»Das wird den *Grande* des Landes nicht gefallen.«

Er lächelte grimmig. »Da habt Ihr recht. Es gibt neben unserem Marquis de Villena noch genug *Grande*, die selbstherrlich über ihre Ländereien herrschen und sich nicht die Spur um die Königin und um Kastilien kümmern.«

»Die *Hermandad* wird Isabel helfen, das zu ändern«, ergänzte Jimena.

Sie schritten eine Weile schweigend zwischen den hohen Hecken dahin, die angenehmen Schatten spendeten. In den Bäumen zwitscherten Vögel. Plötzlich blieb Jimena stehen.

»Die *Santa Hermandad*, wie das Volk sie mittlerweile nennt, bringt Isabel noch einen weiteren Vorteil!« Der Kardinal blieb ebenfalls stehen. »Diese Brigaden müssen bezahlt werden – von allen Bauern und Bürgern des Landes gleichermaßen. Soweit ich es verstanden habe, werden dafür Steuern auf Nahrungsmittel erhoben. Das Geld kommt direkt ihrer Truppe und damit der Königin zugute. Ich könnte mir vorstellen, dass das zusätzlich viel Gold in die Schatullen bringt, ohne dass die Königin die Versammlung der Cortes einberufen müsste, um Sondersteuern für einen Kriegszug einzufordern.«

Der Kardinal lächelte noch breiter. »Ein schlauer Schachzug, nicht wahr? Ich versichere Euch, die Königin war von dieser Idee entzückt. Und ich muss sagen, ich bin beeindruckt von Eurem scharfen Geist, Doña Jimena. Königin Isabel hat ihre Dame klug gewählt, und vermutlich nicht nur, um sie bezüglich ihrer Gewänder zu beraten.«

Jimena senkte errötend den Blick. Schweigend schlugen sie den Rückweg zum Alcázar ein, als ihnen Teresa entgegenkam. Jimena spürte sofort, dass etwas geschehen sein musste. Teresa knickste vor dem Kardinal, der lächelnd den Kopf neigte.

»Was ist passiert?«, fragten Jimenas Hände.

Fernando ist aus Aragón zurückgekehrt.

»Der König ist angekommen?«, wiederholte Jimena laut. »Das wird Isabel freuen. Sie hat ihn lange nicht gesehen, und sie wird viel mit ihm zu besprechen haben.«

Letzteres war vielleicht nicht ganz korrekt. Jimena hatte den Verdacht, dass Isabel ganz froh war, ihren Gatten außer Landes zu wissen, wenn wichtige Entscheidungen anstanden. Dann musste sie sich nicht mit ihm auseinandersetzen und konnte die Gesetze und Anordnungen einfach im Namen der Königin und des Königs unterschreiben.

Dass anderseits Fernando das eigenmächtige Handeln seiner Frau ein Dorn im Auge war, konnte Jimena jedes Mal deutlich spüren. Die beiden waren einander herzlich zugetan, ja, sie liebten sich, doch Fernando haderte mit ihrer Stärke und ihrer Macht. Sie allein war Königin von Kastilien. Vielleicht würde er sich wohler fühlen, wenn er sein Erbe in Aragón antreten konnte, überlegte Jimena. Und noch ein anderer Gedanke kam ihr. Vielleicht waren es weniger die fehlende Schönheit und Anmut seiner Königin, die ihn so oft in fremde Betten trieben. Vielleicht brauchte er zum Ausgleich gegen ihre Stärke die schwachen, anschmiegsamen Frauen, die bewundernd an seinen Lippen hingen und sich einfach nur seinem Willen beugten.

Dennoch konnte Jimena dies nicht gutheißen, und sie wusste, dass Isabel sich vor Eifersucht verzehrte. Fernando bemühte sich zwar, diskret zu sein, doch Isabel war nicht einfältig, und manche Dame war so dreist, sich auch noch mit ihrer Eroberung zu brüsten. Isabel selbst war ihrem Mann treu, und sie sorgte dafür, dass der ganze Hof dies wusste. Jede Nacht, die sie nicht mit ihm verbrachte, schliefen zwei ihrer Damen bei ihr im Gemach.

Jimena hoffte, dass Isabel die nächsten Nächte mit ihrem Gemahl würde verbringen können. Er wäre gut, wenn sie

wieder schwanger würde. Außerdem hatte sie nichts dagegen, mit Teresa wieder ihr eigenes Gemach zu beziehen.

»Gehen wir hinein, um den König willkommen zu heißen«, schlug Kardinal Mendoza vor.

Jimena sah Teresa an, die zutiefst beunruhigt zu sein
schien. Das konnte nicht allein von der Ankunft Fernandos
herrühren. Was war sonst noch geschehen?

Er kam nicht allein, beantwortete Teresa Jimenas Gedanken, doch sie wollte nichts weiter über den Besucher sagen,
der ihr Gemüt so sehr in Aufruhr versetzte. Jimena beschloss,
es selbst herauszufinden. Sie hoffte, dass Teresa sich umsonst
sorgte, wusste aber tief in ihrem Innern, dass sich ihre Cousine nur selten irrte.

So war Jimena ungewöhnlich angespannt, als sie und ihre
Cousine an der Seite des Kardinals die Halle betraten, wo Beatriz ihnen entgegengelaufen kam.

»Hast du es schon gehört? Fernando ist angekommen.«

Jimena nickte. »Ja, und er hat jemanden mitgebracht.« Er-
wartungsvoll sah sie Beatriz an. Diese hob nur die Schultern.
»Sein Freund und Vorkoster Pedro Vaca ist mit dabei, Luis
Sánchez und einige *Hidalgos* aus Aragón, die ich nicht kenne.«

»Und sonst?«, drängte Jimena.

Beatriz hob die Schultern. »Ich habe nur noch einen Pater
in einer weißen Kutte gesehen, den ich nicht kenne.«

Der Mann schien Beatriz unwichtig, doch Jimena hörte,
wie Teresa rasch den Atem einzog. Es war der Kirchenmann,
der sie so beunruhigte. Nun, dann wollte sie sich diesen Pater
genauer ansehen!

Natürlich war Jimena nicht ganz unbefangen, als sie den
Mönch des Dominikanerordens begrüßte, dennoch war sicher
nicht nur Teresas Reaktion auf diesen Mann schuld daran,

dass ihr ein eisiger Schauder über den Rücken rann. Sie konnte eine Aura um ihn spüren, die ihr nicht gefiel. Da war etwas Hartes, Unnachgiebiges in seinem Blick, mit dem er sie musterte. Auch er schien von dem, was er sah oder spürte, nicht sehr angetan. Sie wandte sich ab und zog sich in den Hintergrund zurück, von wo sie ihn fast den ganzen Abend lang beobachtete. Sie wollte es eigentlich gar nicht, doch immer wieder ließ sie ihre Stickerei sinken und ertappte sich dabei, dass sie durch den Saal zu ihm hinüberstarrte.

Gemeinsam saßen die Könige mit Kardinal Mendoza, dem Hieronomytenpater Hernando de Talavera und dem Dominikaner an dem länglichen Tisch vor dem großen Kamin. Während Fernando und Kardinal Mendoza dem kräftigen roten Wein zusprachen, begnügten sich die anderen beiden Kirchenmänner mit Wasser. Auch Isabel verzichtete wie üblich auf berauschende Getränke. Es war ihr wichtig, wach und klar im Kopf zu sein und keine leichtfertigen Entscheidungen aus einer weinseligen Laune heraus zu fällen.

Jimena selbst musste zu ihrer Schande eingestehen, dass sie ab und zu gern einen guten Tropfen genoss. Daher lehnte sie nicht ab, als einer der Diener ihren Becher wieder füllte. Allerdings trank sie nicht so viel wie Beatriz, deren Wangen gerötet waren und deren Augen verräterisch glänzten. Auch sie hatte ihre Handarbeit beiseitegelegt und schenkte nun dem Lautenspieler einen glühenden Blick, der daraufhin eine Liebesweise zum Besten gab. Ihr Mann, Andrés de Cabrera, hatte den wichtigen Posten des königlichen Statthalters von Segovia inne, in dessen Alcázar der Staatsschatz lag, sodass Beatriz ihn nur selten zu Gesicht bekam. Vor allem auf ihren langen Reisen mit der Königin vermisste sie ihn schmerzlich.

Jimena richtete ihren Blick wieder auf die Gruppe am Tisch. »Was will dieser Mönch hier«, murmelte sie.

»Ihre Majestät ist auf der Suche nach einem neuen Beicht-vater«, antwortete ihr Don Angelos Stimme und ließ sie herumfahren. Erst jetzt bemerkte Jimena, dass sie ihre Worte laut ausgesprochen hatte.

Der *Hidalgo* verbeugte sich. »Darf ich?«

Sie nickte gnädig, und er machte es sich neben ihr auf dem weichen Diwan bequem.

»Unser verehrter Kardinal Mendoza hat zu viel um die Ohren, um noch ein weiteres Ohr für die Sünden unserer Königin offen zu haben, und auch unser Finanzgenie Fray Hernando hat zu viel zu tun, um ihr all die Bußen aufzuerlegen, nach denen Ihre Majestät zuweilen zu gieren scheint.«

Jimena sah Don Angelo strafend an. »Wenn hier einer Buße für seine lästerliche Zunge tun sollte, dann seid Ihr das, Don Angelo.«

Der *Hidalgo* zuckte mit den Schultern. »Nur weil ich die Wahrheit ein wenig scharf formuliere? Nein, das halte ich für keine Sünde.«

Jimena winkte ab. Die Sünden des *Hidalgo* interessierten sie im Augenblick wenig. Sie sah wieder zu dem Dominikaner hinüber, der in diesem Moment ebenfalls den Blick hob und sie so durchdringend anstarrte, dass ihr ganz kalt wurde, dennoch senkte sie nicht die Lider, sondern hielt dem Blick stand, bis er ihn abwandte.

»Ich hoffe, sie nimmt ihn nicht.«

»Warum?«, erkundigte sich Don Angelo. »Ich meine, nicht dass ich ihn sonderlich sympathisch fände. Was ist schon von einem Gottesmann zu erwarten, der mit solch verkniffener Miene herumläuft. Er nimmt einem jeden Spaß am Sündigen!«

Jimena warf ihm einen strafenden Blick zu. »Könnt Ihr nicht einmal ernsthaft sein?«

Don Angelo lächelte liebenswürdig. »Nicht solange Ihr immer so ernst seid. Irgendjemand muss Euch doch ein wenig aufheitern. Und so fällt im Moment eben mir die Aufgabe zu, Euer persönlicher Hofnarr zu sein. Aber wenn Ihr darauf besteht, dann eben ganz ernst. Ich fürchte, unsere verehrte Majestät hat einen Narren an dem Dominikaner gefressen. Sie ist ihm schon früher begegnet, hat man mir berichtet, und war von seinen hehren Grundsätzen beeindruckt.«

»Ich kenne den Mann«, widersprach Jimena. »Der Dominikaner Tomás de Torquemada ist ein Fanatiker, der keinen Spielraum für Freiheit lässt. Entweder man verhält sich so, wie er es für richtig hält, oder man wird mit aller Härte das Feuer der Verdammnis spüren!«

Für einen Moment überkam Jimena die schreckliche Gewissheit, dass in ihren Worten mehr Wahrheit steckte, als wünschenswert war. Sie spürte, wie ihr heiß wurde ... gerade als würde sie selbst zu nah an jenem Feuer stehen, als würden die Flammen schmerzhaft nach ihrer Haut züngeln.

Don Angelo griff nach ihrer Hand. »Ist Euch nicht wohl, Doña? Soll ich Euch in den Hof führen? Mir scheint, Euch täte es gut, ein wenig in der nächtlichen Kühle spazieren zu gehen.«

»Mit Euch als Begleiter? Danke! Ich will mir meinen Ruf nicht gänzlich ruinieren«, wehrte Jimena ab.

»Dann nicht«, gab er mit einem Schulterzucken zurück, doch sie hatte das Gefühl, ihn gekränkt zu haben. Unsicher, wie sie sich entschuldigen sollte, ohne ihn zu ermutigen, schwieg sie lieber und wandte ihre Aufmerksamkeit wieder dem Gespräch am Tisch zu, wo Isabel gerade die Stimme erhob.

»Dem werde ich auf keinen Fall zustimmen!«, sagte sie bestimmt. »Es ist mein Reich, und nur mir steht es zu zu entscheiden, wer die Nachfolge antritt. Ich lasse nicht zu, dass Sixtus seinen kaum zwanzig Jahre alten Neffen Girolamo in Cuenca als Bischof einsetzt. Und wenn er meint, er könnte diesen Kanonikus Francisco Oritz aus Toledo schicken, das Bistum in Besitz zu nehmen, dann wird er mich kennenlernen!«

Jimena lauschte interessiert der leidenschaftlichen Rede der Königin, als ihr auffiel, dass Fernando unbehaglich dreinschaute. Auch Don Angelo fiel Fernandos betretene Miene auf, und er grinste frech.

»Ah, ich fürchte, er hat seiner Königin noch nicht gebeichtet, was er und Torquemada in Saragossa eingefädelt haben.« Jimena sah ihn fragend an, doch er schien Spaß daran zu haben, sie ein wenig auf die Folter zu spannen. »Ich stelle mir vor, das wird kein angenehmes Gespräch.«

Jimena knuffte ihn in den Arm. »Nun verratet mir schon, was Ihr erfahren habt – wobei ich mich frage, wie Ihr es immer schafft, an Informationen heranzukommen, die offensichtlich noch nicht einmal der Königin zugänglich sind.«

Don Angelo lächelte liebenswürdig. »Ich werde den Teufel tun und Euch meine Quellen preisgeben. Aber ich bin so gnädig, Euch von der Qual der Neugier zu befreien. Also, der verehrte Gemahl unserer Königin hat Papst Sixtus überredet, das Bistum von Saragossa einem ihm lieben Kandidaten zu geben: dem verehrten Alfons von Aragón.«

Jimena blinzelte. Sie musste sich verhört haben. »Wer ist das? Ich dachte…« Sie brach ab und errötete, doch Don Angelo sprach ihre Gedanken aus.

»Ihr dachtet, Alfons von Aragón sei der natürliche Sohn Fernandos, den er vor seiner Ehe gezeugt hat und der inzwischen das stolze Alter von acht Jahren erreicht hat? Ja, Doña Jimena, da habt Ihr ganz recht gedacht. Jener Knabe ist nun Erzbischof von Saragossa.«

Jimena sah zu Fernando und Isabel hinüber, und sie ahnte, dass diese erste gemeinsame Nacht nicht in trauter Harmonie verlaufen würde.

Wie wichtig es Isabel war, alles in ihrer Gewalt zu haben und jedem im Reich zu zeigen, dass sie allein es war, die die Entscheidungen traf, erfuhren ihre Damen im November. Es war erst drei Wochen her, dass sie Madrid verlassen hatten und mit dem gesamten Hof über die Cordillera Central nach Norden gereist waren. In Segovia blieben sie kaum lange genug, sich häuslich einzurichten, da mahnte Isabel schon wieder zum Aufbruch. Mit kleinem Gefolge reiste sie weiter nach Toro, um dort nach dem Rechten zu sehen. Kardinal Mendoza begleitete sie. Auch er war der Meinung, es täte not, dass sich die Königin wieder einmal persönlich in den Orten zeigte, die im Erbfolgekrieg von König Alfons V. eingenommen worden waren und eine Weile unter der Herrschaft Portugals gestanden hatten. Gerade die Städte mit Brücken über den Duero, wie Zamora, Toro und Tordesillas, waren strategisch wichtig und Stützen des langsam auflebenden Handels, den Kastilien dringend brauchte. Obgleich Fernando und der größte Teil des Hofs in Segovia blieben, hatten ihre Damen sich entschlossen, mit Isabel nach Toro zu reisen. Als sie im Palast von Valladolid anlangten, war Beatriz jedoch alles andere als guter Laune.

»Ich setze mich nicht so schnell wieder auf ein Pferd«, beklagte sie sich. Sie hatte sich wund geritten und ließ sich die schmerzhaften Stellen von Teresa behandeln, die unendliche Geduld für die Leiden ihrer Mitmenschen aufbrachte. Jimena dagegen lag eher eine barsche Zurechtweisung auf der Zunge, daher verließ sie rasch das Gemach der Frauen und begab sich hinunter in den Saal. Auch ihre Glieder schmerzten, und sie sehnte sich nach Ruhe, aber sie jammerte nicht. Sie tat es ihrer Königin gleich, von der man nie ein Wort der Klage über körperliche Leiden hörte. Dafür erhob sie nun ihre Stimme im Zorn. Ein Bote des Kardinals war eben eingetroffen, und was er zu berichten hatte, schien ihr gar nicht zu gefallen.

»Er hat *was*?«

Jimena trat rasch näher, um mitzubekommen, worum es ging. Auch Kardinal Mendozas Miene zeigte sein Interesse.

»Don Alonso de Cárdenas hat vom Tod des Großmeisters Rodrigo Manrique vom Orden des heiligen Jakobus erfahren und sich sogleich in ritterlicher Rüstung, so schnell ihn sein Pferd tragen konnte, nach Uclés begeben, um seine Ansprüche auf die Nachfolge zu erheben«, wiederholte der Bote.

Isabel ballte die Fäuste. »Was fällt ihm ein?«

»Ihr selbst, Majestät, habt ihm für seine Verdienste das Amt des Großmeisters von Santiago versprochen«, erinnerte Kardinal Mendoza.

»Das ist richtig«, gab Isabel zu. »Und ich schätze Don Alonso für alles, was er für mich und für Kastilien getan hat, doch er hat nicht das Recht, die Dinge auf diese Weise selbst in die Hand zu nehmen. Es stehen noch andere würdige Kandidaten zur Wahl. Er kann nicht einfach in Schwert und Rüstung vor dem Klosterkapitel erscheinen und vollendete Tatsachen schaffen.«

»Und was wollt Ihr dagegen tun?«, erkundigte sich Kardinal Mendoza. »Die Wahl wird bereits in sechs Tagen stattfinden.«

Isabel überlegte kurz. Ein Ausdruck von Entschlossenheit trat in ihre Miene, den Jimena nur allzu gut kannte. »Sechs Tage«, wiederholte Isabel. »Nun, dann muss jemand schleunigst mein Pferd satteln, dass ich es rechtzeitig nach Uclés schaffe. Und Ihr solltet mich begleiten, Eminenz!«

Kardinal Mendoza war von seiner Königin einiges gewöhnt, aber das verschlug ihm dann doch für einen Moment die Sprache. »Majestät, wisst Ihr, wo Uclés liegt?«

»Ja, ich kenne mich in meinem Königreich aus«, sagte sie, doch der Kardinal ließ nicht locker.

»Es sind von hier bis nach Uclés bestimmt zweihundert Meilen, und wir müssten noch einmal über die Cordillera reiten. In den Bergen liegt inzwischen Schnee.«

»Danke für den Unterricht, Eminenz.« Isabel sah ihn kalt an. »Sagt mir, wenn die Reise zu hart für Euch ist, doch ich werde noch in dieser Stunde aufbrechen! Vielleicht ist Euch nicht bewusst, wie mächtig die Ritterorden sind und über welch riesige Ländereien sie verfügen. Ich muss mich ihrer versichern, wenn ich Kastilien in eine friedliche Zukunft führen möchte.«

Der Kardinal beugte das Haupt. »Das ist mir durchaus bewusst, meine Königin, und natürlich werde ich Euch begleiten. Es war lediglich meine Sorge um Euch, die mich zögern ließ.«

Ihre Miene wurde weich, und sie lächelte, als sie ihm die Hand entgegenstreckte. »Ich weiß, Eminenz, doch ich kann es mir nicht erlauben, auf solche Empfindlichkeiten Rücksicht zu nehmen. Noch nicht. Ich träume davon, ein sicheres Land zu regieren, in dem die Menschen in Glück und Wohlstand leben. Dann werde auch ich mir ein wenig Ruhe gönnen. Doch bis dahin ist es noch ein weiter Weg.«

Kardinal Mendoza ergriff ihre Hand und drückte sie. »Ich weiß, Majestät, daher bitte ich Euch, mich nun zu entschuldigen. Ich werde alles für die Abreise vorbereiten.«

Jimena trat zu Isabel. »Wir reisen wieder nach Süden?«

Isabel nickte. »Ja, mit kleinem Gefolge. Es wird ein harter Ritt.«

Jimena nickte. »Ich habe es gehört. Ich fürchte, Beatriz ist jetzt schon am Ende ihrer Kräfte, und ich bitte dich, auch Teresa zurückzulassen.«

»Aber du bist fest entschlossen mitzukommen«, ergänzte Isabel mit einem Lächeln. »Ich sehe es an dem störrischen Blitzen in deinen Augen. Dich kann nichts schrecken, nicht wahr, meine Freundin?«

Jimena erwiderte das Lächeln. »Das habe ich von meiner Königin gelernt.« Sie knickste und eilte dann davon, um das Nötigste einzupacken.

Kaum zwei Stunden später standen die Pferde gesattelt und bepackt bereit. Als Jimena in den Hof trat, kam Don Angelo auf sie zu, um ihr in den Sattel zu helfen.

»Nanu, was tut denn Ihr hier? Reist Ihr auch schon wieder aus Valladolid ab? Ich dachte, Ihr würdet es Euch hier erst einmal ein paar Wochen gemütlich machen und die Annehmlichkeiten des Lebens genießen.«

Don Angelo schnitt eine Grimasse. »Ja, so war das geplant, aber das Schicksal ist ein launisches Ding, und so reiten wir eben wieder nach Süden, wo ich dann hoffentlich endlich die Annehmlichkeiten des Lebens mit der Dame meines Herzens genießen kann.«

Er hob sie in den Sattel und ging dann so schnell davon, dass ihr keine Zeit blieb, etwas zu erwidern. Und so hatte Jimena etwas, über das sie während der ersten Stunden ihres Ritts nachdenken konnte.

Auch wenn es zu Anfang gut voranging und das Wetter zwar windig und kühl, aber nicht zu unangenehm war, wurde es ein mörderischer Ritt! Sechs Tage lang, mit kaum einer Unterbrechung untertags. Nur gerade so viel, dass die Pferde durchhielten. Auf die Menschen wurde nicht so viel Rücksicht genommen. In Arévalo und in Segovia tauschten sie die

Pferde und luden neuen Proviant auf, dann ging es nach wenigen Stunden Schlaf weiter. Jimena sah immer wieder auf die schneebedeckten Berge, die sich so abweisend vor ihnen erhoben und die nun, da sie fast zum Greifen nahe schienen, hinter dichten Wolken verschwanden. Es begann zu schneien und zu stürmen, doch Isabel war nicht bereit, ihr Vorhaben aufzugeben. Jimena war nur froh, dass weder Beatriz noch Teresa bei ihnen waren, und erfreute sich Don Angelos Gesellschaft, der sein Pferd immer wieder neben das ihre lenkte, während sie sich durch den Schnee zum Puerto de Guadarrama hochkämpften. Er unterhielt sie mit seinen Anekdoten, brachte sie zum Lachen oder entfachte ihren Zorn. Man konnte vortrefflich mit ihm streiten, was von der Kälte, dem eisigen Wind und ihrer Erschöpfung ablenkte.

Meile für Meile kämpften sie sich in Richtung Südosten bergan. Zwar führten auch andere Wege über die Cordillera, doch dies war der niedrigste Pass, der einzige, der auch mit Karren befahren werden konnte, und der einzige, der im Winter wenigstens einen sichtbaren Weg durch die bergige Schneewüste garantierte.

Endlich erreichten sie den kleinen Ort Guadarrama, wo sie sich in einem Kloster ein wenig wärmen und ausruhen konnten. Die nächste Station war Madrid, wo sie erst vor wenigen Wochen aufgebrochen waren. Auch hier gönnte ihnen Isabel nur wenige Stunden Ruhe, ehe sie wieder in den Sattel stiegen. Sie ritten erst nach Süden, bis sie auf den Tajo stießen, und folgten dann der Handelsstraße nach Westen. Noch eine Nacht in einem kalten, zugigen Kloster, dann endlich, um die Mittagsstunde des sechsten Tages, erreichten sie das Kloster Uclés, in dem sich das Kapitel des Santiagoordens getroffen hatte, um einen neuen Großmeister zu wählen.

Die Ritter von Santiago staunten nicht schlecht, als unvermittelt das Tor zum Kapitelsaal aufgerissen wurde und eine Frau mit schlammbespritztem Umhang und aufgelöstem Haar hereingestürmt kam.

In der Mitte des Raumes stand Alonso de Cárdenas in voller Rüstung, das blanke Schwert in der Hand. Die Worte, die er gerade noch im Mund geführt hatte, blieben ungesagt. Stumm starrte auch er die Frau an, die es wagte, die Zeremonie zu unterbrechen. Dann erkannte er seine Königin und sank vor ihr auf die Knie.

»Majestät, was für eine Ehre«, murmelte er. Die Ritter des Ordens begannen aufgeregt miteinander zu sprechen, ehe Isabel das Wort erhob. Sie warf Don Alonso einen scharfen Blick zu, der wohl verstand, was der zu bedeuten hatte, dann sagte sie laut, dass jeder sie hören konnte:

»Ich bin gekommen, um dem Kapitel einen weiteren Kandidaten für das so wichtige Amt des Großmeisters warm ans Herz zu legen: Fernando de Aragón, meinen Gatten, Euren König.«

Jimena hörte, wie Don Angelo hinter ihr einen Pfiff ausstieß.

»Was für ein geschickter Schachzug. Fernando können sie nicht ablehnen, wenn sie die Königin nicht brüskieren wollen. Das werden sie nicht wagen, nun da sie vor ihnen steht. Die Kröte müssen sie jetzt schlucken.«

Man vertagte sich um eine Stunde, damit die Reisenden sich frisch machen konnten, dann traf das Kapitel wieder zusammen. Einstimmig wählten sie Fernando de Aragón zu ihrem Großmeister. Nach der Zeremonie trat Alonso de Cárdenas auf Isabel zu.

»Ich habe Euch erzürnt, Majestät, das tut mir leid, und es lag nicht in meiner Absicht.«

Isabel sah ihn ernst an. »Ja, das stimmt. Ich schätze es

nicht, übergangen zu werden, und dennoch weiß ich auch um Eure Verdienste und um das Versprechen, das ich Euch gab. Ihr werdet das Amt des Großmeisters übernehmen, wenn Fernando es ablegt.«

Don Alonso lächelte schief. »Nach seinem Tod? Da wird es mich sicher nicht mehr auf dieser Erde geben. Euer Gatte ist ein junger Mann, Majestät.«

Isabel nickte. »Ja, und er wird nur so lange Großmeister bleiben, wie die unsichere Lage des Landes es verlangt. Ich bitte Euch daher noch um ein wenig Geduld. Ich werde Euch nicht vergessen.«

Don Alonso blieb nichts anderes übrig, als ihr zu danken und sich mit einer Verbeugung zurückzuziehen.

Kapitel 4

Das Handy auf dem Küchentisch begann erst zu vibrieren und dann zu klingeln. Das Geräusch passte so gar nicht zu der ländlichen Idylle, von der man auf den ersten Blick nicht hätte sagen können, aus welchem Jahrhundert sie stammte. Isaura wusch sich die erdigen Hände im Spülstein ab und griff nach dem schon etwas schmuddeligen Handtuch.

Das Handy klingelte noch immer und hüpfte brummend über das seidig schimmernde Holz des massiven Esstisches. Isaura trat zögernd näher, als wäre das Telefon ein gefährliches Tier, das in ihre Küche eingedrungen war. Sie sah auf das Display. Es war ein Anruf aus Deutschland, doch er kam nicht von Justus' Handy, und es war auch nicht die Nummer seines Anwalts. Die nervige Melodie hob erneut an. Wie hatte sie sich solch einen Klingelton aussuchen können? Wieder einmal wurde ihr bewusst, wie sehr sie sich in den wenigen Wochen verändert hatte.

Isaura griff nach dem Telefon, drückte die grüne Taste und hielt es sich ans Ohr.

»Isaura? Na endlich! Was treibst du eigentlich?«

»Oh, hallo Alex«, begrüßte Isaura ihre Chefredakteurin ohne Begeisterung. Warum zum Teufel war sie ans Telefon gegangen? Was sollte sie ihr sagen?

»Wo bist du, und was machst du?«, fragte Alex, ohne

auf die Begrüßung einzugehen. »Ich habe seit zwei Wochen nichts von dir gehört! Wann hast du vor, mir den ersten Text abzugeben? Kann ich irgendwann wieder einmal in der Redaktion mit dir rechnen? Das wäre doch schön, nicht?«

Der Sarkasmus klirrte förmlich in ihrer Stimme. Isaura konnte ihre Chefin im Geist vor sich sehen, das blonde Haar streng zurückgekämmt, die schmale Lesebrille auf ihrer Nase vorgeschoben, sodass sie mit ihrem einschüchternden Blick über den Rand der Gläser starren konnte.

»Es tut mir leid«, entgegnete Isaura lahm. »Ich habe das nicht so geplant. Justus und der Unfall und das alles.«

Für einen Moment war es am anderen Ende still. Dann kam ein Räuspern. »Äh, ja, das tut mir leid. Es hat natürlich keiner geahnt, dass so etwas passieren könnte.«

Isaura fragte sich, ob Alex den Unfall oder den Betrug ihres Mannes und die bevorstehende Scheidung meinte. Es war ihr schon schwer genug gefallen, ihrer Chefin überhaupt davon zu berichten. Unglücke und persönliche Niederlagen schienen nicht in das Leben der erfolgreichen Chefredakteurin zu passen, und so fühlte es sich an, als wäre das ganze Drama allein Isauras Schuld. Ihr war es nicht gelungen, ihren Mann davon abzuhalten, fremdzugehen und mit einer anderen ein Kind zu zeugen. So etwas passierte einer erfolgreichen Geschäftsfrau nicht!

»Es tut mir leid«, sagte Isaura wieder. »Ich bin immer noch hier in Kastilien und einfach noch nicht wieder ganz auf dem Damm.«

»Aber du bist bei dem Unfall nicht verletzt worden, oder?«

»Nein«, gab Isaura zu. »Es war wie ein Wunder. Ich hatte viel Glück, im Gegensatz zu Justus. Habe ich dir gesagt, dass sie ihn für mehrere Tage in ein künstliches Koma versetzen mussten?«

»Ja, aber jetzt geht es ihm doch besser? Er ist wieder in München, nicht wahr?«

Das konnte Isaura bestätigen. »Ja, und seitdem treibt sein Anwalt die Scheidung voran.«

»Das tut mir leid«, sagte Alex steif und wechselte schnell das Thema. »Hauptsache, du bist gesund und kommst bald zurück. Wann kann ich mit dem Beitrag für unsere Spanienserie rechnen? Wie weit bist du mit dem ersten Teil?«

»Es geht voran«, log Isaura. »Es gibt nur so viel Material zu den unzähligen interessanten Themen. Wenn du nur an die Inquisition denkst und an die Reconquista, die endgültige Rückeroberung mit dem Fall von Granada und die Ausweisung der Juden und dann noch Kolumbus, der den Weg zur Neuen Welt öffnete, alles in der Zeit der katholischen Könige.« Isaura hielt ein wenig atemlos inne.

»Ja, ja, spannend, spannend«, sagte Alex, »nur brauche ich das aufgearbeitet und in druckfertiger Form. Ich gebe dir noch zwei Wochen, dann will ich die Seiten für den ersten Teil auf meinem Schreibtisch haben und dich zurück in der Redaktion. So reicht es noch für die erste Juliausgabe, passend zum Ferienbeginn, wenn die Leute verreisen und sich für andere Länder interessieren. Ich plane das jetzt fest ein. Haben wir uns verstanden?«

Isaura schwieg.

»Isaura, bist du noch dran? Kann ich mich auf dich verlassen?«

»Ja, klar«, log sie zum zweiten Mal. »Das ist gar kein Problem.«

»Gut«, fuhr Alex fort, und Isaura spürte, wie schwer es ihr fiel, ihre Stimme nicht zu barsch klingen zu lassen. »Ich habe Verständnis für deine im Moment schwierige Situation, aber ich habe hier eine Redaktion am Laufen zu halten und muss unsere Ausgaben planen, da muss ich mich auf meine Mitarbeiter verlassen können!«

Sie brauchte den Satz nicht weiter auszuführen. Isaura war auch so klar, dass sie sonst mit Konsequenzen rechnen musste. Das war normal, selbst wenn sie für einige Zeit in Alex mehr als nur eine Chefin gesehen hatte. Sie war nicht ihre Freundin, deren Aufgabe es war, Isaura den Rücken freizuhalten. Schließlich musste sie vor den Geschäftsführern Rechenschaft ablegen.

»Ich habe alles im Griff«, log Isaura zum dritten Mal.

»Das hoffe ich«, gab Alex zurück und legte auf.

Isaura warf das Telefon auf den Tisch, dass es bis über die Kante schlitterte und auf eines der Sitzkissen der Eckbank fiel. Sie machte sich nicht die Mühe, es wieder auf den Tisch zu legen. Es kam ihr wie ein kleines, böses Wesen vor, das ihren Seelenfrieden zerstörte. Sie wollte es gar nicht mehr sehen! Golondrino reckte den Hals und schnüffelte an dem nun stillen Handy, verlor aber gleich wieder das Interesse und rollte sich zusammen, um seinen wohlverdienten Vormittagsschlaf zu halten.

Isaura bewegte vorsichtig den Kopf hin und her und reckte sich dann ein wenig. Ihre Nackenmuskeln hatten sich verkrampft und schmerzten. Und das kam nicht von der Gartenarbeit! Das Telefonat mit Alex war schuld. Sie hatte den Kopf eingezogen und sich buchstäblich kleingemacht, sich unter den Forderungen und unausgesprochenen Anschuldigungen geduckt.

Hast du das nötig?

Isaura reckte sich noch ein wenig mehr, bis sie spürte, wie ihr Nacken sich in die Länge zog.

»Nein!«, sagte sie laut, sodass der Kater den Kopf hob und sie fragend ansah.

Warum hatte sie gelogen? Warum hatte sie Alex nicht gesagt, dass sich ihr Leben im Umbruch befand und sie noch dabei war zu entscheiden, welchen Weg sie einschlagen wollte?

Weil sie zu feige war! Nicht nur vor ihrer Chefin, auch vor sich selbst. Weil sie den Kopf in den Sand steckte und sich vor der Entscheidung drückte. Statt ihr Leben in die Hand zu nehmen, ließ sie sich treiben und vermied es, sich der Zukunft zu stellen.

»Damit ist jetzt Schluss«, versicherte sie Golondrino, der bereits wieder die Augen geschlossen hatte. »Ich werde mich entscheiden und diesem Weg dann folgen, ohne Wenn und Aber.« Doch wie sollte die Entscheidung aussehen? München oder Tordesillas? Sie wusste, was Marco hoffte, und sie wusste, was Alex erwartete.

Und Justus?

Ihm war es vermutlich egal. Er war jetzt mit seiner Sandy beschäftigt und mit dem Kind, das in ihr heranwuchs. Außerdem musste er sich auf seine Genesung konzentrieren. Es konnte noch Wochen, ja vielleicht Monate dauern, bis er vollständig wiederhergestellt sein würde. Dennoch würde er nicht einen einzigen Gedanken an Kastilien und das heruntergekommene Anwesen ihrer Großtante verschwenden. Für ihn gab es in diesem Fall nichts zu entscheiden!

Carmen dagegen hatte gehofft oder erwartet, dass sie ihr Erbe annahm, und damit meinte sie nicht nur das Haus, den Hof und die Schmuckstücke! Es ging um mehr. Um eine Lebensweise, eine Einstellung und um Kräfte, die jenseits der Vorstellung jedes modernen Menschen lagen. Wieder stieg Panik in ihr auf. Die Furcht, mit all dem überfordert zu sein. War es nicht einfacher, nach München in ihr altes Leben zurückzukehren und dort weiterzumachen, wo sie es vor ein paar Wochen verlassen hatte?

Es würde aber ein Leben ohne Justus sein.

Und ohne Marco.

Isaura sehnte sich nach jemand, dem sie all ihre wirren Gedanken und Zweifel anvertrauen konnte, jemand, der zuhören würde, ohne den Versuch, sie in eine Richtung zu drängen. Ein Schatten huschte durch ihren Geist. Eine zierliche Gestalt in einem weiten schwarzen Gewand, einen Schleier auf dem Kopf.

Maria Anna, die Klarisse aus dem Kloster in Brixen, die nun im Convento de Santa Clara weilte. Isaura spürte, wie ihr leichter ums Herz wurde. Ja, Maria Anna war die Richtige, wenn es darum ging, zuzuhören und ihr Ringen um eine Entscheidung zu begleiten.

Isaura eilte in ihr Schlafzimmer, warf die mit Erde beschmierte Hose und das Shirt von sich und schlüpfte in ein leichtes Sommerkleid. Sie wusch sich das Gesicht und band sich das kastanienbraune Haar zu einem Pferdeschwanz. Prüfend betrachtete sie sich im Spiegel. Sie war noch immer recht dünn, ihr Gesicht schmal, doch Marcos Kochkünste waren dabei, das zu ändern. Dafür hatte die Sonne Kastiliens ihrer Haut bereits einen schönen Bronzeton verliehen. Ihre Augen lagen nicht mehr so tief in ihren Höhlen, und auch der verkniffene Zug um ihren Mund, den sie in ihren letzten Wochen in München bemerkt hatte, war milder geworden, seit sie wieder häufiger lächelte. Isaura strich sich noch einmal mit der Bürste über ihr Haar, das in einem weichen Schwung nach hinten fiel. Sie sah nicht schlecht aus, befand sie. Nicht mehr so kränklich, und da war ein Glitzern in ihren braunen Augen, das ihr gefiel.

Beschwingt nahm sie von Golondrino Abschied, stieg in Großtante Carmens alten Wagen und zockelte vom Hof.

»Isaura, ich habe auf Sie gewartet«, begrüßte eine Stimme sie, als sie sich dem weit offenen Tor von Santa Clara näherte. »Wie geht es Ihnen?« Die schwarz gewandete Gestalt kam mit ausgestreckten Armen auf Isaura zu. Ihr Schleiertuch wehte im Mittagswind. Maria Anna ergriff Isauras Hände, umschloss sie und sah ihr prüfend ins Gesicht. Dann lächelte sie so herzlich, dass Isaura ganz warm wurde. Nein, es wunderte sie nicht, dass sie die Schwester mit ihrem Besuch nicht überraschte. Es gab nicht viel, das Maria Anna verborgen blieb, und sie schien in Isauras Herz und Geist wie in einem offenen Buch lesen zu können. So musste sie nichts sagen, sondern erwiderte lediglich den Händedruck.

»Sie sehen gut aus«, stellte Maria Anna nach einer Weile fest, »auch wenn Sie noch immer hadern. Sie haben sich noch nicht entschieden? Nein, ich spüre Ihren Konflikt. Sie können es noch immer nicht zulassen, nicht wahr?«

Isaura nickte nur stumm. Sie folgte Maria Anna durch den ersten Hof, wo einige Touristen die kunstvollen maurischen Bögen bewunderten. Sie warfen der Nonne einen neugierigen Blick zu, wandten sich dann aber wieder ihren Fotoapparaten zu, um die feinen Muster abzulichten.

Die beiden Frauen traten auf der anderen Seite der Kirche auf die Terrasse hinaus, die hoch über dem Fluss eine fantastische Aussicht über das Land bot. Maria Anna blieb stehen, den Blick in die Weite gerichtet.

»Seit ich hier das erste Mal stand, spüre ich, dass ich angekommen bin.« Isaura schwieg. Maria Anna sah sie von der Seite an. »Was fühlen Sie? Hier über dem Duero oder wenn Sie vor Ihrem Häuschen stehen und Ihren Blick schweifen lassen?«

Isaura fielen Worte wie »Wurzeln« und »Heimat« ein. Das Gefühl, das die Schwester genannt hatte: nach einer langen Reise oder Suche angekommen zu sein, doch sie sagte es nicht. Sie wollte es nicht sagen. Sie wollte und konnte dem Sehnen in sich nicht so einfach nachgeben. Es war gegen jede Vernunft!

Maria Anna schüttelte den Kopf. »Erzwingen Sie es nicht! Wenn Sie im Hier und Heute noch keine Lösung finden, dann lassen Sie uns unsere Studien fortsetzen und gemeinsam in die Vergangenheit reisen. Dort unten gibt es noch so viele Geheimnisse, die darauf warten, gelüftet zu werden.«

Isaura spürte, wie ein Kribbeln sie erfasste und sich Vorfreude in ihr ausbreitete. »Oh ja!«, rief sie und fasste die Nonne an ihrem weiten Ärmel.

Lachend ließ sich Maria Anna zu der steilen Treppe ziehen, die in die tiefsten Keller hinunterführte, wo, verborgen vor der Welt, ein ganzer Kosmos die Jahrhunderte unbeschadet überdauert hatte. Isaura nahm die Petroleumlampe vom Haken und reichte sie der Schwester. Gemeinsam schritten sie im trüben Lichtschein hinab in die Tiefe, bis sie den zentralen Raum in Form eines Oktogons erreichten. Von hier zweigten weitere Räume ab, voll von Gemälden und Aufzeichnungen, die Zeugnis von der Vergangenheit ablegten. Isaura war in den letzten Wochen einige Male mit Maria Anna hier unten gewesen, doch es gab unendlich viel zu entdecken. Vor allem die Schriften von *La Caminata*, die so lebendig und farbenfroh waren, dass Isauras Geist ihr vorspiegelte, sie hätte all das, was auf den vielen, vielen Seiten der Chronik festgehalten war, mit eigenen Augen gesehen. Sicher lag ihre Begeisterung auch daran, dass die Frau, die vermutlich einen Teil der Aufzeichnungen überliefert hatte, die Hofdame Teresa de Lucena, ihr so ähnlich sah – und über Generationen ihren Schmuck in der Familie bis hin zu Isaura vererbt hatte. Sie musste eine ihrer Ahninnen gewesen sein. Vielleicht fühlte

Isaura sich ihr und den Geschehnissen deshalb so nah? Eine andere Erklärung zu akzeptieren, zumal eine, die jeder Vernunft spottete, war sie jedenfalls nicht bereit.

Maria Anna versuchte nicht weiter, sie von Dingen zu überzeugen, die sie sich nicht erklären konnte. Sie blieb einfach an Isauras Seite und brachte ihr ab und zu einige Blätter oder Bilder, von denen sie glaubte, diese könnten sie interessieren. So verstrichen die Stunden, während Isauras Geist immer tiefer in die Vergangenheit reiste und sich in den Ereignissen am Hof Isabels von Kastilien verlor.

»Schau nicht so sorgenvoll«, sagte Marco und füllte Isauras Glas noch einmal mit dem roten Rioja. »Ist es nicht ein herrlicher Abend?« Er wandte sein Gesicht der Sonne zu, die feurig in den Fluten des Río Duero versank. »Oder liegen dir meine Tapas zu schwer im Magen?«

»Das allerdings!« Isaura ließ sich mit einem theatralischen Seufzer in ihren ausgeblichenen Gartenstuhl sinken. Sie legte eine Hand auf den Magen. »Es war alles superlecker, aber so viel!«

Marco nahm neben ihr an dem wackeligen Holztisch Platz und grinste. »Ich habe dich nicht gezwungen, so viel zu essen.«

»Nicht direkt«, gab Isaura zu, »aber indirekt, indem du so viele unwiderstehliche Tapas zubereitet hast. Du brauchst gar nicht mehr an das Fleisch zu denken. Ich bekomme keinen Bissen mehr runter!«

Marco grinste noch breiter. »Immer diese Touristen, die sich schon an den Tapas satt essen und dann vor dem Abendessen schlappmachen.«

Isaura verdrehte die Augen, ging aber nicht auf seine Neckerei ein.

»Meine Chefin Alex hat heute angerufen«, sagte sie stattdessen.

Marco hielt in der Bewegung inne, ehe das Weinglas seinen Mund erreichte. »Und?«

»Sie hat nach der Reportage gefragt, deren ersten Teil ich schon vor drei Wochen hätte abgeben sollen. Nun ja, und ich habe sie in dem Glauben gelassen, dass ich recherchiert habe und bereits recht weit bin.«

Marco stellte sein Weinglas ab und sah sie aufmerksam an, sagte aber nichts.

Isaura stieß einen Seufzer aus. »Sie gibt mir noch zwei Wochen, dann will sie den ersten Teil auf ihrem Schreibtisch – und mich zurück in der Redaktion.«

»Und was hast du ihr geantwortet?«

»Dass das kein Problem wäre«, gab Isaura bedrückt zu.

Sie schwiegen eine Weile und sahen zu den rosa Wolken auf, die nach und nach verblassten.

»Dann hast du dich also entschieden zurückzugehen«, sagte Marco schließlich. Obgleich seine Stimme neutral klang, glaubte sie, seine Traurigkeit spüren zu können.

Isaura schüttelte den Kopf. »Nein, ich war nur zu feige, ihr zu beichten, dass ich noch nichts gemacht habe. Jedenfalls bin ich in zwei Wochen meinen Job los, wenn ich weiterhin unentschlossen hier rumsitze.«

Er wandte ihr sein Gesicht zu und sah sie forschend an. »Du bist gern Journalistin, nicht wahr?«

Isaura nickte. »Ja, ich habe immer gern für das Magazin geschrieben. Reportagen liegen mir, und eigentlich macht mir auch die Recherche Spaß.«

Marco stand abrupt auf. »Gut, dann mach es!«

»Was?«

»Schreib deine Reportage, dann ist dein Job zumindest

vorläufig gesichert, und du kannst dir mit der endgültigen Entscheidung, wie und wo du weiterhin leben möchtest, noch eine Weile Zeit lassen.«

Isaura sah ihn stirnrunzelnd an. »So einfach ist das nicht. Ich habe Alex angelogen, als ich behauptet habe, ich wäre schon recht weit gekommen. Ich habe noch rein gar nichts für diesen Auftrag gemacht!«

Marco schüttelte den Kopf. »Das stimmt doch gar nicht. Du hast tagelang in dem alten Buch gelesen, ja, du warst so völlig versunken in dieser Geschichte, dass du für nichts mehr Augen und Ohren hattest – nicht einmal für Golondrino oder für mich.«

Isaura lächelte schwach. »Fühlst du dich vernachlässigt?«

»Nein, aber ich weiß, dass du dich intensiv mit dieser Geschichte befasst hast. Ist dies nicht genau das, was du für deine Reportage brauchst? Eine Reise in die Vergangenheit Kastiliens? In die goldene Zeit am Hof der katholischen Könige?«

Isaura nickte. »Das Thema stimmt schon, doch in meiner Reportage muss es um Fakten gehen. Ich kann sie nicht auf Basis eines Buchs aufbauen, das irgendeine Autorin – vielleicht eine der Hofdamen Isabels, vielleicht aber auch nicht – unter Pseudonym geschrieben hat. Ja, ich nehme nicht einmal an, dass alle Manuskripte, die unter *La Caminata* herausgegeben wurden, von derselben Person stammen. Ich müsste das alles prüfen, an die Orte reisen, Nachforschungen betreiben und natürlich auch Fotos für die Reportage machen.«

»Ja, und? Warum tust du das dann nicht?«

Isaura starrte ihn mit weit aufgerissenen Augen an.

»Ich meine das ernst«, bekräftigte er. »Ich habe noch jede Menge Urlaubstage. Was hältst du davon, wenn ich dich begleite?«

»Du willst mit mir auf Recherchetour für meine Reportage gehen?«, hakte Isaura ungläubig nach.

»Ja, warum nicht? Nach Ávila und Segovia, nach Córdoba, Sevilla und Granada, wo du halt für deine Geschichte hinmusst. Ich fahre dich und bin vor Ort dein Kamera- und Wasserträger oder was du sonst noch so brauchst.« Marco grinste breit. Isaura starrte ihn immer noch fassungslos an.

»Lass es uns versuchen«, fügte er leise hinzu. »Ist das nicht auch eine Chance für uns beide, uns besser kennenzulernen?«

Seine Worte benetzten ihr Gemüt wie warmer Regen. Sie stand auf und schlang ihre Arme um ihn. »Ja! Ja, das machen wir. Ich freue mich so sehr! An deiner Seite Kastilien und Andalusien kennenlernen ist noch einmal etwas ganz anderes«, schwärmte sie. »Wann können wir losfahren?«

Marco lachte. »Noch nicht sofort. Zwei Tage muss ich auf alle Fälle noch arbeiten, dann kommt meine Kollegin aus dem Urlaub zurück. Also Samstag?«

Isaura nickte. »Samstag!«

Sie ließ ihn los und eilte ins Haus. Kurz darauf kam sie mit einem Buch in den Armen zurück, das sie fast feierlich vor Marco auf den Tisch legte. »Das ist die Geschichte von *La Caminata*«, sagte sie mit Ehrfurcht in der Stimme. »Ich habe diesen Nachdruck bei einem Antiquar in München gefunden. Wenn du wissen willst, wonach wir suchen, dann lies darin.«

Marco betrachtete das viele hundert Seiten dicke Werk mit einem Ausdruck komischer Verzweiflung. »Das soll ich mir bis zum Samstag alles durchlesen?«

»Nein!« Isaura schüttelte den Kopf. »Nur ein wenig reinlesen. Damit du ein Gefühl für die Zeit und die Personen bekommst. Wie sie gelebt und gedacht haben. Es ist sehr interessant und fesselnd, das verspreche ich dir.«

Marco lehnte sich in seinem Stuhl zurück, verschränkte die

Arme hinter dem Kopf und schloss die Augen. »Gut, dann lies mir vor. Mach einfach da weiter, wo du gerade bist.«

Isaura schlug das Buch auf und begann mit klarer Stimme zu lesen.

Kapitel 5

Endlich Frühling! Jimena schlang sich ein leichtes Tuch über die Schultern und verließ den Alcázar von Toledo. Die Sonne wärmte ihr Gesicht. Im Schatten der Häuser dagegen spürte sie durch den dünnen Stoff den Wind, der noch empfindlich kühl war. So ließ sich Jimena durch die belebten Gassen treiben, bis sie den Platz vor der Kathedrale und dem Bischofspalast erreichte. Plötzlich öffnete sich das Tor des Palasts, und eine Gestalt trat heraus, die ihr wohlbekannt war, der sie allerdings nicht unbedingt begegnen wollte. Unwillkürlich zog sie sich einige Schritte in eine schattige Gasse zurück, während in ihr die Gefühle aufwallten. Erzbischof Carrillo, zuerst Isabels größter Unterstützer und dann ihr erbitterter Feind. Jimena grollte ihm noch immer. Er war ein Verräter, der die Seiten gewechselt hatte, als Isabel ihn am dringendsten gebraucht hätte, nur weil er eine persönliche Fehde gegen den Mendozaclan führte und es nicht hatte verwinden können, dass Isabel sich Kardinal Mendoza annäherte. Und vielleicht auch, weil er geglaubt hatte, die junge, unerfahrene Königin leiten zu können und so zu einer Art Schattenkönig zu werden, der im Verborgenen die Fäden zieht. Isabel jedoch hatte ihm für seine Hilfe gedankt, ihm aber unmissverständlich klargemacht, dass Kastilien und alle Entscheidungen über das Land ganz allein ihr zustanden. Erzürnt hatte sich Carrillo dem Portugiesen zugewandt und war auf dem Schlachtfeld vor Toro auf Kardinal Mendoza getroffen.

Zwei Kirchenmänner in eiserner Rüstung, mit dem Schwert in der Hand. Zwei erbitterte Feinde, die den Tod des anderen wünschten.

Sie hatten beide überlebt, obgleich tausende Männer auf beiden Seiten an diesem Tag einen grausamen Tod erlitten hatten. Auch Ramón, Jimenas Vetter und ihr Geliebter.

Sie schluckte. Nein, daran wollte sie jetzt nicht denken.

Jimena konzentrierte sich wieder auf den Erzbischof, der mit seinem Gefolge den Weg zwischen Palast und Kirche einschlug. Langsam folgte Jimena ihm.

Nachdem der Sieg bei Toro Isabel zugeschrieben wurde und sich König Alfons wieder nach Portugal zurückgezogen hatte, war Carrillo nach Toledo zurückgekehrt, wo er vermutlich auf Rache sann – so hatte sich Jimena den Erzbischof zumindest vorgestellt. Nun jedoch fragte sie sich, wohin er unterwegs war, nachdem er in die breite Straße einbog, die hinauf zum Alcázar führte. Das könnte interessant werden!

Tatsächlich. Er ging auf das Tor des Palasts zu, und die Wachen ließen ihn passieren. Jimena huschte in den Hof, wo sie auf Don Angelo traf.

»Welch hoher Besuch«, spottete er mit einem Nicken in Richtung der erzbischöflichen Delegation.

»Ich glaube nicht, dass Isabel ihn empfangen wird«, vermutete Jimena.

»Das kann ich mir auch nicht vorstellen«, pflichtete ihr Don Angelo bei. »Unsere Königin kann sehr nachtragend sein!«

Jimena nickte. »Ja, die Zeiten haben sich geändert. König

Enrique hätte den verlorenen Sohn mit offenen Armen empfangen.«

Don Angelo lachte. »Aber sicher, und unser ewig um Harmonie bemühter König hätte ihm vermutlich für seine reumütige Rückkehr eine hübsche Apanage gezahlt. Nein, unter Königin Isabel weht ein anderer Wind, und das ist auch gut so.«

»Und dennoch wird Ihre Majestät Erzbischof Carrillo empfangen!«

Die Stimme ließ Jimena und Don Angelo herumfahren. Sie verbeugten sich beide, als sie den König erkannten. Fernando war am Vorabend aus Aragón zurückgekehrt und wollte nun ein paar Tage in Toledo bleiben, ehe ihn seine Pflichten wieder abberiefen.

»Warum?«, entfuhr es Jimena. »Verzeiht, Majestät, ich wollte nicht neugierig sein.«

Er lächelte sie an. »Ihr dürft neugierig sein, verehrte Doña Jimena. Fragt, was immer Ihr wissen möchtet.«

Fernando hatte schon immer eine Schwäche für die Hofdame seiner Königin gezeigt, seit er sie in Aragón zum ersten Mal erblickt und sie ihn auf seiner mühsamen Reise nach Kastilien begleitet hatte. Doch anders als viele andere Damen ermutigte Jimena ihn nicht, sondern hielt ihn freundlich, aber bestimmt auf Distanz. Vielleicht gefiel ihm gerade das, dachte sie manches Mal.

»Weshalb will Isabel Carrillo empfangen? Soweit ich weiß, hat sie es die vergangenen Monate mehrmals abgelehnt, ihm eine Audienz zu gewähren.«

Fernando nickte. »Ja, in seinem Fall blieb sie besonders unversöhnlich, doch er ist der Erzbischof von Toledo, der Primas von Kastilien und damit ein mächtiger Kirchenmann mit großem Einfluss. Es ist nicht klug, ihn so vor den Kopf zu stoßen. Das findet auch der König von Aragón, daher hat er mir ein Schreiben mitgegeben und Isabel gebeten, ihre Haltung noch einmal zu überdenken.«

Sieh einer an, dachte Jimena. *Nun versucht also auch Fernandos Vater, der alte Fuchs, sich in die Angelegenheiten Kastiliens einzumischen.* Das fand Jimena allerdings weniger verwunderlich, als dass Isabel offensichtlich bereit war, der Bitte des alten Königs nachzukommen.

Fernando lächelte Jimena an und bot ihr den Arm. »Wollen wir hineingehen und sehen, wie die Versöhnung vorankommt?«

Jimena dankte und schob ihren Arm unter den des Königs.

Ein wenig verloren blieb Don Angelo im Hof zurück. Er sah den beiden nach, dann wandte er sich abrupt ab und stürmte davon.

»Ich habe Eure Worte gehört«, hörte Jimena Isabel in einem Ton sagen, der geradezu klirrte vor Kälte. Nein, nach einer herzlichen Versöhnung hörte sich das nicht an.

Sie trat an Fernandos Arm ein und erhaschte einen Blick auf Carrillos Miene, dem es nur mühsam gelang, die Fassung zu wahren.

»Ihr seid ein hoher Mann der Kirche, daher will ich Euren Verrat nicht so ahnden, wie es Euch eigentlich gebührt. Ich habe Eure Bitte um Gnade und Versöhnung gehört. Nun gut, Ihr bleibt weiterhin der Erzbischof von Toledo.«

Natürlich. Es stand nicht in Isabels Macht, ihn von seinem Kirchenamt abzuberufen. Das wäre Sache des Papstes gewesen, und ihr war vermutlich bewusst, dass sie bei Sixtus auf Granit beißen würde. Ein wenig Verrat war doch kein Grund, einen Bischof abzuberufen!

»Außerdem«, fuhr Isabel mit unverminderter Härte fort,

»gewähre ich Euch die Gnade, mir erneut Treue zu schwören und heute und hier Euren Vasalleneid zu leisten!«

Carrillo riss die Augen auf und starrte sie an. Meinte sie das wirklich ernst? Oh ja, ihr zwingender Blick ließ keinen Zweifel. Sie hatte sich ihre Worte gut überlegt, und sie meinte genau das, was sie sagte. Carrillo blieb zwar in seinem Kirchenamt, doch seine Zeit als uneingeschränkter Feudalherr über die Ländereien von Toledo war vorbei. Er wurde nun zu einem Vasallen der Königin, der sich nach ihren Entscheidungen zu richten hatte.

Jimena sah, wie er mit sich rang, doch dann beugte er das Knie und leistete ihr den Schwur.

Ein paar Wochen später – der Hof war längst nach Segovia weitergezogen – empfing Isabel einen Boten aus dem Süden. Jimena hörte nicht, was er zu berichten hatte, doch sie sah Isabel später am Abend unruhig auf dem Wehrgang auf und ab gehen, so als ringe sie um eine Entscheidung.

Wir werden wieder reisen, erklang Teresas Stimme in Jimenas Geist. Ihre Cousine war unbemerkt hinter sie getreten.

Jimena drehte sich um und lächelte sie an. »Das glaube ich auch. Weißt du, wohin es geht?«

Teresa schien zu überlegen oder in sich hineinzulauschen.

Es gibt Schwierigkeiten in Andalusien, sagte sie schließlich.

Jimena hob die Schultern. »Das ist nichts Neues.«

Teresa nickte. *Ja, aber nun ist es an der Zeit, dass sich Isabel dieser Herausforderung stellt, und das weiß sie auch. In den Tiefen ihres Herzens hat sie sich längst entschlossen, den Machtkampf gegen die beiden* Grande *aufzunehmen.*

Jimena zweifelte nicht an Teresas Gedanken, daher war sie nicht überrascht, als Isabel am nächsten Morgen ankündigte, man würde den Alcázar am nächsten Tag verlassen, um sich auf eine längere Reise nach Süden zu begeben.

Beatriz stöhnte. »Wie weit nach Süden? Nach Madrid?«

Jimena schüttelte den Kopf. »Nein, nein, meine Liebe, dieses Mal reisen wir wirklich in den Süden des Landes, in das alle Sinne betörende Andalusien.«

Beatriz riss die Augen auf und starrte Jimena entsetzt an. »Das ist nicht dein Ernst! Dort unten macht jeder Fürst, was er will, nicht zu vergessen die wilden Mauren von Granada, die immer wieder irgendwelche Dörfer überfallen.«

Jimena nickte. »Ja, und genau deshalb wird es Zeit, dass Isabel dort Ordnung schafft.«

Beatriz stöhnte. »Das musste ja irgendwann so kommen. Und wir müssen wieder alle mit.«

»Du kannst sie bitten, bei deinem Gatten in Segovia bleiben zu dürfen«, schlug Jimena vor. »Teresa und ich werden mit ihr reisen und auch ihre neue Hofdame, die Nichte des Kardinals, Maria de Mendoza.«

Letzteres gab wohl den Ausschlag. Beatriz schluckte, dann straffte sie entschlossen den Rücken.

»Natürlich reise ich mit der Königin, egal wohin es geht!«

Ihr Ziel hieß Jerez de la Frontera, dessen Name schon sagte, dass hier ganz in der Nähe, im Osten, die Grenze zum nasridischen Emirat Granada verlief, dem letzten Reich der Mauren auf der Iberischen Halbinsel. Dort herrschte in der Alhambra Emir Mulay Hassan Ali, seit er seinen Vater vom Thron gestürzt hatte. Nicht ohne Schwierigkeiten, wie fast alle seine Vorgänger, denn das Volk von Granada war gespalten. Zwei rivalisierende Clans, die Abencerragen und die Zegrís, kämpften mit allen Mitteln um die Macht. Doch nicht dieser Kampf war es, der Isabel nach Süden geführt hatte, sondern zwei mindestens ebenso erbitterte Gegner auf Seiten der Christen: Enrique de Guzmán, der Herzog von Medina Sidonia, und Rodrigo Ponce de León, der Marquis von Cádiz. In ihrem Hass aufeinander war ihnen jedes Mittel recht, und so gingen sie bei passender Gelegenheit durchaus auch Bündnisse mit Mulay Hassan Ali ein, um dem anderen eine Burg zu rauben oder sich sonst irgendwie einen Vorteil zu verschaffen – was natürlich nicht zum Schaden des Nasridenfürsten war, der sich jedes Mal triumphierend die Hände reiben konnte.

Und als wäre das nicht schon schlimm genug, hatte nun Isabels Bote sie wissen lassen, dass beide Fürsten mit dem Gedanken spielten, sich von Kastilien und ihrer Königin loszusagen. Das Maß war voll! Sie musste dringend etwas unternehmen, wenn sie nicht riskieren wollte, ganz Andalusien zu verlieren, das die Könige vergangener Jahrhunderte in der Reconquista so mühevoll den Mauren wieder abgerungen hatten. Nein! Wie schon in Toro war ihr Motto: Keine Zinne!

»Aber wie will sie diese mächtigen Männer zur Einsicht bringen?«, fragte Beatriz ein wenig ratlos, als sie am Abend nach ihrer Ankunft in Jerez im Saal auf einem bequemen Diwan beisammensaßen.

Teresa hob die Schultern, und auch Jimena hatte keine Idee. Sie schenkte sich noch ein wenig von dem lieblichen weißen Wein ein, der den Namen der Stadt trug und diese im ganzen Süden bekannt gemacht hatte.

Das Mahl war heute im Gegensatz zu jenem am Tag ihrer Ankunft – laut der wählerischen Beatriz – annehmbar gewesen, doch ansonsten bot der Alcázar von Jerez nicht die Pracht oder die Bequemlichkeit eines Alcázar von Valladolid, Ávila oder gar Segovia. Der alte, maurische Bau glich noch heute der wehrhaften Festung, als die er einst erbaut worden war. Doch Jimena war das im Gegensatz zu Beatriz egal. Hauptsache, sie hatten ein Dach über dem Kopf, ein warmes Essen und ein trockenes, weiches Bett.

»Wie willst du die Streithähne überzeugen und auf dich einschwören?«, fragte Beatriz noch einmal, als sich Isabel später zu ihren Damen gesellte. Sie stand hoch aufgerichtet im düsteren Saal und warf ärgerlich den Kopf zurück.

»Indem ich sie gemeinsam hierher zitiere. Sie werden ihre Knie vor mir beugen und mir ihre Gefolgschaft schwören. Dann werde ich ihnen ihr eigenmächtiges Handeln vergeben und meine Vasallen herzlich begrüßen.«

»Eher fließt das Wasser bergauf«, murmelte Jimena.

»Meinst du? Ich zeige dir, dass du dich irrst!« Sie sah ihre Damen mit diesem hochmütigen Ausdruck an, den Jimena in letzter Zeit öfter an ihr bemerkte, doch so leicht ließ sich die Hofdame nicht beirren.

»Warum sollten sie das tun?«

»Weil mein Bote sie darüber in Kenntnis setzen wird, dass sie nur diese eine Gelegenheit bekommen, sich mir freiwillig zu unterwerfen und dabei ihre Güter und Renten zu behalten.«

»Sonst *was*? Willst du ihnen mit Krieg drohen? Sevilla und Cádiz belagern?«

»Nur wenn sie mich dazu zwingen«, gab Isabel leichthin zurück und wandte sich zum Gehen. Damit schien das Thema für sie erledigt.

Schon wieder Krieg, dachte Jimena und spürte, wie sich ihr Magen verkrampfte. Mit welchen Truppen? Mit welchem Geld? Sie gab sich nicht der Illusion hin, auch nur einer der beiden *Grande* wäre leicht zu besiegen. Sie verfügten über genug Geld und Männer, um es mit ihrer Königin aufzunehmen!

Doch Isabel blieb bei ihrer Überzeugung und schickte am

anderen Tag ihre Boten los. Zehn Tage ließ sie dem Marquis und dem Herzog, um vor ihr zu erscheinen und ihr den Treueschwur zu leisten.

Nun blieb ihnen nur, im Alcázar von Jerez abzuwarten. Jimena stieg zum Wehrgang hinauf und ging rastlos auf und ab. Sie sah über die Stadt, die nach den Stunden der Siesta in der heraufziehenden Sommernacht noch einmal zum Leben erwachte. Sehnsucht, ein Teil dieses Lebens zu sein, stieg in ihr auf. Sie wollte mit diesen Menschen zusammen den Abend genießen, die Sorgen vergessen, die Trauer, die so tief in ihr wohnte, wenigstens für ein paar Stunden abstreifen. »Nicht schon wieder Krieg«, flüsterte sie und sah in sich hinein, doch alles blieb verschwommen. Es war, als wäre mit Ramóns Tod auch ihre Gabe, die Zukunft zu sehen, gestorben.

Eine Bewegung hinter ihr ließ sie herumfahren. Kaum drei Schritte entfernt ragte die Silhouette eines Mannes auf, den sie nicht hatte kommen hören.

Na wunderbar! Nicht nur ihre besondere Gabe war versiegt. Auch ihre Sinne ließen sie im Stich. Jimena hob abwehrend die Arme und wich einen Schritt zurück.

»Oh, verzeiht, Doña Jimena, ich habe Euch erschreckt. Das lag nicht in meiner Absicht.«

»Don Angelo«, rief sie, zwischen Freude und Ärger schwankend. »Was macht Ihr hier?«

»Ich habe Euch gesucht und bin Euch deshalb hier herauf gefolgt. Ich entferne mich sofort, wenn Ihr lieber alleine sein wollt, aber ich biete Euch auch meine Gesellschaft an, falls Ihr ein wenig Ablenkung möchtet. Ihr wirktet heute so in Euch gekehrt und ernst. Ich würde zu gern ein Lächeln in Euer Gesicht zaubern.«

Jimena zog eine Grimasse. »Ich meinte, was macht Ihr in Jerez?«

»Meiner Königin dienen! So wie auch Ihr es tut und niemals selbst die schlimmsten Strapazen ihrer unzähligen verrückten Reisen scheut.«

Jimena lachte auf. »Dieses Mal war es nicht so schlimm wie auf unserem Ritt nach Uclés.«

Don Angelo verdrehte die Augen und stöhnte. »Erinnert mich nicht daran. Wenn ich das gewusst hätte! Allein Eure tapfere Miene selbst im eisigen Schneesturm hat mich davon abgehalten, mich jammernd von dannen zu schleichen und hinter einem warmen Ofen zu verkriechen. Ach, waren das noch Zeiten, als man es sich an König Enriques Hof hat wohl sein lassen können.«

Jimena hob die Brauen und sah ihn strafend an. »Ihr wünscht Euch doch nicht seine Herrschaft zurück?«

Don Angelo wiegte den Kopf. »Ich weiß, ich riskiere, dass Ihr mir gleich das Gesicht zerkratzt oder die Nase abbeißt, dennoch waren es ruhige und bequeme Zeiten, das lässt sich nicht leugnen.«

»Für Euch und die Höflinge vielleicht und für die *Grande*, die den König um immer mehr Geld und Güter erpresst haben, während das Land in Krieg und Chaos versank!«

»Oh ja, das arme Volk, das muss man auch berücksichtigen«, sagte der *Hidalgo* mit einem frechen Grinsen. »Also erfreuen wir uns an unserer Königin, die für alle alles zum Besseren wendet.«

»Tut sie!«

»Ja, habe ich doch gerade gesagt.«

Doch der Spott wich nicht aus seiner Stimme, und endlich gab Jimena ihren strafenden Blick auf und lachte. »Ihr seid wirklich unmöglich, Don Angelo«, sagte sie mit einem Kopfschütteln.

»Aber ich habe Euch zum Lachen gebracht«, gab er zufrieden zurück. »Dann kann ich diesen Tag zu den guten zählen.«

»Wenn Ihr nur jemand findet, den Ihr verspotten könnt, dann ist es Euch wohl«, schimpfte Jimena.

»Nein, ganz im Gegenteil! Ich meine es ernst«, versicherte er ihr. »Ein Lächeln von Euch ist mir mehr wert als eine Truhe Gold. Und deshalb habe ich es zu meiner Lebensaufgabe gemacht, Euer Herz zu erobern – also neben meinen Pflichten, unserer Königin zu dienen.« Er grinste so verschmitzt, dass Jimena mit einem Lachen den Kopf schüttelte, doch dann wurde ihre Miene traurig.

»Ihr bemüht Euch vergebens, Don Angelo. Ich habe kein Herz mehr, das ich vergeben könnte. Es starb im vergangenen Frühling auf einem blutgetränkten Schlachtfeld zu Füßen von Toro.«

Don Angelo sah sie mitfühlend an. »Euer Vetter Ramón, ich weiß. Ihr habt ihn geliebt, doch er wird nicht mehr zurückkehren. Ihr müsst diese alte Liebe freigeben und Euch für Neues öffnen. Das Leben hält für Euch so viel Schönes bereit, glaubt mir. Ihr seid noch jung. Wollt Ihr Euch wirklich für den Rest Eures Lebens verschließen, ohne je die Süße zärtlicher Liebe gekostet zu haben? Was ist das für ein Leben, in dem Ihr nie in den Armen eines Mannes gelegen habt? In dem Ihr nie das Glück gefühlt habt, das Lager mit dem geliebten Menschen zu teilen?«

»Schweigt!«, herrschte sie ihn an und spürte, wie ihre Wangen rot anliefen.

Don Angelo sah sie überrascht an. »Oh, ich nehme meine Worte zurück. Ich ahnte ja nicht ... also, ich meine ... selbst wenn Ihr wisst, wovon ich spreche, oder gerade dann, wollt Ihr wirklich für die Euch verbleibende Lebensspanne darauf verzichten?« Er sah den Zorn der Verzweiflung in ihr aufsteigen, der vielleicht besser war als ihre Verlegenheit. Mit erhobenen Händen wich der *Hidalgo* zwei Schritte zurück. »Vergesst, was ich gesagt habe. Fangen wir noch einmal von vorn an. Also, ich habe Euch hier entdeckt und bin gekommen, um Euch ein Lächeln zu entlocken. Ja, das ist ein guter Einstieg, findet Ihr nicht auch?«

Jimena starrte ihn an. Sie wusste nicht, ob sie ihn zum Teufel jagen oder ihn gewähren lassen sollte. Sie fühlte sich so erschöpft, zu müde, um es mit ihm aufzunehmen.

»Gut, Don Angelo, fahrt fort. Was denkt Ihr, könnte meine Stimmung heben?«

Er lächelte geheimnisvoll. »Oh, da fällt mir etwas ein, das ganz sicher helfen wird. Wisst Ihr, dass Jerez nicht nur für diesen köstlichen Wein gerühmt wird? Hier gibt es noch etwas ganz Besonderes, das bereits die Mauren gepflegt haben.« Er sah sie erwartungsvoll an.

»Was denn?«, fragte sie nicht besonders interessiert.

»Pferde!«, verkündete er. »Die schönsten Araber, sorgfältig weitergezüchtet und veredelt. Wundervolle Tiere mit sanften Augen und feurigem Temperament.«

Jimena spürte, wie ein Strahlen in ihr erglühte und ihren ganzen Leib mit köstlicher Wärme erfüllte. »Pferde!«

Don Angelo triumphierte. »Ha, ich wusste es! Darf ich Euch zu den Ställen begleiten und Euch die schönsten und edelsten Tiere zeigen? Vielleicht ist ja eines dabei, das die Königin Euch für Eure treuen Dienste zu geben wünscht?«

Er verbeugte sich und bot ihr seinen Arm.

Jimena lächelte ihn an und legte ihre Hand auf die seine. »Aber doch nicht jetzt«, protestierte sie. »Es ist bereits dunkel.«

»Ja, und in der Stadt blüht nach der Sonnenglut das Leben wieder auf«, gab er zu bedenken. »Wollt Ihr nicht von die-

sen Mauern steigen und ein Teil des bunten Treibens sein?«
Es war, als würde er ihre zuvor gehegten Gedanken aussprechen, doch sie zögerte. »Habt Ihr Bedenken, mit mir zu gehen? Dann laden wir Eure Cousine Teresa mit ein. Ich glaube,
auch sie weiß edle Pferde zu schätzen.«

Jimenas Widerstand schmolz. »Danke, Don Angelo, ja, das
wird sie und ich auch, wenn Ihr diesen Ausflug mit uns wagen wollt.«

Er schien wirklich erfreut. »Gut, dann gehen wir und fragen Doña Teresa. Schließlich müssen wir uns das Warten auf
dieser nicht gerade gemütlichen Festung so angenehm wie
möglich gestalten, bis sich die beiden Streithähne der Königin
hierher bequemen und sich ihr zu Füßen werfen.«

Jimena sah ihn aufmerksam an. »Glaubt Ihr, sie werden
kommen?«

Don Angelo hob die Schultern. »Keine Ahnung. Es bleibt
uns nichts anderes übrig, als abzuwarten.«

Um die Mittagsstunde des zehnten Tages erscholl die Stimme
eines Wächters von der Plattform des Turms. Er rannte die
Treppe hinunter, stolperte durch das Tor und rief wild gesti-
kulierend: »Die Fahne des Marquis von Cádiz! Ich habe die
Fahne mit dem Wappen von Cádiz gesehen!«

Die Frauen, die im Schatten einiger Orangenbäume am
Wasserbecken vor dem alten königlichen Pavillon beisam-
mengesessen hatten, erhoben sich und kamen neugierig auf
den Wächter zu. Der sah sich suchend um, entdeckte die Königin und beugte hastig das Knie.

»Majestät, es ist die Fahne des Marquis. Er nähert sich mit
mehr als drei Dutzend Männern – alles Ritter in Rüstung,
mit Schwert und Schild! Sie kommen auf ihren Kriegsrös-
sern direkt auf die Puerta del Real zugeritten.« Der Wächter

keuchte ein wenig und sah unsicher zu seiner Monarchin auf, die erst einmal gar nichts sagte.

»In Rüstung und mit Schwert?«, wiederholte Beatriz. »So viele Männer? Will er die Stadt angreifen?«

»Mit drei Dutzend Rittern? Wohl kaum!«, widersprach Jimena. »Jerez ist gut befestigt, von der Burg hier ganz zu schweigen. Was sollte er da mit ein paar Rittern ausrichten wollen? Wir müssten nur die Tore schließen.«

Beatriz errötete ein wenig. »Vielleicht ist es eine List. Wir lassen ihn herein, weil wir denken, er kommt in friedlicher Absicht, und ist er erst einmal in der Festung, schlagen seine Männer zu.«

»Um was zu tun?«, erkundigte sich Isabel. »Ihre Königin zu ermorden?«

Beatriz hob die Schultern. »Ich will ja nur zur Vorsicht mahnen.«

Isabel legte ihr die Hand auf den Arm und lächelte ihre Hofdame an. »Du hast ganz recht. Umsicht ist manches Mal ein besserer Schutz als alle Mauern und Waffen dieser Welt, dennoch glaube ich nicht, dass der Marquis in kriegerischer Absicht kommt. Er ist ein stolzer Mann, und er ist reich und mächtig. Das will er seiner Königin demonstrieren. Er kommt hocherhobenen Hauptes, das er nur widerwillig beugen wird. Er muss die Möglichkeit haben, es voller Stolz wieder zu erheben, wenn er seine Macht nun für seine Königin einsetzen soll.« Beatriz nickte verwirrt, doch Jimena stimmte Isabel im Stillen zu. Was war sie für eine kluge Herrscherin. Isabel raffte ihren Rock. »Und nun helft mir rasch beim Umkleiden. Der Marquis hat es verdient, in allen Ehren empfangen zu werden.«

So halfen die Damen Isabel beim Umkleiden, während der Marquis mit seinen Männern durch das Tor zog und dann durch die ältesten Straßen von Jerez auf die Festung zuritt. Auf Anweisung der Königin ließen die Wachen am Tor die Besucher passieren.

Waffenklirrend traten die Männer in den großen Saal, wo Isabel und ihre Damen sich bereits aufgestellt hatten. Der Wächter an der Tür kündigte den Besucher mit lauter Stimme an.

»Eure Majestät, der Marquis Rodrigo Ponce de León von Cádiz und sein Gefolge.«

Es war durchaus ein Bild, das einem Furcht hätte einjagen können. Die vielen mit Schwertern bewaffneten Ritter in ihren glänzenden Rüstungen. Allerdings waren die Visiere ihrer Helme geöffnet, und die Schwerter steckten in ihren Scheiden.

Jimena hörte, wie Beatriz hinter ihr nervös den Atem einsog. Teresa dagegen war ganz ruhig. Sie hatte wie Jimena in den Augen und Gesten des Marquis keine Gefahr gelesen. Forsch trat er vor, sah die Königin einen Moment lang herausfordernd an, dann beugte er das Knie.

»Ihr habt nach mir geschickt, Majestät?«

»Erhebt Euch, Marquis. Ja, ich ließ Euch rufen, denn ich benötige Euer Schwert, Eure Erfahrung und Eure Klugheit für das Königreich.«

Ihre Worte schienen ihm zu schmecken. »Ihr könnt beruhigt schlafen, meine Königin, ich werde auf meiner Festung in Cádiz über Eure Küste wachen und jede Gefahr abwehren, die über die See kommen sollte. Scheut Euch nicht, weiter nach Süden zu reisen, die Stadt und ich werden Euch jederzeit mit Freude empfangen.«

Isabel trat einen Schritt vor und legte ihm die Hand auf die Schulter. »Ich danke Euch, Marquis.«

»Das war zumindest ein halber Sieg«, sagte Isabel am

Abend, als Jimena ihr beim Auskleiden half. »Den Marquis von Cádiz haben wir nun auf unserer Seite, doch noch immer steckt uns ein Dorn im Fleisch, den es rasch zu entfernen gilt!«

Kapitel 6

Sevilla, 1478

So einsichtig wie der Marquis von Cádiz zeigte sich sein Widersacher, der Herzog von Medina Sidonia, nicht. Er ließ das Ultimatum seiner Königin ohne ein Wort verstreichen.

Zornig ging Isabel im Hof der Festung auf und ab. »Das wird er mir büßen«, knurrte sie. »Nun wird er mir nicht nur wie geplant den Alcázar und den Hafen von Sevilla übergeben. Er wird sich mir zu Füßen werfen!«

»Und wie willst du das machen?«, wagte Beatriz zu fragen.

»Indem ich ihm zeige, dass es meinen Vasallen nicht bekommt, wenn sie mir nicht gehorchen!«, stieß sie hervor und sah ihre Hofdame so wild an, dass diese ein Stück zurückwich.

»Du willst doch nicht etwa Sevilla angreifen und es ihm mit Gewalt entreißen«, erkundigte sich Jimena. »Die Stadt ist wohl befestigt, und eine starke Kette durch den Fluss schützt den Hafen nicht nur vor Überfällen durch Piraten.«

Isabel sah Jimena überrascht an. »Du weißt viel.«

Jimena errötete. »Ich habe mit Don Angelo darüber gesprochen. Du hast ihn aus diesem Grund vor ein paar Tagen nach Sevilla geschickt.«

Isabel nickte. »Das ist richtig. Die Stadt selbst anzugreifen wäre unklug.«

»Was hast du dann vor?«, fragte Jimena neugierig.

»Ich werde ein paar Männer der *Santa Hermandad* zusammenrufen und unserem Herzog eine kleine Demonstration ihrer Schlagkraft geben. Hat sich der Vogt von Schloss Utrera nicht geweigert, meinem Abgesandten die Schlüssel zur Feste zu übergeben? Nun, er wird lernen müssen, dass es gesünder ist, meine Befehle auszuführen.« Isabel wandte sich abrupt ab und ließ ihren Sekretär rufen, um ihm einige Schreiben zu diktieren. Noch am selben Abend verließen mehrere Boten die Stadt.

Dann passierte einige Wochen nichts, außer dass Isabel mit einem kleinen Gefolge nach Cádiz reiste, um dem Marquis einen Besuch abzustatten, die Festung an der ins Meer ragenden Landspitze der gewaltigen *Bahía* zu besichtigen und wohl auch um Rodrigo Ponce de León an seinen Treueschwur zu erinnern.

Die größte Hitze des Sommers war bereits vorüber, als die von Isabel angeforderte Truppe der *Hermandad* und einige Kontingente ihr treu ergebener Adeliger in Jerez de la Frontera eintrafen. Und nicht nur sie. Auch Fernando ließ sich bei seiner Gattin und Königin blicken. Isabel freute sich sichtlich und lief ihm entgegen, um ihn zu umarmen.

Dann rief sie die Männer im Hof zusammen, um sie zu begrüßen. Sie machte ihnen in einer feurigen Rede deutlich, wie wichtig es für das ganze Königreich sei, Schloss Utrera in einem Handstreich zu nehmen, um ein Exempel zu statuieren und den Herzog in die Knie zu zwingen.

Jimena und die anderen Damen standen ein wenig abseits, um ihrer Ansprache zu lauschen.

»Was für eine beeindruckende Rede«, spottete Beatriz. »Schaut nur, wie die Männer sie ansehen. Sie werden sich mit größtem Eifer für ihre Königin gegen die Burgmauern werfen.«

Teresa nickte mit ernster Miene. *Isabel versteht es, die Menschen für sich zu gewinnen und zu begeistern. Sie hat sich selbst nie geschont und verlangt das auch von ihren Bürgern und Vasallen. Dennoch sollte sie sich in den nächsten Monaten ein wenig zurückhalten.*

Jimena hörte die Stimme ihrer Cousine in ihrem Geist. Sie stutzte und sah zu Isabel hinüber, deren Kleid ungewohnt gewölbt erschien. Jimena blinzelte verdutzt. Der seltsame Eindruck war verschwunden. Isabel war wieder schlank wie immer, doch Jimena konnte spüren, dass sich etwas veränderte. Jimena sah zu Teresa hinüber, die leicht mit dem Kopf nickte.

Sie ist wieder schwanger.

Und dieses Mal wird es ein Prinz! Der Gedanke schoss Jimena durch den Kopf.

Wieder nickte Teresa. Auch sie konnte es spüren.

Ein Thronfolger. Das war eine gute Nachricht und würde Isabels Position stärken.

»Ich fühle mich gesund und kräftig«, entgegnete Isabel, als Jimena sie später auf das Thema ansprach.

»Das bezweifle ich nicht, dennoch würde ich dir in den nächsten Monaten von langen Reisen oder gar Kriegszügen abraten. Du hast bereits zwei Kinder tot geboren und eines früh verloren. Willst du das Leben des Prinzen aufs Spiel setzen?«

Isabel gab einen unwilligen Laut von sich. »Schwangerschaft ist keine Krankheit!«

Jimena bemühte sich um eine ruhige Stimme. »Nein, und es hat keiner gesagt, dass du das Bett hüten sollst, ich rate dir lediglich, vernünftig zu sein und dich und das Kind nicht zu strapazieren.«

Isabel seufzte. »Ein Knabe. Kannst du ihn sehen?«

Jimena ergriff ihre Hände. »Ja, aber du weißt, die Zukunft

ist nicht festgeschrieben. Du musst das Deinige dazu beitragen, dass er wachsen und gedeihen kann.«

Also blieb Isabel murrend in Jerez zurück, während ihre Truppe gegen Schloss Utrera zog. Zu Jimenas Überraschung war auch Don Angelo unter den Rittern. Er trat am Vorabend ihres Aufbruchs zu ihr, um sich zu verabschieden.

»Ihr zieht mit den Männern gegen Utrera? Warum?«, rief sie aus.

Er zog belustigt die Brauen hoch. »Um der Königin zu dienen?«

»Habt Ihr selbst nicht zu mir gesagt, Ihr könntet weder dem Leben eines Ritters noch dem eines Mönchs etwas abgewinnen und würdet Euch daher lieber bei Hof aufhalten?«

Don Angelo zog eine Grimasse. »Ja, ich erinnere mich, auch an die Missbilligung in Eurem Blick, der mich seitdem Tag und Nacht verfolgt.«

Jimena schnaubte. »Zwingt mich nicht, Euch der Lüge bezichtigen zu müssen!«

»Ich lüge nicht«, widersprach der *Hidalgo*. »Wenn ich nur durch ruhmreiche Taten in Euren Augen bestehen kann, nun denn, dann werfe ich mich eben gegen diese Burgmauern.«

Das Bild von Ramóns zerschlagenem Körper stieg in ihrem Geist auf, und sie glaubte wieder den Gestank des Schlachtfelds in der Nase zu haben. Sie schüttelte sich, um die Bilder und Gerüche zu vertreiben, die ihren Magen verkrampften. »Tut es nicht«, bat sie. »An Krieg und Tod ist nichts Ehrenhaftes.« Unwillkürlich griff sie nach seinen Händen.

»Ich werde auf mich achtgeben«, versprach er. »Die Gewissheit, dass Ihr Euch um mich sorgt, ist Ansporn genug, gesund zurückzukehren.«

Verlegen zog Jimena ihre Hände zurück und verbarg sie in den Falten ihres Rockes. »Jeder Tropfen vergossenes Blut ist einer zu viel«, murmelte sie, ohne ihn anzusehen, dann wandte sie sich ab, raffte ihre Röcke und lief davon. Don Angelo folgte ihr nicht.

Das Schloss war nicht im ersten Sturm zu nehmen, doch ehe der Winter einbrach, wehte Isabels Fahne über den Zinnen. Ein Sieg für die Königin!

Kurz vor Weihnachten kam ein einsamer Reiter nach Jerez. Ein Name flog flüsternd von einem Ohr zum anderen: Enrique de Guzmán, Herzog von Medina Sidonia.

Isabel ließ sich Zeit, ehe ihre Diener ihm gestatteten einzutreten.

»Nun, Don Enrique?«, fragte sie nur und sah ihn mit hochgezogenen Augenbrauen an. Mit verschränkten Armen stand sie aufrecht da und betrachtete den mächtigen *Grande*, der sich ihr allein und unbewaffnet näherte. Endlich blieb er stehen. Er sank auf die Knie.

»Hier, hochmögende Königin, hier bin ich in Euren Händen!«

»Erhebt Euch, Herzog von Medina Sidonia, mein Vasall!«

»Also ich hätte nicht gedacht, dass sie ihn so schnell buchstäblich auf die Knie zwingt«, sagte Beatriz später, als sie am Abend an der langen Tafel im großen Saal saßen. »Er stammt aus einer Familie, die nicht gerade für ihre Nachgiebigkeit bekannt ist.« Teresa sah sie fragend an.

»Ich denke, Beatriz spielt auf einen der Vorfahren des Herzogs an«, erklärte Jimena, der Don Angelo die Geschichte von *Guzmán el bueno* erzählt hatte.

»Alonso Perez de Guzmán hatte die Burg von Tarifa inne, die er 1296 für König Fernando IV. verteidigte. Die Mauren, die Guzmáns Sohn als Geisel hielten, belagerten die Burg. Sie drohten, den Jungen zu ermorden, sollte der Vater die Festung nicht übergeben. Doch dieser trat an die Zinnen und warf den Belagerern seinen Dolch zu. Eher würde er ihnen selbst die Klinge reichen, als die Burg zu übergeben. Ob die Mauren den Jungen daraufhin getötet haben? Ich weiß es nicht. Don Angelo sagt, es werden verschiedene Versionen der Geschichte erzählt. Jedenfalls wurde Don Alonso Perez daraufhin *Guzmán el bueno* genannt.«

»Und wir werden nun endlich diese unbequeme Festung verlassen und nach Sevilla reisen!«, ergänzte Beatriz mit leuchtenden Augen.

Beatriz hatte richtig vermutet. Schon am nächsten Tag verkündete Isabel ihre Absicht, den Alcázar von Sevilla in ihren Besitz zu nehmen. Nun, da der Herzog sich ihr unterworfen hatte, war es klug, Flagge zu zeigen und in der wichtigsten Stadt Andalusiens klare Verhältnisse zu schaffen.

Doch es gab noch einen anderen Grund, warum Isabel so schnell wie möglich nach Sevilla reisen wollte.

Isabel hatte von Fray Alonso de Hojeda, Prior in Sevilla, ein Schreiben erhalten, worin dieser äußerte, dass die *Conversos* noch immer ihren mosaischen Riten anhingen. Dass sie sich nur zum Schein taufen ließen, um an die ihnen sonst verbotenen Posten zu kommen. Er schlug vor, in Kastilien die Inquisition zur Prüfung der Fälle ins Leben zu rufen.

Jimena spürte, wie Teresa neben ihr zusammenzuckte. Ihre Hand schloss sich um den Arm ihrer Cousine, und sie spürte, wie Teresa zitterte. Ihre Augen waren weit aufgerissen, und Jimena glaubte, kleine Flammen in ihren Pupillen tanzen zu sehen.

»Ein Kirchengericht wie in Aragón und anderswo?«, fragte Fray Hernando. Jimena sah an seiner Miene, wie wenig er davon hielt.

Isabel schüttelte heftig den Kopf. »Mit dem Papst als

moralische Instanz? Ha!« Sie ballte die Hände zu Fäusten. »Einem raffgierigen, wollüstigen Knabenschänder? Niemals! Die Inquisition sollte ganz allein der Krone Kastiliens unterstehen.«

Jimena spürte, wie ihr schlecht wurde. War Isabel nicht bewusst, welch dämonische Kräfte sie mit ihren Worten beschwor?

»Wir wollen nichts überstürzen«, mischte sich Kardinal Mendoza ein. »Reisen wir nach Sevilla, und prüfen wir vor Ort, ob die Lage wirklich so schlimm ist. Ich kann mir nicht vorstellen, dass es die Mehrzahl der *Conversos* betrifft. Sicher sind die meisten gute Christen, die dem jüdischen Aberglauben für immer abgeschworen haben und ihre Kinder im Sinne der heiligen Lehre erziehen. Und falls wir welche finden sollten, die ihren alten Riten noch anhängen, dann wäre das kein Wunder, so wie an manchen Orten massenhaft getauft wurde, ohne den Menschen den wahren Glauben auch nahezubringen. Ich könnte mir denken, dass vieles aus Unwissenheit geschieht, ohne Absicht zu sündigen.«

Fray Hernando nickte zustimmend. »Vielleicht ist es unsere eigene Sünde, den Menschen Christus' Wort nicht nahegebracht zu haben. Vielleicht ist es die Pflichtvergessenheit unserer Kirchenmänner, angefangen von den Kardinälen und Bischöfen, die sich mehr um weltliche Dinge kümmern als um das Seelenheil ihrer Herde.«

Kardinal Mendoza hüstelte, obgleich der Pater nicht speziell ihn gemeint hatte.

»Gut, lassen wir die Dinge erst einmal auf sich beruhen, und sprechen wir wieder davon, wenn wir uns in Sevilla persönlich ein Bild von der Lage gemacht haben.«

Jimena und Teresa, die dem Gespräch beigewohnt hatten, sahen einander an. Sie ahnten beide, dass nun das Rad des

Schicksals ins Rollen gebracht war, das vielen unschuldigen Menschen einen grausamen Tod bringen sollte.

Sevilla! Allein der Name verhieß so viel. Jimena konnte es nicht erwarten, bis sie endlich die Tore der Stadt am Ostufer des Guadalquivir erreichten. Mächtig und wehrhaft erhoben sich die Mauern der Stadt über dem Fluss, als sich der Zug der Königin mit ihrem Gefolge von Süden her näherte. Jimena konnte schon den massigen, vieleckigen Turm am Ufer ausmachen, an dem die dicke Kette befestigt war, zum Schutz der Stadt und des Hafens hauptsächlich vor Piraten. Nun allerdings war die Kette nicht gespannt, und einige Handelsschiffe näherten sich mit geblähten Segeln. Mit wehenden Fahnen ritten die Herolde ihrer Königin voran auf das große Stadttor zu.

Dass ihre Ankunft nicht unbemerkt bleiben würde, dafür hatten die Boten der Vorhut gesorgt, und so wunderte es Jimena nicht, dass die halbe Stadt auf den Beinen war, um einen Blick auf ihre Königin und das Gefolge zu werfen. Vielleicht waren die meisten eher aus Neugier gekommen, doch als sie Isabel auf ihrem prächtig geschmückten Zelter sahen, brach plötzlich Jubel aus und schien sich wie eine Welle über die ganze Stadt auszubreiten. Jimena hatte den Eindruck, dass es vor allem die einfachen Menschen waren, die Handwerker und Knechte und ihre Familien, ja sogar die Bewohner aus der Judería, die Isabel begeistert zuwinkten. Sie hatten die unnachgiebige Vorgehensweise der Königin gegen das selbstherrliche Verhalten der *Grande* wohl beobachtet und schöpften Hoffnung, dass Ausbeutung und Willkür nun ein Ende haben würden. Isabel hatte bereits angekündigt, wie zuvor in Madrid jeden Freitag Audienz für all ihre Untertanen abzuhalten und jedem zu seinem Recht zu verhelfen.

Ich hoffe, du enttäuschst die Menschen nicht, dachte Jimena, während ihr Blick über die bunte Menge schweifte. Sie sah auch viele maurisch gekleidete Männer mit langen Gewändern und dichten Bärten, die hier friedlich mit anderen Kaufleuten und Handwerkern ihren Geschäften nachgingen.

Manche von ihnen schon. Teresa war ihren Gedanken gefolgt. Ihre Stimme klang in Jimenas Geist so traurig, dass dieser das Herz schwer in der Brust wog. Sie sah in die Gesichter und versuchte zu erkennen, was ihre Cousine sah.

Zerlumpte Gestalten mit Bündeln auf den Rücken. Männer und Frauen, Greise und Kinder. Augen, in denen sich Hunger und Angst spiegelten. Hunderte, nein tausende, in einem endlosen Zug der Elenden. Sie sah den dunkel gekleideten Männern ins Gesicht. Sah die Schläfenlocken und begriff. Es würde wieder einmal die Juden treffen.

Doch noch jubelten sie mit den Altchristen und den *Conversos* zusammen ihrer Königin zu, die durch das prächtige Löwentor in den Hof des Alcázar einzog.

Im Jagdhof, vor dem Zugang zum eigentlichen Palast, kam der Zug zum Stehen. Bedienstete eilten herbei, um den Damen beim Absteigen behilflich zu sein.

»Danke, ich benötige keine Hilfe«, sagte Jimena, als sie aus dem Sattel ihres Schimmels glitt, den sie sich dank Isabels Großzügigkeit in den Stallungen von Jerez ausgesucht hatte. Sie wandte sich zu dem Mann um, dessen Hände noch immer an ihrer Taille ruhten, und sah in Don Angelos Augen. »Das hätte ich mir denken können«, rief sie entrüstet. »Ihr könnt Eure Hände nun wieder von mir nehmen!«

Er folgte ihrer Aufforderung, doch der Schalk sprühte in seinem Blick, und sie konnte ihm ansehen, dass er erwog auszuprobieren, was ansonsten geschehen würde. Doch vielleicht ahnte er, dass sie sich nicht scheuen würde, ihn vor der Königin und dem ganzen Hof zu ohrfeigen, daher trat er lieber einen Schritt zurück.

»Ich wollte Euch nur fragen, wie Ihr mit unserer Wahl Eures Rosses zufrieden seid«, behauptete der *Hidalgo,* noch immer ein herausforderndes Grinsen im Gesicht.

Jimena schnaubte etwas unfein durch die Nase. »Danke der Nachfrage. Ja, ich habe gut gewählt«, erwiderte sie.

Don Angelo lachte. »Ach, ich liebe Euch, Doña, und ich freue mich schon darauf, unser Gespräch heute Abend fortzusetzen, doch nun rufen mich meine Pflichten von Euch fort.«

Er wandte sich ab und war schon in der Menge aus Menschen und Pferden verschwunden, ehe Jimena noch etwas erwidern konnte. Und so folgte sie Isabel und den anderen Damen in das Innere des Palasts.

Was für eine Pracht! Bisher hatte Jimena geglaubt, der Alcázar in Segovia wäre nicht zu übertreffen, was sich hier jedoch ihren Augen bot, konnte sie kaum fassen. Auch Beatriz legte den Kopf in den Nacken und bestaunte die wundervollen Holzdecken, die feinen Stuckarbeiten und die vielfältigen Verzierungen, die in verschlungenen Ranken und Buchstaben ineinander übergingen. Angeordnet waren die Räume – wie bei den Mauren üblich – um mehrere Höfe mit je einem Brunnen oder einem Wasserbecken in der Mitte, alles prächtig bepflanzt mit duftenden Blumen oder kleinen Bäumen. Durch herrlich verzierte Hufeisenbögen trat man in die privaten Gemächer und in die Säle, in denen Botschafter empfangen oder Beratungen abgehalten wurden.

»Ich muss meine Meinung über die Mauren wohl korrigieren«, sagte Beatriz. »Ich sah in ihnen immer nur ein kriegerisches Volk, das die Christen aus ihrer Heimat vertrieben hat.

Doch wenn sie solche Paläste gebaut haben, können sie nicht nur grausam und gewalttätig gewesen sein.«

Isabel lächelte ihr milde zu. »Nein, auch ihre Kultur war von jeher weit entwickelt, auch wenn dieser Palast nicht von einem ihrer Kalifen in Auftrag gegeben wurde. Dieser Teil entstand nach der Reconquista unter König Pedro I. von Kastilien, der ein Bewunderer maurischer Kunst war. Man sagt, dieser Palast sei der Alhambra in Granada ähnlich, doch diese sei noch viel prächtiger.«

»Was ich mir nicht vorstellen kann«, widersprach Beatriz kopfschüttelnd, die den andern Damen von einem Gemach in das nächste und dann wieder hinaus in die Höfe folgte. »Ist es nicht herrlich hier!«, rief sie ein ums andere Mal aus, und Jimena konnte ihr nur aus ganzem Herzen zustimmen.

Nördlich der Cordillera Central herrschte sicher noch eisiger Winter, und in den Bergen selbst türmte sich der Schnee, doch hier im Süden strichen laue Frühlingswinde durch den Palast, und die Orangenbäume reckten ihre hellgrünen Blätter in den lauen Abend.

Wenige Monate später brannte die andalusische Sommersonne gnadenlos auf das Land und die Stadt herab und drängte die Menschen in den kühlenden Schatten ihrer Höfe, wo sie neben plätschernden Brunnen die heißesten Stunden des Tages ruhten.

»Vielleicht hätten wir doch nach Norden reisen sollen«, stöhnte Beatriz, die sich mit einem zarten Fächer die Wangen zu kühlen suchte.

Jimena schüttelte den Kopf. »Du weißt, dass Isabel in ihrem Zustand nicht reisen sollte, und außerdem wird es nicht mehr lange dauern, bis sich auch die Ebenen von Kastilien in einen Backofen verwandeln.«

»Wir hätten nach Segovia gehen sollen oder nach Ávila«, beharrte Beatriz.

Jimena hob nur die Schultern und sah ein wenig besorgt zu Isabel hinüber, die stumm vor sich hin litt. Ihr Leib wölbte sich unter ihrem Kleid. Der lange Saum verbarg ihre geschwollenen Füße, doch ihr Gesicht war hochrot und glänzte vor Schweiß. Jimena erhob sich gerade, um Isabel das Gesicht mit kühlem Orangenwasser abzutupfen, als eine Stimme sie und die anderen Damen herumfahren ließ. Es war die Stimme eines Mannes, der hier im Puppenhof, um den die privaten Gemächer der Königin angeordnet waren, nichts zu suchen hatte.

Der Fremde, gekleidet in einen weiten maurischen Kaftan, verbeugte sich tief. Er war zwischen dreißig und vierzig Jahre alt, hatte ein einnehmendes Gesicht und dunkle, ernste Augen. Sein Haar war unter einem Turban verborgen. Der gepflegte Bart war schwarz wie seine Brauen und Wimpern.

»Verzeiht, wenn ich Euch störe, Majestät«, sagte er, »doch wenn Ihr meine Hilfe annehmen wollt, dann wäre es an der Zeit, dass ich Euch untersuche.«

Jimena starrte den Mauren an. Dann glitt ihr Blick zu Teresa, um deren Lippen ein seltsames Lächeln spielte. Sie wirkte im Gegensatz zu den anderen Damen alles andere als überrascht.

Was ging hier vor?

Isabel stemmte sich von ihrer Bank hoch. »Ich begrüße Euch, Abu Amin bin Sinaa, und ich danke Euch, dass Ihr hergekommen seid, um mir beizustehen. Ich würde gern zwei meiner Damen an meiner Seite wissen«, fügte sie hinzu, während ihre Wangen noch eine Spur tiefer erröteten und Jimena einen der wenigen Momente erlebte, in denen Isabel verlegen den Blick niederschlug.

Da begriff sie endlich. Abu Amin war einer der berühmten maurischen Ärzte. Kein Chirurg oder Bader, die sonst für die körperlichen Leiden der Menschen zuständig waren, und auch ganz sicher kein Geburtshelfer, was ja ausschließlich Sache von Frauen war. Nein, er, ein Gelehrter, ein studierter Arzt, wollte die Königin eigenhändig untersuchen und bei der Geburt mit Hand anlegen. Das hätte kein christlicher Arzt getan! Sie erforschten zwar den menschlichen Körper und seine Leiden, doch sie waren nur dazu berufen, ihn in Augenschein zu nehmen und eine Diagnose zu sprechen. Und für so etwas Triviales wie Geburten waren sie schon gar nicht zuständig! Der Maure jedoch schien nichts dabei zu finden. Jimena konnte auch nichts Lüsternes in seinem Blick erkennen, der ernst auf der Monarchin ruhte.

Jimena und Teresa traten an Isabels Seite und führten sie in ihr Gemach. Beatriz, froh, dass es nicht sie getroffen hatte, eilte hinaus, um sich ihrerseits eine Beschäftigung zu suchen.

Der Maure folgte Isabel und den Damen und schloss hinter ihnen die Tür. An sich hätte es ein peinlicher Akt werden müssen. Ein fremder Mann, noch dazu ein Anhänger Allahs, der die Intimität der Königin untersuchte, doch zu Jimenas Erstaunen ließen seine ruhigen Bewegungen und der kühle Blick keine solchen Gefühle aufkommen. Seine Worte waren überlegt und allein auf das Ziel gerichtet, einen gesunden Prinzen zur Welt zu bringen.

»Eure Hofdame hat recht vermutet«, sagte er. »Das Kind hat sich noch nicht gedreht. Es könnte eine schwierige Geburt werden, doch seid unverzagt, noch scheint alles in bester Ordnung.«

Jimena starrte Teresa an. Hatte sie den Arzt gerufen und Isabel überzeugt, ihn hinzuzuziehen? Wie hatte sie das angestellt? Doch Teresa war im Moment nicht bereit, ihre Gedanken mit ihrer Cousine zu teilen.

Als Isabel ihre Röcke wieder geordnet und der maurische Arzt sich die Hände in einer Wasserschüssel gewaschen hatte, wandte er sich ihr wieder zu.

»Es wird nicht mehr lange dauern, Majestät. Wenn es Euch recht ist, dann würde ich gern in der Nähe bleiben, um rasch zur Stelle zu sein, wenn die Wehen einsetzen.«

Isabel nickte und reichte ihm die Hand. »Ich danke Euch, Abu Amin, und werde Euch ein Gemach im Palast herrichten lassen.«

Der Arzt neigte den Kopf und zog sich dann lautlos zurück. Jimena sah ihm nach. Seine ruhige, unaufdringliche Art gefiel ihr.

Noch zweimal untersuchte der maurische Arzt die Königin, dann war es so weit. Die Wehen setzten ein, und einen Tag lang hielt der ganze Hof gespannt den Atem an.

Es war der 28. Juni im Jahre 1478, als Prinz Juan das Licht der Welt erblickte. Wie Abu Amin gesagt hatte, war es keine leichte Geburt, doch dank seiner Hilfe hielt Isabel am Abend einen zarten, aber gesunden Jungen in ihren Armen, und endlich durfte die Stadt in Jubel ausbrechen und die ganze Nacht den neuen Thronfolger von Kastilien feiern.

Kapitel 7

»Schau, dort vorne ist der Plaza de Toros mit der Maestranza«, sagte Marco. »Da müssen wir rechts abbiegen.«

Er deutete auf das Oval der Stierkampfarena, die zu den größten in Spanien zählte und zu den ältesten, die noch erhalten waren. Die bronzene Statue des Torero Curro Romero und der Carmen erinnerten an den letzten Akt der berühmten Oper. Die verspielt barocke Fassade des Prinzenportals mit seinen blendend weißen Mauern und den gelben Fensterlaibungen passte nicht so recht zu dem grausamen Schauspiel, das sich im Sommer an fast jedem Sonntag hier abspielte. Zumindest empfand Isaura so. Für Marco war der Stierkampf eine hohe Kunst, die zur Tradition Spaniens gehörte.

»Es gibt diese Kämpfe seit Jahrhunderten«, verteidigte er das blutige Spektakel.

»In Rom wurden im Kolosseum auch über viele Jahrhunderte Gladiatorenkämpfe ausgetragen und Christen hingerichtet, und dennoch hat man diese Tradition irgendwann aufgegeben«, gab Isaura zurück.

Marco starrte sie an. Hinter ihnen ertönte eine Hupe. Er fuhr rasch zur Seite und trat dann auf die Bremse. »Das kannst du doch nicht vergleichen!«

»Nein? Auch beim Stierkampf werden Lebewesen zur Ergötzung der Menge getötet.«

»Es sind Stiere, die dafür gezüchtet werden! Auch du isst gerne Steak.«

Isaura nickte. »Das ist richtig, aber ich lege keinen Wert darauf, dass das Tier, dessen Fleisch ich esse, von Lanzen durchbohrt, zum Vergnügen gehetzt und am Ende erstochen wurde.«

Marco schüttelte den Kopf. »Vielleicht musst du die Atmosphäre einer Corrida einmal selbst erlebt haben, um das zu verstehen. Allein die Pracht der Damen in ihren Mantillas, die atemlose Stille, wenn der Matadore seine Kunst zeigt, und dann der Jubel für den Sieger!«

»Danke, ich verzichte«, gab Isaura zurück. »Lassen wir das. Ich glaube nicht, dass wir bei diesem Thema zusammenfinden können. Machen wir uns lieber auf die Suche nach unserem Hotel. Es muss dort in diesem Gassengewirr Richtung Kathedrale sein.«

Marco fuhr wieder an und folgte einer schmalen Gasse. Das Navigationsgerät versuchte sie abwechselnd in Sackgassen oder Einbahnstraßen zu schicken, bis sie schließlich an einer Baustelle landeten und in einem haarsträubenden Manöver wenden mussten. Dann tauchte die Stierkampfarena wieder vor ihnen auf. Isaura stöhnte, doch Marco ließ sich nicht aus der Ruhe bringen.

»Das Ganze noch einmal!«

Dieses Mal versuchte er es über eine andere Gasse. Für einen Moment blitzten die Mauern der Kathedrale am Ende der Straße vor ihnen auf, ehe sie wieder abbiegen mussten.

»Halt, hier müsste es jetzt reingehen«, rief Isaura. Marco bremste und beäugte die beiden Gassen, die von der Kreuzung abgingen.

»Die linke?«

»Laut Navi, ja«, sagte Isaura. »Aber das schaffen wir nie!«

»Ja, das wird eng«, stimmte ihr Marco gelassen zu und klappte den Spiegel ein, ehe er im Schritttempo weiterzockelte.

Das Hotel war nach wenigen Metern erreicht, doch es brauchte noch eine ganze Weile und viel Kurbeln mit dem Lenkrad, bis Marco den Wagen in den engen Aufzug bugsiert hatte. Jetzt musste auch der zweite Außenspiegel eingeklappt werden. Doch dann hatten sie endlich ihren Parkplatz, das Gepäck war auf dem Zimmer, und sie konnten sich zu einem ersten Bummel durch die Stadt aufmachen. Die Missstimmung zwischen ihnen war vergessen. Hand in Hand schlenderten sie die Gasse entlang, die sich zum Plaza San Francisco mit seinem Rathaus öffnete. Vom *Ayuntamiento* aus waren über den Platz hinweg bis zu den Häusern gegenüber breite Bahnen aus durchscheinendem Stoff gespannt, um in der Mittagshitze Schatten zu spenden. Auch die Calle Sierpes, die Haupteinkaufsstraße, die vom Platz nach Norden hin abging, erinnerte mit ihren Stoffbespannungen ein wenig an maurische Bazare. Isaura interessierte sich im Augenblick allerdings nicht für die Auslagen der Luxusläden. Es zog sie in den ältesten Teil der Stadt. Sie umrundeten staunend die riesige Kathedrale, die zu den größten Barockgebäuden der Welt gezählt wurde.

»Die Domherren wollten eine Kirche bauen, bei deren Anblick man sie für verrückt halten müsse«, sagte Isaura, den Kopf in den Nacken gelegt. »Nun, das ist dabei herausgekommen. Von der Moschee, die hier stand, ist nicht mehr viel zu sehen, außer natürlich das Minarett, das sie zum Glockenturm umgebaut haben, und der Patio mit den Orangenbäumen, in dem sich die Mauren früher vor dem Gebet wuschen.«

Sie sahen zur *Giralda* hinauf, die sich an der Ecke zwischen Orangenhof und Chor in den Himmel reckte.

Da ihnen die Besucherschlange am Eingang zu lang war,

schlenderten sie weiter zum Flussufer und blickten auf den träge dahinfließenden Guadalquivir hinab, an dessen Promenade sich ein weiteres Wahrzeichen Sevillas erhob: der Torre del Oro.

»Hier wurde einst eine schwere Kette durch den Fluss gelegt. Von diesem Wachturm aus konnte man sie über die Hafeneinfahrt spannen und den Fluss abriegeln«, erklärte Isaura. »Jahrhundertelang waren immer wieder Seeräuber vom Meer her den Guadalquivir hinaufgesegelt, um die reiche Handelsstadt zu plündern, doch die Kette war ein wirksames Mittel, um sie an der Weiterfahrt zu hindern. Auch König Fernando III. drohte Mitte des dreizehnten Jahrhunderts an der Kette zu scheitern, als er versuchte, die Stadt von den Mauren zurückzuerobern. Er belagerte sie lange erfolglos, bis es seiner Flotte endlich gelang, die Kette zu zerstören und die Versorgung der Belagerten zu unterbrechen.«

»Du hast dich schon richtig gut eingelesen«, lobte Marco.

Isaura hob die Schultern und ließ den Blick über den Fluss schweifen.

»Wir mussten stets mit einem Boot übersetzen«, sagte sie mit einer Stimme, die ein wenig fremd in ihren eigenen Ohren klang.

»Was?«, erkundigte sich Marco.

Isaura hielt den Blick starr auf das Wasser gerichtet. »Es gab keine Brücke über den breiten Strom.« Sie schüttelte sich und wandte sich ab. »Komm, lass uns zum Alcázar gehen. Er ist ein herrlicher Palast, von maurischen Handwerkern und Künstlern für einen christlichen König erbaut.«

Marco folgte ihr durch das von einem Löwen gekrönte Tor und lieh einen Audioguide aus, während Isaura scheinbar ziellos umherspazierte und den Blick schweifen ließ.

»Pedro I. ließ den Alcázar auf den Ruinen des alten Maurenpalasts errichten«, wiederholte Marco die Worte der Sprecherin.

Isaura nickte. »Ja, Pedro, den der Adel ›den Grausamen‹ nannte, das Volk aber ›den Gerechten‹. Es kommt eben immer auf die Sichtweise an.«

Sie überquerten den Hof und streiften dann gemeinsam durch die prächtigen Palasträume, die sich, wie in maurischen Palästen üblich, um luftige Höfe scharten, in denen Brunnen plätscherten.

»Wie du siehst war Pedro – trotz der Reconquista – ein großer Bewunderer maurischer Kunst. Dennoch glaube ich nicht, dass ihm bewusst war, was die Symbole und Zeichen hier an den Wänden bedeuten.« Isaura führte ihn zurück zum Löwenhof und deutete auf ein Kachelband über den Fenstern. »Diese kufische Inschrift bedeutet: ›Es gibt keinen Gott außer Allah.‹«

Marco lachte auf. »Das hat der christliche König sicher nicht gewusst.«

Isaura nickte schmunzelnd. »Ja, und ich glaube, dass er auch die Koransuren, die in der Dekoration versteckt sind, nicht in Auftrag gegeben hat.«

Sie gingen weiter und drangen in das Herz der weitläufigen Palastanlage vor. Im Patio zwischen den Gemächern der königlichen Familie studierte Isaura gerade die kleinen Gesichter, die die Bögen schmückten, als etwas ihre Aufmerksamkeit erregte.

»Hörst du das?«

Marco nahm den Audioguide vom Ohr und lauschte. »Was meinst du?«

»Das Kind. Da weint ein Baby. Es hört sich an wie ein Säugling.« Isaura verließ den Hof und ging durch die Gemächer, den Kopf lauschend erhoben. Marco folgte ihr.

»Ich höre nichts.«

»Doch, da schreit ein Neugeborenes«, beharrte Isaura und drängte sich durch eine Gruppe japanischer Touristen, die aufgeregt plappernd ihrem Führer folgten. Sie betrat ein kleines Gemach und blieb wie angewurzelt stehen, den Blick scheinbar in weite Ferne gerichtet. Ein Lächeln erhellte ihr Gesicht. Marco stellte sich neben sie und blätterte in seinem Begleitheft, bis er den Raum entdeckte, in dem sie sich befanden. Erstaunt hob er die Augenbrauen. Er öffnete gerade den Mund, um etwas zu sagen, als Isaura ausstieß: »Es ist ein Prinz! Ein gesunder Junge, Isabel. Du hast es geschafft. Heißen wir Juan, den Thronfolger von Kastilien und Aragón, willkommen. Hörst du seine kräftige Stimme?«

Marco packte Isaura am Arm. »Willst du, dass es mich gruselt?« Er schüttelte sie leicht, bis sie sich ihm zuwandte und ihren Blick auf ihn richtete. »Du magst eine gute Journalistin sein, aber ich sage, du bist eine noch bessere Schauspielerin! Ich lese gerade, dass hier in diesem Raum der einzige Sohn von Königin Isabel der Katholischen geboren wurde.«

»Juan«, hauchte Isaura und nickte. Ihr standen Tränen in den Augen. »Sie war glücklich und voller Hoffnung, und das Schicksal hat sie so grausam enttäuscht und ihr alles genommen, was sie liebte.«

»Jetzt gruselt es mich wirklich. Lass uns gehen.«

Ehe sie sich abwandte, blickte Isaura sich noch einmal in dem Raum um, der von schemenhaften Gestalten erfüllt war. »Ja, gehen wir. Es steht nicht in meiner Macht, das Schicksal aufzuhalten.«

Marco schüttelte den Kopf. Er legte den Arm um Isauras Taille und führte sie aus dem Palast in die weitläufigen Gärten hinaus.

»Das Schicksal aufhalten?«, wiederholte er. »Wovon

sprichst du? Diese Ereignisse haben vor mehr als fünfhundert Jahren stattgefunden. Da gibt es nichts mehr aufzuhalten!«

Isaura starrte ihn aus großen Augen an. Sie blinzelte ein paarmal, dann räusperte sie sich. »Ach ja, du hast recht. Lass uns die Gärten bewundern. Schau nur, wie weitläufig sie sind. Die spanischen Könige wussten unter der andalusischen Sonne zu leben.«

Sie gingen unter schattenspendenden Bäumen ein wenig auf den Wegen zwischen den heckenumsäumten Beeten auf und ab, bis sich bei Marco der Hunger meldete und er vorschlug, eine nette Tapasbar aufzusuchen, um die Zeit zum Abendessen zu überbrücken.

Isaura stimmte ihm zu, blieb aber recht schweigsam, während er sie in die engen Gassen der ehemaligen Judería führte. Nach ein paar Biegungen öffnete sich unvermittelt ein kleiner, gepflasterter Platz, wo unter einem ausladenden Baum einige Tische standen.

Marco bestellte für Isaura einen Sangría und für sich selbst eine *copita tinto*, dazu Wasser und natürlich Oliven, Brot, *alioli*, eingelegte Auberginen, gebackene Champignons und ein Stückchen *tortilla*.

Während sie sich stärkten, kehrte Isaura wieder ganz in die Gegenwart zurück und plauderte bald angeregt mit Marco, ohne den Vorfall im Alcázar noch einmal zu erwähnen. Es dämmerte bereits, als sie sich auf den Weg zurück zu ihrem Hotel machten. Nun am Abend schienen noch mehr Menschen auf den Straßen unterwegs zu sein. Überall hörte man Lachen und den stakkatoartigen Rhythmus, mit dem sich die Spanier in unglaublicher Geschwindigkeit unterhielten. Isaura verzog das Gesicht.

»Sie machen es einem, dessen Muttersprache nicht Spanisch ist, nicht leicht, etwas zu verstehen.«

Marco nickte. »Ja, da wir alles so blumig umschreiben, müssen wir eben etwas schneller sprechen.«

Isaura lachte. »Ach, daher kommt diese Hektik, die einen beim Zuhören ganz nervös macht.«

Sie lachten beide und ließen sich mit dem Menschenstrom auf den Platz vor der Kathedrale treiben.

Doch was war das? Die Schatten verdüsterten sich plötzlich, die Menge verdichtete sich. Alle trugen lange, dunkle Gewänder und drängten auf den Platz, wo Männer mit altmodischen Stabwaffen sie zurückhielten. Glocken läuteten, und dann konnte sie Gesang hören. Männer in langen Kutten kamen gemessenen Schrittes aus dem Portal. Isaura konnte die lateinischen Worte nicht verstehen, die sie sangen. Von der anderen Seite näherte sich ein anderer Zug.

»Da kommen sie!«, schrie eine Frau, und die Menge geriet in Bewegung. Sie wogte und drängte wieder gegen die Bewaffneten, die sie erneut zurückdrängten, doch auch die Stimmung wandelte sich. Die Luft schien wie vor einem Gewitter elektrisch aufgeladen. In den Mienen der Menschen sah Isaura gespannte Erwartung, aber auch rohe Sensationsgier. Isaura drängte sich ein Stück weiter nach vorn, bis sie die Spitze des Zuges sehen konnte: lauter ehrenwerte Männer. Männer der Kirche. Männer der Königin – die Mitglieder der Inquisition und des Heiligen Offiziums. Isaura spürte, wie ein eisiger Schauder sie erfasste, doch sie konnte ihren Blick nicht abwenden. Hinter den Anklägern kamen die Verurteilten. In Zweierreihen schlurften und torkelten sie barfuß hinter ihren Peinigern her, die Körper von groben gelben Kutten verhüllt, die gnädig die von Kerkerhaft und Folter geschundenen Körper verbargen. Hinter den Angeklagten wurden Bilder von Männern und Frauen getragen, die in Abwesenheit verurteilt worden waren, aber auch ein paar Särge.

Auf einem Podest nahmen die Männer der Inquisition Platz, während sich die Angeklagten, jeder eine erloschene Kerze in den Händen haltend, im Zeichen des Kreuzes vor ihnen aufreihten. Der Bischof las die Messe, die Chorherren sangen wieder, dann senkte sich Stille herab, während der asketische Mann in der einfachen Kutte, der in der Mitte der Gruppe auf dem Podest gesessen hatte, sich erhob. Sie kannte diesen Mann! Isaura fing am ganzen Körper an zu beben.

Sie hasste ihn.

Sie fürchtete ihn.

Der schrecklichste Mann des Königreichs: der Großinquisitor Tomás de Torquemada!

Er erhob seine Stimme und begann die Urteile zu verlesen. Hart und mitleidlos verdammte er die Männer und Frauen. Ihre Schuld: Ketzerei. Es wäre erwiesen, dass sie sich nur zum Schein hätten taufen lassen, heimlich aber weiterhin dem mosaischen Glauben angehangen hätten. Die einzige Möglichkeit, diese Schuld zu sühnen, sei das Feuer, das ihren Körper verderben und ihre Seele reinigen sollte. Ihr Besitz falle der königlichen Kasse zu.

Die Menge begann zu wogen, als die Schergen des weltlichen Gerichts die Verurteilten wieder zusammentrieben, um sie zurück in den Kerker zu bringen, von wo aus sie vielleicht noch heute ihren letzten Gang zum Scheiterhaufen antreten sollten.

Isaura war es, als stiege ihr der Gestank von verbranntem Fleisch in die Nase. Von verbrannten Menschen! Sie konnte ihre Schreie hören. Tränen schossen ihr in die Augen. Sie presste die Hände gegen die Ohren und versuchte, nicht zu atmen, doch Qualm und Gestank hüllten sie ein. Die qualvollen Schreie drückten sie nieder. Sie fiel schluchzend auf die Knie, am ganzen Körper bebend.

Da schlangen sich starke Arme um sie und versuchten sie wegzuschleifen. Isaura schrie auf und schlug um sich, doch sie konnte sich nicht befreien.

»Isaura! Isaura, so hör doch, was ist in dich gefahren? Sag mir, was dir fehlt!«

Jemand schüttelte sie. Sie riss die Augen auf und sah in ein Gesicht, das sich langsam klärte. Das waren nicht die kalten, grausamen Augen des Inquisitors. Das waren freundliche Augen, die sie besorgt musterten.

Der Gestank und die Schreie verwehten. Isaura ließ sich von den starken Armen auf die Füße ziehen. Langsam richtete sie sich auf und sah sich zaghaft um. Sie waren in Sevilla, auf dem Platz vor der Kathedrale. Es war ein warmer Frühlingsabend. Heitere Menschen flanierten um sie her. Nichts Schreckliches war zu sehen. Es gab nichts, vor dem sie sich ängstigen musste, dennoch umklammerte sie Marcos Hände.

»Lass uns schnell von hier verschwinden«, flüsterte sie heiser.

»Ist dir schlecht? Hast du Schmerzen?«

Sie schüttelte den Kopf. »Es ist nichts«, stieß sie hervor, doch seine Miene zeigte, dass er ihr nicht glaubte.

»Ich bringe dich ins Hotel zurück. Wirst du mir später sagen, was geschehen ist?«

»Ich will es versuchen.«

Isaura stützte sich schwer auf seinen Arm, als er sie von der Kathedrale wegführte, zurück zur Plaza San Francisco und durch das Gewirr kleiner Gässchen zu ihrem Hotel. Er trug sie halb die Treppe hinauf. Isaura lehnte an seiner Schulter, während er die Schlüsselkarte in den Schlitz steckte und die Tür aufstieß.

Mit einem Seufzer wankte sie zum Bett, ließ sich darauf fallen und schloss die Augen. Marco schob die Tür zu und folgte ihr ins Zimmer. Er setzte sich neben Isaura auf das Bett und ergriff ihre Hände.

»Willst du mir von deinen Dämonen erzählen? Bisher schienen sie dich immer nur nachts im Traum zu belästigen, doch nun überfallen sie dich auch, wenn du wach bist.«

Isaura öffnete die Augen und sah ihn an. »Du würdest mir nicht glauben. Ich glaube es ja selbst kaum, so wider jede Vernunft ist das alles. Du bist Naturwissenschaftler – ein Arzt. Vermutlich würdest du empfehlen, einen Kollegen aus der Psychiatrie aufzusuchen!«

»Ich verspreche dir, das werde ich nicht.«

Isaura schloss wieder die Augen und rollte sich zur Seite. »Vielleicht ein andermal. Ich fühle mich so ausgelaugt.«

Und mit diesen Worten schlief sie ein.

Kapitel 8

Córdoba, 1478

»Was habt Ihr mir zu berichten?«, erkundigte sich Isabel.

Sie hatte Kardinal Mendoza und Fray Hernando zu sich rufen lassen, um das Problem der *Conversos* wieder einmal zur Sprache zu bringen. Nach der Geburt des Prinzen hatte sie es für ein paar Wochen aus dem Blick verloren, und Jimena begann bereits zu hoffen, dass es sich damit stillschweigend erledigen würde, doch nun saß die Königin mit ernster Miene den beiden Kirchenmännern gegenüber und sah sie fragend an.

Nein, das hast du nicht wirklich geglaubt, denn du weißt so gut wie ich, dass es anders kommt und nichts und niemand das Rad des Schicksals aufhält, das so viele grausam zermalmen wird.

Jimena sah zu ihrer Cousine hinüber, deren Blick so traurig war, dass sie spürte, wie auch hinter ihren Lidern die Tränen brannten. Gab es denn wirklich keine Möglichkeit, dieses Leid zu verhindern?

»Es gibt dieses Problem zweifellos, Majestät«, sagte Kardinal Mendoza gerade vorsichtig. »Und es betrifft leider mehr als nur einzelne *Conversos*.« Er schien nicht begeistert zu sein, das zugeben zu müssen, und auch Fray Hernando zog eine Miene, die sein Missfallen ausdrückte, als er dem Kardinal ins Wort fiel.

»Ja, es stimmt, doch kann man den Menschen einen Vorwurf machen? Bedenkt die Situation, in der viele die Taufe erhielten. Oft war es nach Übergriffen des christlichen Mobs auf die Bewohner der Juderíen, dass die Menschen in Todesangst die Taufe annahmen. Man hat sie geradezu gezwungen, indem die Wahl Taufe oder Tod war. Wie sollen sie so zu guten Christen werden?«

»Dann wollt Ihr mir raten, die Augen vor den Missständen zu verschließen und alles so zu belassen?« Isabel sah ihn erstaunt an.

Fray Hernando schüttelte den Kopf, doch es war Kardinal Mendoza, der wieder das Wort ergriff.

»Nein, natürlich nicht, Majestät. Es ist uns ein großes Anliegen, die *Conversos* zu guten Christen zu machen und damit ihre Seelen zu retten, doch halten wir die Einführung eines Inquisitionsgerichts nicht für den richtigen Weg. Wir müssen den Menschen den rechten Glauben *nahebringen* und sie *überzeugen*, nicht sie bedrohen und in Angst versetzen.«

»Die Inquisition ist ein Untersuchungsgericht für den wahren Glauben. Es bedroht nicht und ist auch nicht dazu da, Angst und Schrecken zu verbreiten«, widersprach Isabel empört.

Die beiden Kirchenmänner versuchten gar nicht erst, ihre Skepsis zu verbergen, und auch Jimena und Teresa tauschten bedeutungsvolle Blicke. So weitsichtig Isabel sonst regierte, in diesem Punkt war sie in Jimenas Augen naiv.

»Ich werde ein Schreiben an Sixtus aufsetzen und ihn bitten, mir die Einrichtung der Heiligen Inquisition unter meiner Aufsicht zu gestatten. Ich denke, ich habe einige Argumente, denen er sich nicht verschließen wird.«

»Wartet damit, Majestät«, drängte Talavera. »Vielleicht

wird so ein Schritt gar nicht nötig sein. Gebt mir die Erlaubnis, hier in Sevilla und in ganz Andalusien zu predigen. Ich werde nicht rasten noch ruhen, bis ich den Menschen den wahren Glauben nahegebracht habe.«

»Wenn Ihr es wünscht«, gab die Königin zurück. »Das ist Kardinal Mendozas Entscheidung. Er ist der Erzbischof von Sevilla.«

Der Kardinal nickte. »Ich würde es begrüßen. Außerdem müssen wir den Menschen einen Leitfaden an die Hand geben, der sie auf ihrem rechten Weg stützt. Majestät, ich habe bereits nach unserem ersten Gespräch über dieses Thema begonnen, einen Katechismus zu verfassen, der nun so weit wäre, gedruckt und verbreitet zu werden.«

Isabel hob die Schultern. »Macht, was Ihr für richtig haltet.«

In diesem Moment öffnete sich die Tür, und Fernando trat ein. Er war vor drei Wochen in Sevilla eingetroffen und erfreute sich nun, so oft es ging, am Anblick seines Sohns und Erben, dem eine glänzende Zukunft bevorstand. Er würde einst nicht nur die Krone von Kastilien von seiner Mutter erben. Juan würde nach seinem Vater auch König von Aragón, Sardinien und Sizilien werden. Diese Aussicht stimmte Fernando heiter. Auch ihre Erstgeborene hatten die Monarchen nach Sevilla holen lassen, wo sie nun mit Skepsis ihren kleinen Bruder begutachtete, mit dem leider so gar nichts anzufangen war, weshalb sie sein Zimmer bald nicht mehr betrat und lieber mit ihrer Kinderfrau spielte.

Die kleine Isabel hatte sich prächtig entwickelt. Das inzwischen achtjährige Mädchen war gut erzogen und erfüllte ihren Vater mit Stolz. Fernandos gute Laune schien den ganzen Palast erstrahlen zu lassen.

Nun trat er mit fragender Miene an den Tisch und ließ

sich neben seiner Gemahlin nieder. Isabel wiederholte ihr Anliegen und die Vorschläge der beiden Kirchenmänner.

Fernando schürzte die Lippen. »Ihre guten Absichten in Ehren, doch das eine schließt das andere nicht aus. Ich bin der Meinung, wir sollten dennoch einen Boten nach Rom schicken. Sixtus ist wankelmütig und manches Mal unberechenbar, aber uns wohlgesonnen. Wer kann schon sagen, wer ihm auf dem Stuhl Petri nachfolgen wird? Wir sollten jetzt auf diese Bulle drängen. Ob und wie wir sie einsetzen, können wir dann immer noch entscheiden. Ich habe mit Torquemada ein paarmal über dieses Thema gesprochen. Er ist der Meinung, je früher man eine Seuche ausmerzt, desto weniger besteht die Gefahr, dass sie sich ausbreitet. Vielleicht können wir ihn dafür gewinnen, nach Rom zu reisen? Wir sollten ihn fragen.«

Fernando erhob sich wieder, lächelte in die Runde und verließ das Zimmer.

Jimena sah, wie Kardinal Mendoza und Fray Hernando Blicke tauschten. Kardinal Mendoza erhob sich. »Nun, dann sollten wir uns an unsere Arbeit machen. Es gibt viel zu tun. Ich glaube, ich werde heute noch ein Gespräch mit den Druckern dieser Stadt führen.«

Im Oktober reiste Isabel nach Norden, um in Kastilien nach dem Rechten zu sehen. Nach sechs Wochen bereits kehrte sie nach Andalusien zurück, ließ sich nun aber in Córdoba nieder. Der Palast dort war nicht mit dem in Sevilla zu vergleichen, dennoch ließ es sich hier bequem leben, und die Gärten waren mit ihren weitläufigen Wasserbecken und den hohen Hecken eine Oase für die Sinne. Die Königin bestand darauf, ihre Kinder mitzunehmen, und so erhellte ab und zu Isabels Lachen den Palast, oder man hörte den kleinen Prinzen greinen. Es war eine sorgenfreie Zeit für die Damen des Hofs, obgleich Isabel nach wie vor an vielen Fronten kämpfen musste. Noch immer gab es Adelige, die sich nicht ihrer Herrschaft beugen wollten und ihre eigene Politik betrieben. Immer wieder schickte die Königin ihre Ritter und Männer der *Hermandad* aus, um die Nester der Widerspenstigen auszuräuchern. Don Angelo war in diesen Wochen nur selten bei Hof zu sehen. Jimena erwischte sich dabei, dass sie ihn vermisste. Sie schob den Gedanken rüde beiseite. Ja, er war ein amüsanter Gesprächspartner und heller im Kopf als die meisten hier, aber ansonsten interessierte sie sich nicht für ihn, versuchte sie sich einzureden. Dennoch musste sie sich eingestehen, dass sie nach ihm Ausschau hielt. Doch an seiner statt kam mit einem Boten Tomás des Torquemada, der die von den Königen erwartete Bulle im Gepäck trug. Sie hatten es tatsächlich erreicht. Sixtus hatte am 1. November 1478 eine Bulle mit dem Titel: *Exigit sincerae devotionos* ausgestellt, mit der er das Königspaar ermächtigte, in ihrem Land Inquisitoren einzusetzen. Nein, es wunderte Jimena nicht, dass sich der Dominikaner gern für dieses Amt zur Verfügung stellen wollte, doch noch war Isabel nicht bereit, diesen Schritt zu gehen.

»Lassen wir Kardinal Mendoza und Fray Hernando noch ein wenig Zeit für ihre Kampagnen«, sagte sie. Torquemada nahm die Entscheidung der Monarchin zwar mit einem Nicken zur Kenntnis, doch Jimena konnte das Feuer in ihm spüren, das geradezu darauf brannte, mit aller Härte gegen den vermeintlichen Wildwuchs des Geistes vorzugehen, der sich weigerte, die strenge Linie des katholischen Glaubens einzuhalten.

Torquemada sah auf und fixierte Jimena, so als habe er ihren kritischen Blick gespürt. In diesem Moment dachte sie, seine innersten Gedanken lesen zu können. Es schauderte sie, und eine eisige Welle jagte durch ihren Geist. Er wollte nicht nur *Conversos* jagen. Ihm waren auch Frauen ein Dorn im Auge, die über gewisse Kräfte verfügten und in die Zukunft blicken konnten. Frauen wie ihre Tante Dominga, wie Teresa und sie selbst.

Was sie in seinen Augen sah, war eine Kriegserklärung, und sie spürte ganz deutlich, dass es nichts und niemand gab, der ihn abhalten würde. Jimena konnte nur hoffen, dass Isabel diese vermaledeite Bulle noch viele Jahre unbeachtet in einer Schublade ruhen lassen würde.

Der Januar brachte eine Nachricht, die den ganzen Hof in Aufruhr versetzte: Juan II. von Aragón war gestorben.

Endlich, so fügten viele in Gedanken hinzu. War der alte Fuchs doch über achtzig Jahre alt geworden und hatte sich als fast blinder Greis bei Hof und im ganzen Land als rechter Tyrann aufgeführt.

Fernando ordnete Trauer an, wie es sich gehörte, und machte sich sofort reisefertig, um zum Hof des toten Königs zu reisen und seinem Vater die letzte Ehre zu geben. Es herrschte eine Atmosphäre fieberhafter Geschäftigkeit, fast war Jimena geneigt zu sagen, eine freudige Aufbruchstimmung.

»Wie das eben so ist«, kommentierte Beatriz ungerührt. »Der König ist tot, es lebe der König. Das ist der Lauf der Dinge. Nun endlich ist Fernando nicht nur der rechtmäßige Gemahl unserer Königin. Er ist selbst König mit einem eigenen Land, in dem nur er das Sagen hat. Ich könnte mir vorstellen, dass ihm das gar köstlich schmeckt.«

Jimena nickte. »Einerseits könnte das die eheliche Beziehung bessern, wenn Fernando, nun auf Augenhöhe mit Isabel, sich als König fühlen darf. Anderseits müssen sich Isabel und Fernando von nun an auch in ihrer Politik abstimmen.«

Beatriz wehrte ab. »Ach, schlimmer als mit dem alten Fuchs kann es nicht werden. Sie werden sich schon einigen. Und wenn es zum Streit kommt, haben sie – anders als sonst zwischen Herrschern – noch andere Möglichkeiten, sich wieder zu versöhnen. Das Volk würde es freuen, noch einen weiteren Infanten für Kastilien und Aragón begrüßen zu dürfen.«

»Doña Beatriz, wie redet Ihr nur daher!« Maria de Mendoza kicherte, wurde rot und verbarg ihr Gesicht hinter ihrem Fächer.

Im Frühling, sobald es der Schnee in der Cordillera zuließ, reiste Isabel mit ihrem Hof wieder nach Norden. Zuerst nach Segovia, doch dann schon wenige Tage später weiter nach Valladolid und von dort bis nach Burgos. Fernando bekam sie in den Monaten nach dem Tod seines Vaters nur selten zu Gesicht. Nächtelang führte Isabel Verhandlungen und fiel dann blass und erschöpft in den Morgenstunden auf ihr Lager. »Ich bin wieder schwanger«, vermutete sie.

Jimena nickte. »Vielleicht sollten wir nach Sevilla zurückkehren«, schlug sie vor.

»Ja, ich darf nicht zu lange wegbleiben. Ich muss zusehen, dass mir das Zepter in Andalusien nicht wieder entgleitet. Und ich möchte nach Isabel und Juan sehen«, fügte sie mit einem wehmütigen Lächeln hinzu. Die Trennung von ihrem Sohn fiel ihr schwerer, als sie es zugeben mochte, und so kehrten sie im Juni nach Andalusien zurück. Allerdings war ihr erstes Ziel nicht Sevilla, sondern der Alcázar von Córdoba, wo Isabel ihre beiden Kinder in die Arme schloss. Auch Fernando war ausnahmsweise für ein paar Tage mit ihnen gereist. Er herzte den kleinen Juan, bis dieser das Gesicht verzog und nach seiner Amme plärrte. Mit einer Grimasse reichte er dieser den Knaben und machte sich dann auf, die neuen Pferde im Stall zu inspizieren, die er sich aus den Ställen von Jerez hatte kommen lassen. Und vielleicht auch um einer gewissen Dame bei Hof einen Besuch abzustatten, die nicht seine Gattin war. Jimena war sich sicher, dass Isabel davon wusste. Sie sah es in dem Blick, mit dem Isabel die Dame musterte, wenn sie sie sah, doch vermutlich konnte nur Jimena ihr stilles Leiden spüren. Isabel gab sich niemals die Blöße, ihre Eifersucht auf die zahlreichen Affären ihres Gatten zu zeigen.

Isabel ließ sich kaum Zeit, sich in Córdoba einzurichten, da verlangte sie schon nach einem Bericht über die Erfolge ihrer Kirchenmänner bei der Bekehrung der *Conversos*. Wie Jimena befürchtet hatte, waren die Nachrichten keine guten. Obgleich sowohl Fray Hernando als auch Kardinal Mendoza versuchten, die Sache zu beschönigen – der dominikanische Prior Alonso de Hojeda, den Isabel ebenfalls befragte, nahm kein Blatt vor den Mund. Nein, die Aktion war gescheitert. Die *Conversos* lebten ihre alten Bräuche, zeigten sich offen in den Synagogen, ließen ihre Knaben beschneiden und feierten ihre jüdischen Feste. Es wunderte Jimena nicht, dass Tomás de Torquemada, der sich wohl schon als den ersten Inquisitor Kastiliens sah, Isabel und Fernando immer wieder ins Gebet nahm. Den König hatte er bereits überzeugt, doch noch zögerte Isabel.

Wie lange noch?

Wie viel Zeit war der Welt noch vergönnt, ehe dem Wahnsinn Einzug gewährt wurde?

Jimena haderte mit sich und der Welt, während sie in den Gärten auf und ab ging. Gab es denn nichts, das sie tun konnte? Nichts, um das alles zu verhindern? Sah denn niemand außer ihr den Sturm heraufziehen? Plötzlich sah sie das Gesicht ihrer Cousine vor sich. Teresas Augen waren weit aufgerissen. Sie hob die Hände in einer abwehrenden Bewegung und wich ein Stück zurück. Dann sah sie Dominga, ihre Tante, Teresas Mutter. Auch sie war schreckensbleich.

Halte ihn auf! Ich habe es zu spät gesehen. Ich kann nicht rechtzeitig da sein.

Jimena blieb stehen und sah sich verwirrt um. Der Abend war hereingebrochen, und über den Gärten senkte sich die Dunkelheit herab. Wieder griff die Vision nach ihr. Dieses Mal sah sie Tomás de Torquemada dicht vor Teresa stehen, mit einem Blick, der ihr bis ins Mark fuhr. Er hatte sein Wild erspäht, und er war entschlossen, es zur Strecke zu bringen.

Der Dominikaner fixierte sie. »Doña Teresa, was führt Euch hierher?«

Sie schüttelte nur stumm den Kopf, doch er kam näher und fuhr fort: »Ich weiß, dass man sagt, Ihr seid nur stumm, doch ich spüre die Dämonen in Euch, die nicht nur Euch selbst vergiften. Ihr stammt aus verdorbenem Fleisch und könnt selbst nur verdorben sein. Teresa de Lucena, wart Ihr schon einmal in dem Ort, aus dem Euer Name stammt?« Teresa schüttelte den Kopf. »Es ist ein vergiftetes Judennest«, zischte Torquemada. »Sie leben dort in ihrem Reichtum, den sie sich von redlichen Christen zusammengerafft haben. Ich kann Eure jüdische Herkunft geradezu riechen! Wann hat sich Eure Mutter taufen lassen? Wann hat sie zum Schein dem mosaischen Gesetz abgeschworen?« Teresa schüttelte noch immer nur den Kopf und wich weiter zurück. »Ich sage Euch, Dominga de Lucena ist eine Ketzerin und eine Hexe, und ich werde sie auf meinen Scheiterhaufen brennen sehen, wenn ich erst Inquisitor bin – und Euch dazu, das schwöre ich!«

Plötzlich wusste Jimena, wo sich die beiden befanden, und ihr wurde klar, dass sich die Szene genau in diesem Augenblick abspielte. Sie raffte die Röcke und begann zu laufen.

Teresas Mund öffnete sich in einem stummen Schrei. Sie wich noch weiter zurück. Der Dominikaner folgte ihr.

Jimena rannte durch den Hof zu den Arkaden und flog geradezu um die Ecke. Dort vorne war die Treppe. Sie stolperte weiter. Jimena konnte Teresa sehen, wie sie durch die offene Tür auf den Balkon hinaus zurückwich, bis ihr Rücken gegen die schadhafte Balustrade stieß.

Gerade als Jimena das obere Ende der Treppe erreichte, verlor Teresa das Gleichgewicht. Sie warf die Arme in die Luft, doch Tomás des Torquemada rührte sich nicht vom Fleck. Ein Ausdruck wie ein Lächeln umspielte seine Lippen, als Teresa in stummer Verzweiflung nach hinten fiel und ihr Körper auf dem Steinboden, drunten im Hof, mit einem schauerlichen Geräusch aufschlug. Jimena schrie und stürzte zum Rand des Balkons. Unten lag ihre Cousine reglos auf dem Rücken. Ihr Haar hatte sich bei dem Sturz gelöst und umrahmte ihr Gesicht wie ein dunkler Heiligenschein. Ihre Arme mit den weiten Ärmeln waren ausgebreitet wie die Flügel eines Engels. Ihr Antlitz war totenbleich, die Augen waren geschlossen. Sie wirkte so friedlich, wie sie da im Hof lag, doch wie ein blutroter Faden rann der Lebenssaft aus ihrem Mundwinkel.

»Das ist Euer erstes Opfer, das Ihr gemordet habt«, stieß Jimena hervor.

»Es wird nicht das letzte sein«, gab er zurück. »Um das reine Korn zu erhalten, muss man die Harke mit Unkraut beschmutzen.« Ungerührt wandte sich Tomás de Torquemada ab, während Jimena ihre Röcke raffte und die schmale Treppe in den Hof hinuntereilte.

Dominga, ich habe versagt, klagte sie in ihrem Geist. *Ich bin zu spät gekommen.*

Dann war es der Wille des Schicksals, erklang die Stimme ihrer Tante in ihrem Kopf.

Das war nicht das Schicksal. Das war Tomás de Torquemada!, rief Jimena anklagend, während sie auf die Knie fiel und ihre Hand zärtlich auf die Wange ihrer Cousine legte.

»Ach, Teresa, das darf nicht sein«, klagte sie, und Tränen schossen ihr in die Augen. Plötzlich hielt sie inne. Sie legte ihre Finger um Teresas Handgelenk und dann an ihren weißen Hals. Ein zartes Pulsieren unter ihrem Finger.

Pulsierte das Blut noch in ihren Adern? Konnte sie diesen Sturz überlebt haben?

»Doña Jimena? Seid Ihr hier?«

Die Stimme ließ sie herumfahren. Sie entdeckte Don Angelo unter dem Torbogen, der vom unteren Stockwerk in den Hof führte.

»Kommt schnell!«, rief sie. »Nein, halt, lauft und sucht Abu Amin. Er muss sofort kommen!« Ein Schluchzen schüttelte sie, und sie beugte sich wieder über den reglosen Körper.

Don Angelo kam verwirrt näher, dann erst entdeckte er die Gestalt am Boden. Mit wenigen schnellen Schritten stand er neben den beiden Frauen.

»Heilige Jungfrau, was ist geschehen?«

»Torquemada hat sie gemordet«, stieß Jimena hervor und zeigte auf die gebrochene Brüstung.

»Sie ist tot?«

Jimena schüttelte den Kopf. »Nein, ich spüre den Schlag ihres Herzens.«

»Dann lasst uns keine Zeit verlieren!« Don Angelo schob den einen Arm unter Teresas Kopf, den anderen unter ihrer Taille hindurch und hob sie auf. Sie war so zierlich, dass ihn das keine große Mühe kostete. »Lasst mich sie in ihr Gemach tragen. Ihr holt den Mauren. Ich habe ihn vorhin draußen im Garten bei den Wasserbecken gesehen.«

Jimena rannte los, den Arzt zu suchen, während Don Angelo seine leblose Last vorsichtig hinauf zu den Gemächern der Frauen trug.

»Was sagt der Hakim?«, drängte Don Angelo, der, wie es ihm selbst vorkam, stundenlang vor der geschlossenen Tür auf- und abgegangen war, bis Jimena nun endlich auf den Flur heraustrat. Der Arzt hatte darauf bestanden, Teresa in ein ungenutztes Gemach nahe dem seinen bringen zu lassen, wo sie rund um die Uhr gepflegt und umsorgt werden konnte.

Jimena fühlte sich erschöpft und ausgelaugt. Sie kämpfte schon wieder mit den Tränen. Stumm hob sie die Schultern und ließ sie wieder fallen.

»Er weiß es nicht. Sie ist noch nicht erwacht. Die gebrochenen Knochen hat Abu Amin geschient, die blutenden Wunden verbunden, doch jetzt, so sagt er, bleibt ihm nur noch, zu Allah zu beten.«

Don Angelo legte ihr sacht den Arm um die Schulter. »Es tut mir so schrecklich leid«, sagte er hilflos.

Jimena, die stets so beherrschte und starke Jimena, schluchzte mit bebenden Schultern und barg ihr Gesicht an seiner Brust. Ein wenig mutiger zog er sie an sich und strich ihr über den Rücken.

»Ich hätte besser auf sie achtgeben müssen. Es ist meine Schuld«, weinte sie. »Dominga hat sie in meine Obhut gegeben und sich auf mich verlassen.«

»Als Teresa ein kleines Mädchen war, ja«, widersprach Don Angelo in sanftem Ton. »Doch heute ist Eure Cousine eine erwachsene Frau von über zwanzig Jahren. Und auch wenn sie von jeher stumm ist, kam sie mir nie schwach oder hilflos vor. Nein, ganz im Gegenteil, ich verspürte geradezu Ehrfurcht vor ihrer inneren Stärke und dem fast unheimlichen Wissen, das sich in ihrem Blick spiegelte.«

»Und dennoch liegt sie nun mehr tot als lebendig dort drin, und keiner weiß, ob sie jemals wieder erwacht. Ach, warum nur bin ich zu spät gekommen?«

»Es war ein Unfall«, sagte Don Angelo. »Niemanden trifft dafür die Schuld.«

Jimena befreite sich aus seiner Umarmung. »Der Dominikaner Tomás de Torquemada hat Teresa auf dem Gewissen. Er hat sie bedroht und sie so geängstigt, dass sie dort hinunterstürzte!«

»Aber er hat sie nicht gestoßen, oder?«

»Nein«, gab Jimena widerstrebend zu. »Dennoch werde ich ihn diese Tat büßen lassen. Wenn Teresa stirbt, dann wird auch er einen qualvollen Tod sterben!«, rief sie hasserfüllt. »Und wenn ich selbst Hand anlegen muss!«

Don Angelo sah sie erschrocken an. »Der Dominikaner ist mächtig und genießt den Schutz unserer Könige. Stürzt nicht auch noch Euch selbst ins Unglück, Doña Jimena. Schwört mir, dass Ihr nichts dergleichen tun werdet! Eher lasse ich Euch nicht gehen.«

»Ich schwöre«, sagte sie widerstrebend.

Die Tür öffnete sich, und die Gestalt des Hakims schälte sich aus den Schatten. Im Gemach hinter ihm brannte nur eine einzige Kerze, die das Bett, auf dem Teresa lag, fast völlig im Dunkeln ließ.

Jimena fuhr errötend von Don Angelo zurück, doch die Miene des Arztes zeigte keine Missbilligung.

»Ich werde die Nacht über an Doña Teresas Lager bleiben«, kündigte er an. »Ihr solltet Euch zur Ruhe begeben. Ich verspreche, Euch wecken zu lassen, sobald ich eine Veränderung feststelle.«

»Ich kann jetzt nicht schlafen!«, protestierte Jimena. »Ich will Teresa nicht im Stich lassen.«

Nun zeigte sich ein Lächeln um Abu Amins Lippen. »Aber das tut Ihr doch nicht. Ihr sammelt Kräfte, um mich am Morgen abzulösen, wenn ich mich um meine anderen Aufgaben kümmern muss. Ich bitte Euch, Doña, seid vernünftig. Wenn Ihr vor Erschöpfung beinahe zusammenbrecht, seid Ihr mir bei der Pflege Eurer Cousine keine Hilfe.«

Jimena nickte und senkte den Blick. Abu Amin hatte natürlich recht, und sie kam sich mit ihrer Reaktion ein wenig dumm vor. »Dann löse ich Euch also bei Sonnenaufgang ab«, murmelte sie. Noch einmal wagte es Don Angelo, ihr den Arm um die Schulter zu legen und sie bis zur Tür ihres Gemachs zu begleiten, das sie nun nur noch mit Beatriz teilte.

Als Jimena bei Sonnenaufgang erwachte, musste sie sich verwirrt die Augen reiben, als ihr Blick auf die Gestalt vor ihrem Bett fiel. Im nächsten Moment war sie hellwach und stieß die Decke zur Seite. Sie sprang aus dem Bett und warf sich der Frau in die Arme.

»Tía Dominga, ach sag mir, warum musste dieses Unglück geschehen? Ich kam zu spät. Ich konnte es nicht verhindern.«

Dominga nahm sie in die Arme und streichelte ihr Haar. »Wenn, dann trifft mich die Schuld. Dann hätte ich es verhindern müssen, doch das Schicksal hat seine eigenen Pläne verfolgt. Vielleicht sind wir zu kleinmütig, um diese zu verstehen.«

»Was gibt es da zu verstehen?«, ereiferte sich Jimena. »Was für einen Sinn könnte es haben, Teresa in diesen Zustand zu versetzen? Hast du sie schon gesehen?«

Dominga schüttelte den Kopf. »Ich schlage vor, du kleidest dich an, und dann schauen wir gemeinsam nach ihr.«

Jimena warf sich ein einfaches Kleid über und ließ es sich von ihrer Tante schnüren. Dann eilte sie ihr voran in den anschließenden Trakt, wo sie Abu Amin wach und aufmerksam an Teresas Bett vorfanden. Er erhob sich, als die Damen eintraten, und verneigte sich.

Dominga stellte sich vor und betrachtete den maurischen Hakim aufmerksam, aber ohne Ablehnung. Anscheinend gefiel ihr, was sie spürte und sah, denn sie neigte mit einem Lächeln den Kopf. »Wie ich sehe, ist meine Tochter in den besten Händen. Verzeiht, aber ich fürchtete schon, einen dieser Quacksalber an ihrem Lager vorzufinden, denen nichts Besseres einfällt, als die Patienten zur Ader zu lassen, bis ihr Körper vor Schwäche endgültig aufgibt.«

Abu Amin erwiderte das Lächeln. »Ich will den Aderlass nicht verdammen. Er kann sehr nützlich sein, aber alles zu seinem Zweck.«

Dominga nickte und betrachtete ihre Tochter, die noch immer bleich und reglos im Bett lag. Nur ihr Brustkorb hob und senkte sich ein wenig.

»Keine Veränderung über Nacht«, sagte der Arzt. »Ich habe die Verletzungen versorgt, soweit es in meiner Macht steht, doch ob sie wieder erwacht und in welchem Zustand dann ihr Geist sein wird, das kann ich Euch nicht sagen.«

Dominga nahm Teresas schlaffe Hand in die ihre und schien zu lauschen. »Ihr Geist«, wiederholte sie langsam, »ihr Geist und ihre Seele sind nur auf Wanderschaft. Darum müssen wir uns nicht sorgen. Unsere Aufgabe ist es, ihren Körper zu bewahren, damit sie dereinst zurückkehren können.«

»Dann wird Teresa wieder erwachen?«, fragte Jimena eifrig. »Hast du es gesehen?«

»Teresas Aufgabe ist noch nicht vollbracht«, antwortete Dominga rätselhaft. »Ihre Seele hat sich befreit und ist auf Reisen.«

»Was soll das bedeuten, Tía«, drängte Jimena, doch Dominga war nicht bereit, ihre Worte zu erklären. Sie sah zu Abu Amin auf, der sie ebenfalls aufmerksam betrachtete.

»Dann werde ich abwarten und mein Bestes für Eure Tochter tun«, versprach er. »Wobei meine Fähigkeiten im Vergleich zu Euren offensichtlich kläglich ausgebildet sind, Doña Dominga. Ich habe von Euch gehört, und ich muss gestehen, ich hielt viele Geschichten für übertrieben. Nun aber, da ich Euch vor mir sehe, weiß ich, dass große Kräfte in Euch wohnen, die man mit dem, was an den Universitäten gelehrt wird, nicht begreifen kann.«

»Und doch sind auch meine Kräfte zu begrenzt, um mein Kind aufzuwecken«, gab Dominga zu, aber es schwang etwas in ihrer Stimme, fand Jimena, das gar nicht zu der schrecklichen Lage passte.

»Dann können wir also hoffen, dass Teresa bald zu uns zurückkehrt?«, drängte Jimena ihre Tante noch einmal.

»Oh ja, hoffen können und sollten wir immer«, gab sie geradezu heiter zurück. Dann wandte sie sich ab und verließ das Krankenzimmer.

Kapitel 9

»Wir werden morgen abreisen«, verkündete Isabel an einem schwülen Sommerabend.

Beatriz fuhr herum. »Was? Wohin denn?«

»Nach Tordesillas.«

Isabels Hofdame runzelte die Stirn und sah ihre Königin fragend an. »Was wollen wir denn dort?«

Isabel stieß einen tiefen Seufzer aus. »Die Sache mit La Beltraneja endlich aus der Welt schaffen, nachdem Sixtus immer noch schwankt, ob er ihr und Alfons einen Ehedispens ausstellen soll oder nicht. Sie muss endlich dauerhaft beseitigt werden, sonst kommt der Nächste, der sie heiratet und Ansprüche auf den kastilischen Thron erhebt.«

Beatriz riss die Augen auf. »Was meinst du mit ›beseitigen‹?«

Isabel sah ihre Hofdame belustigt an. »Du musst nicht so entsetzt dreinschauen. Ich habe nicht vor, ihr ein Messer in die Brust zu rammen, auch wenn ich nichts dagegen hätte, wenn ihr kein allzu langes Leben beschert wäre. Aber nein, ich habe nur vor, sie aus dem weltlichen Leben zu entfernen.«

»Du willst, dass sie den Schleier nimmt«, mischte sich Jimena ein.

Isabel nickte. »Ja, und am liebsten wäre es mir, wenn sie

von sich aus zustimmt. Man kann sie schlecht zu einem Gelübde zwingen.«

In Jimena stieg der Verdacht auf, dass Isabel auch davor nicht zurückschrecken würde, wenn sie nur ein Kloster finden könnte, das La Beltraneja auch unter diesen Umständen aufnehmen würde. Doch dazu musste sie ihrer erst einmal habhaft werden! Und hierzu waren Verhandlungen mit dem Portugiesen notwendig.

Beatriz und Maria de Mendoza erhoben sich, um mit den Reisevorbereitungen zu beginnen. Jimena wartete, bis sie sich entfernt hatten, ehe sie Isabel ansprach.

»Ich kann nicht mit dir kommen.«

Isabel starrte sie an. »Was soll das bedeuten? Du, die treuste unter meinen Hofdamen, willst mir die Gefolgschaft versagen?«

Jimena schüttelte den Kopf. »Nein, so ist es nicht. Du weißt, dass ich dir von ganzem Herzen Treue geschworen habe und niemals einen Schwur breche, aber ich kann Teresa nicht allein zurücklassen. Nicht in Córdoba. Nicht in der Nähe von Torquemada«, fügte sie leise hinzu.

Isabels Mund wurde schmal. »Es war ein Unfall, und das weißt du. Pater Tomás würde nicht im Traum daran denken, Teresa etwas anzutun.«

Jimena schnaubte abfällig. Vermutlich träumte er von nichts anderem als davon, Teresa und all den anderen Frauen, die nicht nach seiner Vorstellung waren, etwas anzutun! Oh ja, er konnte es gar nicht erwarten, dass Isabel und Fernando endlich diese verhängnisvolle Bulle des Papstes aus der Schublade zogen und ihn zum ersten Inquisitor ernannten!

»Außerdem wird Teresa deine Abwesenheit nicht bemerken«, sprach Isabel weiter. »Ich möchte deine Gefühle nicht verletzen, aber sie ist mehr tot als lebendig. Noch atmet ihr Körper, doch wo ist ihr Geist? Ist ihre Seele nicht schon längst bei ihrem Schöpfer? Du kannst ihr hier nicht mehr helfen.«

»Und Abu Amin?«

»Was ist mit dem Hakim?«

»Wird er hier in Córdoba bleiben?«

Isabel schüttelte den Kopf. »Nein, ich werde Juan und Isabel mit nach Kastilien nehmen und möchte, dass er in ihrer Nähe bleibt. Und auch in meiner«, fügte sie hinzu. »Wer weiß, wie lange sich diese Verhandlungen hinziehen.« Sie klopfte auf ihren Bauch. »Du weißt, dass ich seine Hilfe im November vermutlich wieder benötige.«

Jimena nickte. Sie hatte wie üblich bereits vor Isabel von deren erneuter Schwangerschaft erfahren. »Dann werde ich Teresa auch mitnehmen«, sagte sie entschlossen.

Isabel schüttelte den Kopf. »Du weißt, dass eine solche Reise nicht gut für eine Kranke ist, aber es ist deine Familie. Wenn du meinst, dann lass sie in eine Sänfte betten. Ich werde vorausreiten. Komm du mit Teresa nach, so schnell ihr eben könnt.«

»Danke!« Jimena kniete vor Isabel nieder und küsste ihre Hände.

»Du musst mir nicht danken. Ich bin auch sehr betrübt und vermisse Teresa. Es ist erstaunlich, dass sie ganz ohne Worte stets so präsent war.«

Vielleicht wäre Jimena davor zurückgeschreckt, wenn sie geahnt hätte, wie mühsam die Reise mit einer Bewusstlosen hunderte Meilen über weite Ebenen, durch Täler und über die Berge werden würde, doch als die Erkenntnis sie zum ersten Mal traf, war es bereits zu spät, wieder umzukehren. Zumindest dachte sie das, biss die Zähne zusammen und befahl weiterzureiten. Und wieder hatte sich ihr Abstand zu Córdoba um einige Meilen vergrößert, als sie das nächste Mal Zweifel befielen. Im Gegensatz zu Isabel und Fernando mit ihrem Gefolge waren sie nur eine kleine Gruppe. Die bewusstlose Teresa in ihrer Sänfte, die zwischen zwei Zeltern schaukelte, Jimena und zwei zuverlässige Mägde, die ihr halfen, sie zu waschen und ihr regelmäßig kräftigende Flüssigkeit einzuflößen. Außerdem begleitete Abu Amin sie. Jimena war Isabel unendlich dankbar, dass sie ihrem maurischen Leibarzt gestattete, bei ihnen zu bleiben. Und dann hatte noch Don Angelo darauf bestanden, mit ihnen zu reisen.

»Das ist nicht nötig«, hatte Jimena abgewehrt.

»Doch, ist es!«, beharrte er. »Keinesfalls lasse ich Euch ohne Schutz durch die Berge streifen. Wollt Ihr mich unglücklich machen? Ich würde es mir nie verzeihen, wenn Euch etwas zustieße. Einsam müsste ich Jahr um Jahr klagend durch das Land ziehen. Nein, so herzlos könnt Ihr nicht sein, mich solch einem Schicksal auszusetzen.«

Gegen ihren Willen musste Jimena lächeln. »Dann geht es also nur um Euer Glück, und es ist eine ganz selbstsüchtige Entscheidung?«

Don Angelo grinste. »Aber ja. Ich bin ein selbstsüchtiger Mensch und tue stets nur das, was mir gefällt. Das dürfte Euch nicht entgangen sein.«

Und so ritt er unbeirrbar neben ihr und heiterte sie auf, wenn er spürte, dass sie verzagt war, oder er ließ sich zu dem Hakim zurückfallen, wenn er merkte, dass sie lieber alleine sein wollte.

Daneben hatte Isabel darauf bestanden, dass sie vier Bewaffnete zu ihrem Schutz mitnahmen. Zuerst hatte sich Jimena dagegen gewehrt, doch nun empfand sie es als recht praktisch und schickte stets zwei von ihnen voraus, um den

Zustand des Weges zu erkunden oder sie im nächsten Kloster anzumelden, wo sie eine Rast einzulegen gedachten oder die Nacht zubringen wollten. So warteten bei ihrer Ankunft stets eine heiße Suppe, Brot und Käse und ein frisches Lager auf sie.

Natürlich vergrößerte sich der Abstand zu Isabel und ihrem Gefolge von Tag zu Tag. Nicht nur, dass sie vor allem bei schwierigem Gelände langsamer waren, Jimena wagte auch nicht, Teresa in ihrem Zustand zu viele Stunden am Tag dem Schwanken der Sänfte auszusetzen.

»Könnte sie doch nur sagen, wenn es ihr zu viel wird«, seufzte sie, als sie wieder einmal anhalten ließ, um einen kritischen Blick auf ihre Cousine zu werfen.

Abu Amin ließ sich ebenfalls von seinem prächtigen schwarzen Hengst gleiten und trat neben sie. Er griff nach Teresas Handgelenk. »Ich glaube nicht, dass die Reise ihr bis jetzt geschadet hat. Ihre Atmung geht ruhig, das Blut fließt wie gewohnt. Sie ist ein wenig blass, aber sie fiebert nicht.«

Jimena seufzte. »Gut, dann reiten wir weiter bis zum nächsten Kloster. Wir sollten es vor Sonnenuntergang erreichen.«

Und so reisten sie stetig nach Norden. Madrid erreichten sie am Vorabend, ehe Isabel mit ihrem Gefolge schon wieder aufbrach, um über die Cordillera zu ziehen. Die Königin begutachtete Teresas Zustand und sprach mit dem Hakim, ehe sie sich auf ihre nächste Etappe begab. In Segovia wollten sie sich wieder treffen und dann weiter nach Tordesillas ziehen.

Tordesillas. Endlich! Jimena stieß einen Seufzer der Erleichterung aus, als sich ihre kleine Reisegruppe der Stadt am Ufer des Río Duero näherte. Sie hielten ihre Pferde an und sahen auf den Strom hinab, der sich träge durch die Aue wälzte. Die bereits von den Römern erbaute Brücke machte die Siedlung auf der Nordseite des Flusses zu einer strategisch wichtigen Stadt. Der düstere Palastbau mit seinem Wehrgang und den trutzigen Türmen glich mehr einer Festung denn einem Alcázar. Jimenas Erinnerungen an diesen Ort waren nicht gerade heiter. Hier hatten sie monatelang vor der großen Schlacht gegen den Portugiesen ausgeharrt. Hier war im Kloster Santa Clara Isabels erster Sohn tot geboren worden. Während sie hier auf der Seite Kastiliens auf die Entscheidungsschlacht gewartet hatte, verbrachte Ramón seine letzten Tage im Lager des Feindes als einer von Erzbischof Carrillos Männern, ehe er dann bei der Schlacht auf den Feldern vor Toro elendig sterben musste.

Abu Amin und Don Angelo hielten ihre Pferde rechts und links von ihr an und folgten schweigend ihrem Blick, während Jimena ihren Gedanken nachhing. Endlich sammelte sie sich und gab sich einen Ruck.

»Lasst uns weiterreiten, dass wir das Tor noch vor Sonnenuntergang erreichen. Heute werden wir in weichen Betten schlafen und die reiche Tafel der Königin teilen!«

Im Palast wurden sie von Beatriz stürmisch begrüßt, und auch Isabel kam, um zu sehen, wie Teresa die Reise überstanden hatte.

»Keine Änderung«, gab Jimena mit einem Seufzer Auskunft. »Ich habe mir überlegt, sie in der Obhut der Schwestern von Santa Clara zu lassen.«

Isabel nickte. »Das ist eine gute Idee. Sie sind in der Pflege von Kranken erfahren und haben mich vermutlich vor dem Tode bewahrt. Ich erlaube Abu Amin, jederzeit nach ihr zu sehen«, bot die Königin großzügig an.

Jimena bedankte sich und ließ Teresa noch am gleichen Abend zum Kloster hinüberbringen, dem man noch immer ansah, dass es einst als Königsresidenz erbaut worden war.

Friede überkam Jimena, als sie Teresa in einem der ehemaligen Palasträume außerhalb der Klausur auf ihr Lager bettete. Die Gastmeisterin und die Infirmarin versprachen, ihr die beste Pflege angedeihen zu lassen, und ließen für Jimena ein zweites Bett richten, sodass sie jederzeit im Kloster übernachten konnte. Dankbar drückte sie den beiden Schwestern die Hände, ehe sie Abu Amin zum Tor begleitete, um sich von ihm zu verabschieden.

»Wir sehen uns morgen«, versprach er, ehe er mit einer Verbeugung in der Nacht verschwand.

Die Abordnung aus Portugal entschied sich, doch nicht bis Tordesillas zu reisen. Isabels Tante, die portugiesische Infantin Beatriz, bat ihre Nichte, nach Alcántara zu kommen, das näher zur Grenze nach Portugal lag. Isabel schimpfte einen Abend lang vor sich hin, doch dann gab sie nach und verkündete ihrem von der Reise noch müden Hof, man werde sich gleich am anderen Tag auf den Weg machen. Allerdings entschied sie, dass ihre Kinder im Palast von Tordesillas bleiben sollten.

»Ich schleppe sie jetzt nicht noch bis an die Grenze, nur weil sich Alfons anders entschieden hat«, sagte sie empört.

Jimena wusste, dass es ihr vor allem um Juan ging, der noch immer sehr zart war. Die kleine Isabel dagegen schien ihrer Mutter nachzukommen und war durch nichts zu erschüttern. Das Mädchen wäre gern mitgekommen. Endlich hatte es die Gelegenheit gehabt, mehr Zeit mit seiner Mutter zu verbringen. Zwar schliefen die Kinder stets bei ihren Kinderfrauen in einem anderen Trakt des Palasts, aber die Königin ließ sie, wann immer sie Zeit hatte, zu sich kommen, setzte sich zu Isabel, die mit ihren Puppen spielte, und hatte gar begonnen, ihr auf ihrem Pony Reitunterricht zu geben. Und nun sollten sie sich schon wieder trennen. Doch das Kind nahm die Enttäuschung tapfer auf, wie man es von einer Infantin erwartete.

Jimena tat sich schwer mit ihrer Entscheidung, aber schließlich nahm sie von Teresa Abschied und reiste mit Isabel und den anderen Damen nach Westen. Abu Amin versprach, täglich nach Teresa zu sehen und sein Möglichstes zu tun. Dass dies im Augenblick nicht viel war, wussten sie beide. Es blieb ihnen nichts, als sie pflegen zu lassen und abzuwarten.

Wenigstens war sie hier gut untergebracht und weit weg von Tomás de Torquemada, beruhigte sich Jimena, als sie ein letztes Mal nach Teresa sah und ihre bleichen Wangen küsste.

Don Angelo blieb auch bei dieser Reise an ihrer Seite. Außerdem begleiteten Fray Hernando de Talavera und Kardinal Mendoza die Königin zu diesen wichtigen Verhandlungen, die endlich einen Frieden mit Portugal bringen sollten. Dass es nicht leicht werden würde, die gegensätzlichen Interessen zu vereinen, war allen klar. Isabel wollte die alten Grenzen von Portugal garantiert bekommen – und sie wollte Juana la Beltraneja unwiderruflich in einem Kloster wissen!

»Wie sehr muss sie Juana fürchten«, murmelte Don Angelo mit einem Blick auf die Königin, die außer Hörweite vor ihnen ritt.

Jimena antwortete nicht. Auch sie hatte sich so ihre Gedanken gemacht, war sich aber nicht sicher, ob sie diese mit Don Angelo teilen wollte. Sooft er ihr auch seine Treue und Geradlinigkeit bewiesen hatte – im Grunde hielt sie ihn immer noch für einen Schmeichler und Frauenhelden. Oder sie wollte ihn dafür halten, um sich nicht ihrer Gefühle für ihn bewusst werden zu müssen.

»Vielleicht ist sie sich ja dessen bewusst, dass sie Juana,

Tochter von König Enrique, ist, obgleich unsere Königin sie hartnäckig La Beltraneja nennt.«

Jimena gab sich empört. »Wollt Ihr Isabels Thronrechte infrage stellen?«

»Ich stelle gar nichts infrage. Mir kommt es nur so vor, als würde die Königin selbst an ihnen zweifeln. Ich denke, sie weiß sehr gut, dass Juana Infantin und somit die eigentliche Thronerbin ist.«

Jimena wandte sich im Sattel um und sah Don Angelo kriegerisch an. »Und, was sollte sie Eurer Meinung nach tun? Auf ihre Ansprüche verzichten?«

Er grinste. »Oh, fresst mich nicht gleich auf. Ich dachte, wenigstens vor Euch dürfte ich ganz offen meine Gedanken aussprechen. Ich halte viel von Isabel. Sie ist eine gute Königin und vielleicht das Beste, was Kastilien passieren konnte. Die direkte Blutlinie ist nicht das Wichtigste.«

Jimenas Miene entspannte sich. Nachdenklich betrachtete sie Isabels aufgerichteten Rücken vor sich.

»Ja, diese Gedanken sind mir auch schon gekommen«, gab sie ebenso leise zu.

Die Verhandlungen in Alcántara verliefen erst einmal nicht nach Isabels Geschmack. Zwar war König Alfons von Portugal bereit zu bestätigen, dass die Ehe mit seiner Nichte Juana nicht vollzogen worden war, doch so leicht ließ er sich nicht von ihr trennen. Es bedurfte vieler harter Verhandlungsnächte, bis er auf seine Braut verzichtete. Die Anhänger Juanas schlugen vor, La Beltraneja sollte mit ihrem Cousin Juan verheiratet werden. Außerdem sollte Isabels Erstgeborene mit dem Thronfolger von Portugal vermählt werden, der ebenfalls Juan hieß.

Das schmeckte Isabel gar nicht, und sie drängte ihre Berater Kardinal Mendoza und Hernando de Talavera, einen anderen Vorschlag auszuarbeiten. »Ich werde meinen Sohn nicht an die Beltraneja hergeben!«, knurrte sie.

»Beltraneja oder nicht«, sagte Jimena später, als sie mit Don Angelo einen kleinen Abendspaziergang unternahm. »Sie ist siebzehn Jahre alt und soll sich an einen Jungen binden, dem sie eher Amme als Ehefrau sein könnte. Was sind das für Aussichten? Sie muss sechs Jahre bis zur Eheschließung warten und dann noch einmal sieben, bis der Jüngling die Ehe mit ihr vollziehen kann – und muss! Bis dahin ist sie fast eine alte Frau und muss sich fragen, ob sie noch Kinder gebären kann. Es wundert mich nicht, dass sie sich gegen diese Pläne wehrt.«

»Erst soll sie ihren alten Onkel heiraten, dann ihren kindlichen Cousin, nein, es ist nicht leicht, als Prinzessin geboren zu sein«, gab ihr Don Angelo recht.

»Doch wenn sie diese Ehevereinbarung nicht eingeht, was bleibt ihr dann?«

»Der Schleier, wie so vielen anderen Frauen auch«, beantwortete er, was sie selbst wusste.

Sie blieben auf einer Anhöhe stehen und sahen über die von Mondlicht beschienene Stadt. Erst jetzt wurde Jimena bewusst, in was für einer Situation sie sich befand. Eine ledige Frau in Begleitung eines Mannes, der nicht ihr Gatte war. Früher wäre sie nicht so leichtfertig mit ihrem Ruf umgegangen. Oder doch? Bilder einer anderen Nacht stiegen in ihr auf, als sie mit Ramón in Segovia auf einen Turm gestiegen war, um die Sterne zu betrachten. Als etwas in ihr erwacht war, ein unbändiges Verlangen, ihn ganz nah zu spüren. Es schauderte sie am ganzen Körper, als die Erinnerung an seine Küsse sie überkam.

Don Angelo stand so nah, dass er ihr Beben spürte. »Ist

Euch kalt?« Fürsorglich rückte er Jimenas Tuch um ihre Schultern zurecht.

»Nein«, sagte sie und hörte selbst, wie belegt ihre Stimme klang. »Es sind nicht Nacht und Kälte, die mich umhüllen, es sind die Erinnerungen.«

Don Angelos Hand ruhte noch immer auf ihrer Schulter. »Sind es gute Erinnerungen?«

»Ja«, sagte sie und sah zu ihm auf. »Doch auch welche, die mich traurig stimmen.«

Sie zuckte nicht zurück, als seine Lippen sich auf die ihren senkten. Vielleicht war ihr Körper zu ausgehungert. Vielleicht die Sehnsucht nach Zärtlichkeit zu stark. Jimena ließ sich in seine Arme ziehen und erwiderte seinen Kuss mit einer Leidenschaft, dass er erstaunt die Augen aufriss, doch dann presste er sie an sich und küsste sie, bis ihnen beiden die Luft wegblieb und sie keuchend voneinander ablassen mussten.

»Doña Jimena«, sagte er mit heiserer Stimme. »Erweist mir die Ehre, meine Frau zu werden, denn ich liebe Euch über alles.«

Jimena starrte ihn aus weit aufgerissenen Augen an. Was war nur in sie gefahren? Sie hatte ihr Herz Ramón geschenkt, für alle Zeiten. Wie konnte sie ihm so leicht untreu werden? Wie konnte sie sich vom Hunger ihres Körpers leiten lassen und sich in die Arme eines anderen werfen?

»Doña Jimena«, sagte er noch einmal. »Wollt Ihr mich heiraten?«

Sie wich vor ihm zurück. »Nein!«, rief sie. »Das ist ganz und gar unmöglich. Ich habe es Euch doch gesagt, dass ich einen anderen liebe. Ich kann nicht!«

Er wollte ihre Hand greifen, doch sie zog sie zurück. »Verzeiht, ich habe mich ganz und gar ungebührlich verhalten. Versucht es zu vergessen.«

Sie wirbelte herum, raffte ihre Röcke und hastete davon. Don Angelo sah ihr nach und seufzte tief.

Es gab so viel zwischen Portugal und Kastilien zu regeln. Doch am Schicksal von Juana redeten sie sich die Köpfe heiß. Schließlich gab Isabel nach. Sie willigte ein, ihren Sohn Juan mit Juana zu verheiraten, wenn dieser vierzehn Jahre alt sei. Bis dahin müsse Juana in Portugal unter Bewachung gestellt werden. Außerdem gestand sie ihrem Sohn zu, diese Hochzeit abzulehnen. In diesem Fall sollten Juana hunderttausend Golddoblas zustehen. Ansonsten bliebe ihr der Weg ins Kloster.

Natürlich wollte Isabel noch immer nicht, dass diese Ehe zustande kommen würde, und sie hoffte darauf, dass Juana begreifen würde, was dieser Vertrag für sie bedeutete.

»Es ist eine Wahl zwischen Pest und Cholera«, sagte Don Angelo, der seine Zunge mal wieder nicht im Zaum halten konnte, doch im Stillen musste Jimena ihm recht geben.

Zu ihrer Erleichterung hatte er den Abend und den Kuss nicht mehr erwähnt, und sie hatte das Gefühl, dass er sich bewusst von ihr fernhielt, soweit ihm das möglich war. Einerseits war sie erleichtert, dass er ausnahmsweise Taktgefühl bewies, anderseits fühlte sie eine tiefe Traurigkeit in sich und ertappte sich ein paarmal dabei, dass sie ungeduldig mit Beatriz war oder Maria de Mendoza unfreundlich anfuhr.

»Du hast vielleicht eine Laune!«, schimpfte Beatriz.

»Wie sind alle ein wenig angespannt«, versuchte Maria de Mendoza zu vermitteln, doch Jimena murmelte nur eine Entschuldigung und zog sich in die Einsamkeit der Gärten zurück.

Es dauerte einige Tage, bis die Boten hin- und hergereist waren und die Antwort von Juana brachten. Isabel konnte aufatmen. Sie hatte sich nicht verrechnet. Juana lehnte den Vertrag ab und war bereit, in ein Kloster einzutreten.

»Sie hat eine ganze Nacht lang geweint, getobt und geschrien«, vertraute eine der Damen, die mit der portugiesischen Delegation gereist waren, Jimena an. »Es ist allein unserem Prinzen Juan zu verdanken, dass sie sich wieder beruhigte und sich für den Schleier entschied.«

Juana würde als Novizin in das Klarissenkloster Santa Clara in Coimbra eintreten. Natürlich musste sie der Äbtissin Doña Margarita de Menes versichern, dass sie sich aus freien Stücken entschieden hatte und ohne Beeinflussung bereit war, den Schwur zu leisten und dem Orden bis an ihr Lebensende treu zu dienen.

»Und Ihr werdet dabei sein, wenn sie in einem Jahr ihr ewiges Gelübde ablegt«, befahl Isabel Fray Hernando de Talavera. »Ich werde nicht riskieren, dass irgendwo ein Fehler entdeckt wird, der ihr dann die Freiheit wiedergeben könnte!«

Jimena schüttelte nur stumm den Kopf. Sie fragte sich, was in den Gedanken der Königin vor sich ging. Fürchtete sie sich so sehr vor Juanas Ansprüchen? Oder ließ sie sich von so niederen Gefühlen wie Rache leiten?

Isabel wollte zu gern warten, bis sich die Klostertore hinter Juana schlossen, doch nachdem beide Parteien die Verträge unterzeichnet hatten, wurde es für sie dringend Zeit abzureisen. Sie spürte, dass das Kind nicht mehr länger warten wollte.

»Ich möchte gern Abu Amin wieder an meiner Seite haben«, sagte sie.

Jimena unterstützte diesen Entschluss, riet ihr aber, einen Boten nach Tordesillas zu schicken, um den Arzt zu holen.

»Bleib hier«, bat sie. »Riskiere nicht, das Kind auf der Straße zu gebären.«

»Ach, Unsinn«, wehrte Isabel ab. »Ich fühle mich noch kräftig und bin immer gereist.«

Ja, und zwei deiner Kinder mussten das mit dem Leben bezahlen, dachte Jimena, wagte aber nicht, es laut auszusprechen. »Dann lass mich wenigstens einen Boten schicken und veranlassen, dass Abu Amin uns entgegenreist. Wir könnten uns in Toledo treffen.«

Zu ihrer Überraschung bot sich Don Angelo an. Entweder war ihm langweilig, und er sehnte sich nach einem schnellen Ritt, oder er wollte ein wenig mehr Abstand zwischen sich und Jimena bringen.

Mit gemischten Gefühlen sah sie ihn davonreiten. Sie gestattete sich nicht, ihn zu vermissen! Und dennoch wog ihr Herz schwer in ihrer Brust.

Langsamer als sonst machten sich die Königin und ihr Gefolge auf den Weg. Sie reisten stetig nach Osten, während der berittene Bote nach Tordesillas jagte. Sie rasteten viel, und Jimena kam es vor, als würden sie kaum vorwärtskommen. An manchen Tagen schafften sie bloß ein paar Meilen. Immer wieder sah Jimena nach Isabel, die ihr zunehmendes Unwohlsein hinter ihrem eisernen Schweigen verbarg.

Oh Dominga! Sie wird ihr Kind doch nicht hier im Staub der Landstraße verlieren!

Doch ihre Tante war weit weg und antwortete ihr nicht.

Gerade noch rechtzeitig, ehe die Wehen einsetzten, erreichten die Königin und ihr Gefolge den Alcázar von Toledo. Zu Jimenas Erstaunen war Abu Amin schon da und stand Isabel zur Seite. Don Angelo jedoch war nirgends zu sehen, und sie wagte nicht, sich nach ihm zu erkundigen.

Sie war selbst schuld. Sie hatte sich zu diesem unmöglichen

Verhalten hinreißen lassen und ihn vor den Kopf gestoßen. Nun hielt er nach einer geeigneteren Gattin Ausschau.

Ich wünsche ihm viel Glück dabei, dachte Jimena. *Er hat es verdient.* Warum nur schmeckten die Worte bitter wie Galle?

Am 5. November 1479 schlossen sich die Klostertüren hinter Juana la Beltraneja. Einen Tag später wurde ihre Cousine geboren, die Isabel ebenfalls Juana taufen ließ. Vielleicht ein Hauch von schlechtem Gewissen? Jimena wusste es nicht, und Isabel sagte nie etwas zu diesem Thema.

Kapitel 10

»Und wohin nun?«, erkundigte sich Marco und sah Isaura erwartungsvoll an.

»Nach Córdoba. Über die Autobahn sind es vielleicht einhundertfünfzig Kilometer.«

»Wir können natürlich auch über Land fahren und uns die kleinen Dörfer entlang des Guadalquivir ansehen«, schlug Marco vor.

Isaura nickte. »Das ist eine gute Idee. Außerdem habe ich schon ein kleines Hotel direkt in der Altstadt rausgesucht.«

»Bei dessen Anfahrt vermutlich wieder meine Rangierkünste gefragt sein werden«, vermutete Marco.

Isaura hob entschuldigend die Schultern. »Die Gefährte, für die diese Gassen gebaut wurden, waren eben schmaler.«

»Das kommt mir auch so vor«, gab Marco trocken zurück. Er folgte einer schmalen Landstraße, von der aus sie immer wieder den träge dahinfließenden Strom sehen konnten.

»Du wolltest mir etwas erzählen.«

Isaura hielt ihren Blick auf die Landschaft gerichtet. »Oh ja, ich weiß schon einiges über unser Ziel heute. Córdoba ist eine sehr alte Stadt, in vorrömischer Zeit gegründet.

Es ist eine Stadt der engen Gassen und der verborgenen Höfe mit prächtigen Blumen, vor allem rund um das alte

Judenviertel, das bis zur Stadtmauer im Westen reicht. Natürlich besaßen die Emire eine Festung und einen Palast, und die christlichen Könige bauten sich einen Alcázar auf den Resten römischer Bauten. Doch das größte Wunder der Stadt ist die Mezquita, die große Moschee, die von den Emiren von Córdoba bereits im achten Jahrhundert begonnen und unter ihren Nachfolgern immer wieder erweitert wurde. So entstand nach und nach der unglaubliche Säulenwald mit seinen doppelten rot und weiß gestreiften Bögen, die man noch heute bestaunen kann.«

»Das habe ich nicht gemeint«, unterbrach Marco sie. »Ich wollte keinen Audioguide für Córdoba.«

Isaura, die noch immer nicht zu ihm hinüberblickte, seufzte. Sie wusste genau, was er meinte. Sie hatten nicht mehr von dem Vorfall in Sevilla gesprochen, und sie hatte auch nicht das Bedürfnis, es jetzt zu tun, aber Marco ließ nicht locker.

»Ich höre dich jede Nacht stöhnen. Du fährst hoch und reißt die Augen auf, scheinst deine Umgebung aber nicht wahrzunehmen. Und nun gerätst du schon am helllichten Tag in solche – wie soll ich es ausdrücken – Trancezustände? Albträume?«

»Es war Abend und bereits dunkel«, widersprach Isaura trotzig.

Marco bog in einen Feldweg ab und hielt den Wagen an. Er wandte sich ihr mit einer Miene zu, die zwischen Ärger und Mitgefühl schwankte. »Das ist nicht der Punkt, und das weißt du auch.«

Isaura seufzte, erwiderte aber noch immer nichts.

»Ich liebe dich«, sagte Marco.

Endlich sah sie ihn an. »Ich liebe dich auch! Das musst du mir glauben.«

Er sah sie prüfend an, dann nickte er. »Hast du mit Justus darüber gesprochen? Über deine quälenden Träume?«

Isaura schnaubte. »Ich habe es versucht, aber er wollte damit nicht belästigt werden. Die Lösung war: getrennte Schlafzimmer!«

»Mir genügt das als Lösung nicht«, gab Marco sanft zurück.

Isaura stöhnte. »Das scheint mir auch so. Du lässt nicht locker, nicht wahr?«

Er grinste. »Nein, du sparst uns also beiden Kraft und Nerven, wenn du mir endlich sagst, was dich so bedrückt.«

»Wenn das so einfach in ein paar Sätzen zu erklären wäre.«

»Fang einfach an.« Er lehnte sich zurück und nickte ihr zu.

Sie schwieg lange, doch Marco ließ sie keine Anzeichen von Ungeduld spüren. Endlich begann Isaura zu sprechen.

»Für mich sind das nicht einfach nur Träume«, sagte sie leise. »Sie sind so eindringlich und echt, als wären es Erinnerungen. Viele Ereignisse kommen immer wieder, manche Nacht für Nacht, andere ganz plötzlich an Orten, an denen ich das Gefühl bekomme, sie schon einmal besucht zu haben, obwohl das nicht der Fall ist – zumindest nicht in diesem Leben.« Sie warf ihm einen schnellen Blick zu, doch sie konnte in seinem Gesicht keine der Regungen von Ungläubigkeit bis Ungeduld erkennen, die Justus sofort gezeigt hatte, sobald sie versuchte, darüber zu reden. Früher, ganz zu Anfang ihrer Beziehung. In den letzten Jahren hatte sie nicht mehr versucht, ihm irgendetwas zu erklären, und er schien auch nicht scharf darauf gewesen zu sein. Marcos Miene dagegen war neutral und zeigte lediglich Interesse, was Isaura den Mut gab weiterzusprechen. »Ich erlebe diese Szenen sehr intensiv, kann hören, riechen, schmecken und spüre alles ganz real. Und das eben nicht nur nachts in diesen Träumen.«

Er nickte, auch wenn er nicht so recht zu verstehen schien. »Was sind das für Szenen? Was für Menschen kommen darin vor?«

Isaura überlegte. »Vor allem Königin Isabel und ihre Tochter Juana, die man La Loca nannte, aber auch alle anderen Personen am Hof dieser Zeit.«

»Der Ort und die Zeit, mit denen du dich seit Wochen so intensiv beschäftigst. Die Ereignisse, die in dem Buch, das du ständig mit dir rumschleppst, so ausführlich beschrieben sind«, stellte er fest.

»Ach, du meinst, ich lese etwas, und mein Unterbewusstsein versetzt mich dann in diese Szenen?«

»Vielleicht.«

»Ich habe aber schon, bevor ich dieses Buch gefunden habe, von der dunklen Königin geträumt. Noch ehe ich wusste, wer sie war und was ihr widerfahren ist.«

»Wie erklärst du es dir dann?«, erkundigte sich Marco schließlich.

Isaura hob die Schultern. »Ich kann es mir nicht erklären. Es widerspricht jeder wissenschaftlichen Erkenntnis.«

»Man kann nicht alles wissenschaftlich erklären. Glaubst du an Wiedergeburt?«

Isaura überlegte. »Nein, eigentlich nicht. Ich habe ja schon Schwierigkeiten, die Wunder der christlichen Lehre zu glauben, und sehe lieber Symbole darin.«

Sie schwiegen beide lange, bis Marco wieder das Wort ergriff. »Was hast du in Sevilla gesehen, das dich so erschreckt hat?«

Isaura schloss schaudernd die Augen. »Eine Menschenmenge, die sich vor der Kathedrale drängte, und dann eine

Prozession vieler Dutzender in langen gelben Kutten, die erloschene Kerzen in den Händen trugen.« Marco sah sie verständnislos an. »Sagt dir der Begriff Autodafé etwas? Das kommt aus dem Portugiesischen *auto-da-fé* – Glaubensgericht.«

Marco runzelte die Stirn. »Das hatte was mit der Inquisition zu tun, nicht wahr? Die Massenhinrichtungen, die in jener Zeit in Spanien stattfanden.«

»Ja, so in etwa. Es war die Verkündung der Urteile der Inquisition. Zu einem großen Schauspiel inszenierte Massenprozesse, wo im Rahmen einer heiligen Messe die Schuldsprüche verlesen und die Strafen angekündigt wurden. Tod durch Feuer, um die Seele zu reinigen.« Isaura schnaubte. »Die Errichtung der Scheiterhaufen überließ die Heilige Inquisition dann den weltlichen Schergen.«

»Das hast du auf dem Platz gesehen?«, hakte Marco nach.

Isaura nickte. »Ich habe dem Großinquisitor Tomás de Torquemada direkt in die Augen geschaut!«

»Jetzt schaudert es mich«, rief Marco und schüttelte sich, um die Beklemmung loszuwerden.

»Du glaubst mir?«

Er nickte. »Ja, auch wenn ich es mir ebenso wenig erklären kann.«

Isaura erwiderte nichts. Die Erklärung der Klarisse Maria Anna glaubte sie ihm nicht zumuten zu können. Weise Frauen, Hexen, die ihre Kräfte vererbten, Seelen, die durch die Zeit reisten, nein, so etwas konnte sie nicht aussprechen. Es fiel ihr schon schwer, diese Gedanken in ihrem Kopf zu bewegen. »Lass uns weiterfahren«, bat sie.

Marco ließ den Motor wieder an, wendete und fuhr auf die Straße zurück. »Und was für schreckliche Ereignisse erwarten uns in Córdoba?«, erkundigte er sich.

Isaura zuckte mit den Schultern. »Keine Ahnung. Ich hoffe, dass so etwas so schnell nicht wieder passiert.«

»Ja, wollen wir es hoffen.«

Sie erreichten Córdoba am späten Nachmittag. Das Hotel war zwischen Mezquita und dem Alcázar in einem alten Palast im maurischen Stil untergebracht. Die Zimmer umschlossen schattige Höfe, in denen Brunnen plätscherten und unzählige Blumentöpfe kleine, bunte Gärten zauberten. Isaura war entzückt. Sie schlenderten noch ein wenig durch die Gassen, Isaura erzählte Marco, was sie über die Stadt wusste, er freute sich an ihrer Begeisterung, lauschte andächtig den lebendigen, sinnlichen Geschichten, mit denen sie längst vergangene Zeiten für ihn zum Leben erweckte. An der Brüstung der alten Römerbrücke hielt sie inne und fragte: »Siehst du das Mühlrad dort drüben? Das Mauerwerk gehört noch zu der alten Mühle, aber das Mühlrad ist ein Nachbau.« Sie schmunzelte. »Das Original ist nämlich verschwunden, nachdem Königin Isabel befohlen hat, es abzubauen.« Marco runzelte fragend die Stirn. Isaura feixte. »Das Quietschen des Rads war bis in den königlichen Palast zu hören und störte den Schlaf der Königin!«

Sie lachten beide. Isaura hakte sich bei Marco unter. Sie setzten ihren Weg fort und ließen sich durch die Gassen treiben. In einem kleinen Restaurant etwas abseits aßen sie zu Abend und kehrten dann beschwingt von der lauen Nacht und den *copitas* voll dunklem Wein zu ihrem Hotelzimmer zurück.

»Bist du müde?«, fragte Marco leise.

Isaura schüttelte den Kopf. Sie war berauscht, aber doch hellwach, wie elektrisiert. Sie spürte, wie ein wohliger Schauder die Härchen in ihrem Nacken aufrichtete. Mit geschmeidigen Bewegungen trat sie auf Marco zu. Ihre Finger strichen über seine Wangen und folgten dann den kantigen Linien seines Kinns bis zu seinem Hals hinab. Sie spürte, dass auch er schauderte. Langsam begann sie, sein Hemd aufzuknöpfen, ohne ihren Blick von dem seinen zu lösen, mit dem er sie festhielt, ja geradezu in sich aufsog. Seine Fingerspitzen wanderten ihre nackten Arme hinauf und machten sich dann an ihrer Bluse zu schaffen.

Sie ließen sich viel Zeit, obgleich sie inzwischen beide vor Verlangen zitterten. Es kam Isaura vor, als würden sie sich zum ersten Mal lieben. Endlich standen sie nackt voreinander, doch noch immer hielten sie Abstand und ließen nur ihre Hände über den Körper des anderen streichen. Dann zog Marco sie an sich und begann sie zu küssen. Erst wanderten seine Lippen sanft über ihr Gesicht und hinab zu ihrem Hals. Er umrundete sie und küsste ihren Nacken, während seine Hände über ihre Brüste hinab zu ihrem Bauch glitten, um dann noch ein Stück tiefer zwischen ihren Beinen zu verschwinden. Isaura stöhnte und ließ sich gegen seine Brust sinken. Seufzend ließ sie ihn noch eine Weile gewähren. Sie spürte deutlich in ihrem Rücken, dass auch er sich vor Lust kaum mehr zurückhalten konnte.

Isaura wandte sich ihm zu und stieß ihn rücklings auf das Bett. Er zog sie mit sich und schlang seine Arme um sie. Eine Weile lag sie so auf ihm und spürte den Linien nach, die seine Finger auf ihren Rücken zeichneten, während sein Körper sich unter ihr bewegte. Isaura küsste Marco auf den Mund. Nicht mehr zärtlich und zurückhaltend. Fordernd jetzt. Sie verlangte nach mehr, nach ihm, ganz und gar!

Mit einem Ruck löste sie sich, richtete sich auf und spreizte die Beine, dass er mit einem Stöhnen tief in sie glitt. Isaura streckte sich und bog ihren Rücken durch, sie rollte ihre Hüfte im Rhythmus einer nur für sie hörbaren Musik, angeheizt von seinem Stöhnen, das sich mit dem ihren vermischte. Seine Hände umklammerten ihre Oberarme, so als würde er um Erlösung flehen. Isaura bewegte sich schneller, bis er sie mit einem Aufschrei an seine Brust zog und sie so eng umschlang, dass sie kaum mehr atmen konnte. Für einige Augenblicke hielt er sie so fest, während sein Körper sich anspannte und zuckte. Dann entspannte er sich und ließ sie los. Isaura lauschte dem abklingenden Kribbeln in ihrem Körper und ließ sich von Marcos nun tiefen und ruhigen Atemzügen tragen. So lagen sie lange beieinander, bis die Lust sie erneut erfasste und sie sich noch einmal in dem breiten, altmodischen Bett liebten. Dann schlief Isaura die ganze Nacht tief und traumlos an seiner Seite.

»Du tust mir gut!«, sagte sie, als sie am Morgen am Frühstückstisch saßen.

Marco legte seine Hand auf die ihre. »Das will ich hoffen. Ich bin schließlich der Arzt deines Vertrauens.«

Sie knuffte ihn in die Seite. »Ach, dann gibt es dich also auf Rezept?«

Er grinste schief. »Ich sehe, du weißt nicht viel über das spanische Gesundheitswesen. Solch eine Rundumbehandlung ist ein einzigartiges Privileg.«

Isaura warf ihm über ihre Kaffeetasse hinweg einen Blick zu. »Du bist nicht etwa eingebildet?«

Marco grinste frech und wechselte das Thema. »Was werden wir uns heute ansehen?«

»Zuerst die Mezquita, das ist ein Muss! Ich möchte Fotos von den Bögen und Säulen machen, solange es da noch nicht so voll ist. Hinterher können wir uns die arabischen Bäder des alten Palasts vornehmen und das Judenviertel an der Stadtmauer.«

Marco deutete eine Verbeugung an. »Ganz wie du wünschst.

Ich stehe dir zur Verfügung. Ich bin ja nur der kleine Recherchehelfer.«

Sie feixte. »Und du hast ja auch gar nichts zu sagen, du Armer!«

»Stimmt, denn sonst würde ich für zwischendurch ein Mittagessen beantragen.«

Isaura lächelte ihn spöttisch an. »Ich werde wohlwollend darüber nachdenken, auch wenn ich unfassbar finde, dass du nach diesen Mengen, die du zum Frühstück verdrückt hast, überhaupt an Mittagessen denken kannst.«

Sie neckten sich noch ein wenig und verließen in bester Laune das Hotel. Punkt zehn erreichten sie die große Moschee, deren Minarett, von der Morgensonne angestrahlt, in den blauen Himmel ragte. Das Tor war bereits geöffnet und ließ sie ein in den weitläufigen Orangenhof. Während Isaura fotografierte, löste Marco die Eintrittskarten. Zusammen traten sie durch das Portal in die Moschee. Isaura eilte ein paar Schritte voraus und blieb dann stehen. Mit ausgebreiteten Armen drehte sie sich im Kreis.

»Unglaublich«, hauchte sie.

Marco trat neben sie. »Ja, sehr beeindruckend«, gab er zu.

Sie schwiegen eine ganze Weile und ließen nur die Blicke durch das geheimnisvolle Halbdunkel des Säulenwaldes schweifen, über dem sich die Kapitelle mit ihren rot-weiß gestreiften doppelten Bögen erhoben. Dann schlenderten sie durch den gewaltig wirkenden Raum, der auf den ersten Blick so harmonisch zu sein schien. Erst nach und nach erkannten sie die kleinen Unterschiede der verschiedenen Erweiterungen der Moschee unter den maurischen Herrschern Córdobas des achten bis zehnten Jahrhunderts. Neben kleinen architektonischen Details unterschieden sich vor allem auch die Lichtverhältnisse in den verschiedenen Bereichen.

Die älteren bildeten einen geheimnisvollen Schattenwald, während der neueste Teil sich heller präsentierte. Alle jedoch hatten den klaren Rhythmus der doppelten Bogenketten eingehalten und so ein harmonisches Ganzes erschaffen.

Nur der Umbau der Christen, von Karl V. im sechzehnten Jahrhundert in Auftrag gegeben, stach von außen wie von innen schmerzhaft ins Auge: eine Kathedrale, die sich gewaltsam mitten in der Moschee erhob, das Dach mit ihrem hohen Kirchengewölbe durchbrach und mit ihrem blendenden Weiß und Blattgold die Harmonie des Säulen- und Bogenwaldes durchbrach.

»Was für eine Sünde!«, murmelte Isaura, die diesen brutalen Eingriff in das architektonische Kunstwerk fast als körperlichen Schmerz wahrnahm. »Hoffart und Prunksucht!«

Marco nickte. »So waren die Christen eben. Was sie den Mauren abgenommen hatten, dem musste ihr Stempel aufgedrückt werden. Haben sie nicht in allen Städten die Moscheen in Kirchen verwandelt?«

Isaura nickte. »Schon. Aber hier in Córdoba blieb die Mezquita über Jahrhunderte lang unverändert. Als König Fernando III. Córdoba von den Mauren zurückeroberte, war er von der einzigartigen Pracht der Moschee so beeindruckt, dass er anordnete, sie nicht zu verändern. Und daran hielten sich auch seine Nachfolger. Königin Isabel betete im Schatten dieser Säulen. Wir alle waren hingerissen. So etwas wie diese Hallen hatten wir noch nie gesehen.«

Isaura stutzte. »Ich meine, ihre Hofdamen waren ebenso entzückt wie sie selbst«, korrigierte sie sich rasch, und Marco tat so, als hätte er nichts bemerkt.

Am frühen Abend schlenderten Isaura und Marco Hand in Hand durch die Gassen der Stadt, die um diese Zeit noch belebter waren als am Nachmittag. Sie fanden eine kleine Bar, deren Wirt sie mit Handschlag begrüßte und zu einem kleinen Tisch draußen unter den ausladenden Ästen einer alten Platane führte. Marco beugte sich vor und küsste zärtlich Isauras Lippen.

Der Wirt brachte ihnen eine Karaffe von seinem roten Hauswein. »*Salud!*«, sagte er, als sie ihre Gläser erhoben. Er stellte auch zwei kleine Schalen mit eingelegten Oliven und gerösteten Nüssen auf den Tisch.

Nun merkten sie erst, wie groß ihr Hunger war. Sie bestellten einige der lecker aussehenden Tapas: Datteln im Speckmantel, Champignons mit Knoblauch und gebackene Garnelen und natürlich Marcos geliebte *patatas bravas*, Kartoffeln mit scharfer Sauce.

Die Dämmerung senkte sich über Córdoba, als sich Isaura erhob. »Komm, lass uns gehen. Zum Abschluss dieses Tages gibt es noch etwas Besonderes.«

Marco zog sie in seine Arme und küsste sie. »Hm, ein breites, weiches Bett und deine Haut, das ist etwas ganz Besonderes und alles, was ich mir wünsche.«

Isaura erwiderte seine Küsse, schob ihn dann aber energisch von sich. »Dafür haben wir später noch Zeit. Jetzt gibt es noch ein anderes Highlight.« Sie zog zwei Eintrittskarten aus der Tasche und hielt sie Marco hin. Er warf einen Blick darauf und stöhnte.

»Ein Alcázar, ich hätte es ahnen müssen. Das hat uns heute noch gefehlt.«

Sie knuffte ihn in die Rippen. »Du kannst dir deinen spöttischen Unterton sparen! Das hat uns wirklich noch gefehlt. Ich verspreche dir, es wird dir gefallen.«

Marco zog eine zweifelnde Miene, folgte Isaura aber die Gasse entlang, die sich zu einem weitläufigen Platz öffnete.

Hinter alten Bäumen erhob sich die rechteckige Festung mit ihren wehrhaften Mauern und den Türmen.

»König Alfons XI. hat den Alcázar hier auf römischen und arabischen Ruinen errichten lassen.« Marco nickte geduldig. »Er ist nicht zu vergleichen mit Sevilla. Er ist eher ein praktischer, wehrhafter Bau, doch heute interessieren uns vor allem seine Gärten.«

»Jetzt? Im Dunkeln?«, wagte Marco einzuwerfen.

Isaura nickte. »Oh ja, gerade jetzt im Dunkeln.«

Sie führte Marco in einen Hof mit Wasserbecken und kleinen Beeten, wo sich bereits andere Besucher eingefunden hatten. Sie mussten nicht lange warten, bis der Veranstalter sie begrüßte und ihnen eine besondere Reise in die Vergangenheit ankündigte. Eine Bilder- und Lichtshow, die auf die Wände und auf den Grund der Wasserbecken projiziert wurde. Dann betrat eine Frau in einem wallenden Gewand den Hof.

»Soll das Isabel die Katholische sein?«, erkundigte sich Marco leise.

»Ich denke schon«, gab Isaura zurück.

Die Stimme der Schauspielerin erfüllte den Hof. Sie erzählte von den Anfängen Córdobas und von den Eroberungen. Immer wieder forderte sie die Besucher auf, ihr zu folgen, und so verließen sie den Hof, wanderten unter dem dichten Blätterdach der Bäume an plätschernden Brunnen vorbei, die Szenerie von versteckten Scheinwerfern in geheimnisvolles Licht getaucht.

Während sie das einstige Córdoba vor ihnen auferstehen ließ, führte sie die Besucher bis hin zu den langen Wasserbecken, die sich zwischen Hecken und Zypressen erstreckten. Musik ertönte aus verborgenen Lautsprechern, dann schossen Wasserfontänen empor. Erleuchtet von Scheinwerfern in wechselndem Farbenspiel, begann das Wasser zu tanzen, sich in Wellen und Kreisen zu bewegen, hoch in den Himmel zu schießen, um dann wieder zu versiegen.

Ein voller Mond prangte am wolkenlosen Himmel, die Luft war warm, und wenn die rhythmischen Klänge der spanischen Musik verebbten, erhob sich der Gesang der Grillen.

Isaura schob ihre Hand in Marcos. Er umschloss sie und drückte sie fest. »Habe ich dir zu viel versprochen?«, fragte sie.

Er schüttelte den Kopf, ohne den Blick von den farbigen Wasserspielen zu wenden. »Nein, es ist zauberhaft.«

Als die Musik nach einem letzten Aufbrausen verklang und die Wasserbecken wieder still unter dem Mondlicht dalagen, kehrten sie zum Alcázar zurück. Die meisten Besucher waren schon gegangen, sodass sich der Palast verschlafen im Mondlicht vor ihnen erhob. Die Gittertür zum Innenhof war noch offen. Eine Katzenmutter mit drei Jungen lugte vorsichtig zwischen den Sträuchern hervor und beschloss dann, einen Ausflug in die Gärten zu wagen. Während sie stolz dem Pfad folgte, tollten die Kleinen sich balgend durch die Rabatten.

Isaura sah ihnen nach. »Da muss ich an Golondrino denken. Meinst du, er vermisst mich?«

»Das kommt darauf an, wie gut deine Nachbarin ihn füttert«, erwiderte Marco trocken.

Isaura protestierte. »Er denkt nicht immer nur ans Fressen! Er mag mich, und ich vermute, er wird erst einmal beleidigt sein, wenn ich zurückkomme.«

Sie traten in den Hof und folgten der Galerie, die in die Bäder führte. Dort war es stockdunkel, doch auf der anderen Seite brannte ein Licht und beleuchtete eine Treppe, die in den Palastbau hinauf- und zu einem zweiten Hof führte, in dem Ausgrabungen alte Ruinen und wertvolle römische Artefakte zutage gefördert hatten.

Isaura sah sich um. Weit und breit keine Menschenseele.

»Einen Blick können wir schon wagen«, schlug Marco vor und begann gemächlich die Treppe hinaufzusteigen. Isaura lief ihm nach und überholte ihn. »Ja, lass uns sehen, wie es weitergeht.«

Forsch ging sie auf die Tür zu, die ins Innere des Palasts führte, als sie plötzlich innehielt. Zuerst dachte Marco, ein Aufseher hätte sie entdeckt und verweigerte ihr den Zutritt, doch da war niemand. Die Tür war geschlossen, und dennoch war Isaura wie erstarrt. Er sah, wie sich ihre Lippen stumm bewegten. Ihre Augen waren weit aufgerissen.

Marco blieb mit gerunzelter Stirn stehen. »Isaura, was ist denn?«

Sie reagierte nicht. Sie hob nur abwehrend die Hände und wich zurück, auf den gegenüberliegenden Bogen zu.

»Isaura!« Marco nahm zwei Stufen auf einmal, doch als er den oberen Absatz erreichte, war Isaura schon rückwärts durch den Bogen getreten, noch immer den Blick starr auf die geschlossene Tür auf der anderen Seite gerichtet.

»Isaura!«, rief er noch einmal voller Entsetzen, als er sah, wie sie auf den von provisorischen Streben gestützten Balkon hinaustrat, dessen Balustrade teilweise fehlte.

»Bleib stehen!« Er hechtete nach vorn, doch ihre Finger glitten ihm aus den Händen, als sie nach hinten taumelte und ihr Rücken das rot-weiß gestreifte Flatterband durchbrach.

Sie stürzte. Lautlos, ohne auch nur einen Schrei auszustoßen. Metertief ging es in den Hof mit den Ausgrabungsarbeiten hinunter. Marco sah ihre schreckgeweiteten Augen, doch er wusste nicht, ob sie überhaupt bemerkte, wie sie fiel. Mit einem schauerlichen Geräusch schlug ihr Körper zwischen Säulenresten und Mosaiken auf dem Boden auf. Reglos blieb sie mit geschlossenen Augen auf dem Rücken liegen. Ein Blutfaden rann aus ihrem Mundwinkel und tropfte auf die schimmernden Mosaiksteinchen.

Kapitel 11

Tordesillas, 1480

»Weißt du, ich hätte nie geglaubt, dass ich das einmal sagen würde«, bemerkte Beatriz an einem düsteren Abend Mitte November, als die Damen eng vor dem Feuer zusammenrückten, um der Zugluft zu entgehen, die durch den Alcázar von Toledo strich.

Jimena sah von ihrer Handarbeit auf. »Was?«, erkundigte sie sich.

»Dass ich Don Angelo und seine spitze Zunge vermisse. Er war immer ein so geistreicher Unterhalter und trotz seiner Frechheiten aufmerksam und niemals zudringlich.«

»Hm«, sagte Jimena nur und war sich bewusst, dass Beatriz sie aufmerksam musterte.

»Hat er dir nicht gesagt, warum er den Hof verlässt und wann er zurück sein wird?«

»Nein«, wehrte Jimena ab und war sich bewusst, dass ihre Stimme barsch klang. Sie bemühte sich um einen neutralen Tonfall, als sie hinzufügte: »Da musst du Isabel fragen. Sie ist die Königin und schickt ihre Getreuen, wohin es ihr beliebt.« Jimena erhob sich und verließ den Saal.

Draußen begegnete sie Abu Amin, der einen Reisemantel trug. »Ihr wollt uns verlassen?«, erkundigte sie sich.

Der Hakim verbeugte sich und nickte. »Die Königin schickt mich nach Tordesillas zurück, um nach ihrem Sohn zu sehen. Sie selbst und die kleine Juana sind wohlauf, sodass ich getrost reisen kann.«

»Nach Tordesillas? Oh, nehmt mich mit!«, rief sie, ohne nachzudenken.

»Gern, Doña Jimena. Ihr wollt nach Eurer Cousine Teresa sehen, nicht wahr?«

Jimena nickte. »Ja, das würde ich zu gern, aber ich weiß nicht, ob ich die Königin allein lassen kann.«

Der Arzt sah sie belustigt an. »Allein ist die Königin auch ohne Eure Gesellschaft ganz sicher nicht. Soweit ich informiert bin, sitzt sie gerade mit Kardinal Mendoza und Fray Hernando zusammen und brütet über wichtigen Entscheidungen bezüglich ihres Reichs, und für den Fall, dass Ihr mich nun gleich abfällig darauf hinweist, männliche Berater würden nicht zählen, so muss ich sagen, sie hat im Fall Eurer Abreise noch ihre vertraute Hofdame Doña Beatriz an ihrer Seite, Doña Maria de Mendoza und Clara Alvarnaes, die Gattin von Don Gonzalo de Chacón. Nicht zu vergessen die beiden neuen Damen Teresa Enríquez, die Gattin von Gutierre de Cádenas, und Beatriz Galindo, la Latina, wie man sie nennt.«

Jimena schmunzelte. »Ihr wollt mir also mitteilen, dass ich hier bei Hof absolut überflüssig bin.«

»Sagen wir, für kurze Zeit entbehrlich«, widersprach Abu Amin, ein feines Lächeln unter seinem schwarzen Bart.

Jimena wartete, bis Isabel ihr Arbeitszimmer verließ. Durch die offene Tür sah sie, dass die beiden Kirchenmänner noch grübelnd über einem Berg von Papieren saßen, und vergaß für einen Moment, worum sie Isabel bitten wollte.

»Worüber zerbrechen sich der Kardinal und Fray Hernando so die Köpfe?«

»Über die Finanzen des Landes«, gab Isabel bereitwillig

Auskunft. »Auch mit den zusätzlichen Steuern, die mir die *Santa Hermandad* einbringt, sind die Einnahmen der Staatskasse so mager, dass ich es nicht länger hinnehmen darf.«

»Aber stöhnen die Menschen nicht zu Recht unter den hohen Abgaben und Steuern?«, wunderte sich Jimena.

Isabel nickte. »Daran liegt es nicht. Die Frage ist: Wie viel Geld kommt in den Schatullen an! Das Geld fließt in Strömen an *Grande* und *Hidalgos*, die irgendwann irgendeinem Herrscher Ländereien und horrende Pensionen abgeschwatzt haben, die seitdem ohne eine Gegenleistung an diese Familien fließen.«

Jimena hatte eine recht genaue Vorstellung, welcher Herrscher Meister darin gewesen war, sich von seinen Adeligen erpressen zu lassen. »Enrique«, murmelte sie.

Isabel nickte mit einem Seufzer. »Ja, er hat diese Unsitte auf die Spitze getrieben, so die Staatskasse ruiniert und den *Grande* viel zu viel Macht gegeben. Die Bürger und Bauern schuften hart für jeden Maravedi, und die Herren auf ihren Gütern lassen es sich wohl sein, aber damit ist jetzt Schluss! Kardinal Mendoza und Fray Hernando suchen gerade heraus, wer wie viele Pensionen aus der königlichen Steuerkasse bekommt, die ihm nicht zustehen. Diese wird es in Zukunft nicht mehr geben. Mendoza sagt, das wird mir dreißig Millionen Maravedi im Jahr mehr einbringen.«

Was für eine unglaubliche Summe. »Aber wird das nicht fast jeden Adelsmann treffen?«

Isabel nickte. »Oh ja, und ich sage dir, das wird schmerzhaft! Es sieht so aus, als müssten viele mindestens auf die Hälfte ihrer Zuwendungen verzichten – manche auf bis zu zwei Drittel. Kardinal Mendoza selbst übrigens auch, aber er ist bereit, das Opfer zu bringen. Schließlich geht es hier um den Fortbestand Kastiliens!«

Das musste Jimena erst einmal verdauen. Sie wusste, dass der Kardinal Isabel treu zur Seite stand und dass die Mendozas unendlich reich waren, dennoch hielten sie an ihrer Macht fest und an ihrem Reichtum. Und auch bezüglich der übrigen Adligen hatte Jimena Bedenken. »Wenn du alle derart schröpfst – nicht dass ich das nicht gut finden würde«, fügte sie rasch hinzu, »fürchtest du da nicht einen Aufstand des Adels und der mächtigen Kirchenmänner, der dich am Ende vielleicht gar deine Krone kosten könnte?«

Isabel nickte. »Vor dir kann ich es zugeben: Ich habe ein wenig Angst, doch Mendoza ist zuversichtlich. Er hat einige der mächtigen *Grande* bereits auf unsere Seite gezogen, und denen, die uns ohnehin nicht wohlgesinnt sind, müssen wir mit der *Santa Hermandad* drohen. Wir haben zum Glück inzwischen auch zwei der großen Ritterorden treu an unserer Seite. Wohl oder übel müssen die Lehnsherren einsehen: Wer sich sträubt, wird am Ende alles verlieren. Wer aber auf Seiten seiner Königin ist, wird von der Erstarkung und der Blüte des Landes profitieren. Das muss die Botschaft sein.«

Jimena ergriff Isabels Hände. »Ich hoffe mit dir, dass es gelingt.«

Die Königin nickte. »Ich danke dir, Jimena.«

Sie wollte sich abwenden, um zu ihren Beratern zurückzukehren, da fiel Jimena ein, was sie hatte fragen wollen. Wie sich zeigte, war Isabel bereit, ihre Hofdame für eine Weile ziehen zu lassen.

»Aber ich zähle darauf, dass du zu mir zurückkommst!«, fügte sie hinzu. »Lass mich nicht mit diesen geistlosen Damen allein. Du weißt, dass ich ihnen zugetan bin, allen voran Beatriz, die meine älteste Freundin ist. Dennoch kann ich mit ihnen nicht so reden wie mit dir. Keine von ihnen ist mit einem so scharfen Verstand und so viel Verständnis für Politik gesegnet.«

Isabel und Jimena umarmten einander. Und obwohl Jimena froh war, die Erlaubnis für die Reise erhalten zu haben, plagte sie das schlechte Gewissen. Sie hatte Isabel Treue geschworen. Für alle Zeiten!

»Ich werde wiederkommen«, versprach sie. »Sobald es mir möglich ist.« *Sobald sich Teresas Schicksal entscheidet. Auf die eine oder andere Weise.*

In diesem Jahr reiste Jimena viel. Sobald es ihre Pflichten zuließen und sie es wagte, Isabel zu bitten, ritt sie nach Tordesillas. Don Angelo bekam sie nicht zu Gesicht. Sie war erleichtert, und dennoch schmerzte es sie, sooft sie an ihn dachte. Er war ein interessanter und angenehmer Gesellschafter gewesen. Weiter zu denken, gestattete sie sich nicht. Weder an ihre Umarmung und den Kuss noch daran, welche Bahn ihr Leben genommen hätte, hätte sie seinem Antrag zugestimmt.

Sie konnte und wollte nicht heiraten! Sie musste sich um Teresa kümmern und war Hofdame ihrer Königin.

Dass die anderen Damen inzwischen fast alle verheiratet waren, ließ sie nicht gelten. Was waren das für Ehen, wo man sich monatelang nicht sah?

Sie würde niemals heiraten. Sie würde Ramón bis zu ihrem Tod treu bleiben. Warum nur fühlte sich das gar nicht tröstlich an?

In der zweiten Juliwoche reiste Abu Amin nach Tordesillas, um nach Teresa zu sehen. Jimena, die einige Monate hier verbracht hatte, freute sich auf ihn und darauf, Nachrichten vom Hof und von den Infanten zu erhalten. Plaudernd schlenderten sie durch den großen Kreuzgang, der nicht zur inneren Klausur gehörte und zu dem die Schwestern daher auch dem Hakim Zutritt gewährten.

Plötzlich kam die Infirmarin mit wehendem Schleier in den Kreuzgang geeilt. Nicht nur, dass sie sich so unpassend hastig fortbewegte, ließ einige Schwestern, die gerade von der Kirche kamen, die Köpfe wenden. Sie brach auch noch das übliche Schweigen der Klarissen und rief laut nach Jimena und Abu Amin.

Die beiden fuhren ob des Aufruhrs herum.

»Schwester Clara, was gibt es denn?«, erkundigte sich Jimena, die ihr entgegeneilte. Sie spürte, wie der Schreck ihren Magen zusammenpresste. Was um alles in der Welt war passiert? Etwas mit Teresa. War sie gar…? Jimena wagte nicht, den Gedanken zu Ende zu denken.

»Sie hat sich bewegt«, rief die Schwester keuchend und winkte den beiden zu, ihr zu folgen. »Ich habe es ganz deutlich gesehen. Zum ersten Mal, seit sie hier ist, hat sich Doña Teresa geregt. Kommt mit, schnell!«

Nun raffte Jimena ihre Röcke, überholte die Nonne und lief den Gang entlang bis zu dem königlichen Gemach des alten Palasts, in dem Teresa lag. Jimena blieb vor dem Bett stehen und blickte erwartungsvoll auf ihre Cousine hinab. Wie immer lag sie auf dem Rücken, sorgfältig mit einem weißen Leinen bis über die Brust zugedeckt, die Hände auf ihrem Leib übereinandergelegt, sodass Jimena ihre Fantasie im Zaum halten musste, die sie stets an eine Tote im Sarg denken ließ.

Sie spürte, wie Abu Amin neben sie trat, und beantwortete seine stumme Frage mit einem Kopfschütteln. »Nein, nichts. Alles unverändert.«

Die Infirmarin trat ein. »Aber wenn ich es Euch sage. Sie hat sich bewegt und einen kleinen Seufzer ausgestoßen.«

Jetzt aber lag Teresa stumm und reglos da wie all die Monate zuvor. Jimena stieß einen Laut der Enttäuschung aus und wollte sich gerade abwenden, als Abu Amin nach ihrem Arm griff.

»Seht, Doña Jimena!«

Jimena richtete ihren Blick wieder auf ihre Cousine und erstarrte.

Es war der 15. Juli im Jahre des Herrn 1480, als Teresa de Lucena im Real Monasterio de Santa Clara in Tordesillas die Augen aufschlug und sich verwundert umsah.

»Einen wunderschönen guten Abend, Doña Jimena.«

Die Stimme, die sie hunderte Meilen entfernt auf irgendeiner Mission der Königin gewähnt hatte, ließ sie herumfahren.

Don Angelo sprach weiter, ohne auf ihr Erstaunen einzugehen. »Man sagte mir, ich würde Euch im Convento de Santa Clara finden, das Ihr kaum mehr verlasst. Ich bin froh zu sehen, dass Ihr entgegen meiner Befürchtung keinen Schleier tragt!«

Endlich fand Jimena ihre Sprache wieder und konnte nicht verhindern, dass sie über das ganze Gesicht zu strahlen begann. »Don Angelo!«

»Ja, höchstselbst, und ich muss Euch sagen, dass es mich mit Erleichterung erfüllt, dass Ihr mich nicht mit finsterer Miene davonjagt. Ihr scheint mir gar erfreut.«

»Ach, guter Freund, Ihr kommt genau am rechten Tag. Es gab kaum einen schöneren in meinem Leben. Teresa ist erwacht!«

Und ohne nachzudenken, umarmte sie den *Hidalgo*, den sie so schmerzlich vermisst hatte, und drückte ihn für einen Moment an sich. Dann erst wurde ihr bewusst, wie ungehörig ihr Verhalten war.

Verlegen ließ sie ihn los und trat zurück. »Verzeiht mir mein ungebührliches Benehmen, es ist nur die unerwartete Freude, die mich übermannt hat.«

Don Angelos Miene war weich, als er sie ansah. »Es gibt nichts zu verzeihen, Doña Jimena, wenn ich hoffen darf, dass wir noch immer Freunde sind.«

Sie lächelte ihn an. »Ja, und ich gestehe Euch, ich habe Euch schmerzlich vermisst, mein Freund.«

Er bot ihr den Arm. »Dann lasst uns jetzt zum Palast zurückkehren und uns gemeinsam zum Mahl setzen. Es gibt so vieles zu berichten. Vor allem müsst Ihr mir jedes Detail schildern, das zur Genesung Eurer Cousine führte. Hat unser großer Abu Amin das Wunder vollbracht?«

Jimena schob ihre Hand durch seine Armbeuge. »Das kann ich Euch nicht sagen. Nein, ich glaube, er ist genauso überrascht wie wir alle. Vielleicht hat keiner mehr so recht die Hoffnung gehegt, sie würde wieder zu sich kommen und dann gar bei klarem Verstand sein!«

»Auch ich bin erstaunt«, gab Don Angelo zu.

»Und wisst Ihr, was das Unglaublichste ist?«, fuhr Jimena fort. »Nachdem sie die Augen aufgeschlagen und sich umgesehen hatte, hat Teresa gesprochen!«

Don Angelo blieb stehen und starrte sie an. »Ich dachte, Eure Cousine wäre von Geburt an stumm?«

Jimena nickte. »Ja, ich habe sie bis zum heutigen Tag kein einziges Wort laut aussprechen gehört.«

»Dann ist es ein Wunder«, sagte Don Angelo.

»Ja, ein Wunder«, stimmte ihm Jimena zu. »Sie ist zwar noch ein wenig verwirrt, aber das wird sich in den nächsten Tagen geben, davon ist Abu Amin überzeugt.«

Kapitel 12

Tordesillas, 1480

Isaura schlug die Augen auf und blickte in die Gesichter zweier Frauen, die sie nicht kannte. Eine von ihnen trug einen schwarzen Schleier. Ihr Blick huschte weiter durch den Raum und blieb an einem bärtigen Männergesicht hängen.

»Marco!«, stieß sie hervor, ehe sie ihren Fehler erkannte.

Blödsinn. Es war nicht sein Gesicht, auch wenn die Züge den seinen ähnlich schienen. Aber seit wann trug Marco mehr als einen Dreitagebart? Und diese Kleidung!

Nun fiel ihr auf, dass auch die Frau, die keine Nonnentracht trug, äußerst merkwürdig angezogen war. Ein steifes, dunkles Kleid, das den Busen flachdrückte. Über ihr schwarzes Haar war eine feine Mantilla gebreitet, die sie mit einem Kamm festgesteckt hatte.

Isaura war also noch immer in Spanien. Aber wo genau? Und was war mit ihr passiert? Ihr Körper fühlte sich so fremd an. Steif, wie lange nicht gebraucht, auch wenn sie keine Schmerzen spürte.

Isaura richtete sich auf. »Wo bin ich hier? Was ist passiert?«, fragte sie und wunderte sich über ihre Stimme und noch mehr darüber, dass sie spanisch sprach.

Die drei Personen im Raum starrten sie an, als könnten sie ihren Sinnen nicht trauen. Dann sagte die Nonne: »Ich habe es Euch gesagt!«

Die andere Frau ließ sich auf die Knie fallen und ergriff Isauras Hände. Tränen traten ihr in die Augen, als sie nach Worten rang.

»Liebste, liebste Teresa. Du bist zu uns zurückgekehrt. Und du sprichst! Ich hätte nicht geglaubt, dass ich Zeuge eines solchen Wunders werden könnte.«

Isaura starrte die Frau in ihrem seltsamen, historischen Gewand an. Sie war hübsch. Sehr hübsch sogar mit ihrem üppigen schwarzen Haar, den dunklen Augen und Brauen, die ihre feinen Züge noch betonten. Sie schien tief bewegt, doch sie unterlag einem Irrtum.

»Ich heiße Isaura, nicht Teresa«, stellte Isaura mit der fremden Stimme richtig, die so zart klang. *Das ist Jimena,* vernahm Isaura eine innere Stimme, die ihrer neuen Stimme auf das Haar glich. *Sie ist unsere geliebte Cousine, die sich um mich gekümmert hat, seit ich mit drei Jahren an den Hof von Isabel von Portugal nach Arévalo kam.*

Das war verrückt. Absolut verrückt. Sie war noch nicht richtig wach. Vermutlich träumte sie noch und war gerade erst im Begriff, ihr Bewusstsein wiederzuerlangen.

»Jimena«, hauchten ihre Lippen, ohne dass sie sich entschlossen hatte, den Namen laut auszusprechen.

Sie kannte keine Jimena! Und doch war ihr der Name vertraut. *La Caminata* hatte sie ihr Seite für Seite nahegebracht. Unsinn!

»Ja, mein Herz, ich bin bei dir. Seit vielen Monaten bangen wir um dein Leben, aber wir haben die Hoffnung nicht aufgegeben, dass du zu uns zurückkehrst.«

Isauras Blick huschte wieder zu dem Mann, dessen Züge sie an Marco erinnerten.

Wo war Marco? Hatte er sie verlassen? Sie konnte sich nicht erinnern.

Jimena war offensichtlich ihrem Blick gefolgt, denn sie sagte: »Das ist der große Hakim Abu Amin bin Sinaa, Isabels Leibarzt, dem sie gestattet hat, sich um dich zu kümmern.«

Hakim? Das bedeutete Arzt, ja natürlich. War er etwa mit Marco verwandt? Woher aber der seltsame Name und das orientalische Gewand?

»Und das ist Schwester Clara, die Infirmarin des Klosters.«

»Kloster? Wo bin ich hier?«, wiederholte Isaura.

»In Tordesillas, im Real Monasterio de Santa Clara.«

Isaura ließ sich in ihr Kissen zurücksinken. »Wo ist Schwester Maria Anna?«, fragte sie matt.

Jimena sah die Infirmarin fragend an. Diese hob die Schultern. »Eine Schwester dieses Namens gibt es hier im Konvent nicht.«

Isaura zog die Stirn in Falten. »Aber das kann nicht sein. Sie war noch vor…« Sie stutzte, schnellte hoch und starrte die Frau, die Jimena hieß, an. »Der Unfall!«, rief sie. »Ich bin gefallen.«

Jimena strahlte. »Ja, erinnerst du dich?«

»Córdoba. Wir waren im Alcázar, an einem schönen Abend.« Jimena nickte.

»Ich stieg diese Treppe hinauf, und dann sah ich ihn durch die Tür kommen.« Ein Schauder erfasste sie. »Tomás de Torquemada, den Großinquisitor von Kastilien!«

Jimena schüttelte den Kopf. »Ja, es war Torquemada, aber er ist nicht Großinquisitor. Das wäre er wohl gern.« Sie zog eine Grimasse. »Aber zum Glück gibt es in Kastilien keine Inquisition – noch nicht«, fügte sie mit einem Seufzer hinzu.

Isaura schüttelte den Kopf. »Das kann nicht stimmen. Ich habe ihn in Sevilla auf dem Platz gesehen.« Sie verstummte und starrte Jimena an. »Ich weiß noch, wie ich hinuntergestürzt bin. Es war Ende Mai, als wir nach Sevilla und dann nach Córdoba gefahren sind. Ich erinnere mich. Wie lange ist das her? Welchen Tag haben wir heute?«

»Heute ist der 15. Juli«, antwortete der Arzt, der sie bisher nur schweigend beobachtet hatte.

»Der 15. Juli!«, rief Isaura entsetzt aus. »Ich war mehr als sechs Wochen lang bewusstlos?«

Abu Amin räusperte sich. »Ein Jahr und sechs Wochen, genauer gesagt, Doña Teresa. Wir schreiben bereits das Jahr 1480.«

Isaura klappte den Mund auf und zu. Was redete er da? 1480?

Sie versuchte sich an einem Grinsen. Was für ein seltsamer Mann. War das der rechte Zeitpunkt, solche Scherze mit ihr zu treiben? Sie ließ sich in ihre Kissen zurücksinken und schloss die Augen. »Wo ist Marco?«, fragte sie. »Dr. Marco Jiménez Díaz.«

»Diesen Namen kennen wir nicht«, antwortete Jimena.

»Und mein Mann, Justus Thalheim, hat er sich gemeldet?«

Jimena und der Arzt tauschten Blicke. Dann trat Abu Amin an ihr Bett und griff nach ihrem Handgelenk. »Vielleicht ist das alles noch zu viel für Euch. Ihr seid verwirrt. Schlaft ein wenig, Doña Teresa, dann wird Euch die Schwester eine heiße Suppe bringen. Ihr seid in den vergangenen Monaten sehr mager geworden und müsst wieder zu Kräften kommen.«

»Ich heiße Isaura«, flüsterte sie, doch sie merkte, wie die Kraft sie verließ, und wieder konnte sie die Stimme in ihrem Kopf hören. *Ja, du bist Isaura, und doch bist du jetzt auch Teresa. Abu Amin hat die Wahrheit gesagt. Wir schreiben heute den 15. Juli 1480.*

Das war alles viel zu viel. Isaura flüchtete sich in den Schlaf der Erschöpfung. Als sie wieder erwachte, saß eine andere Nonne an ihrem Bett und hielt eine Tonschale, aus der es nach kräftiger Suppe roch.

Für einen Moment hoffte sie, es wäre Maria Anna, doch das ebenfalls junge Gesicht war ein anderes.

Isaura leistete keinen Widerstand, als die Nonne ihr half, sich aufzurichten, und sie dann mit Suppe fütterte. Sie sprach nicht, und Isaura stellte keine Fragen. Zu sehr fürchtete sie neue Verwirrung. Die Zahl 1480 huschte durch ihren Geist.

Das war unmöglich. Ganz und gar unmöglich! Sie war noch immer nicht ganz wach. Das hier waren die Figuren einer Geschichte, die sie gelesen hatte, und die nun durch ihre Träume spukten! Anders konnte es nicht sein.

Die Nonne verneigte sich stumm und nahm die leere Schale wieder mit sich, dann öffnete sich die Tür, und der arabisch aussehende Arzt kam herein.

»Wie fühlt Ihr Euch, Doña? Leidet Ihr Schmerzen?«

Wie seltsam er sprach. Wo er wohl herkam? Vermutlich war *Castellano* nicht seine Muttersprache.

Ihre aber auch nicht. Oder doch?

Abu Amin sah sie aufmerksam an. Isaura konzentrierte sich auf ihren Körper. Neigte den Kopf zur einen und dann zur anderen Seite, hob die Arme und bewegte unter der Decke die Beine. Dann schüttelte sie den Kopf. »Ich fühle mich ein wenig steif, aber Schmerzen habe ich nicht.«

Der Arzt strahlte sie an und erinnerte sie mit diesem Lächeln wieder schmerzlich an Marco. »Das ist gut. Dann würde ich vorschlagen, dass Ihr Euch ankleiden lasst, sobald Eure werte Cousine Doña Jimena eintrifft. Versucht ein paar Schritte zu gehen!«

Isaura nickte. Sie fühlte sich zu müde, ihm zu widersprechen und ihm zu erklären, dass diese Jimena ganz sicher nicht ihre Cousine war.

Sie ist unsere Cousine, widersprach die sanfte Stimme. *Du wirst dich schon bald daran gewöhnen. Ich werde dir dabei helfen.*

Isaura schüttelte den Kopf, um die Stimme daraus zu vertreiben. Offensichtlich hatte ihr Schädel mehr bei dem Sturz abbekommen, als ihm guttat. Würde sie nun ihr Leben lang Stimmen hören und an Halluzinationen leiden?

Die Tür öffnete sich, und eine strahlende Jimena kam ins Zimmer geeilt. Sie umarmte Isaura herzlich. »Ich hatte schon befürchtet, es wäre nur ein schöner Traum gewesen, doch du bist tatsächlich zu uns zurückgekehrt.«

Also wenn das eine Halluzination war, dann eine verdammt realistische!

Jimena hatte ihr ein ähnlich historisch anmutendes Kleid mitgebracht, wie sie eines trug, und schickte nun den Arzt hinaus, um Isaura beim Ankleiden zu helfen. Der Stoff fühlte sich steif und schwer an, und das Oberteil drückte Isauras Brüste flach. Jimena schnürte das Kleid fest und half ihr in ein Paar zart bestickter Schuhe. Dann schob sie ihren Arm unter Isauras Ellenbogen.

»Komm, Teresa, hoch mit dir. Wir wollen sehen, ob wir es einmal um den Kreuzgang schaffen.«

Das wollte Isaura auch sehen. Sie ließ sich hochziehen und klammerte sich an Jimena fest, bis sie das Gleichgewicht gefunden hatte. Vorsichtig setzte sie einen Fuß vor den anderen. Fast wäre sie über den Saum des ungewohnten Gewands gestolpert, doch Jimena fing sie auf.

»Das machst du ganz wunderbar!«, lobte sie, als sie die Tür erreichten und in den Gang hinaustraten, der zum Kreuzgang führte.

Neugierig sah sich Isaura um. Ja, das kam ihr alles bekannt vor, und doch war es auch anders. Die Farben an den Wänden waren strahlender, der Hof anders bepflanzt, als sie ihn in Erinnerung hatte. Isaura klammerte sich an Jimenas Arm fest, während sie Schritt für Schritt den Kreuzgang umrundete. Völlig erschöpft kehrte sie in ihr Bett zurück.

»Das war schon sehr gut«, lobte Abu Amin, der ihren ersten Ausflug beobachtet hatte. »Doch nun ruht Euch aus, und schlaft ein wenig.«

Isaura war viel zu schwach, um ihm zu widersprechen. Sie schlief, sie aß, sie drehte mit Jimena ihre Runden. So vergingen einige Tage, bis sie sich kräftiger fühlte und sich imstande sah, über ihre Umgebung und die Menschen nachzudenken, die ihr vertraut und doch so fremd erschienen. Noch immer war sie nicht bereit, der flüsternden Stimme in ihrem Kopf zu glauben.

1480! Wie sollte so etwas möglich sein?

Und doch fand sie bei aller Grübelei keine andere Erklärung für die vielen Ungereimtheiten, die sie umgaben.

Sie wollte endlich Sicherheit haben! Sie musste wissen, woran sie war, und dazu war es notwendig, das Kloster zu verlassen.

»Können wir heute hinausgehen?«, bat sie Jimena, die pünktlich wie jeden Morgen eintrat, nachdem Isaura ihre Schale mit Haferbrei geleert hatte.

»Ja gern, wenn du dich kräftig genug fühlst.«

Sie half ihr beim Ankleiden. Inzwischen hatte sich Isaura schon fast an das seltsame Kostüm gewöhnt und schaffte es auch, nicht mehr auf den Saum zu treten. An Jimenas Seite durchschritt sie den äußeren Hof hinter der Kirche und verließ dann das Kloster. Staunend sah sie sich um.

Ja, das war das Kloster, das sie kannte, und vor ihr erstreckte sich die Stadt Tordesillas, wie sie sie in Erinnerung hatte, und dennoch war alles anders. Sie erkannte vor sich die Kirchtürme, die sich über die Dächer der Häuser reckten, und links den Fluss, wie er sich träge dahinwand, überspannt von der alten Römerbrücke. Doch sie sah keine Autos in den Gassen, keine Mopeds, keine Verkehrsschilder. Dafür Menschen in ebenso fremdartigen Kleidern, wie sie selbst eines trug, meist allerdings ärmlicher und schmutzig. Statt Autos gab es von Eseln gezogene Karren und statt der Zweiräder Pferde. Sie entdeckte einen Juden mit den typischen Schläfenlocken, dann erblickte sie einen Mann mit Turban in einem langen Gewand, wie Abu Amin es trug. Ein Reiter mit kurzem Wams und enger Hose, die in langen Stiefeln steckte, trabte an ihnen vorbei.

»Geht es dir gut?«, erkundigte sich Jimena.

Isaura wusste nicht, wie lange sie an diesem Fleck gestanden und mit offenem Mund umhergestarrt hatte. Sie presste die Lippen aufeinander und setzte einen Fuß vor den anderen. Sie fragte nicht, wohin ihre Cousine mit ihr gehen wollte, dabei waren die dunklen Mauern gar nicht zu übersehen, denen sie sich Stück für Stück näherten. Wieder blieb Isaura stehen, als ihr klar wurde, was sich da zwischen dem Fluss und der rechts am Hang ansteigenden Stadt befand, wo eigentlich nichts hätte sein dürfen. Die Festung, die sich nun in voller Größe düster und abweisend vor ihr erhob. Isaura ließ ihren Blick zu den Wehrgängen hinaufgleiten, und sie hatte plötzlich das Bild vor Augen, wie sie dort oben stand und voller Sehnsucht über das Flusstal blickte. Eine Gestalt neben sich in einem altertümlichen, langen Gewand. Die dunkle Königin.

Endlich verstand sie. Ihre Träume, ihre Visionen – nein, ihre Erinnerungen! Nun schloss sich der Kreis. Sie war hierher zurückgekehrt, um ihr Schicksal zu erfüllen. Ein trauriges Schicksal! Und dennoch fühlte sie sich seltsam ruhig, denn endlich ergab so vieles Sinn, was sie vorher nie hatte begreifen können.

»Was ist mit dir?«

»Juana la Loca«, stieß Isaura hervor.

Jimena sah sie neugierig von der Seite an. »Welche Juana?«

»Isabels Tochter, sie ist hier in dieser Festung, in ihrem finsteren Verlies.« Isaura schauderte am ganzen Körper.

Jimena sah sie erstaunt an. »Oh, du weißt von Juana? Sie wurde im November geboren, während du in deinem tiefen Schlaf gelegen hast. Aber du verwechselst da etwas. Juana ist mit ihrer Schwester Isabel und ihrem Bruder Juan in Segovia.«

Isaura schüttelte vehement den Kopf. »Nein, sie leidet in ihrer dunklen Zelle, Woche für Woche, Monat für Monat, viele Jahre lang.«

»Sprichst du von Enriques Tochter Juana, von La Beltraneja? Man hat sie am Tag vor der Geburt der kleinen Juana ins Kloster geschickt. Natürlich ist sie offiziell freiwillig dem Orden beigetreten, aber jeder weiß, dass man ihr keine andere Wahl ließ … Dass die Königin ihr keine andere Wahl ließ«, fügte Jimena leise hinzu. »Kannst du sie in ihrer Zelle sehen? Leidet sie?«

Wieder schüttelte Isaura den Kopf und starrte an den Mauern hoch. »Nein, ich habe Juana la Loca im Traum gesehen, viele hundert Mal, und ich war an ihrer Seite in diesem Palast, wo man sie eingesperrt hielt, bis sie wirklich den Verstand zu verlieren drohte.«

Jimena riss die Augen auf. »Du hast ihre Zukunft gesehen! Armes Ding. Nun verstehe ich die tiefe Traurigkeit, die mich stets befällt, wenn ich das Kind berühre. Es wartet ein schweres Schicksal auf sie. Willst du mir später davon erzählen?«

Isaura nickte zögernd.

»Aber hüte dich, vor anderen davon zu sprechen. Frauen wie wir sind in diesen Tagen nicht gut gelitten, und es gibt mächtige Männer, die uns gern brennen sehen würden.«

Isaura schluckte trocken. Das wusste sie nur zu gut, doch bisher waren die brennenden Scheiterhaufen nur Notizen in Geschichtsbüchern gewesen. Die Angst der Menschen vor allem Fremden, die strengen Dogmen der Kirche und ihre Intoleranz gegen jede Abweichung, Hass und Verfolgung von Juden, Mauren und *Conversos*. Über all das hatte sie gelesen. Und nun steckte sie hier mittendrin. In einem fremden Leben. In einem Körper, der nicht ihrer war.

Unsere Seelen gehören zusammen, meldete sich wieder die Stimme in ihr. *Sie waren nur auf Reisen und sind an einen vertrauten Ort zurückgekehrt.*

Isaura spürte, wie ihre Knie weich wurden. War das die Erkenntnis des Ungeheuerlichen, das sich hier abspielte, oder einfach nur die körperliche Schwäche nach ihrer langen Bewusstlosigkeit? Sie wusste es nicht. Schwer hing sie an Jimenas Arm, als diese sie durch das Tor in den Hof der Festung führte.

Was für eine Welt! Jeden Morgen sah sich Isaura verwirrt um und musste sich erst die Augen reiben, bis sie endlich glauben konnte, was sich um sie herum abspielte. Sie erhob sich, ließ sich ankleiden und bewegte sich zwischen den Menschen dieser Zeit, als würde sie hierhergehören. Doch sie stammte aus dem Jahr 2012 und gehörte nicht nach 1480!

Oder doch?

Warum? Und wie hatte das passieren können?

Nicht einmal mit Jimena sprach sie darüber. Ihre Cousine, wie sie sie inzwischen selbst bezeichnete, war zwar offen für Visionen und die mächtigen magischen Kräfte, die in ihr und anderen weiblichen Mitgliedern der Familie schlummerten, doch eine Reise der Seele durch die Zeit? Vielleicht war das für Jimena ein wenig viel. Isaura konnte es ja selbst kaum glauben.

Zum Glück war sie den Tag über abgelenkt. Es gab so viel zu entdecken und zu lernen. Allein die ungewohnten Speisen und das Essen nur mit Messer und Löffel. Es kam ihr auch sehr seltsam vor, das Bett mit einer anderen Frau zu teilen. Dann die unbequemen Kleider, in denen man sich nicht richtig bewegen konnte und stets darauf achten musste, nicht über den Saum zu stolpern. Und vor allem die Hygiene – oder besser gesagt die fehlende Hygiene! Was hätte sie für eine heiße Dusche gegeben! Außerdem überkam sie manches Mal der Drang, einfach loszulaufen. Über die Felder und Wiesen zu joggen, doch so etwas wie Sport kannten die Frauen hier natürlich nicht. Außerdem musste Isaura stets achtgeben, sich nicht durch unbedachte Bemerkungen zu verraten. Vor allem fehlte ihr zuweilen noch der Überblick, was in diesem Jahr, in dem sie sich augenblicklich befand, bereits Vergangenheit war und was noch in der Zukunft lag. Eines Abends beim Mahl im Saal erwähnte sie, ohne nachzudenken, Kolumbus und seine aufregende Entdeckungsfahrt. Erst als sie sah, wie alle sie anstarrten, fiel ihr ein, dass die Menschen hier Kolumbus noch gar nicht kennen konnten. Amerika war erst 1492 entdeckt worden. Errötend senkte sie den Blick auf ihren Teller und murmelte etwas von einer Verwechslung und dass sie wohl nicht recht zugehört hätte. Die Gäste wandten sich wieder anderen Dingen zu, nur Jimena war hartnäckig und bedrängte sie später, als sie allein in ihrem gemeinsamen Gemach waren.

Dass sie mit ihrer Cousine ein Bett teilte, war zu diesen Zeiten sicher normal gewesen, doch Isaura tat sich noch immer schwer mit dieser erzwungenen Intimität. Sie wagte aber nicht, um ein eigenes Bett zu bitten. Zu sehr hätten sich alle darüber gewundert.

»Wer ist dieser Cristobal Colón, von dem du gesprochen hast?«

Isaura wehrte ab. »Nicht so wichtig.«

»Mir kannst du es doch erzählen«, drängte Jimena. »Du hast ihn in einer deiner Visionen gesehen, nicht wahr?«

Isaura gab nach. »Ja. Er ist ein genuesischer Seefahrer, der eine große Entdeckung machen wird. Königin Isabel wird ihn auf die Reise schicken.«

Jimenas Augen glänzten. »Wie spannend. Sag mir alles, was du über ihn weißt!«

Isaura verdrehte die Augen und überlegte, was sie bereit war preiszugeben.

Anfang September kam Besuch nach Tordesillas. Ein Adeliger, knapp vierzig Jahre alt, der aber viel jugendlichen Charme versprühte. Isaura sah, wie sich die Wangen ihrer Cousine vor Freude rosig färbten, als er ihr im Hof entgegenkam.

Sie streckte ihm beide Hände entgegen. »Don Angelo, was für eine Freude, Euch wiederzusehen.«

»Die Freude ist ganz auf meiner Seite, meine liebste Doña Jimena.« Er verbeugte sich auch artig vor Isaura und betonte, wie glücklich es ihn mache, Doña Teresa bei so blühender Gesundheit anzutreffen. Isaura bedankte sich höflich. Der *Hidalgo* wandte sich wieder Jimena zu, während Isaura überlegte, wer der Mann wohl sein könnte.

Don Angelo ist der zweitgeborene Sohn des Grafen von

Benavente, erläuterte ihr die innere Stimme. *Wir kennen ihn, seit Isabel von ihrem Bruder Enrique an seinen Hof geholt wurde. Wir waren kaum den Kinderschuhen entwachsen!*

Und nun ist Jimena über beide Ohren in ihn verliebt, stellte Isaura fest, als sie den Blick zwischen den beiden hin- und herwandern ließ.

Ja, sie liebt ihn schon lange, doch sie will es nicht zulassen.

Aber er erwidert ihre Liebe, erkannte Isaura verwundert.

Die Stimme in ihr seufzte. *Und dennoch kommen sie nicht zusammen.*

Weil sie noch an Ramón hängt. Ich habe über seinen Tod in der Schlacht bei Toro gelesen, erinnerte sich Isaura. *Aber das ist bereits vier Jahre her, nicht wahr?*

Die Stimme schwieg, und Isaura richtete ihre Aufmerksamkeit auf Don Angelos Worte, die in Jimenas Miene Bestürzung hervorriefen.

»Und wohin geht die Reise?«

»Die Königin will nach Sevilla, und ich bin hier, um Abu Amin ihre Bitte zu übermitteln, sie und die Infanten zu begleiten. Auch lässt sie fragen, ob Ihr Euren Platz bei Hof wieder einnehmen wollt.«

Jimena sah Isaura an. »Ich will Teresa nicht alleinlassen.«

»Warum kommt sie nicht mit?«, schlug Don Angelo vor. »Wenn ich mich nicht täusche, ist Doña Teresa vollständig genesen und einer Reise nach Andalusien durchaus gewachsen. Unsere Königin wird sich freuen, wieder alle ihre Hofdamen um sich versammelt zu wissen.«

Jimena wandte sich Isaura zu und sah sie so hoffnungsvoll an, dass diese nur nicken konnte. Ängste bedrängten sie. So viele Fragen stürmten auf sie ein. Sie, Hofdame von Königin Isabel der Katholischen, über die die Welt noch in fünfhundert Jahren sprechen würde? Sie hatte doch keine Ahnung vom Leben bei Hof. Jetzt hatte sie sich gerade hier im Palast von Tordesillas eingelebt, und nun sollte sie quer durch Kastilien bis ins ferne Andalusien reisen? Und auch die lange Reise ließ Zweifel in ihr aufkeimen. In diesem Jahrhundert stieg man nicht einfach ins Auto und war nach ein paar Stunden Fahrt hunderte Kilometer weiter.

»Werden wir reiten?«, platzte Isaura heraus und erntete erstaunte Blicke.

»Aber ja, oder meinst du, du brauchst eine Sänfte? Das würde uns sehr viel Zeit kosten, denn wir müssten dem Karrenweg über die Cordillera folgen.«

Isaura wehrte ab. »Nein, nein, natürlich nicht, ich dachte nur, habe ich denn ein Pferd?«

Die beiden lächelten. »Natürlich wird es für die Hofdame der Königin ein geeignetes Pferd geben«, sagte Don Angelo.

Isaura versuchte sich an einem Lächeln. Sie zweifelte nicht daran, dass es ein für die Hofdame Teresa geeignetes Pferd für diese Reise gab, doch für eine Isaura Thalheim aus dem einundzwanzigsten Jahrhundert, die noch nie auf einem Pferd gesessen hatte? Ihr wurde mulmig bei dem Gedanken, wie ihr erster Versuch, sich auf einem Pferderücken zu halten, ausgehen würde. Ritt man in dieser Zeit als Frau nicht im Damensattel? Himmel!

Keine Angst. Du bist nicht allein. Ich bin bei dir, und ich bin schon viele Meilen durch Kastilien geritten, tröstete die Stimme in ihrem Innern sie.

Kapitel 13

Valladolid, Juni 2012

»Dr. Díaz?« Die Tür öffnete sich, und eine Krankenschwester streckte den Kopf herein.

»Ach, hier sind Sie. Kommen Sie bitte, wir bekommen einen Neuzugang, der vermutlich gleich in den OP muss.«

Die Schwester verstummte und starrte Marco an.

»Ich bin nicht im Dienst«, erklärte er seinen Auftritt in Jeans und T-Shirt.

»Ich dachte, heute wäre Ihr erster Arbeitstag«, wunderte sich die Schwester, die noch nicht lange auf seiner Station arbeitete.

Er schüttelte den Kopf. »Ich habe verlängert. Suchen Sie Dr. Álvarez. Sie übernimmt meinen Dienst.«

Die Schwester nickte, doch statt die Tür wieder zu schließen, schob sie sie weiter auf und trat ins Zimmer.

»Und was machen Sie dann hier, wenn Sie noch Urlaub haben – wenn ich das fragen darf«, fügte sie hinzu.

Marco schwieg, doch sein Blick strich über das Bett, wo die Patientin bewegungslos mit geschlossenen Augen lag. Ihre Arme waren zu beiden Seiten ausgestreckt. Eine Nadel mit einem Schlauch steckte in ihrem Handrücken. Einige Kabel führten von ihrem Bett weg zu der Reihe von Monitoren auf dem Brett an der Wand. Der Herzmonitor piepte. Der Puls war schwach, aber regelmäßig. Die Patientin atmete langsam und flach. Die Schwester trat noch näher und las das Namensschild am Fußende des Bettes. Sie runzelte die Stirn, dann sah sie wieder den Arzt an, der keine Anstalten machte, seinen Platz neben dem Bett zu verlassen. Sie las in seiner Miene.

»Sie kennen die Patientin, nicht wahr?« Ihre Stimme war voller Wärme, doch Marco duckte sich auf seinem Stuhl, so als wolle er sich vor dem Mitleid schützen. Dennoch nickte er und flüsterte ihren Namen.

»Isaura. Isaura Thalheim.«

»Thalheim«, wiederholte die Schwester mit einem Blick auf das Schild. »Aus München in Deutschland. Seltsam. Hatten wir nicht im April nach einem Autounfall einen Patienten Thalheim hier, den wir einige Tage ins Koma versetzen mussten?«

Marco nickte gequält. »Ihr Mann – ihr geschiedener Mann, nun ja, fast. Jedenfalls geht es ihm besser. Er ist in München und hat, soweit ich weiß, die Rehaklinik bereits wieder verlassen.«

»Und nun liegt seine Frau hier an seiner Stelle ebenfalls im Koma«, stellte die Schwester kopfschüttelnd fest. »Das Schicksal hat einen seltsamen Humor.«

Marco nickte und schwieg. Er fühlte sich zu ausgelaugt, um etwas zu sagen.

Die Schwester sah ihn noch einen Augenblick prüfend an, dann blickte sie auf das Krankenblatt und las die Eintragungen. »Der Unfall hat sich in Córdoba ereignet«, stellte sie überrascht fest. »Warum hat man sie hierher verlegt?«

»Ich habe das veranlasst«, gab er zu.

»Gibt es in Córdoba keine geeignete Klinik?« Die Schwester gab sich die Antwort gleich selbst. »Doch, aber es war ein persönliches Anliegen. Es tut mir leid. Ich wollte nicht neugierig sein.« Sie wich vom Bett zurück auf die Tür zu, doch Marco hob die Hand.

»Cristina, Sie brauchen sich nicht zu entschuldigen. Ich habe Isaura nach dem Unfall ihres Mannes hier in diesem Zimmer kennengelernt, und ja, wir kamen uns näher und sind vergangene Woche zusammen nach Andalusien gereist. Ich war dabei, als sie stürzte, und ich konnte es nicht verhindern.«

Er schloss die Augen und war wieder in dem nächtlichen Hof im Alcázar von Córdoba. Im Halbdunkel der Gewölbegang, aus dem sich die Treppe erhob. Er selbst hatte vorgeschlagen, dort hinaufzusteigen, obgleich das zu dieser Zeit sicher nicht erlaubt war, doch wie hätte er ahnen können, zu welch einer Katastrophe dieser Einfall führte?

Marco sah Isaura vor sich, so schön, so heiter und gelöst nach diesem zauberhaften Abend. Wie sie die Treppe hinauflief, an ihm vorbeieilte bis zum oberen Treppenabsatz und sich dann der geschlossenen Tür zuwandte.

Die plötzliche Veränderung war frappierend. Wie eine Welle lief etwas durch ihren Körper und verwandelte ihre Haltung. Er sah zwar nur einen Teil ihres Gesichts, und dennoch konnte er erkennen, wie es zu einer Maske von panischem Schrecken erstarrte. Sie begann zurückzuweichen, ohne den Blick von der geschlossenen Tür abzuwenden, wo es nichts zu sehen gab. Zumindest nicht für Marco.

Wohl aber für Isaura!

Er hatte es in Sevilla erlebt, wie sehr diese Träume oder Visionen oder was immer es war, sie mitnahmen. Warum hatte er in Córdoba nicht schneller reagiert? Warum war ihm nicht bereits beim ersten Schritt klar gewesen, in welcher Gefahr sie schwebte?

Er hätte es verhindern können, wenn er nur begriffen und sofort gehandelt hätte. Es war seine Schuld, dass sie nun, dem

Tod näher als dem Leben, in diesem Bett lag, angeschlossen an unzählige Apparate, die piepten und blinkten und ihr doch nicht helfen konnten.

Marco sah die Schwester mit solcher Verzweiflung an, dass sie unwillkürlich auf ihn zutrat. Doch dann blieb sie stehen und ließ die Arme wieder sinken. Es stand ihr nicht zu, den Stationsarzt zu trösten.

»Wie lautet die Diagnose?«, fragte sie stattdessen leise. »Wird sie wieder aufwachen?«

Marco hob die Schultern. »Ich weiß es nicht. Die Untersuchungen haben nichts ergeben, was auf eine nachhaltige Schädigung schließen ließe. Kein Schädelbruch, keine Blutungen. Dennoch hat sie seit dem Unfall das Bewusstsein nicht wiedererlangt. Sie kann jederzeit aufwachen oder niemals. Wir wissen es einfach nicht.«

»Dann dürfen Sie die Hoffnung nicht aufgeben«, sagte die Schwester mit betont fester Stimme. »Beten Sie, oder sprechen Sie einfach mit ihr. Sie wissen, dass so mancher Komapatient sich daran erinnert, dass man bei ihm war und ihm Trost gespendet hat.«

In der Kitteltasche der Schwester begann es zu piepen. Erschrocken griff sie nach dem Gerät.

»Oh Gott, der Rettungswagen ist schon da. Ich muss Dr. Álvarez finden.« Sie stürzte zur Tür hinaus.

Marco erhob sich langsam und ging steifbeinig zur Tür, die die Schwester offen gelassen hatte. Er schloss sie und blieb dann, die Hand an der Klinke, eine Weile stehen, den Blick wieder auf das Bett gerichtet.

»Isaura, warum?«, stieß er hervor. »Warum musste so etwas passieren? Ist das nur ein dummer Zufall? Ein höhnischer Schlag des Schicksals, das dich dasselbe erleiden lassen will, was deinem Mann zugestoßen ist?«

Er trat zurück zum Bett und legte seine Hand auf die ihre.

»Ich weiß, dass du dir die Schuld an dem Unfall gegeben hast, aber musst du deshalb das Gleiche durchmachen? Hat sich dein Unterbewusstsein nach Sühne gesehnt?«

Er schwieg, so als würde er auf eine Antwort warten, doch Isaura lag still und bleich in ihren Kissen. Nur die Geräusche ihres Atems und das leise Piepen der Monitore waren zu hören.

Marco beugte sich zu ihr hinab und streifte ihre verschorfte Wange mit seinen Lippen. »Das ist es nicht, nicht wahr?«, flüsterte er ihr ins Ohr. »Du hattest wieder einen deiner Tagträume. Eine Vision, die dich erschreckt hat, so wie in Sevilla. Was war es dieses Mal? Welcher Schrecken hat sich an diesem Ort ereignet, was musstest du miterleben?«

Es hielt inne, doch Isaura blieb stumm.

Marco seufzte. Er trat vom Bett zurück und ließ sich wieder in den Stuhl fallen. »Es ist verrückt. Völlig verrückt, und ich begreife das alles nicht! So etwas kann es einfach nicht geben, und doch wäre die einzige andere Erklärung, dass du verrückt bist, psychisch krank. Dass du unter einer Angstpsychose leidest, unter Verfolgungswahn.« Er schüttelte den Kopf. »Ich bin auf diesem Gebiet kein Fachmann, aber ich kann mir das nicht vorstellen. Vielleicht macht mich meine Liebe zu dir blind, und dennoch hätte ich dir, ohne zu zögern, geistige und psychische Gesundheit attestiert.«

Vielleicht war sie doch nur auf der Treppe gestolpert und gestürzt? Einfach ein Unglück, das keiner voraussehen und keiner hätte verhindern können?

Marco wusste es nicht. Er sprang vom Stuhl auf und begann, im Zimmer auf und ab zu laufen. Er konnte einfach nicht länger hier sitzen und sich mit ihrem Anblick quälen und mit der Frage, ob sie jemals wieder aufwachen, ob er sie jemals wieder in den Armen halten und sie küssen würde. Ob sie jemals wieder zärtlich seinen Namen flüstern würde, doch nach Hause in seine einsame Wohnung konnte er auch nicht gehen.

Vielleicht wäre es besser, wenn er sich zum Dienst zurückmelden und sich mit anderen Schicksalen ablenken würde? Marco zögerte. Er fürchtete, er könnte zu abgelenkt sein, um sich richtig auf seine Patienten zu konzentrieren. Was, wenn ihm ein Fehler unterlief? Was, wenn ein anderer Patient durch ihn Schaden erleiden würde? Das durfte er nicht riskieren.

Marco blieb mitten im Zimmer stehen. Sein Blick blieb an der Reisetasche hängen, die neben dem schmalen Schrank stand. Darin waren noch immer Isauras Kleider und andere persönliche Dinge, die sie für ihre gemeinsame Reise gepackt hatte. Marco trat neben die Tasche. Er zögerte, ließ sich dann aber doch in die Hocke sinken und öffnete den Reißverschluss. Er kam sich wie ein Voyeur vor, als er ihre zusammengefalteten Shirts und Blusen heraushob und sie in den Schrank legte, ihre hellen Sommerhosen und Röcke sorgsam auf Bügel hängte. Unterwäsche und Strümpfe folgten, Handtuch und Waschbeutel, ein Notizbuch, ein Beutel mit Ladegeräten und Kabeln, Stifte und zwei Reiseführer, aus deren Seiten bunte Klebezettel ragten. Marco legte alles fein säuberlich in den Schrank. Ganz unten kam die Wäsche, die sie bereits getragen hatte. Das Kleid, das sie an ihrem Abend in Sevilla angehabt hatte, und die feine Spitzenwäsche, die er ihr in dieser Nacht im Hotelzimmer ausgezogen hatte, ehe sie sich liebten. Rasch stopfte er den Beutel in das unterste Fach. Die Erinnerung schmerzte ihn zu sehr. Lieber wandte er sich den letzten beiden Gegenständen in der Reisetasche zu. Es waren zwei Bücher, beide sorgfältig eingeschlagen, dass sie auf der Reise keinen Schaden erlitten. Marco zog das erste aus seiner Hülle. Es war ein Bildband über europäische Mode vom Mittelalter über die frühe Neuzeit bis zum Barock. Ungefähr in der Mitte steckte ein Buchzeichen. Marco klappte das Buch an der Stelle auf und hätte es vor Schreck beinahe fallen gelassen. Mit weit aufgerissenen Augen starrte er das Gemälde auf der Seite an.

»Unbekannte Schöne«, las er den Titel. »Spanien, erste Hälfte des sechzehnten Jahrhunderts.«

Wenn er es nicht besser gewusst hätte, hätte er jeden Schwur geleistet, dass Isaura ihm aus diesem Bild mit ernster Miene entgegenblickte. Isaura in einem historischen Kostüm, mit prächtigem Schmuck und altmodisch aufgestecktem Haar, doch unzweifelhaft Isaura.

Das war natürlich nicht möglich, doch ihr musste die Ähnlichkeit ebenfalls ins Auge gesprungen sein, davon sprach das Buchzeichen an dieser Stelle.

Eine Weile betrachtete Marco einfach nur das Gemälde. Wie ernst und traurig sie auf diesem Bild wirkte. Als habe das Schicksal es nicht immer gut mit Isaura gemeint.

Mit der unbekannten Schönen des sechzehnten Jahrhunderts, verbesserte er sich, und doch begann sich Marco zu fragen, ob solch eine Ähnlichkeit ein Zufall sein konnte. War die Frau auf dem Bild Isauras Ahnin? Immerhin hatte ihre Großtante in Tordesillas gelebt und ihr das Anwesen vermacht. Ihre Wurzeln waren also in Kastilien. Aber konnte es sein, dass sich solch eine Ähnlichkeit über so viele Jahrhunderte hinweg vererbte? Das war Marco neu, aber er fand keine andere Erklärung. Behutsam klappte er das Buch wieder zu und legte es in Isauras Nachttischschublade. Dann packte er das zweite Buch aus. Es war der Nachdruck, den Isaura – wie sie ihm erzählt hatte – in einem Antiquariat in München erstanden hatte. Das Buch der geheimnisvollen *Caminata*, die vom Hof Isabels erzählte. Das Buch, das vielleicht an diesen lebhaften Visionen schuld gewesen war.

Nein, das konnte nicht sein. Hatte sie nicht gesagt, dass sie die Träume schon vorher, noch daheim in München, Nacht für Nacht heimgesucht hatten?

Marco wog das dicke Buch in seinem einfachen Einband in den Händen. Er empfand eine gewisse Scheu, es aufzuschlagen.

Er schüttelte über sich selbst den Kopf.

Das war nur ein Buch. Ein Bericht über Dinge, die vor Jahrhunderten stattgefunden hatten, und vielleicht war manches auch nur der Fantasie der Autorin entsprungen, egal wann diese gelebt und die Geschichte aufgeschrieben hatte. Eine Geschichte, mit der sich Isaura in den vergangenen Wochen intensiv beschäftigt hatte. Es war ihm, als könnte er ihr nahe sein, wenn auch er sich in dieses Buch vertiefen würde.

Marco ging zu dem Stuhl zurück, setzte sich und schlug die erste Seite auf. Ein seltsames Gefühl stieg in ihm auf. So als habe er gerade die Tür zu einem ihm unbekannten Raum aufgestoßen oder gar eine neue Welt betreten.

»Blödsinn«, murmelte er und begann zu lesen.

Arévalo, 1458

Es würde einer der wichtigsten Tage in ihrem Leben werden. Das hatte ihr keiner gesagt, dennoch konnte sie es spüren. Obwohl sie sich nicht gern ankleiden ließ und mit ihrem Gezappel die Magd in den Wahnsinn treiben konnte, stand Jimena heute wie erstarrt da, bis alle Bänder geschnürt und alle Haken geschlossen waren, und sie ließ es sogar zu, dass ihr üppiges schwarzes Haar sorg-

fältig geflochten und aufgesteckt wurde. Die Tür öffnete
sich, und Dominga de Lucena trat ein.

Marco las, wie Jimena und ihre stumme Cousine Teresa der
Königinwitwe vorgestellt wurden und dann zum ersten Mal
Isabel, die spätere Königin von Kastilien, erblickten.

Er verzog das Gesicht zu einer Grimasse, als er las, wie das
Mädchen die Stimme seiner Tante Dominga in seinem Geist
hörte. Jimena wusste bereits, als sie Isabel sah, dass diese eine
große Herrscherin werden würde.

Und dann ihre Tante, die weise Frau mit ihren Kräften, die
die Königinwitwe zu sich an den Hof gerufen hatte.

Hexen!

Marco schüttelte den Kopf. Ja, damals hatte man an Magie und allerlei Zauberkräfte geglaubt, aber heute konnte ein
informierter Mensch so etwas nicht ernst nehmen. Heute war
die Wissenschaft weit fortgeschritten, und man wusste über
vieles, das früher magisch erschienen war, bis ins Detail Bescheid.

Über vieles, das war schon richtig, aber über alles? Gab es
nichts mehr auf dieser Welt, das der kühle Verstand, das die
Wissenschaft nicht befriedigend erklären konnte?

Marcos Blick glitt über Isaura, die sich, seit er vor Stunden
das Zimmer betreten hatte, nicht gerührt hatte. Ja, vielleicht
litt sie an Albträumen und hatte eine lebhafte Fantasie, die
ihr Dinge, die sie einmal gehört oder gelesen hatte, an manchen Orten wie lebendig erscheinen ließ. Doch das war dann
lediglich ein Problem ihres überspannten Geistes.

Oder etwa nicht?

Gedankenübertragung, Visionen der Zukunft, Magie?
Nein! Es musste eine andere Erklärung geben.

Marco blätterte rasch weiter. Er schlug mehrere Seiten um,

las einige Sätze und blätterte dann wieder weiter, bis er die Seiten erreichte, zwischen denen ein Buchzeichen steckte.

Sevilla, 1480

Der Name sprang ihm zuerst ins Auge: Tomás de Torquemada, der Großinquisitor. Marco überflog die Seiten und schloss dann stöhnend die Augen. Der erste große Prozess in Sevilla, das Autodafé auf dem Platz vor der Kathedrale. Also doch! Isaura hatte davon gelesen. Kurz bevor sie in Sevilla diesen Platz betraten. Deshalb hatte ihre Fantasie ihr einen Streich gespielt und ihr diese Szene so lebhaft vor Augen geführt.

Oder hatte sie erst danach weitergelesen, so lange bis sie die Stelle gefunden hatte, die ihre Vision beschrieb?

Marco wusste es nicht. Er las weiter, immer weiter. Das Buch ließ ihn nicht mehr los. Er verlor sich in der Geschichte und bemerkte nicht, wie der Tag verfloss und die Nacht hereinbrach.

Kapitel 14

Sevilla, 1480

Teresa – oder wer immer die Stimme in ihrem Innern war – behielt recht. Isaura besah sich die große, knochige Stute misstrauisch, und fragte sich gerade, wie um alles in der Welt sie dort hinauf in den Sattel gelangen sollte, da griffen kräftige Hände nach ihrer Taille und hoben sie hoch. Sie stieß einen kleinen Schrei aus, doch ihr Körper schien tatsächlich mit dem Reiten vertraut und brachte sich geschickt in die richtige Position.

»Alles in Ordnung, Doña Teresa?«, erkundigte sich Don Angelo, der mit einem Lächeln zu ihr hinaufsah.

»Oh ja, danke, alles bestens«, antwortete sie ein wenig atemlos und schielte auf die Zügel in ihren behandschuhten Händen. Hoffentlich hielt sie sie richtig. Doch der *Hidalgo* schien an ihrer Haltung nichts auszusetzen zu haben. Er trat zu Jimenas wunderschönem Schimmel und half auch ihr in den Sattel. Einen Augenblick lang hielt er ihre Hände, und ihre Blicke trafen sich. Das Lächeln schien ihre Seelen zu verbinden, doch dann zog Jimena ihre Hände abrupt zurück und wandte den Blick ab. Don Angelo mühte sich, seine Enttäuschung zu verbergen. Er wandte sich ebenfalls ab und schritt zu seinem Pferd. Auch Abu Amin saß bereits im Sattel seines riesigen schwarzen Hengstes. Er machte eine gute Figur. Überhaupt zog er Isauras Blick an, sobald er in ihre

Nähe kam. Seine ruhige, höfliche Art gefiel ihr. Er war fürsorglich, ohne ihr das Gefühl zu geben, schwach zu sein, und er wusste faszinierende Dinge. Isaura war erstaunt, was die maurischen Ärzte dieses Jahrhunderts schon alles erforscht hatten. Während viele der christlichen Ärzte noch Galens Viersäftelehre anhingen, die besagte, das Leben des Körpers würde durch gelbe Galle, schwarze Galle, Blut und Schleim getragen, die immer im Gleichgewicht miteinander stehen müssten, kannten die maurischen Ärzte den Blutkreislauf und folgten auch nicht der Salerner Schule, die noch immer die Meinung vertrat, Wunden müssten nässen. Man solle gar mit fettigen Substanzen den Eiter fördern! Abu Amin dagegen war für das Säubern der Wunden und glaubte, man müsse sie mit gebranntem Wein austrocknen. Außerdem hatte er schon einfache Narkosemittel zur Narkose erprobt. Er tränkte hierfür Schwämme mit Bilsenkraut, Opium oder indischem Hanf. Isaura stellte sich vor, wie Marco mit Abu Amin diskutieren würde. Die beiden würden sich sicher gut verstehen.

Der Gedanke an Marco schmerzte sie. Wo war er? Oder müsste sie nicht eher nach dem *Wann* fragen? Was war eigentlich mit ihrem anderen Ich geschehen? War sie bei diesem Sturz gestorben, und Marco kniete nun trauernd an ihrem Grab?

Sie lauschte in sich hinein. Nein, das konnte nicht stimmen. Was aber war mit ihr in ihrer eigenen Zeit geschehen?

Die Stimme in ihr, die ihr so oft half, schwieg. Vielleicht wusste sie die Antwort auch nicht. Isaura wurde das Herz schwer. Würde sie nun für immer in dieser Zeit gefangen sein, in die sie nicht gehörte? Würde sie Marco niemals wiedersehen?

Don Angelo rief zum Aufbruch. Die Torflügel schwangen zurück, und er drückte dem kräftigen Braunen die Beine an die Flanken. Das riesige Schlachtross riss den Kopf hoch und tänzelte durch das offene Tor. Es sah so aus, als wäre es am liebsten in gestrecktem Galopp aus der Stadt hinausgeprescht, doch der *Hidalgo* hatte sein Pferd im Griff.

Auch Abu Amin und Jimena ritten auf das Tor zu. Vorsichtig tippte Isaura ihre Stute mit der Ferse an. Im Gegensatz zu Don Angelos feurigem Ross setzte sie sich gemächlich in Bewegung und trottete ohne Hast den anderen hinterher. Den Schluss bildeten zwei Bewaffnete, die zu ihrem Schutz mitkamen. Schon als sie die Brücke überquert hatten und auf den Handelsweg nach Süden einbogen, merkte Isaura, dass sie ihrem Pferd – zumindest in diesem Tempo – gewachsen sein würde. Sie erinnerte sich, dass Damen und Geistliche auf Pferden reisten, die man Zelter nannte, weil sie den bequemen Gang beherrschten, der einen – anders als Trab – nicht ständig durchschüttelte. Und so entspannte sich Isaura zunehmend, sah sich um und genoss den Morgen und den weiten Blick über die Ebene.

Sie waren früh aufgebrochen, doch nun stieg die Sonne höher und höher und brannte mit ihrer ganzen sommerlichen Hitze auf die ausgedörrten Felder Kastiliens herab. Isaura war froh, als Jimena vorschlug, im nächsten Kloster eine Pause einzulegen und dort während der heißesten Stunden zu rasten. Die Männer stimmten ihr zu, vermutlich da sie sich um Teresas Gesundheit sorgten. Isaura hatte den Eindruck, sie selbst und auch Jimena wären sonst den ganzen Tag weitergeritten. Sie warf ihrer Cousine einen bewundernden Blick zu. Sie war so stark und entschlossen, und doch wirkte sie trotz ihrer dreißig Jahre noch so jung. Vielleicht weil sie sich für alles interessierte und begeisterte. Etwas später ritt sie neben Don Angelo und unterhielt sich lebhaft mit ihm. Isaura konnte sie mit der linken Hand gestikulieren sehen, während sie mit der rechten wie selbstverständlich ihr Pferd lenkte.

»Sie passen so wunderbar zusammen«, murmelte sie.

»Ja, das finde ich auch«, antwortete ihr Abu Amin, der sich zu ihr hatte zurückfallen lassen.

Isaura schenkte ihm ein scheues Lächeln. »Ich verstehe nicht, dass sie nicht zusammenkommen. Sie sind einander herzlich zugetan.«

»Nun, soviel ich weiß, hat Don Angelo kein großes Erbe zu erwarten.«

»Das würde Jimena nicht stören!«, behauptete Isaura.

»Und auch sie verfügt als Hofdame nicht über eigenes Geld und ist von der Großzügigkeit der Königin abhängig. Keine gute Voraussetzung, eine Familie zu gründen.«

Darüber musste Isaura nachdenken, während sie am Abend im schattigen Hof eines Franziskanerklosters einen kühlen Kräutertrunk genoss.

In Segovia lernte Isaura Isabel kennen, die große spanische Königin. Sie war ein wenig aufgeregt, was Jimena nicht verborgen blieb, als sie der Magd zur Hand ging, die Isaura beim Ankleiden half. Heute würde Isaura zum Nachtmahl im großen Saal des Alcázar ein prächtiges Kleid tragen. Ihre üppigen kastanienbraunen Locken hatte Jimena ihr aufgesteckt und befestigte gerade einen Kamm aus Schildpatt, über den der zarte Schleier gebreitet werden würde.

»Was ist los? Du bist ja ganz aufgeregt?«

»Ich werde die Königin treffen«, gab Isaura zu. »Und ich weiß nicht recht, wie ich mich ihr gegenüber verhalten soll.«

Jimena hob erstaunt die Brauen. »So wie immer, will ich meinen. Isabel hätte uns schon bei unserer Ankunft begrüßt, wenn sie nicht mit den hohen Kirchenvertretern im Gespräch gewesen wäre. Ich weiß, dass sie erleichtert ist, dass du erwacht bist, und sich sehr freut, uns wieder bei Hof zu wissen.«

Isaura nickte. Sie wusste noch immer nicht, wie sie die Königin ansprechen sollte, aber wie konnte sie fragen, ohne Unverständnis zu ernten? Sie nahm sich vor, Jimena genau zu beobachten und es ihr gleichzutun. Mit weichen Knien folgte sie ihrer Cousine in den Saal hinunter. Es war nicht so, als könnte sie sich hier im Alcázar verlaufen. Irgendwo in ihr schlummerte Teresa, die sich auskannte, die alles wusste. Dennoch kam es ihr neu und fremd vor, als würde sie in einem historischen Film mitspielen. Nur dass es hier nirgends Kameras gab und auch keiner »Stopp!« schreien konnte, wenn eine Szene misslang. Nein, es würde keine neue Klappe geben, wenn sie sich verplapperte. Isaura nahm sich vor, sich auf jedes Wort zu konzentrieren. So etwas wie mit Kolumbus durfte ihr nicht wieder passieren.

Im Saal ließen unzählige Kerzen die goldverzierte Kassettendecke über ihnen erstrahlen. Die Tür zu Isabels Thronsaal, in dem sie sich mit den Herren der Kirche beraten hatte, öffnete sich, und alle Anwesenden wandten sich ihr zu, um sich zu verbeugen.

Da stand die Königin.

Isaura hatte viel über die katholische Monarchin des fünfzehnten Jahrhunderts gelesen, und dennoch starrte sie sie nun staunend an. Sie wusste bereits, dass Isabel nicht unbedingt eine Schönheit war mit ihrem flachsblonden Haar und den wenig ausdrucksvollen Gesichtszügen, doch ihre Ausstrahlung und die Haltung waren wahrlich majestätisch. Nun aber, als ihr Blick die beiden Cousinen erfasste, begann sie ganz offen zu strahlen, raffte ihre Robe und eilte ihnen entgegen. Schon fühlte sich Isaura von der Königin in ihre Arme gezogen.

»Teresa, meine Liebe, was für ein wundervoller Tag, dich

hier so lebendig und schön vor mir zu sehen. Ich habe der Jungfrau auf Knien für deine Genesung gedankt. Wie fühlst du dich?« Sie trat einen Schritt zurück und betrachtete ihre Hofdame kritisch.

Isaura senkte unter diesem bezwingenden Blick die Lider. »Danke, sehr gut, Majestät«, antwortete sie leise.

Isabel nahm ihre Hand. »Das freut mich, aber du weißt, dass du wie Jimena Isabel und du zu mir sagen darfst, wenn wir unter uns sind. Kennen und lieben wir uns nicht schon seit Kindertagen?«

Isaura nickte nur, doch nun wandte sich Isabel Jimena zu und umarmte sie ebenso herzlich, obgleich sie alles andere als unter sich waren!

Dann bat Isabel zu Tisch. Die Diener traten mit gefüllten Platten ein, schenkten Wein aus und reichten in großen Körben das Brot.

In der zweiten Septemberwoche brachen sie nach Andalusien auf. Isaura hatte sich ganz gut bei Hof eingefunden und konnte sich zwischen den Adeligen und den Bediensteten bewegen, ohne ständig Angst zu haben, irgendetwas falsch zu machen. Dennoch erregten immer wieder Äußerungen von ihr Verwunderung oder herzliches Gelächter, zum Glück schrieb man das aber der Tatsache zu, dass sie ihr ganzes Leben lang stumm gewesen war.

»Wir würden uns sicher wohler fühlen, wenn wir uns öfter an der frischen Luft bewegen würden«, sagte sie eines Abends mit einem Seufzer, als sie in der rauchigen Halle zu ersticken glaubte.

»Du sagst immer so lustige Sachen«, kicherte Beatriz und wischte sich über die Augen, dabei war es ganz und gar nicht Isauras Absicht gewesen, die anderen Damen zu erheitern.

Auch vor ihrer zweiten Reise fürchtete sich Isaura nicht. Wie selbstverständlich ließ sie sich von Abu Amin in den Sattel helfen. Dieses Mal war ihr Pferd eine kleine braune Stute mit sanften Augen, die gern ein wenig schneller ging und immer wieder auf das Tempo der anderen Zelter gebremst werden musste. Abu Amin blieb lange Zeit neben ihr, während sich Jimena bei den Bewaffneten vorn im Zug einfand, wo sie bald schon neben Don Angelo herritt.

Isabel war, wie Isaura feststellte, ebenfalls gern etwas schneller unterwegs, während Beatriz und die anderen Damen mit den Infanten und ihren Kinderfrauen am Schluss des Zuges dahintrotteten. Die Nachhut wurde noch einmal von einem Dutzend Bewaffneter gebildet, die den königlichen Zug nach hinten absicherten.

Es ging hinauf in die Berge, die schon bald wieder von einer dicken Schneehülle bedeckt sein würden. Isaura erinnerte sich daran, wie sie mit Justus in ihrem Mietwagen über die Cordillera Central gefahren und im April in einen Schneeschauer geraten war.

Noch vor seinem Unfall.

Noch ehe diese ganzen unheimlichen Dinge ins Rollen gekommen waren.

Doch auch wenn sie damals gezwungen gewesen waren, auf dem Pass auf einen Parkplatz zu fahren und für einige Minuten zu warten, bis das Unwetter vorüber war, konnte man solch eine Fahrt nicht mit ihrer jetzigen Reise über die hohe Bergkette vergleichen. Ein kalter Wind zerrte an ihrem Umhang, der zwar schwer war, aber nicht sonderlich warm hielt. Wie gern hätte sie ihre Röcke gegen eine Hose getauscht. Wenigstens trugen die Damen beim Reiten ebenfalls Stiefel, dennoch fror Isaura jämmerlich, als sie unter einem düsteren Himmel, von Nebel verhüllt, die erste Bergkette überquerten und in ein Hochtal eintauchten. Dann begann es auch noch zu regnen. Die erste Stunde noch sacht, doch dann prasselte es nur so herab, aufgepeitscht von dem stürmischen Wind, der in diesen Höhen fast immer wehte. Isaura fühlte sich elend und fragte sich, wie lange es noch dauern würde, bis sie wieder ein festes Dach über dem Kopf haben und sich wohlig warm fühlen würde. An eine heiße Dusche bei ihrer Ankunft in ihrem nächsten Quartier war jedenfalls nicht zu denken. Sie fror so schrecklich und hatte sich zu allem Übel noch an intimer Stelle aufgerieben. Sie wollte gar nicht wissen, wie viele Tage sie so noch im Sattel würde zubringen müssen. In dieser Welt gab es weder Pflaster noch elastische Sportunterwäsche, die dem ständigen Reiben an ihrer wunden Haut ein Ende gesetzt hätten. Verstohlen beobachtete sie Jimena, die trotz des nassen Wetters und der Kälte ihre gute Laune nicht eingebüßt hatte.

Sie ist ja auch bis über beide Ohren verliebt, dachte Isaura ein wenig neidisch. Da spürt man den Schmerz nicht so sehr.

Nur Mut. Unser Körper ist in der Zeit des langen Liegens ein wenig schwach geworden. Es dauert, bis er sich wieder an alles gewöhnt. Jimena hat Kräuterpasten für die aufgeriebenen Stellen, und in Toledo werden heiße Bäder den Schmerz aus den Gliedern treiben.

So zogen sie Tag um Tag dahin. Manche Nächte verbrachten sie in einer der zahlreichen königlichen Residenzen, andere wie auf ihrer ersten Reise in am Weg gelegenen Klöstern, deren Bewohner meist in helle Aufregung gerieten, wenn einer der Boten ihnen die Ankunft der Königin und ihres Gefolges meldete. Doch irgendwann, als Isaura schon kaum mehr daran glaubte, kam Abu Amin an ihre Seite und deutete vor zum Horizont.

»Seht Ihr diese Mauern, Doña Teresa? Heute Abend werden wir es uns im prächtigen Alcázar von Sevilla wohl sein lassen.«

Nachdem sie den Staub der Reise abgewaschen und mit dem Hof bei Tisch gesessen hatte, schlenderte Jimena durch die Gärten des Alcázar, die sich in der Nacht verloren. Unter Palmen und Zypressen ließ sie ihren Gedanken freien Lauf.

»Warum heiratest du Don Angelo nicht?«, hatte Teresa sie leise beim Mahl gefragt. »Ich sehe doch, dass du ihn liebst und kaum deinen Blick von ihm lassen kannst. Und er ist dir ebenfalls zugetan. Liegt es am Geld? Daran, dass er nur der zweite Sohn des Grafen ist und dir keinen Luxus bieten kann?«

Empört hatte Jimena widersprochen. Auf Reichtümer konnte sie verzichten. Es ging einfach nicht. Ihr Herz war noch immer gebunden.

»Wirklich? Bist du dir ganz sicher, oder ist es nur jener Schutzwall, den du um dich aufgebaut hast, um nicht noch einmal verletzt zu werden?«

Zornig hatte sie Teresa den Mund verboten, doch nun, allein in der Stille der nächtlichen Gärten, sann sie über die Worte ihrer Cousine nach. Liebte sie Don Angelo so wie früher Ramón? Wurde ihr Herz Ramón untreu?

Sie belog sich selbst, wenn sie behauptete, Don Angelo lediglich sympathisch zu finden und seine unterhaltsame Art zu schätzen. Nein, da war etwas in ihr gewachsen, das Teresa klar erkannt hatte. Und dennoch. Ihn heiraten?

Und was dann?

Bei Hof weiterleben? Meist von ihm getrennt sein und sich um ihn sorgen, wenn er in kriegerischer Mission für seine Königin unterwegs war? Noch einmal einen Geliebten beweinen, der viel zu früh einen gewaltsamen Tod fand?

Ihr Herz schmerzte bei dem Gedanken so sehr, dass sie

sich mit einem wimmernden Laut auf eine Bank sinken ließ. Nein! Das würde sie nicht noch einmal überleben.

Sie verdrängte ihre sehnsuchtsvollen Gedanken, in denen die starken Arme und die Lippen von Don Angelo eine Hauptrolle spielten, und wandte sich stattdessen ihrer Cousine zu.

Wie sich Teresa verändert hatte, seit sie wieder erwacht war und sprechen konnte. Jimena konnte nur den Kopf schütteln. Es war, als hätte sie sie nie gekannt oder vielleicht nie verstanden. Aber hatte nicht etwas ganz Inniges sie verbunden? Hatte sie nicht immer wieder Teresas Gedanken in ihrem Geist vernommen?

Damit war nun Schluss. Vielleicht weil sie nun mit ihrer Cousine sprechen konnte. Aber da war noch etwas anderes. Allein wie sie sprach und wie sie sich über viele alltägliche Dinge wunderte, als hätte sie sie noch nie gesehen. Anderseits waren da eine Klugheit und ein Wissen, das ihr fast unheimlich war. Teresa konnte besser als sie und vielleicht selbst als Dominga in die Zukunft sehen.

Wo war Dominga eigentlich? Sie hatte während Teresas Bewusstlosigkeit einige Male nach ihrer Tochter gesehen, doch seit sie erwacht war, war sie noch nicht wieder aufgetaucht. Kopfschüttelnd kehrte Jimena in den Palast zurück, wo sie Teresa traf.

»Isabel hat sich gerade in ihr Gemach zurückgezogen, nachdem sie mit Kardinal Mendoza gesprochen hat«, gab Teresa Auskunft. »Sie sagte, der König werde morgen eintreffen, außerdem irgendein Prior hier aus Sevilla und der Bischof aus Cádiz. Kardinal Mendoza wird als Bischof von Sevilla bei der Besprechung anwesend sein und ihr Beichtvater Talavera. Es muss sich um etwas Wichtiges handeln. Isabel schien mir sehr in sich gekehrt.«

Jimena starrte ihre Cousine an und griff nach ihrem Arm. »Hat Isabel angedeutet, worum es geht?«

Teresa schüttelte den Kopf. »Sie sagte nur, sie habe gehofft, die Kampagne würde etwas bewirken.«

Jimena ließ sich in dem kleinen Hof auf die Steinbank neben dem Brunnen sinken. »Bei allen guten Geistern, Mendoza und Talavera haben versagt.« Teresa setzte sich neben sie. Jimena blickte sie sorgenvoll an. »Das heißt, dass Isabel vielleicht die Bulle aus ihrem Sekretär zieht, in der Papst Sixtus ihr gestattet, Inquisitoren zu benennen, um dieser Seuche Herr zu werden.«

Teresa starrte sie an. »Du meinst, bis jetzt gibt es noch keine Inquisition in Kastilien?«

Jimena runzelte verwundert die Stirn. »Aber ja, und ich hoffte, dass es auch so bleiben werde.«

Teresa stöhnte auf und barg das Gesicht in den Händen. »Der Lauf der Geschichte lässt sich nicht aufhalten und nicht verändern. Ich sage dir, es wird Inquisitoren in Kastilien geben, und sie werden eine Spur aus Blut und Feuer durch das Land ziehen. Allen voran Tomás de Torquemada!«

Jimena ballte die Fäuste. »Ich habe es geahnt. Jedes Mal wenn ich ihn sehe, steigt mir der Gestank von verbranntem Fleisch in die Nase. Wie kann Isabel ihm nur vertrauen? Warum hält sie so viel von ihm? Ich verabscheue diesen Mann!« Jimena kamen die Worte in den Sinn, die sie in Córdoba gehört hatte und die sie und Teresa gleichermaßen erschreckt hatten.

»Ich verabscheue ihn auch, und er macht mir Angst«, gab Teresa zu und begann zu zittern, als ihr klar wurde, dass sie ihm bald Auge in Auge gegenüberstehen würde.

Sie tagten lange hinter verschlossenen Türen, während Jimena noch immer hoffte und bangte. Isaura dagegen wusste, wie sich die Königin entscheiden würde. Sie hatte es in den Geschichtsbüchern gelesen, dennoch stand auch ihr der Schreck ins Gesicht geschrieben, als Isabel am Abend verkündete, dem Treiben der *Conversos* müsse ein Ende gesetzt werden, deshalb habe sie für Kastilien die ersten Inquisitoren ernannt. Sie las die Namen der Geistlichen vor, die sie für das Amt ausersehen hatte. Alles Dominikaner, wie Jimena sagte. Isaura sah von Isabels ernster Miene zu Fernando hinüber. Im Gegensatz zu ihr schien sich der König geradezu darüber zu freuen und ernannte Torquemada gleich zum Großinquisitor von Aragón.

Isaura war neugierig auf Fernando gewesen, wusste sie doch, dass Jimena eine Schwäche für ihn hegte. Ja, der König sah gut aus, und wenn er wollte, konnte er sehr charmant sein, und dennoch war er ihr nicht sympathisch. Da war etwas Berechnendes in seinem Blick, das sie nicht mochte. Außerdem empörte es sie, von den anderen Hofdamen zu erfahren, wie oft er seine Gattin betrog, die ihrerseits ihm immer treu war.

Es ist doch überall und zu jeder Zeit das Gleiche, dachte sie voller Zorn, als Justus' Bild vor ihr aufstieg.

Ein Blick auf Jimena erinnerte sie an den Ernst der Lage.

»Der 27. September wird als Schwarzer Tag im Gedächtnis Kastiliens verbleiben«, prophezeite sie, und Isaura konnte ihr nicht widersprechen.

Es dauerte einige Wochen, doch dann zogen die frisch ernannten Inquisitoren in Sevilla ein und wurden von der Königin in ihrem Palast begrüßt. Sie überließ es dem Kardinal und Fray Hernando, sie ausführlich in Kenntnis zu setzen und die ersten Listen von jenen anzufertigen, die dringend verdächtig erschienen.

Hatten die *Conversos* von Sevilla das drohende Gewitter, das sich über ihren Köpfen zusammenzog, bisher nicht wahrgenommen oder leichtsinnig ignoriert, so fuhr einigen nun doch der Schreck in die Glieder, sodass sie hastig ein paar Sachen zusammenrafften und sich aus der Stadt davonmachten, um unter einem anderen kirchlichen oder weltlichen Herrn Schutz zu suchen. Viele jedoch hofften noch immer, es werde nicht so schlimm werden oder der Kelch zumindest an ihnen und ihrer Familie vorübergehen. Aber da irrten sie sich!

Es begann im November mit einer Welle von Verhaftungen. Es traf viele Familien, die nicht damit gerechnet hatten. Vielleicht aus Leichtsinn, vielleicht weil sie sich wirklich nichts zu Schulden hatten kommen lassen. Der Aufruf der Inquisition an die Bürger Sevillas, ihre Nachbarn zu beobachten und auch den kleinsten Verdacht zu melden, brachte Jimena in Rage.

»Was glaubst du wohl, wie viele Denunzianten sich nun auf den Weg machen, um einem unliebsamen Nachbarn eins auszuwischen? Und die Verhafteten erfahren nicht einmal, wer sie angezeigt hat und was man ihnen vorwirft. Wie sollen sie sich da verteidigen?«

Isaura schüttelte nur ungläubig den Kopf. Wo war sie nur hineingeraten? Ihre Zeit in dieser fremden Welt hatte so schön begonnen. Es war interessant gewesen mitzuerleben, wie die Menschen damals gelebt hatten, wie sie gereist waren. Trotz der Unannehmlichkeiten dachte sie gern an ihren Ritt durch Kastilien bis nach Andalusien, aber nun geriet alles zum Albtraum. Sie konnte es einfach nicht fassen, dass Isabel, die in vielen Dingen so klug, weitsichtig und gerecht war, sich in diesen religiösen Wahn hineinsteigerte.

»Wir müssen etwas tun!«, forderte Jimena. »Sonst endet das in einem Meer aus Blut!«

Isaura sah sie nur traurig an. »Es liegt nicht in unserer Macht, es zu ändern.« Ihnen waren die Hände gebunden. Diese Dinge waren längst geschehen. Lagen bereits hunderte Jahre zurück. Nein, die Vergangenheit ließ sich nicht ändern. Oder vielleicht doch? Wenn sie im Kleinen damit anfingen? Was dann? Dann würde die Welt im einundzwanzigsten Jahrhundert besser sein? Friedvoller? Freundlicher?

Jimena stemmte die Hände in die Hüften. »Du kannst hier weiter in den Gärten herumsitzen und dich im Paradies wähnen. Ich jedenfalls werde nicht aufhören, alles zu versuchen, diesen Wahnsinn zu beenden, ehe er nicht mehr einzudämmen ist.«

»Und wie willst du das erreichen?«

»Indem ich mit allen spreche, die Einfluss nehmen können: Isabel und Fernando, Kardinal Mendoza und Fray Hernando.«

»Und Großinquisitor Torquemada?«

Isaura sah, wie Jimena zurückschreckte. »Der extra noch in Sevilla geblieben ist, um den ersten großen Prozess mitzuerleben? Nein, danke! Er ist für kein Argument offen. Er läuft nur seinen fanatischen Vorstellungen von der reinen katholischen Lehre hinterher.«

Isaura sah ihr nach. Sosehr sie wünschte, Jimena würde bei ihren Überzeugungsversuchen Erfolg haben, wusste sie doch, dass die Würfel längst gefallen waren.

Die Verhöre der Inquisition nahmen ihren Lauf und führten, was keinen wunderte, zu immer neuen Verhaftungen. Eine wahre Flucht aus Sevilla setzte ein, als die *Conversos* begriffen, dass selbst ein reines Gewissen nicht vor einer Verhaftung schützte. Und wehe, man war erst einmal in den

Fängen der Inquisition, dann kam man nicht so leicht davon.

»Die Folter dient allein der Wahrheitsfindung«, hörte Isaura Fernando sagen. Beatriz und Maria nickten. Sie schienen diese absurde Behauptung nicht infrage zu stellen.

Isaura verließ fluchtartig die Halle, sonst hätte sie den König vielleicht angeschrien. Wie konnte man nur so verbohrt sein? Warum sahen die anderen nicht, dass die Menschen, um den Schmerzen zu entgehen, schließlich alles gestehen würden, und sei es noch so absurd.

Schließlich schüttete Isaura doch noch Kardinal Mendoza ihr Herz aus und traf auf viel Verständnis. Auch er war gegen solch drastische Maßnahmen, und Fray Hernando lehnte gar jeden Zwang ab. »Man muss die Menschen überzeugen und begeistern, nicht ängstigen und strafen«, sagte er, doch auch auf ihn wollten die Könige nicht hören. Der Stein war ins Rollen gekommen, und niemand sollte ihn aufhalten.

Zu ihrem Erstaunen erfuhr Isaura, dass selbst Erzbischof Carrillo gegen die Einrichtung der Inquisition war und es strikt ablehnte, Inquisitoren in Toledo zuzulassen. »Nicht solange ich lebe!«, lauteten seine Worte. Sie erfuhr, dass bei Hof viele das Treiben der Inquisitoren mit Angst, Ablehnung und Misstrauen betrachteten, aber nur wenige waren bereit, das vor den Königen laut auszusprechen, wie beispielsweise Hernando de Pulgar, Isabels Chronist.

»Das ist nur zu verständlich«, meinte Beatriz leichthin. »Schließlich stammt er selbst aus einer Familie von *Conversos,* so wie übrigens auch Fray Hernando. Er soll eine jüdische Mutter gehabt haben.«

»Na und? Willst du allen Ernstes behaupten, der Chronist wäre ein schlechter Christ oder Fray Hernando wäre seiner Königin nicht treu?«

»Nein, das habe ich nicht gesagt. Ich denke nur, sie haben mehr Mitgefühl mit den anderen *Conversos*.«

»Und das sollten wir auch haben, denn selbst wenn sie ihren Glauben anders leben, als der Papst es will oder irgendwelche Dominikaner sich das vorstellen, hat keiner das Recht, sie dafür zu verhaften und zu verurteilen und grausame Strafen über sie zu verhängen!«, schrie Isaura, die sich nicht mehr zurückhalten konnte. »Sie werden tausende im Namen Gottes bei lebendigem Leib verbrennen. Glaubt ihr denn wirklich, dass Gott so etwas gutheißt? Ist das die Lehre der Liebe und der Güte, für die Christus gestorben ist? Er war für das Miteinander! Denkt einmal darüber nach, was das bedeutet! So viele Jahrhunderte haben Christen, Juden und Moslems friedlich in Spanien miteinander gelebt. Beendet diesen Wahnsinn, ehe es zu spät ist!«

Im Saal war es still geworden. Alle Gespräche waren verstummt. Unzählige Augenpaare richteten sich auf Isaura, die nun den Mund zuklappte. Sie konnte die Fragen und Gedanken der Damen und Höflinge geradezu spüren, die sich um sie herum zu verdichten schienen. Jimena griff nach ihrem Arm und zog sie mit sich fort in die Gärten hinaus. Endlich blieb sie stehen, wandte sich ihr zu und starrte sie mit einer Mischung aus Bewunderung und Zorn an.

»Oh, du dumme Unschuld! Wie kannst du vor all diesen Leuten nur so sprechen? Ist dir gar nicht klar, wie gefährlich solche Worte geworden sind?«

Ihr Finger wies auf die Mauern des Palasts. »Dort drinnen geht Torquemada ein und aus und nennt sich Vertrauter der Königin und des Königs! Er wartet doch geradezu darauf, uns auf seine Listen zu setzen, das weißt du, denn er hat es dir bereits in Córdoba ins Gesicht gesagt.«

Ein eisiger Schauder rann über Isauras Rücken, und sie

fragte sich plötzlich, ob die Hofdame Teresa de Lucena auf einem Scheiterhaufen der Inquisition ihr Leben beendet hatte.

»Versprich mir, dass du in Zukunft deine Zunge im Zaum hältst!«

»Aber du hast doch auch mit dem Kardinal und all den anderen wichtigen Leuten gesprochen«, begehrte Isaura auf.

»Ja, unter vier Augen, aber nicht in einem Saal voller Aasgeier!«

Isaura schluckte. Sie konnte nur hoffen, dass dieser Ausbruch für sie ohne Folgen blieb.

Kapitel 15

Sevilla, 1481

Isaura hatte diesen Tag mit Angst erwartet, vor allem, da sie wusste, dass er kommen würde, und dennoch zuckte sie zusammen, als Isabel das große Autodafé ankündigte.

»Wir werden alle gemeinsam daran teilnehmen. Es wird eine Tribüne für die Könige und ihren Hof aufgebaut.«

»Ich kann und will das nicht«, stöhnte Isaura leise.

Jimena nahm ihre Hand und umklammerte ihre Finger. »Du sagst jetzt nichts, und du wirst dich den Anweisungen der Königin fügen. Dein Ausbruch ist ihr zu Ohren gekommen, und sie musste viele Fragen beantworten. Noch steht sie hinter uns, doch ich kann bereits spüren, wie Fernando ins Grübeln kommt.«

Und so fand sich Isaura zwei Tage später auf der Tribüne vor der großen Moschee von Sevilla ein, die seit der Reconquista zur Kirche geweiht worden war. Die riesige Kathedrale, die sie mit Marco gesehen hatte, gab es noch nicht.

Der Gedanke an ihn und an ihre eigene Zeit ließ sie schlucken, während sie zusah, wie sich die Menge auf dem Platz verdichtete. Bewaffnete der Stadtgarde drängten die Menschen immer wieder zurück. Da begannen die Glocken zu läuten. Sie hörte den Gesang. Männer in langen Kutten kamen gemessenen Schrittes aus dem Portal.

»Da kommen sie!«, schrie eine Frau, als sich von der anderen Seite her ein anderer Zug näherte. Die Menge geriet in Bewegung. Sie wogte und drückte wieder gegen die Bewaffneten, die sie erneut zurückdrängten, doch auch die Stimmung wandelte sich. In den Mienen der Menschen erkannte Isaura gespannte Erwartung, aber auch rohe Sensationsgier.

Der Zug näherte sich der Tribüne. Lauter ehrenwerte Männer der Kirche. Männer der Königin – die Mitglieder der Inquisition und des Heiligen Offiziums. Hinter den Anklägern kamen die Verurteilten. In Zweierreihen schlurften und torkelten sie barfuß hinter ihren Peinigern her, die Körper von groben gelben Kutten verhüllt, die gnädig die von Kerkerhaft und Folter geschundenen Körper verbargen. Hinter den Angeklagten wurden Bilder von Männern und Frauen getragen, die in Abwesenheit verurteilt worden waren, aber auch ein paar Särge.

Die Männer der Inquisition nahmen auf einem zweiten Podest Platz, während sich die Angeklagten, jeder eine erloschene Kerze in den Händen haltend, im Zeichen des Kreuzes vor ihnen aufreihten. Der Bischof las die Messe, die Chorherren sangen wieder, dann senkte sich Stille herab, als sich Tomás de Torquemada erhob. Die Könige hatten ihm die Ehre zuteilwerden lassen, persönlich die ersten Urteile zu verlesen, ehe er nach Aragón abreiste. Und das tat er. Hart und mitleidlos verdammte er die Männer und Frauen, die sich nur zum Schein hätten taufen lassen. Die einzige Möglichkeit, diese Schuld zu sühnen, wäre das Feuer, das ihren Körper verderben und ihre Seele reinigen sollte. Ihr Besitz falle der königlichen Kasse zu.

Endlich war das Spektakel vorbei, und Isaura konnte wieder atmen. Es kam ihr so vor, als hätte sie eine Ewigkeit die Luft angehalten. Am Abend war es ihr unmöglich, trotz der Köstlichkeiten, die die Könige zur Feier des Tages auftragen ließen, auch nur einen Bissen herunterzubekommen. Sie sah, dass auch Jimena sich auffallend zurückhielt. Don Angelo konnte sie nirgends entdecken. Dafür sah sie Abu Amin, der ernst und in sich gekehrt wirkte. Vermutlich war ihm bewusst, dass der religiöse Zorn, der heute die Juden erfasste, sich vielleicht morgen schon gegen die Morisken wenden würde und dann gegen alle, die nicht der reinen katholischen Lehre anhingen. Das Miteinander galt nichts mehr auf der Iberischen Halbinsel. Isabel und Fernando, die man später die katholischen Könige nennen würde, versuchten, ihr immer größer werdendes Reich zusammenzuhalten. Und ein Staat mit einem vielfältigen Gemisch an Völkern und Religionen, die dennoch eine Einheit bildeten, war für sie undenkbar.

Natürlich war die Verkündung des Urteils nur der erste Schritt. Bereits zwei Tage darauf sollten vor den Toren der Stadt die Scheiterhaufen entzündet werden.

»Nein! Ich komme auf keinen Fall mit!«, rief Isaura, als ihr Jimena mitteilte, Isabel bestehe auf der Anwesenheit des gesamten Hofs. »Ich werde mir nicht ansehen, wie sie Menschen bei lebendigem Leib verbrennen!«

Jimena legte ihre Arme um sie und zog sie an sich. »Ach, Teresa, ich finde es auch schrecklich, und du kennst meine Meinung: Christen, Juden und Moslem sollten endlich lernen, friedlich miteinander zu leben, dann müsste es auch keine Zwangstaufen geben und *Conversos*, die noch ihrem alten Glauben nachtrauern. Doch unsere Meinung ist im Moment nicht gefragt. Die Könige haben anders entschieden, und in ihren Händen liegt nun einmal die Macht. Komm, gib ihnen nicht noch mehr Anlass, dir mit Misstrauen zu begegnen. Ich will nicht, dass Torquemada seine Aufmerksam-

keit auf dich richtet, weil du dich diesem Befehl verweigerst.«
Jimena begann, Isauras Kleid aufzuschnüren, um ihrer Cousine beim Umziehen zu helfen.

»Du verstehst nicht. Ich kann mir das nicht ansehen! Ich würde nie wieder eine Nacht ruhig schlafen können.«

Jimena hielt inne und sah ihr in die Augen. »Du hast es doch längst gesehen, so wie ich auch. Wir sind den Schrecken bereits in unseren Träumen begegnet, und wir wissen beide, dass dies erst der Anfang ist und es noch viel schlimmer kommen wird.«

Isaura schluckte. »Ja, ich weiß, und dennoch kann ich nicht mitkommen.«

Jimena ignorierte ihre Worte und fuhr fort, sie umzukleiden. Isaura war wie erstarrt. Sie wagte nicht, sich zu wehren, hatte sie doch ständig das Gefühl, Torquemadas bohrenden Blick im Rücken zu spüren, aber sie wollte sich dieses grausige Spektakel auf keinen Fall ansehen. Sie, die schon bei blutigen Szenen im Kino wegsah und Filme mit Folterszenen mied. Nein, sie durfte gar nicht daran denken!

Wie in Trance ließ sie sich von Jimena aus dem Gemach in den Jagdhof ziehen, wo sich der Zug formierte, der feierlich aus dem Palast und dann vor die Tore der Stadt zog, um dort auf der für die Ehrengäste errichteten Tribüne die Plätze einzunehmen. Isaura war beim Anblick der Scheiterhaufen wie gelähmt vor Furcht, doch sie war unter den Damen die einzige mit solch zartem Gemüt. Von den Männern ganz zu schweigen. Die meisten schienen eher in der Stimmung, die einem Theaterbesuch angemessen gewesen wäre oder einem Jahrmarkt, dachte Isaura, als sie die fliegenden Händler bemerkte, die sich durch die immer dichter werdende Menge schoben und allerlei Süßigkeiten, Mandeln oder Früchte anboten. Auch die Hofdamen der Königin sahen sich aufgeregt um und tuschelten über allerlei Nichtigkeiten wie einen besonders gutaussehenden jungen Mann in engen Hosen und mit einem verschwenderisch mit Federn dekorierten Hut.

Isaura öffnete mehrmals den Mund, schloss ihn aber wieder, ohne etwas zu sagen. Das alles war so absurd, dass sie nur noch schreiend davonlaufen oder aus diesem Albtraum erwachen wollte. Sie sah zu Isabel. Die Königin war wieder schwanger, doch noch passte sie in die engen Kleider, die den Leib einschnürten. Ihre aufwändig bestickten Röcke bauschten sich über ihre Beine bis zum Boden hinab. Mit ernster Miene ließ sie ihren Blick über das Feld schweifen. Begriff sie nun endlich, was sie mit ihrer Entscheidung angerichtet hatte? Isaura bezweifelte es. Der König schien sich gar, wie so viele, auf das Spektakel zu freuen. Er beugte sich zu seiner Gattin. Isaura hörte ihn eine Summe an Goldstücken nennen.

Isabel sah Fernando fragend an.

»Das ist die Summe der Vermögen, die das Heilige Offizium von den Verurteilten eingezogen hat«, verkündete er mit einem breiten Grinsen. »So ein Prozess und das Autodafé sind teuer, aber dieses Mal bleibt ein kleines Vermögen für die Staatskasse übrig.«

»Deshalb ist es auch wichtig, nicht jeden einzelnen *Converso* gleich zu verurteilen und hinzurichten«, hörte Isaura Abu Amins leise Stimme hinter sich, die hart und sarkastisch klang. »Man muss schon eine ganze Anzahl zusammenkommen lassen, damit sich die hohen Kosten lohnen und es auch ein Spektakel ergibt, das das Volk beeindruckt.«

Gesang erhob sich über das Plappern der Menschen, und alle reckten die Hälse. Das Hohe Gericht der Inquisition hatte sich bereits versammelt und seine Plätze eingenommen. Nun führten die Chorherren und eine Mannschaft Bewaffneter die Verurteilten heran, von denen einige ihrerseits zu singen begannen, was nicht im Sinne des Gerichts zu sein schien. Isaura konnte erkennen, dass Torquemadas Gesicht rot anlief vor Zorn.

War das ein jüdisches Lied? Vermutlich, denn Fernando beugte sich noch einmal zu Isabel. »Du siehst, wie recht wir mit unserer Entscheidung hatten. Das Natterngezücht hat sich unbemerkt unter uns ausgebreitet. Es wird Zeit, dass wir es mit aller Härte ausrotten!«

Die Bewaffneten verteilten die Verurteilten auf die Scheiterhaufen. Einigen stand Panik ins Gesicht geschrieben. Ein paar Frauen weinten, doch eine kleine Gruppe sang noch immer unverdrossen mit seltsam verzückter Miene.

»So werden Märtyrer gemacht«, hörte sich Isaura sagen.

Jimena stieß ihr den Ellenbogen in die Seite. »Still! Das sind Ketzer, sie können keine Märtyrer sein.«

Isaura lagen Widerworte auf der Zunge, doch sie verstummte in jähem Schrecken, als sie Männer mit brennenden Fackeln auf die Reisighaufen zugehen sah. Schon loderten die Flammen auf. Die Menschen wichen nun freiwillig ein wenig zurück, und selbst Isaura konnte die Hitze spüren. Ein paar der Verurteilten begannen nun zu schreien, und dann stieg Isaura der Geruch in die Nase. Der Gestank von verbranntem Fleisch.

Sie merkte nicht einmal, dass sie von ihrem Platz aufsprang und gegen Beatriz stieß. Sie wollte nur noch weg von hier. Panisch ruderte sie mit den Armen, während ihr Magen sich in schmerzhaften Wellen zusammenzog.

»Beruhige dich«, beschwor Jimena, die nun ebenfalls blass wurde, sie. Isaura fiel auf die Knie und erbrach sich über den Bretterboden. Sie zitterte am ganzen Körper und wusste nicht, ob es die Schreie der Sterbenden waren, die in ihren Ohren erklangen, oder ihre eigene Qual.

Hinter ihnen war Abu Amin aufgesprungen und beugte sich über Isaura. Sie hörte seine ruhige Stimme.

»Doña Teresa ist krank. Eine Irritation des Magens und der Eingeweide. Ich denke, es ist das Beste, sie zum Palast zurückzubringen.«

»Ich komme mit!«, sagte Jimena, als es Isaura schon schwarz vor Augen wurde.

Sie fühlte ihre Beine, die irgendwie vorwärtsgingen, während sie schwer in starken Armen hing. Dann sank sie auf eine gepolsterte Bank. Hier war es ruhig und kühl. Sie konnte Wasser plätschern hören. Vorsichtig öffnete Isaura die Augen und sah in Abu Amins Gesicht.

»Geht es Euch besser? Ich denke, Euer Magen wird sich von selbst wieder beruhigen, doch wenn Ihr wünscht, kann ich Euch auch Medizin geben.«

Isaura schüttelte nur stumm den Kopf. Sie erhob sich schwankend und wandte sich ab. Die ausgestreckte Hand Jimenas, die ihr folgen wollte, wies Isaura zurück.

»Lasst sie für einen Moment allein«, hörte sie Abu Amin sagen, als sie davonging.

Isaura flüchtete sich in die Gärten, wo sie allein zwischen murmelndem Wasser und zwitschernden Vögeln war. Erst raffte sie die Röcke und stürmte die Wege auf und ab, dann fühlte sie, wie ihre Knie weich wurden, und sie ließ sich auf eine Bank sinken. Sie konnte die Tränen nicht mehr zurückhalten. Ihr Oberkörper wiegte sich vor und zurück, während sie bitterlich um das Schicksal dieser armen Menschen weinte, deren Körper inzwischen bereits zu Asche verbrannt waren.

Endlich waren alle Tränen geweint, und ihr Schluchzen verebbte. Plötzlich hatte sie das Gefühl, nicht mehr allein zu sein. Isaura öffnete die Augen und sah Abu Amin zwischen den Hecken stehen und sie beobachten. Nun trat er langsam näher. Sein Blick war aufmerksam und besorgt, doch er schien sie ihrer Schwäche wegen nicht zu verurteilen.

Isaura erhob sich und sah verlegen zu ihm auf. »Was müsst Ihr nun von mir denken?«

»Die Welt wäre friedlicher, wenn es mehr Menschen mit so zartem Gemüt gäbe«, sagte er, als er vor ihr stehen blieb.

Isaura machte eine wegwerfende Handbewegung. »Meine Tränen nützen keinem etwas. Sie machen kein unschuldiges Opfer wieder lebendig, und sie werden auch nichts daran ändern, dass es noch viele weitere geben wird.«

Abu Amin trat noch ein Stück näher. »Und dennoch ist die Welt durch Eure Tränen reicher geworden. – Sie ist durch Euch reicher geworden.«

Isaura sah ihm in seine dunklen Augen, und voll Erstaunen fand sie darin so viel Wärme und Liebe, dass ihr wieder die Tränen in die Augen traten. Er breitete die Arme aus, so als wolle er alles Böse von ihr abhalten, und Isaura konnte nicht anders, als dem Impuls zu folgen, in seiner Umarmung Schutz zu suchen. Er umfing sie und drückte sie an seine Brust. Isaura ließ ihren Tränen freien Lauf. Ihr ganzer Körper bebte, doch er streichelte nur beruhigend ihren Rücken.

»Bringt mich von hier weg. Irgendwohin weit weg von diesem schrecklichen Ort und dieser schrecklichen Zeit«, schluchzte sie.

Er drückte seine Lippen auf ihr Haar, das unter dem verrutschten Schleier hervorlugte. »Wenn Ihr es wünscht, nichts lieber als das.«

Sie seufzte erleichtert auf und presste sich noch enger an ihn. Sie wollte nicht über die Konsequenzen nachdenken. Sie wollte sich einfach nur für ein paar Momente geborgen fühlen und die Schrecken vergessen.

»Ich werde Euch beschützen, Doña Teresa, wenn Ihr es zulasst. Werdet meine Frau, und ich schwöre Euch, ich werde all Eure Tränen trocknen und Euer zauberhaftes Lächeln zurückholen.«

Isaura erstarrte. Endlich wurde sie sich bewusst, in was für einer Situation sie sich befand. Dies war nicht ihre Zeit, in der man sich ohne Folgen bei einem Freund ausweinen und in seine Arme flüchten konnte. Dies war das Spanien des fünfzehnten Jahrhunderts!

Isaura befreite sich aus seinen Armen und trat schwankend zurück. »Es tut mir so leid«, stieß sie hervor. »Ich meine, ich wollte nicht…«

Abu Amin hob abwehrend die Hände. »Es ist meine Schuld. Ich habe Eure Situation ausgenutzt. Ich bin untröstlich, wenn ich Euch dadurch in Verlegenheit gebracht habe. Es steht mir nicht an, mein Herz auf der Zunge zu tragen und Euch in solch einer Lage zu überrumpeln. Denkt irgendwann später über das nach, was ich gesagt habe, oder vergesst es, wenn meine Worte Euch Unbehagen bereiten.«

Isaura starrte ihn an. Was für ein Mann. So hatte sie sich die wilden Mauren dieser mittelalterlichen Welt nicht vorgestellt. Nun, vielleicht noch seinen schwarzen Bart und die glühenden Augen, mit denen er sie ansah, doch sein Verhalten hätte nicht rücksichtsvoller, nicht zartfühlender sein können.

»Ich gestatte Eurem Herzen zu sprechen«, vernahm sie ihre eigenen Worte, ohne dass sie den Blick von ihm wenden konnte. Ein wenig war es Marco, den sie in ihm sah, doch vor allem sah sie den Hakim Abu Amin bin Sinaa, der ihr Herz nun in raschem Rhythmus klopfen ließ. »Was will es mir sagen?«

Ein Lächeln umspielte seinen Mund. Ein warmer Schimmer trat in seine Augen. »Es sagt, dass es Euch über alle Maßen liebt und verehrt, seit Ihr nach Eurer langen Nacht zum ersten Mal die Augen geöffnet habt. Und es hofft, dass es in Eurer Nähe verweilen darf, um sich an Eurem Anblick und an Euren klugen Worten zu erfreuen. Es wünscht sich, für immer an Eurer Seite zu bleiben!«

»Aber Ihr seid ein Maure. Ihr glaubt an Allah. Ihr könnt keine Christin heiraten.«

Abu Amin nickte. »Ja, ein Maure, das ist nicht zu bestreiten, und ich glaube an den einen, einzigen Gott, der groß und allmächtig alles zum Guten wenden wird. Aber ich habe auch die Taufe empfangen und kann Euch daher um Eure Hand bitten, ohne dass Ihr Eurem Christus untreu werden müsstet.«

Isaura nickte nur stumm. Der Hakim der Königin gehörte zu den Morisken. Das hatte sie nicht gewusst und sich auch keine Gedanken darüber gemacht. In ihrer Welt spielte Religion keine so große Rolle mehr, doch hier? Sie hatte gerade schmerzlich miterlebt, wie wichtig der Glaube – der richtige Glaube – war!

Und dennoch war seine Religion für sie in diesem Moment uninteressant. Sie sah nur den Mann, spürte fast mit Staunen, dass sie ihn begehrte und ihn kennenlernen wollte, aber musste man dafür gleich heiraten?

In dieser Zeit: ja, wenn man sich nicht völlig ruinieren wollte.

»Lauscht Eurem Herzen, und sagt mir, was es zu Euch spricht.«

Vorsichtig trat Isaura wieder näher und ergriff seine Hand. »Es ist verwirrt und weiß nicht, wie es entscheiden soll«, sagte sie offen. »Es drängt mich zu Euch, und dennoch fürchtet es sich vor diesem Schritt.«

»Dann lasst Euch Zeit, bis die Furcht verfliegt«, riet er ihr und lächelte so zärtlich, dass sie schlucken musste, um nicht wieder Tränen zu vergießen. »Lasst Euch Zeit, und sagt mir dann, wohin ich Euch bringen darf. Wollt Ihr Granada kennenlernen? Wollt Ihr die Wunder der Alhambra sehen?«

»Oh ja!«, rief Isaura, ehe sie sich zurückhalten konnte. »Ich meine, ich würde Granada gerne einmal besuchen, wenn das möglich ist, aber es ist die Hauptstadt des Emirats von Abu I-Hassan Ali, und ich bin Christin.«

»Es ist eine freie Stadt der Künste und des Handwerks. Händler aus aller Welt kommen dorthin. Jeder ist willkommen.«

Isaura sah ihn erstaunt an. »Das wusste ich nicht.«

»Ihr dachtet, dort herrschen die grimmigen Mauren, die jedem Fremden den Kopf abschlagen?« Verlegen sah sie zu Boden, doch er verbeugte sich und küsste ihre Hände. »Kommt mit hinein, es ist kühl hier draußen. Ruht Euch aus, und sammelt Kräfte. Ich werde da sein, wenn Ihr mich braucht, und ich werde auf Eure Antwort warten.«

»Du willst *was*?« Jimena starrte ihre Cousine verblüfft an.

»Ich habe mich entschieden, mit Abu Amin nach Granada zu gehen.«

»Um dort mit ihm zu leben? Einfach so? Das kannst du nicht tun!«

Teresa lächelte auf ihre feine Weise, und dennoch war Jimena, als könne sie einen Hauch von Spott sehen.

»Nein, ich habe nicht vor, meine Ehre aufzugeben. Er hat mich gebeten, seine Frau zu werden, und ich kann dir auch nicht sagen, ob wir in Granada leben werden. Fürs Erste habe ich nur entschieden, mich eine Weile vom Hof zurückzuziehen und mit Abu Amin nach Granada zu reisen.«

Jimena ließ sich auf eine Polsterbank sinken und starrte Teresa noch immer an.

Es war der Tag nach der Hinrichtung vor den Toren von Sevilla. Jimena hatte sich nach dem Frühmahl in ihr gemeinsames Gemach aufgemacht, um zu sehen, wie es Teresa ging. Sie war den ganzen Abend schweigsam und in sich gekehrt gewesen und hatte auch am Morgen bisher kaum ein Wort gesprochen, geschweige denn etwas zu sich genommen.

»Ich weiß nicht, was ich sagen soll. Das kommt so überraschend. Ich dachte, ich würde dich kennen, doch nun bin ich mir nicht mehr sicher. Wann hat er dich gefragt?«

»Gestern in den Gärten.«

»Als du völlig durcheinander warst«, hakte Jimena nach und zog eine Grimasse. »Ich hoffe, du hast ihm noch nicht geantwortet. So etwas muss überlegt werden! Es ist ein großer Schritt. Sei froh, dass wir keinen Vater oder Bruder haben, die uns gegen unseren Willen verheiraten.«

Teresa erhob sich und trat zu ihrer Cousine. Sie kniete sich vor sie und ergriff ihre Hände. »Wenn du meinst, ich würde aus einer traurigen Stimmung heraus einen Mann heiraten, dann kennst du mich wirklich nicht sehr gut. Ich gebe zu, der Gedanke ist mir zuvor nicht gekommen, obgleich ich meine Gefühle ihm gegenüber wachsen sah. Aber jetzt erscheint es mir als der Weg, den ich gehen muss. Ich kann keiner Königin dienen, die Menschen verbrennen lässt, nur weil sie ihre Feste anders feiern, als ein fanatischer Kirchenmann es will. Und ohne Heirat kann ich nicht mit Abu Amin gehen. Nicht in dieser Zeit, in dieser Gesellschaft.«

Jimena runzelte die Stirn und sah Teresa verwundert an. »Du sagst manches Mal sehr seltsame Dinge. Glaube mir, ich bin in dieser Frage mit Isabel auch nicht einig, aber sie ist nun einmal die Königin, und wir müssen ihre Entscheidungen annehmen.«

Teresa nickte. »Ich weiß, ich kann sie nicht ändern, aber ich lasse mich nicht zwingen, mir so etwas auch noch anzusehen. Und ich werde ihr nicht dienen und ihr sagen, dass sie alles ganz großartig macht!« Trotzig verschränkte Teresa die Arme vor der Brust.

»Und deshalb heiratest du einen Mann? Einen Morisken? Deshalb gehst du fort?«

»Ja, ich werde mir von ihm die Welt zeigen lassen, und vielleicht solltest du das auch tun!«

»Was?«

»Endlich den Mann heiraten, den du schon lange liebst, und mit ihm fortgehen! Wir könnten zusammen nach Granada reisen. Uns einfach die Wunder der Stadt ansehen und ein wenig Abstand von allem gewinnen. Danach kannst du immer noch an den Hof zurückkehren und Isabel dienen.« Teresa erhob sich und strich ihre Röcke glatt. »Denk darüber nach! Und nun entschuldige mich, ich werde Amin suchen und ihm meine Antwort bringen.«

Mit offenem Mund sah ihr Jimena nach. War Teresa im Begriff, den größten Fehler ihres Lebens zu begehen, oder war das der Pfad zu ihrem Glück? Jimena wusste es nicht. Sie konnte seit Monaten nur wenig sehen. Die Nebel, die ihren Geist umgaben, waren zu dicht. Ihre Gedanken schweiften zu Don Angelo, und sie konnte sich eines warmen Schauders nicht erwehren. Ihn heiraten?

Was für ein dummer Gedanke!

Warum nur stachen diese Worte wie eine Gräte im Hals?

Jimena sprang auf und eilte aus dem Zimmer. Sie lief so schnell durch die Flure und über die Höfe, dass sich manche Dame überrascht nach ihr umwandte, doch sie war nicht schnell genug, ihren eigenen Gedanken und Sehnsüchten zu entfliehen. Und es half auch nichts, dass sie stundenlang in den Gärten auf und ab ging. Kaum ließ sie sich auf einer Bank nieder, erfasste schon wieder die Unruhe sie, ließ sie aufspringen und weitereilen. Es war bereits spät am Nachmittag, als ihr eine Gestalt entgegenkam. Obgleich die tief stehende Sonne sie blendete und sie nur seine Silhouette sehen konnte, erkannte sie ihn, und ihr Herz begann rascher zu schlagen.

»Da seid Ihr ja, Doña Jimena«, begrüßte er sie. »Ich habe Euch den ganzen Tag gesucht.«

»Dann muss ich mich ja sehr gut versteckt haben«, erwiderte sie mit einem nervösen Lachen und setzte ihren Weg unbeirrt fort.

Don Angelo passte seinen Schritt dem ihren an.

»Habt Ihr das? Euch versteckt? Etwa vor mir?«

»Unsinn! Was bildet Ihr Euch ein?«

Es hatte schärfer geklungen, als sie es hatte sagen wollen. Don Angelo schwieg eine Weile, ging aber noch immer neben ihr her. Endlich sagte er: »Ich bringe Euch sicher keine Neuigkeit, wenn ich Euch sage, dass Eure Cousine sich mit dem Hakim der Königin vermählen wird. Sie hat Abu Amin ihr Jawort gegeben.«

Jimena seufzte. »Nein, sie hat es mir gesagt, aber ich weiß nicht, ob ich es gutheißen soll.«

»Ihr mögt ihn nicht?«

»Das ist nicht die Frage. Er ist ein Moriske!«

»Ist das so wichtig?«

Jimena nickte. »Wenn ich mir so ansehe, was mit den *Conversos* geschieht.«

Don Angelo nickte mit ernster Miene. »Da ist es vermutlich nicht schlecht, dass sie nach Granada reisen werden.«

»Vielleicht, aber auch dorthin gehören sie nicht recht.«

»Ich habe gehört, Granada sei eine offene Stadt, die jeden Gast willkommen heißt.«

»Mag sein. Und dennoch frage ich mich, wird sie mit diesem Mann glücklich?«

»Er verehrt und liebt sie, und Eure Cousine hat ihr Herz ebenfalls verschenkt, woran also sollte es den beiden mangeln?«

Endlich blieb Jimena stehen. »Seid Ihr Euch da so sicher? Sie ist noch jung und unerfahren.«

»Sie ist mehr als zwanzig Jahre alt!« Jimena wischte diesen Einwand mit einer Handbewegung fort. »Ich halte sie nicht für leichtfertig«, sagte Don Angelo dennoch, »sie ist mutig und wagt es, ihrem Herzen zu folgen, selbst wenn sie noch ein wenig Furcht vor diesem Schritt empfindet. Ach, was gäbe ich darum, wenn auch Ihr den Mut finden würdet und ein klein wenig mehr auf Euer Herz und mein Flehen hören würdet.«

»Was wisst Ihr über mein Herz?«, fauchte Jimena.

Don Angelo trat einen Schritt näher. »Ich habe sein Klopfen einmal ganz nah an meinem Herzen gespürt, und ich fand, dass unsere Herzen in wunderbarem Gleichklang schlugen.«

Jimena presste die Zähne zusammen. Sie suchte nach einer schroffen Bemerkung, doch keine wollte ihr über die Lippen kommen. Es gelang ihr nicht einmal, ihren Blick von dem seinen zu lösen, der sie in solch liebevoller Umklammerung hielt, dass sie meinte, seine Arme wieder um sich spüren zu können. Seine Lippen auf den ihren.

Ein Laut der Sehnsucht suchte sich seine Bahn, und es war wie ein Aufschluchzen, als er seine Hände auf ihre Arme legte.

»Ich liebe Euch noch immer, Doña Jimena, das wisst Ihr, nicht wahr? Und ich bin jederzeit bereit, die Worte zu wiederholen, die ich so lange schon zurückhalte. Vielleicht macht mir Abu Amin Mut, dass ich es heute noch einmal versuche.« Er öffnete den Mund, doch ehe er seinen Antrag formulieren konnte, legten sich ihre Lippen auf die seinen. Ihre Arme schlangen sich um seinen Leib, und sie presste sich so heftig an ihn, dass er einen Schritt zurückwankte. Don Angelo erholte sich schnell von seiner Überraschung, umfing Jimena und erwiderte ihre Küsse mit einer Leidenschaft, die sie aufstöhnen ließ. Endlich löste er seine Lippen von den ihren, weigerte sich aber, sie aus seiner Umarmung zu entlassen. »Ich habe Euch ja noch gar nicht gefragt!«, rügte er sie belustigt.

»Doch, das habt Ihr«, widersprach Jimena atemlos. »Ich habe lediglich meine Antwort von damals korrigiert.«

Don Angelo sah sie ungläubig an, dann legte er den Kopf in den Nacken und lachte laut. »Ach Jimena, ich liebe Euch! Ihr sagt ja? Ihr werdet mich endlich heiraten?«

»Ja, ja, ja, ja, ja«, flüsterte sie und küsste ihn zwischen jedem Wort. »Und als Hochzeitsgabe fordere ich weder Gold noch Geschmeide. Ich will zusammen mit Teresa und Abu Amin nach Granada reisen und die Alhambra sehen!«

»Ah, daher weht der Wind«, beschwerte er sich. »Ihr sucht keinen Gatten. Ihr sucht einen Reisebegleiter, und wenn wir wieder zurück sind, jagt Ihr mich zum Teufel!«

Jimena schlang noch einmal die Arme um seinen Hals. »Nein, ich schwöre es. Ich will nie wieder von Eurer Seite weichen. Passt nur auf, und grinst nicht so einfältig. Ihr werdet mich dieses Schwures wegen vielleicht noch verwünschen, denn ich meine es ernst. Von nun an will ich bei Euch sein und nicht nur eine Urkunde in einer Schatulle haben und einen Ring an meinem Finger, der mir sagt, dass ich einen Gatten habe.«

Don Angelo umfasste sie und wirbelte sie herum, dass ihre Röcke flogen.

»Das gefällt mir. Ich nehme Euch bei Eurem Wort, Señora.«

Kapitel 16

»Ich weiß nicht«, sagte die Schwester. »Eigentlich darf ich Sie nicht ins Zimmer lassen. Auf der Intensivstation haben nur Pflegekräfte und Angehörige Zutritt zu den Patienten.«

»Ich würde mich durchaus als einen Angehörigen von Señora Thalheim bezeichnen«, sagte der alte Mann.

Schwester Cristina musterte ihn. Er war alt. Sehr alt, bestimmt weit über achtzig. Gesicht und Hände waren von Altersflecken übersät, sein weißes Haar war schütter, doch er machte keinen schwächlichen Eindruck. Ganz im Gegenteil! Er hielt sich sehr gerade, der Blick aus seinen grauen Augen war aufmerksam, und er schien genau zu wissen, was er wollte.

»Sind Sie Señora Thalheims Großvater?«

Er lächelte väterlich. »Nicht ganz. Ich war Anwalt und Lebensfreund ihrer Großtante und bin es nach deren Tod nun für Isaura.«

Sie erwiderte sein Lächeln. »Ich weiß nicht, ob das zählt.«

»Dann fragen Sie ihren Arzt«, schlug Antonio Campillo Fernández vor. »Wo kann ich Dr. Díaz finden?«

»Er hat noch Urlaub«, informierte ihn die Schwester.

Der Anwalt hob seine buschigen weißen Augenbrauen. »Er ist nicht hier? Ich dachte, ich hätte seinen Wagen auf dem Parkplatz gesehen.«

Schwester Cristina wand sich. »Er ist nicht im Dienst«,

sagte sie ausweichend, während ihr Blick zu der geschlossenen Zimmertür huschte, hinter der die Patientin lag.

Der Anwalt verstand. Er nickte bedächtig. »Er ist bei Isaura, nicht wahr? Dann sollten wir gemeinsam zu ihm gehen und ihn fragen.«

Die Schwester zögerte noch immer. »Sie können eh nicht mit Señora Thalheim sprechen.«

»Dann ist sie noch immer bewusstlos?«

Die Schwester schwieg. Es war ihr anzusehen, wie sie mit sich rang. »Ich werde Dr. Díaz fragen«, sagte sie schließlich und öffnete die Tür, doch statt im Gang zu warten, trat Señor Fernández hinter ihr ins Zimmer und ließ den Blick von der bewusstlosen Patientin zu dem Mann schweifen, der auf dem Stuhl an ihrem Bett saß. Sein Kopf war nach vorn gesunken, doch nun erwachte er und sprang sichtlich verwirrt auf. Sein Haar stand ihm nach allen Seiten vom Kopf ab, seine Kleider waren zerknittert, und die Schatten unter seinen Augen ließen ihn erschöpft wirken.

»Oh, Entschuldigung!«, rief die Schwester.

»Was gibt es?«, erkundigte sich Marco, der zu seinem Stuhl zurückwankte und sich wieder setzte.

Statt einer Antwort trat Señor Fernández vor und streckte ihm die Hand hin. »*Buenas tardes*, Dr. Díaz. Schwester Cristina war sich nicht sicher, ob sie mich zu Señora Thalheim lassen darf.«

Noch immer ein wenig verwirrt, erhob sich Marco und ergriff die ihm entgegengestreckte Hand. Er starrte den alten Mann an, dann nickte er. »Señor Campillo Fernández, *buenas tardes*. Sie sind Isauras Anwalt. Was führt Sie hierher?«

Schwester Cristina sah von Marco zu dem Anwalt, dann beschloss sie, dass sie hier nicht mehr gebraucht wurde, und zog leise die Tür hinter sich zu.

Der alte Mann ließ den Blick über das Bett schweifen und seufzte. »Was für eine Frage. Aber ich nehme an, Sie meinen, ob ich in meiner Eigenschaft als Anwalt gekommen bin. Nein. Ich bin als Isauras Freund hier, erschüttert, nachdem ich von diesem Unfall erfahren habe.«

Marco holte einen zweiten Stuhl ans Bett und bot ihn dem Anwalt an. Der sah noch einige Augenblicke auf die bleiche, reglose Gestalt im Krankenbett hinab, ehe er sich auf den Stuhl sinken ließ. Für einen Augenblick wirkte sein Gesicht noch älter, vor Trauer eingefallen. Seine Schultern sanken nach vorn, sein Rücken beugte sich. Bedrückt schüttelte er den Kopf.

»Sie ist noch immer nicht erwacht«, stellte er fest. »Das ist nicht gut, nicht wahr? Oder halten Sie Isaura aus irgendeinem Grund künstlich im Koma?«

Marco ließ sich auch wieder auf seinen Stuhl fallen. »Nein. Ehrlich gesagt wissen wir nicht, was ihr fehlt – außer den offensichtlichen Verletzungen, die sie sich bei ihrem Sturz zugezogen hat. Es gibt keine medizinische Erklärung, warum sie nicht erwacht. Wir haben bei unseren Untersuchungen nichts gefunden.«

»Das bedeutet?«, hakte der Anwalt nach.

Marco hob die Arme und ließ sie dann kraftlos wieder fallen. In seinem Gesicht stand Verzweiflung. »Isaura kann jeden Moment wieder aufwachen oder nie wieder. Das, Señor Campillo Fernández, kann keiner sagen.«

»Nennen Sie mich Antonio.«

»Marco.«

Der Anwalt beugte sich in seinem Stuhl vor und sah den Arzt eindringlich an. »Marco, bitte erzählen Sie mir, was passiert ist.«

»Isaura ist rückwärts von einer Art Balkon ein Stockwerk

tiefer in einen Hof voller römischer Säulenstücke und Mosaiken gestürzt.«

Antonio nickte. »Wie konnte das geschehen? Was war vorher? Berichten Sie mir genau, wie es zu diesem Unfall kam. Wo waren Sie? Was haben Sie getan? Wie war Isauras Stimmung? Was hat sie gesagt?«

Marco runzelte die Stirn. »Wollen Sie damit andeuten, Isaura hätte sich absichtlich dort hinuntergestürzt?«

Der Anwalt hob abwehrend die Hände. »Oh nein! Verstehen Sie mich nicht falsch. Ich will hier niemandem die Schuld geben. Ich versuche nur zu begreifen, und daher bitte ich Sie, mir alles zu erzählen. Dinge, die Ihnen vielleicht sonderbar vorkommen.« Er sah den Arzt erwartungsvoll an.

»Sonderbar«, wiederholte Marco.

»Vielleicht auch vorher – Stunden oder Tage zuvor«, ergänzte der Anwalt.

Marco sah ihn scharf an. »Was wollen Sie von mir hören? Was wissen Sie über Isaura?«

Señor Fernández schüttelte den Kopf. »Wissen ist zu viel gesagt. Ich wusste einiges über ihre Großtante, dass sie eine sehr bemerkenswerte und besondere Frau war mit – sagen wir – außergewöhnlichen Fähigkeiten. Ihre Nachbarn haben sie geradezu verehrt!«

»Ja, und?«

»Und ich glaube, ja ich bin überzeugt, dass diese – nennen wir es Kräfte – auch in Isaura stecken.«

Marco sah ihn verständnislos an. »Was für Kräfte?«

»Wissen Sie, wie es zu diesem Autounfall kam, bei dem ihr Mann so schwer verletzt wurde?«

»Nicht genau. Das Auto kam in der Nähe von Toro von der Straße ab, hat sich überschlagen und wurde zwischen einem Baum und einem Felsen eingeklemmt. Ich weiß, dass sich Isaura Vorwürfe machte, weil ihr Mann bei diesem Unfall so schwer verletzt wurde, sie aber kaum einen Kratzer abbekommen hat.«

»Nur deswegen?«, hakte der Anwalt nach.

»Nein«, sagte Marco abwehrend. »Sie gibt sich an diesem Unfall die Schuld, aber das ist Unsinn. Sie ist nicht gefahren.«

»Und dennoch hat sie diesen Unfall verursacht«, sagte Señor Fernández sanft.

»Blödsinn! Glauben Sie, dass sie ihm ins Lenkrad gegriffen hat oder so?«

Der Anwalt schüttelte den Kopf. »Nicht auf so direkte Weise. Sie hat den Unfall nicht bewusst provoziert.«

»Was wollen Sie ihr unterstellen?«, fuhr Marco den alten Mann an. »Sie kann sich doch gar nicht mehr an den Hergang des Unfalls erinnern! Das hat sie mir gesagt, und ich glaube ihr.«

Señor Fernández ließ sich nicht aus der Ruhe bringen. »Hat Isaura Ihnen erzählt, woran sie sich erinnert? Haben Sie ihr genau zugehört?«

Marco zuckte mit den Achseln. »Der Streit zuvor, das Schleudern des Wagens und das Splittern des Glases.«

»Nein!«, rief der Anwalt bestimmt. »Sie sagte, sie erinnere sich an den Streit, dann das Splittern des Glases und Justus' Schrei. Und dann begann sich alles um sie herum zu drehen.«

»Das habe ich doch gesagt!«, ereiferte sich Marco.

»Haben Sie das?« Die Stimme des alten Mannes war noch immer sanft.

Marco öffnete den Mund, sagte aber nichts. Er dachte nach und riss die Augen auf, als ihm der Unterschied auffiel.

»Das kann nicht sein!«, behauptete er.

»Was?«

»So kann es sich nicht abgespielt haben! Wieso sollte die Scheibe splittern, ehe der Wagen von der Fahrbahn abkam?«

Der Anwalt sah ihn aus seinen grauen Augen fest an. »Das ist eben die entscheidende Frage.« Marco starrte ihn verblüfft an. Bilder stiegen in seinem Kopf auf. Isaura in ihrer Küche. Ein Glas in der Spüle, das mit einem Knall zersprang, obgleich sie es in diesem Augenblick nicht berührt hatte. Señor Fernández beobachtete ihn genau. Er schien zu ahnen, was in ihm vorging. »Nicht wahr, es gab Dinge, die Sie sich mit Ihrem wissenschaftlich geschulten Geist nicht erklären können. Vorkommnisse, auch auf dieser Reise, die vielleicht zu diesem erneuten Unglück führten.«

Marco nickte. »Manches Mal waren es nur Bemerkungen, die mich nicht weiter beunruhigten, ja die mir kaum auffielen, wenn sie von historischen Begebenheiten sprach, als sei sie dabei gewesen. Ich fand es sogar schön, wie lebendig sie erzählte, sodass man in die Geschichte hineingezogen wurde und sich selbst wie ein Teil davon vorkam. Es hatte nichts von diesen langweiligen Vorträgen, die man sonst so oft zu hören bekommt.«

»Aber dann geschah etwas, das Sie beunruhigte«, folgerte der Anwalt. Noch immer waren seine hellen grauen Augen wachsam auf den Arzt gerichtet.

Marco nickte. »Es war in Sevilla.« Er berichtete von ihrem schönen Tag, den Besichtigungen und ihrem gemütlichen Essen. »Dann bummelten wir zu unserem Hotel zurück. Wir näherten uns der Kathedrale. Es war einfach ein schöner, warmer Abend, an dem die Menschen gut gelaunt über den Platz flanierten, doch Isaura blieb plötzlich wie erstarrt stehen. Sie war von einem Augenblick zum anderen verwandelt. Sie stöhnte und wankte und brach geradezu in meinen Armen zusammen.«

»Hat sie etwas gesagt?«

»Sie sprach von einem Inquisitor – Torquemada war sein Name – und von einer Prozession, einem Autodafé, das auf diesem Platz stattfand.« Marco schüttelte sich. »Es war richtig unheimlich. Es kam mir vor, als würden wir auf demselben Platz stehen, aber jeder in einer anderen Zeit.«

Señor Fernández nickte. »Das haben Sie sehr gut formuliert. Aber wie erklären Sie sich diese Vision oder, vielleicht besser gesagt, diesen Rückblick in eine Zeit, die Isaura nicht erlebt haben kann?«

Marco schüttelte heftig den Kopf. »Ich habe keine Ahnung. Ich kann es mir nicht erklären. Wissen Sie, was das bedeutet?«

Der Blick des Anwalts ruhte auf der reglosen Gestalt im Bett. »Nein, ich kann Ihnen keine Antwort geben. Es gab so vieles, das Carmen wie eine geheimnisvolle Aura umgab und das ich nie recht begriffen habe. Und nun Isaura. Ich denke, Carmen hat ihre Erbin mit Bedacht gewählt.« Eine Weile war es still im Zimmer. Nur das leise Piepsen der Monitore war zu hören. Dann ergriff Señor Fernández wieder das Wort. »Was ist nach Sevilla geschehen? Wie kam es zu dem Unfall, bei dem Isaura gestürzt ist?«

»Wir fuhren am nächsten Tag weiter nach Córdoba.« Marco überlegte und berichtete dann, so genau, wie er sich erinnerte, von ihrem ersten Abend und dem Tag in der Stadt, der mit dem Besuch im Alcázar endete. Er erzählte von den nächtlichen Wasserspielen und wie sie dann in den Patio des Alcázar zurückgekehrt waren, um sich noch ein wenig umzusehen. »Es war meine Idee, die Treppe hinaufzusteigen«, gestand er, und in seiner Miene drückte sich all seine Qual aus.

Señor Fernández beugte sich vor und legte seine knochige Hand auf die des jungen Arztes. »Deshalb dürfen Sie sich aber nicht die Schuld an dem Unfall geben. Erzählen Sie weiter!«

»Es war wieder wie in Sevilla. Plötzlich ging eine Veränderung mit ihr vor. Ich konnte nur die Treppe und eine geschlossene Tür sehen, aber Isaura sah etwas anderes, das sie erschreckte und vor dem sie bis auf diesen Balkon zurückwich. Als ich die Gefahr erkannte, rannte ich die Treppe hinauf, doch es war bereits zu spät. Sie wich bis zu der Stelle zurück, an der die Brüstung fehlte. Das Plastikband konnte ihren Sturz nicht verhindern.« Marco barg das Gesicht in seinen Händen. »Oh Gott, ich sah ihr in die Augen, während sie fiel und dann dort unten auf dem Boden aufschlug. Es war, als würde das Leben in ihren Augen verlöschen. Ich dachte, sie wäre tot.«

Er bebte am ganzen Körper, als er den schrecklichen Moment noch einmal durchlebte, wie er die provisorische Treppe hinuntergerannt war und sich über sie gebeugt hatte. Wie er wider Erwarten einen Puls hatte fühlen können und mit zitternden Fingern über sein Handy einen Notarzt angefordert hatte.

Señor Fernández legte ihm die Hand auf den Arm. »Sie sollten jetzt nach Hause gehen und sich ausruhen. Essen Sie etwas, und versuchen Sie zu schlafen.«

»Ich kann nicht«, protestierte Marco. »Ich muss bei Isaura bleiben. Vielleicht wacht sie jeden Moment auf.«

»Dann werde ich bei ihr sein«, sagte Señor Fernández. »Gehen Sie, Marco, Sie werden Ihre Kräfte noch brauchen. Warten Sie nicht, bis Ihr Körper völlig geschwächt ist. Ich verspreche Ihnen, ich rufe Sie sofort an, wenn sich etwas verändert.«

Marco erhob sich schwankend. Er trat an das Bett und streichelte sanft Isauras Wange. »Ich bin bald zurück«, versprach er ihr. Dann wandte er sich zu dem alten Mann um.

»Danke.«

»Nichts zu danken. Auch ich bin Isauras Freund und voller Sorge – aber auch voller Hoffnung, dass sie bald wieder zu uns zurückkehrt.«

Marco fuhr zu seiner Wohnung. Sie kam ihm stickig und abweisend vor. Er zog sich aus, duschte ausgiebig und rasierte sich. Als er in frische Kleider geschlüpft war, inspizierte er den Kühlschrank, fand aber nichts, auf das er Appetit verspürte. Er ging hinüber ins Schlafzimmer und legte sich aufs Bett. Obwohl er erschöpft war, konnte er keine Ruhe finden. Draußen war es noch hell. Wie sollte er da schlafen können?

Doch er wusste, dass das nicht der Grund war. Nach einer halben Stunde gab er es auf. Er tigerte unruhig durch die Wohnung. Jetzt konnte er nichts lesen, und den Fernseher wollte er auch nicht einschalten. Was könnte es dort schon geben, das ihn interessieren oder wenigstens ablenken würde?

Marco hatte das Gefühl, seine Wohnung wäre über Nacht kleiner geworden. Sie schien ihn zu ersticken. Er hielt es einfach nicht länger aus. Er griff nach den Wagenschlüsseln und riss die Tür auf, hielt dann aber inne.

Wohin sollte er gehen? Zu Freunden? Zu seiner Mutter?

Er zog eine Grimasse. Nein, er wollte keine Erklärungen abgeben, und er wollte auch keine hilflosen Worte und Gesten, die versuchen sollten, ihn zu trösten. Er musste allein sein. Und doch sehnte er sich nach Gesellschaft und ein wenig Wärme, die die Eiseskälte der Angst aus seinem Innern vertreiben würde.

Plötzlich wusste er, wo er hinwollte. Ein Lächeln huschte über sein Gesicht, als er die Tür zuschlug und die Treppe hinunterlief. In dem kleinen Supermarkt um die Ecke kaufte er Brot, Käse und Schinken und eine riesige Ladung Katzenfutter, dann machte er sich auf den Weg nach Tordesillas.

Golondrino kam ihm mit hocherhobenem Schwanz bereits am Tor entgegen und begrüßte ihn maunzend. Er beugte sich hinab und streichelte den Kopf des getigerten Katers, der in den vergangenen Wochen, seit Isaura ihn in ihre Obhut genommen hatte, beträchtlich zugenommen hatte. Er war nun ein wohlgenährter Kater mit schönem Fell, der sich an die regelmäßigen Mahlzeiten und die Fürsorge gewöhnt hatte und sicher nicht begriff, wo seine neue Freundin abgeblieben war. Klagend strich Golondrino um Marcos Beine.

»Ich vermisse sie auch«, sagte er leise und hatte einen Kloß im Hals. Er räusperte sich. »Aber wir werden noch eine Weile auf sie verzichten müssen.«

Er nahm die Einkaufstüte vom Beifahrersitz. »Komm Golondrino, lass uns hineingehen. Zumindest Futter und ein paar Streicheleinheiten kann ich dir anbieten. Und ich hätte auch nichts dagegen, wenn du heute Nacht das Bett mit mir teilst. Wenigstens du«, fügte er leise hinzu und musste schon wieder schlucken.

Er spürte den Abendwind über seine Wange streichen. Dann war ihm, als legte sich ihm eine Hand warm und tröstend auf die Schulter. Marco fuhr herum, doch da war niemand.

Natürlich nicht.

Marco drückte die Einkaufstüte fest gegen seine Brust und schritt auf die Haustür zu. Golondrino folgte ihm laut schnurrend.

Kapitel 17

Granada, 1482

Zu Isauras Überraschung ließ Isabel sie und Jimena nicht einfach nur ziehen. Sie schien sich ehrlich für ihre Hofdamen und Freundinnen zu freuen, wünschte ihnen Glück und ließ es sich nicht nehmen, die Feier für die Doppelhochzeit im Palast auszurichten. Isaura war wie im Rausch. Sie wurde in ein prächtiges golden schillerndes Gewand gehüllt, einen Spitzenschleier über ihrem aufgesteckten Haar, und schon fand sie sich neben Jimena in der großen Moschee vor dem neuen Altar wieder, wo Kardinal Mendoza höchstpersönlich die beiden Paare vermählte. Isaura sah Amin in seine schwarzen Augen und murmelte: »Ja.« Seine Stimme dagegen war kräftig, und auch Don Angelo verkündete laut und klar sein »Ja«. Der letzte Choral verklang, während die frisch Vermählten auf das Portal zustrebten. Schon hob ihr Ehemann Isaura in den Sattel des prächtig geschmückten Pferdes und ritt neben ihr zum Palast zurück. Vor ihr ritt Jimena und winkte fröhlich in die Menge.

Im Saal, wo sonst die Botschafter anderer Länder empfangen wurden, hatte die Königin für die adeligen Gäste eine große Tafel aufbauen lassen, die unter den Köstlichkeiten zusammenzubrechen drohte. Und auch im Jagdhof draußen wurden feines Essen und Wein für alle Bediensteten und zahlreiche Handwerker serviert. Isaura aß fast nichts, wogegen es sich Jimena und Don Angelo schmecken ließen. Sie sahen einander die ganze Zeit verliebt in die Augen, und Isaura hatte das Gefühl, sie konnten es kaum erwarten, bis sie endlich von der Gesellschaft zu ihrem Hochzeitslager begleitet würden. Isaura dagegen fühlte sich zunehmend nervöser und trank noch einen Becher Wein, um ihre Nerven zu beruhigen. Nicht dass sie ihren Gatten nicht anziehend gefunden hätte. Die Spannung zwischen ihnen war gar ins beinahe Unerträgliche gestiegen, und Isaura fieberte seiner Umarmung entgegen. Trotzdem fürchtete sie sich ein wenig. Isaura konnte sich nicht gerade als unerfahren bezeichnen. Sie war viele Jahre verheiratet gewesen, hatte vorher Männerbekanntschaften gehabt und zum Schluss mit Marco eine Beziehung angefangen. Sie fürchtete sich eher, weil sie zu viel Erfahrung hatte. Amin erwartete eine Jungfrau! Wie sollte sie dem gerecht werden? Sie versuchte, nicht daran zu denken, dass er am Morgen zum Beweis ein blutiges Laken vorzeigen musste. Würde sie ihn enttäuschen? Seine Ehre kränken? Sich selbst und ihm Schande bereiten?

Und so wirkte sie tatsächlich schüchtern und ein wenig furchtsam, als sich die Türen zwischen ihnen und den Gästen schlossen und Amin sie zu ihrem Lager führte. Er sagte nichts, nahm sie nur in seine Arme und küsste sie sanft. Ihre Augen, ihre Wangen und Schläfen, den Hals bis zu der goldbestickten Borte, die ihr Dekolleté umrahmte. Mit ruhigen Bewegungen löste er Bänder und Haken und schälte sie aus ihrem Hochzeitsgewand. Seine Fingerspitzen strichen über ihre erhitzte Haut. Isaura spürte, wie sie zu zittern begann. Dieses Mal nicht aus Furcht, sondern vor Verlangen. Sie wagte nicht, ihm in die Augen zu sehen. Ihre Arme hingen herab, während er sie weiter liebkoste. Dann zog er sie auf das Bett herab, entkleidete sich und legte sich neben sie. Für eine Weile sah er sie nur an, dann setzten seine Lippen und Hände ihr Spiel fort, bis Isaura bebte und stöhnte. Sie konnte nicht mehr anders. Sie schlang ihre Arme um ihn und zog ihn an sich. Sie küsste seine Schultern und seine Brust und rieb ihre Wange an seiner Haut.

»Du musst dich nicht fürchten«, flüsterte er ihr ins Ohr, als er sich auf sie legte und seine Knie die ihren zur Seite schoben. Isaura wagte nicht zu antworten. Sie begehrte ihn inzwischen so heftig, dass sie sich kaum zurückhalten konnte. In diesem Moment dachte sie nur an den Mann, den sie heute geheiratet hatte, und an seinen Körper, den sie spüren wollte. Ihre Finger krallten sich in seinen Rücken, als er in sie eindrang, und sie riss voll Staunen und Schmerz die Augen weit auf.

Was wunderst du dich? Es ist ein jungfräulicher Körper, den unser Gatte in Besitz nimmt!

Schnell klang der Schmerz ab, als er sich sacht in ihr zu bewegen begann, und steigerte sich zur Lust. Er hielt sich noch ein wenig zurück, ehe er sich das nahm, was er so sehr begehrte. Isaura schrie leise auf, als er sie an sich presste und sich aufbäumte, doch dieses Mal war es Lust und nicht Schmerz.

Still lag er noch eine Weile auf ihr, dann rollte er sich herum und zog sie auf seinen Bauch. So hielt er sie umschlungen, bis sie beide einschliefen.

Schon wenige Tage nach der Hochzeit brachen sie auf. Es war Mitte Dezember, und in Kastilien herrschte tiefster Winter mit eisigen Winden, die Schneeschauer vor sich hertrieben, doch hier in Andalusien schien immer ein Hauch von Frühling in der Luft zu liegen. Jimena ritt ihren Schimmel, den sie in Jerez bekommen hatte, Teresa eine wunderschöne

Fuchsstute, die ihr Abu Amin zur Hochzeit geschenkt hatte. So folgten sie der Landstraße, kehrten in einem Gasthaus oder einem Kloster ein, wenn sie müde waren, und setzten dann ihre Reise fort.

Es waren herrliche Tage, die Isaura in vollen Zügen genoss. Nur ab und zu schob sich Marcos Gesicht vor das ihres neuen Gatten, der nichts unterließ, ihr die Reise bequem und angenehm zu gestalten. Isaura liebte seine ruhige, zuverlässige Art, die nie aufdringlich war, und dennoch schien er stets zu spüren, wenn sie etwas benötigte.

Jimena und Don Angelo dagegen schienen seit dem Tag ihrer Hochzeit um mindestens zehn Jahre jünger geworden zu sein. Sie zankten sich und lachten, lieferten sich halsbrecherische Wettrennen und küssten einander stürmisch, wenn sie dachten, sie wären unbeobachtet. Nur ab und zu verdüsterte sich Jimenas Miene. Isaura wusste, dass sie dann an Isabel dachte und sich Vorwürfe machte, die Königin im Stich gelassen und ihren Schwur gebrochen zu haben.

»Es war kein Abschied für immer«, sagte Don Angelo dann. »Auch ich habe ihr Treue geschworen und werde meinen Eid nicht brechen.«

Einige Tage später erreichten sie den Ort Lucena, aus dem Dominga stammte. Die ummauerte Siedlung lag in einer Talsenke, in deren Mitte sich eine wehrhafte Burg erhob. Dies war an sich nichts Besonderes. Das Castillo del Moral war allerdings eine jüdische Burg, was den Einfluss der zum größten Teil jüdischen Bevölkerung unterstrich. Isaura sah zu dem auffälligen achteckigen Turm hinauf, der sich über dem zweifachen Mauerring erhob, und fragte sich, ob der Inquisitor mit seinem Verdacht nicht recht hatte und Dominga und damit auch ihre Tochter *Conversos* waren.

Ohne anzuhalten, setzten sie ihre Reise nach Osten fort,

überquerten die Sierra de Rute und die Sierra de Albayate, die das Grenzgebiet zum Emirat Granada bildeten, doch niemand hielt die kleine Reisegruppe auf. Neugierig betrachtete Isaura die Menschen in den Dörfern, die sie passierten. Sie waren vom Typ her ein wenig dunkler, ihre Kleidung etwas anders, sonst aber unterschied sich die einfache Landbevölkerung nicht viel von der des christlichen Andalusien. Auch hier war das Leben hart und karg, bestand aus Arbeit auf den Feldern und mit dem Vieh und konnte jederzeit durch eine Krankheit oder den Überfall irgendeines adeligen Herrn ein brutales Ende finden – mochte er nun maurisch oder christlich sein.

Am nächsten Tag näherten sie sich Granada. Abu Amin hielt sein Pferd an, als sie die Anhöhe erklommen hatten, die den ersten Blick auf die Stadt gewährte. Isaura lenkte ihre Stute neben ihn.

»Was für ein zauberhafter Anblick!«

Ihr Blick glitt über die leicht gewellte Landschaft vor ihnen und wurde unwillkürlich nach Osten gelenkt, wo sich die Alhambra stolz vor der dick verschneiten Bergkette der Sierra Nevada abhob. Die Alcazaba, der älteste Teil der roten Festung, reckte sich auf der vorderen Spitze wahrlich wehrhaft in den Himmel. Dahinter schlossen sich die zahlreichen unter der Herrschaft der Nasriden erbauten Palastbauten an.

Sie ritten weiter. Abu Amin trieb die Pferde an, um rechtzeitig vor Einbruch der Dunkelheit die Stadt zu erreichen. Je näher sie den Mauern kamen, desto dichter wurde der Strom von Reitern, beladenen Karren und Menschen, die zu Fuß der Stadt zustrebten. Isaura erkannte nicht nur die langen Gewänder der Mauren mit ihrer typischen Kopfbedeckung. Sie sah erstaunlich viele Männer in jüdischer und christlicher Kleidung.

»Granada ist eine weltoffene Stadt«, bestätigte Abu Amin. »Auch wenn der Emir mit den christlichen Königen im Streit liegt, heißt seine Stadt alle willkommen.«

Sie ritten durch das erste Tor, vorbei an einer den orientalischen Karawansereien nachempfundenen Herberge.

Doch obwohl Isaura sich nichts sehnlicher wünschte, als endlich absitzen und ein Bad nehmen zu können, ritt Abu Amin weiter. Neben einem eigenen Bett hatte Isaura in ihrer neuen Welt von Anfang an am meisten heißes Wasser zum Baden und Duschen vermisst. Die wenigen Male, die die Damen in einem Zuber badeten, konnten ihr Bedürfnis nach Sauberkeit nicht stillen. Und auch die Kleider rochen oft recht streng. So etwas wie ein Deo kannte man nicht, und die Kleider wurden auch nicht sehr häufig gewaschen. Vermutlich konnte sie noch froh sein, wenn sich kein Ungeziefer darin einnistete.

Sie ritten an der großen Moschee vorbei, die einst einer Kathedrale würde weichen müssen, auf einen weiteren Mauerring zu, dessen Tor sie in den alten Stadtteil des Albaicín führte. Hier lebte Abu Amins Onkel mit seiner Frau, der sie herzlich in Empfang nahm. Er war ein ernsthafter Mann, dessen Miene trotz der freundlichen Worte streng blieb. Er umarmte seinen Neffen kurz und verbeugte sich vor den Gästen, doch Isaura hatte den Eindruck, dass er es vermied, sie und Jimena anzusehen. Er schien gar erleichtert, als eine Dienerin sie in die Frauengemächer führte, wo sie die Hausherrin Samira kennenlernten. Sie war im Gegensatz zu ihrem Gatten Kamil herzlich, strahlte die fremden Frauen an und musterte sie neugierig. Isaura fand sie auf den ersten Blick sympathisch. Sie redete gern, doch da sie die spanischen Worte etwas anders aussprach und, wenn ihr eine Wendung nicht einfiel, arabisch klingende Worte untermischte, verstand

Isaura nicht alles, was sie erzählte. Sie bekam nur mit, dass Amin früher einige Jahre im Haus seines Onkels gelebt hatte und für Samira wie ein Sohn war, nachdem sie ihren ältesten bei einem Scharmützel mit den Christen verloren hatte und die beiden jüngeren im Kindesalter vom Fieber dahingerafft worden waren. So waren ihr nur ihre beiden Töchter geblieben, die inzwischen aber verheiratet waren und das Haus verlassen hatten.

Es war schon spät, als Isaura Amin endlich wieder zu Gesicht bekam. Kamil hatte ein üppiges Mahl auftragen lassen, und nun saßen sie zwischen lodernden Feuerschalen in einem von Mosaiken verzierten Raum und ließen sich die fremdartigen Speisen schmecken.

Amin bot Isaura immer wieder von den arabischen Köstlichkeiten an. Es kam ihr ein wenig fremd vor, sich von ihm vor den anderen die Süßigkeiten in den Mund schieben zu lassen, doch es schien hier ganz normal, mit den Fingern zu essen. Amin ließ Isaura an diesem Abend kaum aus den Augen.

»Weißt du, wie schön du bist?«, raunte er ihr zu. »Du bist heute meine Pfirsichblüte. Die Farbe steht dir gut zu Gesicht. Sie lässt deine Augen golden schimmern.«

Isaura hätte sich gern an ihn gelehnt und seine Hand genommen, doch sie fürchtete, dass das vor den anderen nicht schicklich wäre.

»Wir werden morgen die Alhambra besuchen und den Emir kennenlernen«, vertraute Amin Isaura an. »Kamil ist zu einer Besprechung geladen und wird uns seiner Majestät vorstellen. Mein Vater hat ihm bis zu seinem Tod als Hakim gedient, doch ich kenne ihn noch nicht persönlich.«

»Uns? Du meinst Don Angelo und dich. Ich kann mir nicht vorstellen, dass die Einladung auch Jimena und mich einschließt«, sagte Isaura kopfschüttelnd. Nicht in dieser maurischen Gesellschaft, bei der die Frauen noch strenger als in Andalusien im Verborgenen gehalten wurden.

Abu Amin lächelte. »Bist du denn nicht neugierig, die Alhambra aus der Nähe zu betrachten?«

»Natürlich, aber wie stellst du dir das vor? Kommt Samira etwa auch mit?«

Abu Amin schüttelte den Kopf. »Nein, natürlich nicht, aber die christlichen Besucher dürfen sich von ihrer Gattin begleiten lassen. Also, wenn du möchtest?«

Isaura strahlte. »Und ob ich möchte! Ich bin ja so gespannt.« Allerdings stieg auch Unbehagen in ihr auf. Wie um alles in der Welt musste man sich in Anwesenheit eines Nasridenfürsten benehmen? Wie ihn ansprechen, wenn das einer Frau überhaupt zustand? Sie hoffte, Samira würde ihr noch ein paar gute Ratschläge mit auf den Weg geben können.

Die Herrin des Hauses brachte für ihren Besuch auf der Alhambra angemessene Kleidung für Jimena und Isaura und half ihnen, die ungewohnten Gewänder und den Schleier anzulegen.

»Wie schön sie sind, wie leicht und angenehm zu tragen«, schwärmte Jimena und tanzte beschwingt durch das Zimmer. »Und sieh nur diese Farben!«

Isaura konnte ihr nur zustimmen. Sie hatte sich in den schweren, steifen Hofroben nie wohlgefühlt. Sie drehte sich vor dem Spiegel um ihre Achse. »Ich fürchte, ich werde mich nicht korrekt zu benehmen wissen«, gestand sie. »Kannst du uns nicht ein wenig helfen. Samira? Was sagt man? Und worüber darf man auf keinen Fall sprechen?«

Samira kicherte. »Oh, da müssten wir mehr als ein paar Stunden Zeit haben. Doch ich werde versuchen, euch im Bad die wichtigsten Dinge zu erklären.«

»Im Bad?«, echote Jimena und starrte ihre Gastgeberin
entgeistert an.

»Aber ja. Wir haben den ganzen Nachmittag Zeit, ehe die
Palastboten euch abholen. Was könnte da angenehmer sein,
als im Badehaus zu weilen?«

Für Jimena war ein Bad vermutlich nur ein Zuber mit heißem Wasser. Ein Luxus, den man sich ab und zu an kalten
Winterabenden oder nach einer langen Reise gönnte. Isaura
dagegen hatte zumindest eine Vorstellung von der maurischen Badekultur und der Pracht ihrer Bäder. Allerdings
hatte sie in Tordesillas und auf ihrer Reise durch Andalusien
nur das gesehen, was in ihrem Jahrhundert noch davon übrig war oder was Archäologen restauriert hatten. Nun war
sie gespannt darauf, wie die Bäder zu ihrer Zeit ausgesehen
hatten.

Offensichtlich gab es in Granada ebenso viele Bäder wie
Moscheen, und so mussten sie nicht weit dem Gewirr der
engen Gassen folgen, bis sie vor einem Badehaus anlangten,
das an diesem Tag für Frauen geöffnet war.

Durch einen Vorhang betraten sie einen rechteckigen
Raum, den kunstvolle Kachelmosaiken schmückten. Im *al-
bayt al-barid* legten sie ihre Kleider ab und bekamen duf-
tende, weiche Tücher. Ein Mädchen führte sie in den nächsten
Raum, in dem es deutlich wärmer war. Der *al-bayt al-was-
tant* war oktogonal angelegt, die gewölbte Decke von Säulen
und Hufeisenbögen gestützt. Kleine, sternförmige Oberlich-
ter ließen gedämpftes Licht herein. In den im Boden einge-
lassenen Wasserbecken konnte man warme Bäder nehmen,
oder man konnte auch nur auf den ebenfalls gewärmten Bän-
ken sitzen und ein wenig plaudern. In einer weiteren Nische
boten Badefrauen Massagen oder Peeling mit einem rauen
Handschuh aus Wildseide an. Außerdem konnte man sich

hier lästige Haare entfernen lassen. Ohne Scham ließ Samira ihr Tuch sinken und ging auf eine der Bademägde zu. Überrascht sah Isaura, dass sie nicht nur unter den Achseln haarfrei war. Offensichtlich war es im Emirat üblich, sich auch die Scham epilieren zu lassen. Isauras und Jimenas üppiges Schamhaar rief bei den anwesenden Frauen kaum verhohlene Belustigung hervor.

Isaura entschied sich spontan, sich ebenfalls ihre Haarpracht entfernen zu lassen. Amin würde es vermutlich gefallen, wenn dies hier üblich war, und auch zu Hause, in ihrem Jahrhundert, hatte sie sich seit Jahren die Achseln und die Scham rasiert. Jimena dagegen zog es vor, sich in einem der Becken im nach Rosen duftenden Wasser zu aalen und sich die Schultern massieren zu lassen.

Vielleicht war es doch keine so gute Idee gewesen, dachte Isaura, die die Lippen zusammenpresste, um keinen Schmerzenslaut auszustoßen. Die Prozedur war nicht gerade angenehm, dafür waren das Peeling und das anschließende Bad umso belebender.

Danach führte Samira sie in den kleinsten Raum des Bads, aus dem ihnen heiße Dampfschwaden entgegenwehten. Das *al-bayt al-sajun* war ein Dampfbad mit einer steinernen Plattform in der Mitte und Wasserbecken an den Rändern. Junge Mädchen übergossen die Besucherinnen auf Wunsch mit heißem oder kaltem Wasser, während diese vor sich hin schwitzten.

Als sie sich zum Abkühlen wieder in den Nebenraum begaben, wo sie im Dämmerlicht entspannen sollten, erkundigte sich Isaura noch einmal nach den Gepflogenheiten in Granada, und endlich begann Samira zu berichten.

»Dann will ich euch sagen, was ihr über unseren Emir wissen müsst. In Granada gibt es zwei einflussreiche adelige Familien, die seit Generationen um die Macht kämpfen: die Zegrís, die unseren Emir unterstützen, und die Abencerragen, die es mit seiner Erstfrau Aischa und seinem Sohn Muhammad halten. Aischa kann es gar nicht abwarten, ihren Sohn auf dem Thron zu sehen, und denkt wohl, jetzt, wo der Emir krank ist, wäre seine Zeit gekommen, doch da macht sie die Rechnung ohne Abu l-Hassan Alis Bruder al Zagal. Er ist ein starker Mann und ein erfahrener Krieger, ganz anders als das Bürschchen Muhammad.«

»Wenn al Zagal so stark ist, wird er dann den kranken Emir nicht stürzen, ehe er sich mit seinem Sohn um den Thron streiten muss?«, wollte Jimena wissen.

Samira schüttelte den Kopf. »Nein, das kann ich mir nicht vorstellen. Er ist seinem Bruder treu ergeben. Was für eine seltene Gabe«, fügte sie sarkastisch hinzu. »In Granada sind mehr Herrscher an Verrat und einem Dolch im Rücken gestorben denn im Kampf gegen die Christen oder alt und weise in ihrem Bett.«

Es wurde bereits dunkel, als die Diener des Emirs an das Tor klopften. Die Gäste nahmen in Sänften Platz, die von geduldigen kleinen Pferden den Berg hinaufgetragen wurden. Abu Amin und Don Angelo zogen es allerdings vor, auf ihren eigenen Rössern zum Palast hinaufzureiten. Sie überquerten den Darro und folgten dann dem in einer weiten Schleife ansteigenden Weg, bis sie eines der Tore erreichten. Durch dessen doppelten Bogen betraten sie die Festungsstadt, um sogleich in ein Märchen aus Farben und Formen einzutauchen, das all ihre Erwartungen übertraf.

Isaura kannte den Alcázar von Sevilla, die Parallelen waren nicht zu übersehen, dennoch waren die Paläste der Alhambra das Prächtigste, was sie sich vorstellen konnte. Die perfekten Symmetrien, das Spiel mit Formen und Farben, Licht und Schatten, ja selbst das unterschiedliche Murmeln des Wassers, das sich in Brunnen, Becken und Wasserläufen durch die ganze Anlage zog... Isaura konnte sich nicht sattsehen, und auch Jimena an ihrer Seite war ungewöhnlich still. Von irgendwoher erklang Musik. Dann standen sie in dem großen Empfangssaal. Während der Begrüßungszeremonie hielt Isaura, wie Samira empfohlen hatte, die Lider gesenkt, doch später, als der Emir mit Kamil und Amin ein Gespräch begann, musterte sie den Herrscher Granadas verstohlen. Abu l-Hassan Ali mochte seit fast zwanzig Jahren das Zepter in der Hand halten, doch er wirkte auf sie wie ein alter, kranker Mann, dem es schwerfiel, den Anschein von Macht und Stärke aufrechtzuerhalten. Ganz im Gegensatz zu dem Mann, der ein wenig hinter ihm stand: sein Bruder Muhammad al Zagal, dessen strenge Miene nahezu unbewegt blieb. Es strahlte eine Kraft aus, die Isaura körperlich zu spüren glaubte. Seinem wachsamen Blick schien nichts zu entgehen. Sie hätte nicht sagen können, was er – den in seinen Augen ungläubigen – Gästen gegenüber empfand. Als aber ein junger Mann den Saal betrat, den der Emir als seinen Sohn Muhammad vorstellte, glaubte sie einen Hauch von Verachtung über al Zagals Miene huschen zu sehen. Der junge Mann warf ihm einen überheblichen Blick zu, doch Isaura kam es so vor, als würde er ein wenig den Kopf einziehen. In seiner Miene konnte sie lesen wie in einem offenen Buch. Er konnte seinen Onkel nicht leiden, hütete sich aber, ihn offen zu reizen. Und auch für seinen Vater schien er keine Sympathie zu empfinden. Er hob die Oberlippe und missachtete die Aufforderung, die Gäste ebenfalls zu begrüßen. Isaura dachte an Samiras Bericht im Badehaus und an die Fragmente, die sie in einer anderen Zeit über Granada gelesen hatte. Die

Herrschaft des Emirs neigte sich ihrem Ende zu. Und seinem Nachfolger würde kein Glück beschieden sein.

Muhammad bedachte seinen Vater mit einem herausfordernden Blick, dann stolzierte er von dannen. Der brüskierte Herrscher versuchte die Blamage zu überspielen, indem er in die Hände klatschte und seine Gäste zu einem Mahl bat, das der exotischen Pracht seines Palasts durchaus angemessen war.

»Der Emir versteht es zu genießen«, flüsterte Jimena Isaura zu. »So etwas gab es in Kastilien nicht einmal unter König Enrique!«

Lärm drang von draußen herein. Isaura rekelte sich genüsslich in den weichen Kissen. Sie ließ ihre Gedanken wandern und genoss die Erinnerungen an die zärtlichen Stunden, die sie mit Amin verbracht hatte. Dann erst öffnete sie die Augen und sah sich im Dämmerlicht der vorgelegten Läden um. Amin war nicht da, dabei musste es noch sehr früh sein. Die Sonne war kaum aufgegangen. Wo mochte er hingegangen sein?

Isaura erhob sich und nahm ihren Schal. Sie trat ans Fenster und lugte in den Hof hinunter. Es waren ungewöhnlich viele Menschen zu sehen, die aufgeregt miteinander diskutierten. Leider konnte sie nicht verstehen, was sie sagten. Die meisten von ihnen machten fröhliche Mienen und schienen etwas zu feiern, doch sie sah auch einige besorgte Gesichter.

In Kastilien und dem christlichen Andalusien wurde in diesen Tagen die Geburt des Heilands gefeiert, doch hier in Granada interessierte das christliche Fest sicher nur wenige. Was also war geschehen?

In diesem Moment wurde die Tür aufgerissen. Isaura fuhr herum und spürte, wie sie zu strahlen begann, als sie Amin ins Zimmer kommen sah. Sie ging ihm mit offenen Armen entgegen, als sie jedoch seine Miene im Dämmerlicht gewahrte, blieb sie abrupt stehen.

»Was ist passiert?«

»Hörst du den Lärm?«, fragte er mit grimmiger Stimme.

»Aber ja. Die Menschen scheinen etwas zu feiern.«

»Oh ja! Viele in Granada scheinen zu glauben, sie hätten einen Grund zu feiern«, stieß er hervor. »Ob sie recht haben, wird die Zeit zeigen.«

»Was ist passiert?«, fragte Isaura noch einmal.

»Der Emir meinte, es wäre wieder einmal an der Zeit, den christlichen Königen gegenüber die Muskeln spielen zu lassen, vermutlich nachdem sie die jährliche Tributzahlung angemahnt haben. Statt des Geldes hat er ein Heer geschickt, um die Festungsstadt Zahara in der Weihnachtsnacht überfallen zu lassen. Eigentlich ist sie auf dem Berggrat gut gesichert, doch vielleicht waren die Christen in der Heiligen Nacht nachlässig. Ich weiß es nicht. Jedenfalls haben die Männer des Emirs die Stadt eingenommen und alle Einwohner massakriert. Dies ist seine Antwort auf die Mahnung der kastilischen Königin. Wie dumm von ihm, sie zu reizen, und was für eine Sünde, so viele Leben zu nehmen.«

»Wie schrecklich! Die armen Menschen. Warum nur solch eine sinnlose Tat?«

Abu Amin zuckte mit den Schultern. »Beide Seiten bedienen sich der Grausamkeit. Das Leben einfacher Menschen zählt nichts.«

Plötzlich spürte Isaura, wie das Blut aus ihren Adern wich. »Welches Jahr schreiben wir?«

Abu Amin lächelte. »In einigen Tagen beginnt das Jahr 1482.«

Isaura taumelte zurück und ließ sich auf das Bett sinken.

»Oh Gott, das darf nicht wahr sein. Wir müssen weg von hier! So schnell wie möglich.«

Abu Amin setzte sich neben sie und ergriff beruhigend ihre Hände. »Du musst dich nicht fürchten. Dies ist nicht der erste Überfall eines Emirs auf die Christen, genauso wenig wie ihre Vergeltung die erste und die letzte sein wird. Mögen die Herrscher wechseln, die Methoden, den anderen zu strafen und zu schwächen, bleiben dieselben, und stets werden die Gemetzel auf dem Rücken des kleinen Mannes ausgetragen.«

»Nein, du verstehst nicht. Dieses Mal ist es anders. Isabel ist anders. Sie wird sich diese Provokation nicht gefallen lassen. Sie wird Granada vernichten – das ganze Emirat! Sie wird die Reconquista zu Ende bringen und als Siegerin in die Alhambra einziehen!«

»Das wird nicht geschehen«, behauptete Abu Amin.

Natürlich. Keiner konnte sich vorstellen, dass nach zwei Jahrhunderten ausgerechnet eine Frau die Rückeroberung wieder ernsthaft in Angriff nehmen und damit auch noch Erfolg haben würde. Hatten nicht auch ihre Vorgänger stets davon gesprochen, die Reconquista wieder aufzunehmen, dem jedoch nie irgendwelche Taten folgen lassen?

Isaura war klar, dass sie ihn und die anderen nicht würde überzeugen können. Und selbst wenn. Was für Konsequenzen sollten sie daraus ziehen? Granada verlassen, so viel war klar, aber dann? An den Hof zurückkehren?

Isaura seufzte. »Dann schick wenigstens einen Boten nach Sevilla, damit wir erfahren, wie die Königin diesen Überfall aufnimmt.«

Abu Amin küsste ihr das Haar. »Aber natürlich, meine Liebste, und nun lass uns unser Frühmahl einnehmen.«

Die Antwort der Königin, die sie von Kastilien aus an Sevilla schickte, nachdem sie von dem feigen Angriff auf ihre Festungsstadt Zahara erfahren hatte, lautete: »Sie freue sich über diese Tat!«

Jimena, die mit Isaura im schattigen Hof saß, blinzelte und sah Abu Amin verwundert an. »Das kann sie nicht gesagt haben!«

Don Angelo erhob sich, trat zu dem Hakim und sah in das Schreiben, das der Bote ihm gebracht hatte. Er las erst schweigend, dann nickte er. »Doch, so steht es hier geschrieben. Sie freue sich über die Tat, denn der Emir habe das Friedensabkommen gebrochen. Und nun glaubt die Königin, das Recht auf ihrer Seite zu haben, um die Reconquista wieder aufleben zu lassen und sie dieses Mal mit aller Härte bis zum Ende zu führen. Sie will nicht eher ruhen, bis ihr Banner mit dem königlichen Löwen über der Alhambra weht.«

Don Angelo und Jimena sahen einander entsetzt an, und auch Abu Amin suchte den Blick seiner Frau. »Du hattest recht«, sagte er leise, »wenn sie ihre Drohung ernst meint.«

Jimena und Don Angelo nickten einmütig. »Isabel ist keine Königin der leeren Worte«, sagte Jimena. »Wenn sie etwas ankündigt, dann setzt sie es auch in die Tat um.«

»Und selbst wenn es ihr nicht gelingt, die Alhambra einzunehmen«, fügte Don Angelo hinzu. »Es bedeutet auf alle Fälle Krieg mit Granada, das für uns dann kein sicherer Ort mehr ist.«

Abu Amin nickte. »Ja, es ist, wie Teresa es vorausgesehen hat. Wir sollten abreisen.«

Er ging ins Haus, Don Angelo folgte ihm. Jimena wandte sich mit leiser Stimme an ihre Cousine. »Was hast du noch gesehen? Werden die Stadt und die Alhambra fallen?«

Isaura zögerte mit ihrer Antwort, doch Jimena sah sie unverwandt an. Schließlich nickte sie.

»Ja, es ist das Ende des maurischen Königreichs hier in Andalusien, auch wenn es noch ein paar Jahre dauern wird, bis Isabel das Tor zur Alhambra durchschreitet.«

Jimena seufzte tief. Sie sah zu der prächtigen Festung hinauf, deren rote Mauern sich vor den weiß verschneiten Bergen abhoben. »Was für eine Verschwendung. Wenn diese Paläste fallen, wird es im ganzen Königreich vermutlich nie wieder etwas so Schönes geben.«

Isaura schüttelte den Kopf. »Die Alhambra wird die Zeiten überdauern, nur die Mauren, die sie mit ihrem Geist erfüllt haben, werden nicht mehr da sein. Es wird ein wahrlich christliches Spanien werden!«

Es schauderte sie am ganzen Leib. Jimena trat zu ihr und legte ihr den Arm um die Schulter. »Vielleicht ist es ein Segen, dass ich das noch nicht sehen kann.«

Kapitel 18

Córdoba, 1482

So kehrten sie an den Hof der Königin zurück. Isabel begrüßte Jimena und Teresa herzlich, dennoch war die Königin ungewöhnlich angespannt. Fernando war nach Aragón gereist, und keiner wusste, wann man ihn zurückerwarten konnte. Isabel schickte nach Don Rodrigo Ponce de León, der bereits vier Tage später mit einigen seiner Männer eintraf. Isaura und Jimena saßen gerade mit Isabel zusammmen, als der Marquis von Cádiz gemeldet wurde. Schon waren seine Stiefel auf dem Mosaikboden zu hören, und Don Rodrigo schritt auf seine Königin zu. Er beugte knapp das Knie und sah Isabel dann direkt an.

»Ihr habt nach mir geschickt?«

Isabel nickte und bat ihn, Platz zu nehmen. »Ich nehme an, Ihr habt von dem Überfall der Mauren auf unsere Grenzstadt Zahara gehört?«

»Zu Weihnachten, in der Heiligen Nacht«, knurrte der Marquis und nickte. »Dieser Frevel darf nicht ungesühnt bleiben. Majestät, ich bitte Euch um die Erlaubnis, Mulay Hassan und seinen maurischen Hunden eine Lehre zu erteilen.«

Die Königin lächelte ihn an. »Ich habe gehofft, dass Ihr so etwas sagen würdet, doch ich möchte nicht, dass Ihr zur Strafe ein maurisches Dorf niederbrennt oder ein paar ihrer Felder zerstört. Ich möchte sie ins Mark treffen und ihnen verkünden: Dies ist das Ende von Granada, das Ende der maurischen Herrschaft in Andalusien. Was die Könige einst vor mir begonnen haben, werde ich zu Ende führen: die Reconquista!«

Isaura wusste ja, was die Königin vorhatte, und ihr war bekannt, wie das alles enden würde, doch diese feurige Rede jagte ihr einen Schauder über den Rücken. Sie sah zu Isabel, die sich erhoben hatte. Aufrecht stand sie mit blitzenden Augen da, sodass sie größer wirkte, als sie war. Ihre innere Kraft und ihre Macht schienen sie wie einen Schein einzuhüllen.

Auch der Marquis war beeindruckt. Noch einmal beugte er das Knie. »Ihr habt in mir Euren treusten Verbündeten für dieses Vorhaben, doch sprecht, habt Ihr Euch schon Gedanken darüber gemacht, wo die Achillesferse der Mauren ist, die es zu durchschneiden gilt?«

Isabel nickte. Sie ließ eine Karte Andalusiens von ihrem Sekretär bringen. Isaura und Jimena reckten die Köpfe, als die Königin die Karte auf dem Tisch ausbreitete.

»Hier, im Nordwesten der Sierra Nevada, liegt Granada.« Sie tippte auf die Karte. »Dort an der Küste, im Südwesten, liegt Málaga, die wichtigste Hafenstadt des Emirats.« Ihr Finger fuhr zwischen den beiden Städten hin und her. »Und auf diesem Weg werden alle Waren in die Hauptstadt transportiert. Was aber, wenn wir uns genau hier in die Mitte dieses Weges setzen würden? Wenn wir ihnen Alhama nehmen?«

Der Marquis pfiff durch die Zähne. »Das würde sie empfindlich treffen. Alhama ist nicht nur der Ort der Sommerresidenzen des Adels von Granada, es ist von entscheidender strategischer Wichtigkeit. Nur, einfach wird das nicht! Die Stadt und die Burg sind gut befestigt und sind durch die Schlucht zumindest auf einer Seite geschützt. Wir haben jetzt

Januar. Dort oben liegt der Schnee mehrere Fuß hoch, und es stürmt oft wochenlang. Eine Belagerung könnten wir erst im Frühling beginnen.«

Isabel setzte sich wieder und verschränkte die Arme vor der Brust. »Nein, so lange werden wir nicht warten. Dieser Schlag muss schnell kommen und unerwartet. Er muss sie treffen wie ein Blitz aus heiterem Himmel. Vielleicht wird eine langwierige Belagerung dann gar nicht nötig werden.«

Don Rodrigo starrte seine Königin fassungslos an, dann teilte ein Grinsen sein dichtes Bartgestrüpp. »Vielleicht habt Ihr recht. Wir müssen sie überraschen und dafür sorgen, dass keiner ihrer Spione sie rechtzeitig warnt.«

»Wie soll das gehen?«, fragte Jimena später, nachdem sie ihrem Gatten und Abu Amin von dem Vorhaben der Königin berichtet hatten.

»Sie muss eine Armee zusammenstellen, die dann ungesehen bis tief in das Gebiet von Granada vorstößt? Sie werden tagelang unterwegs sein, und das im tiefsten Winter, bei Schneefall und Eiseskälte. Und dann müssen sie noch die Burg und die Stadt einnehmen, ehe jemand ahnt, wie ihm geschieht. Das ist unmöglich!«

Don Angelo wiegte den Kopf. »Schwierig, ja, da stimme ich dir zu, aber nicht unmöglich, gerade weil sich die Mauren, solange es Winter ist, in Sicherheit wiegen. So etwas hat noch keiner gewagt, und einer Frau trauen sie das schon gleich gar nicht zu. Das könnte ihr Verhängnis werden.« Er sah zu Abu Amin hinüber, der zustimmend nickte.

»Werdet Ihr mit dem Marquis ziehen, Don Angelo?«, erkundigte sich der Hakim.

Der *Hidalgo* hob die Schultern. »Ich bin nicht zum Helden geboren. Ich habe stets das bequeme Leben eines Höflings geführt und die Heldentaten als Ritter oder Mann der Kirche meinen Brüdern überlassen.«

»Und seid Ihr mit diesem Weg zufrieden?«, hakte Abu Amin nach.

Don Angelo schüttelte matt den Kopf. »Nein«, sagte er leise. »Vielleicht würde ich mich melden, doch ich habe Jimena versprochen, dass sie nicht noch einmal um einen Mann weinen muss und wir stets zusammenbleiben.« Jimena starrte ihn an, so als versuche sie seine Gedanken zu lesen, doch Don Angelo wandte den Blick ab. »Entschuldigt mich«, sagte er knapp, erhob sich und verließ den kleinen Hof.

Das Versprechen, das er Jimena gegeben hat, wiegt schwer in seiner Brust, dachte Isaura. *Lieber würde er mit dem Marquis ziehen und sich als Mann beweisen. Wie lange wird er sich für sie zurücknehmen? Wann wird er ihr im Stillen vorwerfen, ihn in Ketten gelegt zu haben?*

Sie sah zu ihrer Cousine hinüber und erkannte, dass auch Jimena dieser Gedanke bewegte.

Jimena war nicht beim Nachtmahl gewesen, und auch Don Angelo hatte sich nicht blicken lassen. Isaura sah sich beunruhigt um und machte sich, sobald sie sich, ohne unhöflich zu erscheinen, entschuldigen konnte, auf die Suche nach ihrer Cousine.

Sie fand Jimena in ihrem Gemach. Sie saß an dem kleinen Sekretär unter den beiden vergitterten Hufeisenfenstern und schrieb eifrig in einem dicken Buch, das Isaura noch nie gesehen hatte – und dennoch kam es ihr seltsam bekannt vor.

Zögernd trat sie näher und sah Jimena, die mit schwungvoller Feder die letzten Ereignisse dokumentierte, über die Schulter. Jimena legte die Feder weg und wandte sich zu Isaura um.

»Teresa, was gibt es?«

»Das wollte ich dich gerade fragen!« Isaura las die letzten Sätze und stöhnte auf.

»Du hast Isabel gesagt, dass Angelo mit dem Marquis nach Alhama zieht?«

Jimena nickte. »Ja, denn ich habe den Wunsch in seinem Herzen gelesen. Er hat sich verändert. Er will nicht mehr nur ein Höfling sein, der allein die Bequemlichkeit sucht.«

Isaura nickte. »Ich weiß, aber du hast geschworen, nicht von seiner Seite zu weichen. Was wird nun aus euch?«

»Ich werde mit ihm ziehen«, sagte Jimena schlicht.

»Im Winter in die Berge bei solch einer gefährlichen Mission?«

Sie nickte nur, und Isaura spürte, dass es nichts gab, das sie umstimmen würde. Daher nahm sie ihre Cousine nur in die Arme.

»Ich werde beten, dass ihr gesund zurückkehrt«, sagte sie. Dann fiel ihr Blick wieder auf das Buch. Sie ließ Jimena los und blätterte einige Seiten zurück, las ein paar Sätze und schlug es dann weiter vorn auf. Sie spürte, wie ihr Herz rascher zu schlagen begann. Schließlich klappte sie es zu und öffnete die erste Seite.

Arévalo, 1458

Es würde einer der wichtigsten Tage in ihrem Leben werden. Das hatte ihr keiner gesagt, dennoch konnte sie es spüren.

Isaura hob den Blick und starrte Jimena an. »Du bist *La Caminata de la edad*«, hauchte sie.

Jimena schüttelte den Kopf, schlug das Buch zu und reichte

es Isaura. »Nein, wir sind eins. Jetzt bist du es, die die Geschichte weiterschreiben wird, ganz gleich, ob ich von diesem Kriegszug zurückkehre oder nicht. Dein Platz ist nun bei Isabel, um unserer Königin als erste Dame zu dienen. Mein Platz ist an der Seite meines Gatten, meine Aufgabe ist, ihm durch alle Gefahren zu folgen, solange wir leben.«

Isaura wusste nicht, was sie sagen sollte, und starrte Jimena, die sich gesenkten Hauptes umwandte und den Raum verließ, nur stumm nach.

In aller Heimlichkeit stellte der Marquis eine Truppe aus verlässlichen Männern zusammen, die sich in Arcos de la Frontera in den ersten Februartagen traf. Der Ort nahe der Grenze, der über einer hunderte Fuß hohen Steilklippe aufragte, gab schon einmal einen Vorgeschmack auf das, was sie in den Bergen von Granada erwarten würde. Von der Flussseite her war der Ort uneinnehmbar. Von der anderen durch hohe Mauern und Türme geschützt. Man würde sich einer List bedienen müssen, das war ihnen bewusst, denn die Truppe war alles andere als ein Belagerungsheer. Dafür hoffte der Marquis, dass sie schnell und unauffällig reisen konnten.

Natürlich war er ganz und gar nicht erfreut, als er Jimena unter den Männern entdeckte. »Don Angelo, Ihr könnt Eure Gattin nicht mitnehmen. Sie wird hier in Arcos zurückbleiben.«

Der *Hidalgo* schüttelte den Kopf. »Ich müsste sie schon anbinden.«

»Sie wird mir assistieren«, mischte sich Abu Amin ein, der sich ebenfalls zu diesem Zug gemeldet hatte, um den Verwundeten, die es sicher geben würde, zu helfen. »Doña Jimena ist eine weise Frau und eine Heilkundige, die uns im Ernstfall eine große Hilfe sein wird.«

»Meinetwegen, aber sorgt dafür, dass sie bei Euch in der Nachhut bleibt«, knurrte Don Rodrigo und verkündete dann, dass man kurz nach Mittag aufbrechen werde. »Wir reiten in drei Gruppen mit wenigen hundert Schritten Abstand und passieren die Grenze nach Einbruch der Dunkelheit. Danach reiten wir nur mehr nachts und so schnell es uns die Sicht erlaubt. Bei Tag werden wir uns verbergen. Unser Plan steht und fällt mit unserer Umsicht. Wenn es uns gelingt, sie zu überraschen, haben wir die Burg schon fast in unserer Hand.«

Ganz so einfach würde es nicht werden, dachte Jimena, doch sie war fest entschlossen, nicht zurückzubleiben. Angelo strich ihr sanft über die Wange. »Ich weiß nicht, ob mich dein unbeugsamer Wille erfreuen soll«, seufzte er. »Ich sorge mich um dich.«

»Und ich mich um dich«, gab sie zurück und drückte seine Hand. »Wir sind durch unser Gelübde aneinander gebunden.«

»Nun, so sei es«, seufzte er und kehrte zu seinem Pferd zurück. Jimena blieb bei Abu Amin und ließ sich von ihm, als es Zeit wurde, in den Sattel helfen. Das Abenteuer begann. Wie würde es enden?

»Willst du dich nicht setzen?«

Isabel sah von den Briefen auf, die auf ihrem Schoß lagen, über dem sich wieder ein schwangerer Leib wölbte. Ihre Hand ruhte auf den Papieren. Lauter wichtige Schreiben ihrer Kommandeure und Informanten, die sie alle sorgfältig durchlas, ehe sie weitere Entscheidungen traf und Anweisungen gab. Es war weit nach Mitternacht, und die meisten ihrer Damen und Höflinge hatten sich bereits mit Erlaubnis ihrer Königin zurückgezogen. Nur Isaura war noch bei ihr und schritt unruhig auf und ab. Sie waren inzwischen nach Córdoba übersiedelt – sehr zu Isauras Missfallen –, wo Isabel mit

Fernando zusammentreffen wollte, doch bisher war der König noch nicht angekommen. Es störte Isaura nicht, dass der Palast nicht so prächtig und bequem war wie der Alcázar in Sevilla. Jedoch stieß ihr übel auf, die Burg mit den Vertretern der Inquisition teilen zu müssen, denen sie im Garten und bei den Mahlzeiten immer wieder über den Weg lief. Wenigstens weilte Tomás de Torquemada im Moment in Kastilien, wo er seine tödliche Berufung mit aller Leidenschaft ausübte. Doch das war es nicht, was ihr in diesen Nächten den Schlaf raubte.

»Es ist kalt«, klagte Isaura und blieb vor dem fast erloschenen Feuer stehen, doch sie beide wussten, dass dies nicht der Grund für ihre ruhelose Wanderung war. Isabel winkte Isaura zu sich und ergriff ihre Hand.

»Teresa, auch ich sorge mich um Jimena und um all meine Männer dort draußen, die für unser Land ihr Leben riskieren, aber es muss sein, oder willst du, dass wir tatenlos zusehen, wie die Mauren unsere Städte überfallen und Männer, Frauen und Kinder abschlachten?«

Isaura ließ sich mit einem Seufzer auf einen Stuhl sinken. »Nein, natürlich nicht.«

»Auch ich weiß nicht, wie die Sache ausgehen wird«, fuhr Isabel fort, »doch wenn Gott, der Herr, uns gnädig ist und an unserer Sache Gefallen findet, wird er uns den Sieg schenken.«

»Wir werden siegen«, murmelte Isaura, auch wenn sie sich nicht sicher war, ob Gott sich auf irgendeine Seite schlug, falls es ihn überhaupt gab.

Isabels Miene hellte sich auf. »Hast du es gesehen?«

Isaura blickte sie bitter an. »Wir werden siegen«, sagte sie noch einmal, »aber ich kann nicht sagen, wer auf diesem leidvollen Weg sein Leben lassen wird.«

Sie dachte an Amin, der ihr ein Freund und guter Ehemann geworden war. Selbst wenn nachts in ihren Träumen Marcos Gesicht vor ihr auftauchte, liebte sie Amin und fürchtete, ihn zu verlieren. Er gab ihr in dieser fremden Welt Halt, er brachte sie zum Lachen, und er wusste viele interessante Dinge aus der Welt eines Hakims zu berichten. Sie hatte viel über die Wirkungsweisen zahlreicher Kräuter gelernt und staunte, was er alles über den Aufbau und die Funktionsweise des menschlichen Körpers wusste. Außerdem fürchtete sie um Jimena und Don Angelo.

Warum hatte Jimena ihr das Buch übergeben? Warum war sie jetzt *La Caminata*? Ahnte Jimena ein nahes Ende? War sie vielleicht schon tot? Erfroren in den verschneiten Bergen? Erstochen bei dem Versuch, Alhama einzunehmen? Mehr als eine Woche hatte sie nichts mehr von ihnen gehört. Schreckliche Bilder huschten durch ihren Geist.

Isabel öffnete gerade den Mund, um etwas zu erwidern, als ein Diener eintrat und sich verbeugte.

»Majestät, empfangt Ihr zu dieser späten Stunde noch einen Boten? Er kommt aus Alhama!«

Die beiden Frauen fuhren von ihren Stühlen hoch. »Dann lass ihn eintreten!«, drängte Isabel. Isaura spürte, wie es in ihrer Kehle eng wurde, als der schlammbespritzte Mann eintrat. Er wankte vor Erschöpfung. Die dunklen Flecken an seinem Ärmel sahen aus wie getrocknetes Blut. Er zog ein Schreiben aus seinem Wams, das fast so schmutzig war wie er selbst.

»Sprecht!«, drängte Isabel, die ihm den versiegelten Brief aus der Hand riss.

»Als ich losritt, wehte über Alhama die Flagge Eurer Majestät«, sagte der Bote.

Isabel begann zu strahlen und brach rasch das Siegel des

Marquis von Cádiz. Sie warf einen Blick auf die Zeilen, während der Bote in keuchenden Stößen weitersprach.

»Wir kamen bei Nacht im Schutz eines Schneesturms. Sie waren völlig ahnungslos und hatten kaum Wachposten aufgestellt. Wir schlichen im Schutze der Dunkelheit über einen schmalen Pfad bis an die Mauern heran. Es gelang einigen unserer Männer, sie zu bezwingen, ohne dass die Mauren etwas davon bemerkten. Diese Männer öffneten uns das schmale Tor, das zu den Mühlen in der Schlucht hinunterführt. Wir waren in der Stadt, ehe sie überhaupt bemerkten, dass der Feind schon unter ihnen war. Als sie dann endlich zu den Waffen griffen, war der Kampf bereits entschieden. Es gab wenig Verluste auf unserer Seite.«

»Wir geht es Abu Amin und Doña Jimena?«, wagte Isaura einzuwerfen, die sich nicht länger zurückhalten konnte.

Der Bote warf erst ihr und dann der Königin einen Blick zu, ehe er antwortete. »Sie sind wohlauf.«

Isaura stieß einen Seufzer der Erleichterung aus. »Und Don Angelo?«

»Er hat bei den Kämpfen in der Stadt einen Säbelstreich am Arm abbekommen, aber der Hakim hat ihn versorgt.«

Isaura nickte. Damit würde sie sich vorerst zufriedengeben müssen. Sie hoffte nur, dass ihr Mann es verstand, die Wunde sauber zu halten und eine Entzündung zu vermeiden. Hatte Wundbrand in dieser Zeit nicht häufig zum Tod geführt? Man kannte weder Penicillin noch Antibiotika, man wusste nichts über gefährliche Keime, zu klein, um sie mit dem Auge zu erkennen, die überall lauerten und Wunden nur allzu leicht infizierten. Hygiene war nicht nur im Umgang mit Verletzungen ein Fremdwort.

Wenn sie doch nur dort sein könnte und selbst nach Don Angelo sehen! Vielleicht könnte sie dann…

Was?

Ihrem Mann, dem großen Hakim, einen Tipp geben, wie er seinen Freund behandeln sollte? Was wusste sie über Heilkunde? Was konnte sie ohne moderne Medikamente ausrichten? Nein, sie musste ihren Freunden vertrauen. Ihrem Mann, dem Hakim, und Jimena, der weisen Frau.

Als der Bote seinen Bericht beendet hatte, entließ ihn Isabel, damit er sich stärken und ausruhen konnte. Als er die Tür hinter sich geschlossen hatte, entfaltete sie den Brief des Marquis und las ihn vor.

»Nun bleibt uns nur zu warten, wie der Emir reagiert. Ich vermute, seine Boten haben die Nachricht bereits nach Granada getragen. Für heute Nacht aber werden wir endlich Ruhe finden«, sagte sie, als ihre Dame sie zu ihrem Gemach begleitete. Isaura nickte, half Isabel beim Auskleiden und schlüpfte dann in ihr eigenes Bett, das in einer Nische im königlichen Gemach stand, solange Fernando noch nicht eingetroffen war.

Erschöpft schloss sie die Augen und lauschte dem unablässigen Quietschen des Mühlrads am Ufer des Guadalquivir, das sich immer im Kreis drehte wie ihre Gedanken und Ängste, die sich in ihre flüchtigen Träume drängten, doch der erholsame Schlaf wollte nicht kommen. Sie warf sich von einer Seite auf die andere.

»Kannst du auch nicht schlafen?«, erklang Isabels Stimme durch die Dunkelheit.

»Oh, habe ich dich gestört? Das tut mir leid. Ich liege jetzt ganz still!«

Isabel stieß einen Knurrlaut aus. »Nicht du hast mich gestört. Dieses Mühlrad macht mich wahnsinnig. Ich werde befehlen, es zu entfernen und nicht wieder in Betrieb zu nehmen, solange ich hier im Alcázar weile. Wie soll ich mich konzentrieren und Entscheidungen fällen, wenn ich nachts nicht schlafen kann?«

Ihre Stimme klang so empört, dass Isaura schmunzeln musste. Sie erinnerte sich an die Geschichte mit dem Mühlrad, das seit dieser Entscheidung der Königin verschollen blieb.

»Dann musst du vielleicht morgens auf dein frisches Brot verzichten, wenn kein Getreide gemahlen wird«, sagte sie mit einem unterdrückten Lachen.

Isabel schnaubte. »Es wird in Córdoba wohl noch andere Mühlen geben, aber diese hier wird mir keine einzige Nacht mehr in den Ohren quietschen, das schwöre ich. Bin ich nicht die Königin hier?«

Jimena wickelte sich in ihren warmen Mantel und schlang sich noch ein Tuch um den Kopf, ehe sie ihr kärgliches Quartier verließ, mit dem sie in der besetzten Festung vorliebnehmen musste. Doch das störte sie nicht. Immerhin war die Burg ganz in der Hand der Christen, während in der Stadt noch immer Widerstand aufflackerte, doch der Marquis von Cádiz ließ hart durchgreifen. Viele der Bewohner – vor allem Männer und Jünglinge – waren in den ersten Stunden nach dem Überfall in die Berge geflohen, doch jene, die bleiben wollten, mussten sich der Besatzung unterwerfen. Jeweils zu sechst gingen die Männer des Marquis die ganze Nacht über auf Patrouille und beschlagnahmten immer wieder Waffen, die aus so manch verborgenem Versteck auftauchten.

Jimena raffte ihre Röcke und stieg zur Burgmauer hinauf, von deren Wehrgang aus man in die Schlucht hinunter, aber auch das Tal des Río Alhama entlang nach Norden sehen konnte, wo in den Grotten über dem heißen Wasser Dampf aufstieg und wo die Bäder lagen, die dem Ort seinen Namen gegeben hatten.

Der eisige Wind fuhr ihr ins Gesicht, als sie den Wehrgang betrat. Wolken huschten vor den schimmernden Sternen vorbei. Würde es wieder schneien? Draußen in den Bergen konnte sie das Geheul der Wölfe hören, doch sie wusste, nicht die vierbeinigen Jäger waren ihre Feinde. Irgendwo in den Schatten der Berge verborgen warteten gefährlichere Gegner auf ihre Gelegenheit, das Netz enger zu ziehen. Im Geist zählte Jimena die Anzahl der Männer, die nach der Eroberung noch lebten und kampfbereit waren. Und sie überlegte, wie groß die Anzahl der Einwohner von Alhama noch war. Alles hungrige Münder, die täglich nach Nahrung verlangten.

Ja, sie hatten Erfolg gehabt und den Handelsweg nach Granada unterbrochen. Irgendwann würde die Stadt diesen Schnitt schmerzhaft spüren, doch noch viel früher würden sie selbst spüren, dass sie sich damit gefährlich weit vom christlichen Andalusien und seinen Versorgungswegen entfernt hatten.

»Worüber grübelst du?« Sie wandte sich zu Angelo um, der den dick verbundenen Arm unter dem Mantel verborgen trug. Mit der Linken strich er ihr über die Stirn.

»Du bekommst Falten, wenn du dich so sorgst. Was raubt dir den Schlaf?« Er lächelte sie liebevoll an. Jimena lehnte sich an seine linke Schulter und verbarg ihr Gesicht vor dem kalten Wind.

»Ich habe mich nur gefragt, wie lange es uns gelingen mag, die Burg und die Stadt zu halten.«

Don Angelos Miene wurde ernst. »Das weiß nur Gott allein. Ich hoffe, er oder unsere Königin haben bereits darüber nachgedacht und sind nicht dabei, uns zu vergessen. Eine Stellung im Herzen des Feindes zu erobern, ist eine Sache, sie zu verteidigen und zu halten eine ganz andere.«

Jimena nickte und sah wieder hinaus in die kalten, abweisenden Berge, deren Schneefelder im Sternenlicht geheimnisvoll schimmerten. »Sie sind dort draußen irgendwo«, sagte sie.

Don Angelo nickte. »Ja, sie kennen sich in diesen Bergen besser aus als wir, und sie werden ihre Vorteile zu nutzen wissen.«

Jimena seufzte.

»Kannst du denn etwas sehen? Gibt es etwas, das wir wissen sollten, um darauf zu achten?«, drängte er sie.

Jimena schloss die Augen. Sie sah Kampfgetümmel, hörte das Klirren von Stahl und sah Männer sterben, doch sie konnte nicht sagen, wann und wo diese Schlacht stattfinden würde. Gequält schüttelte sie den Kopf.

»Ich weiß es nicht«, flüsterte sie. »Ich weiß es nicht!«

Kapitel 19

Alhama de Granada, 1482

Im März endlich traf Fernando in Andalusien ein und begab sich sofort nach Córdoba, wo ihn die Königin sehnsüchtig erwartete.

»Wir müssen etwas unternehmen!«, rief sie, kaum hatten sie ein paar Worte des Willkommens gewechselt. »Ich fürchte um den Erfolg unserer Mission. Seit zwei Wochen keine Nachricht mehr aus Alhama, doch bereits im letzten Schreiben forderte der Marquis dringend Lebensmittel an. Auf den umliegenden Gehöften ist nichts mehr zu holen. Die Menschen haben ihre Häuser verlassen und mitgenommen, was sie tragen konnten. Den Rest haben sie verbrannt.«

Fernando nickte und reckte sich selbstbewusst. »Ich werde nach Alhama gehen. Die Talwege müssten bereits schneefrei sein.«

Isabel fiel Fernando um den Hals und küsste ihn. Isaura konnte sich nicht erinnern, sie jemals so stürmisch im Umgang mit dem König erlebt zu haben. Doch auch ihr fiel ein Stein vom Herzen. Am liebsten wäre sie mit Fernando und seiner Truppe gereist, doch das ließ Isabel nicht zu.

»Keine Widerrede! Ich habe Jimena aus ihren Pflichten entlassen, weil sie mir schwor, du würdest an ihre Stelle treten. Ich bin nicht bereit, auch noch dich herzugeben. Wir werden für ihre gesunde Rückkehr beten!«, sagte sie. Isaura zog eine Grimasse, schwieg aber und fügte sich in ihr Schicksal.

Ihre Geduld wurde auf eine harte Probe gestellt. Es wurde April, bis die Truppe und der Versorgungstross endlich zusammengestellt waren und sich auf den gefährlichen Weg durch Feindesland nach Alhama aufmachten. Isaura stand mit Isabel und den anderen Damen am Tor und sah Fernando nach, der, umgeben von seiner Leibwache, in bester Laune davonritt.

»Und was werden wir jetzt tun?«, wollte Beatriz wissen.

»Wir reisen nach Norden«, gab Isabel liebenswürdig Auskunft und weidete sich an der Grimasse ihrer Hofdame, für die lange Reisen jedes Mal eine Tortur waren.

»Wohin?«, fragte Isaura, die sich nur ungern weiter von Abu Amin und Jimena entfernen wollte.

»Nach Toledo. Meine Boten berichten, Carrillo würde im Sterben liegen. Wenn es so weit ist, werde ich zur Stelle sein und die Nachfolge regeln. Ich werde mir nicht noch einmal von Rom in meine Angelegenheiten pfuschen lassen! Der Papst hat meine Entscheidung zur Kenntnis zu nehmen. Ich werde zu verhindern wissen, dass einer meiner Widersacher Erzbischof von Toledo und Primas von Spanien wird!«

Sie starrte Isaura mit einem solch wilden Ausdruck an, dass diese ein Schmunzeln verbergen musste. Mit Isabel von Kastilien legte man sich nicht ungestraft an. Das mussten selbst so mächtige Männer wie der Papst in Rom einsehen.

»Und gehe ich recht in der Annahme, dass Kardinal Mendoza uns begleiten wird?«, fragte sie so harmlos wie möglich.

Isabels Augen blitzten. »Aber ja!«

Isaura schüttelte den Kopf. »Dann wird Carrillo ganz sicher der Schlag treffen, wenn er bis zu unserer Ankunft noch nicht gestorben ist.«

»Dann sei es so«, sagte Isabel unversöhnlich.

»Was ist?«, erkundigte sich Jimena, die an der Seite ihres Mannes zum Wehrgang hinaufgestiegen war. Er deutete nach Süden auf die Berge. Jimena beschirmte ihre Augen, schüttelte dann aber den Kopf. »Ich kann nichts erkennen.«

»Und doch sind sie da«, sagte Angelo leise. Der ernste Tonfall ließ sie aufmerken.

»Die Truppen des Emirs?«

Don Angelo nickte. »Ja, auch wenn du sie nicht sehen kannst, ich versichere dir, sie sind da, und es sind viele!«

Längst war der Frühling in die Sierra Nevada eingezogen, und mit ihm kam König Fernando mit einem Tross, der in Alhama nicht nur von den christlichen Truppen begeistert begrüßt wurde. Auch die Bevölkerung hatte gelitten und nahm die Rationen dankbar entgegen, die man austeilte. Doch als die Mandelbäume verblühten, zog auch Fernando mit seinen Männern wieder ab und ließ die Truppe des Marquis in der Stadt allein zurück. Woraufhin die Mauren wieder näher rückten und die Stadt zu umschließen begannen.

»Wie wird es weitergehen?«, fragte Jimena. »Wir können diesen Posten mitten im Land der Mauren doch nicht ewig halten? Was gedenkt Isabel, weiter zu tun?«

Jimena wusste von den Boten, die unablässig hin- und herritten, dass Isabel nach Toledo gereist war und sich mit anderen Dingen beschäftigte – unter anderem der bevorstehenden Geburt ihres vierten Kindes.

»Wenn sich Isabel nicht bald etwas einfallen lässt, dann wird Alhama früher oder später fallen«, sagte Don Angelo düster. »Wie lange können wir einer Belagerung standhalten?

Täusche dich nicht. Sie haben alle Vorteile auf ihrer Seite. Wir sitzen hier zwar hinter unseren starken Mauern, doch sie kennen jeden Pfad über diese Berge, und sie werden dafür sorgen, dass keine Maus mehr unbemerkt aus Alhama hinaus- oder hereinschlüpfen wird.«

»Sie werden uns aushungern«, ergänzte Jimena und spürte, wie ihr Magen sich verhärtete.

Don Angelo nickte mit grimmiger Miene. »Ja, das werden sie. Und uns bleibt nur, auf die Königin zu hoffen. Wenn wir die Stadt verlassen, werden sie von den Bergen herunter über uns herfallen und uns vernichten. Wenn wir uns ergeben, dürfen wir nicht auf ihre Gnade hoffen.«

»Sie kannten auch keine Gnade mit all den unschuldigen Menschen von Zahara«, stimmte ihm Jimena leise zu.

Sie schwiegen und sahen zu den Bergen hinauf, die ihren Feinden Schutz boten und sie verbargen. Don Angelo legte den Arm um ihre Mitte und zog sie eng an sich.

»Es war ein Fehler, deinem Drängen nachzugeben«, sagte er mit einem Seufzer und küsste ihr das Haar. »Ich weiß nicht, ob dieses Abenteuer gut für uns ausgehen wird.«

»Ich kann es auch nicht sehen«, gab Jimena zu. »Doch wenn wir sterben, dann wenigstens gemeinsam. Ich meinte es ernst, als ich dir sagte, ich würde nicht noch einmal um einen Mann weinen wollen.«

Don Angelo vergrub sein Gesicht an ihrem Hals. »Ich weiß, mein Liebes, und doch wüsste ich dich gern in Sicherheit, denn ich kann dir nicht versichern, dass der Tod das Schlimmste ist, das wir von den Mauren zu befürchten haben.«

Jimena schluckte und versuchte, die Bilder, die ihr durch den Kopf schossen, zu ignorieren. Tapfer versuchte sie zu lächeln. »Wir dürfen den Mut nicht verlieren. Noch können wir auf Isabel und den Herrn im Himmel hoffen.«

Don Angelo richtete sich wieder auf. Ein wehmütiges Lächeln stand in seinem Gesicht, als er seine Frau betrachtete. »Lass mich raten. Du setzt dein Vertrauen mehr auf Isabel denn auf den Allmächtigen?«

Jimena erwiderte sein Lächeln. »Aber ja. Ich habe es als Kind bereits gesehen. Sie ist eine große Königin, die das Antlitz der Welt verändern wird. Und sie wird uns hier nicht im Stich lassen!«

»Dann hoffen wir, dass du dich nicht irrst«, stieß Don Angelo voller Inbrunst aus.

»Noch immer keine Nachricht aus Alhama?«

Isaura blieb unter der Tür stehen und sah zu Isabel hinüber, die wie ein gestrandeter Wal auf einem Ruhebett lag. Ihr Gesicht glänzte nass, und auch ihr Kleid war von Schweiß durchtränkt. Ihr Bauch schien das Gewand sprengen zu wollen. Mit einem Stöhnen richtete sich Isabel auf.

»Nein, tut mir leid. Ich habe drei Boten geschickt, aber keiner kam zurück.«

Isaura trat näher, tauchte ein Tuch in eine Schale mit Wasser und begann, Isabel Gesicht und Hals abzuwaschen. Seufzend ließ sich die Königin in ihre Kissen zurücksinken. In Kastilien hatte bereits der Sommer Einzug gehalten, und die Sonne hatte eine Glocke aus staubiger Hitze über das Land gestülpt. Auch über Medina del Campo brannte sie an diesem Tag gnadenlos herab. Doch nicht nur die Sonne brannte in Kastilien. Nachdem sie ganz Andalusien im eisernen Griff hatten, zogen die Inquisitionsgerichte weiter nach Norden. Von Jaén nach Ciudad Real, und nach dem Tod von Carrillo auch nach Toledo. Isaura rechnete es ihm im Nachhinein hoch an, dass er bis zu seinem Ende ein Inquisitionsgericht in seinem Bistum verhindert hatte. Nun aber stellte sich keiner mehr in den Weg, nicht einmal der neue Primas Mendoza. Und so brannten die Feuer in Toledo und in Medina del Campo, und sie würden schon bald in Segovia und Salamanca lodern, in Murcia und Valladolid.

Isaura hatte aufgehört, dagegen zu wettern. Es stand nicht in ihrer Macht, den Lauf der Geschichte zu ändern und auch nur ein Leben zu retten. Zuerst dachte sie, wahnsinnig werden zu müssen, doch die Sorge um Amin, Jimena und Angelo drängte die fremden Schicksale in den Hintergrund.

»Sie sind in Schwierigkeiten, wenn gar keine Nachricht zu uns durchdringt, nicht wahr?«, sagte Isaura leise.

Isabel stöhnte und nickte. »Ich denke, der Emir lässt die Stadt belagern und fängt unsere Boten ab.«

»Oder er hat Alhama bereits zurückerobert«, rief Isaura aus, und vor Entsetzen wurde es ihr ganz kalt. Sie versuchte sich zu erinnern, ob sie diesbezüglich irgendetwas in den Büchern über die Reconquista gesehen hatte, doch sie war sich nicht sicher. Zu oberflächlich hatte sie vom sich wandelnden Kriegsglück gelesen, das mal auf Seiten der katholischen Könige, mal auf der des Emirs gestanden hatte. Sie wusste, dass Isabel und Fernando in den Jahren der Reconquista einige bittere Niederlagen hatten hinnehmen müssen, doch gehörte auch Alhama dazu? Die Ungewissheit quälte sie Tag und Nacht.

»Du musst ein Heer zusammenstellen und ihnen zu Hilfe eilen!«, drängte Isaura.

Isabel hob den Kopf und warf ihr einen zornigen Blick zu. »Ach ja? Dann lass mich nur noch rasch das Kind gebären, und schon schwinge ich mich auf mein Ross und reite mit blankem Schwert persönlich nach Alhama.«

Isaura hob abwehrend die Hände. »Das habe ich nicht gesagt. Es gibt genug Männer, die deine Ritter und Kriegsknechte anführen könnten. Und wollte nicht auch Fernando bereits vor einer Woche wieder zu uns stoßen?«

Die Miene der Königin verfinsterte sich. »Ja, das wollte er, aber er wird wohl noch eine Weile in Aragón weilen müssen.«

Ein Zittern lief durch ihren Leib. Die beiden Frauen starrten auf den Bauch der Königin.

»Ich habe dem Grafen von Tendilla – Don Inigo Lopez de Mendoza – eine Nachricht geschickt und auch einen Boten zum Herzog von Medina Sidonia gesandt. Die Männer der *Santa Hermandad* werden im Süden zusammengezogen. Glaube nicht, dass ich hier nur untätig herumliege und dieses Kind ausbrüte!«

Isaura ergriff ihre Hände. »Das wollte ich damit nicht sagen. Entschuldige, meine Sorge hat mich blind gemacht.«

Wieder erbebte die Königin. »Na endlich!«, stieß sie hervor, als sie wieder zu Atem kam. »Ruf die Hebamme, es geht los. Ich werde Abu Amin auf Ewigkeit verfluchen, wenn etwas mit dieser Geburt schiefgeht! Sein Platz wäre heute an meiner Seite und nicht in Alhama!«

Das wäre Isaura auch lieber gewesen, doch sie konzentrierte sich auf die Vorbereitung der königlichen Geburt.

»Ich werde nächste Woche nach Andalusien reisen«, stieß Isabel zwischen zwei Wehen hervor, »und die Sache vorantreiben. Ich lasse meine Männer nicht im Stich!«

»Was für eine Überraschung«, sagte der Herzog gedehnt, als sein Diener ihm den unerwarteten Besuch meldete.

Don Enrique de Guzmán erhob sich und kam den beiden Damen lässig entgegen.

»Majestät, darf ich Euch und Doña Teresa eine Erfrischung anbieten?«

»Ich bin nicht gekommen, um Euren Jerez mit Euch zu trinken«, gab Isabel brüsk zurück, ließ sich aber an den Tisch geleiten und wartete damit, ihr Anliegen vorzutragen, bis die Diener den Raum verlassen hatten. »Ich habe Euch ein Schreiben gesandt!«, begann sie und hob herausfordernd das Kinn.

Der Herzog von Medina Sidonia nickte bedächtig. »Es wurde mir zugestellt. Seid Ihr gekommen, um zu überprüfen, ob Eure Boten zuverlässig sind?«

Isabel stieß einen ärgerlichen Laut aus. »Wenn Ihr meine Botschaft bekommen habt, dann wisst Ihr auch, dass die Lage ernst ist und keiner Späße bedarf!«

»Ernst?« Der Herzog hob die Brauen. »Oh ja. Ich würde sagen, den in Alhama Eingeschlossenen steht das Wasser bis zum Hals. Nein, der Vergleich ist unpassend, sind sie doch eher am Verhungern und Verdursten. Mein alter – wie soll ich es ausdrücken? Das Wort ›Freund‹ will mir bezüglich des Marquis von Cádiz einfach nicht über die Lippen kommen, einigen wir uns auf Rivale? Er sitzt wahrlich in der Klemme!«

Isabel sprang auf. Die Empörung ließ ihren Atem stoßweise entweichen. »Ihr wisst von der prekären Lage unserer Verbündeten und wollt Euch weigern, ihnen zu helfen? Dann verweigert Ihr Eurer Königin die Gefolgschaft!«

Der Herzog ließ sich nicht aus der Ruhe bringen. Er lächelte, goss Isabel das Glas voll und schob es ihr hin.

»Setzt Euch wieder, Majestät, und versucht diesen Jerez. Er ist wirklich außergewöhnlich gut geworden.«

Er spielt mit ihr, dachte Isaura, die es nicht wagte, sich einzumischen.

Isabel holte Luft, doch der Herzog fiel ihr ins Wort.

»Majestät, ich muss Ponce de León nicht Freund nennen, um einen Zug gegen die Mauren zu führen und eine eingeschlossene Stadt voller Christen zu befreien! Ich habe bereits Maßnahmen ergriffen. Meine Männer stehen bereit. Ich warte nur noch auf das Kontingent, das der Graf von Tendilla mitbringen wollte. Und soviel ich weiß, sind auch Eure Männer der *Hermandad* bereit, auf Euer Wort hin loszuschlagen.« Er beugte sich ein wenig nach vorn und senkte die Stimme. »Alhama und Zahara in einem einzigen überraschenden Schlag? Was glaubt Ihr, wie das dem Emir von Granada übel aufstoßen wird!«

Isabel brauchte einige Augenblicke, ehe sie die Fassung wiedergewann. Als sie antwortete, klang ihre Stimme rau.

»Worauf wartet Ihr dann noch, Don Enrique! Zieht los, sobald der Graf da ist, und bringt mir gute Nachrichten nach Córdoba.«

Ein breites Grinsen zog sich über sein Gesicht, als er sich vor Isabel verbeugte. »Es gibt für mich nichts Schöneres, als meiner Königin zu dienen!«

Der Spott in seiner Stimme war nicht zu überhören, dennoch ignorierte Isabel den ungebührlichen Ton und sagte stattdessen: »Ich wusste, dass ich mich auf Euch verlassen kann, Don Enrique.«

Ein herrlicher Sommertag ging am Fuß der Schneegipfel der Sierra Nevada zu Ende. In glühendem Rot versank die Sonne im Tal des Alhama, doch Jimena hatte keinen Blick für die in flammendes Licht getauchte Landschaft. Müde schleppte sie sich über den Burghof und trat in die kleine Kammer, in der sie mit Angelo zusammen schlief, wenn er überhaupt Zeit fand, sich ein paar Stunden auszuruhen. Jimena fiel, so wie sie war, aufs Bett und rührte sich nicht mehr, bis Abu Amin an die Tür klopfte und schließlich eintrat. Verschlafen fuhr Jimena auf und starrte ihn an.

»Doña Jimena, es ist mir bewusst, wie ungehörig es ist, Euch in Eurem Gemach zu stören.«

Jimena blinzelte, schob dann unter Mühe ihre Beine vom Bett und richtete sich auf. »Redet keinen solchen Blödsinn. Was gibt es? Braucht Ihr meine Hilfe?«

Abu Amin sah sie aufmerksam an, als er einige Schritte näher trat. »Wie geht es Euch? Ihr seht nicht gut aus.«

Jimena schnitt eine Grimasse. »Danke für das Kompliment. Ich muss Euch zu Eurem Umgang mit den Damen gratulieren. Ich frage mich, wie es Euch gelungen ist, Teresa zu überzeugen, Eure Frau zu werden.«

Abu Amin legte die Hand unter ihr Kinn und zwang sie, zu ihm aufzusehen. Jimena wusste, dass ihre Haut blass, ihre Wangen eingefallen, die Lippen rissig und ihre Augen blutunterlaufen waren. Nein, schön war sie ganz sicher nicht zu nennen. Mit einer ungeduldigen Bewegung schob sie ihn weg.

»Wie soll es mir gut gehen, wenn ich seit vier Tagen nichts mehr gegessen und heute noch nichts getrunken habe?«, sagte sie abweisend.

»Habt auch Ihr die Ruhr?«, fragte Abu Amin.

Jimena seufzte. Sie erhob sich und strich ihre völlig zerknitterten Röcke glatt. »Nein, zum Glück nicht. Ich fühle mich nur schwach und ausgelaugt, aber mir fehlt nichts – außer ein frisches Brot und ein Glas Milch!«

Abu Amin lächelte und legte den Arm um ihre Schultern. »Ihr hört einen Stein von meinem Herzen fallen. Ich hätte es nicht ertragen, auch Euch sterben zu sehen.«

Jimena nickte. Sie wusste, wie schlecht in diesen Tagen die Aussicht war zu überleben, hatten Fieber und Ruhr erst einmal Besitz von einem Körper ergriffen. Der Hakim und sie kämpften einen verlorenen Kampf, hatten sie doch nichts, womit sie den Kranken ihr Leiden lindern konnten. Vor allem fehlte es an gutem Wasser, das die Patienten mehr noch als alles andere gebraucht hätten. Auch hätte Jimena nur zu gern ihre Kräutertränke gebraut, die der Übelkeit und dem Durchfall Einhalt geboten hätten, doch keiner konnte die Stadt verlassen. Die Mauren lauerten außerhalb der Schussweite der Bogenschützen und machten jeden nieder, der versuchte, den Ring zu durchbrechen. Zweimal hatte der Marquis einen kleinen Trupp Männer bei Nacht hinausgeschickt, die versucht hatten, unbemerkt zwischen den Belagerern hindurchzuschlüpfen. Am Morgen fanden sie deren Köpfe vor dem Tor. Ein makaberes Geschenk des Emirs, das den Eingeschlossenen deutlich vor Augen führte, wie entschlossen die Mauren waren, Alhama wieder in ihre Hand zu bekommen. Und dass sie keine Gnade zu erwarten hatten, wenn die Stadt und die Festung fielen.

»Ich komme«, sagte sie und mühte sich um eine feste Stimme. »Es gibt sicher viel zu tun.«

Abu Amin nickte. »Noch mehr Ruhr und Fieber und einige Fälle von Tollheit. Zwei Kinder sind verhungert. Ich konnte nichts mehr für sie tun.«

Jimena nickte. »Wir werden bald für keinen mehr etwas tun können, wenn wir nicht wenigstens Wasser bekommen. Die Zisternen sind fast leer.«

»Das weiß der Marquis. Er will in der Neumondnacht einen Ausfall wagen und einen Trupp Männer in die Schlucht schicken, um Wasser zu holen.«

Jimena seufzte. »Darauf warten die Mauren doch nur! Sie werden auf kein Ablenkungsmanöver hereinfallen.«

Abu Amin hob die Schultern. »Und dennoch müssen wir es versuchen, wenn wir nicht alle verdursten wollen. Oder sollen wir uns ergeben?«

Bei dem Gedanken erschauderte Jimena. »Nein, alles, nur

das nicht.« *Vier Tage noch*, dachte sie. *Vier Tage noch bis Neumond*. Sie wusste, dass bis dahin eine Entscheidung fallen würde. So oder so.

»Wach auf!« Eine Hand rüttelte an ihrer Schulter.

Es war die Nacht vor Neumond. Jimena öffnete die Augen. Sie hatte das Gefühl, gerade erst auf ihr Lager gesunken zu sein. Träge richtete sie sich auf. Der Mangel an Essen und Wasser forderte seinen Tribut, doch noch blieb sie von den zahlreichen Krankheiten verschont, die sich in der Stadt und auf der Burg immer schneller ausbreiteten.

»Was ist?«, murmelte sie und sah zu der Silhouette ihres Mannes auf, die über ihr aufragte.

»Steh auf, rasch«, drängte Don Angelo.

Er zog die Decke zurück und reichte ihr eine seiner Hosen, Wams und Stiefel. »Zieh das an, aber beeil dich!«

Mit einem Schlag war die Schläfrigkeit verflogen.

»Was ist geschehen?«, drängte sie.

»Geschehen ist noch nichts, aber da draußen geht etwas vor sich.«

Hastig schlüpfte Jimena in Hemd und Hose und ließ sich von Angelo das lederne Wams schnüren. Sie zog rasch ihre Reitstiefel hoch und folgte ihm dann hinaus in den Hof, wo der Marquis seine noch kampftauglichen Männer um sich scharte. Was für ein kläglicher Haufen! Jimena sah in hohlwangige Gesichter und gerötete Augen. Selbst jene, die nicht von der Ruhr auf ihr Lager gezwungen wurden, waren in einem erbärmlichen Zustand. Der Marquis allerdings, dem man die Entbehrungen ebenfalls ansah, hielt sich noch immer aufrecht und gab mit gedämpfter Stimme seine Anweisungen. Die Männer huschten auf ihre Posten. Auch Angelo musste gehen. Er drückte Jimena einen Kuss auf die Hände und schickte sie zu Abu Amin, der etwas abseits stand. Sie hätte ihn kaum erkannt in seinem Kettenhemd über dem knielangen Gewand und mit dem Krummsäbel an der Seite. Seine Miene war grimmig, als er nach Jimenas Hand griff.

»Bleibt immer dicht hinter mir, und versprecht mir, zu gehorchen und nicht zu fragen. Wenn ich sage, lauft, dann rennt Ihr, so schnell Ihr könnt, ohne zurückzusehen!« Jimena schluckte trocken, nickte aber. »Und nun kommt!«

Die Männer des Marquis hatten den Hof inzwischen verlassen und sich auf ihre Posten verteilt. Nur ein paar Knechte waren noch damit beschäftigt, die Pferde zu satteln, damit die Männer, sollten sie den Befehl erhalten, sofort losreiten konnten. Jimena entdeckte auch ihr eigenes Pferd, das nervös schnaubte. Es schien wie seine Herrin zu spüren, dass in dieser Nacht etwas passieren würde.

Abu Amin stieg auf den Wehrgang und folgte ihm bis um die Biegung, von wo aus man den Fluss sehen konnte, der, aus der Schlucht kommend, sich in das sich weitende Tal ergoss. Abu Amin zeigte nach Norden, wo die Dunkelheit die Gebäude der heißen Bäder verbarg. »Habt Ihr das gesehen?« Jimena nickte. Etwas hatte im Glanz der Sterne kurz aufgeblitzt. Abu Amin wandte sich dem Berghang zu. Auch hier war irgendetwas im Gange. Die Tiere der Nacht schwiegen, doch die unheimliche Stille wurde durch vielfältiges Rascheln und Knacken durchbrochen. »Männer, viele Männer, sind dort draußen unterwegs.«

»Meint Ihr, sie versuchen, Alhama einzunehmen?«, raunte Jimena.

Abu Amin hob die Schultern. »Möglich. Vielleicht halten sie die Stadt für reif.«

Dass die Mauren mit dieser Einschätzung nicht ganz falschlagen, war Jimena schmerzlich bewusst. Doch was konnten sie

tun, außer wachsam sein und versuchen, den Angriff zurück-
zuschlagen?

Da gellte ein Schrei durch die Nacht, der vielstimmig be-
antwortet wurde. Das Klirren von Schwertern schallte durch
die Finsternis. Abu Amin und Jimena starrten nach Norden,
konnten aber nichts sehen.

»Es wird gekämpft!«, stieß Jimena hervor. Aber wer
kämpfte da gegen wen? Waren sich die Mauren untereinan-
der nicht einig, oder bedeutete der nächtliche Überfall, dass
Rettung für die Eingeschlossenen nahte?

Das Bild eines Wappens stieg in ihr auf. Waren das nicht
die Farben des Herzogs von Medina Sidonia? Des erbitterten
Widersachers des Marquis von Cádiz? Sie musste sich irren.
War er etwa gekommen, um wieder einmal mit den Mauren
gemeinsame Sache zu machen?

Draußen im Tal stieg ein Ruf in die Nacht. »Für unsere
Königin Isabel!«

Jubelrufe antworteten von den Zinnen hinab. »Auf die
Pferde!«, brüllte der Marquis. »Öffnet das Tor. Reitet unseren Freunden entgegen!«

Für einen Moment erkannte Jimena Angelo, wie er auf seinem riesigen Schlachtross in die Nacht davonpreschte. Feuer
flammten im Tal auf, und Jimena sah einen anderen Trupp
zu Pferd auf die Stadt zustürmen. Sie erkannte das Banner
der Königin. Nun jedoch erhob sich von den Berghängen ein
schauriges Geheul aus hunderten Kehlen, das sie erschaudern
ließ. Schon stürmten die ersten Mauren mit Krummsäbeln
bewaffnet heran. Ein Pfeilhagel prasselte auf die Reiter herab, die sich inzwischen zu einem Heer vereinigt hatten. Sie
glaubte Angelo hinter dem Marquis auszumachen. Das Pferd
neben ihm bäumte sich, von einem Pfeil in die Flanke getroffen, auf und warf seinen Reiter in den Staub. Jimena glaubte

seinen Schrei zu hören, während er unter Hufen begraben wurde.

Wie gern hätte Jimena die heilige Jungfrau angefleht und auf ihren Beistand vertraut, doch sie fühlte nur nackte Angst. Ihre Hand griff nach der des Hakims und umklammerte sie.

»Allah sei mit uns«, stöhnte er, doch Jimena würde ihn deswegen ganz sicher nicht tadeln.

Kapitel 20

Noch in wirren Träumen gefangen, hörte Marco die Haustür klappen. Dann das Geräusch von Schritten in der Diele und in der Küche.

Die Schritte einer Frau?

Marco fuhr hoch und rieb sich die Augen. Wie spät war es? Die Sonne stand schon hoch am Himmel. Er hatte sich die halbe Nacht im Bett herumgewälzt, bis der Kater empört das Zimmer verlassen hatte. Und dann, gegen Morgen, musste er wohl vor Erschöpfung eingeschlafen sein.

Die Tür, die Schritte. Für einen Moment spürte er sein Herz in freudiger Erwartung klopfen, doch die Erinnerung drängte gnadenlos in sein Gedächtnis zurück. Marco lauschte und schüttelte den Kopf. Das war nicht möglich. Isaura lag schwer verletzt und im Koma in der Klinik in Valladolid.

Aber da waren Schritte! Er hörte Golondrino maunzen und dann eine Stimme.

Mit einem Sprung war Marco aus dem Bett, schlüpfte in seine Jeans und ein T-Shirt und lief barfuß die Treppe hinunter. In der Küchentür blieb er stehen und stieß einen Laut der Verblüffung aus, als er die schwarz gewandete Gestalt erblickte, die vor der Spüle kniete. Die Frau erhob sich und wandte sich ihm zu. Marco starrte in ein junges Gesicht mit heller Haut, das von einem schwarzen Schleier umkränzt wurde. Der Blick aus den blauen Augen schien tief in sein Inneres zu reichen. Unwillkürlich trat er einen Schritt zurück.

»*Buenos días*«, begrüßte ihn die Nonne. »Marco, nicht wahr? Oh, entschuldigen Sie, ich meine Dr. Díaz.«

Nun erkannte Marco die Nonne wieder. Er hatte sie einmal in Tordesillas gesehen, als er mit Isaura unterwegs gewesen war. Er winkte ab. »Sagen Sie Marco, Schwester Maria Anna, wenn ich mich recht erinnere.«

Sie nickte. »Ich gehöre zum Ordenshaus der Klarissen in Brixen, lebe aber zurzeit im Real Monasterio de Santa Clara in Tordesillas.« Sie streckte ihm die Hand entgegen und sah ihn mit einem freundlichen Lächeln an. Marco trat in die Küche und ergriff die schmale Hand der Nonne.

»*Encantado*«, murmelte er.

»Ich bin gekommen, um den Kater zu versorgen, doch offensichtlich sind Sie mir zuvorgekommen.«

»Dann hat Ihnen also schon jemand von Isauras Unfall erzählt.« Marco ließ sich mit einem Seufzer auf einen Stuhl sinken. Er hob die Hand und deutete auf die Eckbank. »Wollen Sie sich setzen?«

Maria Anna nahm das Angebot an und rückte sich ein Kissen zurecht. »Ich habe davon erfahren«, murmelte sie, doch Marco fragte nicht weiter nach und sagte stattdessen:

»Ich habe hier übernachtet. Ich konnte mir nicht vorstellen, wie ich in meiner Wohnung auch nur einen Augenblick Ruhe finden könnte.«

»Sie müssen sich nicht rechtfertigen, hier zu sein. Isaura hätte nichts dagegen. Ja, ich denke, es würde sie freuen, dass Sie sich ihr hier nahe fühlen wollen und sich um Golondrino kümmern.«

Marco nickte abwesend. Er starrte einige Augenblicke ins Leere, dann gab er sich einen Ruck. »Entschuldigen Sie, ich habe Ihnen noch gar nichts angeboten. Möchten Sie einen Kaffee oder Tee? Es ist auch noch Brot, Käse und Schinken da. Ich hatte gestern keinen Appetit.«

Maria Anna sah ihn noch immer prüfend an. »Gut, lassen Sie uns zusammen frühstücken«, entschied sie, hob aber abwehrend die Hände, als er aufstand.

»Nein, bleiben Sie sitzen, ich finde mich zurecht.«

Marco fühlte sich zu ausgelaugt, um mit ihr zu streiten, daher ließ er sie in der Küche werkeln, während er sein Handy hervorzog und in der Klinik anrief.

»Isauras Zustand ist unverändert«, beantwortete er Maria Annas fragenden Blick, als er das Telefon wieder einsteckte.

»Sie hat also das Bewusstsein noch nicht wiedererlangt«, schlussfolgerte die Nonne. Marco nickte mit bedrückter Miene.

»Und wir können nicht sagen, warum. Medizinisch ist es – trotz der Verletzungen, die sie sich bei dem Sturz zugezogen hat – nicht zu erklären.«

»Das heißt, ihr Gehirn ist nicht geschädigt«, folgerte Maria Anna. Marco hob die Schultern.

»Soweit wir imstande sind, das zu beurteilen.«

»Isaura könnte also, Ihrer Meinung nach, jederzeit erwachen«, bohrte die Nonne weiter.

Marco hob die Schultern. »Ja, aber sie tut es nicht!« Er konnte selbst die Verzweiflung in seiner Stimme hören.

Er sah die Güte in dem Lächeln der Nonne, es war nicht diese Art von Mitleid, die er hasste, weil sie einem noch mehr das Gefühl von Hilflosigkeit und Schwäche gab.

»Dann besteht Hoffnung, und wir wollen guter Dinge sein. Am besten fangen wir mit dem Frühstück an und fahren nachher nach Valladolid. Setzen Sie sich!«

Marco ließ sich wieder auf seinen Stuhl sinken. Maria

Anna schenkte ihm Kaffee ein und nahm sich selbst einen Becher mit Kräutertee. Ohne ihn zu fragen, schnitt sie Brot, Käse und Schinken auf und gab es auf seinen Teller.

»Sie brauchen Kraft«, sagte sie, als sie ihm die Schale mit Olivenöl hinüberschob. Sie selbst nahm sich nur einen kleinen Kanten Brot und ein Stück Käse.

Marco lächelte schief. »Jawohl, Schwester«, sagte er brav und träufelte sich ein wenig Olivenöl auf sein Weißbrot.

Sie lächelte zurück. »Essen und ein wenig Gesellschaft, das ist meine Art von Medizin, Doktor.«

»Und sie hilft in vielen Fällen vermutlich ebenso wie die Medikamente, die wir verschreiben«, gab Marco zu.

Maria Anna nickte. »Ja, es ist nur schade, dass man menschliche Wärme und Trost nicht auf Rezept bekommen kann. Das wäre für viele Menschen eine Erlösung.«

Sie aßen schweigend, bis Marco seinen Kaffee geleert hatte und den noch halb vollen Teller von sich schob.

»Ich kann nichts mehr essen.«

Maria Anna widersprach nicht, sondern packte die Reste in eine Plastikdose und schob sie in den Kühlschrank. »Dann können wir uns auf den Weg machen.«

Marco zögerte. »Ich kann Sie nicht mitnehmen. Isaura liegt auf der Intensivstation, da sind als Besucher nur die direkten Verwandten zugelassen.«

Maria Anna nickte. »Ich weiß, doch Sie sind der Stationsarzt. Sie können eine Ausnahme erlauben. Bitte. Ich bin überzeugt, es tut Isaura gut, wenn ich eine Weile bei ihr bin. Vielleicht kann ich Ihnen helfen.«

Marco sah die junge Nonne mit gerunzelter Stirn an. »Sie sind Ärztin?«

Maria Anna lächelte. »Oh nein. Ich meine nicht in medizinischen Fragen.«

»Worin dann?«, fragte Marco schärfer, als er es vielleicht beabsichtigt hatte, doch die Nonne ließ sich nicht aus der Fassung bringen.

»Ich kann Ihnen helfen, Antworten auf die Fragen zu finden, die Sie quälen.«

»So wie Señor Campillo?« Seine Stimme klang noch immer barsch. Maria Anna hob erstaunt die Brauen.

»Carmens und Isauras Anwalt aus Segovia?«

»Genau dieser. Er kam auch nach Valladolid, um mir Fragen zu beantworten und mir die Augen zu öffnen, doch ich muss zugeben, ich bin verwirrter als zuvor.«

Maria Anna nickte langsam. »Das wusste ich nicht, ich meine aber, dass dieser Anwalt über Carmens und Isauras Natur Bescheid weiß. Sie können mir auf der Fahrt erzählen, was er Ihnen gesagt hat.«

Marco wusste selbst, dass er sich wie ein bockiges Kind aufführte, doch er verschränkte die Arme vor der Brust und wich zurück. »Ich will von all dem nichts mehr hören!« Er hatte sich ihr nachsichtiges Lächeln selbst zuzuschreiben!

»Sie sind verunsichert, weil Ihr Weltbild ins Wanken gerät«, sagte sie sanft. »Es wird eine Weile dauern, bis Sie wieder festen Boden unter den Füßen spüren, doch wollen Sie wirklich die Augen vor der Wahrheit verschließen? Können Sie Isaura lieben und für ihre Genesung beten, ohne sie so zu akzeptieren, wie sie ist? Ich weiß, es passt nicht zu dem, was Sie gelernt haben und woran Sie glauben, aber manches Mal müssen wir auch das scheinbar Unmögliche zulassen.«

Marco stemmte die Arme in die Hüften und betrachtete die junge Frau in ihrem schwarzen Habit, dem weißen Schulterüberwurf und dem düsteren Schleier, der ihr vielleicht blondes Haar verbarg. »Passt es denn zu dem, was Sie gelernt haben und woran Sie glauben?«, gab er in provozierendem Ton zurück. »Was sagt Ihr Gott dazu?«

»Er ist unser aller Gott«, korrigierte sie. »Und in meinem Glauben ist er ein toleranter Gott, der alle seine Geschöpfe zulässt und in ihren Eigenheiten liebt.«

Marco dachte an Sevilla, an die Szene, die Isaura dort vor dem Dom gesehen hatte. Abfällig schnaubte er durch die Nase. »Oh ja, tolerant. Deshalb wurde unter den katholischen Königen auch die Inquisition für die Reinheit des Glaubens eingeführt, um alle Abweichler aufzuspüren und sie dann öffentlich auf Scheiterhaufen zu verbrennen. Zur Belustigung des Volkes.«

»Zur Mahnung und zur Rettung der Seelen«, widersprach Maria Anna und fügte gleich hinzu, ehe er ihr ins Wort fallen konnte: »Und nein, ich will diese Taten weder rechtfertigen noch verteidigen. Ich habe nicht behauptet, die Menschen wären tolerant, noch denke ich, ihr Handeln würde Gott gefallen. Ich fürchte, oft ist das Gegenteil das Fall. Der Name und das Wort des Herrn werden viel zu oft für eigenes Machtkalkül oder auch nur im Unverstand missbraucht. Das war damals zur Zeit der katholischen Könige und ihrer Inquisitoren so und ist es heute immer noch, auch wenn wir keine Scheiterhaufen mehr errichten. Die Methoden unserer Zeit, die Menschen auf das einzuschwören, was wir für richtig und für zulässig halten, sind andere, doch viel toleranter sind wir nicht geworden.« Sie wandte sich ab und öffnete die Haustür. Zielstrebig schritt Maria Anna auf Marcos Wagen zu. Ihr eigener war ein klappriger alter Fiat, dessen Farbe unter der Staubschicht kaum mehr zu erkennen war. Marco starrte ihr nach, dann schlüpfte er in ein Paar Schuhe und folgte ihr mit einem Seufzer. Die junge Nonne schien über eine gute Portion Willenskraft zu verfügen, der er im

Augenblick nichts entgegenzusetzen hatte. Mit fahrigen Bewegungen suchte er nach seinem Autoschlüssel. Maria Anna streckte die Hand aus. »Ich werde fahren. Dann können wir uns während der Fahrt ein wenig unterhalten.«

Marco zögerte. Er sah zu dem alten Auto und dann zu seinem Wagen. Maria Anna schien seinen Gedanken folgen zu können. Sie lächelte ein wenig spöttisch. »Sie können es durchaus wagen, sich in meine Hände zu begeben. Glauben Sie mir, es dient nur zu unser beider Sicherheit. Es sind genug Unfälle geschehen.«

Marco gab nach, reichte ihr den Schlüssel und nahm auf dem Beifahrersitz Platz. Maria Anna stieg ebenfalls ein. Eine Staubwolke wirbelte auf, als sie den Motor startete und in flottem Tempo den Hof verließ. Der Kater trottete bis zum Tor und sah dem Wagen aus seinen grünen Augen nach, bis er hinter der nächsten Biegung verschwand.

»Wie geht es ihr?«, waren Marcos erste Worte, als er ins Krankenzimmer stürmte. Sein Blick huschte zwischen der noch immer reglosen Patientin im Bett und der Schwester hin und her, die gerade eine Infusionsflasche wechselte. Schwester Cristina wiegte den Kopf und deutete auf den Monitor mit der Herzkurve.

»Ich bin mir nicht sicher. Señora Thalheim hat sich nicht bewegt, doch ihr Herzschlag hat sich verändert. Sehen Sie selbst. Er ist schneller und unregelmäßiger als gestern.«

Marco starrte auf das zitternde grüne Licht, das in einer hektischen Zickzackkurve über den Monitor flimmerte. Dann beugte er sich über sie und starrte auf ihre geschlossenen Augen.

»Was ist? Etwas mit dem Herzen?«, vermutete Schwester Cristina. »Soll ich Dr. Álvarez holen?«

Marco schüttelte den Kopf. »Ich weiß nicht. Es ist, als würde sie träumen«, murmelte er.

Die Nonne trat ans Bett und sah auf Isaura hinab. »So etwas Ähnliches vielleicht«, sagte sie und legte ihre Hand auf Isauras. Sie beugte sich ein wenig nach vorn, sodass sich ihre Lippen Isauras Ohr näherten. »Es ist alles gut«, sagte sie mit so eindringlicher Stimme, dass Marco das Bedürfnis hatte, sich zu schütteln, so als müsste er die Worte abstreifen, die sich um ihn legten, ihn einhüllten. »Isaura, wir sind bei dir. Du kannst ganz ruhig sein. Du musst dich nicht zerreißen. Jeder von uns hat eine Aufgabe, die er erledigen muss. Folge du nun deiner Bestimmung. Nimm dir alle Zeit, die du brauchst. Wir werden auf dich warten. Ganz egal, wie lange es dauert, wir werden hier sein, wenn du zurückkommst.«

Schwester Cristina starrte die Klarisse mit großen Augen an. Sie hatte ihre Worte sicher nicht völlig verstanden, da Maria Anna deutsch gesprochen hatte, doch dann bemerkte Marco, dass die Krankenschwester nicht mehr die Nonne und die Patientin anstarrte, sondern den Monitor. »Dr. Díaz, sehen Sie das?«

Marco nickte stumm. Die Kurve hatte sich wieder beruhigt. Der grüne Lichtpunkt huschte über den Bildschirm und ließ eine gleichmäßige Zickzacklinie aufleuchten. Schwester Maria Anna hielt noch immer Isauras Hand.

»Ja, so ist es gut«, sagte sie, ehe sie sie losließ und einen Schritt zurücktrat.

Marco starrte erst den Monitor an, dann Isaura, die irgendwie friedlicher wirkte, obgleich sie sich noch immer nicht bewegt hatte. Sein Blick wanderte zum Gesicht der Nonne, in dem er nicht zu lesen vermochte. Doch es schien ein Leuchten von ihm auszugehen, das er sich nicht erklären konnte. Auch sie strahlte etwas Friedliches aus.

Marco wandte sich an die Krankenschwester. »Sie können jetzt gehen. Danke, Cristina.«

Sie warf noch einen Blick auf die unerlaubte Besucherin, sagte aber nichts. Stumm packte sie die leeren Infusionsbeutel zusammen und verließ dann das Krankenzimmer. Marco wartete, bis sich ihre Schritte entfernt hatten, dann wandte er sich der Nonne zu. Er holte einen Stuhl und schob ihn ihr ans Bett. Dann setzte er sich neben sie.

»Das war kein Zufall, nicht wahr? Sie haben irgendetwas mit Isaura gemacht.«

»Sie waren dabei«, gab Maria Anna freundlich zurück. »Ich habe nur mit ihr gesprochen.«

»Ja, das habe ich gesehen und gehört«, rief Marco lauter, als er beabsichtigt hatte. Es fiel ihm schwer, seine Stimme wieder zu senken. »Ich habe auch mit Isaura gesprochen, stundenlang, aber da gab es keine Reaktion auf dem Herzmonitor.«

»Vielleicht war Isaura zu weit weg, um Sie zu hören«, vermutete die Nonne.

»Aber Sie konnte sie hören.«

Maria Anna nickte. »Hören oder auf andere Weise bemerken, ja, das nehme ich an. Ihre Herzkurve zeigt, dass es mir gelungen ist, ihr den Druck zu nehmen.«

Marco starrte sie an. »Welcher Druck? Was für eine Aufgabe? Von was für einer Bestimmung haben Sie gesprochen? Ich verstehe das alles nicht. Ich habe Isaura ebenfalls versichert, dass ich sie liebe und auf sie warte, doch ich hatte nicht den Eindruck, dass sie mich versteht.«

»Was nicht bedeutet, dass Isaura Sie nicht auch liebt«, fiel ihm die Nonne ins Wort. »Doch ihr Geist ist im Augenblick an einem anderen Ort, wo er Sie nicht empfangen kann. Dennoch ist es beruhigend zu hören, dass Sie bereit sind, auf Isaura zu warten. Vielleicht gelingt es mir, ihr das zu sagen.«

Marcos Augen weiteten sich. Einige Augenblicke starrte er die Nonne wortlos an. Sie kam ihm vor wie ein fremdes Wesen. »Sie glauben an das, was Sie da sagen.«

»Und Sie tun es auch«, erwiderte Maria Anna.

Marco deutete auf den Monitor, der nach wie vor den gleichmäßigen Herzschlag aufzeichnete. »Das muss ich ja wohl. Ich habe es mit eigenen Augen gesehen, und dennoch kann ich es nicht glauben. Isaura liegt im Koma! Sie ist nicht bei Bewusstsein. Das kann jeder geeignete medizinische Test bestätigen.«

Maria Anna nickte. »Oh ja, das glaube ich gern. Ich will Ihre Diagnose nicht infrage stellen. Ich sehe ebenso, dass Isauras Körper hier zurückgeblieben ist, während ihr Geist und ihre Seele sich an einem anderen Ort befinden.«

»So hätte ich es nicht ausgedrückt«, murmelte Marco.

Maria Anna schmunzelte. »Meine Erklärung ist eben nicht medizinisch. In Ihrer Vorstellung funktioniert Isauras Verstand im Moment nicht. In der meinen ist er nur nicht hier an diesem Ort, wo sich ihr Körper befindet.«

Marco stöhnte und barg das Gesicht in den Händen. »Und wo befindet sich ihr Verstand ... oder ihr Geist und ihre Seele, wie Sie es genannt haben? Sie haben Isaura erreicht. Sie wissen es also!«

Schwester Maria Anna schüttelte den Kopf. »Nein, ich weiß es nicht. Ich ahne nur, was geschehen ist. Sie haben mir auf der Fahrt von Isauras Erlebnissen in Sevilla erzählt. Ich weiß, wovon Sie sprechen. Es sind nicht nur Tagträume, und es sind streng genommen auch keine Visionen. Hat Isaura Ihnen erzählt, wie wir uns kennengelernt haben?«

Marco zuckte mit den Schultern. »Es gab ein Gewitter, und sie hat bei Ihnen im Kloster Schutz gesucht.«

»Nicht ganz. Das mit dem Gewitter ist richtig. Isaura war

völlig durchnässt, doch nicht das Unwetter war der Grund, warum sie sich zitternd am Boden zusammenkauerte. Und auch später im Kloster erlebte ihr Geist etwas anderes als das, was wir anderen sehen und hören konnten.«

Marco nickte. »Es scheint in diesem Moment für sie real zu sein, so als befände sie sich ganz woanders.«

»An diesem Ort, aber in einer anderen Zeit«, präzisierte die Nonne.

»Manches Mal denke ich, dieses Buch ist an allem schuld!«, stieß er hervor. Er erhob sich und nahm den Nachdruck aus München vom Nachttisch.

Maria Anna trat zu ihm und nahm es in die Hand. »Noch ein Werk von *La Caminata de la edad*. Haben Sie darin gelesen?«

»Ja, und Isaura hat mir viel davon erzählt. Dieses Buch hat sie über die Maßen fasziniert. Vielleicht mehr, als gut für sie war.«

Marco nahm das Buch, blätterte und suchte die Seite, auf der er am vergangenen Tag aufgehört hatte zu lesen. Dann hielt er es Maria Anna hin. »Da, lesen Sie! Es ist genau die Szene beschrieben, die Isaura auf dem Platz vor der Kathedrale vor sich sah.«

Die Nonne nahm das Buch entgegen, überflog die Seite, schien aber nicht sonderlich überrascht. »Ja, so sehe ich das auch. Und was schließen Sie daraus?«

Marco zuckte mit den Achseln. »Dass Isaura zu viele Stunden mit diesem Buch verbracht hat und sich zu sehr in diese alten Geschichten hineinziehen hat lassen, sodass sie sie nicht mehr losließen und sie an allen möglichen Orten heimsuchten.«

Maria Anna schien mit seiner Antwort nicht zufrieden. »Sieht Señor Campillo Fernández das auch so?«

Marco wehrte ein wenig verärgert ab. »Nein, er hat mir lauter seltsame Dinge über die besonderen Kräfte erzählt, über die die Frauen der Familie de Sola verfügen.«

»Aber Sie glauben ihm nicht«, stellte Maria Anna fest.

Marco antwortete nicht, doch die abwehrende Handbewegung genügte. Eine Weile standen sie schweigend an Isauras Bett. Marco streichelte sanft ihre Hand und murmelte zärtliche Worte. Endlich kehrte er zu seinem Stuhl zurück. Auch Maria Anna nahm wieder Platz. Sie hielt noch immer das Buch in den Händen.

»Sie sollten weiter lesen«, riet sie ihm. »Vielleicht kommen Sie Isaura so näher, als Sie es sich vorstellen können.«

»Nein!«, rief Marco wild. »Ich würde das Buch am liebsten verbrennen. Es kommt mir so vor, als sei es die Ursache all unseres Leids.«

Schwester Maria Anna schüttelte den Kopf. »Das ist aber auch nicht sehr rational gedacht«, tadelte sie.

Marco zog eine Grimasse. »Stimmt, dann nehmen Sie es an sich – zumindest bis Isaura es wiederhaben möchte. Wenn sie erwacht und es ihr gut geht«, fügte er fast flehend hinzu.

Maria Anna schien damit nicht zufrieden, packte das Buch aber dennoch in ihren schlichten Beutel. Sie schien mit sich zu hadern, doch dann gab sie sich einen Ruck.

»Wir sprachen von Sevilla und Córdoba. Sie wissen, diese Erlebnisse, die Isaura immer wieder hat, sind keine Träume, dazu sind sie zu lebendig. Sie sind aber auch keine Visionen, denn sie haben sich bereits vor hunderten von Jahren zugetragen. Was sind sie dann?« Maria Anna machte eine kleine Pause und sah Marco durchdringend aus ihren blauen Augen an. Ihre Stimme klang klar und ernst, als sie weitersprach. »Könnten Sie sich vorstellen, dass Isauras Erlebnisse Erinnerungen sind?«

Marco starrte die Nonne an und stieß ein ungläubiges Lachen aus.

Maria Anna seufzte. »Jetzt halten Sie mich für einfältig oder verrückt. Gut, lassen wir es für heute dabei bewenden. Sie sind noch nicht bereit, diesen Schritt zu gehen. Isaura war es zuerst auch nicht, und vielleicht hat sie bis zum Schluss gezweifelt.« Die Nonne erhob sich und strich ihre Kutte glatt. »Ich lasse Sie beide nun allein. Fahren Sie heute noch nach Tordesillas zurück?«

Marco nickte nur stumm.

»Gut, dann bitte ich Sie, mich zu meinem Wagen zurückzubringen. Ich werde draußen warten. Lassen Sie sich Zeit«, sagte sie zu ihm, so wie sie es zuvor zu Isaura gesagt hatte. Dann verließ sie das Krankenzimmer. Ihre Kutte raschelte leise, als sie sich noch einmal umwandte und die Tür hinter sich zuzog.

Kapitel 21

Córdoba, 1482

Isaura schreckte aus dem Schlaf hoch. Was hatte sie geweckt? Sie lag mit geschlossenen Augen da und lauschte. Es war still im Alcázar, und seit das Mühlrad entfernt worden war, störte auch kein Quietschen mehr die nächtliche Ruhe der Palastbewohner. Fernando war vor einigen Tagen zu seiner Königin zurückgekehrt, daher schlief Isaura allein in dem Bett, das sie einst mit Jimena geteilt hatte. Die Einsamkeit schmerzte sie. Und doch spürte sie plötzlich, wie ihr Herz rascher zu schlagen begann. Es war ihr, als würden fremde Atemzüge sich den ihren angleichen.

Sie war nicht mehr allein in ihrem Gemach!

Isaura riss die Augen auf und fuhr hoch. Ihr Blick huschte durch die Dunkelheit, bis er an einer Silhouette hängen blieb, die sich schwach vor dem vergitterten Fenster abhob. Ein Mann! Ein Mann in ihrem Gemach.

Im ersten Moment öffnete sie den Mund, um zu schreien, doch dann spürte sie, wie Wärme in ihr aufstieg, die in einer Welle des Glücks mündete. Sie breitete die Arme aus, und schon kniete er vor ihrem Bett nieder und zog sie an seine Brust. Isaura wurde von einem Schluchzen geschüttelt, als sie unter Tränen seinen Namen hauchte.

»Amin, ich hatte solche Angst um dich und die anderen. Wie geht es Jimena und Angelo?«

Er legte seine Lippen auf die ihren, dass sie seinen Atem einsog. »Es geht ihnen gut. Du wirst sie später sehen.«

Isaura begann zu schluchzen. Tränen rannen ihr über die Wangen, und ihr ganzer Körper bebte. Amin hielt sie in seinen Armen und wiegte sie, bedeckte ihr Gesicht und ihren Hals mit Küssen, bis sie aufhörte zu weinen und seine Küsse erwiderte. Wie eine Ertrinkende klammerte sie sich an seinen Hals und zog ihn in ihr Bett. Ungestüm riss sie an seinen Kleidern, bis er ebenfalls nackt war.

»Ich hätte es nicht ertragen, dich auch noch zu verlieren«, keuchte sie, als sie ihn über sich zog. Sie presste ihn an sich, während er sie liebkoste und sich ihrem Rhythmus anpasste. Sie trieb ihn an, biss ihn in die Schulter und krallte ihre Nägel in seinen Rücken. Amin umschlang sie fester, seine Stöße wurden härter. Auch er begann zu stöhnen, griff in ihr Haar und bog ihren Kopf zurück, um ihre Schreie unter seinen Küssen zu ersticken. Zitternd und bebend ließen sie voneinander ab, nur um sich erneut zu umschlingen und aneinanderzupressen, als wollten sie sich niemals wieder voneinander lösen.

Endlich beruhigte sich ihr Herzschlag, doch sie blieben eng umschlungen nebeneinander liegen, teilten ihren Atem und schliefen in der tröstlichen Wärme des anderen ein.

»Es war eine Befreiung in letzter Minute«, gab Jimena zu, nachdem Isaura sie endlich aus ihrer Umarmung entließ. »Und ausgerechnet der Herzog von Medina Sidonia kam zu unserer Rettung.«

Isaura nickte. »Ich war mit Isabel bei ihm, doch es bedurfte keiner Überredung. Er war geradezu begierig darauf, mit seinen Männern in den Kampf zu ziehen. Doch wie ist es ihm geglückt, euch aus der Umklammerung des Emirs zu befreien?«

Jimena hob die Schultern. »Ich weiß es nicht so genau, jedenfalls überraschten sie die Mauren bei Nacht. Erst lenkte ihre Reiterei die Belagerer ab, dann fiel ein zweiter Trupp zu Fuß den Mauren in den Rücken, sodass sie in die Zange gerieten. Ihnen kam zugute, dass sie das Gelände besser kannten als die Männer des Herzogs, und so gelang es ihnen, eine Bresche zu schlagen und sich in die Berge zurückzuziehen. Dennoch war das Ziel erreicht, der Weg zur Stadt war frei, und der Versorgungstross konnte nach Alhama ziehen. Gerade noch zur rechten Zeit! Selbst die Zisternen waren inzwischen versiegt.«

»Ihr habt sehr gelitten«, stellte Isaura fest, die die Spuren der Entbehrung in den Gesichtern ihrer Cousine und der beiden Männer lesen konnte.

Don Angelo, dessen Arm schon wieder in einem Verband steckte, versuchte sich an einem Grinsen. »Was sind schon ein wenig Hunger und Leid für unsere Königin Isabel!«

Isaura schnaubte, sagte aber nichts, da Isabel gerade mit Beatriz und der Hofdame Maria Mendoza hereinkam. Sie war wie immer sorgsam angekleidet und frisiert. Eine Königin war eine Königin, egal was passierte, und so musste sie auch auftreten.

Isabel begrüßte die Heimkehrer und dankte ihnen für ihren Einsatz. Auch der Marquis war mit nach Córdoba gekommen, um ihr zu berichten, während der Graf von Tendilla mit seinen Männern Alhama übernommen hatte. Don Enrique de Guzmán jedoch war mit seiner Truppe und den Männern der *Santa Hermandad* weitergezogen, um bereits wenige Tage später Zahara für die Königin zurückzuerobern. Die Nachricht von seinem Erfolg wurde bereits an diesem Morgen von einem völlig erschöpften Boten überbracht.

Isabel strahlte den ganzen Tag und ordnete ein Festmahl an, zu dem sie großzügig auch den Überbringer der Nachricht einlud. Immer wieder mussten der Marquis und der *Hidalgo* aus Arcos de la Frontera ihr berichten, wie sie die Mauren vor Alhama und Zahara erfolgreich geschlagen hatten. Zur Feier des Tages gönnte sich Isabel sogar ein wenig Wein und war geradezu ausgelassen. Ihr Gatte dagegen wurde immer wortkarger und starrte schließlich finster in seinen Weinbecher.

Jimena runzelte die Stirn und beugte sich zu Isaura hinüber. »Teresa, was ist mit Fernando?«, raunte sie ihr zu.

Isaura betrachtete Fernando nachdenklich, dann wandte sie sich schmunzelnd an Jimena. »Könnte es sein, dass der König eifersüchtig ist?«

»Eifersüchtig?«, wiederholte Jimena kopfschüttelnd. »Wenn es eine Frau gibt, deren Treue ein Mann sich sicher sein kann, dann Isabel.« Sie hielt inne, als sie begriff. »Du meinst, eifersüchtig auf die Heldentaten, die andere vollbracht haben?«

Isaura nickte. »Es ärgert ihn, dass andere im Mittelpunkt stehen und mit Lob überschüttet werden – vor allem von Isabel. Sieh nur, wie sie aufgeblüht ist und mit dem Marquis scherzt. Das nagt an ihm!«

»Na hoffentlich macht er keine Dummheit«, murmelte Jimena. »Eifersüchtige Männer sind gefährlich.«

»Du meinst, er könnte den Marquis zum Duell fordern?« Isaura schüttelte ungläubig den Kopf. »Oder sich auf der Suche nach einer Heldentat in ein gefährliches Abenteuer stürzen.«

Die beiden Frauen tauschten Blicke. »Ich hoffe, Isabel versteht es zu verhindern, dass er etwas Unüberlegtes tut!«

Doch Jimena schien mit ihrer Befürchtung richtigzuliegen. Bereits am anderen Tag verkündete Fernando, dass er selbst seine Truppen sammeln und einen Zug wagen wolle, jetzt, da die Mauren sich noch nicht von ihrem Schrecken erholt hätten. Er studierte eifrig die Karte, um sich ein geeignetes Ziel auszusuchen. »Wir müssen die Reconquista nun mit aller Härte vorantreiben«, sagte Fernando, »dann feiern wir Weihnachten auf der Alhambra.«

Isaura stöhnte. »Das wird nicht gelingen«, raunte sie Jimena zu. »Es ist noch ein langer Weg bis dahin, der mit vielen Rückschlägen gepflastert ist.«

»Das fürchte ich auch«, gab Jimena zurück, doch Isabel war vom Tatendrang ihres Gatten angetan. Dennoch schien auch sie ein wenig an seinen Qualitäten als Feldherr zu zweifeln, da sie ihm vorschlug, nach Kardinal Mendoza zu schicken, um zumindest einen Teil der Truppe unter sein Kommando zu stellen. Fernando wehrte ab.

»Lass den Primas in Toledo seine Arbeit tun. Ich werde hier die meinige erledigen.« Er warf Ponce de León über den Tisch hinweg einen herausfordernden Blick zu. Der Marquis von Cádiz hob nur die Schultern.

»Ich stehe mit meinen Männern bereit, wenn Ihr mich braucht, Majestät. Doch nun bitte ich Euch, mich zu entschuldigen. Ich habe noch einige Tage Schlaf nachzuholen«, sprach er, verbeugte sich und verließ den Saal. Fernando starrte ihm nach.

Die Wahl des Königs fiel auf Loja, eine Stadt am Ufer des Genil und damit das westliche Tor nach Granada, was dem Emir sicher bewusst war.

Isabel runzelte die Stirn. »Ich weiß nicht, ob das eine gute Wahl ist. Die Stadt ist stark befestigt, und die Mauren sind nun gewarnt.«

»Aber wenn Loja fällt, sind wir bereits mit einem Fuß in

Granada!«, widersprach der König, und obgleich all seine Berater zur Vorsicht rieten, verbiss sich Fernando immer stärker in seine Idee.

»Du musst ihm das ausreden«, beschwor Isaura die Königin, als sie alleine in ihrem Gemach waren.

»Ich weiß nicht. Vielleicht gelingt ihm der große Streich«, sagte Isabel, doch in ihrer Stimme schwangen Zweifel.

»Wenn er wenigstens Kardinal Mendoza zu Rate ziehen würde«, stöhnte Jimena, die gerade ins Zimmer trat und Isabels Worte vernommen hatte.

Isabel schüttelte den Kopf. »Er wehrt sich mit Händen und Füßen dagegen.«

»Aber Mendoza ist ein großer Stratege. Er hat schon eine entscheidende Schlacht für Kastilien gewonnen!«, warf Jimena ein.

Isabel seufzte. Es war Isaura, die an ihrer statt antwortete. »Gerade deshalb will ihn Fernando nicht dabeihaben. Er will den Lorbeerkranz aufs Haupt gedrückt bekommen, wenn er siegreich in Loja einzieht. Er will nicht riskieren, dass man diesen Erfolg dann dem Kardinal zuschreibt.«

»Das ist Irrsinn!«, rief Jimena.

Isabel seufzte wieder. »Wenn er Mendoza nicht will, was soll ich tun?« Sie gab die Antwort gleich selbst. »Ich habe nach einem anderen großen Streiter geschickt: Don Rodrigo Téllez Girón!«

Isaura sah Jimena fragend an. Der Name sagte ihr nichts.

»Er ist der Großmeister des Calatravaordens, und ich nehme an, dass er zahlreiche seiner Ordensritter mitbringen wird.«

Isabel nickte. »Wenn es Kämpfer gibt, die wahre Gotteskrieger sind, dann sind es die unserer großen Ritterorden.«

Isabel bat noch den Marquis von Cádiz, Fernando mit

seinen Männern den Rücken freizuhalten, mehr konnte sie nicht tun.

Die nächsten Wochen verliefen ruhig, abgesehen davon dass der kleine Prinz, der mit seinen drei Schwestern ebenfalls nach Córdoba gekommen war, wieder einmal kränkelte. Abu Amin kümmerte sich um den Knaben, der zum Leidwesen seiner Mutter seit seiner Geburt von schwächlicher Konstitution war, ganz im Gegensatz zu seinen Schwestern, die sich prächtig entwickelten.

Während im Palast alles seinem gewohnten Gang folgte, liefen draußen die Vorbereitungen für den Feldzug des Königs auf Hochtouren. Der Großmeister des Calatravaordens traf mit seinen Männern ein und machte dem Königspaar seine Aufwartung. Die Ritter in ihren schwarzen Mänteln mit dem verschlungenen roten Kreuz auf Brust und Rücken machten einen kampferprobten Eindruck. Es waren große, muskulöse Männer mit ernsten Gesichtern, die sich weder der Völlerei noch dem Genuss von Wein hingaben. So manche Narbe zeugte von ausgefochtenen Kämpfen. Und auch der Großmeister strahlte die Überlegenheit eines Kämpfers aus, der sich seiner Stärke und seiner Kampferfahrung bewusst war.

»Nun bin ich ruhiger«, gestand die Königin Isaura, als sich Fernando an diesem Abend entschuldigt hatte, um nach seiner Truppe zu sehen.

»Ich glaube, dazu hast du allen Grund«, gab diese zurück, nachdem sie den Großmeister gesehen hatte.

Der Tag der Abreise rückte näher. Auch der Marquis von Cádiz hatte sich wieder in Córdoba eingefunden und wirkte erholt. Zumindest war ihm von den Strapazen der Belagerung nichts mehr anzusehen. Er trat auf Don Angelo zu.

»Es wäre mir eine Ehre, Euer Schwert wieder an meiner Seite zu wissen«, schmeichelte er dem *Hidalgo*, der nie ein Ritter hatte sein wollen.

»Das kommt nicht infrage«, mischte sich Jimena ein. »Sein Schwertarm ist noch nicht kräftig genug. Er wurde bei Alhama zweimal verletzt!«

Don Ponce de León zeigte seine Zähne. »Oh, ich vergaß, Ihr habt Eurem Weib Gehorsam geschworen. Ich hätte sie um Erlaubnis bitten müssen.«

In seinem Blick glaubte Isaura Verachtung erkennen zu können. Sie sah, wie sich Jimena auf die Lippen biss, als ihr klar wurde, wie sehr sie ihren Mann vorgeführt hatte.

Angelo biss die Zähne zusammen, schob sein Hemd hoch und zeigte auf die beiden noch rot schimmernden Narben.

»Dank der Hilfe unseres Hakims ist alles gut verheilt, und ich bin durchaus in der Lage, mein Schwert zu schwingen. Sagt mir, wann und wo, Marquis. Ich werde an Eurer Seite sein.« Ohne Jimena eines Blickes zu würdigen, wandte er sich ab und ging davon. Jimena wollte ihm nach, doch Isaura hielt sie zurück.

»Warte, bis ihr euch beide ein wenig abgekühlt habt, ehe du mit ihm sprichst. Jetzt kann er ohnehin nicht mehr zurück. Er hat dem Marquis sein Wort gegeben.«

»Und das Versprechen, das er mir gegeben hat, gebrochen!«, zischte Jimena, die den Tränen nahe war.

»Ich werde ihn im Auge behalten«, sagte Abu Amin, der zu den Frauen getreten war.

Isaura starrte ihn an. »Was? Du willst auch mit?«

»Unsere Königin hat mich darum gebeten. Sie fürchtet um Fernando. Falls es zum Schlimmsten kommt und er verletzt wird, will sie, dass ich in der Nähe bin.«

Isaura und Jimena warfen einander Blicke zu. »Ich weiß

nicht, wie oft ich das noch aushalte«, murmelte Isaura, dann ging sie Jimena nach, die sich auf die Suche nach ihrem Mann machte. Abu Amin folgte ihr.

»Ich habe unserer Königin einen Eid geschworen!«, erinnerte Angelo sie, als sie ihn schließlich in den Gärten fand.

»Der König wird in eine Falle laufen«, jammerte Jimena.

»Umso mehr ist es meine Pflicht, ihm den Rücken freizuhalten und seinen Rückzug zu sichern«, beharrte Angelo.

Jimena funkelte ihn an. »Gut, aber glaube nicht, dass ich hier untätig zurückbleiben werde. Dann ziehen wir eben alle nach Loja, finden dort unser Verderben oder werden auf wundersame Weise gerettet.«

»Dein Vertrauen in die Fähigkeiten unseres Königs trägt nicht gerade dazu bei, unsere Kampfmoral zu heben«, sagte Abu Amin und schnitt eine Grimasse, während Don Angelo und Isaura Jimena bestürmten, von diesem Vorhaben abzulassen, doch Jimena blieb stur. Sie würde wieder an der Seite des Arztes reiten und ihm mit den Verwundeten helfen, die es sicher geben würde, prophezeite sie düster.

»Wie weit ist es noch, was glaubt Ihr?«

Jimena drängte ihr Pferd an Abu Amins Seite.

Der Hakim sah zum Abendhimmel hoch und wandte sich dann nach beiden Seiten, um die Linien der Bergkämme zu überprüfen. »Es ist eine Weile her, dass ich in dieser Gegend war, doch ich würde sagen, wir erreichen Loja morgen noch vor der Mittagsstunde, wenn wir die Nacht über wieder ruhen.«

Zwei Tage waren sie von Córdoba aus flott nach Südosten geritten, zuerst dem Tal des Río Guadajoz folgend und dann – nach Lucena – über die Sierra de Rute.

Obwohl sie die Grenze zum Emirat Granada längst überschritten hatten, waren sie bisher auf keinen Widerstand ge-stoßen. Ja, Fernandos Heer traf überhaupt auf keine Men-schenseele. Sie ritten nur an verlassenen Hütten und kleinen Gehöften vorbei, denen man ansah, dass sie noch nicht lange leer standen.

»Das gefällt mir ganz und gar nicht«, brummte Don An-gelo, der den Blick unablässig über die Berghänge schweifen ließ.

Abu Amin konnte ihm nur zustimmen. »Wenn ich den Emir richtig einschätze, dann wird das hier kein Überra-schungsangriff! Nicht nach Alhama und Zahara.«

»Und ich habe gehört, dieser Ali Atar ist kein Narr«, fügte Don Angelo hinzu.

»Ali Atar?« Abu Amin wandte sich alarmiert zu dem *Hi-dalgo* um. »Ist er der Kommandant von Loja?« Er stöhnte, als Don Angelo nickte. »Nein, dieser altgediente Kämpfer des Emirs ist alles andere als ein Narr. Er wird unserem König einen feinen Empfang bereiten!«

»Dann sollte der Marquis noch einen Boten zu Fernando schicken und ihn warnen«, schlug Jimena vor.

Der König ließ sich nicht bange machen und ließ dem Marquis lediglich ausrichten, er wisse schon, was er tue, und der Marquis solle noch weiter zurückfallen, um den Rück-weg freizuhalten – für alle Fälle. Der König hatte das Flusstal des Genil bereits erreicht und ließ ein Lager aufschlagen, um die Stadt beim ersten Licht des nächsten Tages anzugreifen.

Don Ponce de León nahm die Nachricht mit einem abfälli-gen Schnauben zur Kenntnis. »Mir wäre es lieber, meine bes-ten Streiter zu sammeln und näher an das Hauptheer heran-zurücken.«

Aber der Befehl des Königs war eindeutig, und so fügte sich der Marquis, ließ das Lager aufschlagen, schärfte seinen

Männern jedoch ein, in der Nacht Augen und Ohren offen zu halten und jederzeit bereit zu sein. Es durften keine Feuer entzündet werden, die Wachposten wurden verdreifacht. Dennoch schien der Marquis kein gutes Gefühl bei der Sache zu haben, was Jimena durchaus nachempfinden konnte. Sie wickelte sich in ihren warmen Umhang und legte sich nahe ihres gesattelten und gezäumten Pferdes ins Gras, um ein wenig zu ruhen, während Abu Amin im Schneidersitz neben ihr saß und den Blick unaufhörlich schweifen ließ. Don Angelo hatte der Marquis die Aufsicht über die Wachen übertragen. Es kam auf seiner Runde immer wieder bei Abu Amin und Jimena vorbei.

»Noch ist alles ruhig«, berichtete er. »Auch wenn der letzte Bote bestimmt seit einer Stunde überfällig ist.«

Jimena spürte, wie Unruhe sie erfasste. Sie hätte aufspringen mögen, doch der lange, flotte Ritt hatte ihren Körper erschöpft, und sie wussten nicht, was der nächste Tag ihnen bringen würde. Daher zwang sie sich, liegen zu bleiben und die Augen zu schließen. Ihre Gedanken begannen immer schneller zu kreisen, bis sie schließlich in einen unruhigen Traum hinüberglitt. Ihr Geist eilte durch die Nacht, die Stunden verflossen, und der Tag war nicht mehr fern. Sie schien über das Land zu schweben, erst nach Süden und dann, als sie das Flusstal erreichte, weiter nach Westen. Im Osten schimmerte schon das erste Grau des Morgens, als sie sich dem Lager des Königs näherte. Er war schon auf und rief voller Tatendrang seine Männer zu sich.

Jimena verließ das Lager, doch sie bewegte sich nicht weiter auf die Stadt zu, deren Mauerkrone sich im Osten gegen den nun rosa gefärbten Himmel abhob. Ihr Geist eilte die Berghänge hinauf und glitt über steil eingeschnittene Schluchten.

Bewegte sich dort unten etwas? Schatten huschten zwischen den Felsen auf das breite Tal zu. Stahl von scharfen, breiten Klingen blitzte auf, doch ehe sie die Gestalten erfassen konnte, schwebte ihr Geist bereits weiter. Sie sah zwei reglose Körper zwischen den Büschen liegen, mit durchschnittener Kehle. Waren das nicht die Boten des Marquis?

Ihr Geist flog immer schneller, umkreiste das Lager des Königs und huschte nun auf der anderen Seite in die Berge, deren schroffe, enge Täler wie geschaffen dafür schienen, ein ganzes Heer zu verbergen. Jimena sah einen Mann auf einem riesigen schwarzen Schlachtross sitzen. Dunkle Augen blitzten unter dem Helm hervor, der sein dichtes schwarzes Haar nicht bändigen konnte. Auch sein Bart, der fast das gesamte Gesicht bedeckte, war schwarz. Seine Miene war grimmig und entschlossen und strahlte die Zuversicht des Siegers aus.

»Ali Atar«, stieß Jimena hervor, obgleich sie ihn noch nie gesehen hatte.

»Was ist? Du träumst«, drang eine Stimme zu ihr durch.

Jimena riss die Augen auf und fuhr hoch. »Wie lange ist es noch bis zum Morgen?«

Abu Amin sah zu den Sternen hinauf. »In drei Stunden beginnt der Tag.«

Jimena sprang auf. »Dann haben wir vielleicht noch genug Zeit. Wir müssen sofort aufbrechen!«

»Halt!« Abu Amin hielt sie zurück. »Was hast du vor? Der König hat keine Nachricht geschickt. Wir müssen warten.«

»Die Boten liegen mit durchschnittener Kehle in ihrem Blut, und die Falle um den König schnappt jeden Moment zu.«

Abu Amin starrte sie an. »Wir wissen, dass er ein gefährliches Spiel spielt, aber es steht uns nicht zu, eigenmächtig zu handeln. Damit könnten wir ihn in Gefahr bringen.«

»Er wird sterben oder in Gefangenschaft geraten, wenn wir nicht schnell handeln. Ich habe es gesehen! Glaub mir. Ich weiß, welches Drama sich in wenigen Stunden am Ufer des Genil abspielen wird. Die Mauren haben sich in die Schluchten zu beiden Seiten des Tals zurückgezogen und warten nur darauf, ihn in die Zange zu nehmen.«

Abu Amin starrte sie noch einmal prüfend an, dann nahm er ihre Hand. »Komm, wir sagen es dem Marquis.«

Es war nicht einfach, Ponce de León zu überzeugen, dass Jimena nicht nur an einem Albtraum litt.

»Habt Ihr von meiner Tante gehört? Dominga de Lucena?«, drängte Jimena. »Auch sie verfügt über die Gabe des Zweiten Gesichts.«

Der Marquis nickte langsam, dann straffte er sich. Ein entschlossener Zug trat in seine Miene. »Gut, wir reiten und sehen, wie es um den König steht. Ich kann mir vorstellen, dass der alte Fuchs ihm solch eine Falle stellt. Ali Atar gilt neben dem Bruder des Emirs als einer seiner besten Männer. So einer sitzt nicht hinter den Mauern seiner Stadt und wartet, bis Fernando kommt, um sie ihm zu entreißen.«

Das Lager war innerhalb weniger Minuten abgebrochen und die Männer zum Aufbruch bereit.

»Du bleibst bei Abu Amin«, schärfte Angelo seiner Frau ein, hauchte ihr noch einen raschen Kuss auf die Wange und ritt dann an die Spitze zu Ponce de León und seinen Rittern.

So schnell es die Dunkelheit zuließ, ritten sie nach Süden und bogen dann in das breite Flusstal ein. Jimenas Blick wanderte unablässig zum Himmel hinauf, an dessen Firmament die Sterne viel zu schnell verblassten. Sie würden nicht rechtzeitig kommen! Sie konnten den Überfall nicht verhindern.

Im Osten verblasste das samtene Schwarz, als Jimena in ihrem Geist den Ruf zum Angriff vernahm. Sie stöhnte auf, als die Schemen von tausenden von maurischen Streitern zu beiden Seiten aus den Schluchten hervorquollen und auf die völlig überraschten Ritter des Königs trafen. Vielen gelang es nicht einmal mehr, ihre Rüstungen anzulegen und zu ihren Pferden zu kommen. Die Streiter des Emirs fegten über sie hinweg und hielten blutige Ernte.

Die Ritter von Calatrava, die die Nacht nicht geschlafen hatten, waren die Einzigen, die sich den Mauren entgegenwarfen und einen schützenden Ring um den König zogen. Fernando brüllte Befehle und zog sein Schwert, doch seine Männer waren bereits in alle Richtungen zerstreut und versuchten nur noch, ihr Leben vor den Klingen der Mauren zu schützen.

»Rückzug!«, brüllte der König und versuchte, zum Ufer des Flusses durchzubrechen, doch die Mauren hatten den Ring längst geschlossen und versuchten nun mit aller Kraft, des Königs habhaft zu werden. Don Rodrigo jagte sein Ross mit einem riesigen Satz zwischen zwei Mauren mit erhobenen Krummschwertern und Fernando. Eine der Klingen gelang es ihm abzuwehren, die andere trennte ihm beinahe den Kopf von den Schultern. Sein warmes Blut traf den Mantel des Königs, als der Großmeister von Calatrava sterbend vom Pferd glitt.

Der Marquis von Cádiz und seine Truppe kamen nicht rechtzeitig, um die Katastrophe zu verhindern. Es lag nicht in ihrer Macht, den Großmeister zu retten oder die unzähligen Männer, die an diesem Morgen für ihren König das Leben ließen. Die Mauren hatten bereits ganze Arbeit geleistet, als der Marquis herangestürmt kam und den Männern des Emirs in den Rücken fiel. Es gelang ihm, eine Bresche zu schlagen und bis zum König vorzudringen, den drei Mauren gerade vom Pferd rissen. Ponce de León erschlug zwei von ihnen. Don Angelo tötete den dritten und zog Fernando mit auf sein Streitross. Beschirmt von einigen Dutzend Rittern, brachen sie erneut durch die Linien der Feinde und stoben am Ufer des Genil nach Westen. Der klägliche Rest von Fernandos Männern und die Nachhut des Marquis versuchten sich zu sammeln und die Flucht des Königs zu sichern. Sie schlugen sich tapfer, und es gelang ihnen, die Mauren so lange im Tal aufzuhalten, bis sie Fernando nicht mehr einholen konnten.

Ali Atar ließ zum Rückzug blasen. Es war sein Sieg. Zwar war ihnen der König doch noch entwischt, dafür hatten sie sein stolzes Heer fast vollständig aufgerieben.

Als die Sonne über den Bergen aufstieg, sammelten sich die Krähen und Geier, um unter tausenden Gefallenen üppig Mahl zu halten.

Kapitel 22

Lucena, 1483

»So viele Tote, so viel sinnloses Leid, und wofür das alles?«, stöhnte Isaura und sah ihren Mann an, so als hoffe sie, er würde ihr widersprechen, doch seine Miene spiegelte nur ihre eigene Traurigkeit wider. Er senkte zwar die Stimme, als er ihr antwortete, aber sie klang bitter.

»All diese tapferen Männer sind für ihren König gestorben, wie er es von ihnen verlangt hat. So ist der Krieg.«

Isaura spürte, wie Zorn in ihr aufstieg. »Ja, völlig sinnlos: für das Ego eines Königs, der sich und seine Fähigkeiten als Feldherr überschätzt hat, auf der Jagd nach Lob und Anerkennung. Der Marquis und Angelo haben ihr Leben riskiert, um ihn aus den Händen der Mauren zu befreien, sagte Jimena.«

»Auch das ist im Krieg so üblich«, antwortete der Hakim ein wenig sanfter. »Und es wird so bleiben, solange es Herrscher gibt, die mächtiger sein wollen und für ihr Volk und für ihren Gott andere Länder erobern.«

»Für ihr Volk?«, griff Isaura das Wort wütend auf. »Ihr Volk, das seine Männer und Söhne unter einem unfähigen Feldherrn opfern muss!«

»Sei nicht so hart«, sagte Abu Amin und nahm seine Frau in die Arme. »Der König ist sich seines Fehlers bewusst und hadert mit sich und dem Schicksal. Er nimmt die Niederlage nicht leicht.«

»Das fehlte ja noch«, gab Isaura unversöhnlich zurück.

»Auch Isabel ist erschüttert.«

»Ja, und sie tut alles, um sein männliches Ego wieder aufzurichten.« Abu Amin runzelte die Stirn, sagte aber nichts zu der seltsamen Ausdrucksweise seiner Gattin. Isaura atmete tief durch und löste sich aus seiner Umarmung. Sie musste sich zurückhalten. Immer wenn ihr Temperament mit ihr durchging, achtete sie nicht auf die Wahl ihrer Worte. »Lass uns von etwas Erfreulicherem sprechen. Ich hoffe, du bleibst dieses Mal länger hier.«

Abu Amin lächelte verschmitzt. »Das kann ich leider nicht versprechen. Schon in wenigen Tagen werde ich mein Pferd wieder satteln.« Isaura starrte ihn bestürzt an, doch er lächelte weiter. »Mein Pferd und das deine«, fügte er hinzu. »Der ganze Hof wird nach Sevilla übersiedeln.«

Isaura knuffte ihn in den Arm. »Wie kannst du mich so erschrecken.« Dann beugte sie sich vor und küsste zärtlich seinen Mund. »Ich bin so froh, dich an meiner Seite zu wissen. Du hast mir eine neue Welt gezeigt und mir so viel beigebracht, über das ich früher nicht einmal nachgedacht habe.«

»So? Dabei hatte ich den Eindruck, dich mit den Rezepturen meiner Heilmittelchen zu langweilen.«

»Nein! Und auch die Geschichten aus der Heimat deiner Väter haben mir für manches die Augen geöffnet.«

»Dass die Mauren nicht alle grausame, bärtige Barbaren sind?«, neckte er.

Isaura ging auf seinen Tonfall ein. »Nun ja, bärtig schon…«

Nach dem Debakel von Loja geriet die von Isabel verkündete Rückeroberung des christlichen Iberien ins Stocken. Vielleicht saß der Schock so tief, dass er die Entschlusskraft des Königspaars lähmte und die beiden veranlasste, zumindest über den Winter keine weiteren Heldentaten mehr zu versuchen. Und auch die Mauren des Emirs hielten erstaunlicherweise still. Isabel schickte ihre Spione nach Granada und sammelte jede noch so kleine Information, die aus dem Emirat nach Westen drang. So erfuhr sie, dass der alte Emir Abu I-Hassan Ali gegen einen ganz anderen Feind zu kämpfen hatte.

»Sein Problem ist ein Weiberrock!«, rief Don Angelo und lachte ungläubig, doch Abu Amin nickte mit ernster Miene. Er hielt einen Brief seines Oheims in den Händen, dessen Informationen ganz sicher glaubwürdig waren.

»Aischa heißt seine erste Feindin im Land.«

»Seine erste Frau?«, hakte Don Angelo nach.

Abu Amin nickte. »Danach hat der Emir diese Christin geheiratet, in die er sich verliebt hat«, ergänzte Isaura, die sich erinnerte, was Samira ihnen im Badehaus erzählt hatte. »Isabel de Solis oder Soraya, wie sie sich heute nennt.«

»Richtig«, bestätigte Abu Amin. »Das hat ihm Aischa niemals verziehen. Sie fürchtet um ihre und die Rechte ihres Sohns, hat doch auch seine neue Lieblingsfrau dem Emir einen Sohn geboren. Nun also, da der Emir schwach ist, glaubt Aischa, die Zeit für ihren Sohn Muhammad sei gekommen.«

»Er will seinen Vater vom Thron stürzen?«, rief Jimena ungläubig.

»Es sieht ganz danach aus. Seine Mutter weiß die mächtigen Abencerragen hinter sich«, gab Abu Amin Auskunft.

»Die meinen, bei einem jungen, unerfahrenen Emir ihre Interessen durchsetzen zu können«, ergänzte Jimena. »Es ist doch überall dasselbe mit den mächtigen Adelsfamilien, ganz gleich, zu welchem Gott sie beten.«

»So ist es, und da der Emir alt und nun auch sehr krank ist, kreisen die Geier über ihm.«

»Hat Mulay Hassan gegen seinen Sohn überhaupt eine Chance, wenn er so leidend ist?«, wollte Jimena wissen.

Abu Amin nickte. »Sein Bruder al Zagal steht fest hinter ihm und auch die Familie der Zegrís, die es mit den Abencerragen sicher aufnehmen können.«

Isaura erinnerte sich an den kriegerischen Bruder des Emirs, der so viel Stärke und Entschlossenheit ausgestrahlt hatte. Konnte der junge, verwöhnte Muhammad gegen ihn bestehen?

Wenn er genug Unterstützer fand.

»Das kann Granada in einen Bürgerkrieg stürzen«, folgerte Jimena. Die beiden Männer nickten.

»Isabel kommt das sicher sehr gelegen«, sagte Isaura. »Je mehr sich das Emirat selbst schwächt, desto leichter wird es für sie sein, ihre Eroberungen voranzutreiben.«

Don Angelo und Abu Amin stimmten ihr zu. »Für Granada bedeuten diese inneren Kämpfe vielleicht den tödlichen Stoß, auch wenn sie sich dessen vielleicht noch nicht bewusst sind.«

»Wir reisen in den nächsten Tagen ab«, verkündete Jimena, die Isaura in den Gärten fand.

»Oh, wohin reiten wir?«, erkundigte sich Isaura.

Der Winter war vorbei, und ganz Andalusien schmückte sich bereits mit blütenschweren Zweigen. Die Luft war erfüllt vom Duft der Orangenblüten. Isaura hatte sich längst schon gefragt, wann es Isabel wieder weitertreiben würde. Sie war während des Winters nur einmal nach Kastilien gereist, um dort nach dem Rechten zu sehen.

Jimena senkte den Blick. »Nicht ihr werdet abreisen, wobei ich nichts über Isabels Pläne weiß. Sicher ist nur, dass Angelo und ich Sevilla verlassen.«

Isaura sprang auf und starrte ihre Freundin an. »Es geht also wieder los. Hat Isabel etwas geplant, oder versucht etwa Fernando seine Niederlage durch ein neues Himmelfahrtskommando auszumerzen?«

Jimena drängte Isaura, wieder auf der Steinbank Platz zu nehmen, setzte sich neben sie und ergriff ihre Hände.

»Weder das eine noch das andere… was auch immer ein Himmelfahrtskommando sein mag… Angelo hat den Auftrag bekommen, nach Lucena zu reiten. Isabel will die Stadt verstärken lassen, und so werden wir dem Kommandanten Unterstützung bringen. Sobald die Befestigungsarbeiten beendet sind, kehren wir an den Hof zurück. Abu Amin bleibt übrigens hier bei Juan. Das hat Isabel ausdrücklich angeordnet, obgleich ich finde, dass der Prinz den Winter recht gut überstanden hat. Es gibt keinen Grund, sich Sorgen zu machen.«

Isaura sah Jimena prüfend an. »Aber du machst dir Sorgen, nicht wahr? Irgendetwas wird geschehen. Hast du es gesehen?«

Jimena wich Isauras Blick aus. »Gesehen? Nein, ich konnte es nicht klar erkennen.«

»Doch die Stadt ist in Gefahr, nicht wahr? Es ist kein Zufall, dass Isabel Verstärkung nach Lucena schickt.«

Jimena straffte sich. »Nein, es ist kein Zufall, und ich bin froh, dass sie auf mich hört. Ich hoffe, dass ich dieses Mal zur rechten Zeit komme.«

Isaura hörte die Qual in der Stimme ihrer Cousine.

»Es ist nicht deine Schuld, dass Fernando mit seinem Heer in eine Falle lief!«

»Aber wir hätten viele der Männer retten können, wenn meine Träume nur früher zu mir gekommen wären.«

»Und wenn der Marquis auf dich gehört hätte und der König … nein, Jimena, dich trifft am allerwenigsten Schuld. Der König sollte dir dankbar sein, dass der Marquis und Angelo ihn – dank deiner Träume – noch rechtzeitig retten konnten!«

Jimena wiegte den Kopf hin und her. »Vielleicht. Jedenfalls will ich nicht noch mehr Tote in meinen Träumen beweinen müssen!«

Lucena war eine lebhafte Stadt. Von ihrem letzten Besuch her wusste Jimena bereits, dass hier in Tía Domingas Geburtsstadt viel mehr Juden lebten als in jeder anderen Stadt in Andalusien, daher wunderte sie sich nicht über das Straßenbild, das fast nur von schwarz gewandeten Gestalten mit dichten Bärten und Schläfenlocken geprägt war. Die Frauen huschten als schwarze Schatten über die Straßen, wenn sie überhaupt zu sehen waren. Sie lebten genauso im Verborgenen wie die Frauen der Mauren. Jimena und Angelo zogen mit der Truppe, die Isabel für sie zusammengestellt hatte, in das Castillo del Moral ein und wurden vom Hauptmann der Stadt empfangen. Er begrüßte sie höflich und ließ es nicht an Gastfreundschaft fehlen, dennoch spürte Jimena deutlich, dass er über die Unterstützung durch die Königin nicht erfreut war. Vielleicht auch, weil sie ihm keine schlüssige Erklärung bieten konnte, warum sie der Meinung war, dass gerade Lucena besonderen Schutz nötig haben sollte. Visionen waren nichts, über das man in diesen Zeiten zu laut reden sollte. Daher blieb Jimena stumm und hielt sich im Hintergrund, so wie man es von einer Doña erwarten konnte. Sie hielt sich an ihren Wein und die süßen Reisspeisen, die der Kommandant hatte auftragen lassen, und beobachtete, wie geschickt ihr Gatte ihn aus seiner Einsilbigkeit lockte, sodass Don Ezra am Ende gar selbst darauf drängte, dem Gast aus dem Westen die ausgeklügelte Verteidigung der Stadt zu demonstrieren. Don Angelo folgte ihm um die Burg herum und dann an der Stadtmauer entlang von einem Turm zum nächsten. Behutsam ließ er die Vorschläge einfließen, die Isabel zusammen mit ihren Beratern ausgearbeitet hatte.

»Und, hast du unseren jüdischen Don erfolgreich gezähmt?«, erkundigte sich Jimena bei ihrem Gatten, als sie die Tür zu dem kleinen, karg eingerichteten Gemach hinter sich schlossen, das der Hauptmann ihnen auf der Burg zugewiesen hatte.

Angelo lächelte seine Frau an. »Natürlich. Zweifelst du an meinem Charme und meinen Überredungskünsten?«

Sie ließ sich von ihm in seine Arme ziehen und auf den Mund küssen. »Aber nein, doch ich war mir nicht sicher, ob sie auch bei einem so strengen Juden fruchten.«

Angelo zog eine Grimasse. »Ja, das war heute eine recht spröde Runde. Da weiß selbst Isabel an ihrem Hof besser zu feiern – von den Speisen gar nicht zu reden.«

Jimena zupfte ihn am Ohr. »Hältst du etwa nichts von koscherem Essen?«

Angelo hob die Schultern. »Koscher oder nicht, Hauptsache ein deftiger Braten, frisches Brot, Wein in Strömen und Süßes für die Lust.«

Jimena kicherte. »Was habe ich für einen bescheidenen Mann geheiratet. Ich fürchte, du wirst dich mit dem kargen Leben hier eine Weile abfinden müssen, ehe wir zu den Wonnen nach Sevilla zurückkehren.«

Angelo schob sie eine Armeslänge von sich und sah sie forschend an.

»Wie lange? Kannst du es sagen?«

Jimena schloss die Augen und konzentrierte sich auf die Bilder, die sie gesehen hatte, doch nichts verriet ihr, wann der Angriff zu erwarten war.

»Was kannst du erkennen?«

»Es ist eine neblige Nacht. Der Tag beginnt nur zögerlich, aber da bewegt sich etwas im Dunst. Männer mit Waffen in maurischem Gewand. Pferde, reich geschmückt. Ich sehe Ali Atar, den großen Kämpfer, und an seiner Seite den jungen Prinzen Muhammad, der nach seines Vaters Thron strebt.« Mit einem Kopfschütteln öffnete Jimena die Augen. »Ich weiß es nicht. Es tut mir leid. Ich kann es nicht sagen.«

»Dann bleibt uns nichts anderes, als zu warten, vorsichtig zu sein und uns die Zeit so angenehm wie möglich zu vertreiben.«

Es zog sie wieder an sich und begann sie zu küssen, was sich Jimena gern gefallen ließ. In dieser Nacht würde nichts Böses geschehen – hoffte sie zumindest, und so gab sie sich ganz seinen Lippen und Händen hin, die genießerisch über ihre Haut wanderten, sie von all den Stoffschichten befreiten und sie dann zu ihrem Lager drängten. Jimena zog ihn zu sich, presste sich an seine heiße, nackte Haut. Wieder einmal konnte sie ihr Glück kaum fassen. Hatte sie es nach ihren vielen Fehlern, die vielleicht mit dazu beigetragen hatten, dass Ramón so früh sein Leben lassen musste, verdient, noch einmal zu lieben und so sehr geliebt zu werden?

Sie wand sich unter seinen Fingern, die zart ihre Brüste kneteten, und stöhnte, als seine Zunge über ihre Scham glitt.

»Soll ich aufhören?« Er beugte sich über sie. »Ich sehe in deinem Gesicht, dass du leidest, mein armes Weib«, flüsterte er ihr hinterhältig ins Ohr.

Jimena griff nach seinem Glied, das steif aufgerichtet war. »Untersteh dich, sonst drehe ich mich jetzt um und lasse dich ohne Erlösung in deinem Elend zurück!«

Angelo biss sie ins Ohr. »Was habe ich mir nur für ein grausames und schamloses Weib angelacht.«

»Genau das, welches du verdienst«, seufzte Jimena und schob seinen Kopf wieder tiefer, dass seine Zunge erneut das Feuer in ihr entfachen konnte, bis es sie in glühenden Wellen durchlief und sie ihn stürmisch über sich zog. Sie spreizte die Beine und krallte ihre Finger in das feste Fleisch seines Hinterns. Angelo folgte ihrer Forderung, stieß tief in sie und trieb sie beide in einem immer schnelleren Rhythmus zur Erlösung.

Eine Woche waren sie nun schon in Lucena. Es war alles besprochen, der Verteidigungsring an den Schwachstellen ausgebessert und die Wächter auf den Mauern verstärkt, doch nichts geschah. Jimena spürte Angelos fragenden Blick auf sich ruhen, doch sie konnte ihm noch immer nicht mehr sagen. Die von Reisenden und den regelmäßig ausgesandten Spionen gebrachten Nachrichten waren widersprüchlich. Es rumorte im Emirat Granada, Truppen wurden durch das Land geschickt, doch es gab keine Anzeichen, dass sie einen Angriff auf eine der andalusischen Grenzstädte planten. Sie schienen voll und ganz mit ihren eigenen Streitereien beschäftigt.

»Was meinst du, wie lange sollen wir noch bleiben?«, erkundigte sich Don Angelo schließlich behutsam bei seiner Gattin, doch Jimena warf nur die Arme in die Luft.

»Wir müssen aushalten«, beschwor sie ihn. »Sonst kommt es zu einer Katastrophe wie vor Loja.«

Don Angelo nickte. Er vertraute ihr, doch seine Argumente, länger zu bleiben, stießen sowohl bei den Männern der Königin als auch bei den Juden der Stadt mehr und mehr auf Missfallen.

Da näherte sich am achten Tag eine einsame Gestalt den Mauern von Lucena. Jimena, die gerade mit Angelo auf dem Wehrgang stand, kniff die Augen zusammen. Es schien nichts

Besonderes an ihr zu sein, weder an dem müden Pferd, das sich auf das Tor zuschleppte, noch an dem einfachen Mantel aus grobem Stoff, der den zusammengesunkenen Körper verhüllte. Und dennoch begann Jimenas Herz wie wild zu schlagen. Sie ergriff Angelos Hand und zog ihn hinter sich her zum Tor hinunter, das sie gleichzeitig mit der Reisenden erreichten. Sie ließ sich vom Pferd gleiten, schob ihre Kapuze von ihrem grauen Haar und richtete ihre dunklen Augen mit durchdringendem Blick auf Jimena, die ihr mit ausgebreiteten Armen entgegeneilte.

»Tía Dominga!«, rief sie aus und schmiegte sich an ihre Brust.

Ihre Tante erwiderte die Umarmung. »Lass uns woanders hingehen, wo wir ungestört reden können.« Sie sah zu Angelo auf und musterte ihn, doch in ihrem Blick stand Wärme. Sie winkte ihn zu sich und begrüßte auch ihn.

Jimena und Angelo führten Dominga in die Burg, ließen ihr aus der Küche etwas zu essen bringen und zogen sich dann mit ihr in einen abgelegenen Alkoven zurück, in dem sie sich ungestört unterhalten konnten.

»Wie lange musste ich dich vermissen, und nun habe ich dein Kommen nicht gesehen«, sagte Jimena. Sie sah ihrer Tante prüfend ins Gesicht. »Weil du es nicht wolltest, nicht wahr?«

Dominga nickte. »Ja, die Zeiten sind nicht besser geworden. Unsereins tut gut daran, sich bedeckt zu halten und zu schweigen.«

Jimena sah den Inquisitor Tomás de Torquemada vor sich und glaubte seinen fanatischen Blick auf sich spüren zu können. Sie schauderte. »Haben sie auch dich ins Visier genommen?«

Dominga nickte. »Oh ja, nicht nur, dass ich hier aus dieser

Stadt stamme und erst spät die Taufe empfangen habe, ich vereine alles in mir, was den dunklen Herren der Kirche ein Dorn im Auge ist.«

Jimena stöhnte. »Wie lange wirst du ihnen noch entgehen können?«

Dominga lächelte sie beruhigend an. »Ich verstehe es sehr gut, mich unsichtbar zu machen, und wenn der Anlass mir nicht so wichtig wäre, hätte ich mich auch nicht so weit vorgewagt. Vielleicht werde ich alt und sentimental, doch ich bin gekommen, meine Heimat vor Leid und Zerstörung zu bewahren.«

Jimena hielt die Luft an. »Dann steht der Überfall also unmittelbar bevor?«

Dominga nickte. »Ja, noch heute Nacht werden die Mauren die Berge überqueren, und morgen stehen sie vor Lucenas Mauern.«

In der Nacht hatte sich dichter Nebel über dem weiten Tal ausgebreitet. Weiß und nass drückte er auf die noch frühlingsgrünen Wiesen. Obwohl die Schwärze der Nacht bereits verblasste, konnte man von der Stadtmauer kaum weiter als bis zu den ersten Büschen sehen, die zu den Berghängen hin, die sich nördlich und südlich der Stadt erhoben, immer dichter wurden.

In aller Stille sammelten sich die Männer im Hof der Burg und auf dem Platz davor. Don Ezra teilte sie in Gruppen ein und benannte die Feldwebel, die sie führen sollten. Don Angelo sollte die Truppe der Königin ins Feld führen, der Hauptmann selbst würde die Reiterei befehlen, die sich zuerst im Hintergrund halten und dann wie ein Blitz zuschlagen sollte, sobald sie erkannt hatten, wo sich Ali Atar und der junge Prinz befanden.

Don Ezra schritt die Truppen ab und schärfte den Männern noch einmal ein, wie wichtig der Moment der Überraschung sein würde. Sie mussten absolute Ruhe bewahren und dann wie der heilige Blitz Gottes im Jüngsten Gericht zuschlagen.

Ein junger Bursche eilte auf den Hauptmann zu und meldete, dass die Wachen an den Berghängen Bewegung zu erkennen glaubten.

»Dann los!«, befahl er, »und möge Gott der Herr an diesem Tag mit uns sein!«

Auf beiden Seiten der Stadt wurden die Tore geöffnet, und die Männer strömten in Zweierreihen im Laufschritt in den Nebel hinaus. Die wenigen Wächter, die zurückblieben, schlossen die schweren Torflügel hinter ihnen und legten die Balken vor. Jimena und Dominga erklommen einen der Türme, um nach Süden zu blicken, wo Dominga die Hauptstreitmacht und deren Anführer zu wissen glaubte.

Jimena beugte sich vor und versuchte, das feuchte Weiß um sie herum mit ihrem Blick zu durchdringen, doch sie konnte nichts erkennen. Noch ein paar Geräusche drangen gedämpft zu ihr herauf, dann war es still, als hätte der Nebel die Männer allesamt verschlungen.

»Kannst du etwas erkennen?«, drängte Jimena ihre Tante.

Dominga lächelte. »Nicht mit den Augen, mein Kind. Öffne deinen Geist, dann wirst auch du sehen.« Sie ergriff Jimenas Hände und sah sie eindringlich an. Jimena schloss die Augen. Da schien der Nebel um sie herum zu weichen. Sie sah die Mauren in mehreren Gruppen die Hänge herabschleichen. Jimena blickte in grimmige Mienen, bereit, ihre Klingen mit Blut zu benetzen. Entschlossen, die Christen zu töten. Männer und Frauen, Greise und Kinder. Ganz vorn erkannte sie die hochgewachsene Gestalt von Ali Atar, der seinen Krummsäbel gezogen hatte. Weiter hinten saß der junge Muhammad auf seinem schwarzen Ross, ein verächtliches Lächeln auf den Lippen, das nun erstarb, als sich rund um ihn plötzlich Schatten von dem Nebel schieden, die mit blankem Schwert auf die überraschten Angreifer eindrangen.

Ali Atars Stimme hallte über die Ebene und pflanzte sich von einer Gruppe zur anderen fort, bis sie alle den Schrei aufnahmen und auf die Stadt einstürmten, doch sie sollten die Mauern von Lucena nicht erreichen. Don Ezra mit seinen Männern und die Verstärkung der Königin bereiteten den Mauren einen blutigen Empfang.

Als sich die Nebel auflösten und die Aprilsonne das Tal mit ihren Strahlen erwärmte, sah sie auf ein Heer Gefallener und Sterbender herab, von denen die meisten Allahs Namen ein letztes Mal seufzten.

Ein Klopfen an der Tür ließ Isaura hochfahren. Es war mitten in der Nacht. Was hatte das zu bedeuten? Sie hüllte sich in einen Mantel und öffnete. Einer der Diener stand vor der Tür und trat verlegen von einem Fuß auf den anderen. Ein Bote sei eben eingetroffen, der verlangte, sofort die Königin zu sehen, doch er war sich nicht sicher, ob er sie wirklich wecken durfte oder ob er doch lieber bis zum Morgen warten sollte.

»Wer ist der Bote? Woher kommt er?«, erkundigte sich Isaura.

»Er kommt von Lucena, so schnell ihn sein Ross hierher tragen konnte.«

»Lucena«, stöhnte sie. »Die Mauren haben die Stadt überfallen, nicht wahr?« Der Diener nickte. Isaura fühlte, wie es ihr eiskalt wurde. »Ich muss ihn sofort sprechen!«

Den Mantel eng um sich geschlungen, eilte sie dem Diener

hinterher durch die stillen Gänge des Palasts, bis sie den völlig erschöpften Boten in einem Vorzimmer antraf.

»Sprecht! Was ist geschehen?«

Wenige Minuten später lief Isaura den Weg zurück zu den königlichen Gemächern. Sie schlüpfte durch den Vorraum und betrat das Schlafzimmer. Noch ehe sie das Bett erreicht hatte, fuhr Isabel aus dem Schlaf hoch und starrte Isaura aus weit aufgerissenen Augen an.

»Teresa, was ist geschehen?«

»Jimena hat recht behalten. Die Mauren haben Lucena angegriffen. Muhammad hat Ali Atar auf seine Seite gezogen und ist gegen den Willen des Emirs in Lucena einmarschiert.«

Isabel richtete sich auf, so als wappne sie sich gegen einen Schlag. »Haben wir Lucena verloren?«

Isaura legte ihre Hand auf die Schulter der Königin. »Nein. Das Schicksal war dieses Mal mit uns. Der Angriff wurde abgewehrt, Ali Atar ist gefallen, und Don Angelo gelang es, den Sohn des Emirs gefangen zu nehmen.«

»Boabdil ist in unserer Hand?« Isabel warf die Decke zur Seite und sprang aus dem Bett. »Hilf mir, mich anzukleiden. Wir reiten, sobald es hell wird. Ich will so schnell wie möglich nach Lucena. Ich muss mit diesem Sohn sprechen, der den Vater von seinem Thron stoßen will.«

Drei Tage später zog die Königin mit ihrem Gefolge in Lucena ein, und Isaura konnte Jimena erleichtert in die Arme schließen. Nachdem sich die Damen vom Reiseschmutz befreit hatten und Isabel ein passendes Gewand gewählt hatte, ließ sie sich zu dem Gefangenen führen, der in einer Kammer in dem trutzigen, achteckigen Turm der Burg saß. Isaura und Jimena begleiteten sie.

Boabdil erhob sich von seinem Lager, als die Königin eintrat, und starrte Isabel finster an. Isaura musste sich ein Lächeln verkneifen. Trotz seiner fünfundzwanzig Jahre wirkte er in diesem Moment vielmehr wie ein trotziger Knabe denn wie der nächste Emir von Granada.

»Nun, seid Ihr gekommen, um Euer Präsent zu begutachten und Euch an ihm auf seinem Weg zum Schafott zu erfreuen?«, fauchte er.

Isabel lächelte ihn an. »Aber nein«, wehrte sie ab. »Ich bin gekommen, um Euch zu begrüßen und Euch zu einem Festmahl heute Abend zu laden, ehe Ihr Euch als freier Mann von uns verabschiedet.«

Boabdil kniff die Augen zusammen und sah sie misstrauisch an. »Ihr beliebt, Spott mit Euren Gefangenen zu treiben.«

Isabel sah ihn ernst an. »Nein, ganz und gar nicht. Meine Damen haben Euch ein frisches Gewand mitgebracht. Kleidet Euch um, ich lasse Euch später zum Mahl holen. Und dann unterhalten wir uns noch ein wenig.«

Jimena und Isaura tauschten einen schnellen Blick. Sie hatten Isabel in dieser Entscheidung bestärkt, die ihr und ihrem Land mehr nützen würde als ein junger, unerfahrener Nasridenfürst in ihrem Turm und stattdessen ein starker neuer Emir auf dem Thron von Granada, sei es nun al Zagal oder ein anderer.

Isaura trat vor und legte die prächtigen Kleidungsstücke auf einen Hocker. Aus dem Augenwinkel beobachtete sie den jungen Emir, der erst verwirrt schien, doch dann begriff.

»Meine Freiheit wird mich etwas kosten.«

Isabel lächelte. »Man bekommt im Leben selten etwas geschenkt, Hoheit.«

Am nächsten Morgen ritt Boabdil mit zweien seiner Männer, die Isabel ebenfalls freigelassen hatte, von dannen, nachdem er murrend der kastilischen Königin einen Eid geschworen und Tribut zugesichert hatte.

Nach Granada konnte er nicht zurückkehren. Dort hatte im Augenblick al Zagal die Oberhand. So wollte sich Boabdil nach Almería zurückziehen, um seine Anhänger zu sammeln und von dort aus – unterstützt durch seine Mutter – den Kampf gegen Vater und Onkel fortzusetzen. Isabel konnte das nur recht sein. Je härter sich die Mauren gegenseitig bekämpften, desto leichter würde es für sie werden, ihnen den Todesstoß zu versetzen, wenn die Zeit dafür gekommen war.

»Bald!«, sagte Isabel, die mit ihren Damen auf der Brustwehr stand und dem jungen Emir nachsah. »Ich kann es fühlen. Schon bald fällt Granada wie ein reifer Granatapfel in meinen Schoß.«

Isaura nickte. Sie hütete sich zu erwähnen, dass noch einige Jahre ins Land ziehen würden, bis Isabel ihren Fuß in die Alhambra setzen würde.

Kapitel 23

Ronda, 1485

Die Streitigkeiten im Emirat Granada zogen sich hin, doch noch konnte Isabel keine Vorteile für sich erkennen. Außerdem wurde ihre Aufmerksamkeit im Norden verlangt, den sie ein wenig vernachlässigt hatte. So reiste sie nach Kastilien und von dort weiter bis nach Galicien und ließ sich wieder einmal in Burgos blicken, um sich der Treue der wichtigen Handelsstadt erneut zu versichern. Erst im Frühling 1485 kehrte Isabel mit ihrem Hof nach Sevilla zurück.

»Ich werde nicht länger warten«, sagte sie plötzlich, als sie an einem milden Abend mit ihren beiden Damen durch die weitläufigen Gärten schlenderte.

»Was hast du vor?«, erkundigte sich Jimena.

Isaura schwieg. Ihr war klar, dass die Reconquista nun in eine neue Phase treten würde. Die einzige Frage war, welche Stadt Ziel des nächsten Zuges sein würde.

»Ronda«, beantwortete Isabel Isauras stumme Frage.

Jimena starrte sie an. »Ronda?«

Isabel nickte. »Ich habe nächtelang die Karten studiert. Nun, da Zahara wieder in unserer Hand ist, können unsere Truppen von dort aus in nur einem Tagesmarsch Ronda erreichen. Danach sichern wir den Weg zur Küste und nehmen uns Málaga.«

»Zuerst muss es dir gelingen, Ronda in die Knie zu zwingen«, bremste Jimena Isabels Euphorie. »Warst du schon einmal dort? Kennst du die Stadt? Sie ist schwerer einzunehmen als ein Adlerhorst, und ich fürchte, bei diesem Maurenfürst hilft dir weder Nebel noch Schneesturm, um ihn zu überrumpeln. Hamed el Zegrí ist schon jetzt ein berühmter Streiter.«

»Er steht auf der Seite des alten Emirs und al Zagals«, sagte Isaura, die sich die Machtverhältnisse von Granada ins Gedächtnis rief, mit gerunzelter Stirn. »Deine Vereinbarungen mit Boabdil werden dir in Ronda nichts nutzen. Vermutlich eher das Gegenteil.«

Jimena nickte. »Ja, Hamed el Zegrí ist ein erbitterter Gegner des jungen Boabdil, der für ihn nur noch ein Verräter ist, den man erschlagen muss.«

Isabel sah ihre beiden Damen an. »Wie ich sehe, kann ich mir die Gespräche mit meinen Beratern und meinem Gatten sparen, da nun meine Hofdamen mir Ratschläge erteilen.« Sie schwankte zwischen Belustigung und Verärgerung.

Isabel verlor keine Zeit, ihre erfahrenen Heerführer zu sich zu rufen und die Truppen zu sammeln. Der Marquis von Cádiz war mit seinen Rittern zur Stelle und auch sein früherer Erzfeind, der Herzog von Medina Sidonia. Auf Anraten des Marquis ließ Isabel das Gerücht streuen, die Truppen würden direkt nach Málaga ziehen.

»Vielleicht lockt das einen Teil von Zegrís Männern aus Ronda fort«, vermutete der Marquis und sollte damit recht behalten.

Der Tag der Abreise rückte näher. Dann war der Abend des Abschieds gekommen. Isaura begehrte nicht mehr auf. Sie wusste, dass es nichts gab, was ihren Gatten und ihre Freunde in Sevilla zurückgehalten hätte. So klammerte sie sich die letzten Stunden an Amin und liebte ihn noch einmal mit aller Leidenschaft, der jedoch ein wenig Verzweiflung beigemengt war. Sein Gesicht vermischte sich mit den Erinnerungen an Marco, an den sie lange nicht mehr gedacht hatte. Musste sie diesen Mann auch noch verlieren?

Isaura konnte nicht einmal hoffen, dass der Krieg ein schnelles Ende nehmen würde. Noch sieben lange Jahre musste es so weitergehen, bis die Fahne über der Alhambra sinken würde. Wie viele Abschiede würde sie noch erleiden müssen? Wie viele Tränen?

Fast beneidete sie Jimena, die ihrem Mann ins Feld folgen konnte. Wie gern wäre auch sie an Abu Amins Seite geblieben, doch anderseits schreckte die Vorstellung eines solchen Feldzugs sie. Wäre sie so viel Tod und Leid gewachsen? Würde sie mit ansehen können, wie sich hunderte oder vielleicht tausende Männer um sie herum mit Schwertern und Säbeln niederstachen, sich gegenseitig Arme und Beine abtrennten und dann elendig starben? War sie nicht gar insgeheim erleichtert, dass Isabel ihr befahl, an ihrer Seite zu bleiben?

Isaura saß in ihrem Gemach und beschrieb Seite für Seite des dicken Buchs, das Jimena ihr übergeben hatte, während Amin, Angelo und Jimena nach Osten aufbrachen, um die Stadt Ronda für ihre Königin zu erobern.

Ronda. Vom Río Guadalevín aus gesehen, war der Vergleich mit einem Adlerhorst erschreckend passend. Unerreichbar ragten die leicht überhängenden Felsen über der schmalen Schlucht auf, die der Fluss in den Berg geschnitten hatte. Fest miteinander verbackenes Geröll eines Flussbetts längst vergessener Zeiten. Deutlich mehr als einhundert Schritte musste die Felswand hoch sein, schätzte Jimena. Von dem kaum befestigten Dorf auf der Nordseite der Schlucht aus, das von seinen Bewohnern in letzter Minute verlassen worden zu sein schien – in den Kaminen schwelte noch die Glut –, konnte man nichts ausrichten, obgleich es sich annähernd auf gleicher Höhe befand. Pfeile und Armbrustbolzen würden wirkungslos von den hohen Mauern der Stadt abprallen. Und auch der Westen war von Felsen geschützt. Im Osten strömte unterhalb der Mauer zu allem Überfluss der Arroyo de las Culebras mit seinem steilen Hang. Es war kein Herankommen. Lediglich die Vorstadt unten an der alten römischen Brücke fiel den Christen in die Hände. Die Mauren versuchten gar nicht erst, sich zu behaupten, sondern überließen den Angreifern kampflos die Mühle und die Bäder und zogen sich hinter die schützenden Mauern der Stadt zurück.

Der Marquis ließ seine Männer bei den Bädern ihr Lager aufschlagen, natürlich so weit entfernt, dass die maurischen Bogenschützen es nicht erreichen konnten. Der Herzog führte die größere Streitmacht zur Südseite der Stadt.

»Da kommen wir nicht durch«, war der Herzog gezwungen einzugestehen, als sich die Kommandanten am Abend in der Stube des geflohenen Müllers trafen. »Es nützt uns wenig, dass ein Teil von Hamed el Zegrís Streitern nach Málaga gezogen ist. Wir bräuchten hier dennoch Mauerbrecher und sehr viele Männer.«

Der Marquis nickte. »Von hier unten richten wir noch weniger aus. Es bleibt uns also nichts anderes übrig, als es auf die langsame Tour zu machen. Wir schließen sie ein und warten, bis sie mürbe werden.«

Eine Belagerung also, um die Bewohner auszuhungern oder – was vielleicht schneller ging – aus Durst zum Aufgeben zu zwingen. Sie wussten nicht, wie viele Zisternen es in der Stadt gab, die durch die Flüchtlinge aus den umliegenden Dörfern überfüllt sein musste.

»Ich gehe davon aus, dass sie ihr Wasser normalerweise hier aus dem Fluss holen, was wir nun verhindern werden«, sagte der Marquis voller Zuversicht.

Aber da täuschte sich Ponce de León, wie die Belagerer schon bald feststellen mussten. Ronda verstand es nach wie vor, seinen Wasserbedarf aus dem Río Guadalevín zu decken. Sonst hätte die Stadt nie und nimmer so lange der Belagerung trotzen können. Wie, blieb allerdings ein Rätsel. Vergeblich schickte der Marquis einen Trupp seiner Männer von Osten und von Westen ein Stück in die Schlucht, konnte aber keine Möglichkeit eines Abstiegs über die senkrechten Felsen erkennen.

Der Zufall ließ einige Tage später einen alten Mann in ihre Hände fallen, der sich in die Wälder gewagt hatte, um Feuerholz für die Seinen zu sammeln und der nach einigen finsteren Drohungen bereit war zu reden.

»Das werdet ihr nicht glauben«, berichtete Abu Amin Jimena und Don Angelo später, als sie bei einem einfachen Nachtmahl im Zelt des Hakims beisammensaßen.

»Vor mehr als einhundert Jahren hat der damals herrschende Merinidenfürst beschlossen, die Wasserversorgung der Stadt auch für den Fall einer Belagerung sicherzustellen. Er ließ von seinem Palast aus, dort oben über der tiefsten Stelle der Schlucht, ein dreihundert Stufen tiefes Gewölbe hinunter zum Fluss graben.«

Don Angelo blickte ernst drein. »Die Belagerung wird sich hinziehen, wenn es uns nicht gelingt, die Wasserzufuhr zu unterbinden.«

Sie waren sich alle einig, dass dies ihr Ziel sein musste, aber so einfach war das nicht. Die Männer des Marquis müssten sich zwischen den senkrecht aufragenden Wänden im reißenden Wasser des Flusses vorwärtshangeln. Sie würden nicht nur gegen die Strömung anzukämpfen haben. Selbst ein guter Schwimmer hätte keine Chance zu überleben, denn am Ende der Schlucht fiel der Fluss über einen Wasserfall in felsigen Stufen noch einmal in die Tiefe. Hinzu kamen die Wächter, die oben auf den Mauern standen und alles Mögliche auf sie herabprasseln lassen konnten. Dennoch stellte der Marquis eine Gruppe Männer zusammen, die den verborgenen Zugang finden und dann erkunden sollten, wie sie diesen zerstören konnten. Don Angelo meldete sich zu Jimenas Entsetzen ebenfalls zu diesem gefährlichen Einsatz, doch sie biss sich auf die Lippen und sagte nichts. Sie umarmte ihn nur stumm und konzentrierte sich darauf, ihn in Gedanken zu begleiten.

Als sich die Dämmerung herabsenkte, kletterten die Männer in das eisige Wasser, das ihnen bis zur Hüfte reichte. Eng an die Südwand der Schlucht gedrückt, sodass man sie von der Stadtmauer aus nicht sehen konnte, arbeiteten sie sich Stück für Stück voran. Es war ein mühsames Unterfangen, da sie nie sagen konnten, wie tief es beim nächsten Schritt sein und welchen Untergrund ihr Fuß ertasten würde. Auch fanden ihre Hände an manch algenbewachsenem Stein keinen Halt. Ein junger Mann aus Rota verlor als Erster das Gleichgewicht und rutschte aus. Don Angelo bekam ihn gerade noch an seinem Wams zu fassen, als er mit einem leisen Aufschrei vom Wasser verschluckt wurde. Ein rothaariger Hüne aus dem Norden griff rasch mit zu, und so gelang es ihnen, den prustenden *Hidalgo* wieder hochzuziehen, ehe der Fluss ihn mit sich riss. Er warf seinen Rettern einen dankbaren Blick zu, dann tasteten sie sich schweigend weiter vor. Inzwischen war die Nacht hereingebrochen, und es wurde völlig finster in der Schlucht. Nur ein Schimmer auf dem rasch dahinfließenden Wasser wies ihnen den Weg.

Plötzlich griff der Rothaarige nach Angelos Schulter und

zeigte nach vorn. Erst wusste der Don nicht, was er meinte, doch dann sah er den schwachen rötlichen Schein, der knapp über dem Wasser aus den Felsen drang und sich dann im Fluss verlor. Vorsichtig arbeiteten sie sich näher heran. Nun glaubte er schräg über sich gedämpfte Stimmen zu hören, dann wurde der Schein von einer Silhouette verdunkelt, die sich direkt aus der Felswand zu schälen schien, sich herabbeugte und einen Eimer durch das Wasser zog. Der Schatten verschwand wieder, nur um kurz darauf von einem weiteren abgelöst zu werden.

Don Angelo deutete auf den Ausgang der Schlucht und winkte dann. Sie hatten genug gesehen. Es wurde Zeit für den Rückweg.

Als sie alle wohlbehalten und wieder in trockenen Kleidern in der Mühle eintrafen, grübelte Don Angelo noch immer darüber nach, wie es ihnen gelingen sollte, die Wasserversorgung der Stadt zu unterbrechen. Auch der Marquis hatte keine Idee. Der Herzog brütete nur finster vor sich hin.

»Man könnte Flöße bauen«, murmelte Jimena, die mit einem Krug Wein herumging und die Becher füllte.

Don Angelo richtete sich auf. »Wie soll uns das helfen? Die Strömung ist viel zu stark, um den Fluss mit einem Floß zu befahren.«

Jimena nickte. »Aber man könnte versuchen, das Wasser zu stauen, und so die Strömung herabsetzen. Wenn man dann die Flöße an starken Seilen befestigen würde, könnte man die Männer sicher bis zum Eingang geleiten. Dann müsste es ihnen nur noch gelingen, die Sklaven mit ihren Eimern so lange zurückzudrängen, bis sie den Zugang mit Steinen und Hölzern versperrt haben.«

»Wenn wir es schaffen, das Wasser aufzustauen, können wir danach sicher auch gefahrlos zu Fuß in die Schlucht und den Eingang bewachen, damit sie ihn nicht mehr freiräumen können, ohne in unsere Schusslinie zu geraten«, ergänzte Don Angelo mit glänzenden Augen.

Der Marquis sprang auf und starrte die beiden Eheleute an. Dann trat er auf Jimena zu und beugte sich über ihre Hand. »Doña Jimena, ich werde niemals wieder ein böses Wort über Eure Anwesenheit verlieren. Ihr habt nicht nur heilende Hände und hilfreiche Träume, Euer Geist ist der eines Feldherrn. Wenn ich mich nicht täusche, dann habt Ihr uns in diesem Augenblick den Sieg überreicht.«

Jimena wurde rot vor Stolz und senkte verlegen den Blick.

Nachdem die Männer der Königin Ronda seinen Zugang zum Wasser abgeschnitten hatten, dauerte es trotzdem noch drei Wochen, bis Hamed el Zegrí einen Boten zu den Belagerern schickte, der um Verhandlungen bat.

»Die Königin wird sich über diesen Brief freuen«, frohlockte der Marquis, der die Nachricht gleich weitersandte. »Warten wir, welche Bedingungen sie stellen will.«

Doch statt eines Antwortschreibens kam die Königin selbst nach Ronda und mit ihr Fernando und Isaura.

Isaura ließ sich von ihrem Gatten in die Arme ziehen und umarmte dann Jimena. Plötzlich hielt sie inne. Es war ihr, als könne sie spüren, wie sich neues Leben regte. Sie war so überrascht, dass sie den Gedanken laut aussprach, ohne darüber nachzudenken, ob dies der richtige Ort und die richtige Zeit dafür war.

»Jimena, du bist schwanger!«

Die beiden Männer fuhren herum und starrten auf den noch flachen Leib. Jimena zog eine Grimasse. »Ja, du hast recht, aber ich dachte, ich warte noch ein wenig, bis ich es euch sage.«

Don Angelo drückte seine Gattin strahlend an sich. Isabel, die mit dem Marquis gesprochen hatte, kam zu ihnen herüber und hob fragend die Brauen.

»Habe ich richtig gehört? Ich darf euch beiden gratulieren?«

Jimena nickte. »Ja, es wird um Weihnachten so weit sein – wie bei dir auch!«

Isabel schmunzelte. »Dir entgeht wirklich nichts.«

An diesem Abend wurde erst einmal getafelt, um das Wiedersehen und die bevorstehende Übergabe von Ronda zu feiern. Isabel ließ die Stadt noch zwei Tage schmoren, dann schickte sie einen Boten mit ihrem Übernahmeangebot. Sie gab sich großzügig und bot el Zegrí eine eigene Grafschaft an, sollte er ihr den Treueeid leisten, doch er lehnte ab. Mit einigen seiner Männer ließ sie ihn aus der Stadt ziehen, ehe sie Ronda in Besitz nahm und sich in dem Palast niederließ, den el Zegrí gerade geräumt hatte. Noch ehe sie sich häuslich eingerichtet hatte, ließ sie sich vom Marquis auf die andere Seite der Stadt führen, wo hinter einem alten maurischen Turmhaus der geheime Abstieg in die Schlucht begann.

Isaura, Jimena, Amin und Angelo begleiteten die Königin. Don Angelo öffnete den schweren Riegel zu einem Verschlag und zog die Tür auf. Dutzende Augenpaare starrten furchtsam ins Licht, das mehr und mehr von dem Elend enthüllte, je weiter der *Hidalgo* die Pforte öffnete. Isabel starrte sprachlos in den steinernen Raum, wo sich die halb nackten Männer dicht zusammendrängten. Ihre Hände und Füße waren mit Eisenketten zusammengehalten, die ihnen keine allzu großen Schritte erlaubten.

»Was, im Namen der Jungfrau, sind das für Gefangene?«, stieß sie in einem heiseren Flüstern hervor.

»Das, Majestät, sind die Wasserträger«, gab Don Angelo

Antwort. »Andalusische Christen, die die Mauren bei ihren Zügen ins Umland aufgegriffen und versklavt haben. Sie mussten die Wasserversorgung der Stadt sicherstellen, indem sie unermüdlich durch den Tunnel hinunter in die Schlucht stiegen und Eimer voller Wasser hinauftrugen.«

Isabel holte tief Luft, dann straffte sie den Rücken und hob in einer gebieterischen Geste die Hand. »Ihr seid frei!«, rief sie. »Don Angelo, befreit diese Männer von ihren Ketten, und gebt mir diese Zeichen der Unterdrückung. Ich werde sie mit nach Toledo nehmen und in der Kathedrale als Mahnmal den Menschen für alle Zeiten vor Augen führen lassen.«

Dann wandte sie sich ab. Während einige Männer des Marquis sich daranmachten, die Versklavten von ihren Ketten zu befreien, ließ sich die Königin zum Eingang des verborgenen Tunnels führen, der steil in die Finsternis hinab verschwand. Don Angelo entzündete eine Lampe und reichte sie Isaura, eine zweite hielt er selbst in die Höhe. Abu Amin war bei den befreiten Männern geblieben, um sich der Kranken und Verletzten anzunehmen.

»Kommt, Majestät«, forderte Angelo Isabel auf. »Aber achtet auf Eure Schritte. Die Stufen sind schmal und feucht.«

So stiegen sie tiefer und tiefer. Enge Treppen und Absätze wechselten mit Höhlungen, die von gemauerten Bögen gestützt wurden, und Gewölben voller Fässer und Eimer. Das warme Licht ihrer Lampen huschte über nassen Stein und Ziegel. Ihre Schritte hallten hohl von den gewölbten Decken wider. Ab und zu huschte eine Ratte, aufgestört durch ihre Schritte, davon.

Isaura versuchte sich vorzustellen, wie die versklavten Männer hier Tag für Tag, Monat für Monat in ihren Ketten hinuntergestiegen waren und die vollen Wassereimer wieder hinaufgeschleppt hatten. Dreihundert Stufen hinab und hinauf, nur um dann umzukehren und wieder in die Finsternis abzusteigen. Was für ein Leben! Es war ihr, als könne sie die Verzweiflung spüren, die die Wände um sie herum aufgesogen hatten. Mit jedem Schritt tiefer in den Fels wuchs die Beklemmung. Es fiel ihr immer schwerer zu atmen. Das ein Jahrhundert während Leid umfing sie. Wie viele Männer hatten sich hier zu Tode geschleppt? Waren irgendwann ausgemergelt vor Erschöpfung zusammengebrochen und gestorben? Isauras Atem wurde zu einem Ächzen. Die Wände um sie begannen zu wanken. Ihr Fuß tastete unsicher nach der nächsten Treppenstufe.

Da umfasste eine warme Hand die ihre, und eine ruhige Stimme holte sie aus ihrem wirren Tagtraum.

»Vorsichtig, Doña Teresa, dass Ihr nicht stürzt. Wollt Ihr Euch ein wenig ausruhen?«

Isaura sah in Don Angelos Gesicht, das so beruhigend nah und lebendig war. Sie lächelte ihn erleichtert an. »Danke, es geht schon. Ich glaube, es ist nicht mehr weit.«

Und da hörten sie auch schon Jimenas Stimme von unten. »Hier geht es nicht mehr weiter. Der Ausgang ist noch immer mit Steinen und Stämmen versperrt, aber ich höre den Fluss rauschen.«

Sie stiegen zu Jimena in die untere, mit Mauern verkleidete Höhle hinab, deren Grund nur wenige Schritte über dem Wasserspiegel lag. Durch einen kleinen Durchbruch drang Licht herein, und sie konnten einen Blick auf den reißenden Fluss werfen, in dessen Strom sich grüne Algen wiegten. Isabel sah kurz hinaus und wandte sich dann wieder um. Sie stemmte die Hände in die Hüften und ließ ihren Blick den Treppenschacht hinaufwandern.

»Ich hätte Hamed el Zegrí nicht so einfach davonkommen lassen dürfen«, stieß sie hervor. »Diesen Menschenschinder!

Aber das wird mir eine Lehre sein. In Zukunft dürfen diese Mauren nicht mehr auf meine Milde hoffen!«

Sie raffte ihre Röcke und machte sich an den Aufstieg. Jimena und Isaura tauschten besorgte Blicke. Sie konnten nur hoffen, dass Isabel diese Worte wieder vergaß.

Im Emirat Granada flammten die inneren Kämpfe wieder auf. Der alte Emir Mulay Hassan lag im Sterben und übergab die Herrschaft seinem Bruder al Zagal, das zumindest behaupteten die Zegrís. Die Abencerragen nannten ihn Thronräuber und kürten den ihrer Meinung nach rechtmäßigen Erben Muhammad zum Emir. Boabdil hatte sich in Almería verschanzt, doch seine Tage dort sollten gezählt sein. Al Zagal machte sich auf, ihn aus der Hafenstadt zu verjagen – mit Erfolg! Boabdil war gezwungen, mit seinen Anhängern in die Berge zu fliehen, während der alte Emir starb. Al Zagal kehrte in die Hauptstadt zurück und ließ sich als Herrscher des Emirats in der Alhambra nieder.

Unterdessen reiste die Königin mit ihren Damen und ihrem Hakim nach Kastilien, wo sie am 15. Dezember in Alcalá de Henares einer weiteren Tochter das Leben schenkte. Es war ein kräftiges, gesundes Kind, das auf den Namen Catalina getauft wurde, dennoch konnte Fernando seine Enttäuschung kaum verbergen. Sein einziger Sohn und Erbe war mit seinem sonnigen Gemüt zwar eine Freude des ganzen Hofes, doch das täuschte nicht über seine zarte Konstitution hinweg, in der er leider gar nicht nach seiner Mutter und seinen Schwestern kam.

Wenige Tage später, am Abend der Wintersonnwende, stand Dominga plötzlich wie ein Geist in den Gemächern der Damen. Kaum hatte sie die staubigen Kleider gewechselt und sich gestärkt, setzten bei Jimena die Wehen ein, doch ihre

Tante stand ihr bei, und bereits um Mitternacht hielt sie ihre gesunde und wohl entwickelte Tochter in den Armen. Angelo war außer sich vor Freude und trug das Kind gleich in Richtung Saal, wo alle es bewundern sollten. Isaura protestierte und lief ihm hinterher, um ihre kleine Nichte zur Mutter zurückzubringen. Sie legte das Kind in Jimenas Arme.

»Wie wollen wir unsere Tochter nennen?«, fragte Angelo, der gelöst und glücklich wirkte wie lange nicht mehr. Auch Amin sah zufrieden auf das gesunde Kind herab. Jimena öffnete den Mund, doch Dominga kam ihr zuvor.

»Ich würde vorschlagen, sie Isaura zu nennen, was meinst du, Teresa, mein Kind?« Sie sah Isaura, die einen Aufschrei der Überraschung nicht unterdrücken konnte, durchdringend an. Isaura fühlte sich unter Domingas Blick wie gläsern und konnte nur stumm nicken, während ihre Gedanken rasten.

Wie kam Dominga gerade auf diesen Namen? Wie viel wusste oder ahnte sie? Konnte sie sich überhaupt solch eine Ungeheuerlichkeit vorstellen? Ein Mensch, dessen Geist oder Seele oder was auch immer mehrere Jahrhunderte zurückversetzt wurde, um von da an in einem anderen Körper weiterzuleben?

Dominga hielt noch immer den Blick unverwandt auf Isaura gerichtet, während Angelo und Jimena überlegten.

»Ich finde den Namen Isaura sehr passend und durchaus angemessen«, beharrte Dominga, ohne Isaura aus den Augen zu lassen.

Da verstand sie. Sie sog geräuschvoll die Luft ein. Ihr Blick wanderte zu dem Neugeborenen, das ihren Namen tragen sollte. Ihren richtigen Namen, der ihr manches Mal fast schon entglitt wie die Erinnerungen an ihr altes Leben. Es war alles so weit weg. Jahrhunderte weit weg, doch wenn sie Domingas Blick richtig deutete, dann lag ihre direkte Ahnin in ihrem Säuglingsbett vor ihr. Verwirrt schloss sie die Augen und schüttelte den Kopf.

Jimena, die ihre Cousine beobachtet hatte, richtete sich in ihrem Bett auf. »Teresa, was siehst du? Kannst du das Schicksal meines Kindes sehen?« Sie legte ihre Hände schützend um ihre Tochter.

Isaura öffnete die Augen und bemühte sich um ein Lächeln. »Nein, Jimena, nein, ihren Lebensweg kann ich nicht erkennen.«

Jimena ließ es dabei bewenden, bis sich die Männer verabschiedet hatten und sie mit Isaura und dem Kind allein in ihrem Gemach zurückblieb. »Du sagtest, *ihren* Lebensweg kannst du nicht erkennen. Aber vielleicht einen anderen?« Sie nickte vage in die Richtung, in der sich die königlichen Gemächer befanden.

»Sie wird viele Schicksalsschläge hinnehmen müssen, die kleine Catalina«, murmelte Isaura, die sich daran erinnerte, wie das Leben von Katharina von Aragón und Kastilien verlief, die wie so viele Königskinder ein Spielball der großen Macht- und Kirchenpolitik werden sollte.

»Sag es uns!«, verlangte Jimena, doch Isaura zögerte. Konnte es gut sein, ihr Wissen aus einer anderen Zeit mit Jimena und Dominga zu teilen? Doch die alte Frau schloss sich ihrer Forderung an.

»Wir werden es nicht ändern«, sagte Isaura leise. Die beiden Frauen nickten, blickten Isaura jedoch weiterhin erwartungsvoll an, bis diese nachgab. »Ich glaube, sie wird eine schöne Kindheit haben«, begann sie. »Sie steht Isabel sehr nahe und wird mehr von ihrer Mutter haben als ihre anderen Kinder, vielleicht von Juan abgesehen.« Schnell wandte sie ihre Gedanken von dem Prinzen ab, mit dem es das Schicksal noch weniger gut meinte. »Catalina wird nach England gehen«, sagte Isaura, was Dominga und Jimena einen Ruf der Überraschung entlockte. »Sie wird Arthur Tudor, den Sohn Heinrichs VII. heiraten, der in wenigen Monaten geboren wird.«

»Dann werden sich die Tudors also auf dem Thron halten«, wunderte sich Jimena. »Ich weiß, dass Heinrich vor ein paar Monaten Richard III. bei der Schlacht von Bosworth Field geschlagen hat, aber ich dachte, sein Thronanspruch stehe auf recht wackeligen Beinen.«

Isaura nickte. »Ja, und deshalb wird er in fünfzehn Jahren seinen Sohn mit einer kastilischen Prinzessin verheiraten. Doch die Ehe steht unter keinem guten Stern. Catalina wird schon nach wenigen Monaten zur Witwe. Sie wird viele Jahre Spielball der Politik sein, ehe sie eine zweite Ehe mit dem jüngeren Bruder Arthurs eingeht, der als Heinrich VIII. Englands Thron besteigen wird.«

»Wird ihr diese Ehe Glück bringen?«, fragte Jimena leise.

Isaura zögerte. Sie wusste nicht, ob es klug war weiterzuerzählen, doch dann brachen die Worte aus ihr heraus. »Ihr Glück wird nicht von langer Dauer sein, denn sie wird lediglich einer gesunden Tochter das Leben schenken. Ihr einziger Sohn überlebt nur wenige Tage. Heinrich wendet sich von ihr ab und verliebt sich in eine Hofdame – Anne Boleyn. Er will sie unbedingt heiraten und die Ehe mit Catalina auflösen, aber der Papst lehnt ab. So wird sich Englands Kirche von Rom abspalten und Heinrich VIII. Anne Boleyn zu seiner Königin machen.«

Sie schwieg. Jimena sah sie mit großen Augen an und ergriff ihre Hand. »Teresa, du bist die mächtigste Seherin von uns.«

Isaura gab einen erstickten Laut von sich, Tränen schossen ihr in die Augen, und der ganze Schmerz überrollte sie, der ganze Schmerz darüber, nicht in ihrem Leben, in ihrer Zeit sein zu können.

»Was ist mit dir, meine Liebe?« Jimena richtete sich aus den Kissen auf und drückte ihre Hand. Aber Isaura hatte sich bereits gefangen und lächelte wieder. »Es ist nicht leicht zu wissen, was das Schicksal für jene Menschen bereithält, die ich schätze und liebe«, redete sie sich heraus. Doch sie mied Domingas Blick, der noch immer auf ihr ruhte. Eine Weile war es ganz still im Zimmer, dann erhob sich Dominga. Sie küsste ihre Nichte und das Neugeborene auf die Stirn und verabschiedete sich dann auch von Isaura.

»Ich muss gehen.«

Isaura folgte ihr zur Tür. »Wann werden wir dich wiedersehen?«

Dominga antwortete erst, als sie draußen im Hof standen. »Vielleicht sehr lange Zeit nicht. Aber ich werde in meinen Gedanken bei euch sein.«

»Warum? Musst du uns wirklich schon wieder verlassen?«

Dominga drückte Isaura an sich. »Ja, denn ich bin eine Gefahr für euch, wenn ich in eurer Nähe bin. Ich kann die Schatten spüren, die mir auf den Fersen sind. Sie kommen stetig näher, und irgendwann werden sie mich einfangen.«

»Die Inquisition?«, hauchte Isaura.

Sie las die Antwort in Domingas Blick. Plötzlich war ihr, als loderten Flammen an der Wand hinter Dominga auf. Isaura stöhnte voller Entsetzen und wich zurück, doch da war die Erscheinung auch schon verschwunden, und sie konnte sich einreden, sich das nur eingebildet zu haben. Sie war froh, dass Dominga nicht fragte.

Noch ein letztes Mal küsste Dominga ihre Wange. »Gib auf Jimena und die Kleine acht.«

Isaura nickte. Sie sah Dominga nach. »Wird mir jemals

auch das Glück vergönnt sein, ein Kind zu bekommen?«, fragte sie, als diese bereits unter dem Torbogen stand. Dominga drehte sich noch einmal um und sah Isaura mit ihrem unergründlichen Blick an.

»Nicht in diesem Leben, Isaura.«

Isaura war so überrascht, dass sie ihr stumm nachstarrte. Was hatte das zu bedeuten? Doch ehe sie weiterfragen konnte, war Dominga bereits verschwunden.

Kapitel 24

Eine Stimme vor der Tür ließ Marco auffahren. Es war die Stimme einer Frau, die er tausende Kilometer weit weg wähnte.

»Wir hätten nicht herkommen sollen«, sagte sie nun in einem weinerlichen Tonfall, der Marco unwillkürlich die Fäuste ballen ließ. »Mir geht es nicht gut!«

Auch die Männerstimme, die ihr antwortete, kannte er. »Du hättest ja daheimbleiben können. Ich habe dir gesagt, ich fliege auch allein, wenn du dich zu schlecht fühlst.«

»Ich kann dich doch bei einem so schweren Gang nicht alleine lassen«, sagte sie mit solch zuckersüßer Stimme, dass Marcos Hand sich um die Stuhllehne klammerte. Er konnte nur den Kopf schütteln. Es war ihm unverständlich, wie sich ein verheirateter Mann auf so etwas einlassen konnte ... und dafür eine Frau wie Isaura verlassen!

Die Tür öffnete sich. Unwillkürlich stellte sich Marco vor Isauras Bett, so als wolle er ihren Körper vor den Eindringlingen schützen.

Als Erstes kam Justus Thalheim in Sicht. Er war noch immer ein wenig blass, und sicher hatte er auch abgenommen. Die körperlichen und seelischen Strapazen seines schweren Unfalls standen ihm noch ins Gesicht geschrieben, dennoch konnte Marco nicht leugnen, dass er ein attraktiver Mann war. Als Justus Marco erblickte, nahm seine Miene einen feindseligen Ausdruck an, bis er den Arzt erkannte.

»Oh, Sie sind es. Ich habe Sie so in Zivil kaum erkannt. Guten Tag, Dr. Díaz«, begrüßte Justus den Arzt und streckte ihm die Hand entgegen, die Marco nur mit Widerwillen ergriff.

»*Buenos días*, Señor Thalheim«, gab er zurück und blickte dann auf die Frau, die hinter Justus das Zimmer betrat.

Sandy. Die Ursache für das Scheitern einer Ehe – aber auch für seine neue Liebe. Ohne sie wäre der Unfall vermutlich nie passiert. Ohne sie hätte Marco Isaura nicht kennengelernt und sich nicht in sie verlieben können.

Und vielleicht wäre ohne sie Isaura jetzt noch gesund.

Nein, die Geschehnisse von Córdoba konnte er Sandy nicht anlasten.

»Guten Tag, Dr. Díaz«, sagte sie steif. Sie waren nicht gerade im Guten geschieden, und sie erinnerte sich sicher genauso gut wie er, dass sie kaum jemals einer Meinung gewesen waren.

Sie sah gut aus, musste er zugeben. Viel besser als das letzte Mal, als sie noch darum bangen musste, den Vater ihres ungeborenen Kindes zu verlieren. Heute war sie perfekt geschminkt, das blonde Haar frisch gewaschen und frisiert. Sie trug ein sicher teures Kostüm, das ihr sehr gut stand, hier aber ein wenig fehl am Platz wirkte.

Marco begrüßte sie knapp und bat sie dann, das Krankenzimmer zu verlassen. Sandy zog einen Schmollmund, doch Marco blieb in diesem Fall hart. »Nur enge Angehörige!«, betonte er und drängte sie zur Tür.

Nicht auszudenken, wenn Isaura gerade in diesem Moment erwachte und als Erstes Sandy erblicken müsste! Vermutlich würde sie sich so sehr aufregen, dass sie gleich wieder ins Koma fiel.

Und wenn sie Justus sah? Ihren Mann, der mit seiner Untreue all diese Ereignisse ins Rollen gebracht hatte? Würde sie sich überhaupt daran erinnern, oder würden nur die alten Zeiten zählen, als sie sich geliebt hatten und miteinander glücklich gewesen waren?

Marco fühlte, wie Eifersucht seinen Magen verkrampfte. Er musste sich zusammenreißen, um Justus nicht spüren zu lassen, was in ihm vorging.

»Behandeln Sie meine Frau?«, erkundigte dieser sich in einem Ton, der Marco deutlich sagte, dass er von dieser Vorstellung nicht begeistert war.

»Nein, im Moment habe ich offiziell noch Urlaub«, gab Marco widerstrebend zu. »Dr. Álvarez ist die verantwortliche Ärztin.«

»Und was tun Sie dann hier?«, verlangte Justus zu wissen.

»Ich bin trotz Urlaub hier Stationsarzt«, sagte Marco, auch wenn diese Erklärung nur ein Teil der Wahrheit war. Er hatte nicht das Bedürfnis, Justus über seine Gefühle für Isaura aufzuklären, stattdessen fragte er: »Warum sind Sie gekommen?«

Justus starrte ihn entgeistert an. »Isaura ist meine Frau! Haben Sie das vergessen?«

Die du betrogen und verlassen hast, fügte Marco in Gedanken hinzu, sagte aber laut: »Nein, aber Sie lassen sich scheiden, wie sie mir gesagt hat.«

Justus wirkte verärgert. »Das ist richtig, dennoch ist sie im Augenblick rechtlich noch immer meine Frau, und es ist mir wichtig, dass sie gut versorgt wird.«

Marco ahnte, was jetzt kommen würde.

»Ich will sie in meiner Nähe wissen, daher sind wir gekommen, sie nach München überführen zu lassen.«

»Es geht Isaura hier in unserer Klinik sehr gut, und sie wird bestens betreut«, wehrte Marco ab.

»Ich bitte Sie!«, rief Justus, nun deutlich erzürnt. »Sie ist hier allein in einem fremden Land ohne Familie und Freunde.«

Nein, ist sie nicht, dachte Marco. Wir alle lieben sie und sorgen uns um sie. Maria Anna, Señor Campillo und ich. Ja, selbst ihr Kater wartet sehnsüchtig auf ihre Rückkehr. Wer würde sie in München umsorgen? Ihre Mutter, die frühzeitig gealtert in einem Sanatorium lebte? Ihr Mann, der die Scheidung vorantrieb, um mit seiner Geliebten sein Kind großzuziehen? Ein paar Freunde der Redaktion, von denen sich allerdings noch keiner hier nach ihrem Wohlergehen erkundigt hatte?

All diese Gedanken behielt Marco für sich. Es waren keine Argumente, die Justus überzeugt hätten. Dennoch war Marco fest entschlossen, für Isaura und ihr Wohlergehen zu kämpfen. Er war sicher, würde sie selbst entscheiden können, würde sie hier in Kastilien bleiben wollen.

Marco richtete sich auf und sah Justus fest in die Augen. »Es tut mir leid, doch Señora Thalheim ist nicht transportfähig. Solange sie das Bewusstsein nicht wiedererlangt hat, darf man ihr solch eine Reise nicht zumuten. Und wenn sie wieder aufwacht, kann sie selbst entscheiden, wo sie weiter behandelt werden möchte.«

Justus beugte sich vor und starrte den Arzt kampflustig an.

»Ich weiß nicht, was Sie für ein Spiel spielen. Erhoffen Sie sich Geld für die Klinik, oder was? So einfach geht das nicht.«

»Sie können sich ja mit dem Anwalt Ihrer Frau besprechen«, schlug Marco in kühlem Ton vor. Er war überzeugt, Señor Campillo auf seiner Seite zu haben. »Und nun würde ich vorschlagen, dass Sie die Patientin ruhen lassen. Auch wenn sie nicht bei Bewusstsein ist, sollte man jede Aufregung von ihr fernhalten. Wir wissen nicht, was sie in diesem Zustand alles mitbekommt.«

»Ich kann mich aus der Zeit, als ich im Koma lag, an nichts erinnern«, murrte Justus, doch Marco schritt zur Tür und hielt sie ihm weit auf.

Justus zögerte. Er warf noch einen Blick auf Isaura, trat aber nicht ans Bett, um sie zu berühren oder gar einen Kuss auf ihre Wange zu drücken, wie Marco mit einer Mischung aus Verachtung und Befriedigung feststellte. Dann verließ er das Zimmer. Draußen erwartete ihn Sandy. Sie lehnte mit gelangweilter Miene an der gegenüberliegenden Wand, in der einen Hand eine Zigarette, in der anderen ein Feuerzeug.

»Können wir jetzt gehen?«, fragte sie in diesem nörgelnden Ton, den offensichtlich auch Justus verabscheute, wenn Marco seine Miene richtig deutete.

»Ja, können wir. Der Herr Doktor hier ist nicht bereit, seine Beute freizugeben.«

Sandy zuckte mit den Schultern. »Dann soll sie eben hierbleiben. Ich war eh nicht dafür. Wir haben jetzt andere Sorgen.«

Justus starrte sie finster an. »Ich sorge mich auch um Isaura. Sie ist immerhin noch meine Frau.«

»Ja, aber nicht mehr lange«, murrte Sandy, was ihr einen weiteren finsteren Blick einbrachte. Marco fragte sich, wie lange diese Beziehung halten würde. Er gab den beiden kein Jahr. Zwar taten ihm weder Justus noch Sandy leid, doch mit dem ungeborenen Kind, das unter dem noch flachen Bauch der werdenden Mutter heranwuchs, fühlte er Mitleid. Ein Kind hatte Mutter und Vater verdient, die sich gemeinsam in Liebe und Harmonie um es kümmerten. Da war Marco in seinen Ansichten altmodisch. Doch man musste kein Hellseher sein, um zu ahnen, dass dies dem Nachwuchs dieser beiden nicht vergönnt sein würde.

Justus wandte sich noch einmal an den Arzt. »Sie hören von mir.«

Marco neigte den Kopf. »Aber sicher«, antwortete er ruhig. »Ich halte Sie gerne über den Zustand der Patientin auf dem Laufenden.«

Justus schnaubte. Er griff nicht gerade zart nach Sandys Arm und zog sie mit sich den Gang hinunter.

»Wohin fahren wir jetzt? Zurück nach Madrid?«, fragte sie, eifrig bemüht, in ihren hohen Pumps nicht zu stolpern.

»Nein, ich muss erst mit diesem Anwalt sprechen«, gab Justus zurück.

Marco überlegte, ob er den Anwalt anrufen und ihn vorwarnen sollte. Er sah Señor Antonio Campillo Fernández vor seinem geistigen Auge und musste unwillkürlich lächeln. Nein, der alte Mann war den beiden mehr als gewachsen, und Marco war sich sicher, dass er zu Isauras Wohl entscheiden würde.

Marco schreckte hoch. Er rieb sich die Augen. Im Zimmer war es dunkel. Wie lange hatte er geschlafen? Er war noch immer im Krankenhaus. Er konnte die Geräte summen und piepsen hören und erkannte Isauras reglose Gestalt im schwachen grünlichen Schein des Monitors.

»Ich wollte Sie nicht erschrecken«, erklang eine Stimme aus der Dunkelheit. Nun konnte er auch die Silhouette einer Gestalt erahnen, die auf ihn zukam. »Darf ich das Licht anschalten?«

Marco beugte sich selbst vor und knipste die kleine Lampe neben dem Bett an. »*Buenas noches*, Señor Campillo«, begrüßte er den Anwalt, sprang auf und schob ihm einen Stuhl heran. Der alte Mann dankte ihm und setzte sich. »Was verschafft uns die Ehre Ihres Besuchs?«

Er lächelte. »So förmlich heute, Marco?«

»Ich bin anscheinend noch nicht ganz wach«, entschuldigte Marco sich. »Ich kann mir denken, was Sie zu dieser späten Stunde hierherführt.«

»Sie meinen, außer der Sorge um meine Klientin und die Enkelin meiner liebsten Freundin?«

Marco zog eine Grimasse und nickte. »Haben die beiden Sie angetroffen?«

»Ja, falls Sie mit ›die beiden‹ Señor Thalheim und diese Frau, von der ich nur weiß, dass sie Sandy heißt, meinen.«

Marco war nun hellwach. Er setzte sich kerzengerade auf. »Und, was haben Sie ihnen gesagt?«

Der alte Anwalt lächelte milde. »Dass die Gesundheit und das Wohlergehen meiner Mandantin an erster Stelle stehen, haben Sie etwas anderes erwartet?«

Marco schüttelte den Kopf. »Nein, sonst hätte ich Sie angerufen. Isaura bleibt also hier, nicht wahr?«, versicherte er sich.

Der alte Mann nickte. »Ja, wenn das Ihr medizinischer Rat ist.« Er zwinkerte Marco zu. »Dieser darf durchaus mit Ihren persönlichen Wünschen übereinstimmen.«

Marco lächelte den Anwalt an und reichte ihm beide Hände.

»Antonio, Sie sind nicht nur ein gewiefter Anwalt, Sie sind auch der beste Freund, den Isaura sich wünschen kann. Und ich ebenfalls«, fügte er hinzu.

Campillo umschloss Marcos Hände. »Ich denke nicht, dass Sie im Augenblick einen Anwalt benötigen, doch als Freund stehe ich Ihnen gern zur Verfügung. Scheuen Sie sich nicht, ganz gleich um welche Uhrzeit, egal um welches Anliegen es auch geht.«

»Danke. Dann sagen Sie mir bitte, ob ich richtig gehandelt habe. Ist es für Isaura wirklich das Beste, wenn wir sie hierbehalten, oder habe ich mich zu sehr von meinen eigenen Wünschen leiten lassen?«

Antonio hob die Brauen. »Sie zweifeln?«

»Nicht im medizinischen Sinn, ich meine, jeder Transport ist ein Risiko, und sie ist auf alle Fälle hier gut versorgt, aber, nun ja, Kastilien ist nicht ihre Heimat. Da hat Justus schon recht. Vielleicht wäre die vertraute Umgebung doch besser für sie.«

Der Anwalt drückte beruhigend seine Hände. »Machen Sie sich darüber keine Sorgen. Heimat ist dort, wo wir unsere Wurzeln finden und wo unser Herz wohnt, und das ist für Isaura Kastilien. Das hat sie schnell erkannt, sonst wäre sie längst nach München zurückgekehrt. Ich bin fest davon überzeugt, wenn sie genesen kann, dann hier!«

Marco seufzte auf. »Ich danke Ihnen, mein Freund. Sie nehmen mir die Zweifel.«

»Dann ist es ja gut. Und nun fahren Sie nach Hause und ruhen sich in einem richtigen Bett aus!«

Marco erhob sich. Er trat ans Bett und strich Isaura noch einmal liebevoll über die Wange. »Schlaf gut, mein Liebling, ich komme morgen früh wieder.« Er wandte sich an den Anwalt, der es sich auf seinem Stuhl bequem machte. »Und Sie? Müssen Sie nachts nicht auch schlafen?«

Señor Campillo zog eine Grimasse. »Ich bin ein alter Mann. Ich brauche nicht mehr viel Schlaf. Das kann ich alles nachholen, wenn ich mich für alle Ewigkeit in meinem Grab einrichte.«

»Was hoffentlich noch nicht so bald geschehen wird.«

»Na, wer weiß«, scherzte er. »Wenn mich Señor Thalheim und seine Sandy noch eine Weile belagern, ist das vielleicht zu viel für mein schwaches Herz.«

Marco sah ihn aufmerksam an. »Gibt es Grund zur Sorge?«, fragte er, doch der Anwalt lächelte und winkte ab.

»Nein, wirklich nicht. Die beiden können mich nicht aus der Ruhe bringen. Sie werden erkennen müssen, dass ich für die Damen de Sola noch immer der Fels in der Brandung bin, an dem sie mit ihren selbstsüchtigen Wünschen scheitern werden.«

»Dann wünsche ich eine gute Nacht, Antonio.«

Marco nickte ihm noch einmal zu und verließ dann das Zimmer. Es war bereits Mitternacht, als er vom Parkplatz fuhr, doch er wollte nicht in seine Wohnung. Es zog ihn nach Tordesillas, wo der Kater auf ihn wartete und er Isauras Bett mit ihm teilen würde. Er würde sich in den Kissen vergraben, die noch ein wenig ihren Duft verströmten. Vielleicht konnte ihm das für ein paar Stunden Ruhe schenken.

Erholung und Vergessen.

Er drückte das Gaspedal durch und schoss die Autobahnauffahrt hinauf.

Golondrino kam ihm bereits entgegen, als der Lichtschein des Wagens über den Hof huschte. Marco stellte den Motor ab. Er stieg aus und genoss, wie der Kater schnurrend um seine Beine strich. Es hatte so etwas Vertrautes. Etwas Tröstliches.

Früher hatte er sich aus Katzen nichts gemacht.

Früher war er nicht so sentimental gewesen. Früher, bevor er sich in Isaura verliebt und er sie so unvermittelt wieder verloren hatte.

Nein! Er hatte sie nicht verloren. Diesen Gedanken durfte er nicht zulassen. Marco hob das Tier hoch und vergrub sein Gesicht in dessen Fell.

»Sie wird zu uns zurückkommen. Bald schon wacht sie

wieder auf, und dann ist alles wie zuvor«, sprach er Golondrino oder sich selbst Trost zu.

Der Kater maunzte und befreite sich aus der Umklammerung. Mit erhobenem Schwanz strebte er auf die Tür zu und sah sich dann erwartungsvoll nach Marco um.

»Du denkst wieder nur ans Fressen«, beschwerte dieser sich, und er beneidete den Kater ein wenig um sein sorgenfreies Dasein. »Na, dann komm!«

Das ließ sich der Kater nicht zweimal sagen. Marco schloss die Tür auf und füllte in der Küche seine Näpfe. Gierig machte sich Golondrino über sein Fressen her. Marco sah ihm eine Weile zu, dann holte er sich Brot und Schinken und öffnete eine Flasche Rotwein. Es war eine heiße Sommernacht. Marco nahm Teller, Glas und Flasche mit hinaus in den Hof und setzte sich auf die Bank, auf der Isaura stets so gern gesessen hatte, um über den Fluss zu schauen. Marco aß ein wenig Brot und leerte drei Gläser Wein. Er sah zum Ufer hinunter, wo das Schilf in einer leichten Brise raschelte. Das Wasser glitzerte im Mondlicht. Marco starrte auf die tanzenden Lichtpunkte. Seine Gedanken verschwammen. Er gewahrte den Kater, der sich auf seiner rechten Seite zusammengekringelt hatte, doch da war noch jemand. Eine dunkle Silhouette, die sich vor das Glitzern des Wassers schob.

Marco blinzelte. Es war eine Frau. Eine kleine, zierliche Frau. Sie war alt, wirkte aber alles andere als gebrechlich. Ganz im Gegenteil. Sie strahlte eine ungewöhnliche Kraft aus, die seine Haut prickeln ließ, als sie sich ihm näherte. Marco konnte ihre Züge nicht genau erkennen, doch sie schienen ihm seltsam vertraut. Die alte Frau setzte sich zu ihm und legte tröstend ihren Arm um seine Schulter.

»Isaura geht es gut. Du musst dich nicht um sie sorgen. Gräm dich doch nicht so, mein Junge. Übe dich in Geduld, und lass dem Schicksal seinen Lauf. Du kannst ihm vertrauen! Ihm und auch Isaura.«

Ehe er es sich versah, barg Marco sein Gesicht an der Schulter der alten Frau. Es war ihm egal, wer sie war und woher sie zu wissen meinte, wie es Isaura ging. Ihm war, als müsse er seine Verzweiflung herausschreien oder gleich in Tränen ausbrechen. Er spürte, wie er zitterte, doch sie saß aufrecht da, den Arm um ihn gelegt. Der schwarze Stoff ihres Umhangs war rau und roch ein wenig nach Kräutern. Ihre knochige Hand tätschelte die seine. Ein wundervolles Gefühl von Frieden durchströmte ihn. Er hätte ewig so bei ihr sitzen können.

Marco schreckte hoch. Verwirrt sah er sich um. Er saß allein auf der Bank. Die alte Frau und auch der Kater waren verschwunden. Das Rotweinglas lag zu seinen Füßen. Der Rest des Weines war zwischen den Grasbüscheln versickert. Es war noch immer Nacht, doch der Mond war ein ganzes Stück weitergewandert.

Wo war die alte Frau geblieben? Wer war sie? Carmen Rodriguez de Sola?

Das war nicht möglich. Die alte Frau war tot. Er hatte nur geträumt.

Wirklich?

Was sonst? Sollte er glauben, Isauras Großtante Carmen sei aus ihrem Grab gestiegen, um ihn zu trösten?

Lachhaft!

Doch ihm war nicht zum Lachen zumute. Er erinnerte sich an das wundervolle Gefühl, das ihn erfüllt hatte, und an den Trost, den er in ihrem Arm empfunden hatte.

Marco erhob sich und ging steifbeinig ins Haus. Er schob die Haustür hinter sich zu, ohne abzuschließen. Wozu auch? Dann tappte er, ohne das Licht einzuschalten, die Treppe hinauf in Isauras Schlafzimmer. Er zog nur seine Schuhe und seine Jeans aus und fiel dann auf das Bett. Traumlos schlief er bis weit in den Morgen und erhob sich dann erholter als all die Tage zuvor.

Während er am Frühstückstisch saß und an seinem starken schwarzen Kaffee nippte, dachte er über das seltsame Erlebnis nach. Gern hätte er es einfach als einen Traum abgetan, doch es gelang ihm nicht, das Gefühl einfach so beiseitezuschieben. Es war so wundervoll gewesen, so intensiv, und er sehnte sich danach, noch einmal diesen Trost zu spüren. Sein innerer Kampf setzte sich über den Tag hinweg fort, während er nach Valladolid zurückkehrte und seinen Dienst wieder aufnahm, den er so oft wie möglich unterbrach, um nach Isaura zu sehen, doch ihr Zustand blieb unverändert. Am Abend fuhr er wieder nach Tordesillas.

So verging die Woche. Zum Glück gab Justus seine Versuche, Isaura nach München schaffen zu wollen, auf und reiste mit Sandy nach Deutschland zurück. Auf Isauras Noch-Ehemann zu treffen, hatte erheblich an Marcos Nerven gezerrt. Auch so waren die langen Diensttage anstrengend und verlangten ihm viel ab, dennoch konnte Marco die Nacht nicht vergessen, in der die alte Frau zu ihm gekommen war, um ihn zu trösten. Er ertappte sich sogar dabei, am Abend, wenn es dunkel wurde, im Haus und draußen auf dem Hof nach ihr Ausschau zu halten. Doch der Einzige, der ihm ein paar Stunden Gesellschaft leistete, war Golondrino. Seine Anwesenheit war tröstlich, doch als Gesprächspartner taugte er nicht recht. Dabei hatte Marco so viele Fragen. So viele Zweifel quälten ihn, über die er weder mit den Schwestern noch mit den Kollegen sprechen konnte. Señor Campillo traf er die ganze Woche nicht, obwohl Marco von der Nachtschwester erfuhr, dass der Anwalt weiterhin jeden zweiten Abend vorbeischaute und sich nach Isauras Befinden erkundigte.

Marco fasste einen Entschluss. Er wartete bis zum Sonntag, an dem seine beiden freien Tage begannen. Nach dem Frühstück verabschiedete er sich von dem Kater und startete den Wagen. Langsam holperte er den staubigen Feldweg entlang und bog dann auf die Landstraße ein, die ihn nach Tordesillas führte. Er überquerte die Brücke über den Duero und folgte dann der Uferstraße bis zu den alten Mauern, die sich über dem Fluss erhoben, erst Palast kastilischer Könige, dann schützende Klostermauern für die Gemeinschaft der Klarissen. Eine Weile blieb Marco noch im Wagen sitzen und lauschte den Glocken, die zur Messe riefen, dann stieg er aus und eilte zur Kirche hinüber.

Kapitel 25

Málaga 1487

»Ist das nicht ein herrlicher Morgen?«, begrüßte Isaura die Königin, die mit einem Schreiben in der Hand am Fenster stand. Die Morgensonne umschmeichelte ihre Gestalt, sodass sie weicher und hübscher wirkte als im grellen Tageslicht.

Isabel ließ den Brief sinken und wandte sich mit entgeisterter Miene zu ihrer Hofdame um.

»Er erklärt mir den Krieg«, stieß sie hervor und schüttelte dann den Kopf. Offenbar fiel es ihr schwer, diese Dreistigkeit zu fassen.

»Wer?«, erkundigte sich Isaura. »Al Zagal?«

Isabel machte eine wegwerfende Geste. »Mit al Zagal stehen wir längst im Krieg. Er hat sich zum Emir Muhammad II. von Granada ausrufen lassen und damit den Thron und den Krieg gegen uns an sich gerissen. Nein, Boabdil erklärt mir den Krieg!«

Isaura blinzelte verwirrt. »Aber hat al Zagal ihn nicht gerade erst aus Almería verjagt?«

Isabel nickte. »Ja, doch statt gegen seinen Onkel vorzugehen und sich Granada zu nehmen, will er sich nun mit mir anlegen!«

»Der dumme Junge«, sagte Isaura. »Das wird ihm nicht bekommen.«

Die Augen der Königin blitzten. »Da hast du recht. Es soll

ihm gar nicht gut bekommen! Meine Truppen stehen vor Málaga. Ziehen wir einen Teil davon ab und erteilen dem jungen Heißsporn die Lektion, die er verdient. Dann können wir uns die Hafenstadt weiter vornehmen. Ich werde noch zwei Schiffe nach Osten beordern, um die Seeblockade endlich durchzusetzen. Sie sollen mir nicht länger eine Nase drehen.«

Isaura nickte. Plötzlich hatte sie das Gefühl, beobachtet zu werden. Sie fuhr herum und starrte zu dem offenen Torbogen hinüber, der den Palast von Sevilla über einen länglichen Hof mit den Gärten verband, aber da war niemand. Doch nun vernahm sie ein unterdrücktes Lachen.

»Isaura, Catalina, kommt heraus!«, verlangte sie mit strenger Stimme.

Kichernd kamen die beiden Mädchen aus ihrem Versteck und liefen auf sie zu. »Ich fasse es nicht«, stöhnte Isaura. »Sie sind ihrer Amme schon wieder entwischt.«

Isabel ging ihrer jüngsten Tochter entgegen, ließ sich in die Hocke sinken und schloss das Kind in die Arme. »Du musst die beiden nicht rügen. Sie sind mir eine Freude bei all den Sorgen, die mir das Herz schwer machen.«

Isaura küsste das Haar ihrer kleinen Nichte und seufzte. »Dennoch werden sie lernen müssen, ihr Temperament zu zügeln.«

Isabel nickte, doch in ihrem Blick lag ein schelmisches Lächeln. »Sie erinnern mich an unsere Kindheit. Weißt du noch, wie Jimena, du und ich uns im alten Palast von Arévalo versteckt haben? Unsere Kindheit war ein großes Abenteuer und voller Glück, das an dem Tag begann, da du, liebste Teresa, und Jimena zu uns kamt.«

Isaura erwiderte das Lächeln der Königin.

»Meinst du, diese Freundschaft wird eine weitere Generation überdauern? Wird Isaura bei Catalina bleiben und ihr eine Freundin und Beraterin sein, so wie du es für mich bist?«

»Wer kann schon sagen, was das Leben uns noch bringt«, antwortete Isaura vage und fragte sich, ob die kleine Isaura Catalina nach England begleiten und das Los der englischen Königin bis zu ihrem Ende in der Einsamkeit eines alten englischen Schlosses mit ihr teilen würde.

Sie wusste es nicht. Vielleicht war das für ihren Seelenfrieden auch gut so, den bereits andere Ereignisse zerrütteten, die in Kürze über sie hereinbrechen sollten. Sie dachte an Jimena, die mit Angelo irgendwo dort draußen vor Málagas Küste auf einem Schiff war und ihre kleine Tochter in ihrer Obhut zurückgelassen hatte. Amin dagegen war in Sevilla geblieben. Noch. Doch würde er nicht wieder zu den Truppen der Königin stoßen, wenn ein neuer Angriff bevorstand?

Wie oft würde sie diese Angst und Unsicherheit noch ertragen müssen? Wie lange noch? Auch wenn sie es nicht wahrhaben wollte, wusste sie die Antwort genau. Plötzlich kam ihr Marco in den Sinn. Sie hatte lange nicht an ihn gedacht und spürte einen Anflug von schlechtem Gewissen. Wie würde ihr Leben verlaufen, wenn sie an seiner Seite hätte bleiben können? Wenn sie nun mit einem Arzt im einundzwanzigsten Jahrhundert verheiratet wäre? Er würde morgens ins Spital fahren und abends zu ihr zurückkehren. Um sein Leben müsste sie nicht jeden Tag fürchten.

Dieser schreckliche Krieg! Auch mit Amin hatte sie friedliche Zeiten erlebt. Wann würden sie endlich zur Ruhe kommen können?

Als wäre Isabel ihren Überlegungen gefolgt, fragte sie:

»Wann werden wir endlich in Granada einziehen und diesen Krieg beenden?«

Isaura biss sich auf die Lippen, damit sie die Antwort nicht laut aussprach.

1492.

»Das weiß Gott allein«, stieß sie stattdessen aus und drückte das kleine Mädchen, das sie wie eine eigene Tochter liebte, an sich.

»Mama!« Die kleine Isaura sah von ihrem Spiel auf. Ihre dunklen Augen weiteten sich. Dann lief sie auf ihren speckigen Beinchen los, die Arme weit ausgestreckt.

Jimena hob ihre Tochter auf und wirbelte sie im Kreis, dass ihre langen Röcke flogen. Isaura nahm Catalina an die Hand und trat der Freundin entgegen, die so unerwartet im Palast von Sevilla aufgetaucht war. »Wie ich mich freue«, rief sie und schloss Jimena in die Arme, als diese endlich ihre Tochter absetzte. »Was führt dich hierher? Ist Angelo auch mitgekommen?«

Jimena nickte. »Ja, er ist bei Isabel und Fernando, um ihnen gute Neuigkeiten zu bringen.«

»Die erste gute Neuigkeit ist, dass es euch gut geht und ihr gesund zurückgekehrt seid«, sagte Isaura, die die Freundin auf eine Bank in den Garten zog. Die beiden Mädchen trollten sich und setzten ihr Spiel mit den Puppen fort.

Jimena lachte. »Das meine ich auch, aber noch interessanter dürften unsere Könige die Neuigkeit finden, dass es ihren Getreuen wieder einmal gelungen ist, Boabdil in ihre Gewalt zu bekommen!«

Diese Nachricht war Isabel ein großes Festessen wert. Sie war an diesem Abend geradezu euphorisch und ließ sich von ihrem Gatten zu einem Becher Wein überreden. Sie lachte und scherzte mit ihren Getreuen, doch als die Sprache auf den jungen Emir kam, funkelten ihre Augen gefährlich. Mit

Wortbrüchigen und Verrätern wüsste sie wohl umzugehen, drohte sie.

Jimena und Isaura tauschten Blicke. »Meinst du, sie wird ein Exempel an ihm statuieren?«, fragte Jimena.

»Du meinst, eine öffentliche Hinrichtung?« Isaura schüttelte den Kopf. »Nein, ganz im Gegenteil. Sie wird dafür zu sorgen wissen, dass er nicht zum Märtyrer wird, für den sein Volk im Glaubenseifer zu den Waffen greift und sich in ein letztes Gefecht stürzt. Er wird als Schwächling und als Verräter in die Geschichte eingehen, auf dessen Andenken die stolzen Mauren von Granada spucken.«

»Sie wird ihn wieder freilassen?«, wunderte sich Jimena.

»Warten wir es ab.«

Natürlich behielt Isaura recht. Schon am nächsten Tag reisten Isabel und Fernando mit großem Gefolge ab, um auf den Gefangenen zu treffen. Leider durften weder Isaura noch Jimena der Unterredung beiwohnen, doch Isabel berichtete ihnen nachher von den Bedingungen, die sie Boabdil gestellt hatte und die er – nach angemessenem Zögern – angenommen und unterzeichnet hatte.

»Er hat mir den Treueeid als mein Vasall geschworen«, sagte sie mit einem triumphierenden Lächeln. »Dieses Mal wird er seinen Tribut zahlen, und er wird gegen al Zagal kämpfen. Wir werden den alten Fuchs mit einer gemeinsamen List aus Granada locken. Boabdil wird die Gelegenheit nützen, sich die Alhambra zu nehmen, und sich zum rechtmäßigen Nachfolger seines Vaters ausrufen lassen. Dann übergibt er mir die Stadt und das ganze Land. Wir werden Granada besetzen, während Boabdil dafür zu sorgen hat, dass die Bevölkerung ruhig bleibt.«

»Und was außer seiner Freiheit hast du ihm dafür geboten?«, erkundigte sich Jimena.

»Den Titel eines Herzogs und ein Lehen von fünf Städten im Osten. Guadix, Baza, Vera, Vélez und Blanco.«

»Und das hat für diesen ehrlosen Verrat an seinem Volk ausgereicht?«, empörte sich Jimena.

»Vielleicht sieht er ja ein, dass sich das kleine Emirat nicht auf Dauer gegen die Macht des riesigen christlichen Reichs wird behaupten können, und er will seinem Volk Jahre voller Krieg und Elend ersparen. Ist es nicht besser, unter Isabels und Fernandos Krone zu leben, denn bis zum letzten Mann gegen sie anzukämpfen? Wie viel Blut soll noch fließen?«

Jimena sah Isaura an. »Vielleicht hast du recht, und dennoch mag ich ihn nicht, und ich traue ihm und seinen Schwüren nicht.«

»Ich mag ihn auch nicht«, mischte sich Isabel ein. »Und glaube mir, ich werde ihn streng überwachen lassen. Noch einmal wird er mich nicht verraten!«

Um ihren Plan auszuführen, schickte sie Boabdil zur Verstärkung ein Kontingent ihrer Truppen. Ein weiteres sandte die Königin nach Loja, nicht um die Stadt einzunehmen, nur um al Zagals Aufmerksamkeit zu erregen. Zwei Boten, die von Boabdil mit Goldmünzen ausgestattet worden waren, brachten alarmierende Nachrichten in die Alhambra. Und wirklich, der alte Kämpfer ließ sich täuschen, sammelte seine Männer und zog nach Westen. Boabdil hielt sich versteckt, bis al Zagal Loja erreichte, dann erst zog er nach Granada ein und erreichte, ohne auf nennenswerten Widerstand zu stoßen, die Alhambra. Die Truppe der Königin zog sich rechtzeitig zurück, während Boabdil von den alten Anhängern seiner Familie empfangen wurde. Der Coup hatte so weit funktioniert. Den Rest des Plans umzusetzen, gestaltete sich allerdings nicht ganz so einfach. Obgleich die Abencerragen – allen voran seine Mutter Aischa – Boabdil nach wie vor unterstützten, waren sie nicht dazu zu bewegen, Stadt und Festung den Christen zu übergeben.

Isabel tobte, als sie die Nachricht aus der Alhambra erhielt, in der Boabdil beteuerte, all seine Schwüre einhalten zu wollen, doch um Geduld bat, da ihm im Augenblick die Hände gebunden seien.

Sie rief ihre Berater zusammen und schritt ruhelos auf und ab, während man die erfahrenen Feldherren ins Bild setzte. Kardinal Mendoza war anwesend, genauso wie der Marquis von Cádiz, der Herzog von Medina Sidonia und einige andere *Grande*, die den Kampf der Rückeroberung mit ihren Männern unterstützten.

»Und?«, stieß sie schließlich hervor. »Wie stellt sich Euch die Lage dar? Ist das ein neues Spiel, das er mit mir treiben zu können glaubt, oder steht es tatsächlich nicht in seiner Macht?«

Der Herzog von Medina Sidonia ergriff das Wort. »Wenn er die Abencerragen nicht überzeugen kann, dann ist er machtlos.«

»Die Frage ist, hat er es überhaupt versucht, oder versteckt er sich hinter ihnen?«, warf der Kardinal ein.

»Ich denke nicht, dass sie sich etwas von einem verweichlichten Jüngling sagen lassen, der es geschafft hat, zweimal in die Hände des Feindes zu fallen, um sich dann jeweils mit Versprechungen freizukaufen«, sagte der Marquis. »Für die Abencerragen ist Boabdil lediglich eine Marionette, die sie in ihrem Sinne zu lenken hoffen. Für das Volk setzen sie zum Schein den rechtmäßigen Erben auf den Thron, doch sie sind es, die die Entscheidungen treffen.«

Isabel seufzte. »Sie werden mir die Tore von Granada nicht öffnen, nicht wahr?«

Die Männer schüttelten einmütig die Köpfe.

»Und wir sind auch nicht in der Lage, die Stadt im Sturm zu nehmen«, gab sie ungern zu. Ihre Augen verengten sich. »Nun, dann nehmen wir ihnen eben Stück für Stück ihr Land und alles, was sie zum Leben brauchen, bis sie nachgeben!« Sie sah den Männern in die Augen. »Málaga muss noch in diesem Jahr fallen, dann werden wir sehen, womit Granada seine zahllosen Münder stopfen wird!«

Da erhob sich Fernando, der während der Besprechung verdächtig still gewesen war. »Ich werde den Oberbefehl übernehmen, und ich sage dir, noch ehe der Sommer zu Ende geht, werde ich dir Málaga zum Geschenk machen.«

Die anderen Männer schwiegen und wagten nicht, dem König zu widersprechen.

Wochen verstrichen. Die Stadt war nun völlig von jeder Versorgung abgeschnitten, doch offensichtlich hatte der Kommandeur Vorsorge getroffen. Málaga gab sich trotzig.

Jimena stand an der Reling der Galeone, die erst vor wenigen Monaten in Sanlúcar vom Stapel gelaufen war. Im Gegensatz zu den älteren Karacken, die vor der Hafeneinfahrt kreuzten, hatte die neue Galeone einen schlankeren Rumpf. Außerdem gaben ihr die sich nach oben verjüngenden Aufbauten ein schlankes Erscheinungsbild, das von ihrer Schnelligkeit und Wendigkeit sprach. Im Gegensatz zur Karacke war bei dieser Galeone das Heck nicht rund, sondern als Spiegelheck ausgebildet.

Die Sonne versank im Westen und ließ das Wasser aufglühen. Jimena betrachtete die Stadt, die so friedlich wirkte und ruhig. Zu ruhig für eine pulsierende Hafenstadt. Eigentlich sollten nun zahlreiche Boote und Schiffe die Stadt ansteuern, um im Hafen Schutz für die Nacht zu suchen, doch die Belagerer hatten den Handel von Málaga lahmgelegt.

Jimena ließ ihren Blick von der Mündung des Río Guadalmedina bis zur Festung schweifen. Die alte Alcazaba war auf einem niederen Bergrücken errichtet worden und hatte viele Jahrhunderte den Herrschern der Stadt als Palast gedient, bis die Erfindung von Schießpulver und Kanonen die Schwachstelle dieses Platzes deutlich werden ließ. Daher hatten die Kalifen eine zweite Festung an höchster Stelle errichtet. Das Castillo de Gibralfaro bewachte nun mit seinen Türmen und dicken Mauern die Alcazaba zu seinen Füßen, mit der es durch eine *coracha,* einen mauerbewehrten Gang entlang des gesamten Höhenrückens, verbunden war. Jimena war es, als könne sie die Wachmänner auf den Wehrgängen auf und ab gehen sehen. Dann legte sich die Nacht über die Küste. Lichter flammten in der Stadt auf, und auch das Meer schien von zahlreichen Sternen besetzt. Der Kapitän ließ die Wachen verstärken. So ruhig es bei Tage meist blieb, nun kamen die Stunden, da ihre ganze Aufmerksamkeit gefordert sein würde, denn die Strategen in der Stadt wussten wohl, dass sie den Schutz der Dunkelheit für sich nutzen mussten, wollten sie der Belagerung noch länger standhalten.

Die Sichel eines bleichen Mondes stieg über dem Meer auf, als der Wächter oben auf dem Mast einen Ruf ausstieß. Der Kapitän war sofort zur Stelle. Jimena eilte ebenfalls zum Bug, wo sie auf Angelo traf.

»Was ist?«

»Der Mann im Krähennest glaubt, etwas gesehen zu haben, dort Steuerbord voraus.«

Angelo deutete auf das dunkle Wasser hinaus, auf dessen Wellenkämmen sich das silberne Mondlicht brach. Der Kapitän ließ eine Kanone ausrichten und schoss eine Ladung vage in die Richtung, die der Ausguck ihm anzeige. Der Lichtstrahl flog in die Nacht hinaus und klatschte dann irgendwo ins Wasser, doch für einen Moment konnte die Besatzung der Kriegsgaleone ein kleines Boot ausmachen, das auf die Hafeneinfahrt zustrebte. Der Kapitän ließ weitere Kanonen laden und schoss eine ganze Salve der schweren Kugeln auf die Stelle, wo sie das Boot gesehen hatten. Drei Geschosse klatschten ins Wasser, doch das vierte traf das kleine Schiff und schlug es leck. Innerhalb von Minuten versanken Menschen, Schiff und die Ladung, auf die die in der Stadt Eingeschlossenen so dringend warteten. Ein Erfolg für die Belagerer in dieser Nacht, dennoch konnte keiner übersehen, dass die Moral der Truppe mit jedem Tag schlechter wurde. Auch die Versorgung der königlichen Männer war nicht gerade üppig. Seit Wochen hatten die Männer nur dünne Suppe und Mus bekommen. Bei den Truppen, die die Stadt von der Landseite aus belagerten, waren Fieber und Ruhr ausgebrochen, und auf den Schiffen wurde die Munition knapp. Begegnete Jimena dem König, war seine Miene von Mal zu Mal düsterer. Er scherzte nicht mehr mit ihr, wie er es in der Zeit getan hatte, als sie ihn als jungen Prinzen von Aragón kennengelernt hatte. Ja, er schien sie nicht einmal mehr zu sehen. Jimena überlegte lange, ob sie ihn ansprechen sollte, doch dann fasste sie Mut und gesellte sich zu ihm, als er einige Abende später allein an der Reling stand und über das Wasser starrte.

»Ich wünsche Euch einen gesegneten Abend, Majestät.«

Fernando schreckte auf und starrte sie an, doch dann nickte er ihr zu. »Ach, Ihr seid es, Doña Jimena. Ich gebe den Gruß gern zurück, doch meine Abende sind schon lange nicht mehr gesegnet. Und auch nicht meine Tage«, fügte er düster hinzu.

»Ihr müsst Geduld haben. Málaga ist eine große, wehrhafte Stadt, und ihr Kommandant al Zegrí ist ein erfahrener

Kämpfer, der auf keinen Fall seine Niederlage von Ronda noch einmal erleben will.«

»Aber ich bin der König von Aragón! Hinter mir steht das größte christliche Heer. Wir befreien für Gott den Herrn Andalusien von den Feinden des wahren Glaubens, und dennoch siechen meine Männer dahin und murren über ihre kargen Rationen. Bald werden wir ohne Munition mit unseren Schiffen vor ihrer Küste segeln, wo sie uns Nacht für Nacht eine Nase drehen.«

Jimena fiel nichts ein, womit sie die Lage hätte beschönigen können. Sie holte tief Luft, ehe sie ihm antwortete, denn sie wusste, dass dem König ihre Worte nicht schmecken würden.

»Ihr müsst der Königin die Wahrheit schreiben! Sie muss wissen, wie schlecht es um die Truppe steht, nur so kann sie helfen.« Wie erwartet brauste Fernando auf. Sie rüttelte an seiner Ehre als König und Mann, und sie erinnerte ihn an seine schmachvolle Niederlage vor Loja. »Jeder große Feldherr ist darauf angewiesen, dass seine Truppen versorgt werden und die Kranken und Verletzten gepflegt«, drängte Jimena weiter. »Nur so hat er im entscheidenden Moment Männer, die beherzt für ihn in den Tod gehen!« Fernando brummte vor sich hin. »Nicht immer geht es im Sturmschritt geradeaus. Und manches Mal muss man sich helfen lassen, um große Taten zu vollbringen, Pedro«, setzte sie hinzu und sah zu ihm auf.

Fernando fuhr herum und starrte sie an. »Pedro«, wiederholte er mit einem Lachen in der Stimme. »So hat mich schon lange keiner mehr genannt, Doña Jimena.«

»Das glaube ich gern, Majestät, und ich vermute, Ihr seid auch schon lange nicht mehr für einen Eseltreiber gehalten worden.«

Er nickte, und in seiner Miene blitzte der Charme des jugendlichen Prinzen auf, mit dem Jimena in dieser abenteuerlichen Verkleidung heimlich von Aragón nach Kastilien gereist war. Plötzlich zog er sie in einer ungestümen Geste an sich und umarmte sie. »Ich glaube, Ihr habt recht«, sagte er, als er sie wieder losließ und einen Schritt zurücktrat. »Wir brauchen jetzt die Gabe der Königin, ihr Volk zu begeistern und ihm Mut zuzusprechen. Und ihr Talent, das zu beschaffen, was am nötigsten gebraucht wird.«

Isabel enttäuschte Jimenas Hoffnungen nicht. Zwei Wochen später stand sie vor Málaga. Stolz und prächtig ritt sie in glänzender Rüstung auf das Lager zu. Ihr blondes Haar wehte im Wind. Der Anblick ihrer Königin riss die Männer aus ihrer Lethargie, dass sie jubelnd ihr Pferd begleiteten. Sie brachte Lebensmittel und Wein auf einem nicht enden wollenden Eseltross mit und den Hakim, der in ihrem Auftrag begann, ein königliches Spital zu errichten. Dutzende von Laienschwestern nahmen sich der fiebernden Männer an und verbanden die Wunden, die sie sich bei den zahlreichen Scharmützeln mit den Schmugglerbanden der Stadt zugezogen hatten. Auch Isaura war mitgekommen und wollte ihren Gatten, soweit es in ihren Kräften stand, bei seiner Aufgabe unterstützen.

Und auch Munition hatte die findige Königin besorgt und in weiser Voraussicht beim Deutschen Reich weitere große Geschütze, jede Menge Kugeln und auch Kanoniere geordert, die das schwere Belagerungsgerät bedienen konnten. Jimena wunderte es nicht, den Hieronomytenpater Hernando de Talavera unter Isabels Begleitern zu sehen. Er war schon immer derjenige gewesen, der Unmögliches hinbekam und ein Händchen für Finanzen und Organisation hatte.

Dennoch oder vielleicht gerade deshalb fiel Fernandos Begrüßung seiner Gattin ein wenig zurückhaltend aus, selbst wenn er innerlich sicher erleichtert war, drohte die Belagerung doch zu einem weiteren Fehlschlag zu werden.

Auch den in der Stadt Eingeschlossenen waren die neuen Ereignisse nicht verborgen geblieben. Es dauerte nicht lange, da schickte al Zegrí einen Boten, der um Verhandlungen bat, doch Fernando hatte neuen Mut gefasst. Er wies den Mann ab. »Wir sind nicht an Verhandlungen interessiert«, ließ er ihm ausrichten. »Wir fordern die bedingungslose Kapitulation.«

Als Antwort ließ ihm al Zegrí die Leiche eines getöteten Christen von den Mauern herabwerfen und drohte damit, alle christlichen Gefangenen zu ermorden.

Isabel war empört, und auch Fernando lief rot an vor Wut und machte seinen Gefühlen lautstark Luft.

»Was sollen wir ihnen antworten, Majestät?«, fragte der Schreiber, der den Brief der Mauren sorgfältig zu allen anderen Schreiben in eine Truhe legte, wo sie Fernando de Pulgar, der Chronist der Königin, jederzeit einsehen konnte.

Der König ging mit vor der Brust verschränkten Armen auf und ab und überlegte. Dann blieb er stehen und öffnete den Mund, doch ehe er etwas sagen konnte, gab Isabel ihre Antwort: »Sag al Zegrí, wenn er sich an nur einem weiteren Christen vergreift, wird kein Bewohner Málagas mit dem Leben davonkommen. Wir werden diese Stadt in die Knie zwingen, daran kann selbst al Zegrí nicht zweifeln, und dann wird es keine Gnade geben. Ich werde meinen Männern befehlen, nicht eine Seele am Leben zu lassen!«

Fernando starrte seine Gemahlin an und schluckte, doch dann rief er mit lauter Stimme. »So sei es. Schreib!«

Isaura machte sich davon, sobald die Königin sie entließ,

und suchte Jimena auf, die alle Hände voll zu tun hatte und sich mit Amin um die Kranken und Verletzten kümmerte. Sie führte die Freundin außer Hörweite und berichtete ihr von den gegenseitigen Drohungen.

Jimena schüttelte mit ernster Miene den Kopf. »Es ist Krieg. Ein grausames Machtspiel auf beiden Seiten. Sie müssen drohen und die Zähne fletschen. Das gehört mit zum Spiel.«

Isaura hob hilflos die Schultern. »Ich bin mir nicht sicher, ob es nur Drohungen sind. Irgendetwas Schreckliches wird geschehen, ich weiß aber nicht genau, was. Ich zermartere mir das Hirn, kann mich aber einfach nicht erinnern.«

»Du meinst, du hast es bereits gesehen?«, drängte Jimena.

»Ach, ich weiß nicht. So viele Städte, so viele Schlachten. Ich weiß es einfach nicht! Aber ich habe gar kein gutes Gefühl.«

Málaga kapitulierte. Zähneknirschend übergab Kommandeur al Zegrí die Stadt. Die wenigen, die in der Nacht zuvor zu fliehen versucht hatten, waren von den Wachen der Könige abgefangen worden. Isabel und Fernando zogen in die Stadt ein, wo die Menschen furchtsam warteten, welche Strafe auf ihre Häupter niedergehen würde, doch zu Isauras und Jimenas Erleichterung verbot Isabel den Männern jede Gewalt gegen die Bevölkerung. Dennoch strömten sie wie im Rausch durch die Straßen, und Isabel musste immer wieder die ihr besonders treu ergebenen Ritter losschicken, um zu verhindern, dass die Malagueños massakriert wurden.

Als die Könige spät in der Nacht mit ihren *Grande* in die Alcazaba einzogen und ihre Männer das Castello besetzt hatten, legte sich so etwas wie gespannte Ruhe über die Stadt.

Noch allerdings hatten die Könige nicht verkündet, wie ihre Bedingungen lauteten.

Isaura blieb an Isabels Seite, als diese sich mit dem König und den *Grande* traf. Stille senkte sich über den Saal, und alle Augenpaare waren auf die Königin gerichtet. Isaura wagte kaum zu atmen. Ihre Befürchtungen krochen wieder in ihr hoch und machten ihr das Atmen schwer.

»Wie die Erfahrung zeigt, habe ich zu oft Milde gegenüber den Mauren walten lassen«, sagte die Königin scharf. »Der König und ich sind übereingekommen, dass wir Málaga für seinen Widerstand und die Drohung gegen christliche Gefangene strafen müssen. Daher wird jeder maurische Einwohner der Stadt, sei es Mann, Weib oder Kind, das Los der Sklaverei am eigenen Leib zu spüren bekommen.« Isaura spürte, wie ein Schrei des Entsetzens in ihr aufstieg, und sie presste sich die Hand vor den Mund, um ihn zu ersticken. »Es gibt viele gute Christen, die im Norden Afrikas in Sklaverei geraten sind. Wir bieten den Sklavenhaltern die Einwohner von Málaga im Tausch gegen jene.«

Isaura schlüpfte aus dem Saal und rannte davon. Sie fand Jimena und Amin im provisorisch eingerichteten Krankensaal des Palasts und warf sich ihrem Mann in die Arme.

»Das ist grausam und unmenschlich«, weinte sie. »Das kann Isabel nicht machen. Sie ist eine christliche Königin! Sie behauptet, in Gottes Namen zu kämpfen.«

Der einzige ihrer Berater, der versuchte, ihr das auszureden, war Talavera. Auch er war der Meinung, diese Grausamkeit sei mit ihrem christlichen Glauben nicht zu vereinbaren. Doch selbst Kardinal Mendoza stimmte ihr zu, man müsse den Mauren dieses Mal mit Härte begegnen. Außerdem betonte er, wie viele Christen dadurch ihre Freiheit wiedererlangen konnten. Der Marquis von Cádiz und der Herzog von Medina Sidonia waren mit dem Entschluss ebenfalls einverstanden.

Isaura und Jimena blieben ungehört und konnten nur fassungslos zusehen, wie die Menschen zusammengetrieben und in Fesseln gelegt wurden. Wie Vieh ließ man sie in die Laderäume der Schiffe verfrachten, die nach Nordafrika aufbrachen oder nach Neapel, wo Fernando seiner Schwester, der Königin von Neapel, einige von ihnen zum Geschenk machte. Auch der Papst und etliche verdiente Kommandeure gingen nicht leer aus und durften sich Sklaven aussuchen.

Isaura war so erschüttert, dass sie zwei Tage lang ihr Quartier in der Alcazaba nicht verließ, bis Isabel nach ihr schicken ließ und sie zur Ordnung rief.

»Du bist mit meiner Entscheidung nicht einverstanden?«

»Ich bin entsetzt, und das weißt du!«, rief Isaura, die mit Isabel allein im Raum war. »Deine Entscheidung ist grausam und barbarisch und einer christlichen Herrscherin nicht würdig.«

»Ich nehme deine Meinung zur Kenntnis«, gab Isabel in kaltem Ton zurück. »Aber ich verbiete dir, sie weiter zu äußern oder in der Öffentlichkeit an mir Kritik zu üben. Diese Maßnahme ist notwendig. Ich wäre nicht Königin geworden und geblieben, wenn ich stets mit jedem weich und mitleidig gewesen wäre. Dann würden noch heute die *Grande* einen schwachen König hin- und herstoßen, alles an sich raffen und weitaus mehr Leid über die Menschen Kastiliens und Andalusiens bringen, als diese wenigen nun vielleicht erdulden müssen. Ich habe ihnen ihr Leben geschenkt, mehr konnten sie nicht erhoffen.«

Isaura verbeugte sich steif. »Wie Ihr meint, Majestät. Doch nun bitte ich, mich zurückziehen zu dürfen. Wenn Ihr mich braucht, Ihr findet mich im Spital, wo ich dem Hakim zur Hand gehe, um noch ein paar Leben zu retten.«

Isabel widersprach nicht. Mit traurigem Blick sah sie ihrer Hofdame nach.

Kapitel 26

Baza, 1489

Der König war guter Dinge und ließ jeden im Palast daran teilhaben. Seit Málaga gefallen war, sah er sich offenbar bereits auf der Alhambra. Die mahnenden Worte seiner Berater wollte er nicht hören.

»Al Zagal ist noch immer stark«, sagte der Marquis. »Zwar sitzt Boabdil in Granada, aber sein Oheim hält noch immer den ganzen Osten fest im Griff. Er hat drei gut befestigte Städte: Almería, Guadix und Baza. Erst müssen diese fallen, damit Granada isoliert ist.«

Fernando brummte unwillig und ließ sich eine Karte bringen. Er brütete eine Weile über den eingezeichneten Gebirgszügen und Orten, ehe er den Blick wieder hob.

»Gut, dann ziehen wir eben nach Baza«, verkündete er.

Isabel war einverstanden, legte Fernando aber nahe, das Kommando über die große Streitmacht, die sie für dieses Unternehmen zusammenziehen wollte, mit dem Marquis von Cádiz zu teilen.

Vielleicht hatten ihn seine Erfahrungen vorsichtig gestimmt, jedenfalls widersprach Fernando nicht. Isaura wunderte sich nicht darüber, dass der Marquis Don Angelo unter seinen Männern wissen wollte, doch es überraschte sie, dass er auch Jimena mitzunehmen gedachte, die er mittlerweile sehr schätzte.

Isaura wurde das Herz schwer. Ihr war bewusst, dass er auch den Hakim fragen würde und dass Amin nicht nein sagen konnte. Und vielleicht auch nicht wollte. Lange hielt er sie in dieser warmen Juninacht umschlungen und flüsterte zärtliche Worte in ihr Ohr, doch Isaura war starr vor Furcht und Trauer. Sie konnte die Einsamkeit bereits spüren, obgleich er noch immer neben ihr lag.

»Hab keine Angst. Wir werden uns wiedersehen. Ich verspreche es dir.«

Isaura lachte bitter. »Das, mein Liebster, steht nicht in deiner Macht.«

Es schwieg und küsste sie stattdessen.

Baza.

Jimena hatte keine Vorstellung von der Stadt siebzig Meilen im Osten Granadas gehabt. Sie hielten auf einem Hügel, der den Blick über das Land und die Stadt vor ihnen freigab. Baza lag auf einer bewaldeten Hochebene. Im Südwesten ragten die Berge der Sierra de Baza auf, die die Stadt von Guadix trennten, dahinter reckte sich die Sierra Nevada in den Himmel. Die Stadt selbst war von einem mächtigen Mauerring umgeben, den von einem der ockerfarbenen Hügel aus eine Burg überwachte. Der Wald um die Stadt herum war alt und dicht. Nur an der Stadtmauer war ein Streifen von einer Pfeilschusslänge gerodet und lediglich von braunem Gras bedeckt. »Wir sollten hier unser Lager aufschlagen«, sagte Ponce de León.

Fernando sah den Marquis mit gerunzelter Stirn an. »Wir sind noch zu weit von der Stadt entfernt. Dort unten gibt es sicher irgendwo eine Lichtung, auf der wir besser lagern können.«

»Damit die Mauren sich ungesehen heranschleichen und

uns niedermetzeln können«, widersprach der Marquis. »Dieser Wald dort unten ist nicht unser Freund, das könnt Ihr mir glauben, Majestät. Wir werden Stamm für Stamm erobern müssen, bis wir überhaupt in die Nähe der Stadt gelangen!«

Der Marquis hatte Erkundigungen über den Kommandanten der Festung eingezogen. Yahya an-Najjar war ein Schwager al Zagals und hatte sich die Ehrennamen »Streiter des Glaubens« und »Schwert des Islam« wohlverdient.

So ganz überzeugt schien Fernando nicht. »Die Mauren werden sich hinter ihren Mauern verschanzen«, widersprach er und verlangte, zumindest zum Fuß des Hügels hinunterzuziehen. »Dort sind wir näher am Wasser. Wir können am Waldrand Bäume fällen und unser Lager befestigen«, argumentierte er.

Ponce de León gab nach, und so zogen die Männer den Hügel zu dem kleinen Flüsschen hinunter bis zum Waldrand, wo der König befahl, Palisaden aufzurichten.

Bereits in der ersten Nacht musste das Heer des Königs erfahren, dass Yahya an-Najjar nicht gewillt war, tatenlos mit anzusehen, dass die Christen einen Belagerungsring um seine Stadt zogen.

Es war nach Mitternacht, und viele der Männer hatten sich bereits zum Schlafen niedergelegt, als die Mauren plötzlich aus dem Unterholz hervorbrachen – trotz des doppelten Rings von Wachen, die der Marquis vorsorglich hatte aufstellen lassen. Ohne Vorwarnung fielen sie ins Lager ein und töteten viele Männer, ehe es dem König und dem Marquis gelang, ihre Verteidigung zu formieren. Doch da zogen sich die Mauren bereits wieder zurück und schienen sich in den Wäldern in flüchtige Schatten zu verwandeln, die sich auflösten und verschwanden.

»Genau so etwas habe ich befürchtet«, brummte der Marquis, der durch das Lager stapfte, um den Schaden abzuschätzen. Die Wachen fand man mit durchgeschnittenen Kehlen im Wald, doch auch im Lager waren mehrere Dutzend Männer getötet und noch mehr verletzt worden. Abu Amin und Jimena konnten in dieser Nacht nicht mehr an Schlaf denken. Sie hatten alle Hände voll zu tun, die Blutungen zu stillen und Verbände anzulegen. Aufgeschlitzte Bäuche, abgetrennte Arme und Beine. Die Männer schrien und wälzten sich halb wahnsinnig vor Schmerz herum. Nur mit starker Opiumtinktur konnten sie die Verletzten ruhigstellen. Zwei von Säbelhieben halb abgetrennte Beine mussten sie in dieser Nacht vollends abnehmen, und Jimena wusste, dass dies nicht die letzten Amputationen sein würden, wenn erst einmal das Wundfieber um sich griff, das sie mit ihren Kräutern und starkem Branntwein zu verhindern suchte.

Jimena sah auf ihren blutbesudelten Rock hinunter und biss die Zähne zusammen. Sie versuchte, die Schmerzenslaute nicht zu hören und sich auf ihre Arbeit zu konzentrieren, doch ihre Hände bebten.

Abu Amin reichte ihr einen Becher mit einem stark nach Kräutern riechenden Sud. »Trinkt etwas. Wir müssen uns noch länger auf den Beinen halten.«

Jimena nickte, nahm den Becher und leerte ihn. Das Zittern ließ nach, und sie hob den Blick.

»Können wir weitermachen?« Er musterte sie prüfend. »Ich brauche Eure Hilfe. Die Männer, die mir der König zugeteilt hat, taugen nicht viel.«

Jimena nickte. Sie folgte ihm zu dem nächsten Verletzten, der sich stöhnend in seinem Blut wälzte. Behutsam legten sie seine Bauchwunde frei. Voll Entsetzen starrte Jimena auf die Darmschlingen, die ihr entgegenquollen. Sie presste beide Hände auf die klaffende Wunde.

»Wir werden ihn nicht retten können«, sagte der Hakim sanft. »Legt ihm einen Verband an, und gebt ihm Opium, bis er einschläft. Dann könnt Ihr nur noch ein Gebet für ihn sprechen.«

Und schon hastete Abu Amin weiter und verband einem Jüngling die Hand, der drei Finger eingebüßt hatte.

Den Rest der Nacht und den ganzen nächsten Tag waren die Männer damit beschäftigt, Bäume zu fällen und das Unterholz zu vernichten, das Angreifern Deckung bieten könnte. Sie befestigten das Lager und begannen, Vorrichtungen für die Belagerung zu zimmern, in deren Schutz sie Männer und Kanonen in Reichweite der Stadt schaffen wollten, ohne von den Bogenschützen der Mauren durchbohrt zu werden. Selbst dem König war klar, dass es nicht ratsam war, ohne weitere Sicherungsmaßnahmen näher an die Stadt heranzurücken. Die Patrouille, die er zur Klärung der Lage in den Wald schickte, kehrte nicht zurück.

»Dieser gottverdammte an-Najjar versteht sein Handwerk«, fluchte der Marquis und wurde vom König ermahnt, keine lästerlichen Worte zu sprechen.

Während die Männer bis zur Erschöpfung schufteten, notierte der Schreiber: »Yahya an-Najjar leistet erbitterten Widerstand. Es wird uns Ströme an Blut kosten, allein die Wälder zu bezwingen, die die Stadt umgeben. Es scheint, als müssten wir jeden einzelnen Baum erobern, um ihn dann zu fällen und gegen Baza zu verwenden.«

Und so schritten die Wochen voran. Der Sommer verabschiedete sich, und der Herbst zog ins Land, während die Männer sich Schritt für Schritt näher an die Stadt herankämpften. Meist kamen sie bei Tag voran, doch in der Nacht waren sie den hinterhältigen Angriffen der Mauren ausgesetzt, die es immer wieder verstanden, die Wachleute auszuschalten und den Belagerern eine Wunde zu schlagen. Auf eine große Schlacht aber ließ sich an-Najjar nicht ein. Er war nicht so dumm, sich auf offenes Terrain herauslocken zu lassen. Seine Taktik der vielen Nadelstiche zeigte dennoch Wirkung. Sie zermürbte die Männer, die nachts keine Ruhe mehr fanden und bei Tag hart arbeiten mussten.

Auch Jimena merkte, wie sie zunehmend abmagerte, obgleich Abu Amin darauf achtete, dass sie genug aß und trank. Ihnen ging die Arbeit nicht aus. Zwar hatten sie inzwischen einige Männer so weit angelernt, dass sie ihnen eine Hilfe waren, und auch die drei Nonnen, die Isabel ihnen geschickt hatte, waren es gewohnt, hart zu arbeiten, dennoch stieg die Zahl ihrer Patienten täglich an. Einige schickten sie mit den Versorgungskarren, die dem Lager Lebensmittel brachten, zurück nach Westen, doch viele hätten den Transport nicht überlebt. Aber auch hier war ihre Überlebenschance nicht besonders groß. Die Gräber außerhalb des Lagers wurden stetig mehr, und es waren vor allem die Toten, die Jimena zunehmend ihre Kraft raubten. Sie hatte bei jedem, dem sie ein letztes Mal die Augen schloss, das Gefühl, versagt zu haben.

Abu Amin schien zu spüren, was in ihr vorging. Er legte den Arm um ihre Schulter. »Es liegt nicht in unserer Hand. Es ist die Entscheidung Gottes. Ihr solltet nicht so sehr mit Euch hadern.«

Jimena spürte, wie Tränen in ihr aufstiegen. Sie ließ sich von Abu Amin an seine Brust ziehen und weinte lautlos, dass ihre Schultern bebten. So fand Don Angelo seine Frau vor, als er kam, um nach ihr zu sehen. Er hob fragend die Brauen und sah den Hakim mit grimmiger Miene an.

Abu Amin ließ Jimena los. »Ihr solltet mir nicht zürnen, mein Freund. Jeder von uns braucht in diesen schweren Zei-

ten ab und zu Trost und eine Schulter, an der er Halt findet.«
Don Angelo schluckte seinen Grimm herunter und trat zu
Jimena, die sich hastig ihre Tränen trocknete. »Vielleicht
wäre es das Beste, wenn Ihr beide Euch für eine Stunde zu-
rückzieht und versucht, all das Böse dieser Welt zu vergessen«, schlug der Hakim mit sanfter Stimme vor.

»Aber es gibt so viel zu tun«, begehrte Jimena auf.

»Das kann warten«, widersprach Abu Amin und schob die
beiden aus dem Zelt.

Der Herbst war ungewöhnlich nass, und nun schien bereits im Oktober der erste Wintersturm über die Stadt und
ihre Belagerer hereinzubrechen. Es regnete in Strömen, und
ein eisiger Wind fauchte in Sturmböen von den Bergen im
Südwesten herab. Jimena lugte aus dem Zelt, in dem sich
zu den Verletzten nun auch noch die Männer drängten, die
von Übelkeit und Fieber geplagt wurden. Viele klagten über
Husten und Heiserkeit. Kein Wunder, waren doch die meisten Zelte den Fluten, die vom Himmel prasselten, nicht gewachsen, sodass die Kleider nicht mehr trockneten und die
Männer in feuchten Decken im Schlamm schliefen. Jimenas
Vorrat an Kräutern ging zur Neige, doch der Ansturm auf
das Zelt des Hakims und seiner im ganzen Lager berühmten
weisen Frau war ungebrochen. Längst hatten sie Nachschub
in Sevilla angefordert, doch der Versorgungstross war nun
schon zwei Wochen überfällig. Die Rationen wurden bereits
zusammengestrichen, was nicht gerade dazu beitrug, die Moral der Truppe zu heben, die durch die ständigen Überfälle
der Mauren ohnehin bereits am Boden lag. Immerhin hatten
sie ihre Schneise inzwischen bis auf wenige hundert Meter an
die Stadt herangebracht und zahlreiches Gerät für die bevorstehende Belagerung gebaut.

Da brach die Katastrophe über sie herein. Dieses Mal nicht in Gestalt der Mauren mit blitzenden Krummschwertern. In dieser Nacht schien sich Gottes Zorn über ihnen zu entladen.

Jimena hatte wieder einmal keinen Schlaf gefunden und schritt durch die Reihen der Kranken und Verletzten, um zu sehen, ob sie zumindest mit tröstenden Worten helfen konnte. Das Opium war längst schon knapp und wurde nur noch den ganz schweren Fällen verabreicht, und auch die Kräuter, die sie geordert hatte, ließen auf sich warten.

Doch was war das?

Jimena hob lauschend den Kopf. Zum Plätschern des Regens und dem Heulen des Windes gesellte sich ein seltsames Rumpeln, das sie nicht einordnen konnte. Dann spürte sie, wie der Boden unter ihren Füßen zitterte. Jimena rannte aus dem Zelt und stieß mit Abu Amin zusammen, der sie am Arm packte.

»Wir müssen weg hier!«, rief er über das Getöse hinweg.

»Was ist denn los?« Jimena starrte in das ungewöhnliche Zwielicht, das längst schon der Morgendämmerung hätte weichen müssen. Etwas sehr Seltsames ging dort draußen vor sich. Es sah aus, als würde der Hügel über dem Lager zu zerfließen beginnen. Schlamm schäumte auf, und ein dunkler Wasserfall von unfassbarer Kraft stürzte, alles mit sich reißend, zu Tal. Nur wenige Dutzend Schritte vor dem Lager schoss die Lawine in den kleinen Nebenfluss des Río Gállego und ließ dessen Wasser über die Ufer treten. Gemeinsam mit der schlammigen und felsigen Fracht wurde der im Sommer fast trockene Bach zu einem reißenden Strom, der die mühsam gezimmerten Belagerungsgerätschaften mit sich riss, aber auch die schützenden Palisaden und Dutzende von Zelten. Abu Amin zog Jimena mit sich zu einem der wenigen großen Bäume, die im Lager stehen geblieben waren. Er half ihr auf einen der unteren Äste und lief dann zurück, um den Verletzten aus ihren Betten zu helfen. Jimena umklammerte den Stamm und betete, der Baum möge den Schlammmassen standhalten.

Schon wälzte sich die Lawine durch den unteren Teil des Lagers, um dann brüllend und fauchend auf den Río Gállego zuzuschießen.

Als es endlich Tag wurde und der Regen für einige Stunden nachließ, bot sich den Überlebenden ein Bild der Verwüstung. Das ganze Lager war unter einer Schicht von zähem Schlamm begraben. Einige der Verletzten waren von den Schlammmassen mitgerissen worden. Ihre Leichname steckten im Morast, hier ragte ein Arm heraus, da ein Kopf. Es war ein Bild des Grauens. Doch was den König noch viel mehr entsetzte, waren die ausgerissenen Palisaden und das zerstörte Gerät. Fast drei Monate Arbeit waren in dieser Nacht verloren gegangen.

Nach einem kargen Morgenmahl, das nur aus ein wenig Getreidebrei bestand, befahl er den frierenden Männern, mit dem Aufräumen zu beginnen. Ihre Kleider waren von Schlamm bedeckt, ihre Gesichter so schmutzig, dass man sie kaum mehr erkennen konnte. Mutlos und hungrig machten sie sich an die Arbeit. Fast alle Lebensmittel waren weggespült worden oder nicht mehr zu genießen. Sie brauchten Hilfe, und zwar schnell! Der König schickte vier seiner erfahrensten Ritter nach Westen, um zu sehen, wo der Versorgungstross blieb. Zwei der Männer kamen bereits am Abend zurück, um zu berichten, dass die Straße über mehrere Meilen von den Fluten zerstört worden und für Karren nicht mehr passierbar sei.

Der König sank auf seinen Feldstuhl und barg das Gesicht in den Händen. »Gott im Himmel, warum legst Du uns diese unüberwindlichen Felsen in unseren Weg? Ist das nicht ein Kampf gegen die Ungläubigen zu Deinem Ruhm und Deinen Ehren?« Doch nur der Marquis antwortete dem König.

»Majestät, wir sollten den Feldzug abbrechen. Der Winter naht, und wir befinden uns im Augenblick in keiner guten Lage.«

Fernando schwieg lange, dann hob er den Blick. »Wisst Ihr noch, was Isabel geantwortet hat, als der Portugiese Alfons Forderungen zu stellen begann? Sie stürmte wie der Racheengel ins Zelt und rief: ›Nicht eine Zinne!‹ Und wir haben gesiegt. Und auch ich werde keinen Fußbreit zurückweichen, das versichere ich Euch, Marquis!«

Ponce de León stieß einen Laut des Unmuts aus oder der Verzweiflung, wer konnte das schon wissen, doch der König war nicht bereit, sich seinem Rat zu beugen.

»Wir müssen handeln, und zwar schnell!«, rief Isabel aus, als sie das Schreiben überflog, das der schlammbespritzte Bote ihr überbracht hatte.

»Was ist geschehen?«, rief Isaura. Auch Beatriz und Maria de Mendoza traten neugierig näher. Isabel übergab Isaura das Schreiben, die es den anderen laut vorlas. Stille senkte sich über den Saal, als sie sich vorzustellen versuchten, wie die Lage im Feldlager vor der Stadt Baza im Moment sein musste.

»Was wirst du tun?«, erkundigte sich Isaura.

Isabel kaute auf ihrer Lippe, dann ließ sie nach Fray Hernando rufen. »Ich brauche alle Esel im Umkreis von hundert – nein, zweihundert Meilen! Wir brauchen mehr als zehntausend Tiere. Und holt mir jeden Mann zwischen achtzehn und sechzig Jahren. Ich brauche Verpflegung und Munition und Geld, um den Männern ihren Sold zu bezahlen. Geht zu Euren Freunden, den Juden.«

»Wir werden für solch ein Unternehmen Millionen benötigen«, sagte Talavera ruhig.

»Dann besorgt mir Millionen«, konterte die Königin. »Ihr könnt von meinem Schmuck verpfänden, was Ihr wollt. Nehmt das Halsband von Joanna Enríquez und die Krone Fernandos III. Und schafft mir diese Geschütze her, die ich von Italien habe kommen lassen. Wir brechen so schnell wie möglich auf. Macht Euch reisefertig!« Sie sah in die Runde ihrer Hofdamen. »Ihr werdet alle mit mir ziehen, und auch Juan kommt mit. Die Mauren in Baza sollen sehen, wer die einzig wahre Herrscherin von al-Andalus ist!«

Isaura konnte es nicht fassen. Nicht nur, dass Fray Talavera es schaffte, für die Königin tausende Männer und vierzehntausend Esel zu beschaffen. Auch die geforderten Millionen streckten die Juden gern vor. Vermutlich weil sie seit einigen Jahren vor Augen geführt bekamen, wie schlecht es denen ging, von denen die Königin ihre schützende Hand abzog. Bisher brannten die Scheiterhaufen nur für *Conversos*, doch wer konnte schon sagen, wann wieder nach dem Blut der Juden verlangt werden würde.

Der Zug der Königin setzte sich in der letzten Novemberwoche in Bewegung. Den größten Teil der Männer und Esel hatte sie bereits zwei Wochen vorher vorausgeschickt, die Hinterlassenschaften der Hochwasserfluten von den Wegen zu entfernen und den Pfad über die Sierra freizulegen. Dann folgte der Tross mit den zerlegten Kanonen. Sie kamen nur langsam voran, doch als sie die Sierra de Baza erreichten, hatte die Vorhut bereits Großes geleistet. Isabel hatte befohlen, gleich zwei Wege parallel zueinander anzulegen, damit sich die Esel auf dem Hin- und dem Rückweg nicht gegenseitig blockierten. Zehntausend Arbeiter schufteten Tag für Tag, und als die Königin die Sierra de Baza erreichte, war die Versorgung mit allem Nötigsten gesichert.

Der Empfang, den die erschöpften und demoralisierten Truppen Isabel und ihrem Gefolge bereiteten, war unbeschreiblich. Der Chronist formulierte es so: »Wie eine Himmelserscheinung, wie eine Siegesgöttin kam die Königin über die winterlichen Berge geritten und zog unter Jubelrufen ins Lager ein. Sie schritt daher, als hieße es, die Hochzeit ihrer Tochter zu feiern.«

Während sie die Reihen der tapferen Männer abschritt, sie mit warmen Worten überhäufte, ihnen ihren Sold auszahlen ließ und Wein versprach, zog Don Angelo den Hakim außer Hörweite.

»Was haltet Ihr davon, wenn wir denen in Baza die veränderte Lage vor Augen führen?«

Abu Amin starrte ihn entgeistert an. »Was habt Ihr vor?«

»Eine weiße Fahne nehmen, in die Stadt reiten und ein intimes Gespräch mit an-Najjar führen. Es ist ein kluger Mann mit Erfahrung und wird die Lage richtig einschätzen.«

»Was wird der König dazu sagen?«

Don Angelo hob die Schultern. »Der Marquis jedenfalls hält das für einen guten Einfall.«

»Ich aber nicht!«, rief Jimena, die aus den Schatten zu ihnen trat. »Er wird euch gefangen nehmen oder gleich von seinen Bogenschützen niederschießen lassen.«

Angelo küsste seine Frau. »Nein, das glaube ich nicht. An-Najjar gilt als Ehrenmann. Er wird uns anhören und über das Gesagte nachdenken.«

Jimena war nicht überzeugt, doch sie konnte die Männer nicht von ihrem Vorhaben abbringen. Und so ritten sie im ersten Schein des neuen Morgens zur Stadt, während Jimena voller Unruhe im Lager auf und ab schritt. Sie versuchte, etwas zu sehen, doch sie war sich nicht sicher, ob die grausigen Bilder, die durch ihren Geist huschten, Baza betrafen.

Endlich, am Nachmittag, wurde sie von ihrer Furcht befreit, als die beiden Männer unversehrt zurückkehrten.

»Und?«, drängte sie. »Was sagt er?«

Abu Amin lächelte. »Yahya an-Najjar sprach sehr wenig, doch ich denke, er hat zugehört und wird sich seine nächsten Schritte gut überlegen.«

Der nächste Schritt der Könige jedenfalls war, in den folgenden beiden Tagen die letzten Bäume vor der Stadt zu roden und die Kanonen in Stellung zu bringen. Mit neuem Mut und frischer Munition ausgestattet, eröffneten sie das Feuer auf die Festung. Die Kanoniere aus den deutschen Fürstentümern und Italien wussten, was sie taten, und zeigten dem staunenden Königspaar, was solch schwere Geschütze anrichten konnten. Fünfzehntausend Reiter und achtzigtausend Infanteristen standen hinter ihnen bereit, den Angriff auf die Stadt zu wagen. Kaum drei Tage dauerte es, bis der Marquis vermeldete, Baza sei reif für den Sturm. Da traf ein maurischer Bote im Lager ein. Er verbeugte sich vor der Königin und überreichte ihr ein versiegeltes Schreiben.

»Was will er?«, verlangte Fernando zu wissen.

Isabel brach das Siegel und las den Brief. »Yahya an-Najjar will sich alleine mit mir vor den Toren der Stadt treffen, um mit mir zu sprechen.«

Das schmeckte dem König gar nicht, doch Isabel schnitt ihm das Wort ab. »Ich werde zu diesem Treffen gehen. Sattelt mir mein Pferd!«

Kapitel 27

Segovia, 1490

Isaura und Jimena wären nur zu gerne bei dieser Unterredung dabei gewesen, doch Isabel wies sie an, bei ihrem Pferd zu bleiben, während sie in ihrem wallenden schwarz-goldenen Mantel auf den Kommandanten der Festung zuging. Er neigte das Haupt, doch seine Miene blieb ernst.

Fast eine Stunde sprach er mit der kastilischen Königin, ehe er sich verneigte und zu seinem Pferd zurückkehrte. Auch Isabel ließ sich wieder in den Sattel helfen und ritt mit ihren beiden Damen und ihrer Eskorte ins Lager zurück.

Isaura und Jimena mussten sich gedulden, bis sich Fernando, der Marquis und Fray Hernando im Zelt des Königs eingefunden hatten, ehe Isabel verkündete: »Baza ist unser! Noch heute Abend übergibt Yahya an-Najjar uns die Festung und die Stadt.«

Doch das war nicht die einzige Überraschung. Als sie am Abend in einem prachtvollen Zug auf der Burg eintrafen und von an-Najjar begrüßt wurden, kniete er vor Isabel nieder. Er schwor ihr als ihr Vasall die Treue und bat um die Taufe.

»Lasst mich an der Gnade Eures Glaubens teilhaben, und gebt mir eine Eurer Damen zum Weib.«

Isabel ließ sich ihre Überraschung nicht anmerken. Sie rief mit lauter Stimme, dass jeder im Saal es hören konnte: »Erhebt Euch! Von heute an seid Ihr Don Pedro de Granada.«

Isabel wandte sich um und schritt dann auf ihre Damen zu. Vor Maria de Mendoza blieb sie stehen. »Würdet Ihr mir die Freude bereiten, Eure Hand meinem Vasallen Don Pedro de Granada zu reichen?«

Maria starrte die Königin entsetzt an. Dann huschte ihr Blick zu dem bärtigen Mauren, der dem königlichen Heer sechs Monate lang widerstanden und ihm so viele Verluste zugefügt hatte. Sie blieb stumm. Nur ihre Wangen verloren an Farbe, und ihre Augen weiteten sich. Zitternd hob sie ihre Hand und ließ sich zu dem Mann führen, der von nun an ein Christ und ihr Ehemann sein würde. Isaura ballte die Hände zu Fäusten, doch Jimena griff nach ihrem Arm und sah sie streng an. Sie durften sich da nicht einmischen!

Isabel führte Maria zu ihrem neuen Vasallen und bat Fray Hernando, an-Najjar noch in dieser Stunde zu taufen und mit Maria de Mendoza zu vermählen. Sie selbst und Fernando würden sich als Taufpaten und Trauzeugen gern zur Verfügung stellen. Der Hieronomytenpater senkte das Haupt und trat auf das ungewöhnliche Paar zu. Seine Miene war undurchdringlich, während er mit lauter Stimme die Taufformel sprach und die beiden anschließend zu ihrem Ehegelöbnis aufforderte.

Spät in der Nacht, als viele bereits zu Bett gegangen waren oder irgendwo betrunken auf einem Diwan schliefen, strich Isaura auf der Suche nach Isabel durch die Festung des ehemaligen maurischen Kommandanten. Es gehörte zu ihren Aufgaben, sie zu Bett zu begleiten, ihr beim Auskleiden zu helfen und nach ihren letzten Wünschen des Tages zu fragen, doch sie hatte keine Ahnung, wo sich Isabel aufhielt. Den Saal hatte sie bereits vor einiger Zeit verlassen, Isauras Angebot, sie zu begleiten, aber abgelehnt. Isaura ging an einem

Torbogen vorbei, der in einen kleinen Hof führte, als sie von dort Isabels Stimme hörte.

»Ihr zürnt mir, nicht wahr?«

»Es steht mir nicht zu, meiner Königin zu zürnen«, gab die Stimme von Fray Hernando zurück.

Isaura blieb stehen. Sie wusste nicht, ob sie sich bemerkbar machen oder zurückziehen sollte.

»Und dennoch seid Ihr mit dem, was ich getan habe, nicht einverstanden«, bohrte Isabel nach.

Isaura verharrte regungslos. War der Pater der Königin etwa aus dem gleichen Grund gram wie sie selbst? Noch immer brannte Empörung in ihr.

»Ihr seid eine Königin, aber Ihr seid auch eine Frau, die von jeher dagegen aufbegehrt hat, dass Männer über ihren Kopf hinweg ihren Lebensweg entscheiden.«

»Und nun opfere ich meine Hofdame und gebe sie einem Feind zur Frau, der unser Verbündeter sein will«, beendete Isabel den Satz. »Soll ich Eurer Meinung nach Gewissensbisse haben?«

»Das wäre gut, würde ihr aber mit einem fremden Mann in ihrem Brautgemach auch nicht helfen.«

Isaura hielt den Atem an. Ihr fiel kein anderer bei Hof ein, der es wagte, so schonungslos mit der Königin zu sprechen.

»Vielleicht ist es kein leichtes Los für Maria«, gab Isabel zu, »doch glaubt mir, Pater, wir Frauen steigen alle zu einem fremden Mann ins Brautgemach, und die wenigsten verleben dort beglückende Stunden! Ehen werden arrangiert, so ist das eben, und nach der Hochzeit muss sich jedes Paar bemühen, einen Weg in Liebe und gegenseitigem Verständnis zu finden. Maria hat dem Land einen großen Dienst erwiesen, darauf kann sie stolz sein. Dass dies auch ihr persönliches Glück wird, das hoffe ich für sie.« Der Pater wollte etwas erwidern, doch Isabel hob die Hand, gebot ihm zu schweigen und sprach weiter: »Unser neuer Don Pedro will all seinen Einfluss auf al Zagal geltend machen und ihn überzeugen, seinem Weg zu folgen. Wenn ihm das gelingt, dann bekommen wir mit Almería und Guadix den ganzen Osten in unsere Hände, und der Fall Granadas ist nicht mehr aufzuhalten.«

»Wie schön«, kommentierte ihr Beichtvater ohne Begeisterung.

Isabel stieß ein Knurren aus. »Das interessiert Euch nicht? Das sollte es aber. Wisst Ihr, ich habe lange darüber nachgedacht, wer mein erster Erzbischof von Granada werden soll, und da kam mir ein überaus unhöflicher und störrischer Hieronymytenpater namens Hernando de Talavera in den Sinn.«

»Ich danke Euch, Majestät, aber ich strebe nicht nach hohen Ämtern.«

»Überspannt den Bogen nicht!«, brauste Isabel auf. »Jeder Kirchenmann hierzulande würde sich nach diesem Amt die Finger lecken. Aber ich möchte es Euch übergeben, denn ich vertraue Euch.« Er schwieg. »Denkt an die Stadt mit ihren Menschen – viele Christen, aber vor allem auch Mauren und Juden. Ich höre jetzt schon Stimmen, die eine schnelle Bekehrung fordern und auch vor Zwangstaufen nicht zurückschrecken.«

»Oh ja, das kann ich mir denken«, stieß der Pater hervor. »Allen voran Euer Freund Tomás de Torquemada und seine Inquisitionsschergen.«

Isabel seufzte. »Ich sehe selbst, dass sie sich ein wenig in ihrem Eifer verrennen, aber gerade deshalb möchte ich in Granada jemanden wissen, der die Sache behutsam angeht. Will die Kirche nicht eine neue Herde, die aus freien Stücken zu ihr kommt? Ich weiß, dass Eure Bemühungen um die *Con-*

versos in Sevilla fehlschlugen. Nun gebe ich Euch erneut die Möglichkeit, solche Auswüchse zu verhindern.«

»Meine Königin!«, sagte Fray Hernando bewegt. Isaura lugte um die Ecke und sah voller Staunen, wie er vor ihr niederkniete und ihr die Hände küsste.

Isabels Hoffnungen wurden nicht enttäuscht. Ihrem neuen Vasallen Don Pedro de Granada gelang es tatsächlich, seinen Schwager al Zagal zur Kapitulation zu überreden. Er übergab die Städte Almería und Guadix, wollte aber weder seinen Glauben aufgeben noch ein hohes Amt im christlichen Andalusien bekleiden. Er bevorzugte das Exil und verließ das sterbende Emirat Granada in Richtung Marokko. Isabel war guter Dinge und gönnte sich eine Verschnaufpause, ehe sie sich dem Granatapfel in der Mitte des geschrumpften Emirats zuwandte. Kastilien forderte ihre Aufmerksamkeit, und es galt, einen wachsamen Blick nach Portugal zu lenken. Die Begehrlichkeiten des Königs mussten in eine andere Richtung gelenkt werden, ehe er auf dumme Gedanken kam.

»Wir richten eine Hochzeit aus«, verkündete sie ihren Damen und führte ihre älteste Tochter Isabel herein. Sie war eine junge Dame geworden und längst schon im heiratsfähigen Alter. Wenn es nach Fernando gegangen wäre, hätte er sie bereits vor fünf Jahren vermählt, doch Isabel hatte die Avancen der Habsburger strikt abgelehnt. So blieb die Infantin bis zu ihrem zwanzigsten Lebensjahr ledig.

Die Damen überschlugen sich mit Glückwünschen. Isaura aber beugte sich zu Jimena hinüber. »Wie alt ist Alfonso jetzt?«

Jimena rechnete nach. »Ich glaube fünfzehn oder sechzehn.«

Isaura verdrehte die Augen.

»Was?« Jimena feixte. »Vermutlich denkt Isabel, es ist besser, ein wenig älter als der Gatte zu sein, um ihn in seinen Entscheidungen führen zu können.«

Isaura schmunzelte. »Du meinst, ihre Erfahrungen mit Fernando geben ihr da recht.«

»Vielleicht. Und unsere junge Braut kann von Glück sagen, dass ihr Bräutigam immerhin keine Kinderfrau mehr benötigt. Es soll ja solche Fälle gegeben haben.« Isaura nickte und dachte an die arme Beltraneja, die sich lieber ins Kloster zurückgezogen hatte, als mit einem Säugling vermählt zu werden. Und Juan war es ganz sicher ebenso recht, nicht mit seiner Tante verheiratet zu sein! »Was haben wir für ein Glück, nicht von königlichem Geblüt zu sein«, sagte Jimena. »Ich kann mich über meinen Gatten nur selten beklagen.«

Isaura stimmte ihr zu. Ihr wurde warm ums Herz, als sie an Amin dachte. Ihren zweiten Mann, wie sie wieder einmal fast mit Erstaunen feststellte. Ihr erstes Leben in einem anderen Jahrhundert war so weit weg, dass sie nur noch selten zurückdachte oder sich fragte, wie es den Menschen ging, die sie einst geliebt hatte.

Marco.

An ihn zu denken, versetzte ihr noch immer einen Stich. Wie wäre es wohl mit ihnen weitergegangen, wenn sie eine Chance bekommen hätten? Wäre sie in Kastilien geblieben?

Vielleicht.

Ja, ganz bestimmt!

So zogen sie alle nach Segovia, um dort im Alcázar das Ereignis gebührend zu feiern und von der Braut Abschied zu nehmen. Mit einem angemessenen Hofstaat ausgestattet, reiste die junge Isabel dann zur Grenze, um dort auf ihren zukünftigen Gatten zu treffen und mit ihm vermählt zu werden. Ihre

Eltern ließen es sich nicht nehmen, sie zu begleiten. Auch Jimena, Isaura und Beatriz reisten mit nach Westen.

König Alfons V., mit dem sich Isabels und Fernandos Truppen auf dem Schlachtfeld zu Füßen Toros einst einen erbitterten Kampf um Kastilien geliefert hatten, war seit neun Jahren tot. Seitdem saß sein Sohn Juan auf dem Thron. Die Begegnung zwischen den Herrschern war freundlich, und es herrschte eine feierliche Stimmung, als Fernando seine Tochter in die Hände des Portugiesen übergab. Während der Kardinal das Brautpaar segnete, zuckte Jimena an Isauras Seite plötzlich zusammen.

»Was ist?«, raunte Isaura und griff nach ihrem Arm.

»Nichts. Ich hatte nur gerade eine schreckliche Szene vor Augen. Der junge Prinz auf einem wilden Pferd. Es bäumt sich auf und wirft ihn ab.« Jimena schloss die Augen. »Er ist verletzt. Teresa, er stirbt!«

Isaura drückte ihre Hand und versuchte sich zu erinnern, was sie über Isabels und Fernandos Kinder einst gelesen hatte. »Ich glaube, du hast recht, aber dennoch wird Jahre später unsere kleine Isabel Portugals Thron besteigen.«

»Wie das? Alfons ist Juans einziger Sohn.«

Isaura nickte und deutete auf einen jungen Mann in der vorderen Reihe der Kirche, der das Alter der Braut haben musste. »Das ist Manuel, Juans Onkel und sein Nachfolger. Es wird noch ein paar Jahre dauern, doch dann wird unsere kleine Isabel ihn zum Mann nehmen. Sie wird seine Königin und wird ihm einen Sohn schenken.«

Erleichtert atmete Jimena aus. »Das ist wunderbar. Dann kann auch ich den heutigen Tag mit ihr feiern.«

Isaura nickte und verbot sich, ihr noch mehr zu erzählen. Gerade einmal ein Jahr würde Isabel an der Seite ihres zweiten Mannes, Manuel des Glücklichen, zu leben haben und dann nach der schweren Geburt ihres Sohnes Miguel im Kindbett sterben, mit nur sechsundzwanzig Jahren.

Nach den Feierlichkeiten machte die Hofgesellschaft sich wieder auf den Weg nach Segovia. Doch in der Nacht, ehe sie die Stadt erreichten, schreckte Jimena aus dem Schlaf. Beunruhigende Bilder zuckten durch ihren Geist. Manche von ihnen waren erschreckend klar. Sie sah eine düstere Kerkerzelle und konnte den Gestank der Angst und Pein riechen. Verhüllte Gestalten zogen vorüber. Eine Kapuze glitt herab. Sie schauderte, als sie den Mann erkannte: der Großinquisitor Kastiliens, Andalusiens und Aragóns, Tomás de Torquemada. Doch sie sah auch das Gesicht, das er voller Hass betrachtete.

Jimena sprang aus ihrem Bett und lief zu der Kammer, in der Teresa mit ihrem Gatten schlief. Doch sie musste ihre Cousine nicht wecken. Mit schreckensbleichem Gesicht trat sie ihr unter der Tür entgegen.

»Er hat Dominga«, stieß Jimena aus.

Ihre Cousine nickte. »Ja, ich habe es auch gesehen. Wir müssen etwas unternehmen. Lass uns sofort aufbrechen!«

Davon hielten ihre Männer, die nun ebenfalls in dem nächtlichen Gang auftauchten, jedoch gar nichts.

»Wir werden nicht in der Finsternis durch das Land reiten!«, sagte Abu Amin bestimmt.

»Wir brechen bei Sonnenaufgang auf«, fügte Don Angelo hinzu. »Dann müssten wir Segovia in den Nachmittagsstunden erreichen. Ist Dominga überhaupt dort?«

Jimena und Isaura sahen einander an. Isaura nickte zögerlich, doch Jimena war sich ihrer Sache sicher.

»Gut, dann werden wir sehen, ob wir etwas tun können, wenn wir dort sind. Die Verdächtigen werden erst tagelang verhört, ehe ein Urteil gesprochen wird, es sei denn, sie sind bereit, sofort alles zu gestehen.« Abu Amin sah die beiden Frauen an.

»Es gibt nichts zu gestehen!«, fauchte Jimena.

Don Angelo lachte trocken auf. »Das sieht der Großinquisitor sicher ganz anders. Dominga ist nicht nur irgendeine *Converso*, sie ist eine weise Frau mit unglaublichen Fähigkeiten, die – jede einzelne – ein Stachel in seinem Fleisch sind.«

Abu Amin nickte mit ernster Miene. »So wie auch ihre Tochter und ihre Nichte, die im Augenblick besser nicht in Torquemadas Nähe kommen sollten!«

Don Angelo stimmte ihm aus ganzem Herzen zu.

»Was?«, begehrte Jimena auf. »Wenn ihr meint, dass wir Dominga einfach ihrem Schicksal überlassen, dann täuscht ihr euch.«

»Ich glaube nicht, dass es in eurer oder unserer Macht steht, etwas zu bewirken«, fügte Abu Amin leise hinzu.

»Nein, aber in der Macht der Königin!«, rief Isaura.

Jimena und Isaura ließen sich nicht abhalten, mit nach Segovia zu kommen. Die Männer hatten sie beschworen, nicht gleich am Morgen mit ihren Befürchtungen herauszuplatzen und die Königin zu bestürmen. Vielleicht wäre es keine gute Idee, sie in diesem Zusammenhang auf die Hellsichtigkeit ihrer beiden Hofdamen zu stoßen. So hielten sich Jimena und Isaura mühsam zurück, bis sie den Alcázar von Segovia erreichten. Zu ihrer Enttäuschung trafen sie weder Fray Hernando an noch Kardinal Mendoza, der weitergereist war nach Toledo. Dafür war der Großinquisitor einer der Ersten, der das Königspaar begrüßte.

Jimena fand schnell heraus, dass ihre Träume ihnen die Wahrheit gezeigt hatten. Torquemada hatte Dominga unter dem Verdacht der Ketzerei und Hexerei verhaften lassen und in das Inquisitionsgefängnis gebracht. Jimena konnte es kaum abwarten, Isabel beiseitezuziehen und mit ihr zu sprechen.

Die Königin reagierte betroffen.

»Du musst sie da rausholen!«, verlangte Jimena.

Isabel schüttelte den Kopf. »Das kann ich nicht. Die Inquisition ist der Ansicht, es lägen starke Verdachtsmomente gegen sie vor, denen sie nachgehen müssen. Wenn sie unschuldig ist, dann wird sich dies erweisen, und Dominga wird freikommen.«

»Das glaubst du doch selbst nicht!«, gab Jimena barsch zurück. »Wer ist jemals freigekommen, der einmal in den Fängen der Inquisition war?«

»Es gibt Fälle«, sagte Isabel vage.

»Dominga wird kein solcher Fall sein. Sie ist Torquemada schon lange ein Dorn im Auge, und er wird sie so lange foltern lassen, bis sie irgendetwas gesteht. Und selbst wenn sie nichts gesteht, wird er sie auf den Scheiterhaufen bringen. Und mich und Teresa vermutlich gleich dazu.«

»Nein!«, rief die Königin aus. »Dafür werde ich sorgen. Ich werde ihm bestätigen, dass ihr reinen Glaubens seid.«

Jimena schnaubte. »Und Dominga? Sie opfert sich seit Jahrzehnten für deine Mutter auf und versucht ein wenig Licht in ihre wirre Finsternis zu bringen. Willst du ihr das so danken?«

Isabel wich vor Jimenas Zorn einen Schritt zurück. »Torquemada sagt, dass es Dominga ist, die die Finsternis über meine Mutter bringt. Sie hat sie vom wahren Glauben abgebracht.«

Jimena lachte bitter. »Das behauptet er? Und du glaubst das? Will er als Nächstes noch die Königinwitwe als Ketzerin vor Gericht zerren?«

»Unsinn!«, zischte Isabel. »Ich denke ja gar nicht, dass Dominga ihren Geist verwirrt hat.«

»Dann hilf ihr!«

In diesem Moment trat Fernando zu ihnen und forderte zu wissen, worum es ginge. Als Isabel ihm berichtete, sah Jimena, dass sie verloren hatte. Dominga war Fernando völlig egal. Er vertraute seinem Inquisitor noch mehr, als es Isabel tat.

»Bitte, tut es für mich!«, flehte Jimena, doch der König blieb hart. »Wir können keine Ausnahmen dulden«, sagte er.

Verzweifelt wandte sich Jimena ab und lief davon.

Obwohl Abu Amin und Angelo protestierten, ließen sich Jimena und Isaura nicht davon abhalten, Dominga im Kerker aufzusuchen. So begleiteten die Männer die beiden, während der Großinquisitor mit dem Königspaar bei Tisch saß. Don Angelo musste den Wächter am Tor bestechen. Abu Amin behauptete, als Hakim der Königin ein Recht darauf zu haben, nach dem Zustand der Gefangenen zu sehen. Endlich standen sie vor der kleinen Zelle, hinter deren eiserner Tür Dominga gefangen gehalten wurde.

Isaura griff nach der Hand ihrer Cousine. Sie hatte das Gefühl, nicht mehr atmen zu können. Der Gestank des Kerkers drang ihr durch jede Pore, und ihr stand der Schweiß auf der Stirn, obgleich es hier drinnen kalt und feucht war. Jimena stieß die Tür auf und trat in die winzige Kammer. Im Gegensatz zu den anderen Gefangenen, die eng gedrängt in ihren Zellen saßen, hatte man Dominga allein untergebracht. Vielleicht fürchteten ihre Bewacher die Macht der Hexe?

Es war so dunkel hier drinnen, dass sie kaum mehr als ein paar Schatten erkennen konnten. Nur Domingas aufrechte Silhouette hob sich gegen die Finsternis ab. Es kam Isaura so vor, als ginge ein inneres Leuchten von ihr aus. Ihr langes Gewand war zerrissen, schmutzig und blutbefleckt. Viel zu weit schlotterte es um ihren Körper, der noch magerer geworden war. An den Handgelenken trug Dominga Verbände. Ihre Finger waren von getrocknetem Blut bedeckt. Doch trotz der Folterspuren war der Ausdruck in ihrer Miene gelassen, ja fast heiter, als sie mit einem sanften Lächeln Tochter und Nichte umarmte.

»Meine Mädchen!«, sagte sie, obgleich beide seit Jahren die Dreißig überschritten hatten. »Ihr hättet nicht kommen sollen. Das ist viel zu gefährlich.« Sie warf den beiden Männern an der Tür einen vorwurfsvollen Blick zu.

Don Angelo hob die Schultern. »Es ist ein Ding der Unmöglichkeit, Jimena von etwas abzuhalten, das sie sich in den Kopf gesetzt hat.«

Das Lächeln in Domingas Gesicht wurde breiter. »Das ist wahr. Dennoch muss ich euch nun bitten, wieder zu gehen. Ihr solltet nicht riskieren, das Augenmerk des Inquisitors auf euch zu lenken.«

»Das ist es längst«, antwortete Jimena düster. »Aber wir gehen nicht eher, bis wir einen Plan haben, wie wir dich retten. Isabel wird sich nicht für dich einsetzen!«

Dominga streichelte ihre Wange. »Du musst dich nicht um mich sorgen, mein Kind. Es steht doch gar nicht in ihrer Macht, mir ein Leid anzutun.«

»Sie werden Euch auf dem Scheiterhaufen verbrennen«, mischte sich Abu Amin in schonungsloser Offenheit ein, doch Dominga ließ sich nicht aus der Ruhe bringen.

»Gewiss, das haben sie in ihrer Verblendung vor, und es werden noch viele Unschuldige sterben, ehe die Menschen ihren Irrtum begreifen. Die Nachwelt wird in Isabel immer eine große Königin sehen, die spanische Inquisition jedoch wird ihr angelastet werden. Nun aber geht, und grämt euch nicht um mich. Seht zu, dass ihr Segovia rasch verlasst, und meidet Ávila, wo Torquemada sein Unwesen treibt. Ich werde immer bei euch sein und eure Wege begleiten.«

Jimena begehrte auf, doch Dominga hob die Hand und brachte sie zum Schweigen. »Es wird Zeit, diesen finsteren Ort zu verlassen. Für euch und für mich!«, sagte sie bestimmt. Noch einmal umarmte sie die beiden Frauen. Es war Isaura, als ströme unbändige Kraft von dem geschundenen alten Körper auf sie über. Isaura sah Dominga in die Augen. Sie erkannte ein tiefes Wissen und Erfahrung, die nicht nur aus einem Menschenleben stammen konnten. Ruhe überkam sie, sodass sie beinahe leichten Herzens Abschied nahm und sich zur Tür schieben ließ. Sie wusste, dass sie Dominga in diesem Leben nicht wiedersehen würde, und dennoch war sie überzeugt, dass ein Teil von ihr weiterexistieren würde. In einer anderen Zeit. An einem anderen Ort.

Isaura begriff. Auch Dominga war eine *Caminata*, deren Seele durch die Zeit wanderte.

Es schmerzte sie, doch es wunderte Isaura nicht, als sie am anderen Tag erfuhren, man habe Domingas Körper leblos in ihrer Zelle gefunden.

Jimena war außer sich und beschuldigte die Schergen des Inquisitors, sie ermordet zu haben. Doch Isaura fragte sich, ob es ihr einfach dank der Kraft ihres Willens gelungen war, ihr Leben in dieser Gestalt zu beenden.

So traurig es Isaura stimmte, Dominga zu verlieren, so erleichtert war sie, dass sie sich dem Prozess entzogen hatte, der unerbittlich weiterging.

Die Woche war noch nicht zu Ende, da traten drei Dutzend Männer und Frauen ihren letzten Gang zu den Scheiterhaufen vor der Stadt an. Während sich das Königspaar mit dem Großinquisitor und seinen Männern auf der Tribüne einfand, um dem Schauspiel beizuwohnen, brachten Don Angelo und Abu Amin Domingas Körper heimlich an einen abgelegenen Platz am Ufer des Eresma, den Jimena ausgesucht hatte. Unter einem alten Baum begruben Jimena und Isaura die weise Frau, während stellvertretend für die vermeintliche Ketzerin und Hexe ihr Bild auf dem Scheiterhaufen von den Flammen verzehrt wurde.

Hand in Hand standen die beiden Frauen an ihrem Grab und spürten noch einmal die Kraft, die Dominga zeit ihres Lebens ausgestrahlt hatte.

»Sie ist bei uns«, flüsterte Jimena und lächelte zum ersten Mal wieder.

Isaura nickte. »Ja, ihr Geist und ihre Seele leben weiter. So wie sie es gesagt hat.«

Kapitel 28

Marco setzte sich in die letzte Bank. Die Messe hatte bereits begonnen. Der Geruch von Weihrauch versetzte ihn in seine Kindheit zurück. Er sah sich mit seinen Eltern und Geschwistern in der heimatlichen Dorfkirche sitzen, während der Pfarrer die lateinische Messe herunterleierte. An sich hatte Marco die Kirche gemocht. Sie war riesig, viel zu groß für das Dorf mit seinen wenigen Gläubigen, und dennoch, wie in so vielen Orten Kastiliens, noch nicht mal die einzige. Daher war sie auch in recht schlechtem Zustand und fast so baufällig wie die anderen beiden Kirchen ein paar Steinwürfe entfernt, die nicht mehr genutzt wurden. Düster und geheimnisvoll war sie ihm als Kind vorgekommen. Für den Gottesdienst selbst hatte er sich nur am Rande interessiert. Und auch jetzt konzentrierte er sich nicht auf die Messe und die Worte des Geistlichen, der vorn am Altar stand und von der Erlösung sprach.

Marcos Blick wanderte unstet durch die Kirche und über die wenigen Anwesenden hinweg, auf der Suche nach den Schwestern, die dem Gottesdienst sicher beiwohnten, doch er konnte sie nicht entdecken. Marco drehte sich auf seiner Bank um und starrte auf das kunstvoll geschmiedete Gitter, welches das Kirchenschiff vom hinteren Chor abtrennte. Dieser und der obere Chor auf dem Balkon über ihm gehörten zur Klausur der Klarissen. Bewegten sich Schatten dort im

Halbdunkel hinter dem Gitter? Schwarz gewandete Frauen, die sich entschlossen hatten, sich von der Welt zurückzuziehen und ihr Schweigen und ihre Stimme nur noch dem Herrn im Himmel und der heiligen Jungfrau Maria zu widmen?

Marco war sich nicht sicher, doch dann dröhnte die Orgel, und die Stimmen der Nonnen erfüllten die Kirche. Er lauschte dem Gesang und versuchte, sich die junge Schwester aus Deutschland vorzustellen, die unter ihnen stand und mit ihnen Gottes Lob sang. Marco spürte, wie er unruhig wurde. Es kostete ihn einige Selbstbeherrschung, still dazusitzen und das Ende der Messe abzuwarten. Als die Glocken wieder zu läuten begannen und die Gläubigen sich erhoben, stieß er einen Seufzer der Erleichterung aus. Er verließ die Kirche als Letzter und wandte sich dann in Richtung der Pforte, um nach Schwester Maria Anna zu fragen.

Eine schwarz gewandete Gestalt kam auf ihn zu. Marco erkannte das Gesicht unter dem Schleier. »Schwester Maria Anna!«

Sie lächelte ihn an und streckte ihm beide Hände entgegen. »Sie haben nach mir gesucht?«

»Woher wissen Sie das?«, fragte er verblüfft. »Oh, Sie haben mich in der Kirche gesehen, nicht wahr?«

Maria Anna schüttelte den Kopf, sagte aber nichts weiter. »Lassen Sie uns ein paar Schritte gehen, und sagen Sie mir, womit ich Ihnen helfen kann.«

Zu seinem Erstaunen verließen sie den Hof des Klosters und gingen über den Platz auf eine kleine Gartenanlage zu, von der aus man über den Fluss sehen konnte. Eine bronzene Statue erregte Marcos Aufmerksamkeit.

»Juana la Loca«, sagte die Nonne. »Die unglückliche Königin, Tochter von Isabel von Kastilien und Gefangene erst ihres Vaters und dann ihres Sohnes.«

Marco nickte. »Isaura hat mir von ihr erzählt. Das Schicksal dieser Frau hat sie sehr beschäftigt. Sie hat oft von ihr geträumt.«

Maria Anna nickte. Sie strich mit dem Finger über die Wange der Statue. »Hier an dieser Stelle stand der Palast, in dem sie so viele Jahre gefangen gehalten wurde. In einem fensterlosen Gemach in der Dunkelheit, in der auch ihre jüngste Tochter aufwachsen musste. An diesem Ort wurde sie spätestens La Loca. Und hier habe ich Isaura kennengelernt. Das war kein Zufall! Ich kam hierher, weil ich spürte, dass jemand meine Hilfe braucht, und so war es. Sie war in einer ihrer Erinnerungen gefangen, als ich sie mitten in dem Gewittersturm hier fand.« Marco nickte nur stumm. Er betrachtete noch immer die Statue. Maria Anna wartete geduldig. Schließlich fragte sie: »Warum kommen Sie zu mir? An Isauras Zustand hat sich nichts geändert, nicht wahr?«

Marco schüttelte den Kopf. »Nein, sie hat sich noch nicht gerührt, aber ihr Herz schlägt regelmäßig, und sie atmet ruhig.« Er verstummte. Wieder verstrichen Minuten, ehe er den Mund wieder öffnete. »Ich hatte eine seltsame Begegnung.« Er lachte nervös. »Einen Traum oder so etwas in der Art. Ich saß auf der Bank vor Isauras Haus – vor Carmens Haus –, als Carmen plötzlich vor mir stand und sich dann sogar zu mir setzte. Sie sprach mit mir. Es war sehr tröstlich, doch dann war sie auf einmal verschwunden und ist seitdem nicht wieder aufgetaucht.«

»Das war kein gewöhnlicher Traum«, folgerte Maria Anna, »sonst würde er Sie nicht so umtreiben, und Sie wären nicht zu mir gekommen.«

Marco sah sie gequält an. »Ich habe versucht, mir das auszureden, aber Sie haben recht, es war anders! So intensiv. Ich konnte den Stoff ihres Gewands an meiner Wange spüren, den Pulsschlag ihrer Hand auf der meinen, ihre faltige, trockene Haut. Sie hat nach Kräutern gerochen, und ihre Stimme war so eindringlich.« Marco verstummte und schüttelte den Kopf. »Es ist unmöglich. Ich weiß es ja. Carmen Rodriguez de Sola ist tot, und dennoch wäre ich bereit, einen Eid zu schwören, dass ich sie getroffen habe. Ist das nicht verrückt?«

»Vieles, das wir nicht begreifen können, nennen wir verrückt«, sagte Maria Anna. Sie wandten sich ab, schlenderten hinüber zur Brüstung und blickten über die alte Brücke und den Strom.

»Ich habe viel nachgedacht seitdem«, fuhr Marco fort. »Vielleicht ist es an der Zeit, die Dinge zuzulassen, die mir bisher fantastisch erschienen. Ich möchte Isaura verstehen. Ich glaube, nur so kann ich ihr nahekommen und ihr vielleicht sogar helfen.«

Er sah die Nonne flehend an. Maria Anna nickte. »Eine weise Entscheidung, Marco. Ich helfe Ihnen gern, soweit Sie bereit sind, es zuzulassen. Kommen Sie mit mir. Ich führe Sie in eine Welt, die noch kein Mann, kein Uneingeweihter, betreten hat, doch ich finde, Sie haben das Recht, die Schleier zu lüften.«

Maria Anna ergriff seine Hand, und Marco ließ sich von ihr zum Kloster zurückführen.

»Wohin bringen Sie mich?«, fragte Marco, nachdem er der Schwester schweigend an der Kirche vorbei bis zu den alten arabischen Bädern des ehemaligen Königspalasts gefolgt war. Er wandte seinen Blick den erstaunlich gut erhaltenen Bädern zu, wo sich jede Menge Touristen tummelten, doch Maria Anna schüttelte den Kopf.

»Nein, nicht hier hinein, es sei denn, Sie möchten das

Kaldarium mit seinen sternförmigen Oberlichtern bewundern.«

Marco schüttelte unwillig den Kopf. »Mir steht der Sinn im Augenblick nicht nach Sightseeing. Ich möchte Antworten!«

Anna Maria schien nichts anderes erwartet zu haben. Sie nickte und wandte sich einem anderen Gebäude zu, das ebenfalls zum alten Palast gehört zu haben schien. Vor einer mit Eisenbändern gesicherten Tür blieb die Nonne stehen und nahm eine Petroleumlampe vom Haken.

»Wir werden wohl Licht brauchen, um unseren Pfad in die finstere Vergangenheit zu erhellen«, spottete Marco, aber er war seltsam unruhig.

Maria Anna entzündete den Docht, dann sah sie zu ihm auf.

»So in etwa könnte man sagen. Diese Kellergewölbe gehören zu den ältesten Teilen des Palasts und sind auf offiziellen Plänen schon lange nicht mehr zu finden. Kein Tourist kommt hierher und auch keine Schwester der Klausur. Kaum jemand weiß von ihrer Existenz, deshalb wurden auch niemals Leitungen für elektrisches Licht gelegt. Wie sonst könnten wir die dort lagernden Geheimnisse bewahren?«

Marco spürte, wie gegen seinen Willen ein Schauder über seinen Rücken rann. Er versuchte, gegen die Beklemmung anzukämpfen, die ihn ergriff. Das hörte sich alles nach einem Schauerroman an. »Und Sie dürfen hier hinuntersteigen?«, erkundigte er sich, um überhaupt etwas zu erwidern.

»Das hat mich Isaura auch gefragt, als ich sie zum ersten Mal mit hinunternahm«, gab Maria Anna zurück.

Isaura!

Für einen Augenblick erschien ihr vertrautes Gesicht vor seinem inneren Auge. Schweigend folgte Marco der Nonne die steile Treppe hinab in die Tiefe, doch dann fragte er erneut: »Wie kommt es, dass Sie dort hinunterdürfen? Sie sind, wenn ich recht informiert bin, nur Gast hier in Santa Clara?«

Maria Anna zögerte. Sie drehte sich zu ihm um und hob die Laterne, dass der Lichtschein über sein Gesicht strich. »Es war Isauras Großtante Carmen, die erkannte, dass ich zu ihnen gehöre.«

»Was? Sie kannten Carmen?«

Maria Anna nickte. »Ich habe Isaura bislang nichts davon erzählt. Vielleicht hätte ich es tun sollen. Ich dachte, es wäre noch zu früh. Ich dachte, wir hätten mehr Zeit, um sie auf alles vorzubereiten.« Marco starrte sie verständnislos an. »Kommen Sie weiter. Ich werde Ihnen unten alles zeigen, dann können Sie Ihre Fragen stellen.«

Doch Marco ließ nicht locker. »Wen meinen Sie mit ›wir‹?«

»Weise Frauen wie Carmen, wie die Mutter Oberin und mich«, sagte Maria Anna, während sie ihn weiter in die Tiefe führte. Die Stufen waren schmal, und mit jedem Schritt schien es kälter zu werden. Ein seltsames Gefühl beschlich Marco. Da war etwas Großes, Unbegreifliches, das ihm bedrohlich vorkam. Er zog die Schultern hoch und spürte, wie sich seine Nackenhaare aufrichteten.

»Wobei Carmen als direkte Nachfahrin von Dominga de Lucena und von Jimena de Morón, die das Leben am Hof von Isabel von Kastilien beeinflussten, die wahre Erbin war«, fuhr Maria Anna unbeirrt fort, »sie hatte die Kräfte am stärksten in sich.«

Die Namen kannte Marco aus dem vermaledeiten Buch, das Isaura so sehr in seinen Bann gezogen hatte. »Und Isaura?«

»Ist Carmens Enkelin.«

Sie erreichten den Fuß der Treppe, und wieder versperrte

eine massive Tür ihren Weg. Maria Anna öffnete sie und winkte Marco einzutreten. Der kurze Gang dahinter endete unvermittelt, um sich zu einem weit gespannten Gewölbe zu öffnen. Die Wände bildeten ein Oktogon. Muster und Zeichen, die Marco so noch nie gesehen hatte, zogen sich über die Bögen und Säulen. Im flackernden Licht der Lampe narrten sie das Auge, sodass die Wände und Säulen sich zu bewegen schienen. Sie waberten auf und ab und flossen ineinander. Marco blinzelte und schüttelte heftig den Kopf, um klarer sehen zu können.

»Aus welcher Zeit stammt dieses Gewölbe?«, wollte er wissen. »Ist es maurisch? Oder noch älter?«

»Ich weiß es nicht genau«, gab Maria Anna zu. »Aber dies ist seit vielen Jahrhunderten oder gar Jahrtausenden ein heiliger Ort von großer Kraft. Vielleicht waren hier bereits die Westgoten und vor ihnen die Römer, doch kommen Sie mit mir hier herüber. Ich will Ihnen etwas zeigen, das Ihnen vielleicht hilft, sich auf diesen Ort einzulassen.«

Maria Anna führte ihn in ein weiteres, kleineres Gewölbe. Sie trat an zwei große Messingschalen und entzündete das Öl. Die Flammen züngelten auf und tauchten den Raum in ihr flackerndes Licht. Staunend sah sich Marco um.

»Ich kann kaum glauben, dass dies nicht nur ein verrückter Traum ist, aus dem ich gleich erwachen werde.«

Die Nonne zog eine Grimasse. »Das werden Sie hier unten vermutlich noch öfter denken. Doch stellen Sie sich nun hierher, und sehen Sie sich das Bild genau an.«

Maria Anna trat vor die Wand und zog ein schwarzes Tuch herab, das ein großes Ölgemälde verhüllt hatte. Das Licht strich über das Bild und ließ die abgebildeten Figuren überaus lebendig wirken. Marco kniff die Augen zusammen und trat einen Schritt näher. In der Mitte der Figurengruppe stand eine Frau in einem prächtigen schwarzen Gewand, das seltsam steif wirkte, wie es typisch für die spanische Mode gewesen war. Ihr Gesicht wirkte bleich, aber ihre Haltung war stolz.

»Wer ist das?«, erkundigte sich Marco.

»Juana I. von Kastilien. ›La Loca‹, deren Statue Sie oben in den Gärten gesehen haben.«

Marco nickte. »Dann habe ich richtig vermutet. Und die anderen?«

Maria Anna begann, die abgebildeten Personen beim Namen zu nennen.

»Das hier ist ihr Sohn, Kaiser Carlos, das Mädchen, das halb vor ihm steht, Juanas jüngste Tochter Catalina, die erst nach dem Tod ihres Vaters Philipp des Schönen geboren wurde und in dem finsteren Gemach aufwuchs, in dem ihre Mutter gefangen gehalten wurde.«

Sie wollte gerade weitersprechen, als Marco unwillkürlich noch zwei Schritte näher an das Bild herantrat. Er beugte sich vor. Sein Blick saugte sich an einem Gesicht im Hintergrund fest, das etwas außerhalb des Lichtscheins war, von dem die Hauptfiguren des Gemäldes beleuchtet wurden.

»Isaura«, hauchte Marco, biss sich aber sofort auf die Lippen. Was für ein Unsinn. Er räusperte sich und wandte sich zu Maria Anna um.

»Wer ist diese Frau?«

Ein feines Lächeln umspielte ihre Lippen, als sie ihm bereitwillig Auskunft gab. »Ihr Name war Teresa de Lucena, sie war die Tochter von Dominga de Lucena und die Cousine von Jimena de Morón, die ich vorhin erwähnt habe. Sie war mit ihrer Cousine Hofdame bei Isabel von Kastilien und hat später Juana gedient und mit ihr die Gefangenschaft erduldet.«

»Dann ist sie eine Vorfahrin von Isauras Großtante Carmen«, stellte Marco fest, der sich an die Worte der Nonne erinnerte. Einen triumphierenden Blick in den Augen, weil er endlich verstanden zu haben meinte, rieb er sich die Stirn.

»So etwas in der Art«, murmelte die Nonne.

»Die Ähnlichkeit ist verblüffend«, sagte er, ohne ihre Worte wirklich verstanden zu haben. »Ich glaube, ich habe ein Bild von ihr in einem von Isauras Büchern gesehen.«

Maria Anna nickte. »Ja, sie hat mir das Bild gezeigt. Und auch den Schmuck, den sie auf dem Bild trägt und den Isaura über ihre Großtante Carmen nun wieder geerbt hat.«

Marco starrte die Nonne an. Er hatte das kleine Wörtchen *wieder* wohl gehört, doch er weigerte sich, es so zu verstehen, wie sie es gemeint hatte. Maria Anna sagte nichts weiter dazu. Sie ließ ihn das Bild noch eine Weile betrachten, dann löschte sie das Feuer in den Schalen und verhängte das Gemälde wieder. Sie führte Marco in das Oktogon zurück und trat an eines der Regale, in dem sich hunderte von Büchern stapelten. Scheinbar wahllos griff sie eines heraus und reichte es Marco.

»*La Caminata*« stand auf dem Einband.

Marco stöhnte. »Schon wieder. Sie scheint mich zu verfolgen.«

»Sie ist des Rätsels Lösung«, erwiderte die Nonne sanft. »Die Reisende durch die Zeit. Das ist durchaus wörtlich zu verstehen. Nur den stärksten unter uns weisen Frauen ist die Unsterblichkeit gegeben. Carmen war so eine alte Seele, die in vielen Zeiten gelebt und an Stärke gewonnen hat. Und Isaura gehört ebenfalls zu den Auserwählten.«

Marco hob abwehrend die Hände. »Das ist mir zu viel.«

Maria Anna nickte. »Ich weiß. Isaura tat sich auch schwer, die Wahrheit zuzulassen, obgleich sie seit ihrer Kindheit mit ihren Kräften konfrontiert wurde und sich hier unten dem Offensichtlichen nicht mehr verschließen konnte. Sie hat das Bild gesehen und viele der Aufzeichnungen aus der Vergangenheit gelesen.«

»Und dann hat sie gedacht, dass sie und diese Frau aus dem Mittelalter eins sind?« Marco starrte sie ungläubig an.

»Nicht ganz. Sagen wir lieber, dass dieselbe Seele in ihnen wohnte.«

»Und daher diese seltsam lebendigen Träume?«

»Erinnerungen ihrer Seele, die an Orten auftauchen, an denen sie schon gewesen ist.«

»Isaura erlebt also noch einmal, was diese Frau erlebt hat?«

»In Ausschnitten, ja«, bestätigte Maria Anna.

Marco seufzte. Er blickte auf das Buch in seinen Händen. »Das ist ein ganz schöner Brocken, schwer zu schlucken für einen heutigen wissenschaftsgläubigen Menschen.«

Die Nonne hob die Schultern. »Es ist auch nicht unwahrscheinlicher als die jungfräuliche Empfängnis und all die Wunder, die Gottes Propheten in seinem Namen bewirkt haben.«

Marco grinste schwach. »Was für lästerliche Worte aus dem Mund einer Nonne!«

»Sie vergessen, ich bin nicht als Nonne geboren, sondern als Hexe! Ja, zucken Sie nur zusammen. Ich kann es noch so gefällig umschreiben, die Tatsache bleibt die gleiche.«

Marco ließ sich auf einen Hocker sinken. »Wenn ich mich hier umsehe, dann scheint mir Magie plötzlich gar nicht mehr so abwegig. Dann scheint es mir plötzlich möglich zu sein, dass Isauras Seele zu mir aus diesen Seiten spricht oder mich von einem alten Gemälde her ansieht.«

»Ja, hier unten fällt es leichter, das Unfassbare zu glauben«, stimmte ihm Maria Anna zu. »Auch Isaura schien überzeugt, doch oben in der hellen Welt, die wir gewohnt sind, steigen die Zweifel wieder auf und nagen so lange an uns, bis wir diesen Ort und unsere Erleuchtung infrage stellen und uns wieder in die gewohnte Sicherheit der wissenschaftlich verifizierbaren Tatsachen zurückziehen.«

Marco sah zu Maria Anna auf. »Bitte geben Sie mir das Buch wieder, das ich Ihnen im Krankenhaus überlassen habe. Sie sagen, es ist der Schlüssel. Dann will ich darin lesen, bis ich alles verstehe. Und wenn das alles stimmt, dann auch, um mich einem Teil von Isauras Seele näher zu fühlen.«

Er sah sie verlegen an, doch die Nonne schien nichts Lächerliches an seinen Überlegungen zu finden. Sie erhob sich und kehrte mit dem Nachdruck des Buchs zurück, das Isaura in München erstanden hatte.

»Ja, lesen Sie darin. Vielleicht entdecken Sie den Schlüssel.«

Kapitel 29

Granada, 1491

Schon vor Monaten hatten Isabel und Fernando etwas voreilig nach Sevilla geschrieben: »Nach vielen Leiden, Prüfungen und Kosten hat es dem barmherzigen Gott gefallen, den Krieg, den wir gegen das Königreich Granada führen mussten, zu einem guten Ende zu führen.«

Isabel war überzeugt gewesen, in wenigen Wochen in Granada einzuziehen, doch nichts tat sich. Al Zagal war ins Exil gegangen und hatte den Osten des Emirats den Königen übergeben, doch von Boabdil war nichts zu hören. Isabel schickte ihre Spione in die Stadt und wartete ungeduldig auf Nachricht. Sie reiste mit dem Hof zurück nach Sevilla und berief ihre erfahrenen *Grande* zu sich. Natürlich auch ihre Kirchenmänner Hernando de Talavera und Kardinal Mendoza.

»Die Lage ist folgende«, erläuterte sie im Februar, als sich alle im Alcázar von Sevilla versammelt hatten. »Nicht nur, dass die Mauren noch immer bereit sind, sich in das Unvermeidliche zu fügen. Zu allem Überfluss ist Granada vollgestopft mit Flüchtlingen, die das Schlimmste befürchten, wenn wir in die Stadt einziehen, und daher erbitterten Widerstand zu leisten bereit sind.«

Ponce de León schnaubte. »Kein Wunder. Viele von ihnen sind Deserteure Eurer Truppen!«

Isabel nickte. »Es sieht nicht danach aus, als würde Boabdil uns die Stadt in absehbarer Zeit übergeben.«

Verbitterung war in ihrer Stimme zu hören, doch ansonsten war Isabel ruhig und beherrscht wie immer.

»Und wenn schon«, knurrte Enrique de Guzmán. »Wenn wir alle Männer aufbieten, die uns zur Verfügung stehen, und die Geschütze nach Granada schaffen, dann fällt die Stadt in wenigen Wochen!«

Isabel schüttelte den Kopf. »Daran zweifle ich nicht, doch ich will diese Stadt nicht im Sturm nehmen. Granada ist ein Juwel. Ich will Stadt und Palast erhalten und mein Reich mit diesem Edelstein schmücken.«

»Was schlagt Ihr vor?«, wollte Ponce de León wissen. »Ich sehe es Euch an, Majestät, Ihr habt bereits einen Plan.«

Isabel lächelte, doch ehe sie antworten konnte, mischte sich Fernando ein. »Ich werde so bald wie möglich mit fünfzigtausend Mann losziehen und alle Versorgungswege nach Granada abschneiden. Es soll keine Maus mehr ungesehen hinein- oder hinausgelangen. Wir werden alle Höfe und Felder rund um die Stadt niederbrennen. Sie werden schon bald die Enge ihrer Mauern schmerzhaft zu spüren bekommen!«

Isabel ließ sich nicht anmerken, ob die Einmischung ihres Gatten sie ärgerte. In ruhigem Ton fuhr sie fort: »Und ich werde mit Hilfe unseres Fray Hernando die Versorgung unserer Truppen sicherstellen. Wir werden nicht nur ein befestigtes Lager im Westen von Granada errichten. Wir bauen eine ganze Stadt!«

Keiner der Männer im Raum zweifelte an Isabels Worten. Inzwischen kannten sie ihre Königin, der stets das Unmögliche gelang.

Isabel ließ keinen Tag ungenutzt verstreichen, und bereits am 11. April brach sie mit einem kleinen Hofstaat und einem riesigen Tross auf, um die neue Stadt zu gründen.

Santa Fé – heiliger Glaube – nannte sie sie und gab dem Heer an Arbeitern achtzig Tage Zeit, um die gitterförmigen Straßen anzulegen, die sich an einem Marktplatz trafen, Gräben auszuheben, Mauern zu errichten, Befestigungsbauten und achtzig Türme zu erbauen! Im Juni begannen die Arbeiten.

Jimena wunderte es nicht sonderlich, dass die Stadt – wie angekündigt – nach achtzig Tagen fertig war. Isabel war vom ersten Tag an ständig auf der riesigen Baustelle anwesend gewesen und mit ihr Juan, seine Schwestern und ein paar ihrer jammernden Hofdamen, für deren Leiden sie kein Verständnis hatte. Jetzt zählte nur das große Ziel, für das man jede Unannehmlichkeit in Kauf nehmen musste.

»Ich werde diese Stadt erst wieder verlassen, um in Granada einzuziehen!«, schwor die Königin.

Natürlich blieb den Mauren nicht verborgen, was sich da zu ihren Füßen abspielte. Die Versorgungslage war bereits schlecht und wurde von Tag zu Tag dramatischer, was die Stimmung in der überfüllten Stadt noch explosiver werden ließ. So schickte Musa seine Männer immer wieder zu überraschenden Ausfällen gegen die Belagerer. Doch dies waren lediglich Nadelstiche in das Fleisch des königlichen Heeres. Musa versuchte auch, wo immer es ging, Nahrungsmittel für die Stadt aufzutreiben. Dennoch wurden die Zustände immer chaotischer und stachelten so manchen zu wahnwitzigen Taten an.

Eines Nachts, ehe der Befestigungsring um Santa Fé geschlossen werden konnte, gelang es einem Mauren, bis nahe an das königliche Zelt heranzuschleichen. Er rammte eine

Lanze mit einem Zettel in die Erde, auf dem die Worte »Isabel ist eine Hure« zu lesen waren.

Die Ritter der Königin waren außer sich. Diese Schmach musste gerächt werden! Koste es, was es wolle.

Isaura aber schüttelte fassungslos den Kopf. »Die Beleidigung wiegt ihnen schwerer als die Tatsache, dass es einem Feind gelungen ist, durch ihre Linien zu schlüpfen und in die Nähe der Königin zu gelangen.«

Jimena nickte. »Die Männer rasen vor Zorn und wollen es den Mauren mit gleicher Münze heimzahlen.«

»Und wie stellen sie sich das vor?«, erkundigte sich Isaura halb verärgert, halb belustigt. »Wollen sie eine Beleidigung des Emirs auf die Schwelle der Alhambra legen?«

»Das nicht«, gab Jimena zurück. »Aber es wird etwas sein, das die Mauren mit Sicherheit ebenso in Rage bringt.«

Isaura war froh, dass die Ritter in ihrer Wut sich nicht durch einen unüberlegten Angriff auf die Stadt in Gefahr bringen wollten, und war schon bereit, diesen Vorfall zu vergessen, als es drei Tage später wie ein Lauffeuer durch das Lager eilte: Jimena behauptete, die Wutschreie der Mauren bis nach Santa Fé hören zu können. Keiner konnte sagen, wie dies möglich war, doch offensichtlich war es einem der Ritter gelungen, in die Stadt einzudringen und seinen Dolch in das Tor der größten Moschee zu rammen. Auf dem so befestigten Zettel war »Ave Maria« zu lesen.

Niemand wusste, wer der geheimnisvolle Ritter gewesen war, doch er wurde als Held gefeiert. Mit neuer Kraft arbeitete man weiter. Rasch wurden die Lücken in den Befestigungen von Santa Fé geschlossen.

Während sich Fernando bei seiner Belagerungstruppe aufhielt, beschloss Isabel, mit den Rittern von Santa Fé auf einen vorgelagerten Höhenzug der Sierra zu ziehen, von wo aus man einen guten Blick auf die Alhambra und die Stadt hatte.

»Ist das nicht zu gefährlich?«, wandte Jimena ein, die es, wie übrigens auch Talavera und Kardinal Mendoza, nicht gern sah, dass Isabel das befestigte Lager verlassen wollte.

»Wir müssen uns einen Überblick über die Lage verschaffen«, beharrte Isabel, ließ sich aber zumindest überreden, die Kinder in Santa Fé zurückzulassen und genug Männer mitzunehmen. Der Marquis bestand auf einer Schutztruppe von mehreren tausend Mann, die am Fuß des Hügels in Stellung gehen sollten.

Isabel hob die Schultern. »Ich habe meinen Rittern Anweisung gegeben, sich auf keinen Kampf einzulassen, aber wenn es Euch beruhigt...«

Der Marquis deutete eine Verbeugung an. »Das tut es, Majestät, in der Tat!«

Isaura und Jimena begleiteten Isabel und sahen Stunden später mit ihr auf die Stadt, die in der Herbstsonne fast friedlich wirkte. Die Mauern der Alhambra schienen rot zu glühen, während sich im Hintergrund die Gipfel der Sierra Nevada bereits in einem frischen Schneekleid zeigten.

»Ist sie nicht herrlich«, schwärmte Isabel, ohne den Blick von der Stadt zu wenden, die sie so sehr begehrte.

Isaura nickte, doch es war ihr, als könne sie das Elend und die Angst der vielen tausend Menschen spüren, die hinter den Mauern eingepfercht ihr Schicksal erwarteten.

Plötzlich griff Jimena nach Isabels Arm. »Siehst du das?«, rief sie. Ihre Stimme ließ Isaura alarmiert aufschrecken. Auch dem Marquis war die Bewegung am Tor nicht entgangen. Schimpfend drängte er sich zu Isabel vor.

»Den Mauren ist unsere Aktion natürlich nicht verborgen geblieben. Vermutlich denken sie, Ihr wollt angreifen.«

Isabels Miene zeigte für einen Moment ihr Erschrecken. »Das liegt nicht in meiner Absicht. Ich habe meinen Männern jeden Übergriff verboten. Wir müssen einen Boten schicken und das Missverständnis aufklären.«

Der Marquis schüttelte mit finsterer Miene den Kopf. »Ich fürchte, dafür ist es zu spät. Die sehen mir nicht so aus, als wollten sie mit uns reden.«

Isaura starrte zu den maurischen Reitern hinab, die nun in wildem Galopp auf die Truppe der Königin zuritten. »Das müssen mehr als zweitausend Mann sein«, hauchte sie.

»Wir ziehen uns zurück«, befahl die Königin. »Vielleicht kehren sie dann wieder um.«

Jimena kniff die Augen zusammen und deutete auf einen ganz in Schwarz gekleideten Kämpfer, dessen geschlossenes Visier sein Gesicht nicht erkennen ließ. Am Schweif seines ebenfalls schwarzen Pferdes flatterte ein Tuch, auf dem zwei Worte geschrieben standen – »Ave Maria«.

Isaura stöhnte auf. Sie ahnte, dass die Ritter der Königin diese Beleidigung nicht hinnehmen würden. Und tatsächlich: Sobald sie die Botschaft erkennen konnten, stürmten sie – gegen den Befehl ihrer Königin – den Mauren mit gezogenen Schwertern entgegen. Der Marquis und die anderen Befehlshaber ritten hinunter, um ihre Männer in Gruppen zusammenzuhalten. Nur die Wache der Königin blieb bei ihr und ihren beiden Damen auf dem Hügel zurück. Von dort mussten sie ohnmächtig zusehen, wie die beiden Heere aufeinanderprallten. Es war ein blutiges Gemetzel, bei dem sich die ganze Anspannung der wochenlangen Belagerung und all der unterdrückte Hass Bahn brachen. Viel zu deutlich hatte Isaura vor Augen, wie Menschen und Tiere von Schwertern und Säbeln in Stücke gehackt wurden und in einem Meer von Blut elendig zugrunde gingen. Es war ein grausames Schauspiel, das sie für immer in ihren Träumen heimsuchen würde. Es war ihr, als trüge der Wind den Blutgeruch bis zu ihnen herauf, doch es gelang ihr nicht, die Augen zu schließen oder auch nur den Blick abzuwenden.

Plötzlich hob Jimena die Hand und deutete hinunter auf die Reiter, die immer wieder aufeinanderprallten, sich voneinander lösten, einen Bogen ritten, um dann die nächsten Gegner ins Visier zu nehmen. »Unsere Ritter nehmen die Mauren in die Zange. Seht, sie bekommen die Oberhand. Was für ein Gemetzel.«

Auch der Anführer der Mauren schien zu erkennen, dass sich das Blatt zu seinen Ungunsten gewendet hatte. Er rief zum Rückzug.

Mehr als eintausend Mann verlor Musa an diesem Tag, ehe es ihm gelang, sich mit dem Rest seiner Kämpfer hinter die schützenden Mauern von Granada zurückzuziehen.

Die unfreiwillig begonnene Schlacht sollte die Wende bringen. Sie führte den Mauren die Aussichtslosigkeit ihrer Lage noch einmal deutlich vor Augen. Längst hatten die Kanonen aus Italien und den deutschen Fürstentümern ganze Arbeit geleistet und der Stadtmauer ernsthafte Schäden zugefügt. Es musste jedem in der Stadt klar sein, dass der Sieg der Belagerer nur noch eine Sache von Tagen oder Wochen sein konnte. Schon jetzt war der Hunger groß, und fast alle Hunde und Katzen der Stadt waren in den Kochtöpfen verschwunden. Die Mauren wussten, dass Isabel und Fernando nicht aufgeben würden. Wollten sie wirklich warten, bis die Mauern fielen und die Ritter die Stadt stürmten, um sich dann der Gnade oder Ungnade ihrer Feinde auszuliefern?

Die Unsicherheit in der Stadt wuchs, und so mancher, der mit großen Heldentaten geprahlt hatte, als das christliche Heer noch weit weg gewesen war, wurde nun verdächtig kleinlaut und still.

Als Isabel ihre Unterhändler zur Alhambra schickte, ließ der Emir diese eintreten und ihre Botschaft überbringen. Gonzalo Fernández de Córdoba und Fernando de Zafra waren es, die das großzügige Angebot der Königin überbrachten.

»Unsere Majestäten Isabel und Fernando bieten Euch und Eurer Stadt die Sicherheit aller Einwohner, die freie Ausübung ihrer Religion, den Zugang zu den Moscheen und die Respektierung des Korans. Jeder erhält aber auch die Möglichkeit, seinen Besitz zu veräußern und ins Exil zu gehen. Es wird keine Diskriminierung der Muslime geben, keine Sanktionen gegen die Abtrünnigen der Könige, und alle Kriegsgefangene sollen die Freiheit erhalten.«

Trotz der so günstigen Bedingungen waren die engen Berater des jungen Emirs nicht bereit aufzugeben. »Schickt die Ungläubigen mit einem toten Hund um den Hals zurück!«, polterte der Imam. »Wir werden diesen *Giaurs* keinen Tribut zahlen und keinen Fuß Erde unserer Stadt übergeben. Kämpft wider die Ungläubigen!«

Boabdil schwieg, und auch die meisten der Wesire und Offiziere wandten den Blick verlegen ab.

Da brauste Musa ibn Ali Gazan auf und schrie ihnen ins Gesicht: »Dort oben an der Wand steht geschrieben: *Allah ist groß!* Ihr aber seid Feiglinge. Ihr habt Euch in Eurem Harem vergnügt, statt gegen die Christen zu kämpfen, und nun seid Ihr bereit, Euch ohne Widerstand zu Sklaven machen zu lassen. Glaubt Ihr wirklich, dass die kastilische Königin ihre Versprechen hält? Ich sage Euch, sie werden Eure Häuser plündern und Eure Weiber schänden. Sie werden unsere Moscheen entweihen und in Kirchen umwandeln, wie sie es in Córdoba getan haben. Riecht Ihr nicht das verbrannte Fleisch der *Conversos* von Sevilla und Málaga bis hierher? Bald werden die Scheiterhaufen lodern, die Euch bei lebendigem Leib verbrennen werden. Ich sage Euch, lieber im ehrlichen Kampf getötet werden, denn unter dem Jubel der Christen in deren Feuer geröstet!«

Noch einmal starrte er Boabdil an, doch der sah noch immer zu Boden und antwortete nicht. Da drehte sich Musa auf dem Absatz um und stürmte aus dem Palast. Er schwang sich auf sein Pferd und ritt aus der Stadt hinaus, um im Streit mit den ersten christlichen Rittern, auf die er traf, den Tod zu finden.

Gebannt lauschten die Königin und ihre Vertrauten den Worten Don Gonzalos, der die Ereignisse im Saal der Gesandten im Comaresturm der Alhambra Wort für Wort wiedergab.

»Und dann hat Boabdil unterzeichnet?«, erkundigte sich Isabel.

Don Gonzalo nickte und überreichte der Königin mit einer tiefen Verbeugung die Kapitulation von Granada. Das Emirat der Mauren war von der Landkarte verschwunden.

Am 1. Januar 1492 waren die Vorbereitungen endlich abgeschlossen. Unter der Leitung des Oberbefehlshabers von León, Gutierre de Cádenas, brach der erste königliche Trupp kurz nach Mitternacht zur Alhambra auf, um Vorkehrungen für den Einzug der Königin zu treffen. Don Angelo ritt an Don Gutierres Seite. Der Hakim der Königin hatte sich als Übersetzer angeboten, sollte es zu Schwierigkeiten kommen. Zuerst mussten alle strategisch wichtigen Orte besetzt werden, um mögliche Verzweiflungstaten zuvorzukommen. Es sollte nichts die geplante Zeremonie stören. Jimena ritt neben Abu Amin und sah in die Gesichter der Besiegten, die mit einer Mischung aus Zorn und Erleichterung die neuen Machthaber in Augenschein nahmen. Natürlich nagte die Niederlage an ihrem Stolz, doch von Stolz allein konnte man nicht satt werden, und die Königin hatte ihnen neben Brot auch zugesichert, dass sie ihren Glauben ausüben dürften. So regte sich Hoffnung, dass sich in der für ihre Weltoffenheit berühmten Stadt nicht allzu viel ändern würde, auch wenn über den Zinnen der Alhambra eine andere Fahne wehte. Am Abend spazierte Jimena mit ihrem Mann und dem Hakim durch die verwaisten Nasridenpaläste, deren Schönheit und Pracht sie alle sprachlos machten. Im Löwenhof blieben sie am Brunnen stehen und sahen, wie die Schatten wanderten und der letzte Sonnenstrahl auf den Säulen und Bögen verglomm, so als hätte jemand für immer das Licht verlöschen lassen. Sie alle fühlten die Trauer des sterbenden Reichs, das diese einzigartige Kunst hervorgebracht hatte. Selbst wenn es die Christen verstanden, diesen Schatz zu pflegen und zu erhalten, sie würden ihn nicht zu neuen Blüten treiben können. Eine einzigartige Epoche war zu Ende.

Im Morgengrauen des nächsten Tages waren sie bereit. Drei Kanonenschüsse von der Alhambra gaben das Signal. Ein langer Zug formierte sich, um in einer endlosen Prozession in Granada einzuziehen. An der Spitze ritt Fernando in scharlachrotem Atlasgewand, mit einer schweren goldenen Kette auf der Brust, doch alle Augen richteten sich auf die Königin an seiner Seite, die auf ihrem schneeweißen Zelter saß. Ihr Gewand wallte, mit schimmernden Goldfäden bestickt, über die Kruppe des Pferdes herab, sodass sie in der aufgehenden Sonne wie eine himmlische Erscheinung aussah. Ein Meer aus Fahnen und Bannern umrauschte das Königspaar. Dahinter kamen ihre Kommandeure: Don Gonzalo de Córdoba, der Marquis von Cádiz, der Herzog von Medina Sidonia, der Befehlshaber der Artillerie Don Ramirez, aber auch Kardinal Mendoza und der neu ernannte Erzbischof Hernando de Talavera und die königlichen Infanten. Erst Juan auf einem riesigen Ross, dahinter seine Schwestern, die jüngsten von ihren Kinderfrauen begleitet.

Als sich der Zug nach Stunden der Alhambra näherte, kam ihnen vom Palastberg ein nicht minder prächtiger Zug entgegen. Voran ritt der letzte Emir, Abu Abd Allah Muhammad, Boabdil, der den Beinamen »el Chico« erhalten hatte. In seinem Schuppenpanzer auf seinem geschmückten Ross, gefolgt von Ministern und Offizieren, hielt er vor den Königen an.

Isabel hatte Fernando eingeschärft, auf jede Demütigung zu verzichten. So musste Boabdil ihnen nicht die Hand küssen oder vor ihnen niederknien. Er übergab der Königin lediglich die Schlüssel zur Alhambra und fragte nach dem Grafen von Tendilla, dem der Schutz der Burg anvertraut werden würde. Ihm reichte er einen Türkisring.

»Alle, die Granada regierten, trugen ihn am Finger. Möge Gott Euch mehr Glück schenken als mir.«

Nach diesen Worten wandte sich Boabdil ab und zog mit seinen Begleitern davon. Man erzählte sich später, er habe sich oben auf dem Hügelkamm noch einmal umgedreht, um mit Tränen in den Augen ein letztes Mal auf Granada und die Alhambra zurückzusehen. Doch seine Mutter Aischa soll ihm ins Gesicht geschleudert haben: »Weine wie ein Weib um das, was du nicht wie ein Mann verteidigen konntest!«

Die Menschen gaben dieser Anhöhe den Namen: *El ultimo suspiro del moro* – Der letzte Seufzer des Mauren.

In der Alhambra ließ unterdessen Kardinal Mendoza ein riesiges Kreuz auf dem höchsten Turm der Alcazaba aufrichten und das Banner des heiligen Jakobus sowie das Wappen von Kastilien aufziehen. Die Waffenherolde riefen dreimal: »Kastilien! Granada! Hoch leben Königin Isabel und König Fernando.« Dann wurde von dem königlichen Zug auf einem Hügel vor der Stadt inmitten hunderter eben erst freigelassener christlicher Gefangener das *Te Deum* angestimmt und die Messe gelesen.

Der Tag ging wie im Rausch an Isaura vorüber, die mit Beatriz immer hinter der Königin blieb, die sich mit ihrer schweren Schleppe kaum mehr alleine bewegen konnte. Alle Anwesenden waren von dem besonderen Ereignis ergriffen. Hatten sie nicht viele Jahre dafür gekämpft? Und dennoch hatte Isaura das Gefühl, dass die meisten dennoch nicht begriffen, dass dies einer der großen historischen Augenblicke war, von denen die Nachtwelt in tausend Jahren noch reden würde. Es war ein Wendepunkt in der Geschichte. Das Tor zur Neuzeit. Der Islam war von der Iberischen Halbinsel vertrieben und sollte dort nicht wieder Fuß fassen – zumindest nicht in einem eigenen Reich. Isaura versuchte, sich ins Gedächtnis zurückzurufen, was sie in ihrem anderen Leben über diesen Tag in den Geschichtsbüchern gelesen hatte. Nüchterne Sätze für etwas, das nun farbenprächtig und voller Gesang um sie wogte, das sie erfasste und mit sich trug. Nein, keine Worte hätten das Gefühl wiedergeben können, das Isaura bewegte. Als sie dann endlich hinter Isabel das Tor zur Alhambra durchschritt, spürte sie Tränen in ihren Augen brennen. Jimena kam ihr entgegen, drückte sie mit leuchtenden Augen an sich und schritt neben ihr zwischen den Gärten und Wasserbecken hindurch auf die Paläste der Emire zu, jene architektonischen Kleinode, die Isabel und Fernando nun in Besitz nehmen sollten.

Das erste große Festmahl, das die Könige ausrichten ließen, dauerte die ganze Nacht. Die Alhambra war in den Schein tausender Fackeln getaucht, deren Schattenspiel an den roten Mauern emporzüngelte. Überall wurde gesungen und getanzt. Die siegreichen Kämpfer schlenderten mit den wenigen Damen lachend und scherzend zwischen den gepflegten Myrtenhecken entlang. Isaura sah Jimena zärtliche Blicke mit Angelo tauschen. Sie schob ihre Hand in die seine und ließ sich von ihm davonführen, bis die tanzenden Schatten sie verschluckten. Isaura sah ihnen nach und verspürte plötzlich die Kälte der Januarnacht. Sie zog sich fröstelnd ihre Mantilla um die Schultern und sah sich nach Amin um, konnte ihn aber nirgends entdecken. Sie fand ihren Mann auch nicht, als sie die zahllosen Palasträume und Höfe durchquerte, die zur Feier des Tages von jedem betrachtet werden konnten. Isaura begann die Leute zu fragen, die ihr begegneten, doch niemand hatte den Hakim gesehen. Er schien seit dem frühen Abend wie vom Erdboden verschluckt. Isaura spürte, wie Unruhe sie erfasste, die sich zu einer Panik auszuweiten drohte. Er war ihr Halt, ihr Ruhepol in dieser Welt. War ihm etwas zugestoßen?

Bis in die frühen Morgenstunden irrte sie zwischen den Mauern und Türmen der Alhambra umher, bis sie ihn unter einem der Tore, die vom Albaicín heraufführten, entdeckte. Er hatte sich einen unauffälligen braunen Mantel über sein Festgewand geworfen und blickte ernst drein, war aber offensichtlich unversehrt. Mit einem Aufschluchzen lief sie ihm entgegen und zog ihn in ihre Arme. Verwundert sah er sie an.

»Ich habe dich seit Stunden gesucht. Ich hatte Angst um dich!«

Mit zerknirschter Miene küsste er ihr die Stirn. »Verzeih, mein Liebes, ich wollte dir nicht das Fest verderben. Ich sah dich mit Jimena und Angelo und dachte, du würdest meine Abwesenheit nicht bemerken.«

»Wo warst du?«

»Bei meiner Familie unten im Albaicín«, antwortete er leise. »Die Könige wollen nicht, dass wir dorthin gehen, doch ich musste sehen, wie es um sie steht.«

Samira und Kamil, die sie so herzlich bei sich aufgenommen hatten. Es schien eine Ewigkeit seitdem vergangen zu sein. Isaura schluckte. »Und? Wie haben sie die Belagerung überstanden?«

Abu Amin zog eine Grimasse. »Sie sind ein wenig dünner geworden. Samira jammert, all ihre schönen Gewänder würden wie Säcke an ihr herunterhängen und sie würde wie ein hungriges Bettelweib aus der Vorstadt aussehen.«

Isaura lächelte schwach. »Kann man etwas für sie tun?«

Abu Amin hob die Schultern. »Ich weiß es nicht. Ich denke, wenn sich die Lage ein wenig beruhigt hat und das Leben wieder in geordneten Bahnen verläuft, können wir für Kamil sprechen. Er ist ein kluger Kopf. Der Graf von Tendilla ist auf die Mitarbeit fähiger Männer angewiesen, will er dieser Stadt wieder zu ihrer einstigen Blüte verhelfen.«

Isaura stimmte ihm erfreut zu. »Ich denke, das wird gehen. Ich habe ihn als einen vernünftigen Mann kennengelernt. Der Graf ist kein Fanatiker wie manch andere, die sich von ihren Vorurteilen leiten lassen.«

»Von denen es viel zu viele gibt«, seufzte der Hakim. »Kamil fürchtet, dass die Versprechen der Könige nicht viel wert sind. Wie lange werden sie die Muslime ungestört beten lassen? Wie lange ihre Moscheen und ihre Traditionen schützen?«

»Talavera ist der richtige Erzbischof für diese Stadt«, wandte Isaura ein. »Er will niemanden zu etwas zwingen. Er will überzeugen. Er hat Arabisch gelernt, um mit den Imamen sprechen und den Koran verstehen zu können, und er will den Menschen unseren Glauben in ihrer Sprache verständlich machen.«

»Aber die Könige, ihre Kardinäle und Inquisitoren, werden die geduldig zusehen?«

Isaura schwieg und versuchte, die Beklemmung abzuschütteln, die sie ergriff. Erst gestern war sie dazugekommen, als Isabel ihrem Schreiber eine Antwort an den Erzbischof von León diktierte, der sich über die Milde bei der Übernahme von Granada beschwerte. Dies sei weder im Sinne des Reiches noch im Sinne des christlichen Glaubens!

Wie gern hätte Isaura ihrem Mann widersprochen und seine Befürchtungen zerstreut, aber sie schwieg, wusste sie doch, der Vertrag war nicht das Pergament wert, auf das er geschrieben worden war.

Kapitel 30

Granada, 1492

Es war ein herrlicher Morgen. Die Mandelbäume standen in voller Blüte, und die Sonne erhob sich in einen frisch blauen Frühlingshimmel. Isaura war früh aufgestanden und schlenderte nun durch die noch menschenleeren Gärten. Sie hatte die Alhambra verlassen und war zum Gartenpalais der Nasridenfürsten hinübergegangen, das diese auf dem benachbarten Hügel errichtet hatten. Von dort tat sich ein herrlicher Blick über die Stadt und über die Alhambra mit ihren roten Mauern und Türmen auf.

Isaura betrachtete wieder einmal voller Staunen das Bild vor den schneebedeckten Bergen, als sie eine Stimme vernahm. Die Worte klangen arabisch und doch auch ein wenig seltsam. Verwirrt runzelte sie die Stirn. Die Neugier trieb sie um die Lorbeerbüsche, bis sie den Mann sehen konnte, der mit einem aufgeschlagenen Buch auf und ab ging und arabische Sätze aufsagte.

»Fray Hernando«, rief sie überrascht. »Oh, Verzeihung, Exzellenz, ich wollte nicht stören.«

Der neue Erzbischof von Granada sah von seinem Buch auf und lächelte. »Ich frage mich immer noch, ob ich gemeint bin, wenn ich mit Exzellenz angesprochen werde. Der Bruder klingt vertrauter in meinen Ohren.«

Isaura erwiderte das Lächeln. »Und doch werdet Ihr Euch

daran gewöhnen müssen. Ihr gehört nun zu den wichtigsten Vertretern der Kirche.«

Hernando de Talavera zog eine Grimasse. »Und auch das ist mir noch ein wenig unheimlich.«

»Es ist eine große Chance! Ich habe gehört, wie Ihr mit dem König gestritten habt, um ihn daran zu hindern, die Inquisition nach Granada zu bringen.«

»Der erste Sieg ist errungen, doch es stehen noch viele Kämpfe aus. Nicht alle werde ich gewinnen«, fügte er betrübt hinzu.

Isaura nickte. »Dennoch solltet Ihr niemals aufgeben.«

Sein Lächeln wurde breiter. »Das habe ich auch nicht vor. Deshalb übe ich in den frühen Morgenstunden meine arabische Aussprache. Ich dachte, um diese Zeit bin ich hier vor Spott sicher.«

Isaura hob abwehrend die Hände. »Ich spotte ganz sicher nicht. Ich bewundere Euch, wie Ihr Euch dafür einsetzt, dass eingehalten wird, was die Könige versprochen haben.«

»Hat Christus uns nicht Versöhnung gelehrt und das Miteinander?«, sagte er sanft.

Isaura schnaubte. »Predigt das den Inquisitoren!«

Talavera schüttelte den Kopf. »Deren Herzen werde ich nicht erreichen, doch vielleicht die der Menschen in dieser Stadt. Ich habe bereits begonnen, christliche Lehrbücher ins Arabische übersetzen zu lassen, und ich möchte, dass die Priester dieser Stadt ihre Sprache lernen. Wir werden uns mit den Imamen und Korangelehrten zu einem offenen Austausch treffen.« Sie seufzte angesichts seiner Begeisterung.

»Ihr werdet Euch viele Feinde damit machen.«

»Das ist wahr, aber ist das ein Grund, es nicht zu versuchen? Lehrt uns Christus etwa, bei jedem Widerstand aufzugeben?«

Isaura streckte ihm spontan ihre Hände entgegen, die der Erzbischof mit festem Druck umfing. »Ihr seid das Beste, was Granada passieren konnte«, stieß sie hervor und spürte, wie sie errötete, doch Talavera schien keinen Anstoß an ihren Worten zu nehmen.

Als Isaura zum Palast zurückkehrte, traf sie auf einen weiteren wichtigen Kirchenmann. Sie begrüßte Kardinal Mendoza, der einen Franziskanermönch an seiner Seite hatte, den sie nicht kannte.

»Fray Francisco Jiménez de Cisneros«, stellte er seinen Begleiter vor, einen hageren Mönch, der Askese und Fasten sehr ernst zu nehmen schien.

»Ich möchte meinen Schützling der Königin vorstellen«, verriet er.

Isaura begrüßte den streng dreinblickenden Franziskaner. Der Name kam ihr bekannt vor. Hatte sie über diesen Mann nicht gelesen? War er mehr als irgendein Mönch? Gehörte er zu den Männern, die Geschichte schreiben würden? Sie grübelte noch immer, als sie in den Audienzsaal eintraten, wo sich Isabel gerade mit einem Botschafter aus Portugal unterhielt. Sie war betrübt über den Unglücksfall des Thronfolgers, der ihre Älteste bereits nach wenigen Monaten zur Witwe hatte werden lassen. Nun streckte man vorsichtig die Fühler aus, ob sein Nachfolger nicht mit den Thronansprüchen auch die Witwe übernehmen wollte, doch wie sie in einem Brief ihrer Tochter lesen musste, war diese nicht so einfach bereit, sich zu fügen. Es würde wohl noch ein wenig Zeit nötig sein und Überredungskunst ihrer Mutter.

Isabel verabschiedete den Botschafter und wandte sich Kardinal Mendoza zu. »Wen bringt Ihr mir, Eminenz?«

»Euren neuen Beichtvater, Majestät. Ich sage Euch, der Herr hat ihn mit besonderen Gaben gesegnet, und ich hätte es als Verschwendung angesehen, diese nicht zu fördern. Ich habe ihn auf die Universität nach Salamanca geschickt, wo er sich mit Theologie und Rechtswissenschaften beschäftigt hat. In Rom wurde er zum Priester geweiht. Ich dachte, er würde die Kirchenleiter zwei Stufen auf einmal nehmen, doch er ist ein wenig stur und viel zu bescheiden. Er trat in eines der Franziskanerklöster auf meinen Gütern ein, wo ich ihn nun herausgeholt habe, um ihn Euch zu bringen.«

Der Franziskaner blickte noch immer streng drein, so als hätte er Mendozas Worte gar nicht gehört. Auch als Isabel ihn willkommen hieß, zeigte er kein Lächeln. Dennoch sah Isaura, dass er Isabel gefiel. Er sollte ein würdiger Nachfolger Talaveras werden, der nun keine Zeit mehr hatte, mit seiner Königin zu reisen und ihr die Beichte abzunehmen.

Als Isaura später mit ihrem Gatten, Jimena und Don Angelo beim Frühmahl saß, beobachtete sie den neuen Beichtvater, der noch weniger aß als Talavera und wie die Königin keinen Wein anrührte.

Plötzlich fiel es ihr ein. Sie hatte über ihn gelesen. Im Zusammenhang mit der Inquisition. Isaura spürte, wie sich ihr alle Nackenhaare aufstellten. Dieser Mönch würde nicht nur Kardinal Mendoza beerben und zum Primas von Spanien aufsteigen. Er würde auch Tomás de Torquemada ablösen und als Großinquisitor dem toleranten Umgang Talaveras mit den Mauren ein Ende setzen.

Erst würden in Granada Bücher brennen und dann Menschen.

»Wohin reiten wir?«, erkundigte sich Isaura, als die Königin ihre beiden Damen anwies, sich für eine kleine Reise bereit zu machen. Beatriz und die anderen würden im Palast bleiben. Vielleicht war Isabel ihr Gejammer leid, nach wie vor hasste Beatriz es zu reisen. Und seit sie den Palast der Nas-riden bezogen hatten, wollte sie am liebsten überhaupt nirgends sonst mehr hin.

»Wenn ich nur Andrés herholen lassen könnte«, seufzte sie, wenn sie durch die weitläufigen Höfe und Gärten schlenderte. Es war, als atmeten die Gemächer noch die Atmosphäre des nasridischen Hofes aus mit seiner Kunst, der Musik und dem Tanz und den feinen Speisen, die man auf einem Diwan oder Ruhebett zu sich nahm.

»Wohin geht es?«

»Nur nach Santa Fé. Wir werden morgen zurückkommen.«

Das Lager Santa Fé wurde mit jeder Woche mehr zur christlichen Stadt. Neben den Zelten der Kämpfer entstanden Steinhäuser, und die hölzernen Palisaden wichen einer echten Stadtmauer.

Isaura war mit ihren eigenen Gedanken beschäftigt und fragte nicht weiter nach, auch nicht, als sie in den noch nicht ganz fertigen Bau traten, in dem der Stadtverwalter von Santa Fé sie begrüßte. Erst als der Name desjenigen fiel, mit dem die Königin sprechen wollte, hatte das bevorstehende Treffen Isauras volle Aufmerksamkeit. Es durchzuckte sie wie ein Stromschlag, und sie reckte den Kopf, als er gemeldet wurde.

»Der Genueser Cristobal Colón, Eure Majestät.«

Cristobal Colón! Den man auch Christoph Kolumbus nannte. Der Mann, der Amerika entdecken und eine neue Zeit einläuten sollte.

Isaura starrte ihn an. Er musste etwa in ihrem Alter sein, war groß und schlank und musterte seine Umgebung offen und ohne Scheu. Er begrüßte die Majestät höflich und nahm dankend am Tisch Platz, wo sich bereits einige von Isabels

Beratern eingefunden hatten. Auch Erzbischof Talavera war unter ihnen. Er war es auch, der das Gespräch eröffnete.

»Señor Colón, Ihr habt uns Eure Idee bereits vor sieben Jahren unterbreitet, und wir haben in einer Kommission das Vorhaben lange geprüft und für nicht durchführbar befunden.«

In Kolumbus' Augen blitzte es. »Ach, die Kirche glaubt noch immer, dass die Erde eine Scheibe ist?«

Talavera ging auf die Provokation nicht ein. »Eure Berechnungen sind fehlerhaft. Es kann nicht gelingen.«

Doch der Genueser ließ sich nicht entmutigen. Er beugte sich vor und sah Isabel an. »Die Zahlen mögen an der einen oder anderen Stelle noch nicht exakt sein, aber die Wahrheit ist unumstößlich. Wenn wir nach Westen segeln, dann erreichen wir Indien und erschließen einen Seeweg, der Euch schneller und billiger als allen anderen Herrschern die unglaublichen Schätze dieses Kontinents erschließt.«

Diese Vorstellung schien durchaus nach Isabels Geschmack, doch am Ende stimmten alle gegen das Vorhaben.

»Was fordere ich denn schon?«, rief Kolumbus verzweifelt. »Drei Schiffe und den Titel eines Admirals. Was bedeutet das für die mächtigste Königin von ganz Europa? Für mich bedeutet es alles. Und für Euch wäre es eine Möglichkeit, Macht und Reichtum des Landes zu mehren.«

Aber die Königin und ihre Berater ließen sich nicht umstimmen, obgleich Kardinal Mendoza durchblicken ließ, er wäre durchaus bereit, drei Schiffe ausrüsten zu lassen.

Der Glanz in den Augen des Seefahrers war erloschen, als er sich verabschiedete, um sich auf dem Rücken seines Esels an Frankreich zu wenden, seine letzte Hoffnung, nachdem ihn Portugal hingehalten hatte und weder England noch Holland Interesse zeigten.

Isaura schlüpfte unbemerkt aus dem Saal und passte Kolumbus draußen auf der Schwelle ab. Sie wusste, dass sie das nicht tun sollte, und dennoch konnte sie nicht anders. Seine Enttäuschung berührte sie. »Señor Colón«, sprach sie ihn leise an.

Fragend sah er die Hofdame der Königin an. »Ja, Doña?«

»Ihr müsst Euch nicht grämen. Die Königin wird sich besinnen. Ihr werdet noch in diesem Jahr aufbrechen und große Entdeckungen machen!«

Misstrauen schlich sich in seine Miene. »Schickt Euch die Königin?«

Isaura schüttelte den Kopf. »Nein, sie braucht noch ein paar Tage, um sich zu besinnen.«

Sie sah, dass er ihr nicht glaubte. Warum sollte er? Er konnte nicht ahnen, dass sie den Lauf der Geschichte kannte.

Kolumbus wandte sich ab und ging zu seinem Esel, stieg auf und ritt davon.

»Mir gefiel seine stolze Haltung«, sagte Jimena, die zu Isauras Freude zwei Tage später am Abend das Gespräch wieder auf Cristobal Colón brachte. »Und nun geht er zu den Franzosen. Anne de Beaujeu wird ihn sicher mit offenen Armen aufnehmen.«

»Ja, aber findet ihr nicht, dass Colón die Maßlosigkeit selbst war?«, wollte die Königin wissen.

Luis de Santangel, der Schatzmeister der königlichen Schatulle, zog eine Grimasse. »Maßlos? Drei Schiffe, der Titel eines Admirals und ein Zehntel des Gewinns, ist das zu viel für die halbe Welt, die er Euch dafür zu Füßen legt?«

Isabel hob abwehrend die Hände. »Für eine Welt, die vermutlich nur in seinen Träumen existiert. Er ist ein Fantast.«

Luis de Santangel hob die Augenbrauen. »Glaubt Ihr das wirklich, Majestät?«

Isabel schwieg und starrte ihn an. In ihrer Miene zeichnete sich Verblüffung ab. »Nein«, sagte sie, offenbar selbst ein wenig erstaunt.

Isaura öffnete den Mund, um den letzten Rest an Überzeugungsarbeit zu leisten, den es noch bedurfte, doch Luis de Santangel sprach bereits weiter: »Ihr habt bei Euren Unternehmungen immer viel Mut bewiesen, Majestät, und Ihr habt leichten Herzens viel Geld aufgewendet, wenn Ihr an etwas geglaubt habt. Was könnt Ihr verlieren?«, fragte der Schatzmeister. »Colón will gerade einmal drei Schiffe von Euch und einen Titel, der nichts kostet. Auf der anderen Seite, stellt Euch vor, was wäre, wenn er Erfolg hätte? Was für einen Gewinn an Macht und Einfluss und an Schätzen. Zu Gottes Ehre! Wollt Ihr riskieren, dass dies Frankreich in den Schoß fällt?«

Wie in Trance erhob sich Isabel von ihrem Platz und ließ den Blick über die Runde schweifen, doch vermutlich sah sie die neue Welt vor sich, die ihr gehören könnte.

»Zum Ruhm Kastiliens!«, flüsterte sie. Dann sah sie den Schatzmeister an. »Schnell, schickt ihm einen Boten hinterher. Bringt Cristobal Colón zurück!«

Am 3. April 1492 stach Christoph Kolumbus mit seinen drei Schiffen, der Pinta, der Niña und der Santa Maria, in See, um den westlichen Seeweg nach Indien vergeblich zu suchen, dafür aber einen neuen Kontinent zu entdecken: Amerika!

Als sich Kolumbus zuvor bei Hof verabschiedete, trat er zu Isaura und sah sie lange an.

»Ich habe Euch nicht geglaubt.«

Isaura lächelte. »Ich weiß, aber nun ist alles gut.«

Der prüfende Blick blieb unverwandt auf sie gerichtet. »Wie konntet Ihr das wissen? Seid Ihr eine Hexe oder eine weise Frau, die in die Zukunft blicken kann?«

Isaura hob die Schultern. »Nennt es, wie Ihr es wünscht.«

Er griff nach ihrer Hand und trat noch ein Stück näher. »Ist es so, wie ich es gesagt habe?«

Isaura wand sich. Was sollte sie sagen? Wie viel konnte sie ihm verraten?

»Nicht ganz«, antwortete sie vage. »Bei Eurer Berechnung der Entfernung nach Indien ist Euch ein Fehler unterlaufen, aber vermutlich wisst Ihr das bereits?«

Er winkte ab, als wäre dies nicht so wichtig. »Sagt mir, Doña Teresa, segeln wir in unser Verderben, oder werden wir Erfolg haben?«

»Euch wird eine der größten Entdeckungen der Menschheit zuteil«, sagte sie. »Ihr werdet als Held wiederkehren und die Welt für immer verändern.«

Kolumbus beugte sich über ihre Hand und küsste ihre Fingerspitzen. »Ich werde dafür beten, dass Ihr recht behaltet und wir uns wiedersehen, wenn ich als Held zum Ruhme Eurer Königin zurückkehre.«

Das Leben auf der Alhambra war wie ein farbenprächtiger Traum. Besucher kamen und gingen und schlenderten staunend durch die Paläste. Die Könige waren guter Dinge, ließen Feste ausrichten und jeden Abend Berge an Köstlichkeiten servieren.

Doch dann kam ein Besucher, der weder in der Stimmung war, Feste zu feiern, noch die Köstlichkeiten versuchen wollte. Als sein Name gemeldet wurde, hatte Isaura das Gefühl, ihr Magen würde sich verknoten. Sie schob ihren Teller weg und starrte zur Tür, unter der – hochgewachsen und hager wie immer – der Großinquisitor Tomás de Torquemada stand.

Fernando erhob sich, ging auf ihn zu und lud ihn herzlich ein, an der Tafel Platz zu nehmen.

»Nun, was gibt es aus Kastilien zu berichten?«, erkundigte sich Isabel, während der Inquisitor sich lediglich seinen Becher mit Wasser füllen und ein Stück Brot geben ließ.

Torquemada starrte Isabel mit diesem Blick an, der einem Schauder über den Rücken rinnen ließ, dann erhob er seine Stimme, und alle im Saal verstummten.

»Es steht nicht zum Besten in Eurem Reich, Majestät. Habt Ihr von den Prozessen von Ávila gehört?«

Isabel nickte vage. »Nichts Genaues. Es gab ein großes Autodafé.«

Isaura spürte die Übelkeit in ihrem Magen. Sie sah zu Jimena hinüber, die ebenfalls elend aussah. Amin griff unter dem Tisch nach ihrer Hand und drückte sie. Dankbar sah sie ihn an, während die Worte des Inquisitors sie wie Messerstiche peinigten.

»Es war ein hässlicher Prozess«, berichtete er, »doch noch hässlicher waren die durch die Geständnisse zutage gebrachten Verbrechen. Wir alle wissen vom ketzerischen Verhalten der *Conversos*, die den alten mosaischen Gesetzen anhängen, doch nun mussten wir erfahren, dass sie in ihren ketzerischsten Ritualen gemeinsame Sache mit den Juden machen. Ich will nicht die ganze Jauchegrube vor Euch öffnen, auf die wir stießen. Tatsache ist aber, dass die *Conversos* gemeinsam mit den Juden Hostien geschändet und ein christliches Kind in einer grauenhaften Zeremonie geopfert haben. Die *Conversos* haben wir in Ávila dem Feuer übergeben, doch was wird aus den Juden? Nicht nur aus diesen Verbrechern. Aus allen Juden?«

»Es ist nicht die Aufgabe der Inquisition, Juden den Prozess zu machen«, erinnerte ihn Isabel.

»Das ist richtig«, gab der Inquisitor zurück. »Doch sollen wir es noch länger hinnehmen, dass sie mit ihrem falschen Glauben und ihren verderbten Ritualen Christen verderben und durch ihren Einfluss verhindern, dass die *Conversos* zu guten Christen werden? Sollen wir weiterhin zusehen, wie sie Hostien schänden und Christenkinder abschlachten?«

Isaura öffnete den Mund, doch die Hand unter dem Tisch zwang sie zu schweigen, während der Inquisitor fortfuhr: »Es liegt in Euren Händen, Majestät, dieses Ungeziefer Eures Landes zu verweisen.«

Im Saal herrschte Totenstille, doch Torquemada schien das nicht zu bemerken. Ungerührt brach er sich ein Stück Brot ab und schob es in den Mund.

»Das wird die Königin nicht zulassen«, raunte Abu Amin Isaura beruhigend zu.

Isaura sagte nichts, denn sie wusste, dass er sich irrte.

Es war am 30. April, als eine Delegation von Juden bei den Königen auf der Alhambra vorsprach. Ihr Sprecher war der königliche Steuereinnehmer Isaak Abrabanel. Den Juden war nicht verborgen geblieben, welche Gefahr sich in Gestalt des Großinquisitors immer bedrohlicher über ihnen erhob, und so galt es, rechtzeitig gegenzusteuern, um die guten Kontakte, die sie seit Isabels Regierungsantritt mit ihr gepflegt hatten, in Erinnerung zu rufen und zu festigen. Waren nicht einige ihrer treusten Berater Juden? Allen voran Abraham Senior, der sie vom ersten Tag an unterstützt hatte.

So kamen sie voller Erwartungen und trafen auf ein aufgeschlossenes Königspaar, das sie freundlich empfing. Die Juden kamen nicht mit leeren Händen. Dreißigtausend Golddukaten hatten sie in ihren Gemeinden gesammelt. Außerdem hatten sie stets Isabels Kriegszüge großzügig mit ihren Darlehen finanziert. Im Gegenzug würden die Glaubensbrüder unter dem Schutz der Majestäten von Verfolgung verschont bleiben.

Jimena stieß Isaura in die Seite und raunte ihr zu: »Sieh dir Fernandos Gesicht an. Mit Gold kann man den König immer beglücken. Ich glaube, sie haben nicht nur Isabel überzeugt.«

Isaura wollte ihr gerade antworten, als der Großinquisitor in den Saal stürmte. Mit wehendem Gewand, wie von Furien gehetzt, rannte er herein und schrie: »Judas Ischariot verriet Christus für dreißig Silberlinge. Eure Hoheiten sind dabei, ihn für dreißigtausend zu verraten!« Er riss sich sein Kruzifix vom Hals und schleuderte die Kette den Majestäten zu Füßen. Dann kehrte er auf dem Absatz um und verließ den Saal.

Betretenes Schweigen senkte sich herab. Isabel und Fernando verabschiedeten die jüdische Delegation, ohne eine Zusage zu geben. Isabel eilte in ihre Gemächer und wollte von niemandem gestört werden, während Fernando den Schatzmeister aufsuchte und ihm Fragen zum Vermögen der Juden in Granada und anderen Städten stellte. Dreißigtausend waren nicht zu verachten, doch war das Vermögen der Juden im Land nicht ein Tausendfaches wert?

Jimena, Isaura und ihre beiden Männer trafen sich in den Gärten und sahen einander ratlos an.

»Das wird sie nicht tun«, hoffte Jimena noch immer, aber selbst ihr Gatte schüttelte den Kopf.

»Fernando rechnet schon jetzt aus, wie viel Gold in seine Schatulle fließen wird, und Isabel war von Anfang an diesem Torquemada hörig.«

Abu Amin war fassungslos, doch auch er sah keine Hoffnung. »Sie werden gehen müssen«, sagte er. »Heute die Juden und morgen die Mauren, wir werden es erleben.« Er sah Isaura fragend an, die seinen Blick mied und zu Boden starrte. Sie hasste es, ihm keine Hoffnung schenken zu können.

Bereits am nächsten Tag unterzeichneten Fernando und Isabel das Verbannungsedikt.

»Alle Juden haben das Königreich bis zum 1. Juli 1492 zu verlassen«, lautete der Beschluss. »Sollten sie zurückkehren, werden sie zum Tode verurteilt. Es ist ihnen verboten, Geld und andere Wertsachen mitzunehmen.

Der Vorwand hierfür war, dass den Christen Schaden durch die Ausübung der jüdischen Glaubensvorschriften zugefügt worden wäre.

Jimena bestürmte die Königin, nicht solch ein Unglück über tausende Menschen zu bringen, doch diese schüttelte nur mit unbewegter Miene den Kopf.

»Es geht um den Glauben, um den wahren Glauben«, sagte sie nur. »Es ist ihre freie Wahl, sich für die Taufe zu entscheiden und zu bleiben.«

»Ach ja? Um dann als *Conversos* von der Inquisition verfolgt zu werden?«, schrie Jimena.

Isabel sah sie mit diesem kalten Blick an, den sie sonst für unbotmäßige Adelige und Kirchenmänner reserviert hatte. »Sie brauchen nur nicht vom rechten Pfad des Glaubens abzuweichen, dann wird ihnen nichts geschehen.«

»Glaubst du das wirklich?«, schleuderte ihr Jimena ins Gesicht. »Dann bist du blind und naiv!«

Isabel drehte sich wortlos um und ging davon. Jimena starrte ihr empört nach. Die Entscheidung war gefallen, und die Könige würden sie nicht wieder ändern.

Abraham Senior wählte die Taufe und blieb bei Hof. Doch die meisten entschieden sich für das Exil. Wohin jedoch sollten sie gehen? Wovon konnten sie leben? Es war ihnen erlaubt, ihre Güter zu verkaufen, doch was sollte ihnen das nutzen, wenn sie kein Geld oder Gold aus dem Land bringen durften? Außerdem war es nicht leicht, einen Käufer zu finden. Die Christen spekulierten mit ihrer Not. Sie hofften nicht grundlos darauf, sich am Ende die wertvollsten Häuser und Ländereien für ein paar Lumpen und einen alten Esel unter den Nagel reißen zu können.

Ihre Zeit lief ab. Der Mai verstrich, und dann kam der Juni, strahlend schön, doch Isaura war es, als hätte sich die Sonne verdunkelt. Sie hatte Isabel einmal abgepasst und versucht, ihr das Leid, das sie so vielen tausenden aufbürdete, vor Augen zu führen, doch die Königin blieb uneinsichtig. Dann versuchte Isaura es damit, ihr den Schaden für Spanien klarzumachen. Sie würde einmalig ihre Schatulle mit dem Geld der Vertriebenen füllen, doch dann würden keine Juden mehr da sein, die fleißig für das Land arbeiteten und ihre Steuern und die vielen Sonderabgaben an die königliche Kasse zahlten.

»Hier geht es nicht um Geld!«, wehrte Isabel brüsk ab.

In Fernandos Augen schon, dachte Isaura, sagte es aber nicht. In einem letzten Versuch sprach sie über den Großinquisitor. »Du weißt tief in deinem Innern, dass er fanatisch ist und diese ganzen Hinrichtungen Gott ganz sicher nicht gefallen. Christus hat uns Nächstenliebe gelehrt!«

»Ich muss mein Volk vor dem verderblichen Einfluss der Juden schützen, die unseren Herrn Jesu ermordet haben und weiterhin Gräueltaten verüben. Du hast doch von den Prozessen gehört!«

Isaura stöhnte. »Torquemada hat diese Menschen so lange foltern lassen, bis sie alles gestanden haben, was man von ihnen hören wollte. Wie kannst du nur so blind sein?«

Isabel sah ihre Hofdame abweisend an. »Ich verbitte mir diesen Ton. Ich werde nicht mehr über dieses Thema sprechen.«

Isaura verstummte. Sie wusste ja, dass es nicht in ihrer Macht lag, die Geschichte zu ändern. Gerade das nagte an ihr und quälte sie Tag und Nacht. Sie zog sich in ihre Gemächer zurück oder ging allein durch die Gärten. Abu Amin war in diesen Tagen häufig im Albaicín unterwegs, um seiner Familie und Freunden zu helfen, unter den christlichen Königen Fuß zu fassen und eine Position zu erlangen, die sie – hoffentlich – unangreifbar machte.

Im Gegensatz zu Isaura gab Jimena nicht auf, die Königin zu bedrängen, wann immer sich eine Gelegenheit bot, doch auch sie hatte keinen Erfolg.

»Es geht um die Reinheit des Glaubens und um die Seele der Christen«, behauptete sie stets.

»Und was ist mit deiner Seele?«, schleuderte ihr Jimena entgegen. »Wie wird das Jüngste Gericht einst über dich entscheiden, wenn all die Hingerichteten, die elend Gestorbenen und die Vertriebenen auf dich zeigen?«

Isabel sah sie ungerührt an. »Ich habe ein gutes Gewissen. Gott wird die Reinheit meiner Absichten erkennen.«

»Darauf willst du hoffen?«

»Nun ist es aber genug!« Der König schlug mit der Faust auf den Tisch. »Von nun an keine solchen Reden an meinem Hof, Doña Jimena, sonst seid Ihr hier nicht mehr erwünscht! Denkt daran, dass auch Eure Familie jüdisch war und Ihr hier einen besonderen Schutz genießt.«

Jimena öffnete den Mund und starrte Fernando fassungslos an. Er drohte ihr ganz offen mit der Inquisition? Angelo ergriff die Hand seiner Frau und zog sie aus dem Saal.

In Jimenas Augen brannten Tränen. »Ich glaube nicht,

dass ich an einem Hof bleiben will, der sich christlich nennt, aber barbarischer handelt als jeder maurische Emir, der hier regiert hat.«

Nichts konnte das Schicksal aufhalten. Der Tag der Verbannung rückte so unerbittlich näher wie die gnadenlose Sommerhitze Spaniens. Die Straßen Kastiliens und Andalusiens füllten sich mit den jüdischen Flüchtlingen. Männer, Frauen und Kinder, Greise, Kranke und Hochschwangere. Es gab keine Ausnahmen. Bei brütender Hitze zogen sie über die staubigen Straßen. Wohin? Wohin nur sollten sie gehen? Und wie sollten sie es überhaupt bis über die Grenze schaffen? Selbst wenn die Christen Mitleid mit ihnen fühlten, so war es ihnen doch bei Strafe verboten, den Verbannten auch nur einen Schluck Wasser zu geben!

Isaura saß weinend in ihrem Gemach und wollte niemanden sehen, während Jimena mit versteinerter Miene auf und ab ging.

Auf den Straßen spielten sich derweil Dramen ab. Alte und Kranke brachen am Wegesrand zusammen und starben. Kinder wurden im Staub geboren und verendeten mit ihren Müttern wie Vieh. Viele Juden erreichten die Küste des Mittelmeers und traten auf kaum seetüchtigen Kähnen die Überfahrt an, doch die meisten landeten in den Händen von Piraten, die ihnen die Bäuche aufschlitzten auf der Suche nach verschluckten Goldmünzen oder Edelsteinen. Andere gingen nach Portugal, wo ihnen – anders als ihre Mutter – die Infantin Isabel Schutz anbot – zumindest für eine Weile, ehe sie auch von dort vertrieben wurden.

Wer Griechenland oder Konstantinopel erreichte, der konnte sich glücklich schätzen. Sultan Bajazit II. nahm die Flüchtlinge mit offenen Armen auf. Und auch diejenigen, die sich bis nach Rom durchschlugen, fanden beim Heiligen Vater in dessen Kirchenstaat eine neue Heimat.

Mehr als zweihunderttausend Juden waren aufgebrochen, gezwungen, ihre Heimat zu verlassen, doch keiner konnte sagen, wie viele diesen Exodus überleben würden.

Kapitel 31

Es war Sonntagabend. Die Sonne stand bereits tief über dem Duero und ließ sein Wasser golden aufleuchten. Marco saß auf der Bank vor Isauras Häuschen, ein Glas Rotwein vor sich auf dem klapprigen Gartentisch. Daneben standen ein Korb mit frischem Brot und eine Schüssel mit eingelegten Oliven, sein karges Abendmahl. Er hatte wieder einmal keinen rechten Appetit – ganz im Gegensatz zu Golondrino, dem das Fehlen seiner Herrin zumindest nicht auf den Magen schlug. Er hatte seinen Teller bis zum letzten Krümel geleert und saß nun einige Meter entfernt im Hof in der Abendsonne. Mit Hingabe putzte er sich sein getigertes Fell. Die raue Zunge fuhr immer wieder die Beine entlang bis zu den Pfoten hinunter, ehe er sich seinem Bauch zuwandte. Marco richtete seinen Blick wieder auf die Seiten des Buchs in seiner Hand. Er überflog die Ereignisse, die sich vor so langer Zeit in Kastilien und Andalusien zugetragen hatten, und geriet immer tiefer in den Bann der Geschichte. Vielleicht war es *La Caminata* tatsächlich gelungen, einen Teil ihrer Magie in dem Buch zu bannen, dass es den Leser so sehr fesseln und mit sich reißen konnte. Marco las und las. In fliegender Hast blätterte er die Seiten um. Er bemerkte nicht, wie die Sonne tiefer sank und dann hinter den dunkeln Wolken verschwand, die sich am Horizont auftürmten. Ein erstes Donnergrollen in der Ferne kündigte das sich nähernde Gewitter an.

Da war es! Marco hielt inne. Tief in sich hatte er es gespürt – nun starrte er auf die Worte, die es bestätigten. Bilder tauchten vor ihm auf, vermischten sich miteinander. Zwei Frauen, durch Jahrhunderte voneinander getrennt, stiegen dieselbe Treppe hinauf. Isaura und Teresa. Er wusste nicht mehr, welche welche war. Sie sahen einander so verblüffend ähnlich. Die Frauengestalt erreichte den oberen Treppenabsatz und wandte sich nach links, doch wo bisher eine geschlossene Tür gewesen war, schwang diese nun auf, und ein Mann trat heraus. Er kannte ihn bereits. Sein Name war Tomás de Torquemada, der Inquisitor, der gekommen war, die Reinheit des Glaubens mit Feuer zu erzwingen.

Teresa hob die Hände in einer abwehrenden Bewegung und wich ein Stück zurück. Der Inquisitor fixierte sie und folgte ihr nach.

»Doña Teresa, was führt Euch hierher?«

Sie schüttelte nur stumm den Kopf, doch er kam noch näher und fuhr fort: »Ich weiß, dass man sagt, Ihr seid nur stumm, doch ich spüre die Dämonen in Euch, die nicht nur Euch selbst vergiften. Ihr stammt aus verdorbenem Fleisch und könnt selbst nur verdorben sein. Teresa de Lucena, wart Ihr schon einmal in Lucena?«

Teresa schüttelte den Kopf.

»Es ist ein vergiftetes Judennest«, zischte der Inquisitor. »Sie leben dort in ihrem Reichtum, den sie sich von redlichen Christen zusammengerafft haben. Ich kann Eure jüdische Herkunft geradezu riechen! Wann hat sich Eure Mutter taufen lassen? Wann hat sie zum Schein dem mosaischen Gesetz abgeschworen?«

Teresa schüttelte nur den Kopf und wich weiter zurück.

»Ich sage Euch, Dominga de Lucena ist eine Ketzerin und eine Hexe, und ich werde sie auf meinen Scheiterhaufen brennen sehen – und Euch dazu, das schwöre ich!«

Teresas Mund öffnete sich in einem stummen Schrei. Sie wich noch weiter zurück. Durch die offene Tür auf den Balkon hinaus, bis ihr Rücken gegen die schadhafte Balustrade stieß.

Sie warf die Arme in die Luft, als sie das Gleichgewicht verlor. Tomás des Torquemada rührte sich nicht vom Fleck. Ein Ausdruck wie ein Lächeln umspielte seine Lippen, als sie in stummer Verzweiflung nach hinten fiel und ihr Körper auf dem Steinboden, drunten im Hof, mit einem schauerlichen Geräusch aufschlug.

Marco zuckte zusammen. Krallen bohrten sich schmerzhaft durch sein Hosenbein. Der Kater maunzte kläglich, dann zerriss ein Blitz den bedrohlichen Wolkenturm über ihnen. Der Donnerschlag ließ die Erde erbeben. Golondrino stellte die Nackenhaare auf, fauchte und schoss dann ins Haus. Eine Windböe warf das Glas auf dem Tisch um. Der rote Wein floss in den Kies. Marco schlug das Buch zu, schnappte sich den Brotkorb und die Oliven und lief hinter dem Kater her ins Haus, gerade als die ersten dicken Tropfen vom Wind gegen die Scheiben geschleudert wurden. Eine Böe knallte die Tür hinter ihm zu. Marco ging in die Küche und trat ans Fenster. Es schien schlagartig Nacht geworden zu sein. Nur die Blitze zerrissen in immer kürzeren Abständen die gewaltigen Wolkentürme und tauchten die Landschaft für einen Wimpernschlag lang in gleißendes Licht. Danach schien alles noch finsterer, während der Donner grollte und dröhnte.

Marco schaltete das Licht ein und ließ sich auf der Eckbank nieder. Er schlug die Seite wieder auf und las begierig weiter. Golondrino gesellte sich zu ihm und rollte sich auf einem der Kissen zusammen.

Teresa hatte den Sturz überlebt, doch sie wollte nicht wieder erwachen. Der Hakim und Jimena kümmerten sich um ihre Wunden, die rasch verheilten, doch ihr Geist kehrte nicht zurück.

Marco strich sich über die Augen. All das kam ihm so bekannt vor. Vergangenheit und Gegenwart schienen miteinander zu verschmelzen. Er sah Isauras blasses Gesicht vor sich, während er von Teresas Schicksal las.

Die Inquisition interessierte sich zu sehr für das Mädchen ohne Bewusstsein und auch für ihre Mutter, die gezwungen war, den Platz am Lager ihrer Tochter zu verlassen und sich vor den Häschern Torquemadas in Sicherheit zu bringen.

Jimena brachte die Bewusstlose aus der Stadt und reiste mit ihr über die Berge nach Norden, bis weit nach Kastilien.

Hastig schlug Marco die Seite um und überflog die Zeilen, bis er auf die Worte stieß, die er vielleicht sogar erwartet hatte und die er dennoch mit angehaltenem Atem anstarrte.

El Convento de Santa Clara in Tordesillas.

Wie viele Fäden liefen hier zusammen? Alles schien einem geheimen Plan zu folgen, von dem er bisher nur Bruchstücke erfasst hatte.

Doch wie war es Teresa hier im Kloster unter der Obhut der Schwestern ergangen?

Fieberhaft las er weiter, blätterte und suchte, bis er die Stelle fand, die ihn laut aufseufzen ließ. Der Kater hob den Kopf und sah ihn fragend an.

»Da steht es!«, rief Marco, den ein seltsames Glücksgefühl erfüllte. »Teresa ist wieder erwacht, und wie durch ein Wunder konnte sie plötzlich sprechen!«

Marco knuddelte den Kater, bis dieser sich – empört von so viel stürmischer Zuwendung – aus seinem Arm befreite und davonstolzierte. Marco sah ihm nach, dann wandte er sich wieder der Buchseite zu. Noch einmal las er die Zeilen, die die wundersame Genesung beschrieben. Keiner hatte damit gerechnet, dass Teresa wieder erwachen könnte, und dann dieses Wunder.

»Ein Wunder in den Mauern von Santa Clara«, sagte Marco.

Unwillkürlich erhob er sich.

Es war ein verrückter Einfall, der völlig jeder wissenschaftlichen Grundlage entbehrte, aber vielleicht gerade deshalb ließ er ihn nicht mehr los.

Dieser Ort war etwas Besonderes, hatte Maria Anna das nicht gesagt? Und hatte er es nicht unten in den verborgenen Räumen selbst gespürt? Ein Ort alter Magie, wo viele Völker über Jahrtausende ihre Rituale abgehalten und gebetet hatten. Warum sollte er nicht auch heute ein Wunder bewirken können?

»Golondrino«, rief er laut. »Ich muss noch mal weg.«

Marco schnappte sich seine Autoschlüssel, steckte das Buch in eine Tasche, warf sich seine Jacke über und lief in den Regen hinaus. Er war nass, bis er seinen Wagen erreichte, doch er bemerkte es nicht einmal. Die Scheinwerfer flammten auf und reflektierten den Regen, der sich wie aus Kübeln über das Land ergoss. Wasser stob nach allen Seiten, als er Gas gab und vom Hof schoss. Schlingernd bog er in den Weg ein, der sich in eine Ansammlung von Schlammlöchern verwandelt hatte. Marco schaltete runter und beugte sich nach vorn, um sich einen Weg zu suchen. Ein paarmal drehten die Reifen in einer der schlammigen Pfützen durch, doch dann griffen sie wieder. Der Motor heulte auf. Marco nahm das Gas zurück und kurvte vorsichtig weiter.

Was für eine Schnapsidee! Und doch war es ihm unmöglich, mit diesen Gedanken bis zum Morgen zu warten. Es drängte ihn, sie mit Maria Anna zu teilen, und dann mussten sie handeln!

Endlich erreichte er die Landstraße. Eine letzte Fontäne schlammigen Wassers stob zu beiden Seiten, als der Wagen auf das nasse Asphaltband einbog. Marco trat das Gaspedal durch, sodass die Nadel auf über einhundert schnellte.

Ruhig!, befahl er sich selbst. Es würde keinem etwas nützen, wenn er jetzt von der Straße abkam und sich in einem Graben überschlug. Etwas langsamer folgte er der Straße, bis die alte Römerbrücke vor ihm auftauchte. Er bog auf die Hauptstraße ein und überquerte den Fluss, in dem sich die von Blitzen erhellten Wolken spiegelten. Bald konnte er die Mauern von Santa Clara vor sich im Licht eines Blitzes erkennen. Der Donner ließ ein wenig auf sich warten. Das Schlimmste hatten sie offensichtlich überstanden.

Marco parkte hinter einem verbeulten Peugeot und riss die Tür auf. Die Jacke schützend über den Kopf gelegt, rannte er zum Tor des Klosters hinüber. Natürlich war es verschlossen. Er schalt sich einen Narren. Um diese Zeit fanden Touristen keinen Einlass, und dies war kein Hotel, wo man jederzeit einen Nachtportier herausklingeln konnte. Die Nonnen hier lebten in Klausur. Sie würden mitten in der Nacht keinen Fremden hereinlassen. Was sollte er jetzt tun? Zu Isauras Häuschen zurückfahren und am Morgen wiederkommen?

Es blieb ihm gar nichts anderes übrig. Marco stieß einen Seufzer aus und drückte den Beutel mit dem Buch an seine Brust. Ein Geräusch ließ ihn herumfahren. Ein lautes Schaben wie von einem Riegel. Dann knarrte das alte Holz widerstrebend. Marco wich einen Schritt zurück, als das große Tor einen Spalt weit aufschwang. Ein schwarzer Schleier schied sich beim Licht des nächsten Blitzes vom Hintergrund des dunklen Hofs.

»Marco? Kommen Sie schnell herein. Was für ein Wetter!«

»Maria Anna!« Er schüttelte fassungslos den Kopf, folgte aber ihrer Aufforderung und eilte hinter ihr her ins Trockene.

»Ich hätte in meinen kühnsten Träumen nicht zu hoffen gewagt, um diese Zeit Einlass zu finden.«

»Und dennoch haben Sie sich auf den Weg gemacht«, widersprach die Nonne.

»Ohne darüber nachzudenken«, gab er zurück. »Es war einfach ein Impuls, dem ich gefolgt bin. Ich frage jetzt nicht, woher Sie das wissen konnten.«

Maria Anna blieb stehen. »Unsere Tore stehen stets dem offen, der unserer Hilfe bedarf.«

Marco nickte. »Sie haben es irgendwie gespürt, nicht wahr?«

Die Nonne antwortete nicht. Stattdessen führte sie ihn in den Gästetrakt, wo er sich etwas Trockenes anziehen konnte. Eine abgewetzte Jeans und ein bunt bedrucktes Shirt, Sachen, die im Kloster für Bedürftige abgegeben worden waren.

»Isaura stand auch einmal mitten in der Nacht bei Gewitter vor unserem Tor. Hat sie es Ihnen erzählt? Nur dass sie noch den völlig durchnässten Kater mitbrachte«, schmunzelte Maria Anna. »Ich hoffe, Golondrino ist wohlauf?«

Marco nickte. »Ja, bestens. Ich dachte, es sei nicht das rechte Wetter, um ihn mitzunehmen.« Mit dem Handtuch, das sie ihm reichte, rubbelte er sich über das nasse Haar.

»Das denke ich auch«, bestätigte die Nonne mit einem Lächeln und führte ihn dann in einen Gästeraum. »Soll ich Ihnen einen Tee aufbrühen? Sie können auch einen Kaffee bekommen, wobei ich Sie warnen muss. Er ist hier nicht besonders gut.«

»Dann trinke ich einen Tee mit Ihnen«, entschied Marco.

»Gut, und Sie berichten mir, was Sie mitten in der Nacht hierhertreibt.«

Wenige Minuten später saßen sie bei grünem Tee und einigen von den Nonnen selbst gebackenen Keksen zusammen. Marco nahm das Buch aus dem Beutel und legte es mitten auf den Tisch.

»Wieder einmal *La Caminata*«, sagte Maria Anna. »Was haben Sie entdeckt?«

»Teresa!«, stieß Marco hervor. »Ihr Sturz im Alcázar von Córdoba, der Isauras auf das Haar gleicht. Es war der Inquisitor Torquemada, der Teresa bedroht und geängstigt hat, und Isaura hat es dann nacherlebt.«

Maria Anna nickte. Das schien für sie keine Überraschung zu sein.

»Auch Teresa erlitt bei ihrem Sturz in den Hof schwere Verletzungen«, fuhr Marco fort. »Und sie war lange bewusstlos.«

Maria Anna sah ihn aufmerksam an. »Wie lange war Teresa im Koma, und was geschah dann?«

»Sie wissen es nicht?«

Die Nonne schüttelte den Kopf.

»Ihre Cousine Jimena brachte sie von Córdoba weg. Sie fürchtete den Inquisitor, der es auf ihre Familie abgesehen zu haben schien.«

»Was nicht verwunderlich ist«, seufzte Maria Anna. »Es wurden unzählige Frauen wegen Hexerei verbrannt, die gar nichts damit zu tun hatten, aber eben auch die meisten der weisen Frauen, die über Magie geboten.«

Marco nickte. »Ja, aber das ist nicht das Entscheidende. Viel wichtiger ist, wohin Jimena ihre bewusstlose Cousine brachte.«

Maria Anna begriff. »Hierher nach Tordesillas, nicht wahr? Ins Kloster Santa Clara, den magischsten Ort Kastiliens.«

Marco sah sie an und nickte. »Genau!«

Gespannt beugte sich Maria Anna ein wenig nach vorn. »Und was ist hier mit ihr geschehen?«

Marco holte tief Luft. »Teresa ist wieder erwacht, völlig klar in ihrem Geist, und sie konnte plötzlich sprechen. Ein Wunder, das sich am 15. Juli 1480 ereignet hat!«

»Morgen vor fünfhundertzweiunddreißig Jahren«, rechnete Maria Anna nach.

»Ja, und deshalb bin ich sofort zu Ihnen gekommen. Das muss etwas zu bedeuten haben.«

Maria Anna atmete geräuschvoll aus. »Sie wollen Isaura hierherbringen?«

Marco nickte energisch und sagte mit einem Blick auf seine Uhr, die nach Mitternacht zeigte: »Ja, und zwar noch heute. Vielleicht bilde ich mir da etwas ein, aber was, wenn nicht? Wir dürfen diese Chance nicht verstreichen lassen.«

Die Nonne sah ihn lange an, ohne dass er in ihrer Miene hätte lesen können. Schließlich erhob sie sich. »Gut, versuchen wir es. Ich bringe Sie nun zu Ihrem Zimmer. Keine Widerrede, Sie bleiben heute Nacht hier. Versuchen Sie zu schlafen. Ich werde gleich nach dem Morgengebet mit der Mutter Oberin sprechen. Wir müssen ihr nicht alles sagen. Ich denke, sie wird sich nicht dagegen sperren, einer bedürftigen Seele Trost in unseren Mauern zu spenden. Und dann begleite ich Sie nach Valladolid. Ich vermute, dass das der kompliziertere Teil wird.«

Marco zog eine Grimasse. »Ja, ich weiß, und noch habe ich dafür keine Lösung.«

»Dann schlafen Sie mal darüber. Vielleicht fällt Ihnen etwas ein.« Maria Anna räumte die Tassen weg und brachte Marco dann zu einem der Gästezimmer. »Ich wünsche Ihnen eine gesegnete Nacht und geruhsamen Schlaf«, sagte sie.

Marco erwiderte den Wunsch, doch dann trat er einen Schritt vor und schloss seine Arme um die Nonne. Maria Anna erwiderte die Umarmung. »Ich habe solche Angst«, gestand er bebend.

»Wovor? Dass es nicht funktioniert?«

»Dass mir die letzte Hoffnung geraubt wird und nur Trostlosigkeit zurückbleibt. Ein ewiges Warten an ihrem Bett auf etwas, das nicht geschehen wird.«

»Marco, hab Vertrauen«, murmelte Maria Anna und streichelte seinen Rücken. »Lassen wir dem Schicksal seinen Lauf.«

Marco machte sich errötend von ihr los. »Bitte entschuldige, das hätte ich nicht tun sollen.«

Die Nonne lächelte ihn an und nahm seine Hände in die ihren. »Warum nicht? Trost ist etwas Wunderbares, und wie tröstlich sind uns manches Mal eine starke Schulter und zwei Arme, die uns halten. Nun schlaf. Wir sollten Kraft für morgen schöpfen. Vielleicht wird es ein ganz besonderer Tag.«

»Wollen wir es hoffen«, flüsterte Marco.

Maria Anna nickte. »Ich werde für Isauras Rückkehr beten.« Sie wandte sich ab, und Marco sah ihr nach, bis ihre schwarze Kutte mit den Schatten der Nacht verschmolz. Dann erst trat er in das spartanisch eingerichtete Gästezimmer des Klosters und ließ sich auf das Bett sinken. Schmal war es, die Decke rau, doch die Schlichtheit empfand er als tröstlich. Sie erinnerte ihn ein wenig an Großtante Carmens Häuschen. Isauras neues Zuhause!

Er wollte so gern daran glauben. Sein Blick wanderte zu dem Kruzifix an der Wand, und er fragte sich, zu wem Schwester Maria Anna heute Nacht betete. Zu dem Gekreuzigten? Zu Gottvater, seinem Sohn und der heiligen Jungfrau Maria? Dies hier war ein Kloster der katholischen Kirche!

Oder betete die Nonne trotz allem zu einer anderen Kraft, zur Mutter Erde oder irgendwelchen Geistern, die ihr und den weisen Frauen alter Religionen näherstanden? Marco wusste es nicht. Ihm war egal, was für eine höhere Macht dort draußen wirkte, wenn sie nur Isaura gnädig gestimmt sein würde.

Kapitel 32

Tordesillas, 1494

»Er ist zurück!«, rief der Bote, der unangemeldet in den großen Saal des königlichen Palasts von Barcelona platzte, wo die Könige mit ihren Gästen beim Mahl saßen. Isabel und Fernando sahen ihn irritiert an.

»Cristobal Colón ist tatsächlich wohlbehalten zurück und bringt Euch Schätze aus Indien! Er ist in Lissabon angelandet und reist in einem Triumphzug durch das Land. In Sevilla und Murcia haben ihn die Menschen begeistert empfangen. Ich verließ ihn in Valencia, um zu Euch zu eilen und die Nachricht zu überbringen.«

Es war der 16. April 1493, als Kolumbus in Barcelona einzog und von Fernando und Isabel empfangen wurde. Sie hatten ihre Thronsessel in den großen Saal bringen lassen und erhoben sich nun von ihren Plätzen, als wäre Kolumbus nicht nur ein einfacher Admiral. Isabel war so begeistert, dass sie ihm die Hand zum Kuss bot und ihm dann den Platz neben ihrem Sohn Juan zuwies.

»Nun berichtet von Eurer Fahrt!«, rief sie überschwänglich.

Kolumbus dankte ihr für den freundlichen Empfang. Er ließ den Blick schweifen, bis er für einen Moment an Isaura hängen blieb. Er lächelte ihr zu und neigte den Kopf. Sie erinnerten sich in diesem Augenblick sicher beide an ihre Begegnung in Santa Fé und an jene Worte, die sie ihm mit auf den Weg gegeben hatte.

Dann begann Cristobal Colón zu erzählen. Stille senkte sich über den Saal. Alle Augen waren auf ihn gerichtet, und keiner wollte auch nur ein Wort von seinem Bericht verpassen. Von der Überfahrt mit all ihrer Hoffnung und ihrer Verzweiflung und dann der Erlösung, als sie endlich auf Land trafen. Voller Staunen ließen sich die Könige und ihre Gäste von dem fremden Land berichten, und ein Raunen ging durch den Saal, als er einige der Eingeborenen, die er von dort mitgebracht hatte, hereinbringen ließ. Stolze Männer waren das, mit brauner Haut und in seltsame Gewänder gehüllt. Und auch die Schätze, die er vor den Majestäten ausbreiten ließ, brachten die Augen zum Glänzen. Endlich verstummte Kolumbus.

Isabel hatte Tränen in den Augen. Sie erhob sich von ihrem Thron, kniete nieder und stimmte das *Te Deum* an. Der König und alle anderen Anwesenden folgten ihrem Beispiel. Es war ein bewegender Moment, den Kolumbus sicher nicht vergessen würde. *Vielleicht*, dachte Isaura, *würde dieser Moment immer der Höhepunkt in seinem Leben bleiben*, denn sie wusste, dass das Schicksal noch manchen Fallstrick für ihn bereithalten würde.

Über ein Problem ganz anderer Art sprach Kolumbus erst später, als er mit Isabel und ihren beiden Damen über den Hof schlenderte.

»König Johann von Portugal hat mich nach meiner Rückkehr huldvoll in Lissabon empfangen«, berichtete er und legte dann die Stirn in Falten, sodass Isabel innehielt und ihn aufmerksam ansah.

»Aber?«, fragte sie, denn sie spürte seine Anspannung.

»Seine Worte waren: Er danke mir, denn die Früchte meiner Entdeckung würden ihm allein zufallen.«

»Wie das?«, rief Jimena. Kolumbus hob die Schultern, sprach aber weiter.

»Majestät, ich weiß, dass er Befehl geben ließ, seine Flotte bei den Azoren zusammenzuziehen, um Euren Schiffen die Passage nach Westen zu verwehren.«

»Was erdreistet er sich?«, empörte sich Jimena. »Wie kommt er auf den Einfall, ihm gebühre Eure Entdeckung, wo es unsere Majestäten waren, die das Wagnis eingingen, Euch zu finanzieren?«

»Gibt es da nicht irgendeinen Vertrag, der den Portugiesen Afrika und die Ostroute sichert?«, mischte sich Isaura ein.

Isabel, die bisher geschwiegen hatte, nickte. »Portugal hat sich die Herrschaft über die Länder unterhalb des Breitengrades der Kanarischen Inseln gesichert, aber wir werden uns eine Bulle für die Westroute ausstellen lassen.«

Das Lächeln, das sie in die Runde warf, hatte etwas Wölfisches. »Papst Alexander de Borgia ist uns gewogen. Er wird eine kluge Entscheidung treffen!«

Isabel erreichte die Nachricht auf ihrem Weg nach Toledo. »Ich wusste, dass ich mich auf unseren Borgiapapst verlassen kann«, sagte sie zufrieden und war die nächsten Tage gut gelaunt, bis man ihr die Botschaft überbrachte, wie die Entscheidung in Portugal aufgenommen worden war. Es war natürlich für keinen eine Überraschung, dass Johann II. verärgert war. Er verkündete, diese Bulle nicht anzuerkennen, und drohte ganz offen mit Krieg, sollten Kastilien und der Papst nicht von dieser Entscheidung Abstand nehmen.

Isabel, die schweigend aus dem Fenster gestarrt hatte, drehte sich um und seufzte. »Ich kann und will mein Volk nicht schon wieder in einen Krieg hineinziehen. Ich werde eine Delegation zu Alexander schicken. Er soll die Bulle ändern.«

Doch auch die zweite Bulle fand vor König Johanns Augen keine Gnade. Ein Krieg schien unausweichlich.

»Es kann nur gehen, wenn ihr euch mit Johann an einen Tisch setzt«, schlug Isaura vor. »Ihr müsst mit ihm einen Vertrag aushandeln, mit dem auch er leben kann. Wählt einen neutralen Ort ein wenig abseits des großen Geschehens, und ladet ihn ein, den Streit friedlich beizulegen.«

Isabel lächelte ihre Hofdame an. »Die liebe Teresa, unsere Vernunft und unser mahnendes Gewissen. Du hast recht. Doch wohin sollen wir gehen?« Sie ließ den Blick über die Landkarte Kastiliens schweifen.

»Tordesillas«, platzte Isaura heraus.

Isabel sah sie verwundert an, doch dann nickte sie. »Das ist eine gute Wahl. Abseits, doch nicht weit von Segovia und Valladolid.«

König Johann von Portugal war einverstanden, und so reiste er im Mai mit einer Delegation nach Tordesillas, wo er sich mit Vertretern der kastilischen Krone und des Papstes traf. Tage- und nächtelang wurden Reden gehalten und scharf gestritten, doch am 7. Juni war der Vertrag fertig, den alle mit dem Gefühl, einen kleinen Sieg erstritten zu haben, unterzeichneten. Der Vertrag von Tordesillas unterschied sich im Kern nicht sehr von der ersten Bulle Papst Alexanders. Es wurde lediglich die Trennungslinie von Pol zu Pol um dreihundertsiebzig Meilen nach Westen verschoben.

Isaura nickte verstehend, als ihr Isabel den Vertrag zu lesen gab.

»Was ist?«

»Nichts«, wehrte sie ab. »Es ist eine gute Abmachung«,

sagte sie nur, fragte sich aber im Stillen, ob die Portugiesen bereits etwas ahnten, das den Kastiliern noch unbekannt war. Jedenfalls würden die weiteren Entdeckungen Mittel- und Südamerikas dazu führen, dass das riesige Land Brasilien den Portugiesen zugesprochen werden würde, da die östliche Spitze noch in ihr Einflussgebiet fiel. War dies wirklich Zufall? Isaura wusste es nicht, doch ihr wurde zum ersten Mal klar, warum noch im zwanzigsten Jahrhundert in Brasilien portugiesisch gesprochen wurde, im Rest Südamerikas dagegen spanisch.

Doch noch wusste außer Isaura niemand davon, entsprechend gelöst war die Stimmung. Isabel freute sich darüber, dass ihre Erstgeborene mitgekommen war, und schloss ihre Tochter herzlich in die Arme. Sie hatte den frühen Tod ihres jungen Gatten endlich überwunden und schien nun offen für eine neue Ehe.

»Johann hat mir kürzlich erst beim Mahl versichert, dass Manuel gern um deine Hand anhalten würde«, sagte Isabel zu ihrer Tochter. »Nun sag schon ja!«, drängte sie. »Er ist ein guter Mann, und er ist der zukünftige König von Portugal. Was zögerst du?«

Isaura legte der jungen Prinzessin den Arm um die Schulter. »Ich weiß, dass du dich vor neuem Unglück fürchtest, doch wie sieht dein Leben jetzt aus, da du dich nur der Trauer hingibst? Ist es nicht an der Zeit, dem Schicksal eine neue Chance zu geben? Man muss immer wieder etwas wagen, um belohnt zu werden. Ja, du riskierst auch, wieder verletzt zu werden, aber wenn du dich weiterhin verkriechst, kann dich das Glück nicht finden.«

Die junge Infantin Isabel schlang die Arme um Isaura und presste sich an ihre Brust. »Ach Teresa, du bist immer so lieb und verständnisvoll gewesen. Du verstehst mich, und gewiss hast du auch jetzt recht. Ich mag Manuel. Ich werde ihn heiraten!«

Die Königin warf Isaura einen dankbaren Blick zu und klatschte in die Hände. »Wie wundervoll! Es wird wieder eine Hochzeit im Hause geben, und Kardinal Mendoza wird die beiden trauen, nicht wahr, Eminenz?«

Doch der alte Kardinal sollte die zweite Hochzeit der Infantin Isabel nicht mehr erleben. Betroffen nahm die Königin von ihm Abschied, als eine schwere Krankheit ihn niederwarf. Er hatte ihr Leben begleitet und war ihr stärkster und treuster Berater gewesen. Er hatte als Bischof, Kardinal und Primas von Spanien gewirkt. Er hatte es genossen, wie ein Fürst zu leben und mit zahlreichen Mätressen mindestens drei Söhne zu zeugen. Doch er war auch ein strenger Verfechter von Reformen gewesen und hatte den Adel und die Kirche mit harter Hand in ihrer Macht und ihrer Verschwendungssucht beschnitten.

Pedro González de Mendoza würde eine Lücke hinterlassen. Keine Frage. Auch Jimena spürte, dass sie den alten Kardinal vermissen würde. Sie hatte ihm stets vertraut und es ihm nie vergessen, dass er, als alles verloren schien, das Schwert in die Hand genommen hatte, um für Isabel und Kastilien sein Leben in die Waagschale zu werfen.

Zu seinem Nachfolger ernannte die Königin seinen Ziehsohn, den er ihr selbst ans Herz gelegt hatte: Francisco Jiménez de Cisneros. Er würde Mendozas Kirchenreformen fortführen – vermutlich noch strenger als dieser selbst, denn Cisneros verabscheute jede Form von Prunk und trug noch immer seine grobe Franziskanerkutte. Selbst als er zum Erzbischof von Toledo gesalbt wurde, verzichtete er nicht auf das härene Hemd unter seinem Ornat. Er würde nicht vergessen, woher er kam und was Gott von seinen Jüngern verlangte: Armut, Keuschheit und schwere Arbeit im Dienst an den Nächsten.

In den Klöstern und unter den Klerikern breitete sich Furcht aus, und schon bald klangen Isabel die Klagen nur so in den Ohren.

Die Königin zitierte ihren neuen Primas zu sich. »Eure Maßnahmen sind zu streng!«, warf sie ihm vor, doch Cisneros verteidigte seine Anordnungen. Immer hitziger wurde die Auseinandersetzung, bis Isabel aufsprang und empört ausrief: »Wisst Ihr überhaupt, mit wem Ihr redet?«

»Gewiss«, entgegnete Cisneros, der sich ebenfalls erhoben hatte, »mit Königin Isabel von Kastilien, die wie ich aus Asche und Staub besteht.«

Sie starrte ihn empört an, doch dann lächelte sie und bat ihn, sich wieder zu setzen. »Wir werden eine Lösung finden, Eminenz«, sagte sie ruhig.

Kopfschüttelnd suchte Jimena ein wenig später ihren Gatten auf. »Ich sage dir, wenn Kardinal Cisneros so etwas einer anderen Königin ins Gesicht gesagt hätte, sie hätte ihn vermutlich an der Kordel seines eigenen Gewands erhängen lassen.«

Don Angelo grinste. »Das ist durchaus möglich, doch Isabel schätzt Ehrlichkeit, und sie bewundert seine Strenge gegen sich selbst und gegen andere.«

Die Heiratspläne der ältesten Infantin Isabel sollten im Hause Trastámara nicht die einzigen bleiben. Prinz Juan und seine jüngere Schwester Juana waren ebenfalls längst im heiratsfähigen Alter. Nun galt es, klug zu handeln und mit den Eheverträgen den größtmöglichen strategischen Vorteil für Kastilien und Aragón zu erringen.

»Wir müssen Frankreich isolieren«, sagte Isabel.

Jimena nickte. »Wenn sie sich nicht auf ein Bündnis einlassen und noch immer auf die alten Gebietsansprüche pochen, ist das sicher ein kluger Weg.«

Isaura schwieg und hielt sich aus der Diskussion heraus. Sie hasste es, wenn über die Infanten gesprochen wurde, als wären sie lediglich Handelsgüter. Es wurde geschachert, gehandelt und dann verkauft. Ihre Wünsche und Bedürfnisse, ihre Ängste und ihr zukünftiges Glück zählten nicht. Sie hatten sich der Dynastie unterzuordnen und zu gehorchen, wie es schon immer der Brauch war.

Aber hatte Isabel nicht früher genau dagegen aufbegehrt? War sie nicht jahrelang mit ihrem Halbbruder, dem König, im Streit gelegen und hatte dann ihre eigene Wahl getroffen, gegen jeden Widerstand?

Und nun verlangte sie genauso unerbittlich Gehorsam von ihren Kindern wie Enrique Jahrzehnte zuvor von ihr. Es hatte sich nichts geändert. Und es würde sich in der Welt der gekrönten Häupter noch lange nichts ändern!

»Teresa, was meinst du?«

Isaura schreckte aus ihren Gedanken auf. »Es steht mir nicht zu, deine Entscheidungen zu kritisieren. Ich wünschte mir nur, die Kinder hätten eine Wahl.«

Isabel verdrehte die Augen. »Ich soll warten, bis sie sich in irgendjemand verlieben? Teresa, sei nicht naiv. Es zählen wichtigere Dinge.«

»Ich weiß.«

»Sie werden mit den Partnern, die wir ihnen wählen, zufrieden sein!«

Isaura spürte, wie sie zu lächeln begann. »Oh ja, Juana und Juan werden die Habsburger lieben, sobald sie sie zu Gesicht bekommen.«

Jimena starrte ihre Cousine an. »Was? Habe ich recht gehört? Die Habsburger? Ist das schon entschieden?«

Isabel hob die Brauen und starrte ihre Hofdame an. »Ich habe mit Fernando darüber gesprochen, aber mir ist nicht bewusst, es bereits öffentlich verkündet zu haben. Vor dir kann man einfach nichts geheim halten. Sag mir, Teresa, ist das wahr? Haben wir für unsere Kinder recht gewählt? Wäre dies eine kluge Entscheidung, die unserem Land Frieden gewährt und den Kindern Glück bringt?«

Isaura überlegte fieberhaft. Bruchstücke von Wissen und Erinnerungen wirbelten durcheinander. »Sie werden einander lieben«, wiederholte sie. »Juana wird Philipp zum ersten Mal ins Gesicht sehen und ihm auf ewig verfallen.« Sie hielt inne. Nein, sie wollte den Worten keinen schmerzlichen Beiklang geben, doch Jimena hatte es bereits gespürt und blickte ihre Cousine wachsam an, doch Isabel strahlte.

»Und Juan? Mein geliebter Sohn und Erbe?«

Isaura schluckte. »Auch er wird seiner Gattin sehr zugetan sein. Margarete wird seine einzige große Liebe.« Sie stockte und senkte den Blick. »Aber nun entschuldigt mich. Ich habe Amin versprochen, ihm zu helfen.«

Ohne eine weitere Erklärung floh sie aus dem Zimmer. Isabel sah ihr erstaunt, Jimena mit Besorgnis in der Miene nach.

»Was ist mit dir, Liebes?«

Abu Amin stützte sich auf den Ellenbogen und betrachtete Isauras Gesicht, das vom Mondlicht silbern umschmeichelt wurde. Sie hatten sich geliebt, und für einige Momente war es ihr gelungen, alles zu vergessen. Die Gegenwart und ihre Vergangenheit – oder die Zukunft? – beiseitezuschieben und das kreisende Rad ihrer Gedanken zum Stillstand zu bringen. Nun aber, als ihr Atem sich beruhigte und sie verschwitzt in seinen Armen lag, kehrten die Sorgen und Ängste zurück. »Sprich mit mir. Du kannst mir alles sagen.« Er strich ihr eine feuchte Strähne aus dem Gesicht und küsste ihre Stirn. Isaura seufzte.

»Hast du schon von der geplanten Doppelhochzeit mit den Habsburgern gehört? Juan wird König Maximilians Tochter Margarete heiraten und Juana seinen Sohn Philipp, den man den Schönen nennt.«

Abu Amin fuhr fort, seine Frau zu liebkosen. »Gibt es von deiner Seite Einwände gegen dieses Arrangement?«

Isaura stöhnte. »Nein, sie werden einander heftig und innig lieben. Das ist es nicht, was mir Kummer bereitet. Wobei Juanas Liebe zu groß sein wird.«

Abu Amin schmunzelte. »Ist es möglich, seinen Gatten *zu sehr* zu lieben? Das kann ich mir nicht vorstellen!«

»Oh doch! Wenn der Mann diese Liebe nicht in gleichem Maße erwidert und seine Gunst auch anderen Frauen schenkt. Juana wird leiden und sich in ihre Eifersucht bis zur Raserei hineinsteigern. Und Philipp wird sich von ihr zurückziehen und sie immer häufiger allein lassen. Ach, Amin, sie tut mir so leid. Sie wird lange leben und vielen gesunden Kindern das Leben schenken, doch in ihrem Herzen und in ihrem Geist wird es zunehmend finster werden, bis sie wie ihre Großmutter dem Wahnsinn verfällt. Sie wird als Juana la Loca in die Geschichte eingehen!«

Abu Amin sah sie erschreckt an und legte ihr einen Finger auf die Lippen. »Es ist gut, dass du es mir gesagt hast, doch von nun an darfst du mit niemandem mehr darüber sprechen. Vielleicht haben deine Ängste dich auf eine falsche Fährte gelockt, und das Schicksal meint es nicht ganz so grausam mit Juana. Doch selbst wenn, wäre es nicht gut, dies vorher zu verlautbaren. Dem Verkünder schlechter Nachrichten wird selten gedankt.« Isaura nickte unter Tränen. »Lass sie in der Hoffnung ewigen Glücks, solange es währt. Vielleicht sind das die Erinnerungen, von denen sie dann in der Nacht zehren kann.«

Isaura sagte zu niemandem etwas. Nicht einmal Jimena erzählte sie die ganze Wahrheit, obgleich ihre Cousine sie immer wieder bedrängte.

»Ich spüre Unheil, wenn ich Juana in die Augen sehe. Da ist etwas, das mich beunruhigt. Willst du es mir nicht sagen? Du hast es gesehen, nicht wahr?«

»Vielleicht irre ich mich ja«, wehrte Isaura nur ab und wandte sich wieder den Vorbereitungen für Juanas Hochzeitsfahrt zu. Sie sollte mit einer Armada nach Flandern segeln, um dort von ihrem zukünftigen Ehemann in Empfang genommen zu werden.

Der Tag des Abschieds nahte. Jimena und Isaura waren mit der Königin und ihrer Tochter nach Laredo gereist, wo die Armada vor Anker lag. Juana, die stets ein stilles und beherrschtes Kind gewesen war, klammerte sich weinend an ihre Mutter und bat sie mitzukommen, doch Isabel schüttelte den Kopf. Sie trocknete ihrer Tochter die Tränen und küsste ihre Wangen.

»Ach, wenn wenigstens der Vater da wäre«, jammerte Juana, doch Fernando hatte den Abschied von seiner Tochter für nicht so wichtig erachtet, als dass er seine Staatsangelegenheiten, oder was sonst ihn in letzter Zeit immer häufiger von seiner Familie fernhielt, unterbrochen hätte.

Isaura sah das Mädchen mitleidig an. Sie war ungewöhnlich schön und mit ihren sechzehn Jahren gerade voll erblüht. Ihr Körper strahlte die Gesundheit aus, die ihr ein langes Leben und viele Kinder bescheren würde, doch in ihrem Gemüt war sie voller Verzweiflung. Sie musste alles verlassen, um eine gefährliche Reise über das Meer anzutreten und um einen Mann zu heiraten, den sie noch nie gesehen hatte. Sie würde in einem Land leben, dessen Menschen, deren Sprache und Bräuche ihr fremd waren. Sie würde die heiße Sonne Spaniens gegen das trübe, kalte Wetter Flanderns eintauschen.

Ein letztes Mal umarmte sie ihre Mutter und ihre Geschwister. Auch Jimena und Isaura drückte sie an sich. Dann ging sie mit ihrem kleinen Hofstaat an Bord. Der Kapitän ließ die Segel aufziehen und den Anker lichten. Die Karavelle drehte sich in den Wind. Die Menschen am Ufer konnten einen letzten Blick auf die Infantin von Kastilien erhaschen, die verloren an der Reling stand, die Wangen nass von Tränen, die Hand zum Abschied erhoben.

Wochen verstrichen. Die Königin war ungewöhnlich nervös. Natürlich kümmerte sie sich um die bevorstehende Hochzeit ihres Sohnes und Thronerben, doch jedes Mal wenn ein Bote den Palast betrat, zuckte sie zusammen und fragte, ob es Nachricht aus Flandern gäbe. Doch das Einzige, was sie erfuhren, waren beunruhigende Meldungen von Stürmen und von Schiffen, die gekentert und an den Felsen zerschellt waren. Isabels Nerven waren bis zum Zerreißen gespannt. Sie flüchtete in ihre Gemächer und warf sich Isaura in die Arme.

»Ich hätte sie nicht fahren lassen sollen. Nicht mit dem Schiff, nicht diese Route. Ach, mein armes Kind. Lebt sie noch, oder treibt sie irgendwo dort draußen im eisigen Wasser?«

»Juana lebt«, beharrte Isaura mit fester Stimme. »Ich weiß

es ganz sicher! Du konntest sie nicht durch Frankreich reisen lassen, das weißt du, und die Armada musste weit nach Westen, um den französischen Schiffen auszuweichen.«

Isabel straffte sich und wischte sich über die Augen. »Gut, dann werde ich jetzt weitermachen. Wir müssen bereit sein, nach Burgos aufzubrechen, sobald wir wissen, wann die Schiffe mit Juans Braut an Bord zurückkehren.«

Sie ging hinaus, und doch hatte Isaura das Gefühl, ihre königliche Haltung wirke noch immer ein wenig angespannt.

Endlich kam das erlösende Schreiben aus Flandern. Zwar war die Armada in einen schweren Sturm geraten und eines der Schiffe mit wertvollen Teilen der Mitgift gesunken, doch Juana hatte unversehrt ihr Ziel erreicht, schrieb Lorenzo de Padilla, den Isabel ihrer Tochter mitgeschickt hatte und der nun die Aufgabe eines Chronisten übernahm. Jimena und Isaura drängten sich um Isabel, die den Brief mit bebender Stimme vorlas.

»Erleichtert haben wir am 8. September holländischen Boden betreten, doch Eure Tochter Juana, die zukünftige Erzherzogin von Österreich und Gräfin von Flandern, die voller Erwartungen an Land ging, wurde enttäuscht. Ihr Gemahl kam nicht, sie zu empfangen. Er weilte mit seinem Vater in Tirol bei der Jagd!«

Jimena schnaubte empört, doch Isaura bat die Königin weiterzulesen.

»So reiste der Hof durch die Niederlande, von Bergen nach Antwerpen und weiter nach Lille, wo sich am 12. Oktober Philipp von Habsburg endlich einfand, um seine Braut in Empfang zu nehmen. Sie trafen dort auf offener Straße zum ersten Mal aufeinander, und jeder konnte sehen, wie sie in diesem Augenblick in Liebe füreinander entbrannten. Ja, die Leidenschaft war so groß, dass sie nicht die zwei Tage bis zur geplanten Hochzeitsfeier abwarten wollten, sondern den ersten Priester, der in der Nähe stand, baten, sie an Ort und Stelle zu vermählen und...« Ein Tintenklecks an dieser Stelle verriet, dass der Schreiber innegehalten hatte, um zu überlegen, wie er den Satz beenden sollte. Vermutlich war es ihm schwergefallen fortzufahren, doch die Tatsache war entscheidend, und so schrieb er: »...und sie zogen sich daraufhin zurück, um die Ehe noch am selben Nachmittag zu vollziehen.«

Jimena lachte laut auf und erntete von Isabel einen tadelnden Blick, doch sie lachte weiter. »Freue dich«, riet sie der Königin. »Sei froh, dass Juana ihrem Gatten so zugetan ist und er ihr. Es wird noch genug Stürme in ihrem Leben geben, die sie auseinanderzutreiben drohen. Jedes Stückchen Liebe, das sie wieder zusammenbringen kann, ist ein Geschenk Gottes.«

Isabel nickte. »Ja, ich weiß. Du hast recht, meine weise Ratgeberin. Das Leben fasst Liebende nicht mit zarten Händen an. Auch Juana wird das erfahren.«

Sie seufzte, und beiden Hofdamen war klar, dass sie in diesem Moment an sich und Fernando dachte und an die schönen jungen Frauen, die immer zwischen ihnen standen.

Nach dem Ende der Winterstürme legte die spanische Armada wieder ab und brachte Margarete von Österreich zu ihrem Bräutigam. In einem Triumphzug wurde sie vom Hafen aus nach Burgos geleitet, wo es sich Kardinal Cisneros nicht nehmen ließ, die beiden jungen Menschen miteinander zu vermählen. Margarete sah mit leuchtenden Augen zu Juan auf, der ebenso strahlte und so prächtig aussah, dass es Isabel vor Stolz Tränen in die Augen trieb. Die beiden schienen keinen anderen Menschen um sich herum mehr wahrzunehmen und nur noch den Augenblick herbeizusehnen, da sie sich nach all den Festlichkeiten und den vielen Menschen in die Stille ihres Gemachs würden zurückziehen können.

Isaura und Amin tauschten amüsierte Blicke.

»Meine Wünsche decken sich durchaus mit denen des Prinzen«, raunte Amin seiner Frau ins Ohr.

»Wie, du willst mit Margarete von Österreich ins Bett? Schäm dich!«

Er kniff sie ins Ohr. »Nein, du Dummerchen! Mit meiner geliebten Ehefrau natürlich!«

Sie feixte. »Ach so, aber sowohl du als auch der Prinz werdet euch noch ein wenig gedulden müssen. Dies wird eine lange Nacht!«

»Das fürchte ich auch«, stöhnte Amin.

Doch endlich geleiteten die Hochzeitsgäste das junge Paar in sein Gemach und ließen es dann nach den üblichen Zeremonien, die eine Ewigkeit zu dauern schienen, allein. Am nächsten Tag präsentierte Juan verlegen das blutbefleckte Laken, doch er wirkte glücklich, und auch Margaretes Wangen glühten, und sie lächelte, wenn ihr Blick auf Juan ruhte.

Die Königin war gelöst und glücklich und beobachtete das junge Paar verzückt. Sie ließ ihnen alle Freiheiten und ignorierte das Getuschel, das sich schon nach wenigen Wochen bei Hof erhob. Auch Jimena kamen die Worte zu Ohren, die hinter dem Rücken der Königin und des jungen Paares weitergetragen wurden. Empört suchte sie Isaura und Abu Amin auf, dessen Meinung als Hakim sie in diesem Fall hören wollte.

»Man hat die Königin schon damit belästigt und sie gewarnt«, ereiferte sich Jimena. »Sie sagen, der Prinz würde sich durch die ständige körperliche Vereinigung mit seiner Frau bis zum Tod verausgaben, wenn man ihm nicht Einhalt gebiete. Margarete würde das Leben aus ihm aussaugen. So ein Blödsinn!« Jimena sah den Hakim an. »Was ist Eure Meinung? Ist das möglich?«

»Tod durch zu viel Sex«, murmelte Isaura und erntete fragende Blicke.

Abu Amin überlegte, doch dann schüttelte er den Kopf. »Nein, ich glaube auch nicht, dass der Verlust von Samen einen Mann zu sehr schwächt. Nicht bis in den Tod! Andererseits ist der Prinz von jeher ein kränklicher Knabe gewesen und sehr schwach. Er ist anfällig für jede Krankheit, die bei Hof umgeht. Darin sehe ich eine ernsthafte Gefahr für sein Leben, nicht in der Liebe zu seiner Frau!«

Jimena nickte. »Danke. Ihr solltet das auch der Königin sagen. Es gibt Berater, die sie drängen, Juan von seiner jungen Frau fernzuhalten – vor allem, da sie ja bereits schwanger ist.«

»Das halte ich für keine gute Idee«, stimmte ihr der Hakim zu und versprach, Isabel seine Einschätzung zu erläutern.

Dennoch schienen die Schwätzer recht zu behalten. Im September brach der Hof auf, um nach Portugal zu reisen, wo nun endlich die Hochzeit zwischen Juans älterer Schwester Isabel und dem Thronfolger Manuel gefeiert werden würde. Die Gesellschaft kam bis Salamanca, als Juan eines Abends beim Nachtmahl im großen Saal mit geröteten Wangen und fiebrigen Augen zusammenbrach. Isabel ließ ihn sogleich in sein Gemach bringen und verbot Margarete, in seine Nähe zu kommen.

»Aber das stimmt nicht!«, weinte diese. »Ich bin nicht daran schuld.«

Die Königin nahm die junge Frau in die Arme. »Aber nein, mein Kind. Keiner glaubt das. Zumindest keiner, auf dessen

Meinung du etwas geben solltest. Juan hat sich das Fieber geholt, das seit einigen Wochen grassiert und vor dem wir dich und das Kind um jeden Preis schützen müssen. Sei unbesorgt. Abu Amin ist der beste Hakim, den ich je an meinem Hof hatte. Er wird Juan bald wieder gesund machen, und dann reisen wir weiter. Wir kommen bestimmt noch rechtzeitig zur Hochzeit. Mach dir keine Sorgen, meine Liebe.«

Mit festem Schritt eilte sie in Juans Gemach, wo sie den Hakim, Isaura und Jimena antraf. Don Angelo hatte vor der Tür Posten bezogen, um jede Störung von dem Prinzen fernzuhalten.

»Wie steht es um ihn?«

Ihre Zuversicht fiel in sich zusammen, als sie die besorgten Gesichter sah.

»Es hat ihn schwer erwischt«, musste Abu Amin zugeben. »Ich tue, was ich kann, doch die letzte Entscheidung obliegt Gott dem Herrn.«

Isabel wurde bleich und bekreuzigte sich. »Das darf nicht sein. Nicht mein Sohn. Mein einziger Sohn!«

Die anderen blieben stumm. Sie teilten sich die Pflege, wobei Abu Amin gar nicht vom Bett des Jünglings wich, der Stunde für Stunde weniger zu werden schien. Sein ohnehin schon schwächlicher Körper hatte den Dämonen des Fiebers nichts entgegenzusetzen. Er fantasierte und rief nach Margarete, doch Isabel ließ sie nicht zu ihm. Bleich und voller Angst saß sie an seinem Bett. »Bei Alfonso habt ihr mich weggeschickt, doch meinen Sohn werde ich begleiten«, flüsterte sie.

Stumm reichte Jimena ihrer Königin die Hand. Auch in ihr flammten die Erinnerungen auf, und es war ihr, als müsste sie die schrecklichen Stunden noch einmal erleben, als sie Isabels Bruder an die Pest verloren hatten.

Auch Isaura litt mit dem Prinzen. Vielleicht am meisten,

da sie sich an keine Hoffnung klammern konnte. Sie wusste, dass die Zuversicht, die Amin zu verbreiten suchte, trügerisch war. Er würde Juan nicht retten können. Der Prinz würde in wenigen Tagen hier in Salamanca sterben.

Seine schwache Stimme riss sie aus ihrer Verzweiflung. »Bitte, ich möchte Margarete sehen.«

Isabel war sogleich bei ihm. »Das geht nicht, mein Liebster. Es könnte sie und das Kind in Gefahr bringen. Das möchtest du doch nicht. Wenn du das Fieber in wenigen Tagen überwunden hast, dann kannst du sie wieder in deine Arme schließen.«

Juan sah seine Mutter an und umklammerte ihre Hände. »Ich werde sterben, ich kann es spüren. Ich werde niemals König von Kastilien sein. Es tut mir leid, Mutter. Bitte, lass mich mein Testament machen. Ich erkenne das Kind an, das Margarete im Leib trägt, und mache es zu meinem Erben.«

Isaura und Jimena sahen einander mit Tränen in den Augen an, doch die Königin erhob sich mit klarem Blick.

»Ich werde alles veranlassen, mein Sohn. Es wird so geschehen, wie du es wünschst. Aber nun ruh dich aus und sammle Kräfte. Unser Leben liegt in Gottes Hand. Wenn Er es will, dann wird Er dich erretten.«

Doch Gott oder das launische Schicksal hatten längst den Stab über den Prinzen gebrochen. Er starb zwei Tage später, am 4. Oktober 1497, in seinen Fieberträumen gefangen.

Es war eine traurige Hochzeitsgesellschaft, die sich nach Portugal aufmachte. Als Isabel von Portugal ihre Schwägerin kennenlernte, waren es zwei junge Witwen, die sich die Hände reichten. Zwei, die das launische Schicksal um ihr Glück betrogen und schon wenige Monate nach der Hochzeit ihrer Männer beraubt hatte. Und auch dem ungeborenen

Kind sollte es nicht besser ergehen. Nur wenige Wochen später brachte Margarete es tot zur Welt. In tiefer Trauer reiste die Königin mit ihrem Hof nach Ávila, wo sie ihren Sohn in der Klosterkirche Santo Tomás el Real beisetzen ließ.

Kapitel 33

Nun ruhten Königin Isabels Hoffnungen auf ihrer ältesten Tochter, die nach dem Tod des einzigen Sohnes einst das Erbe antreten sollte.

Isabel kehrte nach Granada zurück, wo sie sich in den Gemächern der Alhambra verkroch. Ihr Gatte konnte ihr keinen Trost schenken. Vielleicht versuchte er es aber auch gar nicht. Er verschanzte sich hinter den Problemen der Politik und hielt sich von ihrem Hof fern, um sich vielleicht von angenehmeren Dingen ablenken zu lassen.

Isaura war sich nicht sicher, ob Isabel es nicht wusste oder ob sie es nicht wahrhaben wollte. Jedenfalls ließ sie nicht zu, dass auch nur ein schlechtes Wort über den König fiel.

»Es ist mir eine große Hilfe«, betonte sie stets, »dass er nun an meiner statt durch das Land reist und sich um alles kümmert. Er gibt mir die Zeit, mich meiner Trauer hinzugeben.«

Und das tat sie. Alle konnten es spüren. Der Tod ihres Sohnes und Erben hatte ihr einen Schlag versetzt, von dem sie sich nicht mehr erholen würde. Die Königin wirkte nun oft müde und unentschlossen, ihre Haltung hatte an Strahlkraft eingebüßt, doch es war nicht der letzte Schicksalsschlag, den die Königin hinnehmen musste.

Nicht einmal ein Jahr später verlor Isabel ihr nächstes

Kind. Fassungslos las sie die Nachricht, die aus Portugal kam. Die zukünftige Königin Isabel von Portugal sei bei der Geburt ihres Sohns Miguel im Kindbett gestorben und habe ihren Sohn und ihren Gatten in tiefer Trauer zurückgelassen.

Isabel sank auf ihrem Stuhl zusammen und griff nach Jimenas Hand. »Warum straft mich Gott so sehr?«

Isaura war es, als stünden ihrer Cousine die Worte, die durch ihren Geist huschten, auf der Stirn geschrieben. Als zähle sie all die armen Seelen, die in den Feuern der Inquisition gestorben waren oder beim Exodus der Juden, doch als sie den Mund öffnete, sprach sie nur sanfte Worte des Trostes.

»Schickt nach Cisneros«, bat Isabel. »Ich muss mit meinem Primas sprechen.«

Ob der strenge Kirchenmann die rechten Worte des Trostes für die Königin finden würde, bezweifelte Isaura, doch sie kam Isabels Wunsch nach und machte sich auf die Suche.

Es war kein Zufall, dass sich der Erzbischof von Toledo in Granada aufhielt. Die Bemühungen Talaveras als Erzbischof von Granada stießen auf Anerkennung unter den Mauren, die ihn als einen heiligen Mann rühmten. Sie nannten ihn einen christlichen *alfaqui*. Viele ließen sich bekehren. Talavera mühte sich um ihre Anerkennung unter der christlichen Bevölkerung, doch sosehr er sich auch einsetzte und Vorschriften erließ, die jede Diskriminierung unterbinden sollten, wurden sie doch abgelehnt und verachtet. Kein Wunder, dass trotz seiner Bemühungen die Mehrheit der Mauren ihrer Religion und ihren Traditionen treu blieb. Daher bat Isabel Cisneros um Rat.

Der Primas machte keinen Hehl aus seinem Entsetzen, als er sich einen ersten Überblick in Granada verschafft hatte. Er ließ sich sofort bei der Königin melden.

»Majestät«, rief er ohne Umschweife, als sie ihn hereinbitten ließ. »Was hat Euer Erzbischof in sieben Jahren getan?« Isabel begann Talaveras Verdienste aufzuzählen, doch der Primas schnitt ihr das Wort ab. »Habt Ihr mich kommen lassen, um Euren Bischof zu loben?«

»Nein, ich sehe die Feindseligkeit unter den Bewohnern mit Sorge, und ich denke, Erzbischof Talavera könnte ein wenig Unterstützung gebrauchen.«

»Was er hier braucht, ist das Heilige Offizium der Inquisition!«

»Oh nein!«, unterbrach ihn eine Stimme, die Jimena noch nie so voller Zorn erlebt hatte. »Wenn wir hier in Granada eines nicht brauchen, dann sind das Inquisitoren – die Henker mit den sauberen Händen!«

Die beiden Kirchenmänner starrten einander voller Abneigung an, bis Isabel einschritt.

»Wir sprechen hier nicht über die Inquisition. Es geht lediglich darum, die Bekehrung der Mauren voranzutreiben.«

»Das dauert seine Zeit, Majestät«, beharrte Talavera.

»Ihr hattet genug Zeit!«, ereiferte sich Cisneros. »Eure Methode hat sich nicht bewährt. Nun lasst Euch die meine zeigen.«

»Nein! Majestät, ich beschwöre Euch. Kein Zwang! Ihr habt es den Mauren bei der Übergabe Granadas zugesichert. Ihr habt Euer königliches Wort gegeben und einen Vertrag unterzeichnet. Den könnt Ihr nicht brechen.«

Isabel sah ihn abweisend an. »Das habe ich auch nicht vor. Niemand wird mich des Vertragsbruchs bezichtigen.«

Dennoch war Talavera nicht beruhigt. Er sah zu Cisneros hinüber und fragte sich wohl, welche Teufelei der Primas hinter seinem zufriedenen Lächeln ausheckte. Sie sollten es alle nur zu schnell erfahren!

Jimena stürzte durch das Tor der Alhambra und wollte gerade zum Palast weiterlaufen, als ihr Abu Amin und Isaura entgegenkamen.

»Jimena, was ist geschehen? Seid Ihr dem Teufel auf Eurem Weg begegnet?«

»So kann man es sehen«, keuchte sie. »Cisneros ist mit seinen Männern drunten im Albaicín. Er hat mehrere muslimische Kinder, die er auf der Straße antraf, in die Kirche bringen lassen und ohne Wissen der Eltern getauft. Nun braut sich ein Aufstand zusammen. Die Mauren rufen, er habe den Vertrag der Königin gebrochen, doch er behauptet, dort stehe nichts über die Taufe von Kindern. Jedenfalls ließ er seine Leibwache rufen. Es breitet sich das Gerücht aus, er habe vor, in die Moschee einzudringen, um sie zur Kirche weihen zu lassen!«

Abu Amin starrte sie entsetzt an. »Das wäre ganz sicher ein Vertragsbruch und hieße Bürgerkrieg! Das gibt den Aufstand, den Isabel immer verhindern wollte. Lauft zu ihr, und sagt ihr Bescheid. Ich will in die Stadt und sehen, ob ich jemand finde, der mit Vernunft den Brand noch löschen kann. Ich muss mit Kamil sprechen.« Doch Jimena bestand darauf, ihn zu begleiten. Daher wandte Abu Amin sich an seine Frau. »Bitte, Teresa, die Königin muss sofort davon erfahren!«

Sie nickte, dennoch griff sie nach seiner Hand und hielt sie fest. »Bleib hier«, bat sie. »Das könnte gefährlich werden.«

Abu Amin nickte mit grimmiger Miene. »Ich verspreche dir, vorsichtig zu sein. Doch jetzt müssen alle Vernunftbegabten zusammenhalten.« Er beugte sich vor und streifte ihre Lippen mit einem Kuss, dann wandte er sich ab und eilte mit Jimena durch das Tor, durch das diese eben erst gekommen war.

Isaura sah ihnen noch einen Augenblick nach, dann

wandte sie sich ab und lief los, der Königin und Talavera zu berichten, was in der Stadt vor sich ging.

Als Jimena und Abu Amin das Stadttor durchquerten, mussten sie nicht fragen, wohin sie sich wenden sollten. Alle Bewohner des Albaicín schienen der großen Moschee zuzustreben. Dennoch zog der Hakim Jimena in die entgegengesetzte Richtung, zum Haus seines Onkels, wo Diener gerade Fenster und Türen verbarrikadierten. Kamil war nicht daheim, doch sie trafen Samira an, die geradezu hysterisch Anweisungen gab. Abu Amin versuchte, sie zu beruhigen, aber sie fiel ihm ins Wort.

»Es wird im Albaicín heute Blut fließen. Viel Blut, und es wird vor allem das unsere sein!«

Er konnte ihr nicht widersprechen. »Wo ist Kamil?«

»Zur Moschee, die dieser Bischof aus Toledo entweihen will!«, stieß sie hervor, und Jimena sah den Hass in ihren Augen.

»Ich will sehen, ob ich ihn finden kann.«

Samira nickte nur. Halbherzig versuchte der Hakim, Jimena zu überreden, bei Samira zu bleiben, doch sie weigerte sich.

»Ich komme mit Euch«, beharrte sie. »Wir waren in vielen Schlachten ein bewährtes Team.«

So blieb ihm nichts anderes übrig, als Samira zu raten, die Tür gut zu verschließen.

»Was glaubst du, was ich gerade vorhatte!«, gab sie zurück, ließ die beiden hinausschlüpfen und schob dann hinter ihnen den schweren Riegel vor.

Sie folgten dem Strom der Menge, der auf die Moschee zu immer dichter wurde. Der Geruch von Feuer stieg Jimena in die Nase. Wollte Cisneros die Moschee niederbrennen?

Abu Amin umfasste ihr Handgelenk und zog sie in eine

Nebengasse. Von dort näherten sie sich der Moschee, um deren Minarett schwarze Rauchschwaden aufstiegen. Aschefetzen wirbelten im Wind. Doch es war nicht die Moschee selbst, an der sich das Feuer gütlich tat.

Noch nicht.

Als sie am Ausgang der Gasse anlangten und den Platz überblicken konnten, sahen sie den riesigen Scheiterhaufen, dessen Flammen von Papier genährt wurden. Berge von Pergament und wertvollen, ledergebundenen Büchern, die die Leibwächter des Primas aus der Moschee schleppten. Andere Bewaffnete, in die gleichen Farben gehüllt, hielten alte Männer in maurischen Gewändern mit ihren Lanzen davon ab, zum Feuer hinzustürzen.

Jimena und der Hakim blieben wie erstarrt stehen. »Er lässt Koranbücher und andere heilige Schriften verbrennen«, keuchte Jimena, als ihr Geist erfasste, was da vor sich ging. »Sind sie denn völlig wahnsinnig geworden?«

»Heute verbrennen sie die Bücher der Mauren, morgen sind es die Mauren selbst, die auf dem Scheiterhaufen stehen«, prophezeite Abu Amin, und Jimena konnte ihm nicht widersprechen. Nicht nach dem, was mit den *Conversos* und den Juden geschehen war.

Da entdeckte sie die magere Gestalt von Cisneros, der mit einem kleinen Jungen auf dem Arm aus der Moschee trat. Seine Kapläne folgten ihm. Sie sangen einen Choral, der sich unter das Fauchen der Flammen mischte. Der Junge war nach Aussehen und Kleidung zu urteilen ein Maure. Sein schwarzes Haar war nass. Cisneros schlug das Kreuzzeichen auf seiner Stirn, dann setzte er den Knaben auf den Boden, während seine Männer einen weiteren Schwung heiliger Bücher ins Feuer warfen.

»Er hat ihn getauft«, stieß Abu Amin hervor. »Gegen

den Willen seiner Eltern, und er hat die Moschee entweiht. Glaubt er, die Menschen von Granada werden diesen Frevel so einfach hinnehmen?«

Ein junger Mann – vielleicht der Vater des Kindes – begann zu schreien und wild zu gestikulieren. Er wollte zu dem Knaben, doch die Wachen des Erzbischofs versperrten ihm den Weg. Ein älterer Maure, dessen Turbanfarbe ihn als einen der *elche* des Viertels auswies, trat vor und redete auf die Wachen ein. Er schob einen der Spieße beiseite, wurde aber grob zurückgestoßen. Drohend hob er die Faust. Cisneros wurde auf die Männer aufmerksam und schickte den *Alguacil*. Der von Graf von Tendilla eingesetzte Statthalter des Albaicín redete auf den Vater ein. Jimena konnte nicht genau sehen, was dann geschah, doch es kam zu einem Handgemenge, in das sich zwei weitere Männer des Primas einmischten. Einige Bewohner des Viertels drängten sich heran. Schreie stiegen in die Luft, und am Ende fiel der *Alguacil* blutend zu Boden.

Cisneros zeigte auf den Sterbenden. Jimena sah, wie er den Befehl mit seinen Lippen formte. Hören konnte sie ihn in dem Tumult nicht, der nun aufbrandete.

Da entdeckte Abu Amin seinen Oheim, wie er versuchte, zwei kleine Mädchen aus der Gefahrenzone zu bringen. Vielleicht hatte Cisneros auch sie zur Taufe schleppen lassen. Vielleicht waren die beiden aber auch zufällig in den Aufstand geraten. Gewiss aber war dies im Augenblick nicht der rechte Ort für sie.

»Bleibt hier!«, befahl Abu Amin und lief los, ohne sich noch einmal umzudrehen.

Jimena dachte gar nicht daran, ihm zu gehorchen. Sie wich einer Gruppe von Männern aus, die sich mit Fäusten und Knüppeln gegenseitig attackierten, und huschte dann dem Hakim nach.

Isaura musste den ganzen Palast absuchen, bis sie Isabel mit Beatriz endlich an einem der Wasserbecken draußen in den Gärten antraf.

»Was ist geschehen?«, wunderte sich Beatriz. »Du bist ja ganz außer Atem.«

Isaura holte noch einmal tief Luft, dann wandte sie sich an die Königin und stieß aus: »Cisneros, er tauft Kinder, drunten im Albaicín. Du musst ihm Einhalt gebieten!«

Isabel runzelte die Stirn. »Es ist eine gute Tat, Kinder zu taufen und ihnen die Gnade Gottes zuteilwerden zu lassen.«

Isaura schüttelte wild den Kopf. »Nein, du verstehst nicht. Es sind Maurenkinder, die er ohne Einwilligung der Eltern tauft. Das ist gegen den Vertrag!«

»So etwas ist im Vertrag nicht vorgesehen«, widersprach Isabel. »Und für die Kinder ist es ein Segen«, beharrte sie.

»Das sehen die Mauren ganz anders!«, rief Isaura. »Es braut sich im Albaicín ein Aufstand zusammen.«

»Dann sind es die Mauren, die den Vertrag brechen«, beharrte Isabel.

»Auch wenn Cisneros in die Moschee eindringt und sie zur Kirche weihen will?«

Isabel überlegte. Da schrie Beatriz auf und deutete zu den dicht gedrängten Häusern am Fuß des Berges, zwischen deren Dächern sich das schlanke Minarett erhob.

»Seht ihr den Rauch? Dort unten bei der Moschee brennt etwas.«

Isabel folgte ihrem Blick und winkte dann einen Diener herbei. »Ruft den Grafen von Tendilla zu mir, und alarmiert die Männer der Alcazaba. Wir müssen sogleich aufbrechen und in der Stadt für Ordnung sorgen.«

Isaura warf noch einen besorgten Blick auf das Feuer, dann eilte sie hinter Isabel her zum Eingang der Festung.

Obgleich der Graf sofort reagierte und in Windeseile einen Trupp Männer zusammenrief, kam Isaura jeder Augenblick, der verstrich, wie eine Ewigkeit vor. In ihrem Magen ballte sich eine Furcht zusammen, wie sie sie noch nie verspürt hatte. Sie krallte ihre Finger in den feinen Mantelstoff, um das Zittern zu unterbinden, das immer heftiger wurde.

Endlich stob der Graf, das blanke Schwert gezogen, auf seinem Streitross durch das Tor. Die Königin und Isaura folgten, Don Angelo und vier weitere Ritter zu ihrem persönlichen Schutz an ihrer Seite. Ein Trupp Berittener blieb dicht hinter ihnen, ein weiterer Trupp würde ihnen so schnell wie möglich zu Fuß folgen. Schon hatten sie den Fuß des Berges erreicht und ritten durch das Tor. Menschen sprangen zu beiden Seiten hastig aus dem Weg. Hunde kläfften sie an. Ein Marktkarren ging zu Bruch, als der Graf ihn mit einem kräftigen Fußtritt aus dem Weg beförderte. Isaura drang der beißende Geruch von Verbranntem in die Nase. Dann erfasste ein Schmerz ihren ganzen Körper, der vielleicht nur mit dem Sturz vom Balkon in Córdoba zu vergleichen war. Sie blinzelte, als ihr Tränen in die Augen schossen. Ein Schrei von tiefster Verzweiflung entwich ihrer Kehle, als sie auf den Platz ritten und angesichts des blutigen Chaos ihre Pferde zügelten.

Jimena war dicht hinter Abu Amin, der seinen Onkel fast erreicht hatte. Seine Aufmerksamkeit war ganz auf Kamil und die weinenden Mädchen gerichtet, die sich an seinem Kaftan festklammerten. Eine Windböe fuhr in den Scheiterhaufen und umwirbelte die drei Gestalten mit glühenden Papierfetzen. Auf der anderen Seite war ein blutiger Kampf zwischen den Mauren und den neuen christlichen Bewohnern des Viertels entbrannt, in den sich nun Cisneros Männer mit Waffengewalt einmischten. Mit Schwertern und Lanzen drängten sie gegen die Kämpfenden an. Einer von ihnen nahm den Hakim im maurischen Gewand ins Visier.

Jimena sah ihn nicht wirklich kommen. Es war wieder das Wissen ihres Unterbewusstseins. Sie schrie auf und warf sich nach vorn, als der Schatten heranzischte. Mit ihrem Körper lenkte sie die tödliche Metallspitze ab, die auf Abu Amins Rücken gezielt hatte.

Zuerst spürte sie nur den Aufprall der Lanze, der ihren Körper auf die Seite warf, und einen zweiten Schlag, als sie auf dem aschebedeckten Pflaster niederfiel. Abu Amin wirbelte herum und fiel neben Jimena auf die Knie. Erst als sie in sein Gesicht blickte, begriff Jimena, dass sie dieses Mal nicht mit einer Platzwunde davonkommen würde. Einst hatte sie den König durch solch einen Sprung gerettet. Doch die Freude, Abu Amins Retterin zu sein, würde ihr nicht lange vergönnt werden. Sie folgte seinem entsetzten Blick zu dem Spieß, der aus ihrer Seite ragte. Die eiserne Spitze war unter ihrem Arm eingedrungen, hatte sich einen Weg zwischen ihren Rippen hindurch gesucht und steckte nun in ihrer Lunge. Zitternd holte sie Luft, doch sie konnte nicht sprechen. Der Schmerz, der sie umgab, war so allumfassend, dass Abu Amins Gesicht vor ihren Augen verschwamm. Dafür glaubte sie tröstende Hände zu spüren, die sie hielten und stützten.

Ich bin hier, mein Kind. Ich warte auf dich!

Das war also das Ende. Jimena fühlte, wie sich ihre Gedanken klärten. Der Schmerz wich zurück. Sie konnte Abu Amins verzweifeltes Gesicht sehen und hätte ihm gern gesagt, er solle sich nicht grämen. Seine Hände legten sich um den Schaft des Spießes, um ihn aus ihrer Seite zu ziehen, doch schon jetzt war Jimenas Gewand von Blut durchtränkt. Ihr

Leben würde nur umso schneller mit ihrem Blut aus ihrem Körper entweichen, doch das kümmerte sie nicht. Sie war nur traurig, dass sie sich nicht mehr von ihrer Tochter Isaura und von Teresa und Angelo verabschieden und ihnen nicht mehr sagen konnte, wie sehr sie sie liebte.

Sie spürte einen Ruck in ihrer Seite und stöhnte noch einmal auf, als ein Schatten auf sie fiel.

Jimena und Abu Amin sahen auf. Einer der Leibwächter Cisneros baute sich über ihnen auf. Sein Gesicht war von Hass verzerrt, als er sein Schwert hob.

»Verfluchter Maure, du hast eine unserer Frauen gemordet!«

Ehe der Hakim auch nur ein Wort der Erklärung oder Verteidigung sprechen konnte, stieß der Mann ihm sein Schwert bis zum Heft in die Brust. Zu spät erreichte Kamil seinen Neffen und schlug den Mörder mit der Faust zu Boden. Abu Amin wankte und brach über Jimena zusammen. Sie spürte, wie sein Herzschlag verklang. Sein Blut mischte sich mit dem ihren, während ihr Leben davonfloss.

Isauras Blick huschte über den Platz: das Feuer, die kämpfenden Männer, die schreienden Frauen und Kinder, vor dem offenen Portal der Moschee der Primas Cisneros, der – von seinen Männern abgeschirmt – mit ungerührter Miene den Blick über das Chaos schweifen ließ. Doch ihr Herz wies sie zu der Stelle, an der zwei Menschen zusammengesunken im Schmutz lagen, überragt von einem Mann, den sie sofort wiedererkannte: Kamil, Amins Oheim. Zwei weinende Mädchen kauerten zu seinen Füßen.

Isaura hieb ihrem Pferd die Fersen in die Flanken und sprengte auf den Platz hinaus. Der Schimmel setzte über die zusammengefallenen Reste des Feuers hinweg und hielt dann vor Kamil an. Don Angelo und zwei seiner Ritter folgten ihr, während der Graf von Tendilla seine Befehle bellte und seine Männer verteilte, sodass die Kämpfe in wenigen Augenblicken beendet waren. Viele der Bewohner flohen in die umliegenden Gassen. Dann kehrte auf dem Platz vor der Moschee Ruhe ein, doch das bemerkte Isaura nicht. Sie wankte auf Kamil zu und fiel vor ihm auf die Knie, um den leblosen Körper ihres Mannes zu umschlingen. Sie zog seinen Kopf auf ihren Schoß und schloss ihm die blicklosen Augen. Dann wanderte ihre Hand zu Jimena, aus deren Wunde noch immer das Blut floss. Ihr Herz schlug noch, doch der Tod hatte es bereits in seiner Hand. Noch einmal hob Jimena den Blick. Ihre Lippen formten den Namen ihrer Cousine.

Teresa.

Isaura beugte sich zu ihr hinab. Don Angelo kniete an ihrer Seite. Er war so bleich wie die Sterbende. Noch einmal versuchte Jimena zu sprechen. Ihre Worte waren wie ein Hauch, doch Isaura konnte sie in ihrem Geist hören.

Teresa – Isaura, meine geliebte Cousine. Ich bitte dich, kümmere dich um meine Tochter, die Dominga nach dir benannt hat. Ich habe es lange Zeit nicht verstanden. Doch nun weiß ich, auf dir ruhen alle Hoffnungen. Du bist die wahre Caminata!

Und bitte tröste Angelo. Es bricht mir das Herz, ihn leiden zu wissen.

»Ich verspreche es dir«, hauchte Isaura und sah, wie ihre Tränen auf Jimenas Wangen tropften.

»Geh nicht!«, rief sie voller Verzweiflung.

Ich muss. Dominga wartet auf mich.

Ihr letztes Lächeln galt Angelo, der ihre beiden Hände umschlungen hielt.

Als Isabel zu ihnen trat, konnte sie nur noch das Licht in

Jimenas Augen schwinden sehen, bis es endgültig verlosch. Die Wunde hörte auf zu bluten, als der letzte Herzschlag verklungen war. Jimena de Morón war tot.

Kapitel 34

Medina del Campo, 1504

Dem Grafen von Tendilla war es gelungen, die Ordnung in Granada wiederherzustellen. Cisneros wusste diesen Sieg zu nutzen. Die verschreckten Mauren waren nun in großer Zahl bereit, sich taufen zu lassen. Mehr als dreitausend neue Schäfchen zählte er in den nächsten Tagen und ließ Erzbischof Talavera seinen Triumph spüren. Talavera war gar nicht glücklich über diese Entwicklung, doch Isabel wies seine Klagen ab. Die Zahl der Bekehrten schien Cisneros recht zu geben.

Doch was war der Preis?

Während sich die Mauren in Granada zu fügen schienen, brachen in den Bergen von Alpujarra Aufstände aus. Die letzten Hochburgen in den nahezu unzugänglichen Tälern auf der Südseite der Sierra Nevada waren nicht bereit, sich den katholischen Königen zu beugen. Fernando rief Truppen zusammen und marschierte los, die Aufständischen zur Ordnung zu rufen. Doch diese verschanzten sich in ihren Burgen, die wie Adlernester auf den höchsten Felsspitzen klebten, und machten dem König und seinen Männern das Leben schwer. Nein, so einfach waren diese Kämpfer nicht zu besiegen, war der Widerstand in den Dörfern nicht zu brechen.

Isabel verkündete, die Mauren selbst hätten den Vertrag von 1492 gebrochen und müssten nun die Konsequenzen tragen. Wie die Juden stellte sie sie vor die Wahl: Bekehrung oder Exil.

Wäre Jimena noch am Leben gewesen, hätte sie der Königin schonungslos ins Gesicht gesagt, wie hart und verbittert sie geworden war. Sie hätte an ihre Liebe und ihr Mitgefühl mit ihrem Volk appelliert, die irgendwann in den vergangenen Jahren gestorben sein mussten. Vielleicht zusammen mit ihrem Sohn und all den Hoffnungen, die sie mit ihnen hatte begraben müssen. Der Entschluss der Königin stand fest.

Es war dem Einfluss von Graf von Tendilla und Erzbischof Talavera zu danken, dass die Mauren von Granada über Jahre hinweg immer wieder Aufschub bekamen.

Die politischen Ereignisse gingen an Isaura vorbei, ohne dass sie sie recht bemerkte. Sie war in ihrer eigenen kleinen Welt gefangen, die immer enger zu werden schien. Stundenlang stand sie in ihrem Gemach, das sie nun alleine bewohnte, am Fenster und starrte auf die Stadt hinaus, über die sich ein düsterer Schleier gelegt zu haben schien. Ihre kräftigen Farben, die Isaura einst begeistert hatten, waren verblasst, und selbst der Himmel schien sein strahlendes Blau verloren zu haben. Bisher ließ die Königin sie gewähren, doch es konnte nur eine Frage der Zeit sein, bis sie ihre Hofdame auffordern würde, in die Gemächer der anderen Damen zurückzukehren und ihren Dienst für die Königin wieder aufzunehmen. Sicher wartete sie bereits ungeduldig, dass Teresa auf sie zukam, doch sie konnte sich nicht dazu aufraffen. Sie konnte sich zu überhaupt nichts aufraffen. Die Zeit in ihr schien zum Stillstand gekommen zu sein, seit sie ihren geliebten Mann Amin und ihre Cousine und Freundin Jimena ihren Gräbern übergeben hatte.

Es klopfte an der Tür, doch Isaura reagierte nicht. Das

Klopfen wurde lauter, aber sie gab keine Antwort. Dennoch öffnete sich die Tür. Isaura rührte sich nicht.

»Doña Teresa«, erklang die Stimme, die sie vielleicht als einzige ertragen konnte. »Wir haben Euch beim Mahl vermisst.«

Endlich wandte sich Isaura um und betrachtete den Mann, der ein wenig verlegen in ihrer Tür stand. Er war dünn geworden, sein Gesicht unter dem Bart blass und hager. Auch ihm sah man das tiefe Leid an.

»Kommt herein, Angelo«, forderte sie ihn auf. Er zögerte. Es verstieß gegen jede Sitte, das Gemach einer Dame zu betreten, doch das war Isaura gleichgültig.

Zaghaft trat er näher. Stumm sahen sie einander an. Ihrer beider Schmerz spiegelte sich in ihren Blicken.

»Ach, Teresa, ich weiß nicht, wie ich ohne sie leben soll.«

Isaura nickte. »Die Leere scheint von Tag zu Tag größer zu werden. Wenn Eure Tochter nicht wäre, die mich so sehr an Jimena erinnert, ich wüsste keinen Grund weiterzuleben.«

Ein feines Lächeln huschte über sein verhärmtes Gesicht. »Isaura, ja, sie ist meine Freude, und Ihr wart von ihrer Geburt an immer eine zweite Mutter für sie. Ich fürchte, sie hat von jeher mehr Zeit mit Euch verbracht als mit Jimena, wenn sie mir auf den Kriegszügen folgte.«

»Sie ist mir ans Herz gewachsen, und ich werde für sie da sein, bis sie den Hof verlässt, um ihren eigenen Weg zu beschreiten.«

Don Angelo seufzte. »Sie wird schon bald mit Catalina nach England gehen, wenn die Infantin Arthur Tudor heiratet.«

»In ein oder zwei Jahren, ja, so haben es die Königin und Jimena beschlossen.«

Sie schwiegen wieder, die Blicke ineinander versenkt.

»Es wird schwer werden, sie ziehen zu lassen, doch wir können den Lauf der Zeit nicht aufhalten.«

Isaura spürte, wie Tränen hinter ihren Lidern brannten, doch sie hatte seit diesem schrecklichen Tag auf dem Platz vor der Moschee nicht mehr geweint. Sie war wie erstarrt. Vielleicht war sie mit Amin und Jimena gestorben. Isaura fühlte sich verloren in dieser kalten Finsternis, aus der es kein Entkommen zu geben schien.

Don Angelo trat auf sie zu und ergriff ihre Hand. »Ach, Teresa, es ist schwer, Gottes Entscheidungen zu begreifen und sie hinzunehmen.«

Isaura nickte. »Es gibt keinen Gott, der gütig unsere Geschicke lenkt oder uns ins Unglück stürzt. Wir Menschen sind verantwortlich für das, was wir uns gegenseitig antun!«

»Vielleicht habt Ihr recht«, gab er zu. »Wir sind allein. Zurückgeblieben, bis wir unseren Liebsten ins Grab folgen.« Don Angelo sank vor ihr auf die Knie und umschlang ihre beiden Hände. »Teresa, ich werde niemals wieder eine Frau wie Jimena lieben und begehren, und ich will nie mehr wieder in Lust mit einer Frau verbunden sein, doch ich werde für Euch weiterleben und stark sein, wann immer Ihr eine helfende Hand benötigt oder eine Schulter, an der Ihr Trost findet. Ich liebe Euch wie meine eigene Schwester und bitte Euch, an Eurer Seite bleiben zu dürfen.«

Isaura sank zu ihm auf die Knie und schlang ihre Arme um ihn. »Ach Angelo, wir sind zwei verlorene Seelen, die der Sturm auf ihrem leckgeschlagenen Schiff zum Spielball der Wellen werden lässt. Ja, halte mich fest, damit ich nicht ertrinke.«

Er presste sie an sich, als ihr Körper zu beben anfing. Ein Schluchzen schüttelte sie, und dann begannen die Tränen zu fließen. Isaura weinte. Sie weinte, während sich die Dämmerung herabsenkte und die Nacht hereinbrach. Angelo hielt sie fest, bis sie vor Erschöpfung keine Tränen mehr fand. Steif half er ihr, sich zu erheben, und hielt sie, als sie schwankte.

»Du solltest etwas essen. Du bist schon ganz schwach«, schlug er vor, als er sie aus seiner Umarmung entließ.

»Ich sollte mir erst einmal das Gesicht waschen, ehe ich mich draußen im Palast sehen lasse«, widersprach sie.

Angelo führte sie zu ihrer Kommode mit der Wasserschüssel, tauchte den Lappen ein und tupfte ihr zart über das Gesicht. Dann ergriff er wieder ihre Hand.

»Komm!« Isaura ließ sich von ihm zur Tür führen. Dort blieb er noch einmal stehen und wandte sich ihr zu. »Meine Treue gilt nur noch dir und meiner Tochter, nicht mehr der Königin, die es zuließ, dass Cisneros diese Bluttat heraufbeschwor!«

Wie glücklich war die Königin gewesen, als Granada sich endlich ergab und sie in die Alhambra einziehen konnte. Wie begeistert und voller Hoffnung hatte sie den zurückkehrenden Kolumbus empfangen, überzeugt, dass nun goldene Zeiten für ihr Reich anbrechen würden. Doch zumindest für sie selbst wollten keine goldenen Zeiten anbrechen. Das Schicksal schien sich vielmehr gegen sie verschworen zu haben, oder vielleicht gab es doch einen Gott, der die Königin für ihre Fehler bestrafte, die so viele Menschen das Leben gekostet hatten. Nach dem Tod ihres einzigen Sohnes starb auch noch ihr Enkel Miguel in seinem zweiten Lebensjahr. Nun war König Manuel wieder allein und bat um die Hand der jüngeren Schwester Maria. Isabel willigte ein, doch sie war tief getroffen. Auch Catalina schien kein Glück zu haben. Ihr Gatte, der englische Thronfolger Arthur Tudor, erkrankte kurz nach der Hochzeit an einem schweren Fieber, dem er nach wenigen Tagen erlag, womit er Catalina nach vier Monaten Ehe zur Witwe machte. Fernando weigerte sich, seine Tochter zurückzunehmen, und zwang sie – ohne Geld und nur geduldet –, in England auszuharren. Er wollte unbedingt, dass Arthurs jüngerer Bruder Heinrich die Witwe seines Bruders übernahm. Lediglich Juana schenkte ihrem Mann Philipp dem Schönen gesunde Kinder, dafür waren die Nachrichten über ihren Gemütszustand, die der Chronist regelmäßig an Isabel sandte, mehr als beunruhigend. Philipp war seiner Frau zugetan, doch Juana liebte ihren Gatten bis zum Wahnsinn, was ihm sichtlich zu viel war. Sie quälte ihn mit ihren Eifersuchtsanfällen und schreckte nicht einmal davor zurück, Sklavinnen, die in seine Nähe kamen, Narben im Gesicht zuzufügen, um sie hässlich zu machen. Auch so manche andere Dame, auf die Philipp ein Auge geworfen hatte oder die Juana dessen verdächtigte, wurde Opfer ihrer Wutattacken. Dazwischen lagen Phasen tiefer Schwermut, in denen sie sich in ihren Gemächern einschloss und sich weigerte, zu essen und sich zu pflegen. Nur ihre Kinder schienen ihr Halt zu geben und ihr Gemüt zu beruhigen.

Mit Sorgenfalten auf der Stirn gab die Königin Isaura den Brief zu lesen. »Ich fürchte, sie trägt das Erbe meiner Mutter in sich. Ich gebe zu, auch ich habe manche Nacht unter den quälenden Dämonen der Eifersucht gelitten, doch ich bin beherrscht genug, meine Fingernägel nicht in die Wangen meiner Konkurrentinnen zu schlagen.«

Isaura lächelte schwach. »Du warst immer stark und uns allen ein Vorbild an Beherrschung.«

Isabel erhob sich langsam. Ihre Bewegungen wirkten mühsam. »Ja, einst war ich stark«, sagte sie. »Doch jetzt bin ich bloß noch müde. Ich habe mein ganzes Leben gekämpft und wollte es immer mehr als nur gut machen, und dennoch ist so vieles missglückt. Ich habe sieben Kinder in meinem Leib ausgetragen, doch ich musste mit ansehen, wie mir eines nach dem anderen genommen wurde. Und nun ist Juana meine Erbin, um die ich mich so sorgen muss. Wird der Habsburger nach meinem Tod das Zepter in die Hand nehmen? Ich fürchte es. Juana hat nicht die Stärke einer Königin.«

Isabel seufzte tief, und Isaura fiel nichts ein, womit sie ihre Bedenken hätte zerstreuen können.

»Teresa, bist du so lieb und machst dich auf die Suche nach Erzbischof Talavera? Ich möchte mein Testament ergänzen. Ich mache mir Sorgen. Wer soll das ganze Reich zusammenhalten, wenn ich nicht mehr bin? Fernando muss Juana zur Seite stehen und das Land für sie führen, wenn sie nicht anwesend ist – oder aus anderen Gründen nicht regieren kann.« Isabel seufzte schwer. Sie schüttelte den Kopf und ging dann langsam davon. Sie war jetzt fünfzig Jahre, doch sie wirkte wie eine gebrochene alte Frau. Ihr Lebensmut und ihre Zuversicht schienen mit ihren Kindern und Enkeln gestorben zu sein.

Das Ende war nah. Keiner musste das der Königin sagen. Sie selbst spürte es bereits seit Wochen und hatte sich nach Medina del Campo zum Sterben zurückgezogen. Nun, als die trüben Novembertage dahinglitten, schien sie mit jeder Stunde weniger zu werden. Sie aß kaum mehr etwas und war bald so schwach, dass sie das Bett nicht mehr verlassen konnte.

»Teresa?«

Isaura raffte ihre Röcke und eilte zu ihrer Königin, um deren Bett sich die letzte Delegation versammelt hatte.

»Hier bin ich, meine Liebe«, sagte sie und ließ sich vor dem schweren Himmelbett auf die Knie sinken, während sie die magere, faltige Hand mit ihren Händen umfasste.

Isabel stemmte sich ein wenig hoch und ließ den Blick

durch den dämmrigen Raum wandern. Die schweren Vorhänge vor den Fenstern ließen nur wenig Licht herein, und es brannte bloß eine einzige Kerze auf der Kommode neben dem Bett. Noch einmal kehrte der majestätische Ausdruck in ihre Miene zurück, und ihre Stimme klang fest, als sie alle Anwesenden des Zimmers verwies.

»Meine Zeit ist noch nicht gekommen. Geht und lasst mich mit Teresa allein. Ja, auch Ihr, Eminenz. Ich werde Euch rechtzeitig rufen lassen, ehe es mit mir zu Ende geht.«

Zögernd lösten sich die Männer und Frauen von ihren Plätzen und huschten hinaus. Nur Cisneros blieb am Bett stehen und musterte die Sterbende mit ernster Miene.

»Überlegt Euch gut, was Ihr mit Euren letzten Stunden auf dieser Erde anfangt, ehe Ihr vor Gott tretet! Noch habt Ihr Zeit, Euer Leben betend in Reue im Schoß der Kirche zu beschließen, statt in Gesellschaft dieser…«, er zögerte und sagte dann abfällig: »…dieser Frau zu beenden«, doch Isaura war sich sicher, dass ihm eigentlich ein anderes Wort auf der Zunge gelegen hatte.

»Es ist Eure Entscheidung, Majestät. Seid Euch der möglichen Folgen bewusst.«

Ein kriegerischer Ausdruck trat in den Blick der Sterbenden, und noch einmal konnte man die Kraft und die Entschlossenheit erahnen, die sie so viele Jahre vorangetrieben hatten. »Ja, wie Ihr sagt, es ist meine Entscheidung, und nun schließt die Tür von außen. Ich werde Euch rufen lassen, wenn ich bereit bin zu gehen.«

Der Kardinal bedachte die Königin mit einem letzten strengen Blick, ehe er das Zimmer verließ.

Isaura fragte sich, ob Isabel in diesem Moment an Jimena dachte und daran, dass der Kardinal Schuld an ihrem und an Amins Tod trug.

Die beiden Frauen schwiegen, bis sich seine Schritte entfernt hatten.

»Jetzt muss ich dich nicht mehr fragen, ob dies mein Ende ist«, sagte die Königin seltsam leidenschaftslos. »Ich kann den Tod spüren.«

Gern hätte Isaura ihr widersprochen, doch wie hätte sie in dieser Situation lügen können? Das schien die Sterbende auch nicht zu erwarten. Sie drückte Isauras Hand.

»Nun gilt es also, Abschied zu nehmen.«

»Majestät«, hauchte Isaura und spürte, dass ihr Tränen in die Augen stiegen.

Die Königin richtete sich noch ein wenig auf und zog sie in ihre Arme. »Nicht Majestät, Freundin und Begleiterin meines Lebens, Teresa.«

Eine Welle von Wärme überwältigte Isaura, als sie die Umarmung erwiderte. »Ach Isabel, nicht ich sollte heute an deinem Bett wachen. Dies wäre Jimenas Platz.« Tränen rannen ihr über die Wangen herab.

Die Königin nickte. »Ja, Jimena und all die anderen, die der Herr mir zu früh genommen hat. So viele, die ich geliebt habe und die er mir dann grausam aus den Armen riss. Meine Geschwister, meine Kinder, mein geliebter Enkel. All die Hoffnungen dahin. Warum? Vielleicht werde ich ihn fragen, wenn ich ihm von Angesicht zu Angesicht gegenüberstehe. Ja, ich möchte wissen, ob Gott einen Plan hatte, als er mir mit meinen Lieben meine Hoffnung und meine Zuversicht raubte. Mir erscheint es sinnlos.«

Isaura nickte. Sie konnte nicht sprechen. Das Leid wollte ihr das Herz brechen. Und ihr fiel nichts ein, womit sie der Königin hätte Trost spenden können. Beider Gedanken wanderten von den Toten zu denen, die überlebt hatten. Sie schwiegen und sahen einander ernst an. Isaura wusste nicht, was sie sagen sollte, und so war es Isabel, die weitersprach.

»Juana wird mein Reich erben«, sagte sie fast trotzig. »Sie und ihr Gatte Felipe werden Kastilien regieren, und wenn Fernando zu mir in Gottes Reich heimkehrt, wird ihr Sohn Carlos König von Aragón.«

Isaura schlug die Augen nieder.

»Was? Sage mir, was du siehst«, drängte die Sterbende.

Isaura scheute sich, ihr eine Antwort zu geben. Nein, so wie sich Isabel die Katholische das dachte, würde die Zukunft nicht verlaufen, doch vermutlich ahnte die Königin es selbst. Sie seufzte schwer.

»Du hast mein Testament gelesen«, sagte sie leise. »Habe ich recht mit meiner Sorge? Trägt sie das Erbe meiner Mutter in sich?«

Isaura sah in Isabels Augen. »Das kann ich nicht mit Sicherheit sagen. Juana ist impulsiv, und ihre Gefühle wechseln schnell. Sie ist nicht so stark wie du, doch ich bin mir nicht sicher, ob ihr Geist dazu verdammt ist, in Finsternis zu versinken.«

»Was ist es dann, das dir solchen Kummer bereitet?«, drängte Isabel und runzelte die Stirn. »Ich spüre es. Du bist beunruhigt. Wird auch Juana bald sterben wie ihre Geschwister Juan und Isabel?«

Isaura schüttelte den Kopf. »Nein, mach dir keine Sorgen. Juana ist eine gute Gesundheit beschert, und sie wird noch weiteren Kindern das Leben schenken.«

»Was ist es dann?«, bohrte die Königin. »Sag es mir! Sie wird eine schlechte Regentin sein, nicht wahr?«

»Die Last wird nicht allein auf ihren Schultern ruhen«, wich Isaura aus. »Erst wird ihr Vater und dann ihr Sohn Carlos das Schicksal des Landes lenken.«

Isabel schnalzte verärgert mit der Zunge. »Und ihr Gatte Felipe? Was haben wir von ihm zu befürchten? Ich muss zugeben, so recht traue ich den Habsburgern nicht.«

Wieder unterdrückte Isaura einen Seufzer. »Seinetwegen musst du dir keine Sorgen machen.«

Sie fürchtete die nächste Frage, doch Isabel entschied sich anders. »Ich werde nicht weiter in dich dringen. Die Zeit, in der ich etwas bewirken konnte, ist abgelaufen. Ich fühle mich müde und schwach. Es ist zu spät, noch etwas zu ändern. Das Rad des Schicksals lässt sich von einer Sterbenden nicht aufhalten.« Sie lachte bitter. »So bleibt mir nur noch eines: dir, meiner lieben Freundin, für deine Kraft und deinen Rat zu danken und dich um einen letzten großen Gefallen zu bitten.«

Isaura wusste, was das war, noch ehe Isabel es aussprach, und ihr war auch bewusst, welch schwere Last Isabel ihr damit aufbürdete – Jahre der Trauer, Verzweiflung und der Finsternis –, doch sie reckte das Kinn und nickte.

»Sei ohne Sorge. Ich werde an Juanas Seite bleiben, ganz gleich, was das Schicksal für sie bereithält.«

Isabel drückte ihr noch einmal die Hände. »Ich danke dir. Es ist mir eine große Erleichterung, sie in deiner Obhut zu wissen. Du wirst ihr eine kluge Ratgeberin sein und, wenn sich die Trauer ihrer Seele bemächtigt, sie trösten und ins Leben zurückholen. Scheue dich nicht, streng zu ihr zu sein und sie an ihre Pflichten zu erinnern. Schon morgen wird sie Königin von Kastilien!«

Auf dem Papier, dachte Isaura, *nur auf dem Papier wird sie viele Jahre lang Königin sein*, doch sie sprach es nicht aus. Sie war froh, dass sich Isabels Züge ein wenig entspannten.

»Und nun lass den Kardinal wieder eintreten, dass er mir ein letztes Mal meine Beichte abnehmen und mich wie ein verzogenes Kind rügen kann.«

Isaura nickte, erhob sich und ging zur Tür, um den Kardinal und Primas von Kastilien, Francisco Jiménez de Cisneros, hereinzubitten.

»Ja, er soll kommen«, sagte Isabel und faltete die Hände über ihrer Bettdecke, »damit ich bereit bin, wenn Fernando eintrifft, um sich von mir zu verabschieden.«

Sie liebt ihn noch immer von Herzen, dachte Isaura verwundert. *Nach allem, was die beiden durchgemacht haben. Nach allem, was er ihr angetan hat.*

»Teresa, sag mir, er wird doch kommen, nicht wahr? Ich werde ihn in diesem Leben noch einmal sehen?«

»Aber natürlich, Isabel, sei unverzagt«, stieß Isaura aus und floh aus dem Zimmer mit dem Wissen, dass das Letzte, was sie ihrer Freundin und Königin gesagt hatte, eine Lüge war.

Die Totenglocken läuteten für Isabel von Kastilien, die große Königin, die das Land in ein neues Zeitalter geführt hatte. Sie hatte Gewaltiges vollbracht und in manchem auch geirrt und sich von den Falschen leiten lassen.

Nun war sie tot, und die Elemente der Erde und des Himmels schienen außer Rand und Band. Während der Totenzug im Schein hunderter Fackeln sich bei Nacht aufmachte, ihren Sarg nach Granada zu geleiten, um sie dort in der zur Kathedrale gewandelten großen Moschee beizusetzen, brach ein gewaltiger Sturm los. Tagelang tobten die Elemente, während der Zug unbeirrt weiter über die Berge nach Süden zog.

Isaura begleitete die Königin nicht auf dieser letzten Reise. Etwas in ihr trieb sie nach Tordesillas. Es war schon spät in der Nacht, als sie dort anlangte und an die Pforte des Klosters klopfte. Die Schwestern öffneten ihr und geleiteten sie in eine der Gästekammern, doch obgleich sie todmüde war, konnte sie keine Ruhe finden. Sie träumte von Isabel und von Amin. Dann tauchten Jimena und Dominga wie geisterhafte Schatten vor ihr auf. Sie nahmen Isaura bei der Hand und führten sie durch das nächtliche Kloster. Ihre Schritte waren nicht zu hören, als sie den Kreuzgang hinter sich ließen und in die Kirche traten. Isaura schritt durch das Kirchenschiff in die Seitenkapelle. Dort in den tiefen Schatten der Nacht glaubte sie eine Gestalt erkennen zu können. Sie trat aus einem goldgerahmten Tor auf Isaura zu. Nebel schien um ihre Füße zu wallen.

Wie magisch angezogen trat Isaura näher. Was war das? Kein Tor. Es musste ein goldgerahmter Spiegel sein. Sie erkannte das Gesicht, das einmal ihr gehört hatte. Wie jung und schön es war! Das Haar wieder kastanienbraun. Keine Falte des Leids grub sich um den Mund. Der Blick war frisch und klar. Isaura hob die Hand, um die jüngere Frau zu berühren, doch statt auf Glas stieß ihre Hand in kühlen, feuchten Nebel. Das Bild verschwamm. Isaura trat noch näher, doch statt sich zu klären, verblasste die Gestalt und verschwand. Nur der feuchte Nebel blieb und umwirbelte sie mit seinen kalten Schwaden. Isaura zögerte. Der Nebel schien sie in das Nichts vor ihr ziehen zu wollen. Was würde sie dort erwarten? War das der Tod, der sie willkommen hieß?

Beherzt trat Isaura vor.

Kapitel 35

»Das geht auf keinen Fall!«, beharrte Dr. Álvarez. Sie gab Marco das Schreiben zurück. »Sie wissen selbst, dass Frau Thalheim nicht in der Verfassung ist, aus der Klinik entlassen zu werden. Man könnte sie in ein anderes Krankenhaus überführen lassen, wenn ihre Angehörigen das wünschen, aber doch nicht in ein Kloster ohne angemessene medizinische Versorgung.«

Marco hatte keine andere Reaktion erwartet. Der Mediziner in ihm hätte genauso reagiert, dennoch widersprach er. »Señora Thalheims Puls und Blutdruck sind normal, und sie atmet selbstständig. Ihre Vitalfunktionen sind von keinerlei medizinischen Geräten abhängig und seit Wochen stabil.«

»Ja, schon«, gab die Ärztin zu. »Aber dennoch liegt sie nach wie vor im Koma.«

Marco nickte. »Richtig. Sie kann jeden Moment erwachen, in zehn oder zwanzig Jahren oder gar nicht mehr.«

Dr. Álvarez zögerte, dann gab sie ihm recht. »Haben die Angehörigen deshalb entschieden, sie in dieses Kloster bringen zu lassen?« Sie schnaubte, um deutlich zu zeigen, was sie von dieser Entscheidung hielt. Für sie war es nichts anderes, als einen lästigen Schwerkranken ohne Aufwand und Kosten für die Familie zu entsorgen.

»Geben Sie mir das Schreiben des Ehemannes – ich nehme doch an, dass er das entschieden hat?«

Marco gab nur einen undefinierbaren Laut von sich, doch Dr. Álvarez sprach schon weiter. »Ich gebe es an den Chef weiter. Er soll entscheiden, ob uns dies für eine Entlassung reicht oder ob noch andere Dokumente nötig sind. Wir als Klinik müssen uns schließlich absichern.«

»Ich habe das Schreiben nicht da«, wehrte Marco ab. »Die Verantwortliche des Klosters hat es. Ich werde mit ihr sprechen.«

Er ging langsam davon, obwohl er lieber weggerannt wäre. Im Garten wartete Schwester Maria Anna auf ihn.

»Es hat nicht geklappt«, stellte sie fest.

»Natürlich nicht. Selbst wenn wir eine Anweisung des Ehemanns hätten, wäre es fraglich, ob sie uns Isaura so einfach mitgeben würden. Jedenfalls nicht so schnell. Nicht heute.«

Er legte die Stirn in Falten. »Aber es muss heute sein. Ich könnte mir nicht verzeihen, wenn wir es nicht wenigstens versuchten. Müsste ich mich nicht mein ganzes Leben fragen, ob ich die einzige Chance, sie zurückzugewinnen, ungenutzt habe verstreichen lassen?«, sagte er verzweifelt.

Maria Anna legte ihm den Arm um die Schultern. »Es ist nicht gesagt, dass der Tag eine Rolle spielt, und wir wissen nicht, ob das Kloster sie zurückholen kann. Das ist alles nur Spekulation.«

»Ja, aber ich muss es versuchen«, beharrte Marco.

»Und wie? Du kannst sie nicht einfach aus dem Krankenhaus entführen.«

»Nein? Warum nicht?«, erwiderte er trotzig.

Maria Anna stöhnte. »Wir sind hier nicht in einem Kriminalfilm. Bedenke die Folgen, die solch ein unüberlegtes Handeln hätte. Willst du mit einer Kolonne Polizeifahrzeuge im

Schlepptau vor dem Kloster vorfahren und um Isauras Körper mit ihnen ringen?«

Marco lächelte grimmig. »Nein, das wäre keine gute Idee. Ganz so dramatisch werden wir es nicht machen, auch wenn es rechtlich gesehen eigentlich egal ist.«

»Genau! Wir reden hier von Entführung!«, warnte Maria Anna. »Ich glaube, ihr Mann versteht da keinen Spaß, auch wenn er die Scheidung eingereicht hat.«

Marco dachte an Justus. Nein, Spaß war nicht unbedingt das Erste, was ihm zu diesem Mann einfiel – und er wäre auch keiner, der so etwas auf sich beruhen lassen würde. Schon aus Prinzip nicht! Egal ob er Isaura damit nun schaden würde oder nicht. Allein, um die eigenmächtige Handlung des Arztes und den Vertrauensmissbrauch zu strafen.

Marco seufzte. »Es muss doch einen Weg geben!«

»Vielleicht kann Señor Campillo helfen«, schlug Maria Anna vor.

Marco wehrte ab. »Ich will den alten Mann da nicht mit reinziehen. Er würde sich nur jede Menge Ärger einhandeln.«

»Frag ihn!«, forderte die Nonne. »Soll er selbst entscheiden, ob er uns in dieser Sache zur Seite stehen will oder nicht.«

Widerstrebend zog Marco sein Handy aus der Hosentasche und wählte die Nummer des Anwalts. Er war gleich am Apparat und fragte, womit er zu Diensten sein könne.

Plötzlich wusste Marco nicht mehr, was er sagen sollte. Wie konnte er einem Anwalt von diesen wirren Fantastereien erzählen, an die er seine Hoffnung klammerte? Eine Geschichte in einem Buch, eine Frau, die vor hunderten von Jahren gelebt hatte und deren Schicksal mit Isaura verbunden sein sollte?

Wie absurd das plötzlich klang.

Marco begann zu stottern. Energisch nahm die Nonne ihm das Telefon aus der Hand. »Schwester Maria Anna vom Kloster Santa Clara in Tordesillas am Apparat«, meldete sie sich mit resoluter Stimme. »Señor Campillo, wir möchten Sie um Ihre Unterstützung bitten. Es gibt vielleicht eine Möglichkeit, Isaura aus dem Koma zu erwecken, doch dazu müssten wir sie aus dem Krankenhaus weg und nach Santa Clara bringen. Die Sache duldet keinen Aufschub, wir können also nicht warten, bis ihr Ehemann vielleicht einwilligt.«

»Was er vermutlich auch nicht tun würde, wenn Sie ihm Ihre Argumente darlegten«, mutmaßte der Anwalt.

»Genau«, bestätigte die Nonne.

»Darf ich Sie fragen, warum Sie meinen, dass das Kloster der rechte Ort wäre, Isaura in ihrem Zustand zu helfen? Soweit ich weiß, war sie nicht sehr religiös.«

»Das ist richtig. Es geht hier auch eher um die Besonderheiten, die ihre Großtante Carmen auszeichneten... und sie selbst.«

Für einige Momente schwieg der Anwalt. Als er weitersprach, konnte man die Anspannung in seiner Stimme hören. »Erzählen Sie mir, was Sie vorhaben und wieso Sie denken, es könnte an der Situation etwas ändern.«

Maria Anna fasste in wenigen Sätzen zusammen, was Marco in dem Buch entdeckt hatte. »Ich weiß, es hört sich fantastisch an, aber wäre es nicht einen Versuch wert?«

Marco nahm ihr das Telefon wieder ab. »Señor Campillo, ich weiß, dass Sie uns diese Freigabe nicht ausstellen können. Nicht ohne Justus' Zustimmung. Er würde die Entscheidung anfechten und recht bekommen.«

»Schon möglich, doch dann wären Sie zumindest aus der Schusslinie. Sie könnten sich auf das Schreiben des Anwalts

Ihrer Patientin berufen. Den Rest lassen Sie mal meine Sorge sein.«

Marco schwieg. »Das wollen Sie wirklich für uns tun?«, sagte er schließlich leise.

»Für Isaura. Für Carmens Enkelin und Erbin«, sagte der Anwalt. »Ich bin in zwei Stunden mit allen Unterlagen bei Ihnen.«

»Gut, dann lasse ich hier schon einmal alles für die Entlassung und den Transport vorbereiten«, antwortete Marco. »Danke, vielen, vielen Dank!«

»Keine Ursache«, gab Señor Campillo zurück und legte auf.

Marco verstaute das Handy. »Dann los!«, rief er voller Tatendrang und eilte ins Gebäude zurück. Maria Anna folgte ihm in einigem Abstand. Sie blieb sein stummer Schatten, während er die Entlassungspapiere ausstellen ließ und einen Krankenwagen orderte. Bis Señor Campillo wie versprochen nach zwei Stunden in Valladolid ankam, war alles bereit. Er legte nur noch die erforderlichen Urkunden vor, dann hoben die Pfleger Isaura auf eine Trage und schoben sie in den Krankenwagen. Marco und Maria Anna fuhren ihm hinterher, und auch der Anwalt folgte in seinem Wagen, bis sie das Kloster in Tordesillas erreichten.

Sie ließen ein Bett in der Kapelle aufbauen, wo Isaura einst die Särge von Juana und ihrem Mann Philipp gesehen hatte. Dort, wo so viele Fäden zusammenzulaufen schienen. Dieses Kloster sei ein ganz besonderer magischer Platz, hatte Carmen einst zu Señor Campillo gesagt. Hierher hatte man die bewusstlose Teresa gebracht, wie Marco in dem Buch gelesen hatte, und hier war sie vor hunderten von Jahren aus dem Koma erwacht.

Es war kurz nach elf, als Marco Isaura vorsichtig auf das Lager bettete, ihr ein Kissen unter den Kopf schob und die Decke bis ans Kinn zog. Er küsste ihre Stirn und trat dann zurück. Schwester Maria Anna hatte einige Kerzenständer um das Bett verteilt und entzündete nun die Dochte. Warmes Licht umhüllte den reglosen Körper und vertrieb ein wenig die Blässe von ihren eingefallenen Wangen. Die drei traten zurück und setzten sich auf eine der Holzbänke, ohne Isaura aus den Augen zu lassen. Stille senkte sich herab. Nur die Flammen der Kerzen tanzten sacht im Luftzug, der durch die Kirche strich.

Die Minuten verrannen. Bald würden die Glocken Mitternacht schlagen. Marco spürte, wie die Anspannung in ihm wuchs. Würde wirklich etwas passieren, oder war er nur ein Narr, der sich in seine Fantasie hineingesteigert hatte? Wie könnte er weiterleben, wenn sich diese letzte Hoffnung zerschlug? Wie lange würde er noch zwischen seiner Arbeit und ihrem Bett hin- und herwandern müssen, nur um zu sehen, wie ihr Körper immer weniger wurde? Hatte er gar ihr Todesurteil unterschrieben, als er sie aus dem Krankenhaus fort hierher ins Kloster brachte?

Schwester Maria Anna griff nach seinen Händen. »Hab Vertrauen«, murmelte sie.

Plötzlich straffte Señor Campillo den Rücken und deutete nach vorn. Marco blinzelte. Was war das? Es sah aus, als würde der Boden zu fließen beginnen. Nebelschwaden erhoben sich und begannen um das Bett zu kreisen. Dann schlug die Glocke Mitternacht. Eine Windböe fuhr durch die Kapelle und ließ die Kerzenflammen verlöschen. In völliger Finsternis verharrten die drei, bis die Glocke wieder schwieg. Marco hörte das Gewand der Nonne rascheln, als sie sich neben ihm erhob. Dann flammte ein Streichholz auf. Maria

Anna trat an den ersten Leuchter und entzündete den noch heißen Docht. Während sie um das Bett herumging und alle Kerzen wieder anzündete, strich Marcos Blick über Isauras Gesicht. Ganz langsam erhob er sich und wankte wie ein Schlafwandler näher. Er konnte nicht fassen, was er sah. Und doch, war es nicht das, was er sich mit jeder Faser seines Herzens gewünscht hatte?

Ein Wunder war geschehen: Isauras Augen waren geöffnet, und sie sah ihn an.

»Ich bin zurück«, stellte Isaura verwirrt fest und ließ ihren Blick von Maria Anna zu Señor Campillo wandern und dann zu Marco, der wie erstarrt vor ihr verharrte. Ein warmes Glücksgefühl durchflutete sie, und sie hob die Hand. Marco fiel auf die Knie, griff nach ihren Fingern und bedeckte sie mit Küssen. Tränen rannen über seine Wangen.

»Ja, du bist zurück. Wir haben die Hoffnung niemals aufgegeben.«

»Sag uns, wo warst du so lange?«, drängte Maria Anna. »Kannst du dich an etwas erinnern seit deinem Unfall in Córdoba?«

»Córdoba«, wiederholte Isaura. Bilder drängten auf sie ein. Langsam nickte sie. »Ja, Córdoba, der Inquisitor Torquemada, der mich zurückdrängte. Viel ist seitdem geschehen. Eine neue Zeit ist angebrochen.« Marco sah sie verwirrt an. Sie löste ihre Hand aus der seinen und strich über seine warme Wange. Seine Bartstoppeln kratzten ein wenig unter ihrer Haut. Wie herrlich sich das anfühlte. Wie warm ihr unter seinem Blick voller Liebe wurde. »Ich werde dir alles erzählen. Irgendwann, ganz in Ruhe.«

»Wir haben Zeit, nicht wahr? Alle Zeit der Welt!«, drängte Marco.

Isaura lächelte ihn an. »Ja, ich denke, wir haben viel Zeit, bis ich irgendwann wieder gehen muss. Meine Aufgabe ist noch nicht zu Ende. Es gibt noch eine Königin, deren Weg ich begleiten muss. Doch nicht jetzt.«

Sie beugte sich vor und küsste ihn auf den Mund. Marco schlang seine Arme um sie, zog sie an sich und erwiderte ihren Kuss mit so viel Liebe, dass ihr Tränen in die Augen traten.

Schwester Maria Anna wandte sich ab und hakte sich bei Señor Campillo unter. Sie lächelten einander zu, dann wandten sie sich ab und verließen schweigend die Kapelle.

Dichtung und Wahrheit

Isaura Thalheim und ihre Geschichte habe ich erfunden. Sie und die Personen, die um sie herum auftreten, gab es nicht, genauso wenig wie ihre Vorfahren Jimena, Dominga, Teresa oder Don Angelo und Abu Amin. Die Geschichte der katholischen Könige dagegen hat sich so, wie ich es berichte, zugetragen. Zumindest werden die Ereignisse von den Autoren Ladero, Leicht und Pérez so dargestellt. Unter der Rubrik »Wichtige Personen« sind alle historischen Persönlichkeiten mit * bezeichnet. Sowohl die Kirchenmänner Carrillo, Mendoza und Talavera haben also gelebt und in Königin Isabels Leben auf die eine oder andere Weise eingegriffen wie auch ihre Hofdame Beatriz und ihr Mann Andrés de Cabrera. Ich habe mich beim Erzählen von Isabels Geschichte und auch bezüglich der Kämpfe und Belagerungen bei der Rückeroberung Granadas und der Geschichte ihrer Tochter Juana, die man »La Loca« nannte, sehr eng an die historischen Überlieferungen gehalten.

Geschichtlicher Ausblick

Isabel von Kastilien starb im Alter von dreiundfünfzig Jahren. Ihr Erbe hätte eigentlich ihre Tochter Juana antreten sollen, doch sie war nicht in der Lage, das Reich der Mutter zu übernehmen, sei es nun, weil sie eine zu schwache Persönlichkeit mit psychischen Problemen war oder weil sie wirklich unter einer Geisteskrankheit litt. Ihr Mann, Philipp der Schöne, ließ sich jedenfalls als König von Kastilien und León ausrufen, noch ehe Isabels Sarg in Granada eintraf. Er forderte Fernando auf, sich auf seine Ländereien nach Aragón zurückzuziehen und Juana die Regentschaft zu überlassen. Fernando war aber nicht bereit, so einfach das Feld zu räumen. Er hielt um die Hand von Juana, der »Beltraneja«, an, um seine Thronansprüche auf Kastilien zu sichern, doch die Nonne lehnte ab. Daher vermählte er sich mit der Nichte des französischen Königs Ludwig, Germaine de Foix, um einen männlichen Nachfolger zu zeugen. Juana und Philipp reisten sofort nach Kastilien, um die Herrschaft zu übernehmen. Es kam beinahe zum Krieg, doch schließlich gab Fernando nach. Da starb Philipp 1509, und Juana blieb allein als Königin zurück. Sie war untröstlich über den Verlust ihres geliebten Mannes und nicht in der Lage, Entscheidungen zu treffen. So eilte Fernando herbei, übernahm die Regierung und ließ Juana im Palast in Tordesillas einsperren. Kardinal Cisneros übernahm immer wieder im Auftrag von Fernando die Regentschaft, auch nach dessen Tod 1516, bis Juanas Sohn Karl das Erbe antrat, das ihm zu Lebzeiten der Mutter eigentlich noch nicht zustand, doch Karl hielt an dem Zustand fest, ließ Juana in Tordesillas eingesperrt und nannte sich König. Anstandshalber setzte er unter jede Urkunde noch den Namen seiner Mutter, die offiziell bis zu ihrem Tod 1555 Königin von Kastilien und León war.

Der Erzbischof und spätere Großinquisitor Francisco Jiménez de Cisneros hat sich um das Erbe Isabels verdient gemacht und das Reich lange Zeit in ihrem Sinne regiert – erst für Juana nach Philipps Tod, dann für Fernando und zum Schluss für Isabels Enkel Karl, doch es wurde ihm nicht gedankt. Karl entließ den Kirchenmann, als er dann endlich nach Kastilien kam, und riet ihm, sich in seinem Bistum auszuruhen. Der Brief, in dem er ihn all seiner Ämter enthob, erreichte den Einundachtzigjährigen nicht mehr. Er starb 1517.

Auf der anderen Seite war Cisneros intolerant und ein Verfechter der reinen katholischen Lehre. Er ließ in Granada achtzigtausend wertvolle arabische Bücher verbrennen und trieb als Großinquisitor die Verfolgung der *Conversos*, aber auch der Mauren voran. Unter seiner kirchlichen Herrschaft wurden die Mauren endgültig aus Granada vertrieben.

Erzbischof Hernando de Talavera stieß mit seiner Toleranz und der Politik der Bekehrung durch Überzeugung auf viel Gegenwehr. Die Stimmen seiner Gegner mehrten sich, als er mit Isabels Tod seine Beschützerin verlor. Seine Gegner nutzten die Gelegenheit und klagten ihn als *Converso* an, Anhänger unchristlicher Riten zu sein. 1504 ließ der Inquisitor Lucero von Toledo Talaveras Freunde, Mitarbeiter, seine Schwester und einen Neffen verhaften. Weder Fernando noch der Großinquisitor schritten gegen diese Willkür ein. Talavera selbst verhaften konnte er wegen dessen Amtes nicht. Rom verfügte einen Freispruch. Erst als Cisneros 1507 Groß-inquisitor wurde, rief er Lucero zur Ordnung, ließ den Verdacht der Ketzerei fallen und erwirkte die Freilassung von Talaveras Verwandten und Freunden. Zwei Wochen später starb Hernando de Talavera einsam und ohne sein Werk erfolgreich zu Ende geführt zu haben.

Wichtige Personen

	und eine weise Frau mit ungewöhnlichen Kräften
Teresa de Lucena	Domingas stumme Tochter, Freundin und Vertraute von Isabel, die ebenfalls die Kräfte ihrer Mutter in sich trägt
*Isabel Trastámara von Kastilien	Tochter von König Juan II. von Kastilien und Isabel von Portugal, ab 1474 Königin von Kastilien. Den Ehrentitel des Papstes »die Katholische« erhielt sie erst später
*Enrique IV. Trastámara von Kastilien	König von Kastilien, Sohn von König Juan II. von Kastilien und seiner ersten Frau Maria von Aragón
*Juana »La Beltraneja« von Kastilien	Tochter von König Enrique IV. von Kastilien und seiner Frau Juana von Portugal oder auch Tochter des Favoriten der Königin Beltrán de la Cueva
*Fernando von Aragón	Sohn und Thronerbe von König Juan II. von Aragón, Isabels Ehemann
*Juan II. von Aragón	König von Aragón, Vater von Fernando

Adelige in Königin Isabels Umfeld

*Beatriz de Bobadilla	älteste Freundin und Hofdame von Isabel, ihr Vater war Burgvogt in Arévalo
*Maria de Mendoza	Hofdame bei Königin Isabel, wird mit dem konvertierten Moslem Yahya an-Najjar verheiratet, der von da an Pedro de Granada genannt wird
*Andrés de Cabrera	Stadthalter des königlichen Alcázar von Segovia, Konvertit, Ehemann von Beatriz de Bobadilla
*Juan Pacheco	Marquis de Villena, Sohn des gleichnamigen Neffen von Erzbischof Carrillo und ewiger Gegner von Isabel
*Enrique de Guzmán	Herzog von Medina Sidonia
*Ponce de León	Marquis von Cádiz
Don Angelo	zweitgeborener Sohn des Grafen von Benavente
Abu Amin bin Sinaa	arabischer Leibarzt von Königin Isabel

Kirchenleute in Königin Isabels Umfeld

*Alfonso Carrillo de Acuña	Primas und Erzbischof von Toledo, wechselt öfter die Seiten, ist zuerst Isabels Unterstützer, zieht

	sich aber dann enttäuscht zurück, als seine Machtansprüche zurückgewiesen werden. Erbitterter Feind der Mendozas
*Hernando de Talavera	Hieronomytenpater, Beichtvater von Isabel und Finanzgenie, später erster Erzbischof von Granada
*Pedro González de Mendoza	Erzbischof von Sigüenza, später Kardinal, erst Anhänger von Enrique und Juana und für ein starkes Königtum, dann auf der Seite von Isabel
*Tomás de Torquemada	Großinquisitor von Kastilien
*Francisco Jiménez de Cisneros	Franziskaner, Beichtvater von Königin Isabel, Nachfolger von Kardinal Mendoza als Primas von Kastilien und Erzbischof von Toledo

Granada

*Abu I-Hassan Ali ibn Sa'd	Emir von Granada, auch Mulay Hassan Ali genannt
*Muhammad XII. Abu Abdallah	letzter Emir von Granada, Sohn von Mulay Hassan Ali, auch Boabdil el Chico genannt
*Muhammad XIII. Abu Abd Allah az-Zagal	Bruder von Mulay Hassan Ali, auch al Zagal genannt
*Aischa	Mutter von Boabdil, erste Frau von Mulay Hassan Ali